W0320911

RE-IMAGE
publishing

ZWANZIGTAUSEND MEILEN UNTER‘M MEER

Jules Verne

20.000 Meilen unter'm Meer (im Original Vingt mille lieues sous les mers) ist ein 1869–1870 erschienener Roman des französischen Schriftstellers Jules Verne. Das vorliegende Werk ist gemeinfrei, das heißt unter anderem, dass in Deutschland und anderen Ländern niemand das Urheberrecht daran hält und es frei verbreitet werden darf.

Paperback: *978-3-96111-295-1*

eBook: *978-3-96112-6-033*

Erstauflage 2017

2016 Re-Image Publishing

Versand und Vertieb durch Nova MD

Raiffeisenstraße 4

83377 Vachendorf

Printed in Poland by Sowa Sp. Z o. o.

Sowa-Druk na Życzenie

Raszynska 13

05-500 Piaseczno Polska

www.sowadruk.pl
tel. 022 431-81-40Ul

INHALTSVERZEICHNIS

TEIL 1

Kapitel 1

Eine schweifende Klippe

Ein seltsames Ereigniß, ein unerklärtes, und eine unerklärbare Naturerscheinung, die sich im Jahre 1866 begab, ist ohne Zweifel noch unvergessen. Nicht allein die Bevölkerung der Hafenstädte war durch Gerüchte beunruhigt, im Binnenlande der öffentliche Geist aufgeregt, besonders die Seeleute gerieten in Bewegung. Die Kaufleute und Reder, Schiffsherren, Patrone und Kapitäne in Europa und Amerika, Offiziere der Kriegsmarine aller Länder, und dann die Staatsregierungen der beiden Weltteile widmeten der Sache im hohen Grade ihr Interesse.

Die Tatsache ist, daß seit einiger Zeit manche Schiffe auf hoher See einem »enormen Gegenstand« begegneten, lang, spindelförmig, mitunter phosphoreszierend, unendlich größer und rascher als ein Wallfisch.

Die Angaben über diese Erscheinung, wie sie in den Schiffsbüchern verzeichnet wurden, betrafen mit ziemlicher Genauigkeit die Struktur des fraglichen Gegenstandes oder Geschöpfes, die unerhörte Schnelligkeit und erstaunliche Kraft seiner Bewegungen, die besonderen Lebensäußerungen, welche ihm eigentümlich schienen. War es ein Tier von der Wallfischgattung, so übertraf es an Umfang weit alle von der Wissenschaft bisher verzeichneten. Cuvier, Lacépède, Dumeril, Quatrefages – hätten sicher die Existenz eines solchen Ungeheuers nicht gelten lassen – sofern sie es nicht selbst gesehen, d. h. mit eigenen kundigen Augen gesehen.

Lassen wir die ängstlichen Schätzungen, welche diesem Gegenstand zweihundert Fuß beimaßen, bei Seite, verwerfen die übertriebenen Angaben von der Breite einer Meile und der Länge dreier – und halten uns an das Durchschnittliche der wiederholt gemachten Beobachtungen, so könnte man doch behaupten, daß dieses phänomenale Wesen – sofern es existierte – alle von den Ichthyologen bisher angenommenen Dimensionen bei Weitem übertraf.

Aber es existierte; die Tatsache an sich war nicht in Abrede zu stellen, und bei der Neigung, womit sich die Menschen dem Wunderbaren zuwenden, begreift man leicht die Bewegung, welche diese übernatürliche Erscheinung in der ganzen Welt hervorbrachte. Sie in's Reich der Fabeln zu verweisen, ging schon nicht mehr an.

In der Tat begegnete am 20. Juli 1866 das Dampfboot Gouverneur Higginson, der *Calcutta and Burnach steam navigation Company* gehörig, dieser schwimmenden Masse fünf Meilen östlich von den Küsten Australiens. Der Kapitän Baker glaubte anfangs auf eine unbekannte Klippe zu treffen; er war auch bereits im Begriff, die Lage derselben genau zu bestimmen, als von dem unerklärlichen Gegenstand aus zwei Wasserstrahlen hundertundfünfzig Fuß hoch zischend in die Luft emporschossen. Demnach, sofern nicht auf dieser Klippe intermittierende Quellen eines Geyser sich befanden, hatte es der Gouverneur Higginson mit nichts Andrem zu tun, als einem bisher unbekannten Seesäugetier, welches durch seine Luftlöcher Wasserstrahlen mit Luft und Dunst gemischt, ausstieß.

Die gleiche Tatsache wurde am 23. Juli desselben Jahres in den Gewässern des Stillen Ozeans, von dem Christobal Colon der *West India and Pacific steam navigation Company* beobachtet. Demnach war dieses außerordentliche Seetier im Stande, mit erstaunlicher Schnelligkeit seine Stellung zu wechseln, da es vom Gouverneur Higginson und Christobal Colon nach Verlauf von drei Tagen an zwei Punkten beobachtet wurde, welche der Karte nach über siebenhundert Seemeilen voneinander entfernt sind.

Vierzehn Tage später als zweitausend Meilen von da die Helvetia, von der *Company Nationale,* und der Schannon, von der *Royal-Mail,* in dem zwischen den Vereinigten Staaten und Europa gelegenen Teil des Atlantischen Meeres in entgegengesetzter Richtung fuhren, signalisierten sie sich das Ungeheuer unterm 42° 15' nördl. Breite und 60° 35' westl. Länge vom Meridian zu Greenwich aus. Bei dieser gleichzeitigen Beobachtung glaubte man die Länge des Tieres zum Mindesten auf etwa dreihundertfünfzig engl. Fuß (ca. 106 Meter) anschlagen zu können. Die größten Wallfische aber, wie sie in der Gegend der Aleuten vorkommen, haben die Länge von hundertundfünfzig Meter niemals überschritten.

Als diese Nachrichten Schlag auf Schlag eintrafen, machten neue an Bord des Pereira gemachte Beobachtungen, ein Zusammenstoßen des *Aetna* mit dem

Ungeheuer, ein von den Offizieren der französischen Fregatte La Normandie vorgenommenes Protokoll, eine sehr ernste, vom Generalstab des Kommodore Fitz-James an Bord des Lord Clyde gemachte Aufnahme – auf die öffentliche Meinung den tiefsten Eindruck. In den Ländern leichten Humors scherzte man über das Phänomen, aber die ernsten und praktischen Länder, England, Amerika, Deutschland, befassten sich lebhaft damit.

Überall in den großen Verkehrsmittelpunkten kam das Ungeheuer in Schwung; man besang es in den Kaffees, man verspottete es in den Journalen, man spielte es in den Theatern. Die Enten bekamen eine hübsche Gelegenheit, Eier in allen Farben zu legen. Die Journale gaben in Abbildungen alle riesenmäßigen Phantasiebilder zum Besten, vom weißen Wallfisch, dem erschrecklichen »Moby-Dick« der Hyperboräerländer bis zum maßlosen Kraken, der mit seinen Fühlhörnern ein Fahrzeug von fünfhundert Tonnen umwickeln und in den Abgrund des Ozeans hinabziehen kann. Man zitierte sogar Stellen aus dem Altertum, die Ansichten des Aristoteles und Plinius, welche für die Existenz solcher Ungeheuer sprachen, sodann die norwegischen Berichte des Bischofs Pontoppidan, die Erzählungen Paul Heggede's, und endlich die Berichte Harrington's, dessen Ehrlichkeit nicht anzufechten ist, wenn er behauptet, er habe an Bord des Castillan im Jahre 1857 diese enorme Schlange gesehen. –

Darauf begann eine unendliche Polemik der Gläubigen und Ungläubigen in den gelehrten Gesellschaften und den wissenschaftlichen Journalen. Die »Frage des Ungeheuers« erhitzte alle Gemüter. Die Journalisten, welche wetteifernd mit den Schöngeistern die Wissenschaft vertraten, vergossen, verbrauchten in diesem merkwürdigen Feldzug tonnenweise Tinte; manche sogar etliche Tropfen Blut, denn von der Seeschlange gingen sie zu beleidigenden Persönlichkeiten über.

Sechs Monate lang wurde der Krieg mit abwechselndem Erfolg geführt. Auf die gründlichen Artikel des Geographischen Instituts in Brasilien, der Königl. Akademie der Wissenschaften zu Berlin, der Britischen Gesellschaft, der Smithson'schen Anstalt zu Washington, auf die Erörterungen des Indian Archipelago, des Kosmos des Abbé Moigno, der Petermann'schen Mittheilungen, auf die wissenschaftliche Chronik der großen Journale entgegnete die kleine Presse mit unerschöpflicher Laune. Die geistreichen Schriftsteller parodierten ein von den Gegnern des Ungeheuers zitiertes Wort Linné's, indem sie behaupteten, »die Natur schaffe keine Dummköpfe«, und beschworen ihre Zeitgenossen, nicht die Natur Lügen zu strafen, indem sie die Existenz des Kraken, der Seeschlangen, des »Moby-Dick« und andere Hirngespinste irrsinniger Seeleute gelten ließen. Endlich versetzte, in einem Artikel eines sehr gefürchteten satirischen Journals, der beliebteste seiner Redakteure, bei einem Ueberblick über das Ganze, dem Ungeheuer einen letzten Streich, und erlegte es inmitten allgemeinen hallenden Gelächters. Der Geist siegte über die Wissenschaft.

Während der ersten Monate des Jahres 1867 hielt man die Frage für beseitigt, und es schien nicht, als solle dieselbe wieder auftauchen, als neue Tatsachen zur Kenntniß des Publikums kamen. Es handelte sich dabei nicht mehr um die Lösung eines wissenschaftlichen Problems, als die Vermeidung einer wirklichen, ernsten Gefahr. Die Frage nahm eine andere Gestalt an. Das Ungeheuer wurde wieder Inselchen, Felsen, Klippe, aber eine bewegliche, unbestimmbare und unfaßbare.

Am 5. März 1867 stieß der Moravian von der *Montreal Ozean Company,* unter 27° 30' Breite und 72° 15' Länge, bei Nacht wieder einen Felsen, der in jener Gegend von keiner Karte verzeichnet war. Nur durch die ausgezeichnete Beschaffenheit seines Rumpfes und seine Schnelligkeit bei vierhundert Pferdekraft entging er der Gefahr, mit seinen zweihundertsiebenunddreißig Passagieren unterzugehen.

Der Vorfall ereignete sich morgens früh, als schon der Tag graute. Man untersuchte das Meer genau, sah aber nichts, als ein starkes Kielwasser, welches auf drei Kabellängen das Gewässer brach. Ob der Moravian wider einen Felsen gestoßen, konnte man nicht wissen; aber als man ihn im Ausbesserungsbassin untersuchte, fand sich, daß ein Teil seines Kiels zerbrochen war.

Diese so bedeutende Tatsache wäre vielleicht vergessen worden, hätte sie sich nicht drei Wochen später unter gleichen Bedingungen wiederholt. Nur daß diesmal durch die Nationalität des betroffenen Schiffes und den Ruf der Gesellschaft, welcher es gehörte, das Ereigniß das größte Aufsehen bekam.

Der berühmte englische Reeder Cunard ist weltbekannt. Derselbe gründete im Jahre 1840 einen Postcours zwischen Liverpool und Halifax mit drei hölzernen Schiffen von vierhundert Pferdekraft und elfhundertundzweiundsechzig Tonnen Gehalt. Dieses Material vergrößerte sich mit den wachsenden Geschäften nach und nach bedeutend; besonders im Jahre 1853 mit einer Reihe von Schiffen ersten Ranges, Arabia, Persia, China, Scotia etc. etc.; und im Jahre 1867 besaß sie zwölf Fahrzeuge, worunter vier Schraubendampfer. Die Unternehmung ward mit größter Geschicklichkeit geleitet, und ihre Geschäfte waren vom besten Erfolg gekrönt. Seit sechsundzwanzig Jahren, da die Schiffe der Gesellschaft Cunard das Atlantische Meer befuhren, ist von zweitausend Fahrten nicht eine einzige mißglückt, nie kam eine Verspätung vor, nie ist ein Brief, ein Mensch oder ein Schiff abhandengekommen oder zu Grunde gegangen. Darum erregte auch der Unfall, welcher einem seiner besten Schiffe widerfuhr, so großes Aufsehen.

Am 13. April 1867 fuhr der Scotia unter 15° 12' Länge und 45° 37' Breite, bei ruhigem Meer und günstigem Wind mit einer Schnelligkeit von dreizehn Knoten und vollkommen regelmäßiger Radbewegung. Am Abend, als eben die Passagiere im großen Salon ihr Vesper nahmen, verspürte man einen wenig merkbaren Stoß. Derselbe kam eher von einem schneidenden Instrument her, als von einem bohrenden oder stoßenden, und schien so leicht, daß kein Mensch an Bord dadurch beunruhigt wurde, bis die Leute des Schiffsraumes auf's Verdeck stürzten mit dem Geschrei: »Wir gehen unter!«

Augenblicklich gerieten die Passagiere in großen Schrecken; aber der Kapitän Anderson war im Stande sie unverzüglich zu beruhigen. In der Tat konnte die Gefahr nicht bedeutend werden, da der Scotia durch wasserdichte Verschläge in sieben Abtheilungen geteilt war, so daß er leicht einem Eindringen des Wassers gewachsen war. Der Kapitän begab sich sofort in den Schiffsraum und erkannte, daß das Wasser in das fünfte Gefach durch ein beträchtliches Leck eindrang. Dieses Fachwerk war zum Glück nicht dasjenige, welches die Kessel enthielt, sonst wären die Feuer mit einem Male ausgelöscht worden.

Der Kapitän ließ sogleich halten, ein Matrose tauchte unter, um den Schaden zu untersuchen, und es fand sich ein zwei Meter breites Loch im Kiel. So konnte es nur mit halber Schnelligkeit weiter fahren, und kam um drei Tage verspätet in Liverpool an.

Bei der Ausbesserung fand sich ein regelmäßiger Riß in Form eines gleichschenkeligen Dreiecks. Der Bruch des Eisenblechs zeigte, daß das durchbohrende Werkzeug ausnehmend hart gewesen sein mußte; auch mußte es, nachdem es mit enormer Gewalt eingedrungen, sich durch eigene Bewegung, in unerklärbarer Weise wieder herausgezogen haben.

Diese Tatsache setzte die öffentliche Meinung in leidenschaftliche Bewegung. Von nun an wurden Unfälle zur See, von welchen man nicht eine bestimmte Ursache wußte, auf Rechnung des Ungeheuers gesetzt, und das phantastische Thier mußte alle solche Schiffbrüche sich zuschreiben lassen.

Da nun, mit Recht oder Unrecht, die Beschuldigung sich erhob, daß der Verkehr in gefährlicher Weise gestört sei, so verlangte das Publikum auf's Entschiedenste, daß die Meere endlich um jeden Preis von dem fürchterlichen Ungetüm befreit würden.

Kapitel 2

Für und Wider

Zurzeit, als diese Ereignisse vorfielen, kam ich von einer wissenschaftlichen Untersuchungsreise, welcher die französische Regierung mich, als Professor der Naturgeschichte, beigesellt hatte, aus Nebraska in den Vereinigten Staaten zurück. Gegen Ende März kam ich nach sechsmonatlichem Aufenthalt in Nebraska, mit kostbaren Sammlungen zu New-York an und meine Abreise nach Frankreich war auf Anfang Mai festgesetzt. Ich beschäftigte mich eben damit, inzwischen meine mineralogischen, botanischen und zoologischen Schätze zu ordnen, als der Unfall des Scotia sich begab.

Ich war über die Tagesfrage vollständig in Kenntniß gesetzt. Ich hatte alle amerikanischen und europäischen Journale gelesen und abermals gelesen, und war dadurch nicht weiter gekommen. Das Geheimnißvolle machte mir zu schaffen. Bei der Unmöglichkeit, mir eine Meinung zu bilden, schwankte ich von einem Extrem zum andern. Daß etwas daran war, konnte nicht mehr zweifelhaft sein, und die Ungläubigen waren eingeladen, ihren Finger auf die Wunde des Scotia zu legen.

Bei meiner Ankunft zu New-York war die Frage brennend. Die Hypothese einer schwimmenden Insel, einer unerreichbaren Klippe, welche von einigen urtheilsunfähigen Köpfen aufgebracht worden, war bereits aufgegeben. Und in der Tat, sofern nicht solch' eine Klippe eine Maschine im Leib hatte, wie konnte sie so reißend schnell die Stelle wechseln.

Ebenso wurde der Gedanke an einen herumschwimmenden Schiffsrumpf aufgegeben, gleichfalls wegen der Schnelligkeit, womit der Gegenstand seinen Platz wechselte.

Es blieben also noch zwei mögliche Lösungen der Frage, welche beide Anhänger fanden: Die Einen hielten den Gegenstand für ein Ungeheuer von kolossaler Kraft; die Anderen für ein unterseeisches Fahrzeug von außerordentlicher Bewegkraft.

Diese letzte Annahme, obwohl statthaft, konnte doch nach den in beiden Weltteilen angestellten Untersuchungen nicht festgehalten werden. Daß ein einzelner Privatmann eine solche Maschine zur Verfügung habe, war unwahrscheinlich. Wie hätte deren Verfertigung geheim bleiben können?

Nur eine Regierung konnte im Besitz einer solchen Zerstörungsmaschine sein, und in dieser unheilvollen Zeit, wo der Mensch sich's angelegen sein läßt, die Macht der Kriegswaffen zu verstärken, war es möglich, daß ein Staat ohne Wissen des andern mit einer solchen fürchterlichen Maschine einen Versuch machte. Auf die Chassepots folgten die Torpedo's, auf die Torpedo's die unterseeischen Sturmböcke, hernach – die Reaktion.

Aber diese Idee einer Kriegsmaschine mußte gegenüber den Erklärungen der Regierungen fallen gelassen werden. Da es sich hier um ein allgemeines öffentliches Interesse handelte, da der überseeische Verkehr darunter litt, so ließ sich die Ehrlichkeit der Regierungen nicht in Zweifel ziehen. Zudem konnte man nicht annehmen, daß der Bau eines solchen unterseeischen Fahrzeugs dem Publikum verborgen geblieben wäre. Unter solchen Umständen das Geheimniß zu bewahren, ist schon für einen Privatmann schwer, und für einen Staat, dessen Handlungen von den rivalisirenden Mächten unablässig überwacht werden, vollends unmöglich.

Also wurde nach den in England, Frankreich, Rußland, Preußen, Spanien, Italien, Amerika, selbst in der Türkei angestellten Nachforschungen die Hypothese eines unterseeischen Monitors definitiv aufgegeben.

Es bekam also die Idee eines »Ungeheuers« die Oberhand, trotz den unablässigen Späßen, womit die kleine Presse sie verfolgte; und auf diesem Wege ließ sich die Phantasie bald zu den lächerlichsten Träumen einer phantastischen Ichthyologie verleiten.

Bei meiner Ankunft zu New-York erwiesen mir manche Männer die Ehre, mich über die fragliche Erscheinung um meine Ansicht zu ersuchen. Ich hatte in Frankreich einen zweibändigen Quartanten unter dem Titel: *»Die Geheimnisse der großen unterseeischen Tiefe«*, erscheinen lassen. Dieses besonders von der gelehrten Welt gut aufgenommene Buch machte aus mir eine Spezialität in diesem noch ziemlich unklaren Teil der Naturwissenschaft. Es wurde mein Gutachten begehrt. So lange ich die Wirklichkeit des Tatsächlichen in Abrede stellen konnte, verhielt ich mich durchaus verneinend. Aber bald mußte ich, auf's

Äußerste gedrängt, mich kategorisch erklären. Und sogar wurde der »ehrenwerte Pierre Arronax, Professor am Museum zu Paris,« vom *New-York Herald* öffentlich aufgefordert, irgendeine Ansicht über die Sache zu formulieren.

Ich machte mich daran. Ich sprach, weil ich nicht mehr schweigen konnte. Ich erörterte die Frage von allen Seiten, politisch und wissenschaftlich, und gebe hier den Auszug eines sehr umfangreichen Artikels, den ich unter'm 30. April veröffentlichte.

»Also, sagte ich, nachdem ich der Reihe nach die verschiedenen Hypothesen einer Prüfung unterzogen, muß man jede andere Annahme verwerfen und notwendig die Existenz eines Seetieres von außerordentlicher Kraft gelten lassen.

»Die großen Tiefen des Ozeans sind uns völlig unbekannt; die Sonde hat sie nicht erreichen können. Was geht in diesen entlegenen Tiefen vor? Was für Geschöpfe leben zwölf- bis fünfzehntausend Meilen unter der Meeresoberfläche, oder können da leben? Wie sind diese Tiere organisiert? Darüber kann man kaum eine Vermutung aufstellen.

»Jedoch kann die Lösung des mir vorgelegten Problems die Form eines Dilemmas annehmen.

»Entweder wir kennen alle verschiedenen Gattungen von Geschöpfen, welche unsern Planeten bevölkern, oder wir kennen sie nicht.

»Wenn wir sie nicht alle kennen, wenn die Natur in der Ichthyologie noch Dinge enthält, welche für uns Geheimnisse sind, so darf man wohl die Existenz von Fischen oder Seesäugetieren, neuen Arten oder selbst Gattungen, von einer ihnen eigentümlichen Organisation annehmen, welche die von der Sonde unerreichbaren Schichten bewohnen, und durch irgend ein Ereigniß, eine Grille, Laune, wenn man will, in langen Zwischenräumen zu dem Niveau der Oberfläche des Ozeans heraufgeführt werden.

»Kennen wir dagegen alle lebenden Gattungen, so muß man notwendig das fragliche Thier unter den bereits aufgenommenen Seegeschöpfen suchen, und in diesem Fall wäre ich geneigt, die Existenz eines *Riesen-Narwals* anzunehmen.

»Der gemeine Narwal, oder das See-Einhorn, erreicht oft eine Länge von sechzig Fuß. Nehmen wir diese Dimension fünffach, selbst zehnfach, geben wir diesem Thier eine seiner Größe entsprechende Kraft, verstärken wir seine Angriffswaffen, so haben wir das vorausgesetzte Ungeheuer, welches im Stande wäre, den *Scotia* anzubohren und den Rumpf eines Dampfbootes anzutasten.

»In der Tat hat der Narwal zur Waffe eine Art Degen von Elfenbein, eine Hellebarde, wie einige Naturforscher sich ausdrücken. Es ist ein Hauptzahn von der Härte des Stahles. Man hat solche Zähne in den Körpern von Wallfischen gebohrt gefunden, welche der Narwal beständig mit Erfolg angreift. Andere sind mit Mühe aus Schiffskielen gezogen worden, welche sie durch und durch gebohrt hatten. Das Museum der Naturgeschichte zu Paris besitzt ein solches Horn, das zwei Meter fünfundzwanzig Zentimeter lang und an seiner Basis achtundvierzig Zentimeter stark ist!

»Nun! Nehmen wir diese Waffe zehnmal so stark an, das Tier zehnmal kräftiger, lassen wir es mit einer Schnelligkeit von zwanzig Meilen in der Stunde hin schießen, multiplizieren wir seine Masse mit seiner Geschwindigkeit, so haben wir einen Stoß, der eine Katastrophe, wie die gedachte, hervorbringen kann.

»Demnach, bis auf weitere Information, möchte ich meine Vermutung auf ein See-Einhorn von kolossalen Dimensionen richten, welches nicht sowohl mit einer Hellebarde, als mit einem wirklichen Sporn bewaffnet ist, wie ihn die Panzerfregattenhaben, denen es etwa an Umfang und Bewegungskraft gleich käme.

»So würde das unerklärliche Phänomen seine Erklärung finden – sofern nicht etwa nichts daran ist, trotz dem, was man gesehen und vermutet hat – was auch möglich ist!«

Diese letzteren Worte waren meinerseits eine Feigheit; ich wollte bis auf einen gewissen Grad meine Professorenwürde wahren, und nicht den Amerikanern zum Lachen preisgeben, denn die lachen tüchtig, wenn sie lachen. Ich wollte nur eine Hintertür offen halten. Im Grunde ließ ich die Existenz des »Ungeheuers« gelten.

Mein Artikel wurde warm besprochen und fand großen Beifall, gewann sich eine Anzahl Anhänger. Die Lösung, welche er vorschlug, ließ übrigens der Phantasie freien Spielraum. Der menschliche Geist hat Gefallen an solchen großartigen Begriffen übernatürlicher Wesen.

Das Meer ist gerade das beste Element, der einzige Ort, wo solche Riesen – neben welchen die Elefanten und Rhinozerosse nur Zwerge sind – entstehen und sich entwickeln können! Die Massen des Ozeans enthalten die größten Gattungen bekannter Seesäugetiere, und vielleicht bergen sie in ihren Tiefen noch manche Mollusken und Schaltiere von erschrecklichem Aussehen. Vormals, in der Urzeit, waren die Landtiere, Vierfüßler, Reptilien und Vögel nach riesenmäßigem Maßstab geformt. Warum sollte nicht das Meer, welches sich unveränderlich gleich bleibt, in seinen unbekannten Tiefen noch solche Probestücke eines andern Zeitalters aufbewahrt haben? Warum sollte es nicht in seinem Schoße die letzten Arten dieser Riesengattungen bergen?

Doch wenden mir uns aus dem Reiche der Phantasie zur schrecklichen Wirklichkeit. Die öffentliche Meinung sprach sich damals in Beziehung auf das Phänomen ohne Widerspruch für die Existenz eines wunderhaften Riesentieres aus.

Aber wenn die Einen nur eine wissenschaftliche Aufgabe darin erkannten, hatten die Andern, mehr positive Geister, zumal in Amerika und England, im Sinn, das Meer von dem furchtbaren Ungeheuer zu säubern, um den überseeischen Verkehr zu sichern. Die industriellen und Handelsblätter behandelten die Frage hauptsächlich von diesem Gesichtspunkt aus; alle den Assekuranz-Gesellschaften ergebenen Blätter waren darüber einstimmig.

Nachdem die öffentliche Meinung sich ausgesprochen, erklärten sich die Vereinigten Staaten zuerst. Man traf zu New-York Vorkehrungen für eine Expedition zur Verfolgung des Narwal. Eine schnellsegelnde Fregatte, Abraham Lincoln, wurde in Stand gesetzt, unverzüglich in See zu stechen. Dem Kommandanten Farragut wurden die Arsenale geöffnet, und er betrieb eifrigste die Ausrüstung derselben.

Nun aber, wie das meistens geschieht, gerade von dem Moment an, da man entschlossen war, das Ungeheuer zu verfolgen, ward es nicht mehr sichtbar.

Zwei Monate lang hörte man nicht mehr davon reden. Es schien, als habe das Einhorn Kunde von einem gegen dasselbe geschmiedeten Komplott bekommen. Man hatte zu viel davon gesprochen, selbst vermittelst des Kabels! Auch scherzte man, der schlaue Fuchs habe einige Telegramme aufgefangen, und mache sich nun ihren Inhalt zu Nutz.

Als daher die Fregatte für eine weite Fahrt gerüstet und mit fürchterlichen Maschinen versehen war, wußte man nicht, wohin die Fahrt zu richten sei. Endlich verlautete, ein Dampfer von der Linie S. Francisco in Kalifornien nach Schanghai habe das Tier drei Wochen zuvor in den nördlichen Gewässern des Stillen Ozeans gesehen.

Es entstand die äußerste Aufregung. Man ließ dem Kommandanten Farragut kaum vierundzwanzig Stunden Frist. Seine Vorräte waren eingeschifft, Kohlen in Überfluss, kein Mann der Bemannung fehlte an seinem Platz; man brauchte nur zu heizen, auszulaufen! Einen halben Tag Zögerung hätte man ihm nicht verziehen! Zudem war der Kommandant selbst voll Eifer.

Drei Stunden, bevor der Abraham Lincoln von Brooklyn abfuhr, erhielt ich folgendes Billet:

»Herrn Arronax, Professor am Museum zu Paris,

5 Avenue Hotel

New-York.

Mein Herr!

Wenn Sie sich der Expedition des Abraham Lincoln anschließen wollen, wird die Regierung der Ver. Staaten erfreut sein, daß Frankreich durch Sie bei dieser Unternehmung sich beteilige. Der Kommandant Farragut hält eine Kabine zu Ihrer Verfügung bereit.

Ergebenst der Ihrige

J. B. Hobson,

Sekretär der Marine.«

Kapitel 3

Wie es meinem Herrn beliebt

Drei Sekunden vor Ankunft des Briefes von J. B. Hobson dachte ich ebenso wenig das Einhorn zu verfolgen, als die nordwestliche Durchfahrt zu versuchen. Drei Sekunden nachdem ich den Brief des ehrenwerten Sekretärs der Marine gelesen, begriff ich endlich, daß mein wahrer Beruf, das einzige Ziel meines Lebens darin bestehe, das beunruhigende Ungeheuer zu verjagen und die Welt von demselben zu befreien.

Doch ich kam von einer mühevollen Reise erschöpft, nach Ruhe mich sehnend. Ich trachtete nur darnach, meine Heimat wieder zu sehen, meine Freunde, meine kleine Wohnung im *Jardin des Plantes,* meine teuren und kostbaren Sammlungen! Aber nichts konnte mich zurückhalten. Ich vergaß Alles, Ermüdung, Freunde, Sammlungen, und nahm ohne weiteres Bedenken die Anerbietung der amerikanischen Regierung an.

»Übrigens, dachte ich, führt jeder Weg nach Europa zurück, und das Einhorn wird wohl so liebenswürdig sein, mich nach den Küsten Frankreichs hin zu ziehen! Dieses respektable Thier wird sich in den Gewässern Europas – zu meinem persönlichen Vergnügen – fangen lassen – und ich will dem naturhistorischen Museum nicht weniger als ein halbes Meter von seiner elfenbeinernen Hellebarde mitbringen.«

Aber einstweilen mußte ich den Narwal im Norden des Stillen Ozeans aufsuchen; was ebenso viel war, als für die Rückkehr nach Frankreich den Weg zu den Antipoden einschlagen.

»Conseil!« rief ich ungeduldig.

Conseil war mein Diener. Ein ergebener Bursche, der mich auf allen meinen Reisen begleitete; ein braver Flamländer, den ich lieb hatte, und der mir's vergalt; phlegmatisch von Natur, regelmäßig aus Grundsatz, dienstbeflissen aus Gewohnheit, ließ er sich durch die überraschenden Fälle im Leben wenig irre machen; mit gewandten Händen zu jedem Dienst geeignet, war er niemals mit seinem Rath zudringlich.

Durch seine Berührungen mit den Gelehrten unserer kleinen Welt des *Jardin des Plantes* hatte Conseil es dazu gebracht, daß er etwas wußte. Ich hatte in ihm einen Spezialisten, der, sehr bewandert in der naturhistorischen Klassifikation, mit der Gewandtheit eines Seiltänzers die ganze Stufenleiter der Verzweigungen, Gruppen, Classen, Unterabtheilungen, Ordnungen, Familien, Gattungen, Untergattungen, Arten und Varietäten auf- und ablief. Aber hier war auch die Grenze seines Wissens. Klassifizieren war sein Lebenselement, mehr aber verstand er auch nicht. In der Theorie der Klassifikation sehr bewandert, wenig in der Praxis, hätte er, glaub' ich, nicht einen Pottfisch von einem Wallfisch unterscheiden können! Und doch, was für ein wackerer, tüchtiger Junge!

Conseil hatte bisher seit zehn Jahren mich überall, wohin mich die Wissenschaft zog, begleitet. Nie hörte man aus seinem Mund eine Bemerkung über die lange Dauer oder die Beschwerden einer Reise. Kein Einwand, wenn er seinen Ranzen zu schnallen hatte für eine Reise in jedes Land, sofern es auch sein mochte, China oder Kongo. Er ging hierhin wie dorthin, ohne weiter zu fragen. Übrigens von trefflicher Gesundheit, die allen Krankheiten trotzte, starken Muskeln, aber ohne Nerven, nicht einen Schein von Nerven, – moralisch, versteht sich.

Dieser Junge war dreißig Jahr alt, und seines Herrn Alter verhielt sich zu diesem, wie zwanzig zu fünfzehn.

Nur einen Fehler hatte Conseil. Entsetzlich förmlich, sprach er mit mir nur in der dritten Person.

»Conseil!« rief ich abermals, während ich mit fieberhafter Eile meine Vorbereitungen zur Abreise begann.

Sicher konnte ich mich auf diesen ergebenen Jungen verlassen. In der Regel fragte ich ihn nie, ob es ihm beliebe, oder nicht, mich auf meinen Reisen zu begleiten; aber diesmal handelte sich's um eine Expedition, die sich unendlich in die Länge ziehen konnte, eine gefahrvolle Unternehmung zur Verfolgung eines Tieres, das fähig war, eine Fregatte wie eine Nußschale zu zertrümmern! Da galt es zu überlegen, selbst für einen Menschen, den nichts in der Welt in Verlegenheit brachte! Was würde wohl Conseil dazu sagen?

»Conseil!« rief ich zum dritten Mal.

»Mein Herr ruft mir? Sprach er im Eintreten.

– Ja, mein Junge. Mache Dich fertig, hilf' mir, mich fertig machen. In zwei Stunden reisen wir ab.

– Wie es dem Herrn beliebt, erwiderte Conseil ruhig.

– Kein Augenblick ist zu verlieren. Packe in meinen Koffer all' mein Reisegeräte, Kleider, Hemden, Strümpfe, so viele Du nur kannst, und beeile Dich!

– Und des Herrn Sammlungen? Bemerkte Conseil.

– Man wird sich später damit befassen.

– Wie? Die Archiotherium, Hyracotherium, Oreodon, die Cheropotamus und andere Gerippe meines Herrn?

– Man wird sie im Hotel aufheben.

– Und der lebendige Babirussa meines Herrn?

– Man wird ihn in meiner Abwesenheit füttern. Übrigens werde ich Auftrag geben, unsere Menagerie nach Frankreich zu befördern.

– Wir kehren also nicht zurück nach Paris? Fragte Conseil.

– Ja … Gewiß … erwiderte ich ausweichend, aber auf einem Umweg.

– Wie es meinem Herrn beliebt.

– O! Es macht wenig aus! Ein nicht ganz direkter Weg, das ist Alles. Wir fahren mit auf dem *Abraham Lincoln*.

– Wie es meinem Herrn beliebt, versetzte Conseil ruhig.

– Du weißt, lieber Freund, es handelt sich um das Ungeheuer … den famosen Narwal … Wir werden die Meere von demselben befreien! … Der Verfasser eines Werkes in zwei Quartbänden über die *»Geheimnisse der großen unterseeischen Tiefen«* kann nicht umhin, mit dem Kommandanten Farragut in See zu stechen. Ein ehrenvoller, aber auch gefahrvoller Auftrag! Man weiß nicht, wohin man sich wenden soll! Diese Tiere können sehr schlimme Laune haben! Aber trotzdem gehen wir! Unser Kommandant hat den Kopf auf der rechten Stelle. …

– Was mein Herr tut, das tue ich auch, erwiderte Conseil.

– Und merk' Dir wohl! – Denn ich will Dir's nicht verhehlen – 's ist eine Reise, von der nicht Jeder wieder heimkommt!

– Wie es meinem Herrn gefällt.«

Nach einer Viertelstunde waren unsere Koffer fertig. Conseil hatte es in einem Griff gemacht, und ich war sicher, daß nichts mangelte, denn der Junge verstand die Hemden und Kleider ebenso gut zu ordnen, wie die Vögel und Säugetiere. Wir begaben uns in's Erdgeschoß, wo ich in dem geräumigen, stets umlagerten Comptoir meine Rechnung berichtigte, den Auftrag erteilte, meine Kisten mit ausgebalgten Tieren und getrockneten Pflanzen nach Paris zu schicken, und dem Babirussa einen hinlänglichen Kredit eröffnete. Darauf stieg ich in Conseil's Begleitung in einen Wagen, der uns um zwanzig Francs durch Broadway, Fourth Avenue und Katsin-Street zum vierunddreißigsten *Pier* fuhr, wo ein Fahrzeug uns sammt Wagen und Pferden aufnahm und nach Brooklyn brachte, dem großen Quartier von New-York am linken Ufer des östlichen Flusses, wo wir in einigen Minuten an dem Quai anlangten, bei welchem der *Abraham Lincoln* aus seinen zwei Rauchfängen schwarze Säulen emporwirbelte.

Unser Gepäck wurde unverzüglich aufs Verdeck der Fregatte gebracht, ich eilte an Bord und fragte nach dem Kommandanten Farragut. Ein Matrose führte mich auf's Vorderverdeck, zu einem Offizier von stattlichem Aussehen, der mir die Hand reichte.

»Herr Pierre Arronax? Sprach er.

– Der bin ich. Der Kommandant Farragut?

– In eigener Person. Seien Sie willkommen, Herr Professor. Ihre Kabine wartet schon auf Sie.«

Ich grüßte, ließ den Kommandanten bei seiner Beschäftigung und folgte einem Begleiter in die für mich bestimmte Kabine.

Der *Abraham Lincoln* war für seine neue Bestimmung trefflich ausgewählt und eingerichtet. Es war eine schnellsegelnde Fregatte mit einem Heizungsapparat, welcher die Dampfkraft bis auf sieben Atmosphären zu steigern gestattete. Dadurch bekam er eine mittlere Geschwindigkeit von achtzehn und dreizehntel Meilen die Stunde; doch war diese beträchtliche Schnelligkeit nicht ausreichend für einen Kampf mit dem Riesentier.

Die inneren Einrichtungen der Fregatte entsprachen ihren nautischen Vorzügen. Ich war mit meiner Kabine sehr zufrieden; sie lag am hintern Schiffsteil und stieß an das Offizierszimmer.

»Wir sind hier wohl aufgehoben, sagte ich zu Conseil.

– So gut, mit Erlaubniß meines Herrn, als der Einsiedler Bernhard in der Muschelschale.«

Ich überließ es Conseil, unsere Koffer gehörig zu ordnen, und begab mich wieder auf's Verdeck, um den Vorbereitungen zur Abfahrt zuzusehen.

In diesem Augenblick ließ der Kommandant Farragut die letzten Taue lösen, welche den Abraham Lincoln an das Quai fesselten. Also eine Viertelstunde Verspätung, und die Fregatte fuhr ohne mich ab, so daß ich diese außerordentliche, übernatürliche, unwahrscheinliche Expedition verfehlte, deren wahrheitsgetreue Erzählung doch vielleicht auf manche Ungläubige stoßen wird.

Aber der Kommandant Farragut wollte nicht einen Tag verlieren, nicht eine Stunde, um in das Meer zu kommen, wo das Tier verspürt worden war. Er ließ seinen Ingenieur kommen.

»Haben wir gehörig Dampf? Fragte er ihn.

– Ja, mein Herr, erwiderte der Ingenieur.

– *Go head,*« rief der Commandant Farragut. Auf diesen Befehl, welcher vermittelst eines Apparates mit verdichteter Luft zur Maschine befördert wurde, setzten die Maschinenleute das Rad in Bewegung. Der Dampf zischte, indem er in die Behälter drang. Die langen horizontalen Stempel dröhnten und trieben die Stangen der Welle.

Mit zunehmender Schnelligkeit wurden die Wellen von der Schraube geschlagen und der *Abraham Lincoln* bewegte sich majestätisch inmitten von hundert Fährten und Tenders voll Zuschauer, die ihm das Geleite gaben.

Die Quais zu Brooklyn und der ganze Teil von New-York, welcher an's östliche Ufer stößt, waren mit Neugierigen bedeckt. Drei Hurrah's nach einander hörte man aus der Brust von einer halben Million erschallen. Tausende von Taschentüchern über der dichten Volksmasse geschwenkt, begrüßten den Abraham Lincoln, bis er in die Gewässer des Hudson, an der Spitze der langen Halbinsel, welche New-York bildet, gelangte.

Darauf fuhr die Fregatte in der Richtung von New-Jersey an dem wunderschönen rechten, ganz mit Landhäusern bedeckten Ufer des Flusses zwischen den Forts durch, welche sie mit ihren größten Kanonen begrüßten.

Der Abraham Lincoln erwiderte den Gruß durch dreimaliges Aufziehen der amerikanischen Flagge mit ihren neununddreißig an der Spitze des Hintermastes glänzenden Sternen; hierauf änderte er seinen Lauf, um das mit Baken versehene Fahrwasser in der innern durch die Spitze Sandy-Hook gebildeten Bai zu gewinnen, und fuhr längs dieser sandigen Erdzunge, wo Tausende von Zuschauern ihn nochmals begrüßten.

Das Geleite der Boote und Tenders verließ die Fregatte erst auf der Höhe des Leucht-Bootes, dessen zwei Feuer die Einfahrt in das Seegatt von New-York bezeichnen.

Schlag drei stieg der Lotse in sein Boot und fuhr zu der kleinen Goelette, die ihn unter'm Wind erwartete. Die Feuer wurden geschürt, die Schraube schlug rascher die Wellen; die Fregatte strich längs der gelben niedrigen Küste von Long-Island, und um acht Uhr abends, nachdem sie die Feuer von Fire-Island nordwestlich aus dem Gesicht verloren, lief sie mit voller Dampfkraft in die dunkeln Wasser des Atlantischen Ozeans.

Kapitel 4

Ned-Land

Der Kommandant Farragut war ein tüchtiger Seemann, seiner Fregatte würdig. Er fühlte sich eins mit seinem Schiff; war die Seele desselben. Über das Seeungeheuer hegte er nicht den mindesten Zweifel, und er gestattete gar nicht, daß an Bord seines Schiffes über die Existenz des Tieres disputiert wurde. Er glaubte daran, wie manche gute Frauen an Leviathan – nicht aus Vernunftgründen, sondern als an einen Glaubensartikel. Das Ungeheuer existierte, und er hatte geschworen, die Meere von demselben zu befreien. Entweder der Kommandant Farragut würde den Narwal töten, oder der Narwal den Kommandanten. Ein Drittes gab's nicht.

Die Offiziere an Bord teilten die Ansicht Ihres Chefs. Man mußte sie reden hören, disputieren, diskutieren, die verschiedenen möglichen Fälle bei einem Zusammentreffen in Berechnung ziehen, das weite Meer beobachten. Mancher, der sonst einen solchen Dienst verwünscht hätte, übernahm freiwillig eine Wache auf dem Mastgebälk. So lange die Sonne am Himmel stand, waren die Masten voll Matrosen, denen auf dem Verdeck die Fußsohlen brannten und die sich nicht an ihrem Platze halten konnten! Und doch befand sich der Abraham Lincoln noch nicht in den verdächtigen Gewässern des Stillen Meeres.

Die Mannschaft war eifrigste gespannt, mit dem Einhorn zusammenzutreffen, die Harpune zu werfen, es an Bord zu ziehen und es zu zerhauen. Sie beobachtete mit sorglichster Achtsamkeit die Meeresfläche. Übrigens sprach der Kommandant Farragut von einer Summe von zweitausend Dollars, die er aussetzte – Schiffsjunge, Matrose oder Offizier – der das Tier signalisierte. Da kann man sich denken, wie an Bord des Abraham Lincoln sich die Augen abmühten!

Ich meines Teils blieb hinter den Anderen nicht zurück, und überließ Niemand meinen Teil an der täglichen Beobachtung. Die Fregatte hätte hundertfach Grund gehabt, den Namen *Argus* zu führen. Nur der einzige Conseil stand mit seiner Gleichgültigkeit im Widerspruch mit uns in Hinsicht der Frage, welche uns in Bewegung setzte, und stimmte nicht in den allgemeinen Enthusiasmus ein.

Ich habe gesagt, der Kommandant Farragut habe sein Schiff wohl mit Werkzeugen und Vorkehrungen versehen, um das Riesentier zu fischen. Wir waren im Besitz aller bekannten Maschinen, von der mit der Hand geworfenen Harpune bis auf die explodierenden Kugeln der Geschütze.

Auf dem Vordersteven war eine vervollkommnete Kanone, Hinterlader, von sehr starker Mündung und sehr enger Seele, deren Modell auf der nächsten Weltausstellung figurieren sollte. Dieses vortreffliche Instrument amerikanischen Ursprungs schleuderte leicht ein konisches Projektil von vier Kilogramm auf eine durchschnittliche Entfernung von sechzehn Kilometer.

Es fehlte also dem Abraham Lincoln nicht an Mordmitteln. Aber er besaß noch mehr, den Harpunierkönig *Ned-Land*.

Ned-Land war ein Kanadier von seltenem Handgeschick, der seinesgleichen in dem gefährlichen Handwerk nicht hatte. Er besaß Gewandtheit und Kaltblütigkeit, Kühnheit und List in besonders hohem Grad, und ein Wallfisch mußte schon recht tückisch, ein Pottfisch besonders listig sein, um seiner Harpune zu entrinnen.

Ned-Land war etwa vierzig Jahr alt, hochgewachsen – über sechs englische Fuß – kräftig gebaut, von ernster Miene, wenig mittheilsam, manchmal heftig und sehr zornig, wenn man ihn reizte. Seine Person erregte Aufmerksamkeit, zumal die Macht seines Blickes, der seine Züge besonders belebte.

Der Kommandant Farragut hatte wohl sehr weise getan, diesen Mann für sein Schiff zu gewinnen. Er allein wog mit Auge und Arm die ganze Mannschaft auf. Ich könnte ihn am besten mit einem starken Teleskop vergleichen, der zugleich als Kanone stets schußfertig wäre.

Kanadier sind Franzosen, und so wenig mittheilsam Ned-Land war, hatte er doch, erkenne ich an, eine gewisse Anhänglichkeit an mich. Ohne Zweifel zog ihn meine Nationalität an. Ich gab ihm eine Gelegenheit sich zu unterreden, und er mir eine solche, die alte Sprache des Rabelais zu hören, die in einigen Gegenden Canadas noch in Gebrauch ist. Die Familie des Harpuniers stammte aus Quebec, und bildete schon zu der Zeit, als diese Stadt den Franzosen gehörte, einen kühnen Fischerstamm.

Allmälig bekam Ned Lust zu plaudern, und ich hörte ihn gern von seinen Abenteuern in den Polarmeeren erzählen. Er sprach mit viel natürlicher Poesie von seinem Fischfang und seinen Kämpfen dabei. Sein Vortrag hatte echt epische Form, und ich glaubte manchmal einen kanadischen Homer zu hören, der die Iliade der Hyperboreerlande sang.

Ich schildere eben diesen kühnen Gesellen so, wie ich ihn gegenwärtig kenne. Wir sind alte Freunde geworden, geeinigt durch die unerschütterliche Sympathie, welche in den entsetzlichsten Lebenslagen entsteht und aneinander fesselt! Wackerer Ned! Ich möchte noch hundert Jahre leben, um mich noch recht lange Deiner zu erinnern!

Und jetzt, was war denn Ned-Land's Meinung in der Frage des Seeungeheuers? Ich muß gestehen, daß er an das Einhorn wenig glaubte, und daß er allein an Bord die allgemeine Ansicht nicht teilte. Er mied selbst von dem Gegenstand zu sprechen, so daß ich ihm einmal glaubte darin zu Leibe gehen zu müssen.

An einem prachtvollen Abend des 30. Juli, d. h. drei Wochen nach unserer Abfahrt, befand sich die Fregatte auf der Höhe des Cap Blanco, dreißig Meilen unter'm Wind an der patagonischen Küste. Wir waren über den Wendekreis des Steinbocks hinaus, und die Magellanische Enge war keine siebenhundert Meilen mehr südlich. Vor Ablauf von acht Tagen konnte der *Abraham Lincoln* die Wogen des Stillen Meeres durchsegeln.

Wir saßen, Ned-Land und ich, auf dem Hinterverdeck und plauderten über dies und jenes, indem wir auf das geheimnißvolle Meer hinschauten, dessen Tiefen bis jetzt den Blicken der Menschen unzugänglich gewesen sind. Ich führte ganz natürlich das Gespräch auf das Riesen-Einhorn, und prüfte die verschiedenen Aussichten unserer Unternehmung auf Gelingen oder Mißlingen. Hernach, als Ned mich reden ließ, ohne darauf zu antworten, setzte ich ihm direkter zu.

»Wie ist es, Ned, fragte ich, wie ist nur möglich, daß Sie von der Existenz des Tieres, welches wir verfolgen, nicht überzeugt sind? Haben Sie denn besondere Gründe, sich so ungläubig zu zeigen?«

Der Harpunier sah mich erst eine Weile an, bevor er mir antwortete, schlug sich dann mit einer ihm eigentümlichen Handbewegung auf seine große Stirn, schloß die Augen, als wolle er sich sammeln, und sagte endlich:

»Vielleicht wohl, Herr Arronax.

– Doch, Ned, Sie, ein Wallfischfänger von Profession, der mit den großen Seesäugetieren vertraut ist, dessen Einbildungskraft leicht die Hypothese von enormen Seetieren gelten lassen kann, Sie sollten der Letzte sein, der in solche Dinge Zweifel setzt!

– Darin gerade irren Sie, Herr Professor, erwiderte Ned. Mag die Menge an außerordentliche Kometen glauben, welche den Raum durchlaufen, oder an das Dasein urweltlicher Ungeheuer, welche im Innern des Erdballs hausen, das geht noch an, aber weder der Astronom noch der Geologe lassen solche Hirngespinste gelten. Ebenso der Wallfischfänger. Ich habe manche Seetiere verfolgt, viele harpuniert, eine Menge erlegt, aber so stark und wohl bewaffnet sie auch waren, weder mit den Schwänzen, noch mit den Zähnen hätten sie den Eisenplatten eines Dampfers etwas anhaben können.

– Doch, Ned, führt man Schiffe an, welche der Narwal mit seinem Zahn durch und durch gebohrt hat.

– Hölzerne, wohl möglich, erwiderte der Kanadier; und dazu hab' ich solche nie gesehen. Also, bis mir der Beweis vom Gegenteil erbracht wird, leugne ich, daß Wallfische, Pottfische oder Einhörner solch eine Wirkung hervorbringen können.

– Hören Sie mich an, Ned …

– Nein, Herr Professor, nein. Alles sonst, was Sie wollen, nur dies nicht. Ein Riesenpolyp vielleicht … ?

– Noch weniger, Ned. Der Polyp ist nur eine Molluske, von wenig festem Fleisch, wie schon dieser Name andeutet. Wäre ein Polyp – der nicht zu den Wirbeltieren gehört – auch fünfhundert Fuß lang, so ist er doch durchaus ungefährlich für solche Schiffe, wie der *Scotia* oder *Abraham Lincoln*. Es müssen also die Heldentaten der Kraken und anderen Ungeheuer der Art in's Reich der Fabeln verwiesen werden.

– Also, Herr Naturforscher, fuhr Ned-Land mit etwas schelmischem Ton fort, Sie beharren bei der Annahme, daß ein enormes Seesäugetier vorhanden sei … ?

– Ja, Ned, ich wiederhole es mit einer Überzeugung, welche sich auf die Logik der Tatsachen stützt. Ich glaube an die Existenz eines stark organisierten Seesäugetiers aus der Klasse der Wirbeltiere, wie der Wallfisch, Pottfisch und Delphin, welches mit einer hörnernen Waffe von äußerster Stärke versehen ist.

– Hm! sagte der Harpunier, und schüttelte den Kopf, als ein Mann, der sich nicht überzeugen lassen will.

– Bemerken Sie, mein wackerer Kanadier, fuhr ich fort, daß, wenn ein solches Thier existiert, wenn es die Tiefen des Ozeans bewohnt, wenn es in den Wasserschichten verkehrt, welche einige Meilen unter der Oberfläche sind, – es notwendig einen Organismus haben muß, dessen Festigkeit über alle Vergleichung geht.

– Und weshalb dieser starke Organismus? Fragte Ned.

– Weil eine unberechenbare Kraft nötig ist, um sich in den tiefen Schichten aufzuhalten und dem Druck derselben zu widerstehen.

– Wirklich? Sagte Ned, und sah mich blinzelnd an.

– Wirklich, und einige Zahlen werden es leicht beweisen.

– O! Zahlen! versetzte Ned. Mit Zahlen läßt sich Alles machen!

– In Geschäften, Ned, aber nicht in der Mathematik. Hören Sie nur. Nehmen wir an, daß der Druck einer Atmosphäre dem Druck einer Wassersäule von zweiunddreißig Fuß Höhe gleich ist. In Wirklichkeit würde die Wassersäule nicht so hoch sein, weil das Meerwasser dichter ist als das süße. Nun, Ned, wenn Sie untertauchen, muß Ihr Körper, soviel mal er zweiunddreißig Fuß Wasser über sich hat, ebenso viel Mal einen Druck gleich dem der Atmosphäre aushalten, nämlich ein Kilogramm auf jeden Quadratzentimeter seiner Oberfläche. Daraus folgt, daß bei dreihundertundzwanzig Fuß Tiefe dieser Druck gleich zehn Atmosphären gleichkommt, und hundert Atmosphären bei dreitausendzweihundert Fuß Tiefe, tausend Atmosphären bei zweiunddreißigtausend Fuß. Dies will ebenso viel heißen, als daß, wenn Sie bis in eine solche Tiefe gelangen können, jeder Quadratzentimeter der Oberfläche Ihres Körpers einen Druck von tausend Kilogramm zu erleiden haben würde.

Nun, wissen Sie, wackerer Ned, wieviel Quadratzentimeter Oberfläche Ihr Körper hat?

– Ich habe keine Ahnung davon, Herr Arronax.

– Ungefähr siebenzehntausend.

– So viele?

– Und da in Wirklichkeit der atmosphärische Druck etwas mehr als ein Kilogramm auf den Quadratzentimeter beträgt, so haben Ihre siebenzehntausend Quadratzentimeter in diesem Augenblick einen Druck von siebenzehntausendfünfhundertachtundsechzig Kilogramm auszuhalten.

– Ohne daß ich's merke?

– Ohne es wahrzunehmen. Und daß Sie nicht von einem solchen Druck zerquetscht werden, kommt daher, daß die Luft im Innern Ihres Körpers einen gleichen Druck ausübt. Es entsteht daraus ein vollständiges Gleichgewicht des innern und äußern Druckes, welche sich einander aufheben, so daß Sie es leicht aushalten. Im Wasser aber ist's anders.

– Ja, ich begreife, erwiderte Ned, der aufmerksamer geworden war, weil das Wasser mich umgibt, nicht ebenso mich durchdringt.

– Richtig, Ned. Also bei zweiunddreißig Fuß unter der Meeresoberfläche hätten Sie einen Druck von siebenzehntausendfünfhundertachtundsechzig Kilogramm auszuhalten; bei dreihundertundzwanzig Fuß diesen Druck zehnfach, nämlich hundertfünfundsiebenzigtausendsechshundertachtzig Kilogramm; bei dreitausendzweihundert Fuß hundertfach, nämlich siebenzehnhundertsechsundfünfzigtausendachthundert Kilogramm; bei zweiunddreißigtausend Fuß endlich den tausendfachen Druck, nämlich von siebenzehn Millionen fünfhundertachtundsechzigtausend Kilogramm; d. h. Sie würden platt gedrückt, wie unter den Platten einer hydraulischen Presse!

– Teufel! Sagte Ned.

– Nun denn, mein werther Harpunier, wenn Wirbeltiere, die einige hundert Meter lang und verhältnißmäßig dick sind, sich in solchen Tiefen aufhalten können, und ihre Oberfläche Millionen Zentimeter beträgt, so ist der Druck, welchen sie aushalten können, auf Milliarden Kilogramm anzuschlagen. Nun rechnen Sie, wie groß muß die Widerstandskraft ihres Knochenbaues und die Stärke ihres Organismus sein, um solchem Druck Widerstand zu leisten!

– Sie müssen wohl, versetzte Ned-Land, mit acht Zoll dickem Eisenblech beschlagen sein, wie die Panzerfregatten.

– So ist's, Ned, und nun denken Sie, was eine solche mit der Schnelligkeit eines Eilzugs wider einen Schiffsrumpf anstürzende Masse für Zerstörung anrichten kann.

– Ja … wirklich … vielleicht, erwiderte der Kanadier, der durch diese Ziffern zwar wankend geworden, doch sich noch nicht ergeben wollte.

– Nun, hab' ich Sie überzeugt?

– Sie haben, Herr Naturforscher, mich davon überzeugt, daß, wenn auf dem Grund des Meeres solche Tiere existieren, sie notwendig so stark sein müssen, wie Sie sagten.

– Aber wenn sie nicht existieren, starrköpfiger Harpunier, wie erklären Sie dann den Unfall, welcher den Scotia traf?

– Vielleicht … , sagte Ned stotternd.

– Nun, nun!

– Weil … es nicht wahr ist!« Kanadier, indem er, ohne es zu wissen, die Antwort, welche einmal der berühmte Arago gab, wiederholte.

Aber diese Antwort bewies doch nur die Hartnäckigkeit des Harpuniers. Damals drängte ich ihn nicht weiter. Der Unfall der Scotia war nicht zu leugnen. Das Loch war so stark, daß man es stopfen mußte, und ich glaube nicht, daß das Vorhandensein eines Loches entschiedener bewiesen werden kann. Dieses Loch aber ist nicht von selbst entstanden, und da es nicht von Felsen oder Maschinen unter'm Meer hervorgebracht worden ist, so ist es notwendig dem durchbohrenden Werkzeug eines Tieres zuzuschreiben.

Meiner Ansicht nach, und aus allen vorhin angeführten Gründen, gehörte nun dieses Tier der Abtheilung der Wirbeltiere an, zur Classe der Säugetiere, Gruppe der fischförmigen, und endlich zur Ordnung der wallfischartigen. Zu welcher Familie es zu rechnen, Wallfisch, Pottfisch oder Delphin, zu welcher Gattung und Art, wäre eine später zu beleuchtende Frage. Um diese zu lösen, müßte man das unbekannte Ungeheuer erst zerlegen; um es zu zerlegen, es fangen; um es zu fangen, die Harpune werfen; zum Harpunieren müßte man es sehen – was der Mannschaft zufiele; dafür aber müßte man ihm begegnen, was eine Sache des Zufalles ist.

Kapitel 5
Auf gut Glück!

Die Fahrt des *Abraham Lincoln* wurde eine Zeit lang von keinem Zwischenfall betroffen. Doch konnte man bei einer Gelegenheit, welche die merkwürdige Geschicklichkeit Ned-Land's kund gab, erkennen, welches Vertrauen man auf ihn setzen konnte.

Auf der hohen See bei den Falklands-Inseln begegnete die Fregatte am 30. Juni amerikanischen Wallfischfängern, welche keine Kunde vom Narwal geben konnten. Als aber einer derselben, Kapitän *Monroe*, erfuhr, daß Ned-Land sich an Bord des Abraham Lincoln befand, so erbat er sich dessen Beistand, um auf einen Wallfisch, der in Sicht war, Jagd zu machen. Der Kommandant Farragut, dem es erwünscht war, Ned-Land sein Werk verrichten zu sehen, gab ihm die Erlaubniß, sich an Bord des Monroe zu begeben. Und unser Kanadier war so glücklich, daß er anstatt eines Wallfischs mit einem Doppelwurf deren zwei harpunierte, indem er den einen in's Herz traf, des andern nach einigen Minuten Meister ward!

Unstreitig, wenn das Ungeheuer jemals mit Ned-Land's Harpune zu schaffen bekommt, gehe ich keine Wette zu seinen Gunsten ein.

Die Fregatte fuhr längs der Süd-Ostküste von Amerika mit erstaunlicher Schnelligkeit. Am 3. Juli waren wir am Eingang der Magellanischen Enge, auf der Höhe des Cap de las Virgines. Aber der Kommandant Farragut wollte diese gewundene Straße nicht einschlagen, und beschloß, um das Cap Horn zu fahren. Und in der Tat war es auch nicht wahrscheinlich, daß man in dieser Enge auf den Narwal stoßen werde.

Am 6. Juli, um drei Uhr abends fuhr der Abraham Lincoln, fünfzehn Meilen südlicher, um das Inselchen, den verlorenen Felsen am äußersten Ende des amerikanischen Kontinents, welchem holländische Matrosen den Namen ihrer Geburtsstadt Horn gegeben hatten. Nun fuhr man in nordwestlicher Richtung, und die Fregatte lief endlich in das Stille Meer ein. –

»Jetzt Achtung! Augen auf!« riefen wiederholt die Matrosen des *Abraham Lincoln*.

Und sie öffneten sie über die Maßen weit. Augen und Fernrohre, zwar durch die Perspektive der zweitausend Dollars etwas geblendet, blieben nicht einen Augenblick untätig. Tag und Nacht beobachtete man die Wasserfläche, und die Nachtsichtigen hatten mehr Aussicht das Spiel zu gewinnen.

Ich, auf den das Geld keine Anziehungskraft übte, war darum nicht minder achtsam an Bord. Ich vergönnte mir zum Essen nur einige Minuten, zum Schlafen nur einige Stunden, verließ, unbekümmert um Regen oder Sonnenschein, keinen Augenblick das Verdeck. Bald auf die Schanzverkleidung des Vordercastells, bald auf das Gebälk des hintern gelehnt, folgte ich mit gierigen Blicken dem schaumigen Kielwasser, soweit das Gesicht reichte. Wie oft teilte ich die Aufregung der Offiziere, der Mannschaft, wann ein Wallfisch launisch mit schwärzlichem Rücken aus dem Gewässer hervorragte. Dann füllte sich im Augenblick das Verdeck mit Matrosen und Offizieren. Jeder beobachtete mit beklommener Brust und trübem Blick das schwimmende Thier. Ich schaute und schaute, daß ich meine Netzhaut abnützte, blind zu werden drohte, während Conseil, stets phlegmatisch, mir mit ruhigem Tone wiederholt zusprach:

»Wenn mein Herr die Güte haben wollte, die Augen weniger aufzureißen, so würde man wohl mehr sehen!«

Aber, vergebliche Aufregung! Der Abraham Lincoln änderte seine Richtung, das signalisierte Thier anzugreifen. Wallfisch oder Pottfisch! Es verschwand jedoch bald von einem Hagel von Flüchen begleitet!

Doch das Wetter war fortwährend günstig. Die Fahrt wurde unter besseren Bedingungen weiter verfolgt. Es war damals die üble Jahreszeit des Südens, denn der Juli dieser Zone entspricht unserm Januar in Europa; aber das Meer hielt sich ruhig und gestattete in weitem Umfang die Beobachtung.

Ned-Land zeigte stets hartnäckige Ungläubigkeit; er stellte sich sogar, als beobachte er außer der Zeit, da er auf dem Verdeck sein mußte, gar nicht die Wasserfläche, – wenigstens wenn nicht ein Wallfisch in Sicht war. Und doch hätte seine merkwürdige Sehkraft große Dienste leisten können. Aber der starrköpfige Kanadier brachte von zwölf Stunden acht mit Lesen oder Schlafen in seiner Kabine zu. Ich machte ihm oft Vorwürfe über seine Gleichgültigkeit.

»Bah! Erwiderte er, 's ist nichts dran, Herr Arronax, und wäre es so ein Tier, was haben wir für eine Aussicht, es zu Gesicht zu bekommen? Fahren wir nicht so auf's Geratewohl? Man hat das unauffindbare Thier, sagt man, auf offener See im Stillen Ozean wieder gesehen, ich glaub's gern; aber es sind seit jener Begegnung schon zwei Monate verflossen, und will man das Temperament Ihres Narwal beachten, so hält er sich nicht gern lange in denselben Gegenden auf! Er ist fähig, mit erstaunlicher Leichtigkeit seine Stelle zu wechseln. Nun tut, wie Sie, Herr Professor, besser als ich wissen, die Natur nichts Verkehrtes, und sie würde ein seiner Natur nach langsames Thier nicht mit der Fähigkeit rascher Bewegung ausstatten, wenn es nicht derselben bedürftig wäre. Folglich, existiert das Tier, so ist es bereits weit weg!«

Hierauf wußte ich nichts zu erwidern. Offenbar tappten wir wie Blinde. Aber wie sollte man sonst verfahren? Darum hatten wir auch sehr beschränkte Aussichten. Doch zweifelte Niemand am Erfolg, und es war kein Matrose an Bord, der nicht gegen den Narwal und sein baldiges Erscheinen eine Wette eingegangen wäre.

Am 20. Juli durchschnitten wir den Wendekreis des Steinbocks unter'm 105° der Länge, und am 27. desselben Monats den Äquator unter'm hundertundzehnten Meridian. Hierauf nahm die Fregatte eine mehr entschieden westliche Richtung an und drang in die mittleren Gewässer des Stillen Ozeans ein. Der Kommandant Farragut urteilte richtig, es sei besser, die tieferen Gewässer aufzusuchen, und sich von den Landstrecken oder Inseln fern zu halten, welche das Tier offenbar zu vermeiden gesucht hatte, »ohne Zweifel, weil es dort nicht Wasser genug hatte«, sagte der Gepäckmeister. Die Fregatte fuhr daher in weiter Entfernung von den Pomotu-, Marquesas- und Sandwich-Inseln, durchschnitt unter'm 132° Länge den Wendekreis des Krebses und wendete sich dann nach den Chinesischen Meeren.

Endlich befanden wir uns auf dem Schauplatz, wo das Ungeheuer zuletzt sich aufgehalten hatte! Da klopften alle Herzen erschrecklich; die ganze Mannschaft geriet in eine nervöse Aufregung, die sich nicht beschreiben läßt. Man vergaß Essen und Schlafen. Zwanzigmal täglich war eine irrige Schätzung, eine optische Täuschung einiger Matrosen im Stande, unerträglichen Schrecken zu veranlassen, und diese zwanzigfach wiederholten Gemütsbewegungen hielten uns in einem Zustand so arger Spannung, daß eine Reaktion nicht ausbleiben konnte.

Und in der Tat ließ dieselbe nicht auf sich warten. Drei Monate lang, drei Monate, wo jeder Tag ein Jahrhundert dauerte! Der Abraham Lincoln durchfuhr alle nördlichen Meeresstriche des Stillen Ozeans, lief die signalisierten Wallfische an, kreuzte in raschen Wendungen hin und her, hielt plötzlich an, steigerte die Spannung des Dampfes und ließ wieder nach. Schlag auf Schlag mit Gefahr, die Maschine aus gleichem Gang zu bringen. So ließ er keinen Punkt von Japan bis zur amerikanischen Küste undurchsucht. Und es ergab sich nichts, nichts als das unermeßliche, öde Meer! Nichts was einem riesenhaften Narwal, einem unterseeischen Inselchen, einer schweifenden Klippe, noch sonst etwas Übernatürlichem geglichen hätte.

Da trat also ein Rückschlag ein. Die Entmutigung bahnte zuerst der Ungläubigkeit den Weg. Es entstand an Bord eine Stimmung, die aus drei Zehntel Scham und sieben Zehntel Zorn bestand. Man war doch »recht einfältig, sich für eine Chimäre gewinnen zu lassen.« Die Berge von Gründen, die seit einem Jahre sich aufgetürmt hatten, stürzten auf einmal zusammen, und jeder dachte nur in den Stunden der Mahlzeit oder des Schlafes die so töricht geopferte Zeit sich wieder beizubringen.

Mit der dem menschlichen Geist so natürlichen Beweglichkeit warf man sich von einem Extrem in's andere. Die wärmsten Verfechter der Unternehmung waren nun am ärgsten zum Schmähen bereit. Die Reaktion bewegte sich vom untern Schiffsraum bis zum Salon der Offiziere, und sicher, wäre nicht der Kommandant Farragut so hartnäckig gewesen, so hätte sich die Fregatte wieder entschieden nach Süden gewendet.

Doch konnte dies erfolglose Suchen nicht lange andauern. Der Abraham Lincoln hatte, nachdem er Alles zur Erreichung seines Zweckes getan, sich nichts vorzuwerfen. Nie hat die Mannschaft eines Schiffes der amerikanischen Marine mehr Geduld und Eifer gezeigt; der Mißerfolg konnte ihr nicht zugeschrieben werden; es blieb nichts übrig als zurückzukehren.

In diesem Sinne machte man dem Kommandanten Vorstellungen. Derselbe hielt wacker Stand. Die Matrosen verhehlten nicht ihre Unzufriedenheit, und der Dienst litt dadurch. Ich will nicht sagen, daß an Bord ein Aufruhr entstand, aber der Kommandant Farragut fand doch, nachdem er geraume Zeit widerstanden, sich veranlaßt, wie einst Columbus, drei Tage Geduld zu begehren. Wenn im Verlauf von drei Tagen das Ungeheuer sich nicht zeigte, solle der Abraham Lincoln die Heimkehr nach den europäischen Meeren antreten.

Dies Versprechen ward am 2. November gegeben. Es hatte zunächst zur Folge, daß der Muth der Mannschaft sich wieder hob. Der Ozean wurde wieder achtsam beobachtet; die Fernrohre kamen wieder in Tätigkeit. Es war eine letzte Herausforderung an den Riesen-Narwal, der vernünftiger Weise nicht umhin konnte, der Forderung zu entsprechen.

Während der zwei Tage hielt sich der Abraham Lincoln bei schwachem Dampf. Man gab sich alle Mühe, die Aufmerksamkeit des Tieres, falls es sich in dieser Gegend befände, zu wecken, oder seine Gleichgültigkeit zu spornen. Es wurden ungeheure Stücke Speck am Schleppseil ausgeworfen – zu großer Befriedigung der Haifische. Die Boote fuhren in allen Richtungen um den Abraham Lincoln, während er aufbraßte, und ließen keinen Punkt undurchsucht. Aber der Abend des 4. November kam heran, ohne daß das unterirdische Geheimniß sich enthüllte.

Am folgenden Tag, 5. November, lief der strenge Termin ab. Nach diesem Termin mußte der Kommandant Farragut, seinem Versprechen gemäß, die Fahrt nach Südosten richten und entschieden die nördlichen Gegenden des Stillen Meeres verlassen.

Dis Fregatte befand sich damals unter'm 31° 15' nördl. Breite, und 136° 42' östl. Länge. Die Landschaften Japans waren kaum zweihundert Meilen unter'm Wind entfernt. Die Nacht nahte heran, es schlug schon acht Uhr. Die Mondscheibe, damals im ersten Viertel, war von Gewölk verschleiert. Das Meer unter'm Kiel schlug ruhige Wellen.

In dem Augenblick befand ich mich vorn beim Steuerbord, auf's Geländer gelehnt. Conseil, der in meiner Nähe stand, schaute vor sich hin. Die Mannschaft, auf den Tauen hockend, forschte am Horizont, der allmälig enger und düsterer ward. Die Offiziere, mit ihren Nacht-Lorgnetten bewaffnet, beobachteten die zunehmende Dunkelheit.

Bei Conseil konnte ich wahrnehmen, daß dieser brave Bursche sehr wenig dem allgemeinen Einfluß unterworfen war. Wenigstens sah ich's so an! Vielleicht wirkte die Neugier einigermaßen auch auf seine Nerven.

»Auf, Conseil, sagte ich, nun ist noch zum letzten Mal Gelegenheit, zweitausend Dollars einzustreichen.

– Erlauben nur, mein Herr, zu bemerken, versetzte Conseil, daß ich nie auf diesen Preis mir Rechnung gemacht habe; und die Regierung der Union konnte hunderttausend Dollars versprechen, sie wäre um nichts ärmer geworden.

– Du hast Recht, Conseil. Nach Allem ist's eine verrückte Sache, in die wir uns zu leichtsinnig hineingestürzt haben. Wie viel Zeit verloren, wie unnütz diese Aufregungen! Jetzt sind's schon sechs Monate, daß wir daheim in Frankreich sein könnten …

– In meines Herrn kleiner Wohnung, erwiderte Conseil, in meines Herrn Museum! Und ich hätte bereits meines Herrn Fossilien klassifiziert! Und der Babirussa meines Herrn wäre im *Jardin des Plantes* in seinem Käfig, und zöge alle Neugierigen von Paris herbei!

– So ist's, Conseil, und ich denke, unfehlbar spottet man über uns!

– Ganz gewiß wird man sich über meinen Herrn lustig machen, erwiderte ruhig Conseil. Und darf ich's heraus sagen? …

– Sag's nur heraus, Conseil.

– Nun, es widerfährt meinem Herrn nur, was er verdient!

– Wirklich!

– Wenn man die Ehre hat, so ein Gelehrter zu sein, wie mein Herr, gibt man sich nicht preis … «

Conseil hatte noch nicht ausgeredet, da ließ sich mitten im allgemeinen Schweigen eine laute Stimme vernehmen. Ned-Land rief:

»Oho! der fragliche Gegenstand unter'm Wind, quer vor uns!«

Kapitel 6
Mit vollem Dampf

Auf diesen Ruf stürzte die gesamte Mannschaft, Kommandant, Offiziere, Matrosen und Schiffsjungen, hin zum Harpunier, selbst die Ingenieure verließen ihre Maschine, die Heizer ihr Feuer. Es wurde Befehl zum Einhalten gegeben, und die Fregatte fuhr nicht mehr weiter, als ihre Kraft noch reichte.

Es war damals völlig dunkel, und so trefflich des Kanadiers Augen waren, so fragte ich doch, wie er nur sehen gekonnt, und was er gesehen. Mein Herz klopfte zum Bersten.

Aber Ned-Land hatte nicht geirrt, und wir alle sahen den Gegenstand, auf den er mit der Hand wies.

Zwei Kabellängen vom Abraham Lincoln entfernt schien das Meer an der Oberfläche beleuchtet. Es war nicht blos ein Phosphoreszieren, und man konnte sich nicht irren. Das einige Klafter unter dem Wasserspiegel verborgene Ungeheuer warf den sehr starken, aber unerklärlichen Glanz, von dem schon mehrere Kapitäne berichtet hatten. Diese prächtige Ausstrahlung mußte von dem Träger einer starken Leuchtkraft herrühren. Die auf der Meeresfläche erleuchtete Stelle bildete ein ungeheures sehr langes Oval, in dessen Centrum ein glühender Brennpunkt von unerträglichem Glanz Strahlen warf, die stufenweise schwächer allmälig verloschen.

»Es ist nur eine Anhäufung phosphoreszierender Elementarteilchen, rief einer der Offiziere.

– Nein, mein Herr, erwiderte ich mit Überzeugung. Niemals können die Pholaden und Salpen ein so starkes Licht erzeugen. Dieser Glanz ist seiner Natur nach elektrisch. … .

Übrigens, sehen Sie, sehen Sie! Es ändert seine Stelle, bewegt sich voran, rückwärts! Es stürzt auf uns los!

Allgemeines Geschrei auf der Fregatte.

»Still! Rief der Kommandant Farragut. Steuer unter'm Wind, ganz! Maschine rückwärts!«

Die Matrosen stürzten sich auf das Steuer, die Ingenieure zu ihrer Maschine.

Der Dampf wurde sogleich gehemmt, und der Abraham Lincoln, drehte sich links, beschrieb einen Halbkreis.

»Steuer rechts! Maschine voran!« rief der Kommandant Farragut.

Diese Befehle wurden ausgeführt und die Fregatte entfernte sich rasch von der leuchtenden Stelle.

Ich irre. Sie wollte sich entfernen, aber das Wundertier näherte sich mit doppelter Geschwindigkeit.

Wir waren außer Atem. Bestürzung weit mehr als Furcht machte uns stumm und unbeweglich. Das Tier ward unser spottend Meister. Es fuhr um die Fregatte herum und umzog sie mit elektrischen Streifen. Darauf entfernte es sich zwei bis drei Meilen, indem es einen phosphoreszierenden Streifen hinter sich ließ, wie die Lokomotive ihre Dampfwirbel. Es wollte nur aus der Entfernung seinen Anlauf nehmen, und schoß plötzlich vom dunkeln Horizont aus mit erschrecklicher Schnelligkeit auf den Abraham Lincoln los, hielt jedoch in einer Entfernung von zwanzig Fuß auf einmal an, verschwand – nicht durch Untertauchen, denn sein Glanz blieb ungeschwächt – sondern als wäre die Quelle der glänzenden Ausströmung mit einemmale versiegt! Darauf kam es auf der andern Seite des Schiffes wieder zum Vorschein, sei es daß es um dasselbe herum oder darunter herfuhr. Jeden Augenblick konnte ein Zusammenstoß stattfinden, der uns vernichtet hätte.

Ich wunderte mich jedoch über die Manoeuvres der Fregatte. Sie floh, griff nicht an. Sie wurde verfolgt, sollte aber verfolgen, und ich bemerkte dies dem Kommandanten. Sein Angesicht, das gewöhnlich so feste Züge hatte, ließ eine unbeschreibliche Bestürzung erkennen.

»Herr Arronax, erwiderte er mir, ich weiß nicht, mit was für einem furchtbaren Geschöpf ich zu tun habe, und ich will nicht unvorsichtig inmitten dieser Dunkelheit meine Fregatte auf's Spiel setzen. Zudem, wie soll man das Unbekannte angreifen, wie sich dagegen verteidigen. Warten wir den Tag ab, dann sollen die Rollen wechseln.

– Sie haben, Kommandant, über die Natur des Tieres keinen Zweifel mehr?

– Nein, mein Herr, es ist offenbar ein Riesen-Narwal, und dazu ein elektrischer.

– Vielleicht, fügte ich bei, kann man ihm ebenso wenig nahe kommen, als wie einem Zitterfisch!

– Ja wohl, erwiderte der Kommandant, und wenn das Tier dazu die Kraft eines Blitzschlags besitzt, so ist es sicherlich das fürchterlichste, welches jemals aus des Schöpfers Hand gekommen ist. Deshalb, mein Herr, werde ich vorsichtig sein.«

Die Nacht über blieb die ganze Bemannung auf den Beinen, an Schlaf konnte Niemand denken. Da der Abraham Lincoln sich an Schnelligkeit nicht mit dem Gegner messen konnte, so hielt er sich bei schwachem Dampf und fuhr gemach. Der Narwal dagegen machte es der Fregatte nach, ließ sich auf den Wellen wiegen, und schien entschlossen, den Schauplatz des Kampfes nicht zu verlassen.

Um Mitternacht jedoch verschwand er; oder, richtiger zu sagen, er »verlosch« als wie ein gewaltiger Leuchtwurm. War er geflohen? Man mußte es fürchten, nicht hoffen. Aber sieben Minuten vor ein Uhr morgens vernahm man ein betäubendes Zischen, gleich dem, welches ein mit äußerster Heftigkeit emporgeschleuderter Wasserstrahl verursacht.

Der Kommandant Farragut, Ned-Land und ich befanden uns damals auf dem Vorderdeck und schauten mit gierigen Blicken durch das tiefe Dunkel.

»Ned-Land, fragte der Kommandant, Sie haben wohl oft das brausende Zischen der Wallfische gehört?

– Ja, mein Herr, aber noch niemals von solchen Wallfischen, wie der ist, welcher mir zweitausend Dollars verschafft hat.

– Wahrhaftig, Sie haben ein Recht auf den Preis. Aber sagen Sie mir doch, ist dieses Getöse nicht dasselbe, wie es die Wallfische machen, wann sie Wasser aus ihren Luftlöchern ausstoßen?

– Ganz dasselbe, mein Herr, aber dieses ist ohne alle Vergleichung stärker. Ein Irrtum ist dabei nicht möglich. Es gehört also wohl das Tier, welches da in unseren Gewässern sich umhertreibt, zum Wallfischgeschlecht. Mit Ihrer Erlaubniß, mein Herr, fügte der Harpunier bei, werden wir morgen bei Tagesanbruch zwei Worte mit ihm reden.

– Wenn es Lust hat. Sie zu hören, erwiderte ich mit wenig Überzeugung.

– Kann ich ihm nur auf vier Harpunenlängen nahe kommen, versetzte der Kanadier, so wird's wohl mich anhören müssen!

– Aber um ihm nahe zu kommen, sagte der Kommandant, werd' ich ein Wallfischboot Ihnen zur Verfügung stellen müssen?

– Ohne Zweifel, mein Herr.

– Das hieße das Leben meiner Leute auf's Spiel setzen?

– Und auch das meinige! Erwiderte einfach der Harpunier.

Gegen zwei Uhr morgens zeigte sich die leuchtende Stelle wieder, und zwar ebenso stark, fünf Meilen vom Abraham Lincoln. Trotz der Entfernung, trotz dem Brausen des Meeres und Windes hörte man deutlich die fürchterlichen Schwanzschläge des Tieres, und sogar sein keuchendes Atmen. Es schien, als wenn im Moment, wo der enorme Narwal an der Oberfläche des Meeres atmete, die Luft in seine Lungen dränge, wie der Dampf in die ungeheuren Zylinder einer Maschine von zweitausend Pferdekraft.

»Hm! dacht' ich, ein Wallfisch von der Kraft eines Kavallerieregiments, wäre ein hübsches Thier!«

Man blieb bis zum Tag in steter Erwartung zum Kampf gerüstet. Das Gerät zum Fischen war in Bereitschaft. Es wurden die kleinen Geschützstücke geladen, welche eine Harpune eine Meile weit schleudern, und lange Büchsen mit explodierenden Kugeln, welche selbst den stärksten Tieren tödliche Wunden beibringen. Ned-Land hatte sich darauf beschränkt, seine Harpune, eine fürchterliche Waffe in seiner Hand, bereit zu machen.

Um sechs Uhr begann der Tag zu grauen, und mit dem ersten Schimmer der Morgenröte verschwand der elektrische Glanz des Narwal. Um sieben Uhr war es völlig Tag geworden, aber ein dichter Morgennebel beschränkte den Horizont, so daß die besten Lorgnetten nicht durchdringen konnten. Das erregte Zorn über die Enttäuschung.

Ich kletterte auf die Stangen des Hintermastes. Einige Offiziere saßen schon oben auf den Masten.

Um acht Uhr zog der Nebel schwer über den Wellen und stieg allmälig auf. Der Horizont wurde frei und rein.

Plötzlich, wie am Abend zuvor, ließ Ned-Land sich wieder vernehmen:

»Der fragliche Gegenstand hinten links!« Die Blicke Aller richteten sich dahin.

Dort, eine und eine halbe Meile entfernt, sah man einen langen, schwärzlichen Körper einen Meter über die Wellen emportauchen. Sein Schwanz erregte mit gewaltigen Schlägen einen ungeheuren Wirbel. Blendend weißes, unendlich ausgedehntes Kielwasser bezeichnete in langer Kurve die Bahn des Tieres.

Die Fregatte kam demselben nahe, und ich konnte es genau beobachten. Die Berichte des Shannon und der Helvetia hatten die Verhältnisse etwas übertrieben, und ich schätzte seine Länge auf nur zweihundertundfünfzig Fuß. Seine Dicke zu schätzen war schwierig, aber im Ganzen schien mir das Tier in den drei Dimensionen wohl proportioniert.

Während ich das phänomenale Geschöpf beobachtete, schleuderte es aus seinen zwei Luftlöchern zwei Strahlen von Dampf und Wasser, die vierzig Meter hoch stiegen. Dies gab mir über die Art seines Atmens einen bestimmten Begriff. Ich entnahm daraus entschieden, daß es zu den Wirbeltieren gehörte, der Classe der Säugetiere, Gruppe der fischförmigen, Ordnung der wallfischartigen. Über die Familie konnte ich mich noch nicht aussprechen. Es gehören die Wallfische, Pottfische und Delphine zu derselben Ordnung, und die Narwal zu Letzteren. Das Weitere hoffte ich mit Gottes und des Kommandanten Hilfe bald bestimmen zu können.

Die Mannschaft harrte mit Ungeduld der Befehle ihres Kommandanten. Dieser ließ, nachdem er das Tier genau besieht, den Ingenieur rufen. Derselbe kam unverweilt.

»Mein Herr, sagte der Kommandant, haben wir den nötigen Dampf?

– Ja, mein Herr, war die Antwort.

– Gut, heizen Sie stärker, bis zu voller Dampfkraft.«

Dreimaliges Hurrah erschallte. Die Stunde des Kampfes hatte geschlagen. Nach wenigen Augenblicken entströmten schwarze Dampfwolken den beiden Rauchfängen der Fregatte, und das Verdeck zitterte unter den Schauern der Kessel.

Der Abraham Lincoln, von seiner gewaltigen Schraube getrieben, fuhr gerade auf das Tier los. Dieses ließ ihn bis auf halbe Kabellänge gleichgültig an sich heran kommen; darauf, ohne unterzutauchen, machte es eine Wendung zur Flucht, beschränkte sich jedoch darauf, seine Entfernung zu behaupten.

Dies Verfolgen dauerte etwa dreiviertel Stunden, ohne daß die Fregatte dem Tier nur zwei Klafter abgewann. Es war klar, daß man so es nie erreichen würde.

Der Kommandant Farragut drehte wütend das dichte Büschel unter seinem Kinn.

»Ned-Land!« rief er.

Der Kanadier kam.

»Nun, Meister Land? Fragte der Kommandant, werden Sie mir noch raten, meine Boote in's Meer zu lassen?

– Nein, mein Herr, erwiderte Ned-Land, denn dieses Tier läßt sich nur mit seinem Willen fangen.

– Was fangen wir also an?

– Steigern Sie wo möglich die Dampfkraft, mein Herr. Ich meines Teils will, mit Ihrer Erlaubniß, mich auf den Wasserstag verfügen und, sobald wir auf Harpunenlänge kommen, will ich harpunieren.

– Thun Sie das, Ned, erwiderte der Kommandant. Ingenieur, rief er sodann, steigern Sie den Dampf.«

Ned-Land begab sich auf seinen Posten. Die Feuer wurden noch mehr geschürt, die Schraube drehte sich dreiundvierzig Mal in der Minute, und der Dampf strömte aus den Klappen. Man konstatierte mit dem Log, daß der Abraham Lincoln im Verhältniß von achtzehn Meilen die Stunde fuhr.

Aber das verdammte Thier fuhr mit gleicher Geschwindigkeit.

Noch eine Stunde lang setzte die Fregatte dieses Verfahren fort, ohne eine Klafter zu gewinnen! Das war entmutigend für einen der schnellsten Dampfer der amerikanischen Marine. Ein stiller Zorn ergriff die Mannschaft; die Matrosen fluchten dem Ungeheuer, das übrigens ihnen zu erwidern verschmähte.

Der Ingenieur wurde abermals gerufen.

»Haben Sie den höchsten Grad des Dampfes? Fragte der Kommandant.

– Ja, mein Herr, erwiderte der Ingenieur.

– Und Ihre Klappen sind gestellt? …

– Zu sechs Atmosphären und eine halbe.

– Richten Sie dieselben auf zehn.«

»Conseil, sagte ich zu meinem wackern Diener der neben mir stand, weißt Du, daß wir vermutlich in die Luft springen werden?

– Wie es meinem Herrn beliebt!« erwiderte Conseil.

Nun! Ich gestehe, ich wäre schon zufrieden es zu riskieren.

Die Schnelligkeit des Abraham Lincoln ward demnach gesteigert. Seine Masten zitterten bis auf den Grund, und die Rauchwirbel konnten durch die zu engen Röhren kaum hinausdringen.

Man warf abermals das Log.

»Nun, Steuerer? Fragte der Kommandant.

– Neunzehn und dreizehntel Meilen, mein Herr.

– Noch stärker feuern!«

Der Ingenieur gehorchte. Das Manometer wies zehn Atmosphären. Aber das Ungeheuer »heizte« ohne Zweifel ebenfalls, denn es fuhr ganz leicht auch seine neunzehn und dreizehntel Meilen.

Welch ein Verfolgen! Die Gemütsbewegung, welche mein ganzes Wesen ergriff, läßt sich nicht beschreiben. Einige Mal konnte man dem Tiere nahe kommen.

»Wir bekommen es! Wir bekommen es«, rief der Kanadier. Dann, sowie er im Begriff war zu werfen, entwischte es mit einer Schnelligkeit, die mindestens auf dreißig Meilen die Stunde sich schätzen ließ. Und selbst bei unserer höchsten Schnelligkeit erlaubte es sich die Fregatte durch sein Spiel zu höhnen!

Um zwölf Uhr waren wir noch nicht weiter, als um acht. Nun entschloß sich der Kommandant Farragut zu direkteren Mitteln.

»Ah! Sagte er, das Tier fährt schneller, als der Abraham Lincoln! Nun, wir wollen sehen, ob es seinen Spitzkugeln sich entziehen wird. Meister, Mannschaft an das Geschütz vorne!«

Die Kanone des Vorderkastells wurde unverzüglich geladen und aufgeprotzt. Die Kugel wurde abgeschossen, sie fuhr aber einige Fuß über dem Tiere weg, das eine halbe Meile entfernt war.

»Ein Anderer, der's besser versteht! Rief der Kommandant, und fünfhundert Dollars, wer die höllische Bestie trifft!«

Ein alter graubärtiger Kanonier mit ruhigem Blick, kalten Gesichtszügen, trat hinzu, richtete und visierte lange. Ein tüchtiger Schuß, und jubelndes Hurrah der Mannschaft.

Die Kugel traf, aber nicht regelrecht; sie glitt an der runden Fläche ab und fuhr zwei Meilen weiter in's Meer.

»Teufel! Schrie der Kanonier wütend, der Schuft ist sechs Zoll dick gepanzert!

– Verdammt!« rief der Kommandant Farragut. Die Jagd ging von neuem an, und der Kommandant sprach zu mir:

»Ich verfolge weiter, und sollte die Maschine platzen!

– Ja, erwiderte ich, und Sie haben Recht!«

Man mochte hoffen, das Tier werde ermüden, und nicht so gleichgültig sein, wie eine Dampfmaschine. Aber damit war's nichts. Es verflossen Stunden ohne alles Zeichen von Ermüdung.

Übrigens muß man anerkennen, daß der Abraham Lincoln mit unermüdlicher Ausdauer kämpfte. Ich schätze, daß er an dem unseligen 6. November mindestens fünfhundert Kilometer lief! Aber es kam die Nacht und hüllte das unruhige Meer in Dunkel.

In dem Augenblick glaubte ich, unsere Expedition sei zu Ende, und wir bekämen das Tier nicht mehr zu Gesicht. Ich irrte. Um zehn Uhr fünfzig Minuten kam die elektrische helle Stelle wieder zum Vorschein, drei Meilen von der Fregatte, so rein und stark, wie in der vorigen Nacht.

Der Narwal schien unbeweglich. Vielleicht schlief er vor Ermüdung, und wiegte sich auf den Wogen? Das wollte der Kommandant benutzen.

Er erteilte seine Befehle. Der Abraham Lincoln fuhr mit schwachem Dampf vorsichtig, um seinen Gegner nicht zu wecken. Man trifft nicht selten die Wallfische auf offener See in tiefem Schlaf, und greift sie dann mit Vorteil an. Ned-Land hatte manche während des Schlafes harpuniert. Der Kanadier begab sich wieder auf seinen Posten am Bugspriet.

Die Fregatte näherte sich geräuschlos, hielt zwei Kabellängen weit von dem Thier an. Man hörte an Bord keinen Atemzug, tiefes Schweigen herrschte auf dem Verdeck. Wir befanden uns keine hundert Fuß von dem glühenden Brennpunkt, dessen Glanz zunahm und die Augen blendete.

In dem Augenblick sah ich am Geländer des Vorderkastells Ned-Land über mir, wie er mit starker Hand die fürchterliche Harpune schwang. Kaum zwanzig Fuß von dem Tiere entfernt, schleuderte er mit kräftigem Arm seine Waffe; ich hörte laut das Anprallen derselben, als habe sie einen harten Körper getroffen.

Die elektrische Zelle erlosch plötzlich, und zwei enorme Wasserstrudel entluden sich auf das Verdeck der Fregatte gleich einem reißenden Strom, warf die Mannschaft zu Boden, zerriß die Bindseile. –

Ein entsetzlicher Stoß schleuderte mich über die Seite in's Meer.

Kapitel 7

Ein Waalfisch unbekannter Art

So sehr mich dieser unerwartete Fall überraschte, behielt ich doch eine klare Vorstellung dessen, was ich empfand.

Ich wurde anfangs etwa zwanzig Fuß tief hinabgezogen. Ein guter Schwimmer, verlor ich über dem Untertauchen nicht den Kopf. Zwei kräftige Stöße mit den Fersen brachten mich wieder zur Oberfläche empor.

Vor Allem suchten meine Augen die Fregatte. Hatte die Mannschaft mein Verschwinden gemerkt? Hatte der Abraham Lincoln sich umgedreht? Hatte der Kommandant Farragut ein Boot in's Meer gelassen? Durfte ich auf Rettung hoffen?

Tiefes Dunkel ringsum. Ich sah im Osten eine schwarze Masse verschwinden, deren leuchtende Feuer in der Ferne verloschen. Es war die Fregatte. Jetzt hielt ich mich für verloren.

»Zu Hilfe! Hilfe!« rief ich, indem ich mit verzweifelndem Arm auf den Abraham Lincoln zu schwamm.

Meine Kleider hinderten mich. Sie klebten im Wasser an meinem Leibe, hemmten meine Bewegungen. Ich sank unter! Die Luft ging mir aus … !

»Zu Hilfe!«

Diesen letzten Ruf stieß ich aus. Mein Mund schluckte Wasser! … Wasser. In den Abgrund versinkend zappelte ich … Plötzlich wurden meine Kleider von kräftiger Hand gefaßt, ich fühlte mich ungestüm an die Oberfläche des Meeres emporgezogen, und ich hörte, ja, ich hörte diese Worte mir in's Ohr gesprochen:

»Wenn mein Herr die große Güte haben will, sich auf meine Schultern zu stützen, wird er viel bequemer schwimmen.«

Ich ergriff mit einer Hand den Arm meines treuen Conseil.

»Du! fragte ich. Du!

– Ich selbst, erwiderte Conseil, und zu meines Herrn Befehl.

– Und der Stoß hat Dich zugleich mit mir in's Meer geschleudert?

– Keineswegs. Da ich in meines Herrn Dienst stehe, bin ich ihm nachgesprungen.«

Der wackere Bursche hielt dies für natürlich!

»Und die Fregatte? Fragte ich.

– Die Fregatte! Erwiderte Conseil, indem er sich wieder auf den Rücken legte; ich glaube, mein Herr wird wohl tun, nicht allzu viel auf sie zu rechnen!

– Du meinst?

– Ich meine, im Augenblick, da ich mich in's Meer stürzte, hörte ich die Leute am Steuer rufen: Die Schraube und das Steuer sind zerbrochen …

– Zerbrochen?

– Ja! durch den Zahn des Ungeheuers. Dies ist der erste Schaden, den der Abraham Lincoln je erlitten. Aber, ein schlimmer Umstand für uns, er ist nicht mehr im Stand, zu steuern.

– Dann sind wir verloren!

– Vielleicht, erwiderte ruhig Conseil. Doch, wir haben noch einige Stunden vor uns, und in einigen Stunden kann man viel zu Stande bringen!«

Die unverwüstliche Kaltblütigkeit Conseils richtete meinen Muth auf. Ich konnte wieder rüstig schwimmen; aber da meine Kleider mir anklebten wie ein bleierner Mantel, so konnte ich nur mit äußerster Mühe aushalten. Conseil bemerkte es.

»Erlaube mir, mein Herr, meinen Schnitt zu machen«, sagte er.

Und er steckte eine Messerklinge unter meine Kleider und zerschnitt sie in einem Zug von oben bis unten. Darauf entledigte er mich rasch derselben, während ich für uns beide schwamm.

Ich leistete dagegen Conseil denselben Dienst, und wir schwammen dann nebeneinander weiter.

Jedoch war die Lage darum nicht minder schrecklich. Vielleicht hatte man auf der Fregatte unser Verschwinden gar nicht gemerkt, und hätten sie's auch wahrgenommen, so konnten sie, weil ihr Steuer zerbrochen war, nicht unter'm Wind zu uns zurückkommen. Man konnte also nur auf die Boote rechnen.

Conseil urteilte kalt, dieser Annahme gemäß und machte darnach seinen Plan. Ein Charakter zum Erstaunen! Dieser phlegmatische Bursche war hier wie zu Hause.

Es wurde daher beschlossen, da unsere einzige Aussicht auf Rettung darauf beruhte, daß die Boote des Abraham Lincoln uns aufnahmen, so mußten wir uns darauf einrichten, um so lange wie möglich sie erwarten zu können. Ich beschloß daher, unsere Kräfte geteilt zu verwenden, um sie nicht mit einander zu erschöpfen, und wir machten's so: Während der eine mit gekreuzten Händen und gestreckten Beinen unbeweglich auf dem Rücken lag, schwamm der Andere und bugsierte ihn vorwärts. In dieser Rolle durfte er nur zehn Minuten bleiben, damit wir durch Ablösen unsere Kräfte sparten, um es einige Stunden, vielleicht bis zu Tagesanbruch, auszuhalten.

Schwache Aussicht auf Rettung! Aber die Hoffnung wurzelt tief im Herzen des Menschen. Und dann, es waren unser zwei. Ja, wenn ich alle Täuschung in mir vernichten, wenn ich »verzweifeln« wollte, ich konnte es nicht!

Der Zusammenstoß der Fregatte mit dem Thier hatte sich etwa um elf Uhr abends begeben. Ich rechnete also, daß wir bis zu Sonnenaufgang acht Stunden zu schwimmen hätten, was mit äußerster Anstrengung durch gegenseitige Ablösung ausführbar war. Das Meer war ziemlich ruhig, machte uns wenig müde.

Gegen ein Uhr morgens fühlte ich mich äußerst erschöpft. Meine Glieder wurden steif unter heftigen Krämpfen. Conseil mußte mich stützen, und unsere Rettung beruhte nun auf ihm allein. Bald hörte ich den armen Burschen keuchen; er atmete kurz und beklommen. Ich sah ein, daß er nicht lange mehr aushalten konnte.

»Lasse mich! Lass' mich! sagte ich zu ihm.

– Meinen Herrn im Stich lassen! Niemals!« erwiderte er. In diesem Moment leuchtete der Mond ein wenig zwischen dem Gewölk hervor, und die Meeresfläche schimmerte in seinen Strahlen. Dieser Eindruck belebte wieder unsere Kräfte. Ich konnte den Kopf aufrichten und am ganzen Horizont umherblicken. Ich sah die Fregatte, etwa fünf Meilen von uns, kaum bemerkbar. Aber von Booten nichts! Ich wollte rufen. Wozu das, in solcher Ferne? Meine geschwollenen Lippen vermochten's nicht. Ich hörte Conseil wiederholt um Hilfe rufen. Wir hielten ein wenig an und horchten. Es dünkte mir, ein Ruf antworte dem Rufen Conseils.

»Hast Du gehört? Stammelte ich.

– Ja! ja!«

Und Conseil stieß nochmals verzweifelten Hilferuf aus. Diesmal war nicht zu zweifeln, eine Menschenstimme antwortete uns! War's die Stimme eines andern beim Zusammenstoßen verunglückten Opfers? Oder gar ließ ein Boot der Fregatte uns durch's Sprachrohr den Ruf zugehen?

Conseil nahm seine äußersten Kräfte zusammen, um auf meine Schulter gestützt, sich halb aufzurichten und umherzuschauen; dann sank er erschöpft zurück.

»Was hast Du gesehen?

– Ich habe gesehen … stammelte er, ich habe gesehen … Doch reden wir nicht … nehmen wir alle Kraft zusammen! … « Was hatte er gesehen? … Was für eine Stimme mochte es sein?

Conseil jedoch bugsierte mich fortwährend. Manchmal hob er den Kopf empor, blickte vor sich, rief wieder, um sich kund zu geben, und eine andere Stimme ließ sich immer näher vernehmen. Kaum vermochte ich noch es zu hören, meine Kräfte gingen mir aus; meine Finger spreizten sich; meine Hand versagte mir die Stütze; mein krampfhaft geöffneter Mund füllte sich mit Wasser; ich erstarrte vor Kälte. Zum letzten Mal hob ich den Kopf empor, dann versank ich …

In dem Augenblick stieß ein Körper wider mich; ich klammerte mich an. Ich fühlte, daß man mich auf die Oberfläche zog, daß meine Brust wieder aufatmete, dann ward ich ohnmächtig …

Gewiß bin ich durch das kräftige Reiben, womit man mich bearbeitete, bald wieder zu mir gekommen. Ich schlug ein wenig die Augen auf …

»Conseil! stammelte ich.

– Mein Herr hat mir gerufen?« erwiderte Conseil.

In dem Augenblick, beim letzten Mondesstrahl, gewahrte ich eine Gestalt, nicht die Conseil's, und erkannte sie sogleich.

»Ned! Rief ich.

– In eigener Person, mein Herr, um mir meine Prämie zu holen! Erwiderte der Kanadier.

– Sie sind auch von dem Stoß in's Meer geschleudert worden?

– Ja, Herr Professor, aber ich war besser dran, als Sie, daß ich sogleich auf einem schwimmenden Inselchen festen Fuß fassen konnte.

– Ein Inselchen?

– Ja, oder vielmehr, auf unserm Riesen-Narwal.

– Erklären Sie mir, Ned.

– Ich begriff bald, warum meine Harpune nicht eindringen konnte, und stumpf ward.

– Warum, Ned, warum?

– Weil dies Thier, Herr Professor, von Eisenblech gemacht ist!«

Ich muß hier meinen Geist sammeln, meine Erinnerungen wieder beleben, meine Aussagen selbst kontrollieren.

Die letzten Worte des Kanadiers bewirkten in meinem Kopf eine plötzliche Wandlung. Ich klimmte rasch nach oben auf das Geschöpf oder den Gegenstand, der halb unter'm Wasser uns als Zuflucht diente. Ich probierte mit dem Fuß. Offenbar war's ein harter, undurchdringlicher Körper, nicht der weiche Stoff, woraus die großen Seesäugetiere bestehen. Aber der harte Körper konnte auch eine knochenartige Schilddecke sein, wie bei den urweltlichen Tieren, und ich hätte jetzt das Ungeheuer unter die Reptilamphibien zu zählen, wie die Schildkröten und Alligatoren.

Nein! Der schwärzliche Rücken, auf dem ich mich befand, war glatt, poliert, nicht schuppig. Es ließ, wenn man ihn anklopfte, einen Metallton hören, und so unglaublich es auch war, er schien von einer gebolzten Platte gemacht.

Ein Zweifel war nicht mehr möglich. Das Tier, das Ungeheuer, das Naturphänomen, welches die ganze gelehrte Welt, die Einbildungskraft der Seeleute verrückt und irre geleitet hatte, – man mußte es wohl anerkennen, war ein noch erstaunlicheres Wunder, ein Phänomen von Menschenhand.

Die Entdeckung des Daseins eines noch so märchenhaften, mythischen Geschöpfes hätte meine Vernunft nicht in dem Grade überrascht. Daß das Wunderbare von Gott herkommt, ist eine einfache Sache. Aber auf einmal, unter seinen Augen, das Unmögliche geheimnißvoll von Menschenhand verwirklicht zu sehen, das konnte den Geist irre machen!

Doch war es zweifellos, daß wir uns auf dem Rücken einer Art unterseeischen Fahrzeugs befanden, das, soviel ich urteilen konnte, die Form eines ungeheuren

Fisches von Stahl hatte. Ned-Land's Ansicht darüber war entschieden; und ich konnte nebst Conseil mich nur anschließen.

»Aber dann, sagte ich, hatte dieses Fahrzeug eine Maschine für die Bewegung, und eine Mannschaft, welche sie in Anwendung bringt?

– Offenbar, erwiderte der Harpunier, und demungeachtet hat, seit den drei Stunden, daß ich diese schwimmende Insel bewohne, dieselbe noch kein Lebenszeichen von sich gegeben.

– Das Fahrzeug ist nicht gefahren?

– Nein, Herr Arronax. Es läßt sich von den Wellen schaukeln, ohne selbst sich zu bewegen.

– Wir wissen jedoch, und ohne Zweifel, daß dasselbe eine große Geschwindigkeit hat. Da es nun, um eine solche hervorzubringen, eine Maschine haben muß, und einen Maschinisten, der sie leitet, so schließe ich daraus, … .. Daß wir gerettet sind.

– Hm!« sagte Ned-Land mit einigem Rückhalt.

In diesem Augenblick, als wie zum Beweis meiner Folgerung, entstand am hintern Teil dieses seltsamen Fahrapparats ein Brausen, das offenbar von einer Schraube herrührte, und setzte es in Bewegung. Wir hatten nur noch Zeit, uns fest an seinen obern Teil, der etwa achtzig Zentimeter über das Wasser emporragte, anzuklammern. Zum Glück war seine Geschwindigkeit nicht übermäßig.

»So lange als es sich horizontal bewegt, brummte Ned-Land, hab' ich nichts dagegen zu sagen. Aber wenn es ihm einfällt unterzutauchen, so gäb' ich keine zwei Dollars für mein Leben!«

Es wurde daher dringend notwendig, sich mit den im Schoße dieser Maschine befindlichen Geschöpfen, welcher Art sie auch sein mochten, in Verbindung zu setzen. Ich suchte an seiner Oberfläche nach einer Öffnung, einer Lucke; aber die aneinanderstoßenden Platten waren festgefügt und wie aus einem Stück.

Zudem ging der Mond eben unter, und ließ uns in tiefem Dunkel. Wir mußten den Tag abwarten, um Mittel in's Innere des Fahrzeugs zu dringen, ausfindig zu machen.

Also hing unsere Rettung einzig vom Belieben der geheimnißvollen Leiter dieses Apparats ab, und wenn sie untertauchten, waren wir verloren! Diesen Fall ausgenommen, zweifelte ich nicht an der Möglichkeit, mit ihnen in Verbindung zu treten. Und in der Tat, wenn sie nicht sich ihre Luft selbst bereiteten, so mußten sie notwendig von Zeit zu Zeit an die Oberfläche des Meeres heraufkommen, um ihren Vorrat von atmungsfähigem Gas zu erneuern. Darum mußte notwendig eine Öffnung vorhanden sein, um das Innere des Fahrzeuges mit der Atmosphäre in Verbindung zu setzen.

Die Hoffnung auf Rettung durch den Kommandanten Farragut mußte man völlig aufgeben. Wir waren westwärts getrieben, und ich schätzte, daß unsere verhältnißmäßig geringe Geschwindigkeit zwölf Meilen die Stunde betrug. Die Schraube schlug die Wellen mit mathematischer Regelmäßigkeit, und tauchte von Zeit zu Zeit auf, um ihr phosphoreszierendes Wasser hoch emporzuspritzen.

Gegen vier Uhr morgens nahm die Schnelligkeit des Fahrzeugs zu. Wir konnten, wenn der volle Wellenschlag uns traf, kaum dem schwindelhaften Fortreißen widerstehen. Zum Glück fand Ned mit der Hand einen auf dem Rücken der Platte eingelassenen Ring, woran wir uns fest anklammern konnten.

Endlich war die lange Nacht vorüber. Ich kann mich nur unvollständig der einzelnen Eindrücke entsinnen. Nur *ein* Ereigniß tritt mir klar hervor. Während mitunter Meer und Wind ruhig waren, glaubte ich einige Mal unbestimmte Töne, eine flüchtige Harmonie ferner Akkorde, zu hören. Was für Geschöpfe lebten in diesem seltsamen Fahrzeug? Welche mechanische Kraft bewirkte seine wunderbare Schnelligkeit?

Der Tag erschien, und der Morgennebel umhüllte uns, aber er zerteilte sich bald. Ich Schritt zu einer sorgfältigen Untersuchung des Körpers, der oben eine Art Plattform bildete, – als ich fühlte, wie diese allmälig sich senkte:

»He! Tausend Teufel! Schrie Ned-Land, und trat mit dem Fuß wider die hallende Platte, so öffnet doch, ungastliche Leute!«

Aber es war schwer, bei den betäubenden Schlägen der Schraube sich vernehmbar zu machen. Zum Glück hielt die Bewegung, welche unterzutauchen drohte, inne.

Plötzlich vernahm man im Innern des Fahrzeugs ein Rasseln heftig gerüttelten Eisenwerks.

Eine Platte öffnete sich, ein Mann kam zum Vorschein, stieß einen sonderbaren Schrei aus, und verschwand sogleich wieder.

Einige Augenblicke darauf erschienen abermals, und zwar schweigend, acht starke Bursche mit verkapptem Angesicht, und zogen uns in ihre fürchterliche Maschine hinein.

Kapitel 8

Mobilis in Mobile

Diese so brutale Entführung wurde mit Blitzesschnelle ausgeführt. Ich weiß nicht, welchen Eindruck die Einführung in den schwimmenden Kerker auf meine Genossen machte; ich meines Teils fühlte einen eiskalten Schauer über den Körper! Mit wem hatten wir's zu tun? Offenbar mit einer neuen Art von Piraten, welche in ihrer Weise Beute machten.

Sowie sich die enge Platte über mir wieder geschlossen hatte, war ich vom tiefsten Dunkel umgeben. Meine an das Licht außen gewöhnten Augen konnten gar nichts wahrnehmen. Ich fühlte mit meinen nackten Füßen die Sprossen einer eisernen Leiter, woran ich mich klammerte. Ned-Land und Conseil wurden hinter mir hergeschleppt. Unten an der Leiter öffnete sich eine Türe und schloß sich rasselnd sogleich wieder.

Wir befanden uns allein. Wo? Konnte ich nicht sagen, kaum mir denken. Schwarzes Dunkel umgab uns.

Ned-Land, wütend über diese Begegnung, machte nun seiner Entrüstung Luft.

»Tausend Teufel!« schrie er, »das sind Leute, so gastlich, wie Kaledonier! Es fehlt nur noch, daß sie uns auffressen. Das würde mich nicht wundern, aber ich erkläre, sie würden mich nicht fressen, ohne daß ich protestier!

– Beruhigen Sie sich, Freund Ned, erwiderte Conseil gelassen. Entrüsten sie sich nicht zu früh. Wir sind noch nicht am Bratspieß!

– Am Bratspieß zwar nicht, versetzte der Kanadier, aber im Bratofen sicherlich! Es ist stockfinster hier. Zum Glück hab' ich mein Bowie-Messer bei mir, und ich sehe noch genug, um mich seiner zu bedienen. Der erste dieser Banditen, welcher Hand an mich legt …

– Ereifern Sie sich nicht so sehr, Ned, sagt' ich darauf zum Harpunier, und bringen Sie uns nicht durch unnütze Gewaltsamkeit in Gefahr. Wer weiß, ob man uns nicht Gehör gibt! Versuchen wir lieber erst zu wissen, wo wir sind!«

Ich ging umher und tastete. Fünf Schritte weit stieß ich auf eine eiserne Wand aus zusammengefügtem Blech. Darauf wendete ich mich um, und stieß wider einen hölzernen Tisch, neben welchem einige Schemel standen. Der Fußboden war mit einer dichten Matte von neuseeländischem Flachs belegt, so daß man die Tritte nicht hörte. An den nackten Wänden keine Spur von Thür oder Fenster. Conseil, der in die entgegengesetzte Richtung gegangen war, kam in der Mitte der Kabine, die zwanzig Fuß lang und zehn breit war, mit mir zusammen. Die Höhe konnte Ned-Land, trotz seiner Statur nicht messen.

Eine halbe Stunde verlief so, ohne daß unsere Lage sich änderte. Darauf verwandelte sich das dichteste Dunkel auf einmal in's grellste Licht. Unser Gefängniß wurde plötzlich mit einem so lebhaften Leuchtstoff erfüllt, daß mir der Glanz Anfangs unerträglich war. An der weißen Farbe und starken Wirkung erkannte ich die elektrische Beleuchtung, welche um das unterseeische Boot herum den prächtigen Schein einer Phosphoreszenz erzeugte. Nachdem ich zuerst unwillkürlich die Augen geschlossen, öffnete ich sie wieder, und sah, daß die leuchtende Kraft aus einer geglätteten Halbkugel oben an der Decke der Kabine hervordrang.

»Endlich! Nun ist's hell! Rief Ned-Land, und setzte sich mit dem Messer in der Hand in Verteidigungsstand.

– Ja, erwiderte ich, aber die Lage ist drum noch ebenso dunkel.

– Gedulde sich mein Herr nur,« sagte Conseil gelassen. Bei dieser Beleuchtung konnte man nun das kleinste Detail in der Kabine erkennen. Sie enthielt nur den Tisch und fünf Schemel. Die unsichtbare Türe mußte hermetisch verschlossen sein. Kein Geräusch drang zu unseren Ohren. Alles im Innern des Bootes schien wie tot. Fuhr es fort, blieb es an der Oberfläche, versank es in den Tiefen? Das ließ sich nicht erraten.

Indessen, die Beleuchtung war nicht ohne Grund eingetreten. Ich schöpfte daraus die Hoffnung, die Bewohner würden wohl bald sich zeigen.

Ich irrte nicht. Die Riegel rasselten, die Türe öffnete sich, zwei Männer traten ein.

Der eine, von kleiner Statur, kräftigen Muskeln, breiten Schultern, starken Gliedmaßen, hatte einen dicken Kopf mit reichlichem schwarzen Haar, dichtem Schnurrbart, lebhaftem durchdringenden Blick, und seine ganze Persönlichkeit war von der südlichen Lebhaftigkeit beseelt, welche in Frankreich die

Provenzalen kennzeichnet. Er sprach in meiner Gegenwart stets einen sonderbaren, durchaus unverständlichen Dialekt.

Der zweite hatte sehr entschieden markierte Züge, so daß ein Physiognom darin wie in einem offenen Buche lesen konnte. Ich erkannte leicht als hervorstechende Charaktereigentümlichkeiten: ein Selbstvertrauen, das mit kalter Sicherheit aus den schwarzen Augen strahlte; Gelassenheit, ruhiges Blut, Energie und Muth. Der Mann war stolz, sein fester und ruhiger Blick schien hohe Gedanken zu bergen, und aus alle diesem, der Übereinstimmung von Körperbewegungen mit den Gesichtszügen, sprach unbestreitbar eine offene Seele.

Unwillkürlich fühlte ich mich in seiner Gegenwart beruhigt, und ich ahnte nur Gutes von unserer Unterredung.

Ob dieser Mann fünfunddreißig oder fünfzig Jahre alt war, hätte ich nicht bestimmt angeben können. Er war von hoher Statur, hatte eine weite Stirn und gerade Nase, klar gezeichneten Mund, prachtvolle Zähne, feine, lange Hände, geeignet, einer hohen und leidenschaftlichen Seele zu dienen. Dieser Mann stellte unstreitig einen bewundernswerten Typus dar, wie ich ihn sonst nirgends getroffen habe. Seine Augen, etwas weit voneinander abstehend, vermochten fast den vierten Teil des Horizonts zugleich zu überblicken. Zu dieser Fähigkeit gesellte sich eine Sehkraft, welche die Ned-Land's noch weit übertraf, und welcher Blick! Wie vermochte er die durch Entfernung verkleinerten Gegenstände zu vergrößern! Wie drang er tief in die Seele! Er durchschaute klar die für uns dunkeln Gewässer, und reichte bis auf den Meeresgrund! …

Die beiden Unbekannten, mit Mützen von Seeotterfell und in Seestiefeln von Robbenfell, trugen Kleider von einem besondern Gewebe, die große Freiheit der Bewegungen gestatteten.

Der größere von beiden, offenbar der Anführer der Leute an Bord, prüfte uns mit größter Achtsamkeit, ohne ein Wort zu reden. Darauf besprach er sich mit seinem Gefährten in einer Sprache, die mir nicht bekannt war. Es war ein volltönender, harmonischer, biegsamer Dialekt mit sehr verschiedenartiger Betonung.

Der andere erwiderte mit Kopfschütteln, und fügte einige völlig unverständliche Worte bei. Darauf schien sein Blick mich direkt zu fragen.

Ich erwiderte in gutem Französisch, daß ich seine Frage nicht verstehe; aber er schien mich auch nicht zu verstehen, und wir gerieten in einige Verlegenheit.

»Mein Herr möge immer unsere Geschichte erzählen, sagte Conseil. Diese Herren werden vielleicht einige Worte davon begreifen!«

Ich trug also eine Erzählung unserer Erlebnisse vor, artikulierte dabei klar alle Silben, und überging dabei nicht das Geringste. Ich bezeichnete unsere Namen und Eigenschaften; dann stellte ich in aller Förmlichkeit die Personen vor, den Professor Arronax, seinen Diener Conseil, und den Harpunier, Meister Ned-Land.

Der Mann mit den sanften und ruhigen Augen hörte mir gelassen, selbst höflich und sehr aufmerksam zu. Aber in seinen Zügen konnte man nicht erkennen, daß er meine Geschichte verstanden habe. Als ich fertig war, sprach er kein einziges Wort.

Wir hatten noch das Hilfsmittel des Englischen, das als eine Art Weltsprache vielleicht zur Verständigung führte. Ich kannte die Sprache, ebenso wie das Deutsche hinlänglich, um fließend darin zu lesen, verstand sie aber nicht korrekt zu sprechen. Jetzt aber galt es vornehmlich, sich verständlich zu machen.

»Nun, sagte ich zum Harpunier, nun kommt an Sie die Reihe. Ziehen Sie, Meister Land, das beste Englisch, welches je ein Angelsachse sprach, aus ihrer Tasche, und bemühen Sie sich, glücklicher als ich zu sein.«

Ned ließ sich nicht bitten, und wiederholte meine Erzählung, dem Inhalte nach dasselbe, aber in etwas abweichender Form. Der Kanadier sprach mit großer Lebendigkeit. Er beschwerte sich heftig, daß man wider das Völkerrecht ihn gefangen halte, fragte, welches Gesetz dieses gestatte, berief sich auf die Habeas-Corpus-Acte, drohte mit gerichtlicher Verfolgung, gebärdete sich, schrie, und gab schließlich in ausdrucksvoller Weise zu erkennen, daß wir Hungers sterben würden.

Das war völlig der Wahrheit gemäß, aber wir hatten's fast vergessen.

Der Harpunier, schien es, wurde zu seinem großen Erstaunen nicht besser, als ich, verstanden.

Ich war in Verlegenheit, da unsere Sprachkenntnisse erschöpft waren, wußte nicht, was nunmehr anzufangen. Conseil sagte:

»Wenn mein Herr es zufrieden ist, will ich die Sache deutsch erzählen.

– Wie? Du verstehst deutsch? Rief ich.

– Wie ein Flamländer, wenn Sie's erlauben.

– Es ist mir recht lieb. Fange nur an.«

Und Conseil erzählte in seiner ruhigen Weise die Hauptzüge unserer Geschichte zum drittenmale. Aber trotz alles Bemühens half auch das Deutsche nichts.

Endlich nahm ich alle Reste meiner Jugendstudien zusammen, und begann auf Lateinisch unsere Abenteuer zu erzählen. Cicero würde mich zwar damit in die Küche geschickt haben, doch brachte ich's fertig. Es war ebenso fruchtlos.

Nachdem auch dieser letzte Versuch gescheitert war, wechselten die beiden Unbekannten einige Worte in ihrer unverständlichen Sprache und zogen sich ohne irgendein Wort der Beruhigung zurück. Die Thür schloß sich hinter ihnen.

»Infam! Schrie Ned-Land in Zornes-Entrüstung. Wie! Man spricht zu den Schuften französisch, englisch, deutsch, lateinisch, und keiner ist so höflich zu antworten!

– Ruhig, Ned, sagte ich zum aufbrausenden Harpunier, der Zorn würde zu nichts führen.

– Aber, wissen Sie, Herr Professor, fuhr unser zornmütiger Kamerad fort, wir werden in diesem eisernen Käfig ganz und gar Hungers sterben?

– Bah! Sagte Conseil philosophisch, man kann noch lange aushalten!

– Liebe Freunde, sagte ich, man muß nicht verzweifeln. Wir hatten uns in der allerschlimmsten Lage befunden. Seien Sie so freundlich zu warten, um mir ein Urteil über den Kommandanten und die Mannschaft dieses Fahrzeugs zu bilden.

– Ich bin mit meinem Urteil fertig, versetzte Ned-Land. Es sind Schurken …

– Gut! und aus welchem Land.

– Aus dem Schurkenland!

– Wackerer Ned, dieses Land ist auf den Karten noch nicht genügend bestimmt, und ich gestehe, daß die Nationalität der beiden Unbekannten schwer zu ermitteln ist! Weder Engländer, noch Franzosen, noch Deutsche, das ist Alles, was man bis jetzt sagen kann. Doch möchte ich annehmen, daß die Beiden einer südlichen Breite angehören, sie haben etwas Südliches in ihrem Wesen. Aber ob Spanier, Türken, Araber oder Indier, läßt sich aus ihrem physischen Typus noch nicht ermessen. Ihre Sprache ist völlig unverständlich.

– Das ist die unangenehme Folge, wenn man nicht alle Sprachen versteht, oder der Nachtheil, daß wir nicht eine einzige Sprache haben!

– Das würde uns nichts helfen, erwiderte Ned-Land. Sehen Sie nicht, daß diese Leute eine eigene Sprache für sich haben, die sie erfanden, um brave Leute, die zu essen begehren, in Verzweiflung zu bringen! Versteht man doch in allen Sprachen der Welt, was es bedeutet, wenn man den Mund aufsperrt, die Kinnladen bewegt, mit den Zähnen und Lippen schnappt.

– O, sagte Conseil, es gibt so dumme Leute! … «

Wie er dies sprach, öffnete sich die Türe. Ein Steward trat ein und brachte uns Meerkleidung, Hosen und Weste, aus einem mir unbekannten Stoff. Ich zog sie augenblicklich an, und meine Gefährten folgten meinem Beispiel. Unterdessen hatte der Steward, – stumm, vielleicht auch taub – den Tisch gedeckt und drei Gedecke aufgesetzt.

»Das ist doch was Ernstliches, sagte Conseil, und hat etwas Gutes zu bedeuten.

– Bah! Erwiderte der Harpunier im Ärger, was Teufel meinen Sie denn, was man hier speist? Schildkrötenleber, Lendenstück vom Hai, Beefsteak vom Seehund!

– Nun, wir werden sehen, « sagte Conseil.

Die Gerichte, mit silbernen Glocken bedeckt, wurden symmetrisch auf das Tischtuch gestellt, und wir setzten uns zu Tische. Gewiß hatten wir's mit Leuten von Bildung zu tun, und hätte uns nicht das elektrische Licht umstrahlt, so hätte ich geglaubt im Speisesaal des Hotel Adelphi zu Liverpool, oder des Grand-Hotel zu Paris zu sein. Doch muß ich bemerken, daß Brot und Wein gänzlich mangelten. Das Wasser war frisch und klar, aber es war Wasser, – was Ned-Land nicht behagte. Unter den Speisen, die uns vorgesetzt wurden, erkannte ich einige köstlich zubereitete Fische; aber über einige Gerichte, die übrigens vortrefflich waren, konnte ich nicht urteilen, ich konnte nicht einmal sagen, ob sie ihrem Stoff nach dem Pflanzen- oder Tierreich angehörten. Das Tafelgerät war elegant und geschmackvoll. Jeder Gegenstand, Löffel, Gabel, Messer, Teller, hatten eine Devise als Aufschrift folgendermaßen:

MOBILIS IN MOBILE

N

Beweglich im beweglichen Element! Dieselbe paßte genau auf das unterseeische Fahrzeug. Das ***N*** war ohne Zweifel der Anfangsbuchstabe des rätselhaften Mannes, der im Meeresgrund herrschte!

Ned und Conseil überlegten nicht so viel. Sie verschlangen und ich folgte bald ihrem Beispiel. Ich war übrigens über unser Schicksal beruhigt, und es schien klar zu sein, daß unsere Wirte uns nicht würden Hungers sterben lassen.

Jedoch, hienieden nimmt Alles ein Ende, selbst der Hunger von Leuten, die seit vierzehn Stunden nichts gegessen haben. Als unser Appetit befriedigt war, machte sich das Bedürfniß des Schlafes gebieterisch geltend. Ein ganz natürlicher Rückschlag nach der unendlich langen Nacht, während wir mit dem Tode zu ringen hatten.

»Meiner Treu', ich möchte gerne schlafen, sagte Conseil.

– Und ich schlafe schon!« erwiderte Ned-Land.

Meine beiden Gefährten streckten sich auf die Matte der Kabine, und sanken bald in tiefen Schlummer.

Ich meines Teils vermochte nicht so leicht dem noch so starken Bedürfniß des Schlafes nachzugeben. Es häuften sich zu viele Gedanken in meinem Geist, zu viele unlösbare Fragen drängten sich in demselben! Wo befanden wir uns? Welche seltsame Macht hatte uns erfaßt? Ich fühlte – oder vielmehr glaubte es – wie das Fahrzeug zum tiefsten Meeresgrund hinabsank. Es befiel mich arge Beklemmung. Ich erblickte in diesem geheimnißvollen Asyl eine ganze Welt unbekannter Tiere, zu welchem dieses Fahrzeug als gleichartig zu gehören schien, lebendig, sich bewegend, furchtbar wie sie! … Endlich ward mein Gehirn ruhig, meine Gedankenbilder verschwammen in eine Schlaftrunkenheit, die mich bald in düstern Schlummer versenkte.

Kapitel 9

Ned-Land's Zorn

Wie lange dieser Schlaf dauerte, weiß ich nicht; aber er mußte wohl lange gewährt haben, da er uns von unseren Strapazen völlig wieder herstellte. Ich wachte zuerst auf. Meine Gefährten rührten sich noch nicht und lagen wie träge Massen regungslos hingestreckt.

Als ich kaum von diesem ziemlich harten Lager aufgestanden war, fühlte ich meinen Kopf frei, meinen Geist klar. Ich musterte darauf unsere Zelle genau.

Es war nichts an ihrer innern Einrichtung geändert. Der Kerker war noch Kerker und die Gefangenen noch in Haft. Der Steward hatte nur während unseres Schlafes die Tafel abgedeckt. Eine baldige Änderung unserer Lage war durch Nichts angezeigt, und ich fragte mich ernstlich, ob es unser Loos sein werde, ewig in diesem Käfig zu leben.

Diese Aussicht schien mir umso peinlicher, als ich, wenn auch mein Kopf von seiner gestrigen Befangenheit frei war, doch die Brust äußerst beklommen fühlte. Ich atmete schwer. Die schwüle Luft genügte nicht meinen Lungen. War auch unsere Zelle geräumig, so war's doch klar, daß wir einen großen Teil des Sauerstoffes, welcher in derselben gewesen, verzehrt hatten. Denn jeder Mensch verbraucht binnen einer Stunde den in hundert Liter Luft enthaltenen Sauerstoff, und diese Luft, welche dann mit einer fast gleichen Quantität Kohlensäure beschwert ist, wird zum Einatmen untauglich.

Es war also dringend erforderlich, die Luft unsers Kerkers zu erneuern, und ohne Zweifel auch die Atmosphäre des unterseeischen Fahrzeugs.

Es warf sich also meinem Geist die Frage auf: Wie verfuhr der Kommandant dieser schwimmenden Wohnung? Gewann er seine Luft durch chemische Mittel, indem er mittelst der Wärme den im chlorsauren Kali enthaltenen Sauerstoff mit entwickelte, und durch kaustisches Kali die Kohlensäure verzehrte? In diesem Falle mußte er einige Verbindungen mit dem Festland unterhalten haben, um sich die für diese Operation erforderlichen Materialien zu verschaffen? Beschränkte er sich nur darauf, die Luft unter Hochdruck in Behältern gesammelt zu halten, um sie die Bedürfniß seiner Bemannung gemäß zuzuteilen? Vielleicht. Oder, was bequemer, sparsamer, folglich wahrscheinlicher war, begnügte er sich, gleich einem Wallfisch auf die Oberfläche des Meeres heraufzukommen und den Bedarf an Atmosphäre für vierundzwanzig Stunden zu erneuern? Wie dem auch sein, und welches Verfahren man anwenden mochte, es schien mir klug, unverzüglich es anzuwenden.

In der Tat war ich schon genötigt, häufiger zu atmen, um den geringen Vorrat von Sauerstoff, welchen die Zelle noch enthielt, herauszuziehen, als ich plötzlich durch einen Strom reiner und ganz von Salzdünsten durchdrungener Luft erfrischt wurde. Es war wohl die belebende, jodhaltige Seeluft! Ich atmete weit auf und meine Lungen erquickten sich an dem frischen Element. Zu gleicher Zeit fühlte ich ein regelmäßiges Schwanken von mäßigem Umfang. Das Fahrzeug, das Ungeheuer von Eisenblech war offenbar an der Meeresoberfläche gewesen, um nach Art der Wallfische zu atmen. Hiermit war also die Art der Lufterneuerung des Schiffes völlig ermittelt.

Als ich mit voller Brust diese Luft eingeschlürft, suchte ich nach der Luftleitung, der Röhre, welche uns diese Erquickung zugeführt hatte, und entdeckte über der Türe ein Luftloch, das eine frische Strömung hereinließ, um so die verdorbene Luft der Zelle zu erneuern.

Soweit war ich mit meinen Beobachtungen gekommen, als Ned und Conseil zu gleicher Zeit durch Einwirkung dieser belebenden Lüftung erwachten. Sie rieben sich die Augen, streckten die Arme und waren in einem Augenblick auf den Füßen.

»Mein Herr hat gut geschlafen? Fragte mich Conseil mit seiner täglichen Höflichkeit.

– Sehr gut, wackerer Junge, erwiderte ich. Und Sie, Meister Ned-Land?

– Tief, Herr Professor. Aber ich' weiß nicht, ob ich irre, es kommt mir vor, als atme ich Seeluft?«

Ein Seemann konnte darin nicht irren, und ich erzählte dem Kanadier, was während seines Schlafes vorgegangen war.

»Gut! Sagte er, dass erklärt vollkommen das zischende Brausen, welches wir hörten, als der vermeintliche Narwal dem Abraham Lincoln in Sicht war.

– Vollständig, Meister Ned, es war sein Atmen!

– Nur, Herr Arronax, habe ich keinen Begriff davon, wie viel Uhr es ist, außer zur Zeit des Mittagessens?

– Des Mittagessens, wackerer Harpunier? Sagen Sie wenigstens des Frühstückens, denn wir sind offenbar am folgenden Tag von gestern.

– Das beweist, erwiderte Conseil, daß wir vierundzwanzig Stunden geschlafen haben.

– Das glaub' ich, war meine Antwort.

– Ich widerspreche dem nicht, erwiderte Ned-Land. Aber Mittagessen oder Frühstück, der Proviantmeister wird willkommen sein, bringe er das eine oder das andere.

– Das eine und das andere, sagte Conseil.

– Richtig, erwiderte der Kanadier, wir haben Recht auf Beides, und was mich betrifft, werde ich beiden Ehre machen.

– Nun denn! Ned, warten wir's nur ab, versetzte ich. Es ist offenbar, daß die Unbekannten nicht die Absicht haben, uns Hungers sterben zu lassen, denn sonst hätte das gestrige Abendessen keinen Sinn.

– Man wollte uns denn mästen! entgegnete Ned.

– Ich protestier dagegen, erwiderte ich. Wir sind nicht Kannibalen in die Hände gefallen!

– Einmal ist noch nicht Gewohnheit, versetzte der Kanadier im Ernst. Wer weiß, ob nicht diese Leute seit langer Zeit frisches Fleisch entbehren mußten, und dann sind drei gesunde Individuen von guter Leibesbeschaffenheit, wie der Herr Professor, sein Diener und ich …

– Weg mit solchen Gedanken! Meister Ned, erwiderte ich dem Harpunier, und besonders, bringen Sie sich nicht dadurch in Zorn gegen unsere Wirte, denn es könnte unsere Lage nur schlimmer machen.

– Jedenfalls, sagte der Harpunier, hab' ich einen verteufelten Hunger, und Frühstück oder Mittagessen, die Mahlzeit bleibt aus!

– Meister Land, entgegnete ich, wir müssen uns nach dem Reglement des Schiffes richten und ich vermute –, unsers Magens Uhr läuft der des Küchenmeisters voraus.

– Nun! Man wird sie auf die Stunde richten, erwiderte Conseil gelassen.

– Daran erkenne ich Sie, Freund Conseil, versetzte der ungeduldige Kanadier. Sie nützen Ihre Galle und Nerven wenig ab! Stets ruhig! Sie wären fähig, *Gratias* vor dem *Benedicte* herzusagen, und lieber Hungers zu sterben, als sich beklagen!

– Wozu soll das dienen? Fragte Conseil.

– Es wird zum Klagen dienen! Das ist schon Etwas. Und wann diese Piraten – so nenne ich sie aus Achtung, und um nicht dem Herrn Professor zu widersprechen, der sie Kannibalen zu nennen verbietet – wenn diese Piraten meinen, sie wollen mich in diesem Käfig, worin ich ersticke, aufbewahren, ohne die Flüche meines Zorns zu hören, so irren sie sich! Sehen Sie, Herr Arronax, reden Sie offen heraus. Glauben Sie, daß sie uns lange in diesem eisernen Käfig einbehalten werden?

– Die Wahrheit zu sagen, so weiß ich die Dauer so wenig, wie Sie, Freund Land.

– Aber kurz, was vermuten Sie?

– Ich vermute, daß uns das Schicksal ein wichtiges Geheimniß in die Hand gegeben hat. Wenn nun die Mannschaft dieses unterseeischen Fahrzeugs es bewahren muß, und wenn dieses Interesse schwerer wiegt, als das Leben dreier Menschen, so halte ich unser Leben für gefährdet. Im entgegengesetzten Fall wird das Ungeheuer, welches uns verschlungen hat, uns bei erster Gelegenheit wieder auf die von unsersgleichen bewohnte Welt versetzen.

– Es sei denn, daß es uns unter seine Bemannung aufnehmen, sagte Conseil, und also uns festhalten will …

– Bis zu dem Moment, versetzte Ned-Land, wo eine Fregatte, die rascher oder gewandter ist, als der Abraham Lincoln, sich dieses Piratennestes bemächtigen und seine Mannschaft samt uns an seine Hauptrah baumeln lassen wird.

– Richtig geurteilt, Meister Land, entgegnete ich; aber man hat uns, soviel ich weiß, noch nicht einen Vorschlag in der Hinsicht gemacht. Es ist also unnütz darüber zu beraten, wozu wir, wenn der Fall eintreten sollte, uns zu entschließen haben würden. Ich wiederhole daher, warten wir ab, lassen wir uns von den Umständen raten, und tun wir nichts, denn es ist nichts zu tun.

– Im Gegenteil, Herr Professor, erwiderte der Harpunier, der nicht ablassen wollte, es muß Etwas getan werden.

– Nun, was denn, Meister Land?

– Uns retten.

– Aus einem Kerker zu Lande entkommen, ist oft schwierig, aber aus einem unterseeischen scheint mir durchaus unausführbar.

– Nun, Freund Ned, fragte Conseil, was haben Sie auf meines Herrn Einwand zu erwidern? Ich meine, einem Amerikaner gehen niemals die Hilfsmittel aus!«

Der Harpunier, in sichtbarer Verlegenheit, schwieg. Ein Entrinnen, unter den Verhältnissen, worin wir durch das Schicksal geraten waren, war durchaus unmöglich. Aber ein Kanadier ist ein halber Franzose, das ließ Meister Ned in seiner Antwort wohl erkennen.

»Also, Herr Arronax, fuhr er, nachdem er eine Weile überlegt hatte, fort, Sie ahnen nicht, was Leute, die aus ihrem Kerker nicht entrinnen können, zu tun haben?

– Nein, mein Freund.

– Es ist sehr einfach, sie müssen sich bequemen zu bleiben.

– Wahrhaftig! Sagte Conseil, besser noch drinnen, als darunter oder darüber!

– Aber nachdem man Kerkermeister, Schließer und Hüter hinausgeworfen, fügte Ned-Land hinzu.

– Wie, Ned? Sie dächten ernstlich daran, sich dieses Fahrzeugs zu bemächtigen?

– Sehr ernstlich, erwiderte der Kanadier.

– Eine unmögliche Sache.

– Weshalb denn, mein Herr? Es kann sich eine günstige Gelegenheit ergeben, und ich sehe nicht ein, was uns abhalten könnte, sie zu benützen. Wenn nicht mehr als zwanzig Mann an Bord sind, so werden zwei Franzosen und ein Kanadier, denk' ich, ihnen nicht weichen!«

Es war besser, den Vorschlag des Harpuniers gelten zu lassen, als darüber zu reden. Darum erwiderte ich nur:

»Lassen wir die Umstände heran kommen, Meister Ned, und wir werden dann sehen. Aber bis dahin, bitte ich, bezähmen Sie Ihre Ungeduld. Man kann nur mit List zum Handeln schreiten, und durch Erzürnen werden Sie nicht bewirken, daß günstige Gelegenheiten sich ergeben. Versprechen Sie mir also, daß Sie ohne allzu viel Zorn sich der Lage fügen wollen.

– Ich versprech's Ihnen, Herr Professor, erwiderte Ned-Land in einem Ton, der wenig beruhigen konnte. Kein ungestümes Wort soll aus meinem Mund kommen, keine brutale Bewegung soll mich verraten, wenn auch die Tafel nicht immer nach Wunsch versehen werden sollte.

– Ich nehme Sie beim Wort, Ned,« erwiderte ich dem Kanadier.

Darauf brach die Unterredung ab, und Jeder von uns überlegte für sich besonders. Ich gestehe, daß ich meinerseits, trotz der Versicherungen des Harpuniers, mir keine Illusion mehr machte. Ich gab die günstigen Gelegenheiten, wovon Ned-Land gesprochen hatte, nicht zu. Umso sicher zu manövrieren, mußte das unterseeische Boot mit zahlreicher Bemannung versehen sein, und folglich hätten wir es im Falle eines Kampfes mit einer zu starken Gegnerschaft zu tun. Übrigens hätten wir vor allen Dingen frei sein müssen, und wir waren's nicht. Ich sah sogar kein Mittel, um aus dieser hermetisch verschlossenen Zelle zu entrinnen. Und im Falle der seltsame Kommandant dieses Bootes ein Geheimniß zu bewahren hätte – was wenigstens wahrscheinlich schien – so würde er uns an Bord nicht frei handeln lassen. Gegenwärtig war's unbekannt, ob er sich einmal gewaltsam unser entledigen, oder uns auf einen Winkel der Erde aussetzen würde. Diese Hypothesen schienen mir äußerst wahrscheinlich, und man mußte eben ein Harpunier sein, um auf Wiedergewinnung seiner Freiheit zu rechnen.

Ich begriff übrigens, daß Ned-Land's Ideen durch die Gedanken, welche sich seines Gehirns bemächtigen, sich verbitterten. Allmälig hörte ich Flüche aus seiner grollenden Seele, sah ihn drohende Gebärden machen. Er stand auf, drehte sich um, wie ein wildes Tier im Käfig, schlug mit der Faust auf den Boden, und stampfte mit Füßen. Übrigens, die Zeit floss hin, der Hunger peinigte, und diesmal ließ der Steward auf sich warten. Und wenn man wirklich gute Gesinnung gegen uns hatte, so vergaß man allzu lang unsere Lage als Schiffbrüchige.

Ned-Land, von der Pein seines kräftigen Magens getrieben, geriet immer mehr in Zorn, und ich besorgte trotz seines Versprechens wirklich eine Explosion, wenn ihm ein Mann von den Leuten an Bord zu Gesicht käme.

Noch zwei Stunden lang steigerte sich Ned-Land's Zorn. Der Kanadier rief, schrie, aber vergebens. Die blechernen Wände waren taub. Ich vernahm auch nicht das geringste Geräusch im Innern des Fahrzeugs, als sei es ausgestorben. Es lag unbeweglich, sonst hätte man etwas von zitternder Bewegung beim Arbeiten der Schraube gespürt. Ohne Zweifel in die Tiefe versenkt, gehörte es der Erde nicht mehr an. Das düstere Schweigen war zum Erschrecken.

Wie lange unsere Abgeschiedenheit und Verlassenheit im Schoße dieser Zelle dauern werde, getraute ich mir nicht zu schätzen. Allmälig erloschen die Hoffnungen, welche ich nach unserer Zusammenkunft mit dem Kommandanten geschöpft hatte. Der milde Blick dieses Mannes, der edle Ausdruck seiner Züge, seine noble Haltung, Alles schwand aus meiner Erinnerung. Ich sah diesen rätselhaften Mann wieder so, wie er aus Notwendigkeit sein mußte, unerbittlich, grausam. Ich fühlte, wie er außerhalb des menschlichen Verkehrs jedem zarten Gefühl unzugänglich war, ein unversöhnlicher Feind gegen Leute, denen er ewigen Haß geschworen haben mußte.

Aber sollte dieser Mann wirklich im Sinne haben, uns in diesem engen Kerker Hungers sterben zu lassen, uns den gräulichen Versuchungen preiszugeben, wozu des Hungers peinigende Qual treibt? Dieser gräßliche Gedanke erfaßte meinen Geist mit fürchterlicher Stärke, und die Phantasie trug dazu bei, daß mich ein wahnsinniges Entsetzen befiel. Conseil blieb gelassen, Ned-Land brüllte.

In dem Augenblick ließ sich da außen ein Geräusch vernehmen. Fußtritte hallten auf dem metallenen Boden. Die Riegel wurden geschoben, die Pforte öffnete sich, der Steward trat ein.

Bevor ich mich nur regen konnte, um zurückzuhalten, war der Kanadier über den Unglücklichen hergefallen, hatte ihn zu Boden geworfen und faßte ihn bei der Kehle. Der Steward drohte zu ersticken.

Conseil war bereits bemüht, das halb erwürgte Opfer den Händen des Harpuniers zu entreißen, und ich war im Begriff, ihm dabei zu helfen, als mich plötzlich eine französische Anrede an meine Stelle fesselte:

»Beruhigen Sie sich, Meister Land, und Sie, Herr Professor, wollen mich anhören!«

Kapitel 10

Der Mann des Meeres

Es war der Kommandant an Bord, welcher dies sprach.

Auf diese Worte stand Ned-Land plötzlich auf. Der Steward verließ auf einen Wink seines Herrn wankend die Zelle; aber – so zauberhaft wirkte der Wink des Kommandanten – nicht eine Gebärde verriet den Groll, den dieser Mensch gegen den Kanadier gefaßt haben mußte. Conseil, außergewöhnlich teilnehmend, ich voll Bestürzung, harrten wir schweigend auf die Entwickelung der Scene.

Der Kommandant, an eine Ecke des Tisches gelehnt, die Arme gekreuzt, beobachtete uns mit gespannter Achtsamkeit. Nahm er Anstand zu reden? Bereute er die soeben gesprochenen Worte? Man konnte meinen.

Nach einer kleinen Pause, die Niemand unterbrach, sprach er mit ruhigem, eindringlichem Ton:

»Meine Herren, ich spreche französisch, englisch, deutsch und Latein. Ich hätte Ihnen also gleich bei unserer ersten Zusammenkunft antworten können, aber ich wollte Sie erst kennen lernen, sodann überlegen. Ihre vierfache, dem Inhalt nach übereinstimmende Erzählung hat mich auch über Ihre Persönlichkeit versichert. Ich weiß nun, daß der Zufall des Schicksals zu mir geführt hat Herrn P. Arronax, Professor der Naturgeschichte am Museum zu Paris, der mit einer wissenschaftlichen Sendung in's Ausland betraut ist; seinen Diener Conseil, und Ned-Land aus Canada, Harpunier an Bord der Fregatte Abraham Lincoln, von der Nationalmarine der Vereinigten Staaten Amerikas.«

Ich verneigte mich mit dem Ausdruck der Zustimmung. Da mir keine Frage gestellt war, hatte ich nicht zu antworten.

Der Mann sprach mit vollkommener Leichtigkeit, ohne falsche Betonung. Seine Sätze waren klar, seine Ausdrücke richtig, seine Aussprache auffallend leicht. Und dennoch fühlte ich, daß er nicht mein Landsmann war.

Er fuhr folgendermaßen fort:

»Es ist Ihnen, mein Herr, gewiß auffallend gewesen, daß ich so lange mit meinem zweiten Besuch gezögert habe. Allein ich wollte reiflich erwägen, welchen Entschluss ich Ihnen gegenüber zu ergreifen hätte. Ich habe lange geschwankt. Sehr bedauerliche Umstände haben Sie in die Nähe eines Mannes gebracht, der mit der Menschheit gebrochen hat. Sie stören durch Ihre Anwesenheit meine Existenz. …

– Ohne es zu wollen, sagte ich.

– Ohne zu wollen? Erwiderte der Unbekannte mit etwas gehobener Betonung. Verfolgt mich der Abraham Lincoln wider Willen auf allen Meeren? Haben Sie sich wider Willen an Bord dieser Fregatte eingefunden? Sind Ihre Kugeln wider Willen von meinem Schiff abgeprallt? Hat mich Meister Ned-Land wider Willen mit seiner Harpune getroffen?«

Ich nahm bei diesen Worten eine fortdauernde Gereiztheit wahr. Doch hatte ich auf alle diese Beschuldigungen eine ganz natürliche Antwort zu geben, und gab sie.

»Mein Herr, sagte ich. Sie wissen ohne Zweifel nicht, was in Betreff Ihrer in Amerika und Europa geredet worden ist. Sie wissen nicht, daß verschiedene Unfälle, die durch einen Stoß Ihres unterseeischen Fahrzeugs vorkamen, die öffentliche Meinung auf beiden Kontinenten außerordentlich aufgeregt haben. Ich verschone Sie mit den zahllosen Hypothesen, womit man die unerklärliche Erscheinung, deren Geheimniß einzig in Ihrer Hand lag, zu erklären suchte. Aber wissen Sie, daß bei Ihrer Verfolgung der Abraham Lincoln meinte, ein starkes Seeungeheuer zu verfolgen, von welchem der Ozean um jeden Preis befreit werden müsse.«

Ein verhaltenes Lächeln auf den Lippen, fuhr der Kommandant in ruhigerm Tone fort:

»Herr Arronax, Sie werden wohl nicht zu behaupten wagen, daß Ihre Fregatte nicht eben so wohl ein unterseeisches Boot verfolgt und kanoniert habe, als ein Ungeheuer?«

Diese Frage setzte mich in Verlegenheit, denn gewiß hätte der Kommandant Farragut kein Bedenken getragen es zu tun. Er hätte für seine Pflicht gehalten, ein Fahrzeug dieser Art ganz ebenso wie einen Riesen-Narwal zu vernichten.

»Sie begreifen also, mein Herr, fuhr der Unbekannte fort, daß ich Sie als Feinde zu behandeln berechtigt bin.«

Ich blieb die Antwort schuldig. Wozu sollte es dienen, einen solchen Satz zu erörtern, wann die Gewalt der besten Beweisgründe Meister ist.

»Ich habe lange geschwankt, fuhr der Kommandant fort. Ich hatte keine Verbindlichkeit, Sie gastlich aufzunehmen. Wenn ich mich von Ihnen scheiden mußte, hatte ich kein Interesse daran Sie wieder zu sehen. Ich ließ Sie wieder auf die Plattform meines Schiffes bringen, wohin Sie sich geflüchtet hatten; ich tauchte in die Tiefe und vergaß Ihr Dasein. War ich nicht dazu berechtigt?

– Es war vielleicht die Berechtigung eines Wilden, fuhr ich fort, aber nicht eines zivilisierten Menschen.

– Herr Professor, versetzte lebhaft der Kommandant, ich gehöre nicht zu denen, welche Sie zivilisiert nennen! Ich habe mit der ganzen menschlichen Gesellschaft gebrochen, aus Gründen, welche ich allein zu würdigen berechtigt bin. Ich befolge also auch nicht ihre Regeln, und forderte Sie auf, sich bei mir nie auf dieselben zu berufen.«

Dies sprach er klar und bestimmt. Zorn und Verachtung strahlten aus dem Auge des Unbekannten, und ich sah, daß das Leben dieses Mannes eine furchtbare Vergangenheit hatte. Er hatte sich nicht allein außerhalb der menschlichen Gesetze gestellt, sondern sich auch davon unabhängig gemacht, frei im strengen Sinn des Wortes, ganz unerreichbar! Wer sollte auch wagen, ihn auf den Meeresgrund zu verfolgen, da er auf der Oberfläche die gegen ihn verhängte Verfolgung vereitelte? Welches Schiff könnte einem Stoß seines unterseeischen Monitors widerstehen? Welcher, auch noch so starke Panzer könnte die Stöße seines Sporns aushalten? Kein Mensch könnte ihn für seine Taten zur Rechenschaft ziehen. Gott, wenn er an ihn glaubte, sein Gewissen, wenn er eins hatte, waren seine einzigen Richter.

Diese Gedanken durchkreuzten sich rasch in meinem Geist, während der sonderbare Mann, vertieft und in sich selbst versenkt, schwieg. Das Interesse, womit ich ihn betrachtete, war mit Schrecken gemischt.

Nach einer langen Pause ergriff der Kommandant wieder das Wort:

»Ich habe also geschwankt, sprach er, aber ich habe gedacht, mein Interesse lasse sich mit dem natürlichen Mitgefühl vereinigen, worauf jedes menschliche Wesen Anspruch hat. Sie sollen an Bord meines Schiffes bleiben, weil das

Verhängniß Sie dahin verschlagen hat. Sie sollen da frei sein, und zum Entgelt für diese, übrigens ganz verhältnißmäßige, Freiheit will ich Ihnen nur eine einzige Bedingung auferlegen. Ihr Wort, sie anzunehmen, wird mir genügen.

– Reden Sie, mein Herr, erwiderte ich, ich denke, diese Bedingung gehört zu denen, welche ein Ehrenmann annehmen kann?

– Ja, mein Herr, und ich will sie Ihnen mittheilen. Es wäre möglich, daß gewisse unvorhergesehene Ereignisse mich nötigten, Sie auf Stunden oder Tage, nach Bedürfnis in Ihrer Kabine einzuhalten. Da ich niemals Gemalt anzuwenden wünsche, erwarte ich in diesem Fall mehr wie in jedem andern willigen Gehorsam. Durch dieses Verfahren decke ich Ihre Verantwortlichkeit, entbinde Sie gänzlich, denn ich kann Sie in die Unmöglichkeit versetzen, zu sehen, was nicht gesehen werden darf. Sind Sie diese Bedingungen zufrieden?«

Es gingen also an Bord des Fahrzeugs Dinge vor, die zum Mindesten ganz eigentümlicher Art waren, und die von Leuten, welche nicht außerhalb der sozialen Gesetze standen, nicht gesehen werden durften!

»Wir nehmen sie an, erwiderte ich. Nur möcht' ich Sie, mein Herr, um die Erlaubnis bitten, eine einzige Frage an Sie zu richten.

– Reden Sie, mein Herr.

– Sie haben gesagt, wir sollten frei auf Ihrem Schiffe sein?

– Vollständig.

– Ich frage Sie also, was Sie unter dieser Freiheit verstehen.

– Nun, die Freiheit hin und her zu gehen, zu sehen, selbst alles, was hier vorgeht, zu beobachten, – außer in manchen seltenen Fällen, – kurz, die Freiheit, welche wir selbst genießen, ich samt meinen Genossen.«

Offenbar verstanden wir uns nicht.

»Verzeihen Sie, mein Herr, fuhr ich fort, aber diese Freiheit besteht nur in derjenigen, welche jeder Gefangene hat, in seinem Kerker hin- und herzugehen! Diese kann uns nicht genügen.

– Doch muß sie Ihnen genügen!

– Wie! Sollen wir für immer verzichten, unsere Heimat, Freunde und Verwandte wieder zu sehen!

– Ja, mein Herr. Aber das auf der Erde unerträgliche Joch, welches die Menschen Freiheit nennen, sich wieder aufzuladen, – darauf zu verzichten, ist vielleicht nicht so peinlich, als Sie glauben!

– Das wäre! Rief Ned-Land. Niemals werde ich mein Wort darauf geben, daß ich nicht mich zu retten suche!

– Ich fordere Ihnen nicht Ihr Wort ab, Meister Land, erwiderte kalt der Kommandant.

– Mein Herr, versetzte ich, gegen Gewohnheit entrüstet. Sie mißbrauchen Ihre Lage! Das ist Grausamkeit!

– Nein, mein Herr, Gnade ist's. Sie sind meine Kriegsgefangenen! Ich behalte Sie am Leben, während es mich nur ein Wort kosten würde, Sie im Meeresgrund zu versenken! Sie haben mich angegriffen! Sie sind durch Überraschung in den Besitz eines Geheimnisses gelangt, in welches kein Mensch auf der Welt dringen darf, das Geheimniß meines Daseins! Und Sie glauben, daß ich Sie wieder ans die Erde entlassen werde, die keine Kenntniß mehr von mir haben soll! Niemals! Indem ich Sie zurückhalte, schütze ich nicht Sie, sondern mich selbst!«

Diese Worte gaben zu erkennen, daß der Kommandant einen Entschluss gefaßt hatte, gegen welchen kein Argument durchdringen konnte.

»Also, mein Herr, fuhr ich fort, Sie geben uns nur die Wahl zwischen Leben und Tod?

– Ganz einfach.

– Meine Freunde, sagte ich, auf eine so gestellte Frage gibt's keine Antwort. Aber kein Wort bindet uns an den Herrn dieses Fahrzeugs.

– Kein Wort, mein Herr,« erwiderte der Unbekannte.

Dann fuhr er in sanfterm Tone fort:

»Jetzt erlauben Sie mir, Herr Arronax, vollständig mitzuteilen, was ich Ihnen zu sagen habe. Ich kenne Sie, Herr Arronax. Sie, wenn auch nicht Ihre Gefährten, werden sich vielleicht über das Schicksal, welches Sie an mein Loos fesselt, nicht so sehr zu beklagen haben. Sie finden unter den Büchern, welche zu meiner Lieblingslektüre gehören, das Werk über die großen Tiefen des Meeres, welches Sie herausgegeben haben. Ich hab' es öfters gelesen. Sie sind in diesem Werk so weit vorgedrungen, als die Wissenschaft auf der Erde Ihnen möglich machte. Aber Sie wissen nicht Alles, haben nicht Alles gesehen. Lassen Sie mich also Ihnen sagen, Herr Professor, daß Sie die an meinem Bord verbrachte Zeit nicht bereuen werden. Sie sollen im Land der Wunder reisen. Staunende Verwunderung wird vielleicht beständig Ihre Seele füllen. Das ununterbrochen Ihren Augen dargebotene Schauspiel wird Sie nicht leicht abstumpfen. Ich will eine nochmalige unterseeische Reise um die Welt – wer weiß? Vielleicht die letzte – vornehmen, um meine Studien auf dem Grund dieser so oft befahrenen Meere zu wiederholen, und Sie sollen mein Studiengenosse sein. Von diesem Tag an werden Sie in ein neues Element treten, Sie werden sehen, was noch kein Mensch zu sehen vermochte, – denn ich und die Meinigen zählen nicht mehr, – und unser Planet wird Ihnen durch meine Vermittelung seine letzten Geheimnisse mittheilen.«

Ich kann's nicht leugnen; diese Worte des Kommandanten machten einen starken Eindruck auf mich. Ich war an meiner schwachen Seite gefaßt, und vergaß auf einen Augenblick, daß die Anschauung dieser erhabenen Dinge die verlorene Freiheit nicht aufwiegen konnte. Übrigens rechnete ich auf die Zukunft, um diese wichtige Frage zu lösen. Daher beschränkte ich mich darauf zu erwidern:

»Mein Herr, wenn Sie mit der Menschheit gebrochen haben, so will ich glauben, daß Sie damit nicht alles menschliche Gefühl abgelegt haben. Wir sind Schiffbrüchige, welche an Bord Ihres Fahrzeugs barmherzig aufgenommen wurden, das werden wir nie vergessen. Was mich betrifft, so verkannte ich nicht, daß, wenn das Interesse an der Wissenschaft den Menschen so weit in Besitz nimmt, daß er das Bedürfniß der Freiheit darüber vergißt, – dasjenige, was unsere Zusammenkunft mir verspricht, mir große Vergütungen gewähren würde.«

Ich dachte, der Kommandant werde mir die Hand reichen, um unsern Vertrag zu besiegeln. Er tat's nicht. Es tat mir Leid um seinetwillen.

»Noch *eine* Frage, die letzte, sagte ich im Moment, wo dies unerklärliche Wesen Miene machte, sich zurückzuziehen.

– Reden Sie, Herr Professor.

– Mit welchem Namen darf ich Sie nennen?

– Mein Herr, erwiderte der Kommandant, ich bin für Sie nur der Kapitän Nemo, und Sie nebst Ihren Gefährten sind für mich nur die Passagiere des Nautilus.«

Der Kapitän Nemo rief. Ein Steward erschien. Der Kapitän erteilte ihm seine Befehle in der fremdartigen Sprache, welche ich nicht erkennen konnte. Darauf wendete er sich zu dem Kanadier und Conseil mit den Worten:

»Ein Mahl wartet in Ihrer Kabine auf Sie. Folgen Sie gefälligst diesem Manne.

– Das läßt man sich gerne gefallen!« erwiderte der Harpunier.

Conseil verließ mit ihm endlich diese Zelle, worin sie seit länger als dreißig Stunden eingeschlossen waren.

»Und nun, Herr Arronax, unser Frühstück ist bereit. Erlauben Sie mir, daß ich vorausgehe.

– Wie Sie befehlen, Kapitän.«

Ich folgte dem Kapitän Nemo, und so wie ich aus der Thür getreten war, gingen wir durch einen elektrisch erleuchteten etwa zehn Meter langen Gang, dann öffnete sich vor uns eine zweite Türe.

Wir traten nun in einen Speisesaal, der in strengem Styl möbliert und ausgeschmückt war. An beiden Enden desselben befanden sich hohe Anrichttische von Eichenholz mit eingelegten Verzierungen, und auf Fachbrettern prangten Fayence, Porzellan und Glasgefäße von unschätzbarem Wert. Das Silbergeräte glänzte in den Strahlen, die von einer erleuchteten Decke herabfielen, deren Glanz durch seine Gemälde gemildert war.

In der Mitte des Saales stand ein reich besetzter Tisch. Der Kapitän Nemo wies mir meinen Platz an:

»Setzen Sie sich, sprach er zu mir, und essen Sie, wie ein Mann, der wohl Hunger zum Sterben haben wird.«

Das Frühstück bestand aus einer Anzahl Gerichte, die lediglich das Meer geliefert hatte, und einigen, deren Beschaffenheit ich nicht erkennen konnte. Ich gebe zu, daß es gut war, aber mit einem besondern Beigeschmack, woran ich mich leicht gewöhnte. Diese verschiedenen Speisen schienen mir reich an Phosphor zu sein, und ich dachte mir, sie müßten aus dem Meere herkommen.

Der Kapitän Nemo blickte mich an. Ich richtete keine Frage an ihn, aber er erriet meine Gedanken und antwortete von selbst auf Fragen, die ich gerne getan hätte.

»Die meisten dieser Gerichte sind Ihnen wohl unbekannt, sagte er, doch können Sie ohne Besorgniß sie genießen. Sie sind gesund und nahrhaft. Auf Nahrungsmittel von der Erde habe ich lange verzichtet, und befinde mich darum nicht übler. Meine kräftige Mannschaft genießt dieselbe Nahrung wie ich.

– Also, sagte ich, sind diese Speisen alle Erzeugnisse des Meeres?

– Ja, Herr Professor, das Meer befriedigt alle meine Bedürfnisse. Bald werfe ich meine Zugnetze aus, und ziehe sie zum Bersten voll wieder herein. Bald gehe ich mitten in diesem Element, das dem Menschen unzugänglich zu sein scheint, auf die Jagd, und erlege Wild in meinen unterseeischen Waldungen. Meine Herden weiden, gleich denen des alten Hirten Neptun, ohne Furcht auf dem unermeßlichen Wiesenland des Ozeans. Ich habe da ein ungeheures Besitztum, das ich selbst nutzbar mache, und das von der Hand des Schöpfers aller Dinge stets eingesäet wird.«

Ich blickte den Kapitän Nemo mit einigem Erstaunen an, und antwortete:

»Ich begreife wohl, mein Herr, daß Ihre Netze Ihnen vortreffliche Fische auf die Tafel liefern; minder begreiflich ist mir, daß Sie Ihr Wasserwild in Ihren unterseeischen Wäldern jagen; aber durchaus unbegreiflich, daß ein Stück Fleisch, so klein es sein mag, unter Ihren Gerichten sich findet.

– Ich habe auch, mein Herr, versetzte der Kapitän Nemo, niemals Fleisch von Landtieren auf dem Tisch.

– Dieses doch, erwiderte ich, und wies auf einen Teller, worauf noch einige Schnitt Filet waren.

– Was Sie für Fleisch halten, Herr Professor, ist nichts anders, als Meerschildkröte. Ebenso ist dort Leber vom Delphin, welche Sie für Schweineragout nehmen würden. Mein Koch versteht sich vortrefflich darauf, diese verschiedenen Produkte des Meeres zuzubereiten und aufzubewahren. Kosten Sie alle diese Speisen. Diese Konserve von Holothurien würde ein Malaie für das beste Gericht auf der Welt halten. Jene Sahne dort ist von der Milch von Seesäugetieren, und der Zucker kommt von dem großen Focus des

Nordmeers; endlich erlauben Sie mir von dem Anemonen-Confect anzubieten, welches dem schmackhaftesten Obst gleichkommt.«

Ich kostete, mehr aus Neugierde, während der Kapitän Nemo mich durch seine unwahrscheinlichen Berichte ergötzte.

»Aber dieses Meer, Herr Arronax, fuhr er fort, gewährt mir nicht nur die vortreffliche Nahrung, sondern auch Kleidung. Die Stoffe Ihrer Kleider sind aus den Fasern einiger Muscheln gewebt und mit antikem Purpur gefärbt. Das Parfüm auf der Toilette Ihrer Kabine ist aus Seepflanzen destilliert. So sind Ihr Bett, Ihre Feder und Tinte aus Bestandteilen gemacht, welche das Meer liefert. So ist's mit Allem, was ich jetzt bedarf.

– Sie sind ein Freund des Meeres, Kapitän.

– Ja wohl! Das Meer bedeckt sieben Zehntel der Erdoberfläche, und der Seewind ist rein und gesund. In dieser unermeßlichen Einöde ist der Mensch doch nie allein; denn er fühlt das Leben um ihn herum; ein übernatürliches wundervolles Dasein rührt sich in demselben; es ist nur Bewegung und Liebe. Und wirklich, Herr Professor, finden wir die drei Naturreiche, Mineralien, Pflanzen und Tiere in demselben repräsentiert. Das letztere Reich am stärksten durch vier Gruppen von Pflanzentieren, drei Classen Gliedertiere, fünf Classen Mollusken, drei Classen Wirbeltiere, Säugetiere, Reptilien und die unzählige Menge Fische. Diese Abtheilung des Tierreichs zählt dreizehntausend Gattungen, wovon nur der zehnte Teil den süßen Gewässern angehört. So ist das Meer eine ungeheure Wohnstätte der Natur. Es herrscht darin die äußerste Ruhe. Das Meer ist außerhalb der Macht der Tyrannen. Auf seiner Oberfläche können sie noch Ungerechtigkeit üben, sich bekämpfen, alle Schrecken verüben. Aber dreißig Fuß unterhalb hört ihre Gewalt auf. Ach! Mein Herr, im Meeresschooß allein ist Unabhängigkeit! Da fühlt man sich frei!«

Mitten in diesem Schwung des Enthusiasmus verstummte der Kapitän plötzlich. Hatte er sich zu weit aus seiner gewohnten Rückhaltung herausreißen lassen? Er ging einige Augenblicke in großer Bewegung umher. Darauf, als er wieder ruhig geworden, wendete er sich zu mir mit den Worten:

»Jetzt, Herr Professor, wenn Sie den Nautilus besichtigen wollen, stehe ich zu Ihren Diensten.«

Kapitel 11
Der Nautilus

Der Kapitän Nemo stand auf. Ich folgte ihm. Eine Doppeltür im Hintergrund des Saales öffnete sich, und ich trat in ein Zimmer von gleicher Größe wie das, welches wir verließen.

Es war eine Bibliothek. An den Wänden ragten hohe Gestelle von schwarzem Palissander mit Kupfer ausgelegt, auf deren Fachbrettern eine große Zahl gleichförmig eingebundener Bücher standen. Dieselben liefen ringsum an allen Wänden, und schlossen sich unten an geräumige mit dunkelbraunem Leder ausgeschlagene Divane, welche die bequemsten Polster darboten. Leichte, bewegliche Pulte, die man nach Belieben näher oder ferner rücken konnte, dienten beim Lesen zum Auflegen der Bücher. In der Mitte stand ein großer Tisch, der mit Brochuren bedeckt war, worunter sich auch einige bereits alte Zeitschriften befanden. Dies harmonische Ganze war von elektrischem Licht bestrahlt, das aus vier glattpolierten Kugeln, die im Plafond zur Hälfte eingelassen waren, herabfiel. Ich sah mich mit wahrer Bewunderung in dem so sinnreich eingerichteten Saale um.

»Kapitän Nemo, sagte ich zu meinem Wirth, das ist eine Bibliothek, die manchem Palast auf der Erde Ehre machen würde; ich bin wahrhaft in Staunen versetzt bei dem Gedanken, sie auf dem Meeresgrund zu finden.

– Wo fände man einen stillern, ungestörtern Aufenthalt, Herr Professor? erwiderte der Kapitän Nemo. Finden Sie im Studierzimmer Ihres Museums eine so vollständige Ruhe?

– Nein, mein Herr; und zugleich ist's sehr ärmlich gegen das Ihrige. Sie haben da wohl sechs- bis siebentausend …

– Zwölftausend, Herr Arronax. Diese einzigen Bande fesseln mich noch an die Erde. Aber seit dem Tage, wo mein Nautilus zum erstenmal unter die Gewässer tauchte, existiert die Welt für mich nicht mehr. An jenem Tage habe ich meine letzten Bücher, meine letzten Brochuren und Zeitschriften gekauft, und seitdem lebe ich in dem Gedanken, daß die Menschheit nichts weiter gedacht und geschrieben hat. Diese Bücher, Herr Professor, stehen übrigens zu Ihrer Verfügung, um nach Belieben davon Gebrauch zu machen.«

Ich dankte dem Kapitän und trat näher zu den Büchern heran. Es waren da aus der Moral und Literatur, den exakten Wissenschaften, Schriften aus allen Sprachen in Menge, aber aus der Staatswirtschaft sah ich nicht ein einziges; sie schienen an Bord streng geächtet. Alle diese Bücher waren, ohne Unterschied aus welcher Sprache, nach Rubriken geordnet; ein Beweis, daß der Kapitän des Nautilus die Bände, wie er sie zufällig griff, geläufig lesen konnte.

Unter diesen Büchern bemerkte ich die Meisterwerke alter und neuer Literatur, d. h. alles Schönste, was der menschliche Geist von Homer bis auf die jetzt lebenden Koryphäen geliefert. Aber wissenschaftliche Werke waren darin vorzugsweise bedacht: Mechanik, Ballistik, Meteorologie, Geographie, Geologie waren dabei nicht minder vertreten, als die gesamte Naturgeschichte, und ich sah wohl, daß ihnen der Kapitän vorzugsweise seine Studien widmete. Darunter fanden sich denn auch die beiden Bände, welche mir eine so gute Aufnahme beim Kapitän Nemo verschafften; und aus einem andern Werke von Jos. Bertrand, welches, wie mir bekannt war, im Laufe des Jahres 1865 ausgegeben wurde, konnte ich entnehmen, daß die Ausstattung des Nautilus nicht später vorgenommen wurde, daß also der Kapitän Nemo sein unterseeisches Leben seit höchstens drei Jahren führte. Der Zeitpunkt ließ sich wohl durch weitere Forschung, wofür ich ja Muße genug hatte, noch genauer feststellen. Für jetzt galt es, die Wunder des Nautilus zu besichtigen.

»Mein Herr, sagte ich zum Kapitän, ich danke Ihnen, daß Sie mir diese Bibliothek zur Verfügung stellen. Sie enthält kostbare Schätze der Wissenschaft, welche ich benützen will.

– Dieser Saal, sagte der Kapitän, ist nicht blos eine Bibliothek, sondern auch ein Rauchzimmer.

– Ein Rauchzimmer? Rief ich aus. Also raucht man an Bord?

– Allerdings.

– Dann muß ich wohl glauben, mein Herr, daß Sie noch in einiger Verbindung mit der Havanna stehen.

– Durchaus nicht, erwiderte der Kapitän. Nehmen Sie diese Zigarre, Herr Arronax, und wenn Sie schon nicht aus der Havanna kommt, werden Sie doch, wenn Sie Kenner sind, damit zufrieden sein.«

Ich nahm die Zigarre, welche einer Londres ähnlich geformt war, aber aus Goldblättern zu bestehen schien. Ich zündete sie an einem kleinen Brasero an, das ein elegantes Fußgestell von Bronze hatte, und fing an mit dem Wonnegefühl eines Schmauchers, der seit zwei Tagen das Rauchen entbehrt hatte, zu dampfen.

»Das ist vortrefflich, sagte ich, aber Tabak ist's nicht.

– Nein, erwiderte der Kapitän, dieser Tabak kommt weder aus der Havanna, noch dem Orient. Es ist eine Art nikotinhaltiges Seegras, das mir das Meer, etwas sparsam, liefert. Vermissen Sie die Londres, mein Herr Professor?

– Kapitän, von jetzt an mag' ich sie nicht mehr.

– So rauchen Sie davon nach Belieben, und ohne über den Ursprung derselben sich Gedanken zu machen. Sie sind von keiner Regie kontrolliert, und sind darum nicht minder gut, denk' ich.

– Im Gegenteil.«

Nun öffnete der Kapitän Nemo eine Thür gegenüber der, durch welche wir in die Bibliothek gekommen waren, und wir traten in einen sehr großen glänzend erleuchteten Saal. Er war vierseitig, mit abgestumpften Ecken, zehn Meter lang, sechs breit, fünf hoch. Ein erleuchteter, mit leichten Arabesken verzierter Plafond spendete helles und mildes Licht auf alle Merkwürdigkeiten dieses Museums. Denn es war wirklich ein Museum, worin eine einsichtige und freigebige Hand alle Schätze der Natur und Kunst vereinigt hatte, samt allerlei künstlerischem Beiwerk, welches das Atelier eines Malers kennzeichnet.

Dreißig Meisterwerke in gleichförmigen Rahmen, um glänzende Panoplien gruppiert, zierten die im strengen Styl tapezierten Wände. Ich sah die Gemälde von höchstem Kunstwert, die in den Sammlungen und Ausstellungen Bewunderung erregt hatten; und in den Ecken des prachtvollen Museums standen köstliche Statuen in Marmor und Bronze, Nachbildungen der schönsten antiken Muster.

»Herr Professor, sagte darauf der Kommandant des Nautilus, entschuldigen Sie die in diesem Salon herrschende Unordnung.

– Mein Herr, erwiderte ich, ohne daß ich weiß, wer Sie sind, darf ich wohl einen Künstler in Ihnen erkennen?

– Einen Kunstliebhaber höchstens, mein Herr. Vormals machte mir's Freude, diese schönen Werke der Menschenhand zu sammeln. Ich suchte begierig und unermüdlich, und es gelang mir einiges Werthvolle zusammenzubringen. Dies meine letzten Erinnerungen an die Erde, die nun für mich tot ist.

– Und diese Musiker? Sagte ich, und wies auf die Partituren von Weber, Rossini, Mozart, Beethoven, Haydn, Meyerbeer, Herold, Wagner, Auber u. A., welche auf einem stattlichen Orgel-Piano lagen.

– Diese Musiker, erwiderte der Kapitän Nemo, gehören gleich Orpheus einer entschwundenen Zeit, und ich bin tot, ebenso wie die, welche sechs Fuß tief unter der Erde ruhen!«

Der Kapitän, in tiefen Gedanken versunken, vergaß seine Umgebung, indeß ich fortfuhr, die Schätze und Merkwürdigkeiten des Salons zu mustern.

Es fanden sich da Seltenheiten aus dem Naturreiche von bedeutendem Wert, hauptsächlich Pflanzen, Muscheln und andere Erzeugnisse des Meeres, die ohne Zweifel der Kapitän persönlich gesammelt hatte. Mitten im Salon sah man in elektrischer Beleuchtung einen Springbrunnen mit einem Becken aus einer einzigen Muschel von einer der größten Molluskenarten, deren sein verzierter Rand sechs Meter Umfang hatte, und die demnach größer war, als die Riesenweihkessel in der Kirche St. Sulpice zu Paris, welche einst die Republik Venedig dem König Franz I. zum Geschenk machte.

Um dieses Becken herum waren unter Glasbehältern mit Kupferschlag die kostbarsten Meeresprodukte mit Etiketten geordnet, welche je den Blicken der Naturforscher sich darboten. Man begreift, welche Freude für den Professor der Naturgeschichte.

Die Zoophyten boten höchst merkwürdige Musterstücke aus den Gruppen der Polypen und Echinodermen dar. Aus der Klasse der Mollusken sah man so äußerst kostbare Stücke, daß sie einen etwas erregbaren Konchyliologien außer sich bringen konnten. – Seitwärts in besonderen Fachbehältern lagen die schönsten Perlenschnüre gereiht, deren Feuer im elektrischen Licht spielte, rosenfarbene, grüne, gelbe, schwarze, blaue, seltene Produkte verschiedener Mollusken aller Meere. Manche dieser Perlen waren von der Größe eines Taubeneies, und kamen an Wert den berühmten des Schahs von Persien und des Imams von Maskat gleich. Den Wert dieser Sammlung zu beziffern war fast unmöglich.

Während ich mich fragte, woher dem Kapitän die Summen für solche Liebhabereien geflossen sein konnten, überraschte er mich durch die Äußerung:

»Sie mustern meine Muscheln, Herr Professor. Sie können in der Tat einem Naturforscher Freude machen; für mich haben sie noch den besondern Reiz, daß ich sie alle eigenhändig gesammelt habe; und es ist kein Meer, das ich nicht dafür durchforscht hätte.

– Ich begreife, Kapitän, diese Freude, sich inmitten solcher Schätze zu ergehen. Sie haben sich selbst dieselben gesammelt. Eine gleiche Sammlung von Seeprodukten findet sich in keinem Museum Europa's. Aber wenn ich dafür meine Bewunderung erschöpfe, was bleibt mir dann noch für das Schiff, worauf sie sich befindet? Ich will zwar nicht in Ihre Geheimnisse dringen; doch gestehe ich, daß die bewegende Kraft, welche der Nautilus in sich schließt, die Vorrichtungen, um seine Bewegungen zu lenken, das mächtige ihn beseelende Agens – dies Alles meine Neugierde in hohem Grade auf sich zieht. Ich sehe an den Wänden dieses Salons Instrumente, deren Bestimmung mir unbekannt ist. Darf ich wissen? …

– Herr Arronax, erwiderte der Kapitän Nemo, ich hab' Ihnen gesagt, daß Sie an Bord meines Schiffes frei sind; folglich ist Ihnen kein Teil des Nautilus untersagt. Sie können ihn im Detail besichtigen, und ich mache mir ein Vergnügen daraus, Ihr Cicerone zu sein.

– Ich weiß nicht, mein Herr, wie ich Ihnen dafür danken kann, aber ich will Ihre Gefälligkeit nicht mißbrauchen. Ich möchte Sie nur fragen, zu welchem Gebrauch sind diese physikalischen Instrumente bestimmt. …

– Herr Professor, die nämlichen Instrumente finden sich in meinem Zimmer, wo ich mir das Vergnügen machen will, ihren Gebrauch Ihnen zu erklären. Aber zuvor besuchen Sie die Ihnen vorbehaltene Kabine. Sie müssen doch Ihre Einrichtung an Bord des Nautilus kennen lernen.«

Ich folgte dem Kapitän, der mich durch den Gang des Schiffes in das Vorderteil führte, und zwar nicht in eine Kabine, sondern in ein elegantes Zimmer mit Bett, Toilette und verschiedenen anderen Meubels.

Ich konnte meinem Wirte nur dankbar sein.

»Ihr Zimmer stößt an das meinige, sagte er, indem er eine Tür öffnete, und meines führt auf den Salon, worin wir uns eben befanden.«

Ich trat in's Zimmer des Kapitäns. Es sah ernst, fast mönchisch aus. Ein eisernes Lager, ein Arbeitstisch, einige Toilettenmeubles; alles in einem Halbdunkel. Nichts für die Behaglichkeit; nur das streng Notwendige.

Der Kapitän Nemo wies auf einen Stuhl und sprach: »Belieben Sie, Platz zu nehmen.«

Ich setzte mich nieder, er ergriff das Wort und sprach:

Kapitel 12

Alles durch Elektrizität

»Hier sehen Sie, mein Herr, sagte der Kapitän Nemo, auf die an den Wänden seines Zimmers hängenden Instrumente hinweisend, den für die Schifffahrt des Nautilus erforderlichen Apparat. Ich habe sie hier, wie im Salon, stets unter den Augen, und sie zeigen mir genau, wo ich inmitten des Ozeans mich befinde, und in welcher Richtung ich fahre. Einige sind Ihnen wohl bekannt, wie Thermometer und Barometer, um die Temperatur und das Gewicht der Luft; das Hygrometer, um die Trockenheit der Atmosphäre zu bestimmen; das Wetterglas, um das Herannahen der Stürme anzukündigen; der Kompass, um mir die Richtung der Fahrt; der Sextant, um durch die Sonnenhöhe den Breitegrad zu zeigen; das Chronometer, um die Länge zu berechnen; und endlich die Fernröhre für Tag und Nacht, die mir dienen, um den Horizont an allen Punkten zu durchforschen, wann der Nautilus sich an der Oberfläche befindet.

– Das sind die gewöhnlichen, dem Seefahrer nötigen Instrumente, erwiderte ich, und ich kenne ihren Gebrauch. Aber da sind andere, die dienen ohne Zweifel den besonderen Bedürfnissen des Nautilus. Dies Zifferblatt mit dem beweglichen umlaufenden Zeiger ist wohl ein Manometer?

– Ja wohl, ein Manometer. Mit dem Wasser in Verbindung gebracht, zeigt es den äußern Druck desselben an, und dadurch die Tiefe, worin sich das Fahrzeug befindet.

– Und das ist eine neue Art von Sonde?

– Thermometrische Sonden, welche die Temperatur der verschiedenen Luftschichten angeben.

– Und diese Instrumente, deren Gebrauch mir völlig unbekannt ist?

– Hier, Herr Professor, muß ich Ihnen einige Erklärungen geben, sagte der Kapitän Nemo. Belieben Sie mich anzuhören.«

Nach einer kleinen Pause sprach er: »Es gibt einen starken, folgsamen, raschen, willigen, zu allen dienlichen Agenten, der an meinem Bord herrscht. Er leistet mir alles, beleuchtet, erwärmt, ist die Seele meiner mechanischen Werkzeuge. Dieser Agent ist die Elektrizität.

– Die Elektrizität! Rief ich etwas überrascht.

– Ja, mein Herr.

– Sie haben jedoch, Kapitän, eine außerordentliche Schnelligkeit der Bewegungen, welche zu der Kraft der Elektrizität wenig stimmen. Bisher ist ihre dynamische Kraft sehr beschränkt geblieben und hat nur geringe Wirkungen hervorzubringen vermocht!

– Herr Professor, erwiderte der Kapitän Nemo, meine Elektrizität ist nicht die, welche Jedermann kennt; und das ist Alles, was Sie mir Ihnen davon zu sagen gestatten wollen.

– Ich will Ihnen nicht zusetzen, mein Herr, und mich begnügen, über ein solches Ergebniß sehr zu staunen. Eine einzige Frage jedoch erlauben Sie mir, welche Sie, wenn Sie dieselbe unbescheiden finden, nicht zu beantworten brauchen. Die Elemente, welche Sie verwenden, um diesen wunderbaren Agenten hervorzubringen, müssen sich doch bald verbrauchen. Wie ersetzen Sie z. B. Zink, da Sie ohne Verbindung mit der Erde sind?

– Ich will Ihre Frage beantworten, erwiderte der Kapitän Nemo. Für's Erste will ich Ihnen sagen, daß es auf dem Grund des Meeres Zink-, Eisen-, Silber-, Gold-Minen gibt, deren Ausbeutung gewiß sehr ausführbar wäre. Aber ich habe von diesen Metallen der Erde nichts entliehen, und von dem Meer selbst die Mittel für Erzeugung meiner Elektrizität gewinnen wollen.

– Von dem Meer?

– Ja, Herr Professor, und an Mitteln fehlt's da nicht. Ich hätte zwar, indem ich Drähte aus verschiedenen Tiefen mit einander in Verbindung setzte, Elektrizität aus der Verschiedenheit der Temperaturen erzielen können, aber ich zog ein praktischeres System vor.

– Und welches?

– Sie kennen die Bestandteile des Meerwassers. Von tausend Gramm sind sechsundneunzig und ein halb Hundertteile Wasser, etwa zwei und zwei Drittel Chlorsodium; sodann in geringer Quantität Chlor-Magnesium und salzsaures Kali, Brom-Magnesium, schwefelsaures Magnesium, schwefelsaurer und kohlensaurer Kalk. Sie sehen also, daß Chlorsodium in ansehnlichem Verhältniß sich dabei befindet. Dieses Sodium nun ziehe ich aus dem Wasser und bereite daraus meine Elemente.

– Sodium?

– Ja, mein Herr. Mit Merkur vermischt, bildet es ein Amalgam, welches bei den Bunsen'schen Elementen das Zink ersetzt. Merkur verbraucht sich nie; nur das Sodium wird verzehrt, und dieses gewinne ich aus dem Meer unmittelbar. Ich bemerke Ihnen weiter, daß die Sodiumsäulen für weit energischer anzusehen sind, und daß ihre elektrische Bewegkraft doppelt so stark ist als bei den Zinksäulen. – Ich begreife wohl, Kapitän, die Vortrefflichkeit des Sodiums in den Verhältnissen, worin Sie sich befinden. Das Meer enthält es. Gut. Aber man muß es fabrizieren, herausziehen. Wie bewerkstelligen Sie das? Ihre Säulen könnten offenbar dazu dienen; aber irre ich nicht, so würde der für den elektrischen Apparat erforderliche Aufwand von …

– Die gewonnene Quantität überwiegen. Es würde dann der Fall eintreten, daß Sie für die Erzeugung desselben mehr verbrauchten, als Sie dadurch erzeugen!

– Herr Professor, ich gewinne es auch nicht mittelst der Säule, und verwende ganz einfach die Wärme der Steinkohle.

– Steinkohle? Sagte ich bedeutsam.

– Sagen wir Meerkohle, wenn Sie wollen, erwiderte der Kapitän Nemo.

– Und Sie können unterseeische Kohlenminen ausbeuten?

– Herr Arronax, Sie sollen sehen, wie ich's anfange. Ich bitte nur um ein wenig Geduld, denn Sie haben ja Zeit es geduldig abzuwarten. Behalten Sie nur im Sinn: Dem Meer verdank' ich Alles: es verschafft die Elektrizität, und diese gewährt dem Nautilus Wärme, Licht, Bewegung, kurz sein Leben.

– Aber doch nicht die Luft, welche Sie einatmen?

– O! Ich könnte die zu meinem Verbrauch nötige Luft fabrizieren, aber es ist nicht nötig, weil ich, wenn's mir beliebt, an die Oberfläche des Meeres aufsteigen kann. Jedoch, kann mir auch die Elektrizität nicht die zum Einatmen erforderliche Luft liefern, so treibt sie wenigstens gewaltige Pumpen, welche sie in besondere Behälter einpressen, wodurch ich in den Stand gesetzt bin, meinen Aufenthalt in der Tiefe nach Bedürfniß oder nach Belieben zu verlängern.

– Kapitän, erwiderte ich, ich kann nur bewundern. Offenbar haben Sie bereits gefunden, was die Menschen auch einmal auffinden werden, die wahre dynamische Kraft der Elektrizität.

– Ich weiß nicht, ob sie dieselbe entdecken werden, erwiderte kalt der Kapitän Nemo. Wie dem aber auch sein mag. Sie kennen bereits die erste Anwendung, welche ich von diesem schätzbaren Agenten gemacht habe. Er leuchtet uns so gleichmäßig und andauernd, wie das Sonnenlicht nicht. Jetzt, sehen Sie diese Uhr; sie ist elektrisch, und geht so regelmäßig, wie die besten Chronometer. Ich habe sie, wie die italienischen Uhren in vierundzwanzig Stunden geteilt, denn für mich existiert weder Nacht noch Tag, noch Sonnen- oder Mondlicht, vielmehr nur dieses künstlich erzeugte Licht, welches ich bis auf den Meeresgrund mit mir nehme! Sehen Sie, in diesem Augenblick ist's zehn Uhr vormittags. – Ganz richtig.

– Eine andere Anwendung der Elektrizität. Dieses Zifferblatt vor unseren Augen gibt mir die Schnelligkeit des Nautilus an. Ein elektrischer Draht bringt es in Verbindung mit der Schraube des Logs, und sein Zeiger gibt mir die wirkliche Geschwindigkeit des Fahrzeugs an. Und, sehen Sie, in diesem Augenblick fahren wir mit der mäßigen Geschwindigkeit von fünfzehn Meilen die Stunde.

– Es ist wunderbar, erwiderte ich, und ich sehe wohl, Kapitän, daß Sie Grund hatten, diesen Agenten zu gebrauchen, dem es bestimmt ist, Wind, Wasser und Dampf zu ersetzen.

– Wir sind noch nicht fertig, Herr Arronax, sagte der Kapitän Nemo, indem er aufstand, und wenn's Ihnen beliebt, mich zu begleiten, wollen wir den hintern Teil des Nautilus auch besichtigen.«

In der Tat kannte ich jetzt den ganzen vordern Teil des unterseeischen Bootes, welches von der Mitte aus nach vorne genau folgendermaßen eingeteilt war: der Speisesaal fünf Meter groß, von der Bibliothek durch eine wasserdichte Scheidewand getrennt, so daß kein Wasser eindringen konnte; die Bibliothek war fünf Meter groß, der Hauptsalon zehn Meter vom Zimmer des Kapitäns, welches fünf Meter maß, durch eine abermalige wasserdichte Wand geschieden; das meinige von zwei und einem halben Meter; und endlich ein Luftbehälter, sieben und ein halb Meter groß, erstreckte sich bis zum Hintersteven. Das machte im Ganzen fünfunddreißig Meter Länge aus. Die wasserdichten Scheidewände mit hermetischem Verschluß gewährten an Bord des Nautilus völlige Sicherheit, im Fall ein Leck sich ergab.

Ich begleitete den Kapitän Nemo durch die Gänge des vordern Teils bis zum Mittelpunkt des Schiffs. Hier befand sich, zwischen zwei wasserdichten Wänden eine Art Schacht, in welchem eine an der Wand befestigte eiserne Leiter zur Mündung führte. Ich fragte den Kapitän, wozu diese Leiter diene.

»Sie endigt beim Boot, war die Antwort.

– Wie? Sie haben ein Boot? versetzte ich etwas erstaunt.

– Allerdings. Ein treffliches Fahrzeug, leicht und ohne unterzusinken, das uns zur Spazierfahrt und zum Fischen dient.

– Aber dann müssen Sie zum Einsteigen sich auf der Meeresoberfläche befinden?

– Keineswegs. Dieses Boot ist am obern Theile des Schiffsrumpfes in einer für dasselbe hergerichteten Aushöhlung befestigt. Es ist ganz mit Verdeck versehen, durchaus wasserdicht und mit soliden Bolzen gefügt. Diese Leiter nun führt zu einer im Rumpf des Nautilus angebrachten Öffnung, welche mit einer gleichen in der Seite des Bootes in Verbindung steht, so daß ich durch diese doppelte Öffnung in das Fahrzeug gelange. Dann schließt man wieder die des Nautilus, und ich schließe hinter mir die des Bootes vermittelst Stellschraube. Ich mache die Zapfen los, und das Fahrzeug steigt reißend schnell zur Meeresoberfläche auf. Dann öffne ich einen bisher sorgfältig verschlossenen Luckendeckel des Verdecks, richte einen Mast auf, hisse mein Segel oder nehme meine Ruder zur Hand und fahre spazieren.

– Aber wie kommen Sie wieder an Bord zurück?

– Ich komme gar nicht zurück, Herr Arronax, vielmehr der Nautilus kommt wieder zu demselben.

– Auf Ihren Befehl?

– Auf meinen Befehl. Ein elektrischer Draht hält mich in Verbindung, und es bedarf nur eines Telegramms.

– Wirklich, sagte ich, entzückt von diesen Wundern, es gibt nichts Einfacheres!«

Nachdem ich an dem Behälter der zur Plattform führenden Leiter vorüber war, sah ich eine zwei Meter große Kabine, worin Conseil und Ned-Land beschäftigt waren, ihr wohlschmeckendes Mahl munter zu verschlingen. Hierauf öffnete sich eine Türe zu der drei Meter langen Küche, welche zwischen den geräumigen Vorratskammern liegt.

Hier verrichtete die Elektrizität, energischer und williger, als selbst das Gas, alle Bedürfnisse zum Kochen. Die Drähte, unter den Öfen angelangt, teilten Platinaschwämmen eine Wärme mit, welche sich verteilte und regelmäßig andauerte. Sie heizte in gleicher Weise Destillierapparate, welche durch Verdunstung ein vortreffliches Trinkwasser verschafften. Neben der Küche öffnete sich ein bequem eingerichteter Badesaal, worin die Hähne nach Belieben kaltes und warmes Wasser spendeten.

Auf die Küche folgte der Posten der Mannschaft, fünf Meter lang. Aber die Türe war geschlossen, und ich konnte seine Einrichtung nicht sehen, woraus ich wohl die Anzahl der zur Bewegung des Nautilus erforderlichen Männer hätte entnehmen können.

Eine vierte wasserdichte Scheidewand befand sich zwischen diesem Posten und dem Maschinenzimmer. Es öffnete sich eine Türe, und ich befand mich in diesem Gemach, wo der Kapitän Nemo seine Werkzeuge für die Fortbeförderung aufgestellt hatte. Dieses klar beleuchtete Maschinenzimmer war nicht weniger als zwanzig Meter lang. Es teilte sich natürlich in zwei Abtheilungen, erstens für die Elemente der Elektrizitätserzeugung, und zweitens für die mechanische Einrichtung, um die Bewegung zur Schraube zu befördern.

Anfangs war ich betroffen über den eigentümlichen Geruch, welcher dieses Gemach erfüllte. Der Kapitän bemerkte es und sprach:

»Es ist nur einige Entwickelung von Gas durch die Anwendung des Sodium; aber die Unannehmlichkeit ist nicht bedeutend, und zudem wird im Schiff täglich durch Ventilation die Luft erneuert.«

Inzwischen besuchte ich mit leicht begreiflichem Interesse die Maschine des Nautilus.

»Sie sehen, sagte Kapitän Nemo, ich verwende Bunsen'sche Elemente, nicht Ruhmkorff'sche. Diese würden zu schwach gewesen sein. Jene sind wenig zahlreich, aber stark und groß, was der Erfahrung gemäß besser ist. Die erzeugte Elektrizität zieht sich nach hinten, wo sie durch sehr große Elektro-Magnete auf ein besonderes System von Hebeln und Rädergetrieben wirkt, welche die Bewegung auf die Welle der Schraube hinleitet. Diese, deren Durchmesser sechs Meter mißt und das Gewinde sieben und ein halb Meter, kann in einer Sekunde bis auf hundertundzwanzig Umdrehungen erzeugen.

– Und damit erhalten Sie?

– Eine Geschwindigkeit von fünfzig Meilen in der Stunde.«

Hier fand eine Geheimniß statt, aber ich bestand nicht darauf, es kennen zu lernen. Wie ward es möglich, daß die Elektrizität mit solcher Kraft wirkte? Woher entsprang diese fast unbegrenzte Kraft? Etwa aus einer übermäßigen Spannung durch eine neue Art von Wellen? Oder aus der Hinüberleitung, welche durch ein System unbekannter Hebel bis zum Unendlichen gesteigert werden konnte? Dieses war mir unbegreiflich.

»Kapitän Nemo, sagte ich, ich konstatiere die Ergebnisse und trachte nicht darnach, sie zu erklären. Ich habe den Nautilus im Angesicht des *Abraham Lincoln* manövrieren gesehen, und weiß, was es mit seiner Geschwindigkeit für eine Bewandtniß hat. Aber das Vorwärtskommen reicht nicht aus. Man muß auch sehen, wohin man fährt! Man muß sich rechts und links, nach oben und unten hinwenden können! Wie erreichen Sie die großen Tiefen, wo ein zunehmender Widerstand stattfindet, der auf Hunderte von Atmosphären anzuschlagen ist? Wie steigen Sie wieder zur Oberfläche des Ozeans empor? Endlich, wie gelingt es Ihnen, sich in der Ihnen beliebigen Umgebung zu halten? Bin ich unbescheiden, indem ich diese Fragen an Sie richte?

– Keineswegs, Herr Professor, erwiderte der Kapitän nach kurzem Besinnen, denn Sie dürfen ja doch niemals dieses unterseeische Boot verlassen. Kommen Sie nur in den Salon. Das ist unser eigentliches Arbeitszimmer, und da sollen Sie auch alles vernehmen, was Sie über den Nautilus wissen dürfen!«

Kapitel 13
Einige Zahlen

Nach einer kleinen Weile saßen wir auf einem Divan des Salon, die Zigarre im Munde. Der Kapitän legte mir den Grundriß, Durchschnitt und Aufriß des Nautilus vor Augen. Darauf begann er seine Erklärung folgendermaßen:

»Das Boot, worauf wir uns befinden, Herr Arronax, ist ein langer Zylinder mit zugespitzten Enden. Die Länge desselben beträgt genau siebenzig, seine größte Breite acht Meter; also letztere nicht völlig im Verhältniß von eins zu zehn, wie die schnellsegelnden Dampfer gewöhnlich gebaut sind, und die Länge ist hinreichend zugespitzt, damit das verdrängte Wasser leicht sich scheidet und dem Laufe nicht hinderlich ist.

»Aus diesen Dimensionen ergeben sich durch ein einfaches Rechenexempel die Oberfläche und der Kubik Gehalt des Nautilus. Der erstere beträgt tausendundelf und fünfundvierzig Hundertteile Quadratmeter. Der Gehalt fünfzehnhundert und zwei Zehntel Kubikmeter, – d. h. wenn es völlig untertaucht, verdrängt es fünfzehnhundert Kubikmeter oder Tonnen.

»Als ich die Pläne zu diesem für unterseeische Fahrten bestimmten Schiffe machte, war meine Absicht, daß es im Gleichgewicht untergetaucht nur mit einem Zehntheil hervorrage. Folglich durfte es unter diesen Verhältnissen nur neun Zehntel seines Gehaltes verdrängen, also dreizehnhundertsechsundfünfzig und achtundvierzig Hundertteile Kubikmeter, d. h. es durfte nur eben so viel Tonnengewicht haben. Ich habe daher bei Erbauung desselben nach den gegebenen Dimensionen dieses Gewicht nicht überschreiten dürfen.

»Der Nautilus besteht aus zwei Rümpfen, einem innern und einem äußern, welche durch eiserne Klammern in Form eines T mit einander verbunden demselben eine außerordentlich große Dauerhaftigkeit geben. In der Tat leistet es in Folge dieser Einrichtung Widerstand wie ein Block, als wenn es voll wäre. Seine äußere Hülle kann nicht nachgeben; sie ist in sich selbst zusammenhängend, nicht durch Zusammennieten; und die Gleichartigkeit seiner Konstruktion in Folge der vollständigen Zusammenfügung der Materialien macht es fähig, den ungestümsten Wogen zu trotzen.

»Diese beiden Rümpfe sind aus Stahlplatten gefertigt, deren Dichtigkeit im Verhältniß zum Wasser sieben, acht Zehntel beträgt. Der erstere ist mindestens fünf Zentimeter dick und wiegt dreihundertvierundneunzig Tonnen sechsundneunzig Hundert Teile. Der zweite umgebende, nebst dem fünfzig Zentimeter hohen und fünfundzwanzig breiten Kiel, welcher für sich allein zweiundsechzig Tonnen wiegt, die Maschine, der Ballast, die übrigen Nebengegenstände und Gerätschaften, die Verschläge und Strebebretter haben ein Gewicht von neunhunderteinundsechzig Tonnen, zweiundsechzig Hundert Theile, welches alles zusammen addiert eine Gesamtsumme von dreizehnhundertsechzig und achtundvierzig Hundert Theile Tonnen ergibt. Ist dies verständlich?

– Ja wohl.

– Also, fuhr der Kapitän fort, wenn der Nautilus unter diesen Bedingungen flott ist, ragt er um ein Zehntheil aus dem Wasser hervor. Wenn ich nun Wasserbehälter von gleichem Gehalt mit diesem Zehntheil bereit habe, d. h. welche hundertundfünfzig Tonnen und zweiundsechzig Hundert Theile fassen, und ich fülle sie mit Wasser, so wird das Boot, welches dann fünfzehnhundertundsieben Tonnen Gewicht hat, vollständig untergehen. Und so geschieht, Herr Professor. Diese Behälter befinden sich am Vorderteil in den unteren Räumen des Nautilus. Ich drehe die Hähne, sie füllen sich, und das sinkende Schiff kommt mit der Meeresoberfläche in gleiches Niveau.

– Gut, Kapitän; aber nun kommen wir an die eigentliche Schwierigkeit. Wie Sie aufs Niveau des Meeresspiegels herabsinken, ist begreiflich. Aber wenn Sie tiefer hinabtauchen, wird doch Ihr Fahrzeug einem Druck begegnen und folglich einem Gegenstoß von unten nach oben ausgesetzt sein, welcher bei dreißig Fuß Wasser auf eine Atmosphäre anzuschlagen ist, welches ungefähr ein Kilogramm auf den Quadratzentimeter ausmacht?

– Ganz richtig so, mein Herr.

– Folglich, wenn Sie nicht den Nautilus vollständig füllen, sehe ich nicht, wie Sie ihn in den Schloss der Wassermassen hinabbringen können.

– Herr Professor, erwiderte der Kapitän Nemo, man darf nicht die Statik mit der Dynamik vermengen, ohne sich großen Irrtümern auszusetzen. Es kostet sehr wenig Mühe, um in die unteren Regionen des Ozeans zu gelangen, denn die Körper haben eine Tendenz, auf den Grund zu sinken. Begleiten Sie meine Beweisführung.

– Ich höre Ihnen zu, Kapitän.

– Als ich bestimmen wollte, welchen Zuwachs an Gewicht ich dem Nautilus zu geben hätte, um ihn untersinken zu lassen, hatte ich mich nur mit dem geringern Umfang zu befassen, welchen das Meerwasser einnimmt im Verhältniß wie seine Schichten tiefer liegen.

– Offenbar, erwiderte ich.

– Nun aber, wenn auch das Wasser nicht absolut unfähig ist, zusammengedrückt zu werden, so ist es doch wenigstens sehr wenig dessen fähig. In der Tat beträgt nach den neuesten Berechnungen diese Beschränkung nur vierhundertsechsunddreißig Zehnmillionenteile auf eine Atmosphäre, oder auf je dreißig Fuß Tiefe. Handelt sich's darum, tausend Meter hinab zu gehen, so bringe ich dann die Beschränkung des Umfangs unter einem Druck in Anschlag, welcher dem einer Wassersäule von tausend Metern gleich kommt, d. h. unter einem Druck von hundert Atmosphären. Diese Beschränkung betrüge dann vierhundertsechsunddreißig Hunderttausendteile. Ich werde also das Gewicht soweit erhöhen müssen, daß es fünfzehnhundertdreizehn Tonnen, fünfundsiebenzig Hundert Theile beträgt, anstatt fünfzehnhundertsieben und zwei Zehntel Tonnen. Die Erhöhung wird folglich nur sechs- und siebenfünfzig Hundertteils Tonnen ausmachen.

– Nicht mehr?

– Nicht mehr, Herr Arronax, und die Richtigkeit der Berechnung ist leicht zu erkennen. Nun habe ich Wasserbehälter zur Ergänzung, welche hundert Tonnen fassen. Damit kann ich in beträchtliche Tiefen mich hinablassen. Will ich wieder zum Meeresspiegel aufsteigen, so brauche ich nur dieses Wasser zu entladen, und wenn ich haben will, daß der Nautilus mit einem Zehntheil hervorrage, so muß ich die Behälter völlig leer machen.«

Auf diese mit Zahlen begründete Auseinandersetzung hatte ich keinen Einwand.

»Ich lasse Ihre Berechnungen gelten, Kapitän, erwiderte ich, und es würde mir schwer fallen, ihnen zu widersprechen, weil die Erfahrung sie täglich bestätigt. Doch fühle ich mich nun einer wirklichen Schwierigkeit gegenüber.

– Worin besteht diese, mein Herr?

– Wann Sie sich tausend Meter tief befinden, so haben die Wände des Nautilus einen Druck von hundert Atmosphären auszuhalten. Wenn Sie nun im Augenblick die Ergänzungsbehälter entleeren wollen, um Ihr Schiff leichter zu machen und aufsteigen zu können, so müssen die Pumpen diesen Druck von hundert Atmosphären überwinden. Dafür ist eine Kraft …

– Die Elektrizität allein vermochte mir sie zu gewähren, sagte der Kapitän hastig. Ich sage Ihnen nochmals, mein Herr, die dynamische Wirkung meiner Maschinen ist fast unbeschränkt. Die Pumpen des Nautilus haben eine wunderbare Kraft, deren Wirkung Sie gespürt haben, als ihre Wassersäulen wie ein reißender Strom auf den Abraham Lincoln stürzten. Übrigens bediene ich mich der Ergänzungsbehälter nur, um in mittlere Tiefen von fünfzehnhundert bis zweitausend Meter zu gelangen, und zwar, um meine Maschinen zu schonen. Wenn ich also Luft habe, die Tiefen des Ozeans von zwei bis drei Lieues unter der Oberfläche zu besuchen, so wende ich mich zu einem umständlichern, aber nicht minder sichern Verfahren.

– Und worin besteht dies, Kapitän? fragte ich.

– Dies führt mich natürlich darauf anzugeben, wie der Nautilus manövriert wird.

– Ich bin ungeduldig, es zu vernehmen.

– Um das Boot rechts und links zu lenken, um Schwenkungen in horizontaler Richtung zu machen, bediene ich mich eines gewöhnlichen auf dem Hintersteven befestigten Steuerruders, welches durch ein Rad und Taue in Bewegung gesetzt wird. Aber ich kann den Nautilus auch in vertikaler Richtung, von unten nach oben und umgekehrt in Bewegung setzen vermittelst zweier geneigten Flächen, die an seinen Seiten auf dem Centrum seiner Wassertracht angebracht beweglich, und alle Lagen anzunehmen geeignet sind, und von innen durch kräftige Hebel in Bewegung gebracht werden. Hält man diese Flächen parallel mit dem Boot, so bewegt sich's horizontal. Sind sie geneigt, so ist der

Nautilus im Stande, je nach der Neigung und mit dem Druck seiner Schraube, in einer mir beliebigen Diagonale abwärts oder aufwärts zu steigen. Und sogar, will ich rascher zur Oberfläche empor steigen, so hemme ich die Schraube, und der Druck des Wassers treibt den Nautilus vertikal empor, wie ein mit Gas gefüllter Ballon reißend schnell in die Lüfte steigt.

– Bravo! Kapitän, rief ich aus. Aber wie kann der Steuerer inmitten der Gewässer die Richtung einschlagen, welche Sie ihm angeben?

– Der Steuerer hat seinen Platz in einem mit Fenstern versehenen Gehäuse, welches oben auf dem Rumpf des Nautilus vorspringt und mit linsenförmigen Gläsern gedeckt ist.

– Gläser, die solchem Druck widerstehen können?

– Ja wohl. Das beim Anstoßen zerbrechliche Kristallglas enthält doch eine beträchtliche Widerstandsfähigkeit. Bei den im Jahre 1864 angestellten Experimenten mit Fischerei bei elektrischem Licht hat man gesehen, wie Stücke Glas, die nur sieben Millimeter dick waren, einem Druck von sechzehn Atmosphären widerstanden, und dabei noch wirksame Wärmestrahlen durchließen, welche in ungleicher Weise die Wärme zuerteilten. Nun sind die Gläser, welche ich gebrauche, dreißigmal so dick, denn sie sind im Centrum mindestens einundzwanzig Zentimeter stark.

– Zugegeben, Kapitän; aber endlich, um zu sehen, muß Licht die Finsterniß vertreiben, und ich frage mich, wie inmitten des Dunkels der Gewässer …

– Hinten am Gehäuse des Steuerers ist ein starker elektrischer Reflektor angebracht, dessen Strahlen das Meer eine halbe Meile weit erleuchten.

– Ah! Bravo, dreimal Bravo! Kapitän. Jetzt ist mir die Phosphoreszenz des vermeintlichen Narwal erklärlich, welcher den Gelehrten so viel zu schaffen gemacht hat! Bei diesem Anlaß erlaube ich mir die Frage, ob der Zusammenstoß des Nautilus und des Scotia, welcher so großes Aufsehen erregte, ein zufälliger war?

– Rein zufällig, mein Herr. Ich fuhr zwei Meter unter der Meeresoberfläche, als der Stoß sich ereignete. Übrigens sah' ich, daß er keine beklagenswerten Folgen hatte.

– Keine, mein Herr. Aber Ihr Zusammenstoß mit dem Abraham Lincoln? …

– Herr Professor, es tut mir leid um eins der besten Schiffe dieser tüchtigen amerikanischen Marine, aber ich wurde angegriffen und mußte mich verteidigen! Ich habe mich jedoch darauf beschränkt, die Fregatte außer Stand zu setzen, mir zu schaden, – es wird sie nicht viel kosten, ihren Schaden im nächsten Hafen auszubessern.

– Ah! Kommandant, rief ich mit Überzeugung, Ihr Nautilus ist wirklich ein wundervolles Fahrzeug!

– Ja, Herr Professor, erwiderte der Kapitän mit wahrer Rührung, und ich liebe ihn, wie mein Fleisch und Blut! Wenn auf einem Eurer Schiffe, welche den Wechselfällen des Ozeans ausgesetzt sind, alles voll Gefahr ist; wenn auf diesem uns zuerst der Gedanke an das Versinken uns überfällt: so hat da unten an Bord des Nautilus das Gemüht des Menschen keinen Grund zur Besorgniß mehr; da ist kein Leckwerden zu fürchten, keine Beschädigung des Takelwerks oder der Segel, kein Zerspringen der Dampfkessel, keine Feuersbrunst kein Kohlenmangel, kein Zusammenstoß und kein Sturm. Einige Meter unter der Oberfläche ist unbedingte Ruhe der Gewässer. Das, mein Herr, das ist ein Schiff, wie es sein soll! Und wenn es wahr ist, daß der Ingenieur mehr Vertrauen in das Schiff setzt, als der Erbauer und der Erbauer mehr als selbst der Kapitän, so werden Sie begreifen, welches Vertrauen ich zu meinem Nautilus hege, da ich dessen Kapitän, Erbauer und Ingenieur in einer Person bin!« –

Der Kapitän Nemo sprach mit hinreißender Beredsamkeit. Ja, er liebte sein Schiff, wie ein Vater sein Kind!

Aber eine, vielleicht unbescheidene Frage drängte sich mir auf und ich konnte nicht umhin, sie an denselben zu richten.

»Sie sind also Ingenieur, Kapitän Nemo?

– Ja, Herr Professor, erwiderte er, ich habe zu London, Paris und New-York studiert, zur Zeit als ich auf dem Festland der Erde wohnte.

– Aber wie haben Sie diesen bewundernswerten Nautilus im Stillen erbauen können?

– Ich habe jedes der einzelnen Stücke desselben, Herr Arronax, von einem andern Orte her, und unter falscher Angabe seiner Bestimmung bezogen. Sein Kiel wurde zu Creuzot geschmiedet, die Welle seiner Schraube von Pen & Cie.

in London, die Platten für den Rumpf bei Leard zu Liverpool, die Schraube bei Scott in Glasgow. Seine Behälter wurden von Cail & Cie. zu Paris gefertigt, seine Maschine von Krupp in Preußen, sein Schnabel zu Motala in Schweden, seine Instrumente bei Gebrüder Hart in New-York etc. Und jeder der Lieferanten bekam meine Pläne unter anderm Namen.

– Aber, fuhr ich fort, als diese Stücke fertig waren, mußte man sie zusammensetzen, in einander passen?

– Herr Professor, ich hatte meine Werkstätten auf einem einsamen Inselchen im weiten Ozean errichtet. Dort habe ich mit meinen Arbeitern, d. h. meinen braven Gefährten, die ich unterwiesen und abgerichtet habe, unsern Nautilus fertig gemacht. Und als die Arbeit vollendet war, hat das Feuer jede Spur unsers Aufenthalts auf diesem Eiland zerstört.

– Daher darf ich annehmen, daß die Herstellungskosten des Fahrzeugs über die Maßen hoch sind?

– Herr Arronax, ein eisernes Schiff kostet elfhundertfünfundzwanzig Francs per Tonne. Da nun der Nautilus fünfzehnhundert Tonnen Gewicht hat, so kommt er auf sechzehnhundertsiebenundachtzigtausend Francs, und mit Inbegriff seiner Einrichtung zwei Millionen, d. h. mit den Kunstwerken und Sammlungen vier bis fünf Millionen.

– Noch *eine* Frage, die letzte, Kapitän.

– Reden Sie, Herr Professor.

– Sie sind also reich?

– Unendlich reich, mein Herr, und ich könnte, ohne mir wehe zu tun, die zehn Milliarden Schulden Frankreichs übernehmen!«

Ich heftete einen starren Blick auf den seltsamen Mann, der also zu mir sprach. Hatte er meine Leichtgläubigkeit zum Besten? Die Zukunft sollte mich's lehren.

Kapitel 14

Der schwarze Strom

Der vom Wasser bedeckte Teil der Erdoberfläche wird auf drei Millionen achtmalhundertzweiunddreißigtausendfünfhundertachtundfünfzig Quadrat-Myriameter, d. h. über achtunddreißig Millionen Hektaren angeschlagen. Diese flüssige Masse enthält zwei Milliarden zweihundertundfünfzig Millionen Kubikmeilen, und würde eine Kugel mit einem Durchmesser von sechzig Lieues bilden, und einem Tonnengewicht von drei Quintillionen. Um diese Zahl zu begreifen, muß man sich sagen, daß die Quintillion sich zur Milliarde verhält, wie die Milliarde zur Einheit, d. h. daß eben so viel Milliarden in einer Quintillion enthalten sind, als Einheiten in einer Milliarde. Diese Wassermasse nun ist ungefähr eben so viel, als in allen Flüssen der Erde während vierzigtausend Jahren fließt.

Zur Zeit der geologischen Epochen folgte auf die Periode des Feuers die des Wassers. Der Ozean bedeckte Anfangs alles. Darauf traten in der Übergangsepoche die Bergspitzen hervor, die Inseln tauchten auf, verschwanden wieder bei teilweisen Überschwemmungen, zeigten sich von Neuem, setzten sich an einander an, bildeten Kontinente, und endlich gewannen die Länder die feste Gestalt, wie wir sie jetzt geographisch kennen. Das Feste hatte dem Flüssigen siebenunddreißig Millionen, sechshundertsiebenundfünfzig Quadratmeilen abgewonnen im Betrag von zwölftausendneunhundertundsechzehn Millionen Hektaren.

Gemäß der Gestaltung der Kontinente wurden nun die Meere in die fünf großen Theile geteilt: das nördliche und südliche Polarmeer, der indische, atlantische und stille Ozean.

Der letztere, der sich von Norden nach Süden, zwischen den beiden Polarzirkeln, und von Osten nach Westen, zwischen Asien und Amerika hundertfünfundvierzig Längengrade weit erstreckt, ist von allen Meeren das ruhigste; seine Strömungen sind weit und langsam, Ebbe und Flut mäßig, Regengüsse reichlich. Diesen Ozean sollte ich unter den seltsamsten Bedingungen zuerst durchfahren.

»Herr Professor, sprach der Kapitän Nemo zu mir, wenn es Ihnen beliebt, wollen wir den Ort, wo wir uns befinden, und den Punkt, von welchem wir abfahren, genau aufnehmen und feststellen. Es ist drei viertel auf zwölf Uhr Mittags. Ich will nun zur Oberfläche des Wassers aufsteigen.«

Der Kapitän drückte dreimal auf die elektrische Uhr. Die Pumpen begannen das Wasser aus den Behältern zu treiben; der Zeiger des Manometer gab durch den verschiedenen Druck die aufsteigende Bewegung des Nautilus an, dann stand er still.

»Wir sind oben angelangt,« sagte der Kapitän.

Ich begab mich zu der in der Mitte befindlichen Leiter, welche zur Plattform führte, kletterte die metallenen Sprossen hinauf und gelangte oben auf dem Nautilus an.

Die Plattform ragte nur um achtzig Zentimeter hervor. Vorder- und Hinterteil des Nautilus zeigten die spindelförmige Gestalt, welche ihn einer langen Zigarre vergleichbar machte. Ich bemerkte, wie seine Eisenplatten mit dachziegelförmigem Aussehen dem Schuppenpanzer glichen, womit der Körper der großen Land-Reptilien bedeckt ist. Ich erklärte mir daher als sehr natürlich, daß trotz der besten Fernröhre dies Fahrzeug stets für ein Seetier gehalten wurde.

Um die Mitte der Plattform bildete das kleine Boot, welches zur Hälfte in den Schiffsrumpf eingelassen war, eine leichte Erhöhung. Vorne und hinten standen zwei Gehäuse von mäßiger Höhe vor, mit schiefen Wänden, die zum Teil mit dicken Linsengläsern geschlossen waren: das eine war für den Steuerer bestimmt, der den Nautilus leitete, das andere für die glänzende elektrische Schiffslaterne, welche die Fahrt mit Licht umgab.

Das Meer war prachtvoll, der Himmel rein. Das lange Fahrzeug spürte kaum die weiten Wogen des Ozeans. Ein leichter Ostwind runzelte die Oberfläche der Gewässer. Der nebelfreie Horizont begünstigte die Beobachtungen trefflich.

Wir hatten nichts in Sicht. Keine Klippe, kein Eiland. Vom Abraham Lincoln keine Spur. Eine unermessliche Öde.

Der Kapitän Nemo nahm mit Hilfe seines Sextanten den Höhestand der Sonne auf, woraus sich ihm die Breite ergab. Er wartete einige Minuten, bis das Gestirn am Rand des Horizonts in gleiche Ebene kam. Während er beobachtete, zitterte keine seiner Muskeln, das Instrument wäre in einer marmornen Hand nicht so unbeweglich gewesen.

»Zwölf Uhr mittags, sagte er. Herr Professor, wann Sie belieben? … «

Ich warf einen letzten Blick auf dieses Meer, das in der Nähe der Japanischen Küste etwas gelblich war, und begab mich wieder hinab in den großen Salon.

Hier machte der Kapitän sein Besteck auf und berechnete mit Hilfe des Chronometers die Länge, welche er durch die vorausgehenden Beobachtungen der Stundenwinkel kontrollierte. Hierauf sagte er zu mir:

»Herr Arronax, wir befinden uns unterm hundertsiebenunddreißigsten Grad und fünfzehn Minuten westlicher Länge …

– Von welchem Meridian aus, fragte ich lebhaft, in Hoffnung seine Antwort werde vielleicht seine Nationalität offenbaren.

– Mein Herr, erwiderte er, ich habe verschiedene Chronometer, die nach den Meridianen von Paris, Greenwich und Washington gestellt sind. Aber Ihnen zu Ehren will ich mich des Parisers bedienen.«

Aus dieser Antwort konnte ich nichts abnehmen. Ich machte eine Verbeugung, und der Kommandant fuhr fort:

»Siebenunddreißig Grad und fünfzehn Minuten westlicher Länge vom Pariser Meridian ab, und dreißig Grad, sieben Minuten nördlicher Breite, d. h. etwa dreihundert Meilen vom Gestade Japans. Heute haben wir den 8. November, da zu Mittag unsere unterseeische Forschungsreise beginnt.

– Gott sei mit uns! Erwiderte ich.

– Und jetzt, Herr Professor, fuhr der Kapitän fort, lasse ich Sie bei Ihren Studien. Ich habe die Richtung Ost-Nord-Ost bei fünfzig Meter Tiefe angegeben. Hier sind Karten, womit Sie dieselbe begleiten können. Der Salon steht Ihnen zur Verfügung und ich bitte um Erlaubniß mich zurück zu ziehen.«

Ich blieb nun allein in meine Gedanken vertieft. Sie waren alle beim Kommandanten des Nautilus. Sollte ich jemals erfahren, welcher Nation der seltsame Mann angehört, welcher keiner anzugehören sich rühmt? Wodurch ist sein Haß gegen die menschliche Gesellschaft, ein Haß, der vielleicht auf schreckliche Rache ausging, hervorgerufen worden? War es einer der verkannten Gelehrten, ein Genie, dem sein Leben verkümmert, ein moderner Galilei, oder einer der Männer der Wissenschaft, deren Laufbahn durch politische Revolutionen zertrümmert wurde? Ich konnte noch nichts darüber sagen. Mich, den das Schicksal an seinen Bord verschlug, dessen Leben er in der Hand hat, nahm er kalt, aber gastlich auf. Nur ergriff er nie die Hand, welche ich ihm reichte. Mir reichte er nie die seine.

Eine volle Stunde blieb ich in diese Gedanken versunken, indem ich das mir so interessante Geheimniß zu durchdringen suchte. Darauf hefteten sich meine Blicke auf die große über den Tisch gebreitete Karte, und ich bezeichnete mit dem Finger den Punkt, wo die beobachtete Länge und Breite sich kreuzten.

Das Meer hat, wie die Festlande, seine Flüsse. Es sind besondere Strömungen, die an ihrer Temperatur und Farbe kenntlich sind; der merkwürdigste ist unter dem Namen Golfstrom bekannt. Die Wissenschaft hat auf der Erdkugel die Richtung der fünf Hauptströme bestimmt: einer ist im Norden, ein zweiter im Süden des Atlantischen, ein dritter im Norden, ein vierter im Süden des Stillen Ozeans, ein fünfter im Süden des Indischen. Es ist sogar wahrscheinlich, daß ehemals noch ein sechster Strom im Norden des Indischen Ozeans existierte, zur Zeit als der Kaspische und der Aral-See, die nun zu den großen Seen Asiens gehören, nur eine einzige und dieselbe Wasserfläche bildeten.

An dem auf der Karte bezeichneten Punkt nun fließt einer jener Ströme, der Schwarze Fluß, von den Japanesen Kuro-Scivo genannt, welcher vom Bengalischen Golf her, wo die senkrechten Strahlen der tropischen Sonne ihn wärmen, durch die Enge von Malacca hindurch, längs der Küste Asiens fortläuft, dann im Norden des Stillen Ozeans in runder Krümmung bis zur Aleutengruppe hinzieht, Stämme von Kampherbäumen und andere indische Produkte mit sich fortwälzt und mit dem puren Indigo seiner warmen Gewässer von den Fluten des Ozeans absticht. Mit dieser Strömung war der Nautilus im Begriff zu fahren. Ich verfolgte ihn mit dem Blick, sah, wie er sich in der Unermeßlichkeit des Stillen Ozeans verlor, fühlte mich mit ihm fortgetrieben, als Ned-Land und Conseil an der Türe des Salons erschienen.

Meine wackeren Gefährten standen wie versteinert beim Anblick der vor ihren Augen aufgehäuften Wunder.

»Wo sind wir? Wo sind wir? rief der Kanadier. Im Museum zu Quebec?

– Wenn's meinem Herrn beliebt, versetzte Conseil, wäre es eher im Hotel Sommerard!

– Meine Freunde, erwiderte ich, indem ich ihnen winkte einzutreten, Sie sind weder in Canada, noch in Frankreich, sondern an Bord des Nautilus, fünfzig Meter unter dem Meeresspiegel!

– Ich muß meinem Herrn glauben, weil er's versichert, erwiderte Conseil; aber offen gesagt, dieser Salon ist gemacht, selbst einen Flamländer, wie ich bin, in Staunen zu setzen.

– Staune nur, Freund, und schaue, denn für einen so starken Klassifizierer, wie Du, gibt's hier zu tun.«

Ich brauchte Conseil nicht aufzumuntern. Der brave Junge, über die Glaskästen gebeugt, murmelte schon Worte aus der Naturforschersprache: Klasse der Gasteropoden, Familie der Buccinoiden etc.

Während dessen fragte mich Ned-Land, der wenig Sinn für Konchylien hatte, über meine Unterredung mit dem Kapitän Nemo: Ob ich entdeckt habe, wer er sei, woher er komme, wohin er gehe, in welche Tiefen er uns hinabziehe? kurz, tausend Fragen, welche ich zu beantworten keine Zeit hatte.

Ich teilte ihm mit, was ich wußte, oder vielmehr, was ich nicht wußte, und fragte ihn, was er seinerseits gehört oder gesehen habe.

»Nichts gesehen, nichts gehört! Erwiderte der Kanadier. Ich habe nicht einmal die Mannschaft des Bootes gesehen. Sollte sie vielleicht auch elektrisch sein?

– Elektrisch!

– Wahrhaftig! Man sollte versucht sein, es zu glauben. Aber Sie, Herr Arronax, fragte Ned-Land, der noch immer seine Idee hatte. Sie können mir nicht sagen, wie viel Mann an Bord sind? zehn? zwanzig? fünfzig? hundert?

– Ich kann darauf keine Antwort geben, Meister Land. Übrigens, glauben Sie mir, geben Sie für jetzt die Idee auf, sich des Nautilus zu bemächtigen, oder zu fliehen. Dieses Fahrzeug ist ein Meisterwerk der modernen Industrie, und es wäre mir leid, hätte ich es nicht gesehen! Wie mancher würde sich gern unsere Lage gefallen lassen, sei es auch nur, um durch diese Wunder zu spazieren. Also halten Sie sich ruhig, und trachten wir zu sehen, was um uns herum vorgeht.

– Sehen! Rief der Harpunier, man sieht ja nichts, man wird auch von diesem eisernen Gefängniß aus nichts sehen! Wir fahren, wir schiffen blind hinaus … «

Diese letzten Worte sprach Ned-Land, als es plötzlich stockfinster ward. Die Helle am Plafond erlosch, und zwar so rasch, daß meine Augen darüber Schmerz empfanden, gerade so, wie bei plötzlichem Übergang aus dem Finstern zum blendenden Licht.

Wir blieben stille, rührten uns nicht, da wir nicht wußten, welche angenehme oder unangenehme Überraschung uns bevorstand. Da hörte man ein Hin- und Hergleiten, als wenn die Füllungen der Seitenwände sich verschöben.

»Jetzt ist alles aus! sagte Ned-Land.

– Ordnung der Hydromedusen!« murmelte Conseil.

Mit einemmale ward es auf beiden Seiten des Salons hell durch zwei längliche Öffnungen. Das Gewässer zeigte sich durch elektrische Einwirkung lebhaft erleuchtet. Wir waren nur durch zwei Glasplatten vom Meere geschieden. Anfangs schauderte mir beim Gedanken an die Zerbrechlichkeit dieser Wand; doch war sie durch starke Kupfereinfassung befestigt, so daß sie fast unendlichen Widerstand zu leisten fähig war.

Das Meer war im Umfang einer Meile um den Nautilus herum klar zu durchschauen. Welche ein Anblick! Mit der Feder nicht zu beschreiben! Wer vermöchte die Lichteffekte durch diese erleuchteten Streifen, und der sanften allmäligen Abstufungen bis zu den unteren und oberen Schichten zu schildern!

Die Durchsichtigkeit des Meeres ist bekannt; man weiß, daß es weit klarer ist, als das Felsen-Quellwasser. Die mineralischen und organischen Bestandteile, welche es in aufgelöstem Zustande enthält, erhöhen noch seine Durchsichtigkeit. In manchen Teilen des Ozeans, bei den Antillen, kann man hundertfünfundvierzig Meter tief den sandigen Meeresgrund mit erstaunlicher Klarheit erkennen, und die durchdringende Kraft der Sonnenstrahlen scheint erst in einer Tiefe von dreihundert Meter aufzuhören. Aber in der flüssigen Umgebung des Nautilus wurde der elektrische Glanz im Schoße der Wogen selbst hervorgebracht: es war nicht erleuchtetes Wasser, sondern flüssiges Licht.

Nimmt man Ehrenberg's Hypothese an, der an eine phosphorescente Erleuchtung der Meerestiefen glaubt, so hat die Natur gewiß den Bewohnern des

Meeres die wundervollste Anschauung vorbehalten, ich konnte hier durch das tausendfache Lichtspiel ein Urteil darüber gewinnen. Auf jeder Seite blickte ich durch's offene Fenster in die unerforschten Abgründe. Das Dunkel im Salon hob die äußere Helle, und wir schauten, als sei dieses reine Spiegelglas das Fenster eines unermeßlichen Aquariums.

Der Nautilus schien nicht seine Stelle zu ändern, weil es an Merkpunkten fehlte. Mitunter jedoch ließen die durch seinen Schnabel vor unseren Augen zerteilten Wasserstreifen eine äußerste Schnelligkeit erkennen.

In Staunen versunken lagen wir vor diesen Glasscheiben, keiner unterbrach das bewundernde Schweigen. Dann sprach Conseil:

»Sie wollen schauen, Freund Ned, nun denn, schauen Sie!

– Merkwürdig! merkwürdig! Rief der Kanadier aus, der unwiderstehlich angezogen seinen Zorn und seine Entweichungsprojecte vergaß – man würde weit her kommen, so Wundervolles zu sehen!

– Ah! Rief ich aus, jetzt begreife ich das Leben dieses Mannes! Er hat sich eine Welt für sich besonders geschaffen, die ihm erstaunliche Wunder vorbehält!

– Aber die Fische? Bemerkte der Kanadier. Ich sehe keine Fische!

– Was liegt Ihnen denn daran, Freund Ned, erwiderte Conseil, Sie kennen ja dieselben nicht.

– Ich, gewiß! Ein Fischer von Profession!« rief Ned-Land.

Und es erhob sich ein Streit zwischen den beiden Freunden, denn sie kannten beide die Fische, aber jeder in sehr verschiedener Weise.

Es ist Jedermann bekannt, daß die Fische die vierte und letzte Klasse der Wirbeltiere ausmachen. Man hat sie richtig definiert: »Wirbeltiere mit kaltem Blut und doppeltem Umlauf, welche durch Kiemen atmen und im Wasser zu leben bestimmt sind. « Sie bestehen aus zwei Abtheilungen: Fische mit Knochen, d. h. deren Rückgrat aus knochenartigen Wirbeln gebildet ist; und Knorpelfische mit knorpeligen Rückgratswirbeln.

Conseil, der weit mehr Kenntnisse über den Gegenstand hatte, wollte nun aus Freundschaft nicht dulden, daß Ned darin so wenig Kenntnisse hatte. Er sprach:

»Freund Ned, Sie sind ein sehr geschickter Fischer, verstehen diese Tiere zu töten. Sie haben sie in großer Menge gefangen, aber wie man sie einteilt, wissen Sie wohl nicht.

– O ja! Erwiderte der Harpunier. Sie werden eingeteilt in Fische, die man ißt, und solche, die man nicht ißt.

– Solch' eine Einteilung macht ein Fresser, versetzte Conseil. Aber sagen Sie mir, ob Sie den Unterschied von Knochen- und Knorpel-Fischen wissen?

– Vielleicht wohl, Conseil.

– Und die Unterabtheilung dieser großen Klasse?

– Hab' keinen Begriff davon, erwiderte der Kanadier.

– Nun so hören Sie, Freund Ned, und behalten Sie. Die Knochenfische zerfallen in sechs Ordnungen:

Die *erste*, mit vollständigen beweglichen Oberkiefern, und Kiemen in Gestalt eines Kammes, begreift fünfzehn Familien, welche drei Viertel der bekannten Fische ausmachen, darunter der gemeine Barsch.

– Schmeckt ziemlich gut, erwiderte Ned-Land.

– Die der *zweiten* Ordnung, Afterflosser genannt, haben ihre Bauchflossen am Unterleib und hinter den Brustflossen, nicht an die Schulterknochen geheftet. Sie bildet fünf Familien, wozu die meisten Süßwasserfische gehören, darunter der Karpfen, der Hecht.

– Pfui! sagte der Kanadier verächtlich, Süßwasserfische!

– *Drittens*, fuhr Conseil fort, deren Bauchflossen unter den Brustflossen stehen, und unmittelbar an die Schulterknochen geheftet sind. Sie machen vier Familien aus, wozu die Butten, Plattfische, Meerzungen gehören.

– Vortrefflich! Vortrefflich! Rief der Harpunier aus, der die Fische durchaus nur nach der Eßbarkeit schätzte.

– *Viertens*, fuhr Conseil fort, ohne sich irre machen zu lassen, die Apoden, mit langem Leib, ohne Bauchflossen, und einer dichten, oft klebrigen Haut. Diese Ordnung bildet nur eine Familie, zu welcher der Aal gehört.

– Mittelmäßig! versetzte Ned-Land.

– Die der *fünften* haben vollständige und freie Kiefern, ihre Kiemen aber bestehen aus kleinen Trotteln, welche paarweise längs den Kiemenbögen stehen. Diese Ordnung ist nur eine Familie, wozu das Seepferd gehört.

– Nicht gut! nicht gut! versetzte der Harpunier.

– Bei einer *sechsten* Ordnung endlich ist der Kieferknochen an der Seite festgeheftet und die Gaumenwölbung durch eine Naht mit dem Schädel eingezahnt, so daß sie unbeweglich wird. Diese Ordnung hat keine eigentlichen Bauchflossen und besteht aus zwei Familien, wozu der Mondfisch gehört.

– Schande für eine Pfanne! rief der Kanadier.

– Haben Sie begriffen, Freund Ned? Fragte der gelehrte Conseil.

– Nicht das Mindeste, Freund Conseil, war die Antwort. Aber fahren Sie nur immer fort, Sie sind sehr interessant.

– Die Knorpelfische, versetzte Conseil mit unvergleichlicher Ausdauer, enthalten nur drei Ordnungen.

– Umso besser, sagte Ned.

– Bei den ersten sind die Kiefern in einem beweglichen Ring verwachsen, und die Kiemen öffnen sich in zahlreichen Löchern; zu dieser gehört nur die Familie der Lampretten.

– Die sind zu schätzen, erwiderte Ned-Land.

– Bei der zweiten ist der Unterkiefer beweglich. Die zwei Familien dieser Ordnung sind durch Rochen und Haifisch repräsentiert.

– Wie! Rief Ned, Rochen und Hai in derselben Ordnung! Da ist's räthlich, sie nicht in denselben Behälter zu tun!

– Die dritten haben wie gewöhnlich Kiemen, welche durch eine einzige mit einem Deckel versehene Spalte sich öffnen. Ein Muster dieser Ordnung ist der Stör.

– Ah, Freund Conseil, Sie haben das Beste bis zuletzt aufgehoben.

– Ja, wackerer Ned, erwiderte Conseil. Merken Sie aber, hiermit weiß man nichts, denn die Familien teilen sich in Gattungen, Arten, Varietäten.

– Aber, Freund Conseil, sagte der Harpunier, da sehen wir ja die Arten und Varietäten vor dem Fenster vorüberziehen!

– Ja! Rief Conseil. Man sollte meinen, man wäre in einem Aquarium!

– Nein, erwiderte ich, denn das Aquarium ist ein Gefängniß, und diese Fische da sind frei, wie die Vögel in der Luft.

– Ei nun, Freund Conseil, nennen Sie sie doch bei Namen! Sagte Ned-Land.

– Ich, erwiderte Conseil, verstehe mich nicht darauf! Das ist eine Sache meines Herrn! «

Und wirklich, trotz allem Klassifizieren war er kein Naturkundiger, und wußte wohl nicht einen Thunfisch von einem Bonit zu unterscheiden. Gerade im Gegenteil verstand der Kanadier diese Fische alle zu benennen.

Ned und Conseil zusammen hätten einen ausgezeichneten Naturkundigen abgegeben.

»Ein chinesischer Hornfisch!« rief Ned-Land, und irrte nicht.

Ein Trupp Hornfische, mit plattem Körper, und einem Stachel auf dem Rücken, trieben sich munter um den Nautilus herum und bewegten die vier Reihen Stacheln, welche auf beiden Seiten ihres Schwanzes wie Borsten starren. Ihre Haut ist wunderschön, oben grau, unten weiß mit goldenen Flecken, die in den düsteren Wellen glänzten. Zwischen ihnen schwammen Rochen, und unter denselben bemerkte ich sehr erfreut den chinesischen Rochen, oben gelblich, unten am Bauch zart rosa, und hinter dem Auge mit drei Stacheln.

Zwei Stunden lang gab ein ganzes Heer von Wassertieren dem Nautilus das Geleite. Mitten in ihrem Spiel, ihren Sprüngen, wie sie um die Wette an Schönheit, Glanz und Schnelligkeit sich hervortaten, zeigten sie sich unseren Blicken in reizender Mannigfaltigkeit. Unsere Bewunderung hielt sich unausgesetzt auf ihrem Höhepunkt. Ned wußte sie zu benennen, Conseil zu klassifizieren, ich entzückte mich an ihren schönen Formen und lustigen Bewegungen. Diese Tiere lebend, frei in ihrem natürlichen Elemente zu schauen, war ein Genuß, der mir noch nie geworden war. Ich will alle die mannigfaltigen Gattungen nicht aufzählen, die, angelockt wohl vom elektrischen Licht, zahlreicher als die Vögel der Luft um uns her schwammen.

Plötzlich ward's wieder hell im Salon. Die eisernen Tafeln schoben sich wieder vor. Das bezaubernde Schauspiel hörte auf. Aber ich war noch lange wie im Traum, bis meine Blicke auf die an den Wänden hängenden Instrumente fielen. Die Magnetnadel wies stets nach Nord-Nord-Ost, das Manometer zeigte einen Druck von fünf Atmosphären, was eine Tiefe von fünfzig Meter bedeutete, und das elektrische Log gab eine Schnelligkeit von fünfzehn Meilen die Stunde an.

Ich erwartete den Kapitän Nemo, aber er erschien nicht. Es war fünf Uhr. Ned-Land und Conseil begaben sich wieder in ihre Kabine, ich in mein Zimmer, wo ich mein Mahl aufgetragen fand. Es bestand aus einer Suppe von Karettschildkröte, Meerbarbe von weißem Fleisch, deren Leber besonders in köstlicher Zubereitung, und Stückchen Kaiser-Holocante, das mir schmackhafter als Salmen vorkam.

Den Abend brachte ich mit Lesen, Schreiben und in Gedanken hin. Als der Schlaf mir kam, streckte ich mich auf mein Seegraslager, und schlummerte tief, während der Nautilus quer durch die reißende Strömung des Schwarzen Flusses fuhr.

Kapitel 15

Eine briefliche Einladung

Am folgenden Tage, den 9. November, erwachte ich spät, erst nach zwölfstündigem Schlaf. Conseil kam, wie gewöhnlich, und erkundigte sich, wie »sein Herr« geschlafen, und um seine Dienste anzubieten. Der Kanadier schlief noch immer fort, als wie ein Mensch, der sein Lebtag nichts anders tut.

Ich ließ den wackern Jungen nach Belieben schwatzen, ohne ihm viel zu antworten. Die Abwesenheit des Kapitän Nemo während unserer gestrigen Unterhaltung machte mir Gedanken, und ich hoffte ihn heute wieder zu sehen.

Ich zog alsbald meine Byssuskleider an. Über die Beschaffenheit dieses Stoffes machte Conseil öfters seine Bemerkungen. Ich belehrte ihn nun, daß er aus den glänzenden seltenartigen Fasern gemacht sei, womit eine Art an den Ufern des Mittelländischen Meeres sehr häufiger Muscheln an die Felsen geheftet ist. Früher bereitete man daraus schöne Zeuge, Strümpfe, Handschuhe, denn sie waren zugleich kernhaft und sehr warm. Die Mannschaft des Nautilus ließ sich darin billig kleiden, und man konnte die Baumwolle, Schafe und Seidenwürmer der Oberwelt entbehren.

Als ich angekleidet war, begab ich mich in den großen Saal. Er war leer.

Ich vertiefte mich in die Betrachtung der Konchylienschätze, welche unter Glasscheiben geordnet waren, musterte auch die umfassenden Herbarien voll der seltensten Meerespflanzen, die, obwohl getrocknet, doch ihre wunderschönen Farben bewahrt hatten.

Diesen ganzen Tag über wurde ich nicht mit einem Besuch des Kapitäns Nemo beehrt. Die Fensterläden blieben geschlossen. Man wollte wohl uns nicht mit dem Anblick so schöner Dinge übersättigen.

Die Richtung des Nautilus blieb unverändert Ost-Nord-Ost, seine Geschwindigkeit zwölf Meilen, seine Tiefe fünfzig bis sechzig Meter.

Am 10. November gleiche Verlassenheit, gleiche Einsamkeit. Kein Mensch von der Bemannung kam mir zu Gesicht. Den größten Teil des Tages verbrachte ich in Gesellschaft von Ned und Conseil. Sie waren erstaunt über die unerklärliche Abwesenheit des Kapitäns. War der seltsame Mann krank? Wollte er in Beziehung auf uns seine Absicht ändern?

Trotzdem genossen wir, wie Conseil meinte, vollständige Freiheit, köstliche und reichliche Nahrung. Unser Wirth hielt sich innerhalb unsers Vertrags. Wir hatten nicht zu klagen, und zudem gewährten uns noch die besonderen Umstände, womit unser Schicksal verknüpft war, so schöne Entschädigung, daß wir ihm keinen Vorwurf zu machen hatten.

An diesem Tag begann ich mein Tagebuch, so daß ich darnach alles mit größter Genauigkeit berichten kann; und ich schrieb es auf Papier, das aus Seegras gefertigt war.

Am 11. November, früh morgens, gab mir die im Innern des Nautilus verbreitete frische Luft zu erkennen, daß wir uns auf die Oberfläche des Meeres begeben hatten, um unsern Vorrat von Sauerstoff zu ergänzen. Ich stieg auf der im Mittelpunkt befindlichen Leiter zur Plattform hinauf.

Es war sechs Uhr. Der Himmel zeigte sich bedeckt, das Meer grau, doch ruhig; kaum eine Bewegung der Wellen. Sollte wohl der Kapitän Nemo, wie ich hoffte, sich einfinden? Ich bemerkte nur den Steuerer in seinem Glas-Gehäuse. Ich setzte mich auf einen Vorsprung, welchen der Rumpf des Bootes gewährte, und atmete mit Behagen die köstliche Seeluft ein.

Allmälig ward der Nebel durch die Strahlen der Sonne zerstreut, die im Osten am Horizont emporstieg. Das Meer geriet wie durch ein Laufpulver in Flammen. Das in der Höhe zerstreute Gewölk färbte sich in wunderbarer Schattierung der Töne.

Ich bewunderte diesen freundlichen Sonnenaufgang, der so belebend wirkte, als ich Jemand die Treppe herauf kommen hörte.

Ich war schon im Begriff den Kapitän zu begrüßen, aber es war der Schiffsleutenant, welchen ich bereits beim ersten Besuch des Kapitäns kennen gelernt hatte. Er trat vor auf die Plattform und schien meine Anwesenheit nicht zu bemerken. Mit seinem starken Fernrohr forschte er am Horizont mit äußerster Achtsamkeit nach allen Richtungen. Darauf trat er zu der Lücke und sprach eine Phrase, die ich mir buchstäblich gemerkt habe, wie sie jeden Morgen in gleicher Lage gesprochen wurde. Sie lautete:

»Nautron respoc lorni virch.«

Was sie bedeutet, kann ich nicht sagen.

Nachdem der Schiffsleutenant diese Worte gesprochen, stieg er wieder hinab. Ich meinte, der Nautilus werde seine unterseeische Fahrt fortsetzen, begab mich daher wieder zu der Lucke, stieg hinab und ging in mein Zimmer.

So verflossen fünf Tage, ohne daß die Lage sich änderte. Jeden Morgen stieg ich zur Plattform hinauf. Die nämliche Person sprach die nämliche Phrase. Der Kapitän Nemo erschien nicht.

Ich hatte mich schon darein ergeben, ihn gar nicht mehr zu sehen, als ich am 16. November, beim Eintritt in mein Zimmer, auf dem Tisch ein an mich adressiertes Billet fand.

Ich öffnete es ungeduldig. Die Schriftzüge waren frei und klar, aber etwas gotisch, was an deutsche Schrift erinnerte.

Sein Inhalt war:

»Herrn Professor Arronax, an Bord des Nautilus.

»16. November 1867.

»Der Kapitän Nemo ladet den Herrn Professor Arronax zu einer Jagdpartie ein, welche morgen früh in den Wäldern der Insel Crespo stattfinden soll. Er hofft, daß der Herr Professor nicht verhindert sein wird, daran Teil zu nehmen, und er wird mit Vergnügen sehen, daß seine Gefährten sich ihm anschließen.

»Der Kommandant des *Nautilus*,

»Kapitän **Nemo.**«

»Eine Jagd! Rief Ned aus, der nebst Conseil mit mir eingetreten war.

– Und in den Wäldern der Insel Crespo! Fügte Conseil bei.

– Da wird ja der Sonderling doch an's Land gehen? Fuhr Ned-Land fort.

– Das scheint mir klar angedeutet, sagte ich bei wiederholtem Lesen des Briefes.

– Jedenfalls muß man das annehmen, versetzte der Kanadier. Sind wir einmal auf dem Festland, so werden wir schon wissen, was wir zu tun haben. Übrigens würde mir's schon ganz recht sein, einige Stücke frisches Wildpret zu genießen.«

Ich bemühte mich nicht den Widerspruch zwischen dem offenbaren Groll des Kapitäns gegen das Festland und die Inseln, und seiner Einladung zu einer Jagdpartie im Wald – zu vereinigen, und antwortete nur:

»Sehen wir erst, was es mit der Insel Crespo für eine Bewandtniß hat.«

Ich sah mich zuerst auf der Landkarte um, und fand unterm 32° 40' nördlicher Breite und 167° 50' westlicher Länge ein im Jahre 1801 vom Kapitän Crespo entdecktes Inselchen, welches auf den alten spanischen Karten *Rocca de la Plata,* d. h. »Silberfelsen« benannt war. Wir befanden uns also ungefähr achtzehnhundert Meilen von unserem Abfahrtspunkt entfernt, und die etwas geänderte Richtung des Nautilus führte ihn südöstlich.

Ich zeigte meinen Gefährten den kleinen, mitten im nördlichen Stillen Meer verlorenen Felsen.

»Wenn der Kapitän Nemo irgendwo sich an's Land begibt, sagte ich zu ihnen, so wählt er wenigstens gänzlich verlassene Inseln.«

Ned-Land zuckte mit den Achseln, ohne zu antworten, dann ging er nebst Conseil weg. Nach einem Abendessen, das mir der Steward stumm und mit gleichgültiger Miene auftrug, schlief ich ein, nicht ohne einige Befangenheit.

Um folgenden Tag, den 17. November, merkte ich beim Erwachen, daß der Nautilus vollständig unbeweglich war. Ich kleidete mich rasch an und begab mich in den großen Saal.

Der Kapitän Nemo befand sich da. Er hatte mich schon erwartet, stand auf, grüßte und fragte mich, ob es mir genehm wäre, ihn zu begleiten.

Da er mit keinem Wort seine achttägige Abwesenheit berührt hatte, so sprach ich auch kein Wort davon und erwiderte blos, ich sei nebst meinen Gefährten bereit, ihn zu begleiten.

»Nur, mein Herr, fügte ich bei, möchte ich mir eine Frage an Sie erlauben.

– Fragen Sie nur, Herr Arronax, und wo möglich werde ich darauf antworten.

– Nun, Kapitän, wie kommt's, daß Sie, die doch jede Verbindung mit der Erde abgebrochen haben, Wälder auf der Insel Crespo besitzen?

– Herr Professor, erwiderte mir der Kapitän, die Wälder, welche ich besitze, bedürfen weder Licht noch Wärme von der Sonne. Es hausen da weder Löwen, noch Tiger, noch Panther, oder sonst ein vierfüßiges Thier. Ich allein kenne sie. Es sind nicht Landforsten, sondern unterseeische.

– Unterseeische Wälder! Rief ich aus.

– Ja, Herr Professor.

– Und Sie wollen mich dahin führen?

– Ja wohl.

– Zu Fuß?

– Und sogar trockenen Fußes.

– Auf der Jagd?

– Auf der Jagd.

– Die Büchse in der Hand?

– Die Büchse in der Hand.«

Ich sah den Kommandanten des *Nautilus* mit einer Miene an, die nichts Schmeichelhaftes für ihn hatte.

»Ganz gewiß ist der Mann gehirnkrank, dachte ich. Seit acht Tagen hing er einer verrückten Idee nach, und dieser Zustand dauert noch fort. Es ist schade! Ich wünschte, er wäre lieber ein Sonderling, als ein Narr!«

Diesen Gedanken konnte man auf meiner Stirne lesen, aber der Kapitän Nemo beschränkte sich darauf, mich einzuladen, ihn zu begleiten, und ich folgte als ein Mann, der sich in alles ergibt.

Wir kamen in den Speisesaal, wo das Frühstück aufgetragen war.

»Herr Arronax, sagte der Kapitän, ich bitte Sie, ohne Umstände mit mir zu frühstücken. Wir können beim Essen plaudern. Ich habe Ihnen eine Jagdpartie im Wald versprochen, aber daß wir dabei einen Restaurant treffen, habe ich Ihnen nicht zugesagt. Frühstücken Sie daher, als würden wir vermutlich sehr spät zum Diner kommen.«

Ich war also beflissen, dem Mahl Ehre zu machen. Es bestand aus verschiedenen Fischen und Stücken Holothurien, trefflichen Tierpflanzen, Begießen von eröffnenden Algen. Zum Trunk diente klares Wasser, worin ich nach dem Beispiel des Kapitäns einige Tropfen Liqueur mischte, der, wie zu Kamtschatka, aus einer Algenart gewonnen war.

Der Kapitän Nemo aß zuerst, ohne ein Wort zu sprechen. Dann sagte er:

»Herr Professor, als ich Ihnen den Vorschlag einer Jagdpartie auf der Insel Crespo machte, glaubten Sie, ich sei mit mir selbst im Widerspruch. Als ich Ihnen mittheilte, daß es sich um unterseeische Wälder handle, haben Sie mich für einen Narren angesehen. Herr Professor, man muß nie so leicht ein Urteil über die Menschen fassen.

– Aber, Kapitän, glauben Sie …

– Hören Sie mich gefälligst an, dann werden Sie sehen, ob Sie mir Widerspruch mit mir selbst, oder Narrheit vorwerfen dürfen.

– Ich höre Sie an.

– Herr Professor, Sie wissen so gut, wie ich, daß der Mensch unter dem Wasser leben kann, wenn er seinen Bedarf an Luft zum Einatmen bei sich hat. Bei unterseeischen Arbeiten bekommen die Werkleute in wasserdichter Kleidung und den Kopf in einer metallenen Kapsel, die Luft von außen vermittelst Druckpumpen und Luftregulatoren.

– Sie meinen den Skaphanderapparat, sagte ich.

– Allerdings, aber unter diesen Bedingungen ist der Mensch nicht frei. Er ist an die Pumpe gebunden, welche ihm die Luft durch einen Schlauch von Kautschuk zusendet, eine wirkliche Kette, die ihn an die Erde fesselt, und wären wir so an den Nautilus gebunden, so würden wir nicht weit kommen.

– Und wie kann man sich frei machen? Fragte ich. –

– Durch den Apparat Rouquayrol-Denayrouze, den zwei Ihrer Landsleute ersonnen, ich aber für meinen Gebrauch verbessert habe, so daß man im Stande ist, sich in diese neue physiologische Lage zu wagen, ohne daß die Organe irgend dabei zu leiden haben. Er besteht in einem Behälter von dickem Blech, worin ich die Luft unter einem Druck von fünfzig Atmosphären zusammenpresse und aufbewahre. Dieser Behälter wird mit Tragriemen, wie ein Tornister, auf dem Rücken befestigt. Sein oberer Teil bildet eine Kapsel, woraus die Luft vermittelst einer Balg-Vorrichtung nur in normaler Spannung herausdringen kann. Bei dem Apparat Rouquayrol, so wie er in Gebrauch ist, laufen zwei Kautschukröhren von dieser Kapsel aus zu einer Art von Gehäuse, welches die Nase und den Mund dessen, welcher ihn gebraucht, umgibt; der eine dient, um die einzuatmende Luft herbeizuleiten, der andere, um die ausgeatmete fortzuschaffen, und die Zunge schließt, nach Bedürfniß des Einatmens, den einen oder den andern. Ich aber, der es mit einem so bedeutenden Druck aus dem Meeresgrund zu tun habe, habe meinen Kopf, wie den der Skaphander, mit einer Hohlkugel von Kupfer umgeben müssen, und in dieser Kugel endigen die beiden zum Einatmen bestimmten Röhren.

– Vollkommen richtig, Kapitän Nemo; aber die Luft, welche Sie mitnehmen, muß sich doch bald verbrauchen, und sobald sie nur noch fünfzehn Prozent Sauerstoff enthält, wird sie zum Einatmen unbrauchbar.

– Allerdings, aber wie ich Ihnen gesagt habe, Herr Arronax, vermittelst der Pumpen des Nautilus bin ich im Stande, sie sehr bedeutend zusammenzupressen, und unter diesen Bedingungen kann der Behälter des Apparats für neun bis zehn Stunden atmungsfähige Luft liefern.

– Nun habe ich keinen Einwand mehr. Nur frage ich noch, Kapitän, wie können Sie Beleuchtung für Ihren Weg so tief im Meeresgrund schaffen?

– Mit dem Ruhmkorff'schen Apparat, Herr Arronax. Wie der andere auf dem Rücken, so befestigt man diesen am Gürtel. Er besteht aus einer Bunsen'schen Säule, welche ich nicht mit doppeltchromsaurem Kali, sondern mit Sodium in Tätigkeit setze. Eine Induktionsröhre sammelt die erzeugte Elektrizität und leitet sie zu einer Laterne von eigentümlicher Einrichtung. In dieser Laterne befindet sich eine gläserne Serpentine, welche nur einen Rest von Kohlensäure enthält. Wenn der Apparat in Tätigkeit tritt, wird dieses Glas leuchtend und gibt ein weißliches andauerndes Licht. Auf diese Art versehen kann ich atmen und sehen.

– Kapitän Nemo, auf alle meine Einwendungen haben Sie so überwältigende Antworten, daß ich nicht mehr zu zweifeln wage. Jedoch, bin ich auch genötigt, den Apparaten von Rouquayrol und Ruhmkorff ihre Geltung zu lassen, so darf ich doch bezüglich der Büchse, womit Sie mich bewaffnen wollen, einen Vorbehalt machen.

– Das ist ja kein Feuergewehr, erwiderte der Kapitän.

– Also eine Windbüchse?

– Allerdings. Ich kann ja doch an Bord meines Fahrzeugs, ohne Salpeter, Schwefel und Kohlen kein Pulver fabrizieren.

– Zudem, sagte ich, um unterm Wasser, das achthundertundfünfzig Mal dichter als die Luft ist, zu schießen, mußte man einen sehr bedeutenden Widerstand überwinden.

– Das gäbe keinen Grund ab. Es gibt Kanonen, die nach Fulton von den Engländern Coles und Burley, von dem Franzosen Turcy, dem Italiener Landi verbessert wurden; diese sind mit einer besonderen Art von Schloß versehen, so daß man unter diesen Bedingungen daraus schießen kann. Aber ich sage Ihnen wiederholt, da ich kein Pulver habe, so ersetze ich es durch komprimierte Luft, welche mir die Pumpen des Nautilus im Überfluss liefern.

– Aber diese Luft muß sich bald verbrauchen.

– Nun, hab' ich nicht meinen Behälter Rouquayrol, der mir meinen Bedarf liefern kann. Es ist dafür nur ein besonderer Hahn erforderlich. Übrigens, Herr Arronax, werden Sie während dieses unterseeischen Jagens an sich selbst die Erfahrung machen, daß man nicht viel Luft noch Kugeln braucht.

– Doch will es mich bedenken, in diesem Halbdunkel und innerhalb einer im Verhältniß zur Luft sehr dichten Flüssigkeit können die Schüsse nicht weit reichen und nicht leicht tödlich sein.

– Mein Herr, bei diesem Gewehr sind alle Schüsse tödlich, und wenn ein lebendes Geschöpf auch noch so leicht getroffen wird, sinkt es sogleich tot nieder.

– Weshalb?

– Weil mit diesem Gewehr nicht gewöhnliche Kugeln geschossen werden, sondern kleine Glaskapseln, die von dem österreichischen Chemiker Leniebrock erfunden wurden, und wovon ich einen großen Vorrat habe. Diese Glaskapseln, in Stahl gefaßt und durch ein bleiernes Bodenstück schwer gemacht, sind in Wahrheit kleine Leydner Flaschen, worin die Elektrizität sehr hoch gesteigert ist. Sie entladen sich beim leichtesten Stoß, und auch das stärkste Thier sinkt tot nieder. Ich füge bei, daß diese Kapseln nicht größer sind als Nummer vier, und daß eine gewöhnliche Flinte ihrer zehn fassen kann.

– Ich streite nicht weiter, erwiderte ich, indem ich aufstand, und ich habe nur mein Gewehr zu nehmen. Übrigens, wo Sie hingehen, gehe ich mit!«

Der Kapitän Nemo führte mich zum Hinterteil des Nautilus, und im Vorübergehen vor Ned's und Conseil's Kabine rief ich meine beiden Gefährten ab, und sie schlössen sich sogleich an.

Darauf kamen wir in eine kleine Zelle, die nach vorn hin neben dem Maschinenzimmer lag, und worin wir unsere Spazierkleidung anzulegen hatten.

Kapitel 16

Spaziergang im Freien

Diese Zelle war eigentlich Arsenal und Kleiderkammer des Nautilus. Ein Dutzend Skaphander-Apparate, die an der Wand hingen, harrten der Spaziergänger.

Als Ned-Land sie erblickte, zeigte er einen offenbaren Widerwillen, einen solchen anzuziehen.

»Mein wackerer Ned, sagte ich zu ihm, die Wälder der Insel Crespo sind ja nur unterseeische Wälder.

– Gut! Sagte der Harpunier enttäuscht, da er seine Träume von frischem Fleisch schwinden sah. Und Sie, Herr Arronax, wollen sich in diese Kleider stecken?

– Man muß wohl, Meister Ned.

– Es steht Ihnen frei, mein Herr, erwiderte der Harpunier mit Achselzucken, aber ich meinesteils ziehe sie niemals an, wofern man mich nicht mit Gewalt dazu zwingt.

– Man wird Sie nicht mit Gewalt nötigen, Meister Ned, sagte der Kapitän Nemo.

– Und Conseil will sich in Gefahr begeben? fragte Ned.

– Ich bin überall dabei, wo mein Herr hin geht«, erwiderte Conseil.

Der Kapitän rief, und zwei Mann von den Schiffsleuten kamen und halfen uns diese schweren undurchdringlichen Kleider anziehen, die aus Kautschuk gefertigt und der Art eingerichtet waren, daß sie bedeutenden Druck aushielten. Es war eine Rüstung, geschmeidig und widerstandsfähig zugleich; Hosen und Weste; jene endigten mit einer dichten Fußbekleidung, die mit schweren Bleisohlen besetzt war. Der Stoff der Weste war durch Kupferplättchen geschützt, welche der Brust zum Panzer dienten, um den Druck des Wassers auszuhalten und den Lungen ihre freie Tätigkeit zu sichern. Die Ärmel endigten mit geschmeidigen Handschuhen, welche die Handbewegung durchaus nicht hinderten.

Man sieht, sie waren weit verschieden von den unförmlichen Skaphandern, welche im achtzehnten Jahrhundert erfunden und angepriesen wurden.

Der Kapitän Nemo, einer seiner Gefährten – eine herkulische Gestalt von außerordentlicher Körperkraft – Conseil und ich zogen rasch die Kleidung an. Es handelte sich nur darum, unsere Köpfe in die metallenen Kugeln zu stecken. Aber bevor wir dazu schritten, bat ich den Kapitän um die Erlaubniß, die für uns bestimmten Gewehre zu untersuchen.

Einer von der Mannschaft des Nautilus reichte mir eine einfache Flinte, deren stählerner Kolben innen hohl und ziemlich groß war. Er diente als Behälter der zusammengepreßten Luft, welche durch eine Klappe mit einer Feder in den metallenen Lauf gelassen wurde. In dem dicken Teil des Kolbens war eine kleine Büchse, die etwa zwanzig elektrische Kugeln faßte, welche vermittelst einer Sprungfeder automatisch in den Gewehrlauf gelangten. Sobald ein Schuß losgegangen, war auch schon der folgende zum Abschießen fertig.

»Kapitän Nemo, sagte ich, das Gewehr ist vortrefflich, und leicht zu handhaben. Ich wünsche nur es zu probieren. Aber wie gelangen wir auf den Meeresgrund.

– In diesem Augenblick, Herr Professor, sitzt der Nautilus in einer Tiefe von sechs Meter fest, und wir brauchen uns nur auf den Weg zu machen.

– Aber wie gelangen wir hinaus?

– Sie werden's gleich sehen.«

Der Kapitän Nemo steckte seinen Kopf in die kugelförmige Kappe. Conseil und ich taten dasselbe, während der Kanadier uns ironisch »Glück zu der Jagd« wünschte. Unsere Kleidung endigte sich oben in ein kupfernes, schraubenartig ausgebohrtes Halsband, worauf der metallene Helm eingeschraubt wurde. Drei mit dicken Gläsern versehene Löcher gestatteten nach allen Richtungen zu sehen, indem man nur in der Kugel den Kopf zu drehen hatte. Sobald er aufgesetzt war, fingen die auf unseren Rücken befestigten Apparate Rouquayrol ihre Tätigkeit an, und ich für meinen Teil atmete leicht.

Die Ruhmkorff'sche Lampe an meinem Gürtel, das Gewehr in der Hand, war ich fertig zum Fortgehen. Aber von dieser schweren Kleidung umschlossen und mit meinen bleiernen Sohlen an den Boden geheftet, märe mir's unmöglich gewesen, nur einen Schritt zu machen.

Doch war dieser Fall vorgesehen; denn ich fühlte, daß man mich in eine kleine neben dem Kleidergemach befindliche Kammer schob. Meine Begleiter folgten, in gleicher Weise bugsiert, mir nach. Ich hörte, wie eine Türe mit festgefugtem Verschluß über uns zugemacht wurde, und tiefes Dunkel umgab uns.

Nach einigen Minuten hörte ich ein lebhaftes Zischen und fühlte eine gewisse Kälte von den Füßen zur Brust aufsteigen. Offenbar hatte man vom Innern des Schiffs aus mit einem Hahn das äußere Wasser eingelassen, so daß es uns umgab und die ganze Kammer füllte. Darauf öffnete sich eine zweite Thür in der Seitenwand des Nautilus, ein Dämmerlicht umgab uns. Gleich darauf fühlten wir den Meeresgrund unter den Füßen.

Welchen Eindruck dieser Spaziergang in diesen Tiefen auf mich machte, könnte ich unmöglich schildern. Solche Wunder zu erzählen mangelt der Ausdruck. Weder Pinsel noch Feder reichen aus, die diesem Element eigentümlichen Erscheinungen darzustellen.

Der Kapitän Nemo schritt voran, und sein Genosse einige Schritte hinter uns. Conseil und ich blieben dicht beisammen, als hätten wir durch diese metallene Bepanzerung mit einander reden können. Die Schwere meiner Kleidung war mir schon nicht mehr fühlbar; weder meine Fußbekleidung, noch mein Luftbehälter, noch die schwere Kugel, innerhalb welcher mein Kopf wie ein Mandelkern in seiner Schale schlotterte, machten mir Beschwerden. Alle diese Gegenstände verloren, in's Wasser getaucht, eben so viel von ihrem Gewicht, als das von ihnen verdrängte Wasser hatte, und ich empfand die Wohltat dieses von Archimedes entdeckten Naturgesetzes. Nicht mehr eine träge Masse, hatte ich eine verhältnißmäßig große Freiheit der Bewegung.

Ich staunte über die Stärke des Lichtes, welches bis auf dreißig Fuß unter dem Meeresspiegel den Boden erhellte. Die Sonnenstrahlen drangen leicht durch die Wassermasse, welche dadurch ihre Färbung verlor. Ich konnte die Gegenstände in einer Entfernung von hundert Meter klar unterscheiden. Weiter hinaus schattierte sich die Grundfarbe in feinen Lasurnuancen, dann in der Ferne hellblau, und verschwand zuletzt in unbestimmtem Dunkel. Wahrhaftig, dieses

Wasser um mich herum war zwar dichter als die Atmosphäre der Erde, aber fast ebenso durchsichtig. Über mir bemerkte ich die Oberfläche des Meeres ganz ruhig.

Wir schritten über feinen Sand ohne Runzeln, wie an den Meeresküsten der Fall ist, wo Spuren der hohen See zurückbleiben. Diese blendende Fläche warf, wie ein Reflektor, die Sonnenstrahlen mit auffallender Stärke zurück. Daher der ungeheure Widerschein, welcher alle Elementartheile durchdrang. Wird man mir glauben, wenn ich behaupte, daß ich in dieser Tiefe von dreißig Fuß wie am hellen Tag sehen konnte?

Eine Viertelstunde lang ging ich auf diesem heißen Sand, der mit unbetastbarem Muschelstaub besäet war. Der Nautilus, welcher wie eine lange Klippe aussah, verschwand allmälig aus den Augen, aber sein Leuchtfeuer mußte, wann in den Gewässern die Nacht eintrat, unsere Rückkehr an Bord erleichtern, indem seine Strahlen vollkommen klar sichtbar waren. Auf dem Land, wo die Luft mit Staub durchdrungen ist, scheint dieses Licht düster, wie vom Nebel getrübt; aber auf dem Meer, wie unter dem Meer, pflanzen sich die elektrischen Lichtstreifen mit unvergleichlicher Reinheit weiter.

Inzwischen gingen wir immer fort, und die ungeheure Sandfläche schien ohne Grenzen zu sein. Ich schob mit der Hand die Wassergardinen zurück, welche hinter mir wieder zusammenfielen, und der Druck des Wassers verwischte augenblicklich meine Fußstapfen.

Bald zeigten sich vor meinen Blicken, aus der Ferne in vermischten Umrissen, einige Gegenstände. Ich erkannte prächtige Musterstücke von Felsen, mit Pflanzentieren der schönsten Sorte wie mit einem Teppich bedeckt, so daß ich im ersten Augenblick ganz betroffen war von dem außerordentlichen Anblick.

Es war damals zehn Uhr vormittags. Die Sonnenstrahlen fielen in ziemlich schiefem Winkel auf die Oberfläche des Meeres, und da ihr Licht durch Brechung wie durch ein Prisma sich zerteilte, so erschienen Blumen, Felsen, Pflänzchen, Muschelwerk, Polypen am Rande mit den sieben Regenbogenfarben geziert. Es war wundervoll zu schauen, eine wahre Augenweide, diese kaleidoskopartige Mischung von Farbentönen, grüngelb, orange, violett, indigo, hellblau!

Bei diesem Anblick war Conseil, gleich mir, stehen geblieben. Der brave Junge war ohne Zweifel im Klassifizieren dieser Mollusken und Zoophyten vertieft. Polypen und Echinodermen bedeckten in Menge den Boden. Die mancherlei Korallenarten, die gleich Champignons gestalteten Fongiten, die Anemonen, bildeten einen Blumengrund, bunt verziert mit Porpiten im Schmuck ihres Kragens lasurblauer Fühlfäden, mit Seesternen, womit der Sand besäet war.

Es war ein rechter Jammer für mich, die glänzenden Musterstücke von Mollusken, die zu Tausenden auf dem Boden lagen, mit meinen Füßen zu treten. Aber wir mußten vorwärts schreiten, und wir taten es, während über unseren Häuptern Schaaren von Physaliden mit ultramarinblauen Fühlfäden, die mit den Wogen trieben, Medusen mit opal- oder zart rosenfarbenen Schirmen uns gegen die Sonnenstrahlen deckten.

Alle diese Wunder sah ich im Raum einer Viertelmeile, indem ich kaum stehen bleiben konnte, da der Kapitän Nemo mich mit einem Wink mahnte, ihm zu folgen. Bald änderte sich die Beschaffenheit des Bodens. Auf die Sandebene folgte eine Lage klebrigen Schlammes, der nur aus kieseligen oder kalkartigen Muscheln bestand. Hierauf durchwanderten wir eine Wiese von Algen. Diese dichten Rasen waren so reich, daß sie es mit den von Menschenhand gewebten Tapeten aufnehmen konnten. Zu gleicher Zeit breitete sich über unseren Köpfen eine grüne Decke von Seepflanzen aus der überreichen Algenfamilie, deren man über zweitausend Arten kennt, an der Oberfläche des Meeres. Diese Algen, ein wahres Wunder der Schöpfung, gehören zu den größten Merkwürdigkeiten der allgemeinen Flora. Es gehören dieser Familie die kleinsten, wie die größten Pflanzen der Erde. Denn wie man einerseits im Raum von fünf Quadratmillimeter vierzigtausend dieser mit den Augen nicht wahrnehmbaren, mikroskopischen Pflänzchen gezählt hat, so hat man Fucus getroffen, die über fünfhundert Meter lang waren.

Seit etwa anderthalb Stunden hatten wir den Nautilus verlassen. Es war bald Mittagszeit, wie ich aus den senkrechten Sonnenstrahlen, die sich nicht mehr brachen, abnahm. Der Farbenzauber schwand allmälig, und die Nuancen von Smaragd und Saphir erloschen an unserem Firmament. Wir gingen im regelmäßigen Schritt, der erstaunlich stark auf dem Boden widerhallte. Das geringste Geräusch pflanzte sich mit einer Raschheit fort, woran das Ohr auf der Erde nicht gewöhnt ist. In der Tat ist das Wasser für den Ton ein besserer Leiter, als die Luft, und er pflanzt sich darin mit vierfacher Schnelligkeit fort.

In diesem Augenblick senkte sich der Boden in starkem Abfall. Das Licht nahm eine gleichmäßige Färbung an. Wir kamen bis zu einer Tiefe von hundert Meter, und hatten dann einen Druck von zehn Atmosphären zu erleiden. Aber mein Skaphanderkleid war so beschaffen, daß dieser Druck mir in keiner Weise nachtheilig war. Ich empfand nur in den Fingergelenken einige Unbehaglichkeit, und auch diese verschwand bald. Der zweistündige Spaziergang in dem ungewohnten Harnisch hatte mich nicht im Mindesten ermüdet. Das Wasser half dazu, daß die Bewegungen überraschend leicht vor sich gingen.

In der Tiefe von dreihundert Fuß waren die Sonnenstrahlen nur noch schwach wahrzunehmen. Es folgte ein rötliches Dämmerlicht. Doch sahen wir hinreichend, um unsere Richtung zu behalten, und wir brauchten noch nicht den Ruhmkorff'schen Apparat in Tätigkeit zu setzen.

In diesem Augenblick machte der Kapitän Nemo Halt. Er wartete, bis ich wieder bei ihm war, und zeigte mir mit dem Finger einige dunkle Massen, welche nicht weit von dort im Schatten hervortraten.

Das ist der Wald der Insel Crespo, dachte ich, und irrte nicht.

Kapitel 17
Ein unterseeischer Wald

Endlich waren wir am Saum dieser Waldung angekommen, welche ohne Zweifel zu den schönsten der ungeheuern Besitzung des Kapitäns Nemo gehörte. Er sah sie als sein eigen an und übte über dieselbe die nämlichen Rechte, welche die ersten Menschen in den ersten Tagen der Welt hatten. Übrigens, wer hätte ihm den Besitz dieses unterseeischen Eigentums streitig gemacht?

Dieser Wald bestand aus großen baumartigen Pflanzen, und sobald wir unter seine umfassenden Wölbungen kamen, fiel mir sogleich eine eigentümliche Beschaffenheit ihrer Gezweigs auf, wie ich sie bisher noch nicht beobachtet hatte.

Keines von den Kräutern des Bodens, keiner von den Zweigen der Gebüsche rankte, bog sich oder wuchs in horizontaler Richtung. Sie stiegen alle aufwärts dem Meeresspiegel zu. Die dünnsten, faden- und bandartigen Pflanzen hielten sich gerade aufrecht, als seien die Stängel von Eisen. Schlingpflanzen und Meergräser nahmen beim Aufwachsen eine streng senkrechte Richtung, wie sie die Dichtigkeit des Elementes vorschrieb. Sonst unbeweglich nahmen sie, wenn ich sie mit der Hand auseinanderschob, sogleich ihre frühere Lage wieder ein.

Ich gewöhnte mich bald an diese sonderbare Neigung zum Senkrechten, wie an das verhältnißmäßige Dunkel um uns her. Der Boden des Waldes war mit spitzen Blöcken bedeckt, welchen man nicht leicht ausweichen konnte. Die unterseeische Flora schien mir sehr vollständig zu sein, reicher sogar als unter den arktischen und tropischen Zonen, wo die Produkte aus dem Pflanzenreich minder zahlreich sind. Aber einige Minuten lang verwechselte ich unwillkürlich das Tierreich mit dem Pflanzenreich, Pflanzentier mit Wasserpflanzen. Fauna und Flora stehen in der unterseeischen Welt dicht neben einander!

Ich machte die Beobachtung, daß alle diese Produkte des Pflanzenreichs am Boden nur in einer dünnen Teigschichte hafteten. Ohne Wurzel, ohne Zusammenhang mit dem festen Körper, Sand, Muschel- oder Kieselgeröll, welches die Unterlage bildet, begehren sie von diesem nur einen Stützpunkt, nicht die Lebensquelle. Diese Pflanzen gehen aus sich selbst hervor, und das

Prinzip ihres Daseins liegt im Wasser, das ihnen Kraft und Nahrung gewährt. Die meisten trieben, anstatt, Blätter, nur bandartige Streifen von grillenhaften Formen, umgrenzt von einer schmalen Farbenborte, die nur Rosa, Carmin, Grün, Olivenfarbig, Falb und Braun enthielt. Eine Menge dieser Seepflanzen sind ganz ohne Blühten. »Merkwürdige Regelwidrigkeit, seltsames Element, sagt ein geistreicher Naturforscher, wo das Tierreich Blüten treibt, das Pflanzenreich nicht!«

Unter diesen verschiedenen Gesträuchen, die so groß sind, wie die Bäume der gemäßigten Zone, und unter ihrem feuchten Schatten befanden sich massenweis wahre Gebüsche lebendiger Pflanzen, Hecken von Pflanzentieren, und, was die Täuschung vollends beförderte – die Mückenfische flogen von Zweig zu Zweig, gleich einem Schwarm Kolibris, während andere gleich einem Trupp Bekassinen unter unseren Schritten aufzufliegen schienen.

Gegen ein Uhr gab der Kapitän Nemo das Zeichen zum Halt. Ich meines Teils war wohl zufrieden damit, und wir streckten uns nieder. Dieses Ausruhen schien mir köstlich, nur mangelte uns die Unterhaltung, denn das Anreden war so unmöglich als das Erwidern. Ich näherte nur meinen dicken Kupferkopf dem Conseil's. Ich sah bei diesem wackeren Jungen die Augen glänzen vor Befriedigung, und um es kund zu geben, machte er in seiner Schale höchst komische Bewegungen.

Nach einem vierstündigen Spaziergang war ich sehr erstaunt, daß ich nicht heftigen Hunger empfand. Woher diese Stimmung des Magens kam, konnte ich nicht sagen, dagegen spürte ich eine unüberwindliche Neigung zum Schlafen, wie das bei allen Tauchern der Fall ist. Daher schlossen sich auch alsbald meine Augen hinter ihrem dichten Glas, und ich sank in eine unwiderstehliche Schlaftrunkenheit, welche bisher nur durch die Bewegung des Gehens zu bekämpfen möglich war. Der Kapitän Nemo nebst seinem kräftigen Genossen gaben uns hingestreckt im klaren Wasser das Beispiel zum Schlafen.

Wie lange ich in diesem Schlummer lag, konnte ich nicht schätzen; aber als ich aufwachte, schien mir die Sonne schon sich zum Horizont zu neigen. Der Kapitän Nemo war bereits aufgestanden, und ich fing an die Glieder zu strecken, als eine unerwartete Erscheinung mich rasch auf die Beine brachte.

Einige Schritte weit war eine riesenhafte, einen Meter hohe Meeresspinne, die bereit mich zu überfallen mit schielenden Augen mich ansah. Obwohl mein Skaphanderkleid dick genug war zum Schutz gegen die Bisse dieses Tieres, so konnte ich mich doch des Grauens nicht erwehren. In dem Augenblick erwachten Conseil und der Matrose des Nautilus. Der Kapitän Nemo zeigte diesen das häßliche Thier, er streckte es mit einem Kolbenschlag augenblicklich nieder, und ich sah die fürchterlichen Füße des Ungeheuers in gräßlichen Zuckungen sich winden.

Dieses Begegnen erregte bei mir den Gedanken, daß andere, furchtbarere Tiere in diesen dunkeln Gründen hausen könnten, gegen deren Angriff mein Skaphander mich nicht schützen würde. Bisher hatte ich nicht daran gedacht, und ich beschloß auf meiner Hut zu sein. Ich vermutete übrigens, daß hier unser Spaziergang sich endigen würde; aber ich täuschte mich, der Kapitän Nemo setzte seinen kühnen Ausflug fort.

Der Boden wurde immer niedriger, und sein stärkerer Abhang führte uns in größere Tiefen hinab. Es mußte etwa drei Uhr sein, als wir in ein enges Thal zwischen hohen steilen Wänden kamen, in einer Tiefe von ungefähr hundertundfünfzig Meter. Die Vorzüglichkeit unseres Apparats machte es möglich, daß wir so neunzig Meter über die Linie hinaus gelangten, welche bisher die Natur selbst den unterseeischen Unternehmungen als Grenze gesteckt zu haben schien.

Ich sagte hundertundfünfzig Meter, obschon ich kein Instrument hatte, diese Distanz zu messen. Aber ich wußte, daß selbst in den Meeren vom klarsten Wasser die Sonnenstrahlen nicht tiefer dringen konnten. Nun wurde es aber völlig dunkel; man konnte nicht mehr auf zehn Schritte einen Gegenstand erkennen. Indem ich tastend vorwärts schritt, sah ich auf einmal ein weißes lebhaftes Licht erglänzen. Der Kapitän Nemo hatte seinen elektrischen Apparat in Tätigkeit gesetzt. Sein Genosse machte es ihm nach, und ich folgte nebst Conseil ihrem Beispiel. Durch Drehen einer Schraube, stellte ich die Verbindung der Induktionsröhre mit der gläsernen Serpentine her, und das Meer ward durch unsere vier Laternen bis auf fünfundzwanzig Meter weit im Umkreis erleuchtet.

Der Kapitän Nemo drang immer weiter in die Tiefen des Waldes, dessen Gesträuche allmälig seltener wurden. Ich bemerkte, daß das vegetale Leben weit schneller abnahm, als das animale. Die Meerpflanzen verließen bereits den trocken gewordenen Boden, während eine erstaunliche Menge von Tieren, Zoophyten, Wirbeltieren, Mollusken und Fischen daselbst wimmelten.

Während wir vorwärts schritten, fiel mir ein, daß das Licht unserer Ruhmkorffapparate notwendig manche Bewohner dieser dunkeln Schichten herbei locken würde. Sie kamen uns zwar nahe, hielten sich aber doch in einer Entfernung, welche für Jäger nicht angenehm war. Manchmal bemerkte ich, daß der Kapitän Nemo stille stand und sein Gewehr anlegte; dann nachdem er eine Weile beobachtet, setzte er seinen Weg fort.

Endlich, etwa gegen vier Uhr, fand dieser merkwürdige Ausflug sein Ziel. Eine Wand prachtvoller Felsen von imponierender Masse ragte vor uns empor, riesenhafte Blöcke über einander getürmt, ein ungeheurer steiler Granitabhang mit dunkeln Grotten, der aber keinen Aufgang, auf dem man irgend fortkommen konnte, darbot.

Der Kapitän Nemo machte plötzlich halt. Mit einem Wink hemmte er unsere Schritte, und so sehr ich gewünscht hätte, über diese Gebirgswand hinaus zu kommen, mußte ich mich darein ergeben. Die Besitzungen des Kapitäns Nemo hatten hier ein Ende. Darüber hinaus wollte er nicht.

Es begann also der Rückweg. Der Kapitän Nemo hatte sich wieder an die Spitze seiner kleinen Schaar gestellt und schritt sicher, ohne sich zu besinnen, voran. Ich glaubte wahrzunehmen, daß wir nicht den nämlichen Weg einschlugen, um wieder zum Nautilus zu kommen. Dieser neue, sehr steile und folglich mühevolle Weg brachte uns rasch in die Nähe der Meeresoberfläche. Doch geschah diese Rückkehr in die oberen Schichten nicht so rasch, daß der Druck von Oben zu stark gewesen wäre, was in unserm Organismus bedenkliche Störungen hätte veranlassen, und innere Verletzungen verursachen können, wie sie den Tauchern so nachtheilig sind. Sehr bald kam wieder das Sonnenlicht zum Vorschein und nahm zu, und da die Sonne bereits niedrig stand, so wurden durch die Brechung der Strahlen die Gegenstände abermals mit einem bunten Rand umgeben.

Bei zehn Meter Tiefe wandelten wir inmitten eines Schwarms kleiner Fische aller Art, die zahlreicher waren, als die Vögel in der Luft, auch weit beweglicher; aber ein Wildpret, das eines Schusses würdig gewesen wäre, war uns noch nicht aufgestoßen.

In dem Augenblick sah ich, wie der Kapitän Nemo lebhaft die Büchse anlegte und auf einen beweglichen Gegenstand im Gebüsch zielte. Der Schuß ging los, ich hörte ein schwaches Pfeifen, und ein Tier fiel in einer Entfernung von einigen Schritten nieder.

Es war ein prächtiger Seeotter, das einzige vierfüßige, nur im Meer lebende Thier. Dieses war ein und einen halben Meter lang. Sein Fell, oben braun und unten silberfarben, bildet einen der geschätztesten und gesuchtesten Artikel auf dem russischen und chinesischen Pelzmarkt, der mindestens zweitausend Francs gilt. Ich bewunderte das merkwürdige Säugetier mit rundem Kopf und kurzen Ohren, runden Augen, weißen Schnauzborsten, wie die Katzen haben, handförmigen Füßen mit Krallen und buschigem Schwanz. Dieser kostbare Fleischfresser, von den Fischern aufgetrieben und verjagt, wird äußerst selten, hat sich besonders in die nördlichen Gegenden des Stillen Ozeans geflüchtet, wo die Gattung wahrscheinlich bald aussterben wird.

Der Genosse des Kapitäns Nemo nahm das Tier auf seine Schulter, und wir setzten unseren Weg fort.

Eine Stunde lang hatten wir eine Sandebene vor uns. Sie erhob sich oft bis auf zwei Meter unter dem Wasserspiegel. Dann sah ich unser Bild in klarem Wiederschein umgekehrt gezeichnet, und über uns zeigte sich eine ganz gleiche Truppe, die unsere Bewegungen abspiegelte, so wie wir gingen, nur Kopf unten, Füße in der Luft.

Ich hatte damals Gelegenheit, einen der schönsten Schüsse zu beobachten, die je einem Jäger das Herz erfreuten. Ein großer Vogel mit weit ausgespannten Flügeln, der sehr deutlich zu erkennen war, streifte mit schwebenden Fittigen nahe über dem Wasser. Des Kapitäns Genosse legte auf ihn an und schoß ihn, als er einige Meter über den Wogen sich befand. Getroffen sank das Tier herab, daß der gewandte Jäger es greifen konnte und mit sich nahm. Es war ein Albatros der schönsten Sorte.

Dieser Zwischenfall unterbrach nicht unseren Weg. Zwei Stunden lang gingen wir bald auf Sandflächen, bald auf Wiesen von Meergras, worauf schwer fortzukommen war. Offen gestanden, ich war erschöpft, als ich einen schwachen Lichtschein gewahrte, der eine halbe Meile weit durch die dunkeln Gewässer drang. Es war die Leuchte des Nautilus. Vor Ablauf von zwanzig Minuten mußten wir an Bord sein, wo ich wieder aufatmen konnte, denn mein Behälter schien mir eine Luft mit wenig Sauerstoff zu gewähren.

Aber es begegnete uns noch ein anderes Ereignis, das uns ein wenig aufhielt.

Ich war etwa zwanzig Schritt zurück geblieben, als ich den Kapitän Nemo hastig auf mich zukommen sah. Mit kräftiger Hand bog er mich nieder zur Erde, während sein Genosse es ebenso mit Conseil machte. Anfangs wußte ich nicht recht, was ich von dem barschen Anfall denken sollte, aber ich beruhigte mich, als ich sah, daß der Kapitän sich neben mich legte und sich unbeweglich hielt.

Ich lag also der Länge nach auf dem Boden und oben geschützt von einem Büschel Seegras, als ich den Kopf aufrichtete und bemerkte, wie ungeheure Massen mit lautem Getöse und phosphoreszierendem Schein vorüberzogen.

Das Blut erstarrte mir in den Adern! Es waren fürchterliche Haifische mit ungeheurem Schwanz und düsteren glasartigen Augen, die einen phosphoreszierenden Stoff absondern, der durch Löcher um das Maul herum träufelt. Diese Ungeheuer konnten in ihren eisernen Rachen einen ganzen Menschen zerbröckeln!

Zu unserem Glück haben diese gefräßigen Tiere kein scharfes Gesicht. Sie tosten vorüber, ohne uns zu bemerken, streiften uns nur mit ihren bräunlichen Flossen, und wir entkamen wie durch ein Wunder einer Gefahr, die gewiß größer war, als wenn man einem Tiger im Walde begegnet.

Eine halbe Stunde nachher, geleitet von dem elektrischen Lichtstrahl, langten wir beim Nautilus an. Die äußere Thür war offen geblieben, und der Kapitän Nemo schloss sie wieder, sobald wir in das vordere Kämmerchen getreten waren. Darauf drückte er auf einen Knopf. Ich hörte die Pumpen im Schiff arbeiten, fühlte, wie das Wasser um mich herum sank, und in einigen Augenblicken war die Zelle ganz leer. Nun öffnete sich die innere Türe und wir kamen in die Kleiderkammer.

Hier wurde uns, nicht ohne Beschwerde, die Skaphanderkleidung abgezogen, und ich begab mich, sehr abgemüdet, der Erschöpfung und dem Schlaf erliegend, wieder in mein Zimmer, voll Staunen über diesen merkwürdigen Ausflug auf dem Meeresgrund.

Kapitel 18

Viertausend Meilen unterm stillen Ozean

Am folgenden Morgen, den 18. November, hatte ich mich von meinen Strapazen völlig erholt, und ich begab mich auf die Plattform, als eben der Lieutenant seine tägliche Phrase sprach. Ich dachte mir damals, sie gebe die Beschaffenheit des Meeres an, oder vielmehr sie bedeute: »Wir haben nichts in Sicht.«

Und wirklich, der Ozean war leer; nicht ein Segel am Horizont. Die Spitzen der Insel Crespo waren während der Nacht verschwunden. Das Meer verschlang die Farben des Prisma mit Ausnahme der blauen Strahlen, warf deren Wiederschein in allen Richtungen und nahm eine wunderbare schöne Indigofarbe an.

Ich bewunderte das prachtvolle Aussehen des Ozeans, als der Kapitän Nemo erschien. Er schien meine Anwesenheit nicht zu bemerken, und begann eine Reihe von astronomischen Beobachtungen. Als er damit fertig war, stützte er sich mit dem Ellenbogen auf das Gehäuse des Leuchtfeuers und seine Blicke schweiften über den Meeresspiegel.

Inzwischen waren etwa zwanzig Matrosen des Nautilus, lauter kräftige und rüstige Leute, auf die Plattform herauf gekommen. Sie hatten soeben die Fischergarne, welche die Nacht über ausgeworfen waren, herein gezogen. Die Seeleute gehörten augenscheinlich verschiedenen Nationen an, obwohl der europäische Charakter bei allen ausgedrückt war. Ich erkannte, irrte ich nicht, Irländer, Franzosen, einige Slaven, einen Griechen und einen Candioten. Übrigens waren diese Leute wortkarg, und bedienten sich unter einander der seltsamen Sprache, über deren Ursprung ich nicht einmal eine Vermutung haben konnte. Ich mußte also verzichten, sie zu fragen.

Die Garne wurden an Bord gezogen. Es waren eine Art Senknetze, weite Taschen, die mittelst einer schwimmenden Stange und eingestrickten Schnur offen gehalten und auf dem Meeresgrund fortgezogen den Boden kehrten und alle Erzeugnisse mit sich fortzogen. Damals förderten sie merkwürdige Musterexemplare jener fischreichen Gegenden zu Tage, auch einige größere, wie Skomber und Thunfische, und eine solche Menge, daß man den Fang auf tausend Pfund schätzen konnte. Ein trefflicher Fang fürwahr, so daß wir an köstlicher Nahrung keinen Mangel hatten. Und solche Fischzüge waren bei der Schnelligkeit des Nautilus und der anlockenden Kraft des elektrischen Lichtes täglich zu wiederholen.

Diese verschiedenen Meeresprodukte wurden unverzüglich durch die Lücke in die Vorratskammern hinabgelassen, um teils frisch verspeist, teils aufbewahrt zu werden.

Als der Fischfang beendigt, die Luftvorräte erneuert waren, dachte ich, der Nautilus werde nun seine unterseeische Fahrt fortsetzen, und ich war im Begriff, mich wieder in mein Zimmer zu begeben, als sich der Kapitän Nemo ohne weiteres, ohne Guten Morgen, Guten Abend, sich zu mir wendete und sprach:

»Sehen Sie diesen Ozean, Herr Professor, wie er mit wirklichem Leben begabt ist! Er schläft mit uns ein, die Sonne weckt ihn mit Liebkosungen wieder auf, und er gewinnt durch sie neues Leben jeden Tag. Es ist ein interessantes Studium, das Spiel seines Organismus zu verfolgen.«

Offenbar erwartete der Kapitän Nemo keine Antwort von mir; er sprach vielmehr mit sich selbst, er dachte laut.

»Ja, sagte er, es findet im Ozean eine wahre Zirkulation statt, und um sie hervorzubringen, hat der Schöpfer ihm vielfach mehr Wärmestoff, Salz und die kleinen Tierchen gegeben. Der Wärmestoff bringt verschiedene Dichtheit hervor, welche die Ströme und Gegenströmungen verursacht. Die Ausdünstung, in den Nordpolgegenden gleich Null, in den heißen Zonen sehr tätig, ist der Grund einer fortdauernden Wechselströmung der tropischen und polaren Gewässer. Ferner habe ich das Geheimniß der Strömungen von oben nach unten und von unten nach oben wahrgenommen, welche ein wahres atmen des Ozeans bildet. Ich habe bemerkt, wie das Elementarteilchen des Meerwassers, an der Oberfläche erwärmt, wieder in die Tiefe sinkt, bei zwei Grad unter null seine größte Dichtheit erreicht, dann sich noch weiter abkühlt, wodurch es leichter wird und wieder aufwärts steigt. An den Polen sehen Sie die Folgen dieser Erscheinung, und begreifen, weshalb, nach diesem Gesetz der vorsorgenden Natur, das Gefrieren nur an der Oberfläche des Wassers vorgehen kann!«

Hierauf betrachtete der Kapitän schweigend dieses so vollständig und so unablässig von ihm studierte Meer. Dann fuhr er fort:

»Die Salze sind in beträchtlicher Menge im Meer vorhanden, Herr Professor, und wenn man alles, was dasselbe in aufgelöstem Zustand von Salzen enthält, herauszöge, so würde man eine Masse von vier und einer halben Million Kubik-Lieues bekommen, welche, auf die Erdoberfläche verbreitet, eine zehn Meter dicke Schicht bilden würden. Und glauben Sie nicht, daß diese Salze nur in Folge einer Laune der Natur im Meer vorhanden seien. Nein, sie machen, daß das Meerwasser wieder leicht verdunstet, und verhindern, daß die Winde demselben eine zu große Menge von Dünsten entziehen, welche, indem sie sich im Wasser auflösen, die gemäßigten Zonen in Überschwemmung versetzen würden. Diese bedeutende ausgleichende Rolle spielen die Salze bei dem allgemeinen wirtschaftlichen System des Erdballs! «

Der Kapitän brach hier ab, stand auf, ging einige Schritte auf der Plattform, kam dann wieder zu mir und fuhr fort:

»Was die Infusionstierchen betrifft, diese Milliarden von Geschöpfen, welche millionenweis in einem Tropfen existieren, von denen achthunderttausend ein Milligramm wiegen, so ist ihre Rolle nicht minder bedeutend. Sie verzehren die Meersalze, gesellen sich die festen Theile des Wassers zu, und indem sie die kalkartigen Bestandteile in Zusammenhang bringen, verfertigen sie Korallen und Madreporen! Wenn nun dem Wassertropfen seine mineralogische Nahrung entzogen ist, wird er dadurch leichter, steigt wieder zur Oberfläche auf, verschlingt da das durch Verdunstung aufgegebene Salz, wird dadurch schwer, sinkt wieder hinab und führt den Tierchen neue Elemente zum Verzehren zu. Daraus entsteht eine doppelte Strömung, aufwärts und abwärts, stets Bewegung, stets Leben! Das Leben tritt im Ozean innerlich stärker auf, üppiger strömend, unbegrenzter nach allen Richtungen sich verbreitend. Der Ozean, sagte man, ist ein Todeselement für den Menschen, ein Lebenselement für Myriaden Tiere, – und für mich!«

Bei diesen Worten verklärte sich des Kapitäns Angesicht, was in mir eine außerordentliche Rührung hervorrief. Darauf, als wolle er einen schlimmen Gedanken verscheuchen, wendete er sich hastig zu mir und sprach:

»Herr Arronax, wissen Sie, wie tief der Ozean ist?

– Ich weiß wenigstens, Kapitän, was die hauptsächlichen Sondierungen ergeben haben.

– Könnten Sie mir diese angeben, um sie nötigenfalls zu berichtigen?

– Ich will Ihnen einige mittheilen, erwiderte ich, die mir gerade einfallen. Irre ich nicht, so hat man eine mittlere Tiefe von zweihundert Meter im Norden des Atlantischen Meeres, und von zweitausendfünfhundert Meter im Mittelländischen angetroffen. Die merkwürdigsten Sondierungen sind im Süden des Atlantischen, nächst dem fünfunddreißigsten Grad vorgenommen worden, welche zwölftausend Meter, vierzehntausendeinundneunzig Meter, und fünfzehntausendhundertneunundvierzig Meter ergaben. Überhaupt genommen schätzt man, daß, wenn der Meeresgrund nivelliert wäre, seine mittlere Tiefe etwa sieben Kilometer betragen würde.

– Gut, Herr Professor, erwiderte der Kapitän Nemo, wir wollen Ihnen, hoffe ich, mehr zeigen, als dies. Was die durchschnittliche Tiefe in diesem Teil des Stillen Meeres betrifft, so will ich Ihnen zeigen, daß sie nur viertausend Meter beträgt.«

Nach diesen Worten ging der Kapitän Nemo zu der Lücke hin und verschwand die Leiter hinab. Ich folgte ihm nach und begab mich in den großen Saal. Die Schraube fing alsbald ihre Tätigkeit an, und das Log zeigte eine Schnelligkeit von zwanzig Meilen in der Stunde.

Während der folgenden Tage und Wochen war der Kapitän mit Besuchen sehr sparsam. Ich sah ihn nur in seltenen Zwischenräumen. Sein Lieutenant machte regelmäßig die Aufnahme, welche ich dann auf der Karte eingetragen fand, so daß ich die Fahrt des Nautilus genau bestimmen konnte.

Conseil und Land brachten viel Zeit bei mir zu. Conseil erzählte seinem Freunde die merkwürdigen Begebenheiten unseres Spazierganges, und nun tat es dem Kanadier leid, daß er uns nicht begleitet hatte. Doch hoffte ich, es werde sich noch einmal Gelegenheit ergeben, die Wälder des Ozeans zu besuchen.

Fast täglich öffneten sich einige Stunden lang die Läden des Salons, und unsere Augen konnten sich nicht satt sehen an den Geheimnissen der unterseeischen Welt.

Die allgemeine Richtung des Nautilus war südöstlich, und er hielt sich in der Tiefe von hundert bis hundertundfünfzig Meter. Einmal jedoch, ich weiß nicht aus welcher Laune, kam er bis in die zweitausend Meter tiefen Schichten. Das Thermometer zeigte eine Temperatur von 4,25 Grad des Hundertteiligen, welche Temperatur in dieser Tiefe unter allen Breitegraden gleich zu sein scheint.

Am 26. November, um drei Uhr früh, fuhr der Nautilus unter 172° Länge über den Wendekreis des Krebses. Am 27. hatte er die Sandwichinseln in Sicht, wo der Weltumsegler Cook am 14. Februar 1779 seinen Tod fand. Wir hatten damals seit unserer Abfahrt viertausendachthundertundsechzig Meilen zurückgelegt. Als ich Morgens früh auf die Plattform kam, bemerkte ich, zwei Meilen unterm Wind, Hawai, die ansehnlichste von den sieben Inseln, welche diesen Archipel bilden. Ich erkannte deutlich ihren angebauten Küstenrand, die verschiedenen Bergketten, welche parallel mit der Küste laufen, und seine Vulkane, welche der Mouma Rea beherrscht, der fünftausend Meter über den Meeresspiegel ragt.

Die Richtung des Nautilus blieb fortwährend südöstlich. Er durchschnitt am 1. Dezember den Äquator, unter 142° Länge, und am 4. desselben Monats, nach einer raschen Fahrt ohne Zwischenfall, bekamen wir die Gruppe der Marquesasinseln zusehen. In einer Entfernung von drei Meilen, unter 8° 57' südlicher Breite, und 139° 32' westlicher Länge, gewahrte ich die Spitze Martin von Nukahiva, der Hauptinsel dieser Frankreich angehörigen Gruppe. Ich sah nur die bewaldeten Berge, welche sich am Horizont abzeichneten, denn der Kapitän Nemo hatte nicht Lust, dem Lande näher zu kommen.

Nachdem wir diese reizenden, unterm Schutz der französischen Flagge stehenden Inseln verlassen hatten, legte der Nautilus vom 4. bis 11. Dezember etwa zweitausend Meilen zurück. Bei dieser Fahrt stießen wir auf eine ungeheure Menge Kalmar, merkwürdige Mollusken, welche den Tintenfischen nahe kommen. Der Nautilus traf in der Nacht vom 9. zum 10. Dezember auf dieses Molluskenheer; man konnte ihrer Millionen zählen. Sie zogen aus den gemäßigten Strichen nach den wärmeren, indem sie dem Zuge der Häringe und Sardinen folgten. Wir betrachteten sie durch die dichten Glasfenster, wie sie äußerst schnell rückwärts schwammen, mittelst ihrer Bewegungsröhre sich fortbewegten, die Fische und Mollusken verfolgten, indem sie die kleinen fraßen, von den großen gefressen wurden, und in einem unbeschreiblichen Gewimmel die zehn Füße bewegten, welche ihnen die Natur auf den Kopf gesetzt hat. Der Nautilus fuhr, ungeachtet seiner Schnelligkeit, doch mehrere Stunden lang mitten durch diese Truppe, und seine Garne fingen eine ungeheure Menge derselben.

Man sieht, während dieser Fahrt ließ uns das Meer unablässig seine Merkwürdigkeiten reichlich schauen, in unendlicher Abwechslung. Die Szenen und Dekorationen änderten sich zu unserer Augenweide, und wir waren dadurch im Stande, nicht nur die Werke des Schöpfers mitten in ihrem Element zu betrachten, sondern auch in die gefürchtetsten Geheimnisse des Ozeans zu dringen.

Während des 11. Dezember war ich im großen Saal mit Lesen beschäftigt. Ned-Land und Conseil betrachteten die erleuchteten Gewässer durch die Fenster bei geöffneten Läden. Der Nautilus war unbeweglich. Als seine Behälter gefüllt waren, hielt er sich in einer Tiefe von tausend Meter, einer wenig bewohnten Region des Ozeans, wo die großen Fische selten erscheinen.

Ich las eben ein reizendes Buch von Jean Macé, als Conseil mich mit einem sonderbaren Ton unterbrach.

»Herr, kommen Sie doch einen Augenblick, sagte er.

– Was giebt's da, Conseil?

– Schauen Sie doch, mein Herr.«

Ich stand auf, setzte mich vor das Fenster, und schaute.

Umgeben vom elektrischen Licht schwebte eine große schwärzliche Masse mitten im Gewässer. Ich betrachtete sie aufmerksam, bemüht, die Beschaffenheit dieses riesenhaften Tieres zu erkennen. Da fuhr ein Gedanke plötzlich mir durch den Kopf.

»Ein Schiff! Rief ich aus!

– Ja, erwiderte der Kanadier, ein reedeloses Fahrzeug, das untergesunken ist.«

Ned-Land irrte nicht. Wir hatten ein Schiff vor uns, dessen abgehauene Taue noch an ihren Ketten herabhingen. Sein Rumpf schien in gutem Zustand, und der Schiffbruch mußte erst vor wenigen Stunden erfolgt sein. Drei Reststücke der zwei Fuß über dem Verdeck abgehauenen Mäste zeigten, daß dies Schiff in seiner Not hatte seine Mäste opfern müssen. Aber es hatte sich, auf der Seite liegend, gefüllt. Sein Verdeck zeigte den traurigen Anblick von vier Leichen, die im Tauwerk festgehalten, noch da lagen! Ich zählte deren vier, – vier Männer, von welchen einer am Steuerruder aufrecht stand, – sodann eine Frau, die halb aus der Lücke des Hinterverdecks heraus gekommen, ein Kind in den Armen hielt. Es war eine junge Frau. Ich konnte bei der hellen Beleuchtung durch den Nautilus ihre noch nicht entstellten Züge erkennen. Mit äußerster Anstrengung hatte sie ihr Kind über den Kopf gehoben. Die vier Matrosen sahen schrecklich aus, da sie mit krampfhaften Bewegungen von dem Tauwerk, das sie fesselte, sich loszumachen getrachtet hatten. Nur der Steuerer, mit ernstem Gesicht, ruhig das Steuerruder in der krampfhaften Hand, schien noch seinen Dreimaster zu leiten.

Stumm, mit klopfenden: Herzen starrten wir den hier gleichsam photografirten Schiffbruch an! Schon sah ich mit gierigen Blicken Haifische, vom Menschenfleisch herbeigelockt, heran kommen!

Indessen fuhr der Nautilus um das gesunkene Schiff herum, und ich konnte auf einem Schild lesen:

Florida, Sunderland.

Kapitel 19
Vanikoro

Dieser fürchterliche Anblick war das Vorspiel zu Katastrophen, welchen der Nautilus auf seiner Fahrt begegnen sollte. Seit er in mehr befahrenen Gegenden sich bewegte, gewahrten wir oft gescheiterte Schiffsrümpfe, welche ganz verfault waren, und mehr in der Tiefe Kanonen, Kugeln, Anker, Ketten, und tausend andere eiserne, von Rost zerfressene Gegenstände.

Inzwischen kamen wir, in ununterbrochener rascher Fahrt auf dem Nautilus isoliert, am 11. Dezember zu dem Pomotou-Archipel, der früher »gefährlichen Gruppe« Bougainville, die sich über fünfhundert Meilen weit von Ost-Süd-Ost nach West-Nord-West hin erstreckt, zwischen 13° 30' und 23° 50' südlicher Breite, und 125° 30' und 151° 30' westlicher Länge. Dieser Archipel nimmt eine Fläche von dreihundertsiebenzig Quadrat-Lieues ein, und besteht aus etwa sechzig Inselgruppen, worunter die Gruppe Gambier, die unter französischem Protektorat steht. Diese Inseln sind aus Korallen entstanden. Die langsame, aber ununterbrochene Arbeit der Polypen wird sie einst mit einander in Verbindung bringen. Dann wird diese neue Insel später mit den benachbarten Archipelen zusammen wachsen, und von Neuseeland und Neu-Kaledoniern bis zu den Marquesas wird ein neuer Kontinent entstehen.

Als ich diese Ansicht dem Kapitän Nemo äußerte, entgegnete er kalt:

»Nicht neuer Kontinente Bedarfs auf der Erde, sondern neuer Menschen!«

Der Nautilus gelangte weiter auf seiner Fahrt zur Insel Clermont-Tonnère, einer der merkwürdigsten der im Jahre 1822 vom Kapitän Bell auf der Minerva entdeckten Gruppe. Da konnte ich recht studieren, wie die Inseln dieses Ozeans aus Madreporen oder Seesternen entstanden sind.

Die Madreporen, welche man ja nicht mit den Korallen verwechseln darf, haben ein mit Kalküberzug bekleidetes Gewebe, und nach Verschiedenheit der Struktur desselben hat Milne-Edwards sie in fünf Abtheilungen geordnet. Die kleinen Tierchen, welche diese Polypengehäuse durch Absonderung bilden, leben zu Milliarden im Inneren ihrer Zellen, und was sie an Kalkgebilden absetzen, wird zu Felsen, Rissen, Eilanden, Inseln. Hier bilden sie einen kreisrunden Ring, welcher einen Binnensee umgibt, der durch Lücken mit dem Meer in Verbindung gesetzt ist; dort gestalten sich Schutzmauern von Riffen gleich denen, welche sich an den Küsten Neu-Caledoniens und verschiedener Pomotou-Inseln finden. An anderen Stellen, wie bei Réunion und St. Moritz, errichten sie ausgezackte Riffe, hohe, gerad aufgebaute Felswände neben unergründlichen Tiefen des Ozeans.

Indem wir nur einige Kabellängen weit von den steilen Küsten der Insel Clermont-Tonnère vorüberfuhren, konnte ich das Riesenwerk, welches diese mikroskopischen Arbeiter vollführten, staunend bewundern. Diese Felswände waren speziell das Werk von Madreporenarten, welche mit besonderen Namen Milleporen, Poriten, Mäandrinen genannt werden. Diese Polypen entwickeln sich vorzugsweise in den bewegten Schichten der Meeresoberfläche, und folglich fangen sie ihre unterseeischen Bauten von oben an, und dieselben dringen mit den Trümmern von Ablagerungen, welche die Grundlagen bilden, allmälig immer tiefer. Dies ist wenigstens die Theorie Darwin's, welche die Bildung der Atolle erklärt, – eine Theorie, welche meines Erachtens den Vorzug vor derjenigen hat, welche von der Annahme ausgeht, die Basis der madreporischen Arbeiten seien Gipfel von Bergen oder Vulkanen, welche einige Fuß unter dem Meeresspiegel sich befänden.

Ich konnte diese merkwürdigen Felswände ganz aus der Nähe beobachten, denn an ihrer senkrechten Seite ließ die Sonde mehr als dreihundert Meter Tiefe erkennen, und in unseren elektrischen Streiflichtern erglänzte der schimmernde Kalkstein.

Conseil fragte mich über die Dauer, seit diese kolossalen Felswände aufgewachsen sein, und geriet in großes Staunen, als ich ihm sagte, die Gelehrten schlügen diesen Zuwachs auf den achten Teil eines Zolls binnen einem Jahrhundert an.

»Also, um diese Wände aufzubauen, sagte er, bedurfte es … ?

– Hundertzweiundneunzigtausend Jahre, mein wackerer Conseil, wodurch die Tage der Bibel sehr lange werden. Übrigens hat die Braunkohlenbildung, d. h. die Mineralisation der von den Überschwemmungen versunkenen Wälder, eine weit beträchtlichere Zeit erfordert. Aber ich füge bei, daß die in der Bibel als

Tage bezeichneten Zeiträume nur Epochen bedeuten, und nicht die Zeit von einem Sonnenaufgang bis zum folgenden, denn laut eben dieser Bibel war die Sonne am ersten Schöpfungstage noch nicht vorhanden.«

Als der Nautilus wieder zur Meeresoberfläche kam, konnte ich die Insel Clermont-Tonnère, die niedrig und bewaldet ist, in ihrer ganzen Ausdehnung überblicken. Ihre madreporischen Felsen wurden offenbar durch Tromben und Stürme zur Fruchtbarkeit gebracht. Einst fiel ein Samenkörnlein, vom Sturmwind aus benachbartem Festland hergetragen, auf Kalkgrund vermischt mit verwesten Teilen von Fischen und Seepflanzen, welche pflanzennährenden Humus bildeten. Eine Kokusnuß trieb auf den Wellen an diese neue Küste. Der Keim wurzelte. Der heranwachsende Baum hemmte die Wasserverdünstung. Es entstand ein Bach. Allmälig nahm die Vegetation zu. Einige Tierchen, Würmer, Insekten kamen auf Baumstämmen, welche der Wind von den Inseln weggetrieben hatte. Es kamen Schildkröten und brüteten ihre Eier aus. Vögel nisteten in dem jungen Baumschlag. Dergestalt kam das animale Leben zur Entwicklung, und angezogen vom Grünen und der Fruchtbarkeit, erschien der Mensch. Also bildeten sich diese Inseln, unermessliche Werke mikroskopischer Tiere.

Gegen Abend schwand Clermont-Tonnère in der Ferne aus den Augen, und die Fahrt des Nautilus änderte merklich ihre Richtung. Nachdem derselbe unterm hundertfünfunddreißigsten Grad der Länge den Wendekreis des Steinbocks berührt hatte, wendete er sich nach West-Nord-West, und durchlief nochmals die ganze tropische Zone. So reichlich die Sommersonne ihre Strahlen warf, so hatten wir durchaus nicht von der Hitze zu leiden, denn dreißig bis vierzig Meter unterm Wasserspiegel stieg die Temperatur nicht über zehn bis zwölf Grad.

Am 15. Dezember ließen wir östlich den reizenden Archipel der Gesellschaftsinseln, und das anmutige Tahiti. Früh morgens erblickte ich einige Meilen unterm Wind die hohen Gipfel dieser Insel. Ihre Gewässer lieferten den Tafeln an Bord köstliche Fische, Makrelen, Bonite und Varietäten einer Meerschlange, Munerophis genannt.

Der Nautilus hatte damals achttausendeinhundert Meilen zurückgelegt. Als das Log neuntausendsiebenhundertundzwanzig Meilen zeigte, fuhr er durch den Archipel von Tonga-Tabou, wo die Mannschaften des *Argo*, des *Port-au-Prince* und des *Duke of Portland* umkamen, und den Archipel der Schifferinseln, wo La Pérouse's Freund, der Kapitän de Langle, seinen Tod fand. Darauf bekam er den Archipel Viti in Sicht, wo die Matrosen der Union und der Kommandant der Aimable Josephine, Kapitän Bureau, von den Wilden erschlagen wurden.

Dieser Archipel, welcher aus einer Anzahl Inseln, Eilande und Klippen besteht, worunter Viti-Levou und Vanoua-Levou bemerkenswert, liegt zwischen 6° und 20° südlicher Breite, und 174° bis 179° westlicher Länge. Die Gruppe wurde von Tasman im Jahre 1643 entdeckt, dem Jahre der Thronbesteigung Ludwigs XIV., und der Erfindung des Barometer durch Toricelli. Welches von diesen drei Ereignissen der Menschheit nützlicher gewesen, steht zu erwägen. Darauf kamen Cook im Jahre 1714, d'Entrecasteaux 1793, und endlich entwirrte Dumont d'Urville 1827 das ganze geographische Chaos dieses Archipel. Der Nautilus näherte sich der Bai Wailon, dem Schauplatz der fürchterlichen Erlebnisse des Kapitän Dillon, welcher zuerst das Geheimniß von La Pérouse's Schiffbruch aufklärte. Diese Bai liefert treffliche Austern in reichlicher Menge. Wir genossen sie im Übermaß, und wenn Meister Ned dabei nicht seine Gefräßigkeit zu bereuen hatte, so kam es daher, weil, die Auster das einzige Gericht ist, welches niemals Verdauungsbeschwerden macht. Und wirklich bedarf es nicht weniger als sechzehn Dutzend dieser Mollusken, um die dreihundertundfünfzehn Gramm Stickstoff zu liefern, welche ein einziger Mensch zur Tagesnahrung braucht. Sie gehören zu der bekannten, in Korsika sehr häufigen Gattung *Ostrea lamellosa.* Diese Austernbänke, welche bedeutende Anhäufungen bilden, sind im Stande, wenn nicht vielfache Ursachen ihre Zerstörung bewirken, die Baien auszufüllen, denn man zählt in einem einzigen Stück bis zwei Millionen Eier.

Am 25. Dezember schiffte der Nautilus mitten durch den Archipel der Neu-Hebriden, welche 1606 von Quirot entdeckt, 1768 von Bougainville erforscht wurden, und von Cook 1773 ihren jetzigen Namen bekamen. Diese Gruppe besteht hauptsächlich aus neun großen Inseln, die in einer Reihe zwischen 15°

und 2° südlicher Breite, und 164° bis 168° Länge liegen. Wir kamen ziemlich nahe bei der Insel Aurou vorbei, welche mir wie eine Masse grüner Waldung vorkam, woraus ein hoher Pik hervorragte.

Es war diesen Tag Weihnachten und Ned-Land schien mir sehr das Christfest zu vermissen, diese Familienfreude, worauf die Protestanten so viel halten.

Seit acht Tagen hatte ich den Kapitän Nemo nicht gesehen, als er am 27. Morgens früh in den großen Salon trat, wie ich eben auf der Karte die Fahrt des Nautilus zu verfolgen beschäftigt war. Der Kapitän trat herzu, legte einen Finger auf einen Punkt der Karte und sprach nur das Wort:

»Vanikoro.«

Dieser Name wirkte magisch. Er bezeichnete die Eilande, wo einst La Pérouse's Schiffe verloren gingen. Ich stand augenblicklich auf.

»Der Nautilus fährt nach Vanikoro? Fragte ich.

– Ja, Herr Professor, erwiderte der Kapitän.

– Und ich könnte die berühmten Inseln besuchen, wo die Boussole und Astrolabe zu Grunde gingen?

– Wenn es Ihnen beliebt, Herr Professor.

– Wann werden wir zu Vanikoro anlangen?

– Wir sind schon da, Herr Professor!«

Ich begleitete den Kapitän Nemo auf die Plattform, wo meine Blicke begierig über den Horizont schweiften.

Nordöstlich kamen zwei vulkanische Inseln von ungleicher Größe zum Vorschein, um welche sich ein Korallenriff von vierzig Meilen Umfang zog. Wir befanden uns vor der eigentlich Vanikoro genannten Insel, welcher Dumont d'Urville den Namen Recherche gab, und gerade vor dem kleinen Hafen Vanou, unter 16° 4' südlicher Breite und 164° 32' Länge. Das Land schien von der Küste bis zu den Gipfeln des Innern mit Grün bedeckt, welche der zweitausendachthundertundfünfzig Fuß hohe Kapogo überragt.

Nachdem der Nautilus durch eine enge Fahrt in den äußersten Felsengürtel eingefahren, befand er sich innerhalb der Brandung, wo das Meer dreißig bis vierzig Klafter tief war. Unter dem grünen Schatten üppigen Baumwuchses gewahrte ich einige Wilde, die bei unserer Annäherung eine außerordentliche

Bestürzung zeigten. Sie sahen wohl in dem langen schwärzlichen Körper, welcher auf dem Meeresspiegel heran kam, nur ein fürchterliches Seetier, das sie mit Mißtrauen ansahen.

In dem Augenblick fragte mich der Kapitän Nemo, was ich von La Pérouse's Schiffbruch wisse.

»Was Jedermann weiß, Kapitän, erwiderte ich.

– Und können Sie mir sagen, was Jedermann weiß? Fragte er mit etwas ironischem Ton.

– Sehr leicht.«

Ich erzählte ihm, was die letzten Arbeiten Dumont d'Urville's mitgeteilt hatten, wie ich kurz hier berichten will.

La Pérouse und sein Unterbefehlshaber, Kapitän de Langle, wurden von Ludwig XVI. im Jahre 1788 ausgeschickt, um eine Weltumsegelung vorzunehmen Sie fuhren mit den Corvetten Boussole und Astrolabe ab, kehrten aber nicht wieder zurück.

Im Jahre 1791 rüstete die französische Regierung, die mit Recht um das Schicksal der beiden Corvetten besorgt war, zwei große Meuten aus, Recherche und Espérance, welche am 28. September unter dem Kommandanten Bruni d'Entrecasteaux von Brest absegelten. Zwei Monate nachher vernahm man durch die Aussage eines gewissen Bowen, Kommandanten des Albermale, daß die Trümmer gescheiterter Schiffe an den Küsten Neu-Georgiens gesehen worden waren. Aber d'Entrecasteaux, der von dieser – zudem ziemlich unbestimmten – Mittheilung nichts wußte, fuhr in der Richtung der Admiralitätsinseln, welche in einem Bericht des Kapitän Hunter als die Gegend des Schiffbruches La Pérouse bezeichnet waren.

Seine Nachforschungen waren fruchtlos. Die Espérance und Recherche fuhren selbst vor Vanikoro vorüber, ohne dort anzuhalten, und überhaupt war diese Fahrt sehr unglücklich, denn sie kostete das Leben des Kommandanten, zweier Unterbefehlshaber und einiger Leute von der Bemannung.

Ein alter, im Stillen Ozean sehr bewanderter Kapitän, Dillon, fand zuerst unbestreitbare Spuren der Schiffbrüchigen. Am 15. Mai 1824 fuhr er auf dem St. Patrick bei der Insel Tikopia vorüber, die zu den Neu-Hebriden gehört. Hier kam ein Laskare auf einem Boot, und verkaufte ihm einen silbernen Degengriff mit einer eingegrabenen Inschrift. Derselbe versicherte auch, er habe sechs Jahre zuvor, während eines Aufenthaltes zu Vanikoro zwei Europäer gesehen, welchen Schiffe angehörten, die vor langen Jahren an den Riffen der Insel gescheitert seien.

Dillon vermutete, daß es sich um die Schiffe La Pérouse's handle, an deren Verschwinden die ganze Welt Antheil genommen hatte. Er wollte sich nach Vanikoro begeben, wo nach Angabe des Laskaren zahlreiche Reste von dem Schiffbruch her sich finden sollten; aber die Winde und Strömungen verhinderten es.

Dillon kam nach Calcutta zurück, wo er die Asiatische Gesellschaft und die Indische Compagnie für seine Entdeckung zu interessieren wußte. Es wurde ihm ein Schiff, dem er den Namen Recherche gab, zur Verfügung gestellt, und er fuhr am 23. Januar 1827 in Begleitung eines französischen Agenten ab.

Die Recherche warf, nachdem sie an verschiedenen anderen Punkten angehalten, am 7. Juli 1827 vor Vanikoro Anker in dem nämlichen Hafen Vanou, wo der Nautilus eben lag.

Hier sammelte er zahlreiche Reste des Schiffbruchs, eiserne Geräte, Anker, Steinpöller, eine achtzehnpfündige Kugel, Trümmer von astronomischen Instrumenten, eine bronzene Glocke mit der Inschrift: »Bazin hat mich verfertigt,« welche das Kennzeichen der Gießerei des Arsenals zu Brest um 1785 war. Es war also ferner kein Zweifel mehr statthaft.

Dillon blieb zur Vervollständigung seiner Nachforschungen noch bis zum Oktober auf der Unglücksstätte, darauf verließ er Vanikoro, fuhr über Neuseeland nach Calcutta, wo er am 7. April 1828 ankerte, und kehrte nach Frankreich zurück, wo er von Karl X. höchst freundlich empfangen wurde.

Bereits aber war Dumont d'Urville, ohne daß er von Dillon's Bemühungen etwas wußte, abgesegelt, um den Schauplatz des Schiffbruchs anderwärts zu suchen. Und in der Tat hatte man aus Berichten eines Wallfischfängers entnommen, daß sich Medaillen und ein Kreuz des heiligen Ludwig in Händen der Wilden Neu-Caledoniens und der Louisiade befänden.

Dumont d'Urville, Kommandant des Astrolabe, war also auf der Fahrt und ankerte, zwei Monate nachdem Dillon Vanikoro verlassen hatte, vor Hobart-Town. Hier bekam er Kunde von den Resultaten der Bemühungen Dillon's, und erfuhr weiter, ein gewisser James Hobbs, Unterbefehlshaber der Union zu Calcutta, habe bei einer Landung auf einer Insel unter 8° 18' südlicher Breite und 156° 30' östlicher Länge, eiserne Stangen und rote Stoffe in den Händen der Eingeborenen jener Gegenden wahrgenommen.

Dumont d'Urville, etwas verlegen, da er nicht wußte, ob den wenig zuverlässigen Zeitungs-Berichten Glauben beizumessen sei, entschloß sich, Dillon's Spur zu folgen.

Am 10. Februar 1828 erschien der Astrolabe vor Tikopia, nahm zum Führer und Dollmetscher einen auf dieser Insel seßhaften Deserteur, fuhr weiter nach Vanikoro, das er am 12. Februar in Sicht bekam, hielt sich etwas auf den Riffen auf, und kam erst am 20. im Hafen von Vanou an, wo er ankerte. Am 23. begaben sich einige Offiziere auf die Insel und brachten einige unbedeutende Trümmer mit. Die Eingeborenen verlegten sich auf Ausflüchte und Ableugnen, und wollten sie nicht an die Unglücksstätte führen. Dies verkehrte Benehmen ließ glauben, sie hätten die Schiffbrüchigen misshandelt; und sie schienen in der Tat Angst zu haben, Dumont d'Urville sei gekommen, um La Pérouse und seine Unglücksgenossen zu rächen.

Doch ließen sie sich am 26. durch Geschenke und beruhigende Versicherungen bestimmen, den Unterbefehlshaber Jacquinot auf die Stätte des Schiffbruchs zu führen.

Daselbst lagen drei bis vier Klafter tief, zwischen den Riffen Pacou und Vanou, Anker, Kanonen, Blöcke, Eisen und Blei, von Kalksteinmasse umgeben. Die Schaluppe und das Wallfischboot des Astrolabe wurden an dieser Stelle entsendet, und es gelang der Bemannung nur nach langen Beschwerden, einen Anker von achtzehn Zentnern, eine Kanone von acht, Bleiblöcke und zwei kupferne Steinmörser heraus zu ziehen.

Dumont d'Urville vernahm auf Befragen der Eingeborenen, daß La Pérouse, nachdem er seine beiden Schiffe auf den Riffen der Insel verloren, ein kleineres

Fahrzeug bauen ließ, um damit abermals zu Grunde zu gehen… . Wo? wußte man nicht.

Der Kommandant des Astrolabe ließ darauf unter einem Buschwerk von Mangobäumen ein Denkmal zum Andenken an den berühmten Seefahrer und seine Genossen errichten. Es bestand in einer einfachen vierseitigen Pyramide auf einer Korallenbasis; und es wurde nichts von Eisen dabei angebracht, was die Begierde der Eingeborenen reizen konnte.

Als darauf Dumont d'Urville abreisen wollte, wurde er durch Krankheiten seiner Mannschaft zurück gehalten, und selbst sehr krank, so daß er erst am 17. März unter Segel gehen konnte.

Inzwischen hatte die französische Regierung, in Besorgniß, Dumont d'Urville habe keine Kenntniß von Dillon's Arbeiten, die Corvette La Bayonnaise unter dem Kommando von Legoarant de Tromelin nach Vanikoro geschickt. Sie kam dort einige Monate nach der Abfahrt des Astrolabe an, und überzeugte sich, daß die Wilden das Grabdenkmal La Pérouse's unverletzt gelassen hatten.

Dies ist der Inhalt dessen, was ich dem Kapitän Nemo berichtete.

»Also, sagte er, man weiß noch nicht, wo das dritte von den Schiffbrüchigen erbaute Schiff zu Grunde gegangen ist?

– Nein.«

Der Kapitän Nemo, ohne mir zu antworten, winkte mir, ihm in den großen Saal zu folgen. Der Nautilus tauchte einige Meter unter das Wasser, und die Läden öffneten sich.

Ich eilte an das Fenster, und erkannte unter Korallen versenkt, mit Seepflanzen überdeckt, mitten unter zahllosen reizenden Fischen, etliche Trümmer, welche die Suchmaschinen nicht hatten fassen können, lauter Gegenstände gescheiterter Schiffe.

Und während ich diese öden Reste anschaute, sprach der Kapitän Nemo mit ernster Stimme:

»Der Kommandant La Pérouse fuhr am 7. Dezember 1785 mit seinen Schiffen Boussole und Astrolabe ab. Er ankerte zuerst in der Botany-Bai, besuchte den Freundschafts-Archipel, Neu-Kaledoniern, wendete sich dann gegen Santa-Cruz und hielt zu Namouka an, einer Insel der Hapaï-Gruppe. Darauf gerieten seine

Schiffe auf die ihm unbekannten Riffe von Vanikoro. Die Boussole, welche voran fuhr, blieb bei der südlichen Küste stecken. Der Astrolabe kam ihr zum Beistand, und scheiterte ebenfalls. Das erstere Schiff ging fast unverzüglich in Trümmer. Das zweite, welches unterm Wind fest saß, widerstand einige Tage. Die Eingebornen nahmen die Schiffbrüchigen ziemlich gut auf. Diese richteten sich auf der Insel ein und erbauten ein anderes, kleineres Schiff aus den Trümmern der beiden großen. Einige Matrosen blieben freiwillig zu Vanikoro zurück; die anderen, erschöpft und krank, fuhren mit La Pérouse. Sie wendeten sich zu den Salomons-Inseln, und gingen samt und sonders auf der Ostküste der Hauptinsel dieser Gruppe, zwischen den Cap Deception und Cap Satisfaktion zu Grunde!

– Und woher wissen Sie dies? Rief ich aus.

– Hier sehen Sie, was ich an der Stelle des zweiten Schiffbruchs gefunden habe!«

Darauf zeigte mir der Kapitän Nemo eine blecherne Büchse, die mit dem Wappen Frankreichs gestempelt und ganz von Salzwasser zerfressen war. Er öffnete sie, und ich sah einen Pack vergilbter, doch noch lesbarer Papiere.

Es waren die Original-Instruktionen des Marineministers für den Kommandanten La Pérouse, mit Randbemerkungen von der Hand Ludwig's XVI.

»Ach! ein schöner Tod für einen Seemann! sagte darauf der Kapitän Nemo. Dieses Korallengrab ist eins ruhige Gruft, und gebe der Himmel, daß ich mit meinen Gefährten nie ein anderes bekomme!«

Kapitel 20

Die Torres-Straße

Während der Nacht vom 27. zum 28. Dezember fuhr der Nautilus mit außerordentlicher Schnelligkeit aus den Gewässern von Vanikoro heraus in südwestlicher Richtung, und in drei Tagen legte er die siebenhundertundfünfzig Lieues zurück, welche die Gruppe La Pérouse von der südöstlichen Spitze Papuasiens trennen.

Am 1. Januar 1863 kam in aller Früh Conseil auf die Plattform zu mir.

»Mein Herr, sagte zu mir der wackere Junge, darf man Ihnen ein glückliches Neues Jahr wünschen?

– Warum nicht, Conseil, aber gerade als wäre ich zu Paris in meinem Kabinett des *Jardin des Plantes*. Ich nehme Deine Wünsche an und danke Dir dafür. Nur will ich Dich fragen, was verstehst Du unter »einem glücklichen Neuen Jahr« unter den Umständen, worin wir uns befinden? Meinst Du damit, daß dies Jahr unsere Gefangenschaft endigen würde, oder daß wir dies Jahr eine Fortsetzung dieser seltsamen Reise erleben werden?

– Wahrhaftig, erwiderte Conseil, ich weiß meinem Herrn nicht darauf zu antworten. Zuverlässig erleben wir merkwürdige Dinge, und seit zwei Monaten hatten wir nicht die Zeit uns zu langweilen. Das letztere Wunder ist stets das staunenswertere, und wenn diese Steigerung so fortdauert, weiß ich nicht, wie dies endigen wird. Ich bin der Meinung, wir werden eine gleiche Gelegenheit nie wieder bekommen.

– Niemals, Conseil.

– Zudem, Herr Nemo, der wohl seinen lateinischen Namen rechtfertigt, geniert uns ebenso wenig, als wenn er nicht auf der Welt wäre.

– Wie Du sagst, Conseil.

– Ich denke also, wenn's meinem Herrn beliebt, ein gutes Jahr wäre ein Jahr, welches uns Alles zu sehen vergönnte. …

– Alles zu sehen, Conseil? Das würde vielleicht zu lange dauern. Aber was hält Meister Ned-Land davon?

– Ned-Land ist genau der entgegengesetzten Meinung, wie ich, erwiderte Conseil. Es ist ein positiver Geist und ein gebieterischer Magen. Die Fische betrachten, und stets solche verzehren, genügt ihm nicht. Der Mangel an Wein, Brod und Fleisch will einem würdigen Sachsen, der an Beefsteaks gewöhnt, und dem eine mäßige Portion Branntwein nicht zuwider ist, nicht zusagen!

– Ich meines Teils, Conseil, finde darin keine Pein, und ich richte mich gern nach der Regel an Bord.

– Ich gleichfalls, erwiderte Conseil. Auch denke ich ebenso eifrig an das Hierbleiben, als Ned-Land an's Entfliehen. Demnach, wenn das beginnende Jahr nicht glücklich für mich ist, wird es für ihn gut sein, und umgekehrt. Dann ist stets Einer befriedigt. Endlich, zum Schluß, wünsche ich meinem Herrn, was ihm das Herz erfreut.

– Danke, Conseil. Nur muß ich Dich bitten, die Frage des Neujahrsgeschenks zu verschieben, und dasselbe einstweilen durch einen herzlichen Handschlag ersetzen zu lassen. Etwas anderes hab' ich nicht bei mir.

– Mein Herr ist nie so freigebig gewesen,« erwiderte Conseil.

Hierauf entfernte sich der gute Junge.

Am 2. Januar hatten wir elftausenddreihundertundvierzig Meilen seit unserer Abfahrt aus den Gewässern Japans zurückgelegt. Vor dem Schnabel des Nautilus lagen die gefährlichen Gegenden des Korallenmeeres an der Nordostküste Australiens. Unser Fahrzeug fuhr einige Meilen weit neben dieser fürchterlichen Bank her, an welcher Cook's Schiffe am 10. Juni 1770 beinahe gescheitert wären. Das Fahrzeug, worauf Cook sich befand, stieß auf einen Felsen, und daß es nicht untersank, war dem Umstand zu verdanken, daß das durch den Stoß losgetrennte Korallenstück in dem Leck des Rumpfes stecken blieb.

Ich hätte lebhaft gewünscht, dieses dreihundertsechzig Lieues lange Riff zu besuchen, an welchem das stets unruhige Meer mit fürchterlicher Stärke und donnerähnlichem Getöse sich brach. Aber in diesem Augenblicke wurden wir vom Nautilus in eine große Tiefe hinabgezogen, und ich konnte von den hohen Korallenwänden nichts mehr sehen.

Zwei Tage, nachdem wir durch das Korallenmeer gefahren, am 4. Januar, bekamen wir die Küsten von Papuasien in Sicht. Der Kapitän Nemo ließ mich wissen, daß er durch die Straße Torres den Indischen Ozean besuchen wolle. Diese gilt für ebenso gefährlich durch ihre Klippen, als durch ihre wilden Bewohner. Sie scheidet Neu-Holland von der großen Insel Papuasien, welche auch Neu-Guinea genannt wird.

Die Insel Papuasien ist vierhundert Lieues lang bei hundertunddreißig Breite, und ihr Flächeninhalt beträgt vierzigtausend geographische Meilen. Sie liegt zwischen 0° 19' und 10° 2' südlicher Breite, und zwischen 128° 23' und 146° 15' Länge. Um 12 Uhr, als der Schiffslieutenant den Stand der Sonne aufnahm, gewahrte ich die Gipfel des Gebirges Arfalxs, das aus den Ebenen stufenmäßig zu steilen Spitzen aufsteigt.

Dieses Land wurde 1511 von den Portugiesen entdeckt, und seitdem häufig von den Entdeckungsreisenden besucht, neuerdings von Duperrey 1823 und Dumont d'Urville 1827. Es ist, wie man gesagt hat »der Heerd der Schwarzen, welche ganz Malayenland bewohnen,« und ich zweifelte nicht, daß ich bei dieser Fahrt die gefürchteten Andamanen kennen lernen würde.

Der Nautilus war also am Eingang der gefährlichsten Enge des ganzen Erdballs, in welche die kühnsten Seefahrer kaum zu dringen wagen, worin 1840 die Corvetten Dumont d'Urville's scheiterten und auf dem Punkt waren, völlig zu Grunde zu gehen. Dennoch war der Nautilus, welcher allen Gefahren gewachsen war, im Begriff mit den Korallenriffen sich bekannt zu machen.

Die Straße Torres ist ungefähr dreißig Lieues breit, aber mit einer unzähligen Menge Inseln, Eilande, Klippen, Felsen bedeckt, welche die Durchfahrt sehr schwierig machen. Deshalb traf auch der Kapitän Nemo alle möglichen Vorsichtsmaßregeln. Der Nautilus fuhr in der Oberfläche nur langsam vorwärts.

Ich benutzte mit meinen beiden Gefährten diesen Umstand, um auf der Plattform mich umzusehen Vor uns befand sich das Gehäuse des Steuerers, und irre ich nicht sehr, so befand sich der Kapitän selbst darinnen, seinen Nautilus zu leiten.

Ich hatte die vortrefflichen Karten der Straße Torres vor mir, welche von Vincendon Dumoulin und Coupvent-Desbois, die zu dem Stabe Dumont d'Urville's bei seiner letzten Reise gehörten, herausgegeben wurden und neben denen des Kapitäns King die besten sind, um in dem Gewirre dieser Straße sich zu orientieren.

Das Meer brauste wütend um den Nautilus her. Die Strömung der Wogen, welche mit einer Schnelligkeit von zwei und einer halben Meile von Süd-Ost nach Nord-West trieb, brach sich an den Korallen, deren Spitzen hier und da hervor ragten.

»Das ist ein schlimmes Meer! Sagte Ned-Land.

– Abscheulich, erwiderte ich, und für ein Fahrzeug, wie der Nautilus, wirklich nicht passend.

– Der verdammte Kapitän, versetzte der Kanadier, muß wohl seiner Fahrt sehr sicher sein, denn ich sehe da Korallenklumpen, die seinen Rumpf zertrümmern könnten, wenn er nur daran her striche!«

Die Lage war in der Tat gefährlich, aber der Nautilus schien wie durch Zauber inmitten der fürchterlichen Klippen hindurch zu gleiten. Er folgte nicht genau der Linie, welche der Astrolabe eingeschlagen hatte, und diesem verderblich geworden war, sondern hielt sich mehr nördlich, an der Insel Murray vorbei, und dann wieder südwestlich nach der Cumberlandstraße zu. Ich glaubte, er wolle in diese einlaufen, als er wieder in nordwestlicher Richtung durch eine große Menge Inseln und wenigbekannter Eilande auf die Insel Tound und den Schlimmen Kanal zufuhr.

Ich fragte mich schon, ob der Kapitän Nemo, unvorsichtig bis zum Wahnsinn, sich in diese Enge wagen wolle, wo die beiden Corvetten Dumont d'Urville's scheiterten, als er mit abermals veränderter Richtung gerade westlich auf die Insel Queboroar zufuhr.

Es war drei Uhr nachmittags; die Wogen brachen sich, die Flut war fast voll. Der Nautilus kam in die Nähe dieser Insel, wir fuhren keine zwei Meilen weit an ihr vorüber.

Plötzlich warf mich ein Stoß zu Boden. Der Nautilus war auf eine Klippe gestoßen und saß fest, neigte ein wenig auf die linke Seite.

Als ich wieder aufgestanden war, sah ich den Kapitän Nemo mit seinem Lieutenant auf der Plattform. Sie untersuchten die Lage des Schiffes, und besprachen sich in ihrem unverständlichen Dialekt.

Die Lage war folgende. Zwei Meilen rechts sah man die Insel Queboroar, deren Küste sich von Norden nach Westen wie ein ungeheurer Arm abrundete. Nach Süden und Osten hin kamen schon einige Korallenspitzen zum Vorschein, welche bei der Ebbe unbedeckt waren. Wir saßen völlig fest in einem Meere, wo Ebbe und Flut mäßig sind, ein schlimmer Umstand, um wieder flott zu werden. Doch hatte das Schiff durchaus keinen Schaden bekommen, da sein Rumpf so solid gebaut war. Aber konnte es auch nicht untersinken oder leck werden, so war es doch sehr in Gefahr, für immer auf diesen Felsen fest zu sitzen, und dann war der unterseeische Apparat des Kapitäns Nemo zwecklos.

Ich stellte diese Betrachtungen an, als der Kapitän, kalt und ruhig, stets sich selbst beherrschend, ohne eine Unruhe oder Verlegenheit zu zeigen, heran trat:

»Ein Unfall? Sagte ich.

– Nein, ein Zwischenfall, erwiderte er.

– Aber ein Zwischenfall, entgegnete ich, der Sie vielleicht nötigen wird, wieder ein Bewohner des Landes zu werden, welches Sie fliehen.«

Der Kapitän Nemo sah mich mit befremdlicher Miene an, und machte eine verneinende Bewegung. Er sagte mir damit klar genug, daß ihn nichts in der Welt zwingen würde, seine Füße je wieder auf einen Kontinent zu setzen. Dann sagte er:

»Übrigens, Herr Arronax, der Nautilus ist nicht in gefährlicher Lage. Er ist noch im Stande, Ihnen alle Wunder des Ozeans zu zeigen. Unsere Reise fängt erst an, und ich wünschte nicht so bald mich der Ehre Ihrer Gesellschaft zu berauben.

– Indessen, Kapitän Nemo, fuhr ich fort, ohne die ironische Wendung seiner Antwort zu beachten, der Nautilus sitzt fest zur Zeit der vollen Flut. Aber im Stillen Meer ist die Flut nicht so stark, und wenn Sie nicht Ballast auszuwerfen haben – was mir nicht möglich scheint, – so sehe ich nicht ab, wie er wieder flott werden kann.

– Sie haben Recht, die Flut ist im Stillen Meer nicht so stark, Herr Professor, erwiderte der Kapitän Nemo, aber in der Torres-Straße findet man noch einen Unterschied von ein und einem halben Meter zwischen dem Niveau des Höhestandes und dem niedrigsten. Heute haben wir den 2. Januar, und in fünf Tagen ist Vollmond. Dann soll mich's doch sehr wundern, wenn dieser gefällige Trabant nicht das Wasser zu hinreichender Höhe emporheben und damit mir einen Dienst erweisen sollte, welchen ich nur ihm allein zu verdanken haben will.«

Nach diesen Worten begab sich der Kapitän Nemo in Begleitung seines Lieutenants wieder in's Innere des Nautilus. Das Fahrzeug wich und wankte nicht, saß unbeweglich fest, als hätten die Korallenpolypen es bereits in ihren unzerstörbaren Kitt fest eingemauert.

»Nun, mein Herr? Sagte Ned-Land zu mir, indem er nach dem Weggang des Kapitäns zu mir kam.

– Nun, Freund Ned, mir warten ruhig die Flut am 9. ab, denn es scheint, Luna wird so gefällig sein, uns wieder flott zu machen.

– Nichts weiter?

– Nichts weiter.

– Und der Kapitän wird nicht seine Anker auswerfen und seine Maschinen anstrengen, und alles aufbieten, um sich heraus zu ziehen?

– Die Flut wird ja ausreichen!« erwiderte Conseil.

Der Kanadier warf Conseil einen Blick zu, und zuckte die Achseln. Dann sagte er weiter mit der Miene des Seemannes:

»Mein Herr, Sie können mir glauben, wenn ich Ihnen sage, dies Stück Eisen wird nimmer, weder auf, noch unter der Meeresfläche fahren. Man wird's nur nach dem Pfund verkaufen. Ich denke demnach, daß nun die Zeit gekommen ist, im Stillen die Gesellschaft des Kapitäns aufzugeben.

– Freund Ned, erwiderte ich, ich habe noch nicht, wie Sie, das Vertrauen zu diesem tapferen Nautilus sinken lassen, und in vier Tagen werden wir wissen, wie wir im Stillen Ozean mit der Flut daran sind. Übrigens würde der Rath, zu entfliehen, angemessen sein können, wenn wir im Angesicht der Küste Englands oder der Provence wären; aber in Papuasien ist's etwas anderes, und es wird immer noch Zeit zu solch einem äußersten Mittel sein, wenn es dem Nautilus nicht gelingt wieder flott zu werden, was ich als ein bedeutendes Ereigniß ansehen würde.

– Aber man könnte wohl zum mindesten eine Probe mit diesem Land machen? entgegnete Ned-Land. Wir sehen, es ist eine Insel. Auf derselben sind Bäume, und unter diesen giebt's Landtiere, die Kotelette und Rostbeafs tragen, die ich längst gerne einmal zum Imbiß nehmen wollte.

– Hierin hat Freund Ned Recht, sagte Conseil und ich teile seine Ansicht. Wäre es nicht meinem Herrn möglich, von seinem Freund, dem Kapitän Nemo, auszuwirken, uns an's Land zu setzen, sei's auch nur, um nicht gänzlich die Gewohnheit zu verlieren, die festen Theile unseres Planeten zu betreten?

– Ich kann ihn darum bitten, erwiderte ich, aber er wird's abschlagen.

– Wenn mein Herr es wagen will, sagte Conseil, so werden wir wissen, woran wir uns zu halten haben in Hinsicht der Liebenswürdigkeit des Kapitäns.«

Zu meinem großen Erstaunen gab mir der Kapitän Nemo die erbetene Erlaubniß, und er tat es sehr gefällig und eifrig, ohne nur das Versprechen der Rückkehr an Bord abzunehmen. Aber eine Flucht durch Neu-Guinea würde sehr gefährlich gewesen sein, und ich würde Ned-Land nicht geraten haben, sie zu versuchen. Als Gefangener an Bord des Nautilus zu bleiben, würde doch dem Loos vorzuziehen sein, daß man den Eingeborenen Papuasiens in die Hände fiele.

Das Landungsboot wurde uns für den folgenden Morgen zur Verfügung gestellt. Ich fragte nicht darnach, ob der Kapitän Nemo uns begleiten wolle. Ich dachte sogar, es werde uns Jemand von der Mannschaft beigegeben werden, und Ned-Land nur beauftragt die Landung zu leiten. Übrigens da das Land nur höchstens zwei Meilen entfernt war, so war es für den Kanadier nur ein Spiel, das leichte Boot zwischen den Riffen durchzubringen, welche für die großen Schiffe so gefährlich sind.

Am folgenden Tag, den 5. Januar, wurde das Boot ohne Verdeck aus seinem Gehäuse genommen, und von der Plattform herab in's Meer gelassen. Zwei Mann reichten dafür aus. Die Ruder befanden sich darinnen, und wir brauchten uns nur hinein zu setzen.

Um acht Uhr fuhren wir, mit Büchsen und Beilen gewaffnet, vom Nautilus ab. Das Meer war ziemlich ruhig. Vom Land her wehte ein leichter Wind. Conseil und ich saßen bei den Rudern, und führten sie kräftig, und Ned steuerte in dem schmalen Fahrwasser, welches zwischen den Klippen frei war. Das Boot ließ sich gut leiten und fuhr rasch.

Ned-Land war vor Freude außer sich. Er war ein dem Kerker entwischter Gefangener, und er dachte gar nicht daran, daß er wieder in denselben zurückkehren müsse.

»Fleisch! Rief er wiederholt. Nun werden wir wieder Fleisch essen, und was für Fleisch! Echtes Wildpret! Allerdings wohl kein Brod! Ich will nicht sagen, ein Fischgericht sei nicht etwas Gutes, aber man darf des Guten nicht zu viel tun, und ein Stück frisches Wildpret, über glühenden Kohlen auf dem Rost gebraten, gebe eine angenehme Abwechslung unseres Tisches.

– Leckermund! Erwiderte Conseil, er macht, daß mir auch der Mund darnach wässert.

– Es steht auch noch dahin, ob es Wild in diesen Wäldern gibt, und ob nicht das Wild dort von so starkem Wuchs ist, das ihm der Jäger selbst zur Beute werden könnte.

– Richtig, Herr Arronax! Erwiderte der Kanadier, dessen Zähne scharf gewetzt schienen, wie die scharfe Schneide eines Beiles; aber ich würde Tigerfleisch, Lendenbraten von Tigern essen, wenn's auf dieser Insel keinen andern Vierfüßler gibt.

– Freund Ned versetzt uns in Unruhe, erwiderte Conseil.

– Wie dem auch sein mag, fuhr Ned-Land fort, jedes vierfüßige ungefiederte, oder zweifüßige gefiederte Thier wird meinem ersten Schuß willkommen sein.

– Gut! Erwiderte ich, da sehen wir Meister Land's Unvorsichtigkeiten wieder von vorn anfangen!

– Haben Sie keine Angst, Herr Arronax, erwiderte der Kanadier, und rudern Sie nur tüchtig. Ich brauche keine fünfundzwanzig Minuten, um Ihnen ein Gericht nach meinem Geschmack vorzulegen.«

Um acht und ein halb Uhr lief das Boot des Nautilus, nachdem es glücklich über den Korallenring, welcher die Insel Queboroar umgibt, hinausgekommen war, an einer Sandbank sanft auf den Strand.

Kapitel 21

Einige Tage auf dem Lande

Es machte doch lebhaften Eindruck auf mich, als ich wieder den Erdboden betrat. Ned-Land probierte den Boden mit dem Fuß, als wolle er ihn in Besitz nehmen. Und doch waren es erst zwei Monate, daß wir, wie der Kapitän Nemo sich ausdrückte, »Passagiere des Nautilus« waren, d. h. in Wirklichkeit Gefangene seines Kommandanten.

In einigen Minuten waren wir einen Flintenschuß weit bei der Küste. Der Boden war fast madreporisch, aber einige ausgetrocknete Strombette, worin sich granitene Trümmer fanden, bewiesen, daß die Bildung dieser Insel der Urzeit angehörte. Der ganze Horizont war hinter einem Vorhang staunenswerter Waldung verborgen. Ungeheure Bäume, oft bis zu zweihundert Fuß hoch, reihten sich durch Girlanden von Lianen an einander, natürliche Hängeketten, welche ein leichter Wind schaukelte. Es waren Mimosen, Ficus, Thok, Hibiscus, Pendacus, Palmbäume, und unter ihrer grünen Wölbung, am Fuß ihres riesigen Stammes wuchsen Orchideen, Hülsengewächse, Farrenkräuter.

Aber der Kanadier bemerkte alle diese schönen Musterstücke der Papuasischen Flora gar nicht, gab das Angenehme für's Nützliche hin. Er bemerkte einen Cocusbaum, schlug einige seiner Früchte ab, zerbrach sie, und wir tranken ihre Milch, aßen ihren Kern, mit einem Vergnügen, das gegen den gewöhnlichen Tisch des Nautilus protestierte.

»Vortrefflich! Sagte Ned-Land.

– Ausgesucht, erwiderte Conseil.

– Und ich denke nicht, sagte der Kanadier, daß Ihr Nemo etwas dagegen hat, daß wir eine Ladung von Cocos an seinen Bord einführen.«

– Ich glaub's nicht, erwiderte ich, aber er wird nicht Lust haben sie zu kosten.

– Zu seinem eigenen Nachtheil, sagte Conseil.

– umso besser für uns! entgegnete Ned-Land.

– Nur ein Wort, Meister Land, sagte ich zum Harpunier, der schon im Begriff war, noch einen Cocosbaum zu plündern. Cocos ist gut, aber bevor wir das Boot damit füllen, wäre es, dünkt mir klug, zu untersuchen, ob nicht andere nicht minder nützliche Produkte sich finden. Frisches Gemüse würde der Küche des Nautilus willkommen sein.

– Mein Herr hat Recht, sagte Conseil, und ich schlage vor, drei Plätze in unserem Boot frei zu halten, einen für Obst, einen zweiten für Gemüse, und den dritten für Wildpret, wovon ich noch kein Pröbchen gesehen habe.

– Conseil, man darf an nichts verzweifeln, erwiderte der Kanadier.

– So setzen wir unseren Ausflug fort, versetzte ich, aber hüten wir uns vor einem Überfall! Obwohl die Insel unbewohnt scheint, so könnten sich doch Leute da finden, die hinsichtlich der Beschaffenheit des Wildprets weniger wählerisch wären, als wir!

– He! He! rief Ned-Land, mit sehr bezeichnender Bewegung der Kinnbacken.

– Ei! Ned! rief Conseil.

– Meiner Treu! Entgegnete der Kanadier, ich fange an zu begreifen, daß das Menschenfleisch gut schmecken mag!

– Ned! Ned! Was sagen Sie, versetzte Conseil. Sie Menschenfresser! Dann bin ich ja nicht mehr in der Kabine sicher vor Ihnen! Da könnte ich einmal morgens halb gefressen aufwachen?

– Freund Conseil, ich liebe Sie sehr, doch nicht so arg, um ohne Roth Sie aufzuzehren.

– Darauf verlaß' ich mich nicht, erwiderte Conseil. Auf die Jagd! Wir müssen durchaus ein Wildpret zur Befriedigung dieses Kannibalen auftreiben, oder eines schönen Morgens wird mein Herr nur noch einige Stücke seines Dieners finden.«

– Während dieser Unterhaltung drangen wir unter düsterem Gewölbe tiefer in den Wald und durchstreiften ihn zwei Stunden lang in allen Richtungen.

Der Zufall begünstigte das Suchen nach Pflanzennahrung, und eins der nützlichsten Produkte der tropischen Zone gewährte uns eine kostbare Speise, die an Bord völlig mangelte.

Ich meine den Brotbaum, der auf der Insel Queboroar sehr reichlich wächst; besonders fiel mir die Varietät ohne Körner auf, welche im Malayischen *»Rima«* genannt wird.

Dieser Baum unterscheidet sich von den anderen durch einen geraden, vierzig Fuß hohen Stamm. Seine stattlich gerundete, aus großen vielfach gezackten Blättern gebildete Krone läßt den Naturforscher leicht den *»Artocarpus«*erkennen, welche auf den Maskarenen mit Glück angepflanzt worden ist. Aus seinem grünen Laub ragten große kugelrunde Früchte vom Durchmesser eines Dezimeter mit rauer Schale hervor, deren Unebenheiten sechseckige Form zeigten. Die Natur hat die Gegenden, wo kein Getreide wächst, mit diesem nützlichen Nahrungsbaum versehen, welcher ohne alle Pflege acht Monate im Jahre seine Früchte spendet.

Ned-Land kannte diese Frucht wohl. Er hatte sie bei seinen zahlreichen Reisen kennen gelernt, und verstand sich darauf, sie schmackhaft zuzubereiten. Darum regte auch ihr Anblick sein Verlangen an, das er nicht zurückhalten konnte.

»Mein Herr, sagte er zu mir, ich bin des Todes, wenn ich nicht ein wenig Pastete von dieser Brotfrucht koste!

– Koste nur, Freund Ned, koste nach Belieben. Unser Zweck hier ist, Experimente zu machen. Machen Sie nur einen Versuch.

– Das soll nicht lange währen, « erwiderte der Kanadier.

Und er zündete mit einem Brennglas ein Feuer an, das mit dürrem Holz lustig aufflackerte. Während dessen sammelte ich nebst Conseil die schönsten Früchte des Baumes. Manche waren noch nicht völlig reif, die enthielten in dicker Schale ein weißes, wenig faseriges Fleisch, Andere, in großer Anzahl, gelblich und gallertartig, warteten nur, daß man sie einsammelte.

Diese Früchte hatten gar keinen Kern. Conseil brachte Ned-Land ein Dutzend, der sie in dicke Schnitten zerlegte und über Kohlenfeuer setzte. Dabei sagte er wiederholt:

»Sie werden sehen, mein Herr, wie gut dies Brod ist!

– Zumal wenn man lange keins genossen hat, sagte Conseil.

– Es ist kein Brod mehr, fuhr der Kanadier fort, es ist eine kostbare Pastete. Sie haben noch nie welche gegessen, mein Herr?

– Nein, Ned.

– Nun, halten Sie sich gefaßt, etwas Saftiges zu verzehren. Schmeckt Ihnen das nicht, so bin ich nicht mehr König der Harpuniere!«

Nach einigen Minuten waren die über's Feuer gesetzten Früchte völlig mit Kohle umgeben. Darinnen zeigte sich ein weißer Teig, eine zarte Krume von Geschmack gleich der Artischocke.

Ich muß gestehen, dies Brod war vortrefflich, und ich aß es sehr gern.

»Leider, sagte ich, läßt sich diese Speise nicht frisch erhalten, und es scheint mir unnütz, viel davon an Bord zu nehmen.

– Das wäre, mein Herr, rief Ned-Land. Sie reden da, wie ein Gelehrter, ich aber will's machen, wie ein Bäcker. Conseil, sammeln Sie nur recht viel von dieser Frucht, daß wir sie bei der Rückkehr mitnehmen.

– Und wie wollen Sie dieselben zubereiten? Fragte ich den Kanadier.

– Ich mache aus ihrem Fleisch einen gegorenen Teig, der hält sich sehr lange, ohne zu verderben. Wann ich davon brauche, röste ich ihn in der Küche, und dies Gebäck wird Ihnen, trotz eines säuerlichen Geschmackes, vortrefflich munden.

– Dann, Freund Ned, fehlt's, wie ich sehe, diesem Brod an nichts. …

– Ja, Herr Professor, erwiderte der Kanadier, man vermisst dabei etwas Obst oder wenigstens Gemüse!

– Suchen wir also Obst und Gemüse.«

Als wir mit dem Einsammeln fertig waren, machten wir uns auf den Weg, um unsere »Land-Mahlzeit« zu vervollständigen.

Wir suchten nicht vergeblich; um Mittag hatten wir reichlich Bananen gesammelt. Diese kostbaren Erzeugnisse der heißen Zone reifen im ganzen Jahr, und die Malayen, welche sie Pisang nennen, verspeisen sie ungekocht. Nebst diesen Bananen sammelten wir ungeheure Jack von vortrefflichem Geschmack, delikate Mangobeeren und Ananas von unglaublicher Größe. Aber dieses Einsammeln nahm unsere Zeit viel in Anspruch, was wir übrigens nicht zu bedauern hatten.

Conseil hatte Ned stets im Auge. Der Harpunier ging voran, und sammelte während seines Ganges durch den Wald mit sicherem Griff vortreffliches Obst, das seinen Proviant vervollständigen sollte.

»Endlich, Freund Ned, fragte Conseil, wird Ihnen doch nichts mehr mangeln?

– Hm! sagte der Kanadier.

– Wie? Sie sind nicht zufrieden?

– Alle diese Pflanzen können ein Mahl nicht vollständig machen, erwiderte Ned. Dieses ist das Dessert. Aber die Suppe? der Braten?

– In der Tat, sagte ich, Ned hatte uns Kotelette versprochen, welche mir jetzt in Zweifel gestellt scheinen.

– Mein Herr, erwiderte der Kanadier, die Jagd ist nicht nur noch nicht zu Ende, sondern nicht einmal angefangen. Geduld! Wir werden bald endlich ein befiedertes oder behaartes Thier treffen, wo nicht hier, so anderswo. …

– Und wo nicht heute, doch morgen, fügte Conseil bei, denn wir dürfen uns nicht zu weit entfernen. Ich schlage sogar vor, nach unserem Boot zurück zu kehren.

– Wie? Schon! Rief Ned.

– Wir müssen vor Abend wieder zu Hause sein, sagt' ich.

– Aber wieviel Uhr ist's denn? Fragte der Kanadier.

– Zwei Uhr wenigstens, erwiderte Conseil.

– Wie auf diesem festen Boden die Zeit rasch verläuft! Rief Meister Ned-Land mit Seufzen und Bedauern.

– Marsch« erwiderter Conseil.

Wir begaben uns also durch den Wald auf den Heimweg, und vervollständigten unsere Ernte, indem wir eine Razzia von Palmkohl machten, die auf den Gipfeln der Bäume zu holen waren, von kleinen Bohnen, und einer vorzüglichen Sorte Yams.

Überreiche beladen kamen wir beim Boot an. Doch war Ned-Land noch nicht mit dem Vorrat zufrieden. Aber das Schicksal war ihm günstig. Als wir eben einsteigen wollten, bemerkte er einige fünfundzwanzig bis dreißig Fuß hohe Bäume, die zu den Palmen gehörten. Diese, so wertvoll wie der Brotfruchtbaum, werden mit Recht zu den nützlichsten Produkten des Malayenlandes gezählt.

Es waren Sagobäume, die ohne Anbau sich wie die Maulbeerbäume durch Sprößlinge und Körner selbst fortpflanzen.

Ned-Land verstand sich darauf, diese Bäume zu behandeln. Er nahm sein Beil, und mit kräftigen Hieben hatte er bald zwei bis drei Bäume auf den Boden gelegt, deren Reife an dem weißen Staub, welcher ihre Blätter bepuderte, zu erkennen war.

Ich sah ihm zu mit dem Blick des Naturforschers. Er schnitt zuerst von jedem Stamm einen Streifen Rinde, welche einen Zoll dick ein Netz von langen Fasern bedeckte, die verwickelten Knoten bilden, von einer Art gummihaltigem Mehl zusammengekittet. Dieses Mehl, Sago genannt, ist eßbar und dient den Einwohnern als ein Haupt-Nahrungsmittel.

Ned-Land beschränkte sich für den Augenblick darauf, die Stämme in Stücke zu zerhauen, wie beim Brennholz, indem er sich vorbehielt das Mehl später heraus zu klauben, dasselbe durchzusieben, um es von den Fasern zu trennen, die Feuchtigkeit an der Sonne verdunsten, und es in Formen hart werden zu lassen.

Endlich, um fünf Uhr abends, verließen wir mit all' unseren Schätzen beladen das Ufer und langten eine halbe Stunde nachher beim Nautilus an. Der enorme Blechzylinder schien verlassen. Wir schafften unsere Vorräte an Bord, ich begab mich auf mein Zimmer, wo mein Abendessen schon bereit stand. Ich aß und legte mich schlafen.

Am folgenden Morgen, den 6. Januar, nichts Neues an Bord. Kein Geräusch im Inneren, kein Lebenszeichen. Das Boot war neben dem Fahrzeug an derselben Stelle geblieben, wo wir es gelassen hatten. Wir beschlossen, uns nochmals auf die Insel Queboroar zu begeben. Ned-Land hoffte als Jäger glücklicher wie gestern zu sein, und wünschte eine andere Gegend des Waldes zu besuchen.

Bei Sonnenaufgang waren wir schon unterwegs. Das Fahrzeug, durch die Flut höher gehoben, brachte uns bald zur Insel.

Wir stiegen aus, und hielten es für's Beste, uns auf den Instinkt des Kanadiers zu verlassen; wir ließen uns daher von Ned-Land führen, dessen lange Beine uns stets vorauseilten.

Ned-Land ging längs der Küste westwärts, dann wateten wir durch einige Bäche und erreichten die Hochebene, welche von bewundernswerter Waldung umgeben war. Einige Eisvögel streiften längs den Gewässern, ließen uns aber nicht ihnen nahe kommen. Ihre Vorsicht gab zu erkennen, daß sie wußten, wie sie mit den Zweifüßlern unserer Race daran waren, und ich schloss daraus, daß, wenn die Insel nicht bewohnt, sie doch von Menschen besucht sei.

Nachdem wir über eine ziemlich fette Wiese gekommen, gelangten wir an den Rand eines kleinen von Vögeln munter belebten Gehölzes.

»Das sind nur erst Vögel, sagte Conseil.

– Aber es gibt darunter auch eßbare! Erwiderte der Harpunier.

– Nein, Freund Ned, entgegnete Conseil; denn ich sehe da nur Papageien.

– Freund Conseil, erwiderte Ned ernsthaft, ein Papagei ist für die, welche nichts anderes zu essen haben, so gut wie ein Fasan.

– Und ich füge bei, sagte ich, daß dieser Vogel, wenn er nur gehörig zubereitet ist, es verdient, daß man um ihn seine Klinge schlägt.«

In der Tat flatterten unterm dichten Laubdach dieses Gehölzes eine Menge Papageien von Zweig zu Zweig, die bei besserer Erziehung auch die menschliche Sprache erlernt haben würden. Nunmehr freilich schwatzten sie in Gesellschaft mit Verwandten aller Farben, Kakadu's, Loris, Kolaos, lasurblauen Papua's, und einer Mannigfaltigkeit reizenden Geflügels, das im Allgemeinen wenig eßbar war.

Doch ein diesen Ländern eigentümlicher Vogel mangelte dieser Sammlung. Aber es war mir vorbehalten, ihn bald darauf zu bewundern.

Nachdem wir ein Stück Wald, der nicht besonders dicht war, durchschritten, gelangten wir an eine mit Gebüsch bewachsene Ebene. Da sah ich prachtvolle Vögel auffliegen, welche durch die Eigentümlichkeit ihrer langen Federn genötigt waren, ihren Flug gegen den Wind zu richten. Ihr wellenförmiger Flug, die Anmut der krummen Linien, welche sie in der Luft beschrieben, ihre schillernden Farben zogen an und entzückten den Blick. Ich erkannte sie leicht.

»Paradiesvögel! Rief ich aus.

– Ordnung der Sperlingsartigen … erwiderte Conseil.

– Familie der Rebhühner? Fragte Ned-Land.

– Ich glaube nicht, Meister Land. Demungeachtet zähle ich auf Ihre Geschicklichkeit, um eins der reizendsten Erzeugnisse der Tropennatur zu erwischen!

– Man wird's versuchen, Herr Professor, obwohl ich mehr geübt bin, mit der Harpune, als mit der Flinte umzugehen! «

Die Malayen, welche mit diesem Vogel viel Handel nach China treiben, bedienen sich, um sie zu fangen, verschiedener Mittel, welche wir nicht anwenden konnten. Bald legen sie Schlingen auf die Gipfel hoher Bäumc, wo sich die Paradiesvögel vorzugsweise aufhalten. Bald fangen sie dieselben mittelst eines Leimes, der ihre Bewegungen hemmt. Sie gehen sogar so weit, daß sie die Quellen vergiften, wo diese Vögel zu trinken pflegen! Wir waren darauf angewiesen, sie im Flug zu schießen, wobei wir wenig Aussicht hatten, sie zu treffen. Und in der Tat, wir verbrauchten vergeblich einen Teil unserer Munition.

Gegen elf Uhr vormittags war der vordere Teil der Berge, welche das Centrum der Insel bilden, durchschritten, und wir hatten noch nichts erlegt. Der Hunger spornte uns. Die Jäger hatten sich auf das Ergebniß ihrer Jagd verlassen, und sie hatten Unrecht. Glücklicherweise gelang Conseil, zu seiner großen Überraschung, ein doppelter Schuß, und er sicherte damit das Frühstück. Er erlegte eine weiße Täubin und eine Holztaube. Diese wurden rasch entfiedert, und an einen Bratspieß gesteckt, brieten sie bei einem hellen Feuer von dürrem Holz. Während dessen bereitete Ned die Frucht des Brotfruchtbaumes zu. Darauf wurde das Geflügel bis auf die Knochen verzehrt und vortrefflich befunden. Die Muscatnuß, welche sie gerne fressen, gibt ihrem Fleisch einen feinen Würzgeschmack, macht es zu einem köstlichen Essen.

»Wie wenn die jungen Hühner sich von Trüffeln nährten, sagte Conseil.

– Und jetzt, Ned, was mangelt Ihnen? Fragte ich den Kanadier.

– Ein vierfüßig Wildpret, Herr Arronax, erwiderte Ned-Land. All' dies Geflügel ist nur Begießen und Zeitvertreib. Darum bin ich auch nicht zufrieden, so lange ich nicht ein Tier für Kotelette erlegt habe!

– Ich auch nicht, Ned, wenn ich nicht einen Paradiesvogel erhasche.

– So wollen wir unsere Jagd fortsetzen, erwiderte Conseil, aber uns wieder zum Meer hinwenden. Wir sind am ersten Abhang des Gebirgs angekommen, und ich denke, es ist besser, wieder in die Waldgegend uns zu ziehen.«

Es war dies ein vernünftiger Rath, und er wurde befolgt. Nachdem wir eine Stunde gegangen, kamen wir in einen wahren Wald von Sagobäumen. Einige ungefährliche Schlangen flohen unter unseren Tritten. Die Paradiesvögel verloren sich, als wir in die Nähe kamen, und wahrhaftig, schon gab ich die Hoffnung auf, sie zu erreichen, als Conseil, der voran ging, sich plötzlich bückte, und jubelnd zu mir zurück kam, einen prachtvollen Paradiesvogel in der Hand.

»Ah! Bravo! Conseil, rief ich aus.

– Mein Herr ist sehr gütig, erwiderte Conseil.

– Aber nein, lieber Junge. Da hast Du einen Meistergriff getan. Einen solchen Vogel lebendig und mit der Hand zu fangen!

– Wenn mein Herr es näher untersuchen will, wird er sehen, daß mein Verdienst dabei nicht groß ist.

– Und warum, Conseil?

– Weil der Vogel betrunken ist.

– Betrunken?

– Ja, mein Herr, betrunken von den Nüssen des Muskatbaumes, unter welchem ich ihn gefangen habe. Sehen Sie, Freund Ned, was die Unmäßigkeit für Wunder tut!

– Tausend Teufel! Entgegnete der Kanadier, was ich seit zwei Monaten an Gin zu mir genommen, verdient nicht einen solchen Vorwurf!«

Inzwischen untersuchte ich den merkwürdigen Vogel, Conseil irrte nicht. Der Paradiesvogel war betrunken von dem Saft, der ihm zu Kopfe stieg, und dadurch seiner nicht mächtig, konnte er nicht stiegen, kaum gehen. Das kümmerte mich aber wenig, und ich ließ ihn seinen Rausch ausschlafen.

Dieser Vogel gehört zu den schönsten der acht Arten, welche man auf Papuasien und den benachbarten Inseln zählt. Der »große Smaragdvogel« ist einer der seltensten. Er war drei Dezimeter lang, sein Kopf verhältnißmäßig klein, seine Augen ebenfalls klein nächst der Öffnung des Schnabels. Seine Färbung aber zeigte Nuancen zum Erstaunen: Der Schnabel gelb, Füße und Krallen braun, die Flügel nußfarbig mit purpurfarbenen Spitzen, Kopf und Hinterhals blaßgelb, die Kehle smaragden, Bauch und Brust kastanienbraun. Zwei lange, sehr leichte Federn mit hornartigem Stiel und äußerst feinem Flaum besetzt, ragten aus seinem Schwanz hervor, die Schönheit des merkwürdigen

Vogels zu vollenden, welchem die Eingeborenen den Namen »Sonnenvogel« gegeben haben.

Ich wünsche sehr, dieses prächtige Exemplar des Paradiesvogels nach Paris heimbringen zu können, um es dem *Jardin des Plantes* zu schenken, der ein lebendiges nicht besitzt.

»Er ist also sehr rar? Fragte der Kanadier im Ton eines Jägers, der das Wild vom Standpunkt der Kunst aus nicht zu schätzen weiß.

– Sehr rar, wackerer Kamerad, und zudem sehr schwer lebendig zu fangen. Und selbst tot sind diese Vögel noch ein wichtiger Handelsartikel. Darum sind auch die Eingeborenen auf den Gedanken gekommen, solche Vögel zu fabrizieren, wie man Perlen oder Diamanten nachmacht.

– Wie? Rief Conseil, man verfertigt falsche Paradiesvögel?

– Ja, Conseil.

– Und mein Herr weiß, wie die Eingeborenen es machen?

– Sehr wohl. Zur Zeit der Ostpassatwinde verlieren die Paradiesvögel ihre prachtvollen Schwanzfedern. Diese werden von den Fälschern gesammelt und einem zugestutzten Papagei geschickt angepaßt. Dann verstehen sie die Anfügung zu färben, firnissen den Vogel und schicken diese Erzeugnisse ihrer sonderbaren Industrie den Museen und Liebhabern in Europa zu.

– Richtig, sagte Ned, ist's auch nicht der Vogel, so sind's doch seine Federn, und insofern der Gegenstand nicht zum Essen bestimmt ist, sehe ich dabei kein so arges Übel!«

Waren nun auch meine Wünsche durch den Besitz dieses Vogels erfüllt, so war's mit den Wünschen des Kanadiers nicht ebenso. Zum Glück erlegte Ned-Land gegen zwei Uhr ein stattliches Waldschwein, das die Eingeborenen »Bari-Outang« nennen. Das Tier kam uns erwünscht, um uns mit echtem Vierfüßlerfleisch zu versehen, und wir hießen es willkommen. Ned-Land war stolz auf seinen Schuß, der mit einer elektrischen Kugel augenblicklich tötete.

Der Kanadier weidete es geschickt aus, und nahm davon ein halbes Dutzend Kotelette zu einem Rostbraten für den Abend. Darauf wurde die Jagd fortgesetzt, bei welcher Ned und Conseil noch Ausgezeichnetes leisten sollten.

Als die beiden Freunde den Wald durchstreiften, scheuchten sie einen Trupp Kängurus auf, die mit elastischen Sprüngen entflohen. Aber ihre Flucht war doch nicht rasch genug, um sie den elektrischen Kugeln zu entziehen.

»Ei! Herr Professor, rief Ned-Land in der Begeisterung des Jägers, was für ein treffliches Wildpret, geschmort zumal! Welchen Vorrat für den Nautilus! Zwei, drei, fünf liegen auf dem Boden! Und diese Braten werden wir allein verzehren, da die Dummköpfe an Bord keinen Bissen davon bekommen!«

Ich glaube, hätte der Kanadier nicht so viel gesprochen, so hätte er mit seiner Freude den ganzen Trupp erlegt! Aber er begnügte sich mit einem Dutzend dieser interessanten Tiere.

Sie gehörten zu der kleinen Sorte, Känguru-Lapin's genannt, die meist in hohlen Bäumen haust und äußerst schnell ist; sie liefern ein vortreffliches Fleisch.

Wir waren mit den Ergebnissen unserer Jagd sehr zufrieden. Ned nahm in seiner Freude sich vor, den folgenden Tag diese Zauberinsel wieder zu besuchen, um sie ihrer eßbaren Vierfüßler zu berauben. Aber er machte seine Rechnung ohne den Wirt.

Um sechs Uhr abends waren wir wieder am Ufer angelangt. Unser Boot lag an seiner Stelle am Strande. Der Nautilus ragte zwei Meilen entfernt wie eine lange Klippe aus den Wellen hervor.

Ned-Land machte sich unverzüglich an die Bereitung des Mahles, worauf er sich vortrefflich verstand. Die auf den Rost gebratenen Kotelette von »Bari-Outang« verbreiteten bald einen angenehmen Geruch in der Luft umher! …

Man halte mir zu gut, daß ich mich gleich dem Kanadier durch Rostbraten frischen Wildes begeistern lasse!

Kurz, es war eine vortreffliche Mahlzeit. Zwei Waldtauben vervollständigten noch die Nebengerichte. Die Sagopastete, das Brod von Artokarpus, einige Mango, ein halbes Dutzend Ananas, und der gegorene Trank aus einigen Kokosnüssen machten uns lustig. Ich glaube sogar, daß die Gedanken meiner wackeren Kameraden nicht mehr ganz klar waren.

»Wenn wir diesen Abend nicht auf den Nautilus zurück können? Sagte Conseil.

– Wenn wir nie wieder dahin zurückkehrten?« fügte Ned-Land hinzu.

In diesem Augenblick fiel ein Stein zu unseren Füßen nieder, und brach die Unterredung ab.

Kapitel 22

Des Kapitän Nemo Blitzstrahl

Wir richteten, ohne aufzustehen, unsere Blicke nach dem Walde hin; meine Hand hielt inne mit der Bewegung nach dem Munde, die Ned-Land's fuhr fort ihre Verrichtung zu üben.

»Ein Stein fällt nicht vom Himmel, sagte Conseil, es mußte denn ein Meteorstein sein.«

Es kam ein zweiter, sorgfältig abgerundeter Stein, und schlug Conseil einen Taubenschenkel aus der Hand. Dies gab meiner Bemerkung noch mehr Gewicht.

Wir sprangen mit einander auf, das Gewehr an der Schulter bereit, den Angriff zurück zu werfen.

»Sind's Affen? Rief Ned-Land.

– Fast dasselbe, erwiderte Conseil, Wilde sind es.

– Zum Boot!« sagte ich und eilte nach dem Meeresufer.

Es war in der Tat notwendig, den Rückzug anzutreten, denn etwa zwanzig Eingeborene, mit Bogen und Schleudern bewaffnet, zeigten sich am Rande eines Gehölzes, das kaum hundert Schritte weit den Horizont zur Rechten verdeckte.

Unser Boot befand sich zehn Klafter von uns entfernt auf dem Strande.

Die Wilden näherten sich, ohne zu laufen; aber an feindlichen Drohungen fehlte es nicht. Es regnete Steine und Pfeile.

Ned-Land wollte seine Vorräte nicht im Stich lassen, nahm trotz der drohenden Gefahr sein Schwein und seine Kängurus mit, und schleppte sie ziemlich rasch fort.

In zwei Minuten waren wir am Strand. In einem Augenblick waren die Vorräte und Waffen im Boot, dieses im Meer und die Ruder in Tätigkeit. Wir waren noch keine zwei Kabellängen weit, als hundert Wilde mit Geheul und drohenden Gebärden bis zum Gürtel in's Wasser drangen. Ich sah nach dem Nautilus, ob nicht einige Mannschaft auf der Plattform sich zeigen werde. Aber nein. Das enorme Fahrzeug blieb durchaus leer.

Nach zwanzig Minuten waren wir an Bord. Die Lucken standen offen. Nachdem wir das Boot befestigt, begaben wir uns ins Innere hinab.

Ich begab mich in den Salon, woher ich einige Akkorde vernahm. Der Kapitän Nemo, über die Orgel gebeugt, war in seine Musik vertieft.

»Kapitän!« sagte ich.

Er hörte mich nicht.

»Kapitän! Wiederholte ich, und berührte ihn mit der Hand.

Er fuhr zusammen, wendete sich um und sprach:

»Ah! Sie sind's, Herr Professor? Nun, haben Sie Glück auf der Jagd gehabt, haben Sie nach Wünschen Kräuter gesammelt?

– Ja, Kapitän, erwiderte ich, aber wir haben leider einen Trupp Zweifüßler herbeigezogen, deren Nähe mir besorglich scheint.

– Was für Zweifüßler?

– Wilde.

– Wilde! Erwiderte der Kapitän Nemo in ironischem Ton. Und Sie wundern sich, Herr Professor, daß Sie, sowie Sie einen Fuß an's Land setzen, Wilde darauf antreffen? Wo giebt's denn nicht Wilde? Und zudem, sind denn die, welche Sie Wilde nennen, schlimmer, als die Anderen?

– Aber, Kapitän …

– Ich meines Teils, mein Herr, habe überall solche angetroffen.

– Nun, erwiderte ich, wollen Sie sie nicht an Bord des Nautilus haben, so werden Sie wohl tun, einige Vorkehrungen zu treffen.

– Seien Sie ganz ruhig, Herr Professor, es ist kein Grund zu Besorgnissen vorhanden.

– Aber diese Eingeborenen sind zahlreich.

– Wie viel haben Sie gezählt?

– Mindestens hundert.

– Herr Arronax, erwiderte der Kapitän Nemo, der schon wieder in die Tasten der Orgel griff, wann alle Bewohner Papuasiens am Ufer beisammen wären, hätte der Nautilus nichts von ihren Angriffen zu fürchten!«

Die Finger des Kapitäns liefen nun wieder über die Tasten, und ich bemerkte, daß er nur die schwarzen anschlug, was seinen Melodien eine wesentliche schottische Färbung gab. Bald versenkte er sich, meine Anwesenheit vergessend, in sein Träumen, worin ich ihn nicht mehr zu stören trachtete.

Ich begab mich wieder auf die Plattform. Die Nacht war schon angebrochen, denn unter so niedrigen Breitegraden geht die Sonne rasch und ohne Dämmerung unter. Ich konnte nur noch unklar die Insel Queboroar wahrnehmen. Doch bezeigten zahlreiche am Ufer angezündete Feuer, daß die Eingeborenen es nicht zu verlassen gedachten.

Ich blieb so einige Stunden allein, dachte bald an die Eingeborenen – aber ohne sie weiter zu fürchten, da die unverwüstliche Zuversicht des Kapitäns auf mich überging – bald vergaß ich sie in Bewunderung des Glanzes dieser tropischen Nacht. Der Mond glänzte, umgeben von den Sternbildern des Zenit. Ich dachte, dieser treue, gefällige Trabant, werde übermorgen wieder an dieser Stelle erscheinen, um die Wogen zu heben und damit den Nautilus von seinem Korallenlager los machen. Gegen Mitternacht, als ich alles ruhig sah, sowohl auf den düsteren Wogen als unter den Bäumen am Ufer, begab ich mich in mein Schlafgemach und schlief ruhig ein.

Die Nacht verlief ohne Unfall. Die Papuas gerieten ohne Zweifel schon beim Anblick des in der Bai gestrandeten Ungeheuers in Schrecken, denn da die Lucken offen blieben, so hätten sie wohl leicht in's Innere des Nautilus dringen können.

Um sechs Uhr morgens, den 8. Januar, stieg ich wieder auf die Plattform. Das Morgendämmerlicht schwand. Die Insel ließ bald durch den zerstreuten Nebel erst ihre Ufer, dann ihre Höhen erkennen.

Die Eingeborenen befanden sich noch immer da, zahlreicher als am Abend zuvor, – wohl fünf bis sechshundert. Einige benutzten die Ebbe, näherten sich auf den Spitzen der Korallen auf kaum zwei Kabellängen dem Nautilus. Ich konnte sie leicht erkennen. Es waren wohl echte Papua's von athletischem Wuchs, ein schöner Menschenschlag, mit breiter, hoher Stirn, dicker, aber nicht platter Nase, weißen Zähnen. Ihr wolliges, rotes Haar stach gegen die Hautfarbe ab, welche schwarz und glänzend, wie bei den Nubiern war. In den durchstochenen Ohrlappen trugen sie bleierne Gehänge. Im Allgemeinen gehen diese Wilden nackt. Ich bemerkte unter ihnen einige Frauen, die von den Hüften bis zum Knie mit einer Krinoline von Kräutern, die von einem Gürtel aus Pflanzen festgehalten wurde, bekleidet waren. Einige Anführer trugen als Zierrat am Hals einen Halbmond, und Halsbänder von rotem und weißem Glas, fast alle waren mit Bogen, Pfeilen und Schildern gewaffnet, und trugen an der Schulter eine Art Netz mit runden Steinen, welche sie vermittelst einer Schleuder geschickt zu werfen verstehen.

Einer dieser Häuptlinge kam ziemlich nahe an den Nautilus heran und forschte aufmerksam. Es mußte ein *»mado«* von hohem Rang sein, denn er ging umhüllt mit einer Matte von Bananenblättern, die am Rande mit Franzen von grellen Farben geziert waren.

Ich hätte diesen Mann, der ganz nahe heran kam, leicht erlegen können; aber ich hielt für besser, wirkliche Feindseligkeiten abzuwarten. Europäer dürfen die Wilden nicht zuerst angreifen.

Während der ganzen Zeit der Ebbe trieben sich diese Eingeborenen in der Nähe des Nautilus herum, aber ohne Lärm. Ich hörte sie oft das Wort *»assai«* sprechen, und entnahm aus ihren Gebärden, daß sie mich einluden, zu ihnen an's Land zu kommen; ich glaubte aber diese Einladung ablehnen zu müssen.

An diesem Tag also blieb unser Boot an Bord, zu großem Leidwesen des Meister Land, der gerne seine Vorräte noch vermehrt hätte. Der geschickte Kanadier brachte also seine Zeit damit hin, das Fleisch und Mehl, welches er von der Insel Queboroar geholt hatte, zuzubereiten. Die Wilden begaben sich gegen elf Uhr vormittags wieder an's Land, sobald die Korallenspitzen bei steigender Flut zu verschwinden anfingen. Aber am Ufer sah ich ihre Zahl bedeutend anwachsen. Vermutlich kamen sie von den benachbarten Inseln oder dem eigentlichen Papuasien. Doch hatte ich keine einheimischen Nachen gesehen.

Da wir nichts Besseres zu tun hatten, dachte ich in dem klaren Wasser, wo ich eine Menge Muscheln, Pflanzentiere und Seepflanzen sah, ein wenig aufzuräumen. Ich rief daher Conseil, und er brachte mir ein kleines leichtes Schaarnetz, wie man beim Austernfang gebraucht.

»Und diese Wilden? Fragte mich Conseil. Mit Erlaubniß, sie scheinen nicht sehr schlimm!

– Doch sind's Menschenfresser, guter Junge.

– Man kann Menschen fressen, und doch ein braver Mann sein, erwiderte Conseil. Eines schließt nicht das andere aus.

– Gut! Conseil, ich gebe zu, daß es brave Menschenfresser geben kann, die ihre Gefangenen mit Anstand verzehren. Doch da ich nicht eben Lust habe gefressen zu werden, wenn auch mit Anstand, so will ich mich hüten, denn der Kommandant des Nautilus scheint keine Vorsichtsmaßregeln zu ergreifen. Doch an's Werk!«

Wir fingen also an, eifrig zu fischen, und waren eben darin versunken, die heraufgebrachten Gegenstände zu untersuchen, als ein von einem Eingeborenen geschleuderter Stein eine kostbare Muschel in der Hand Conseil's zerschmetterte.

Ich stieß einen Schrei aus. Conseil fiel über mein Gewehr her, und zielte auf einen Menschen, der zehn Meter entfernt seine Schleuder schwang. Ich suchte ihn abzuhalten.

»Ei was! Rief Conseil, sieht mein Herr nicht, daß dieser Kannibale zuerst angegriffen hat?

– Eine noch so kostbare Muschel wiegt ein Menschenleben nicht auf! « erwiderte ich.

Unterdessen hatte sich aber die Lage geändert, ohne daß wir es bemerkt hatten. Etwa zwanzig Piroguen – lange, schmale, aus einem Baumstamm gefertigte Kähne – umgaben den Nautilus, von geschickten Ruderern geleitet, so daß ich sie nicht ohne Unruhe sah.

Offenbar versahen sich diese Papuas von dem langen eisernen Zylinder nichts Gutes, und sie hielten sich anfangs in achtungsvoller Entfernung. Aber allmälig wurden sie keck und versuchten sich näher mit ihm bekannt zu machen. Dies aber gerade war zu verhindern.

Die Piroguen kamen nahe heran und überschütteten den Nautilus mit einem Hagel von Pfeilen.

»Teufel! Das hagelt! Sagte Conseil, und vielleicht sind die Pfeile vergiftet.

– Ich muß es dem Kapitän melden, sagte ich, und stieg hinab, begab mich in den Salon. Da ich hier Niemand fand, ward ich so kühn, am Zimmer des Kapitäns zu klopfen.

»Herein!« rief er und ich trat ein, fand den Kapitän Nemo ganz in Berechnungen mit algebraischen Zeichen vertieft.

»Ich störe? Sagte ich aus Höflichkeit.

– Wirklich, Herr Arronax, erwiderte der Kapitän, aber ich denke, Sie haben wichtige Gründe, mich aufzusuchen?

– Sehr wichtige. Diese Piroguen der Eingeborenen umgeben uns, und in einigen Minuten werden unfehlbar einige hundert Wilde uns angreifen.

– Ah! Erwiderte derselbe ruhig, sie sind mit Kähnen gekommen?

– Ja, mein Herr.

– Nun, mein Herr, wir brauchen nur die Lucken zu schließen.

– Allerdings, und ich kam zu dem Zweck …

– Das ist sehr leicht,« sagte der Kapitän. Und er drückte auf einen elektrischen Knopf, wodurch er an seine Mannschaft den Befehl gelangen ließ.

»Nun ist's schon geschehen, mein Herr, sagte er nach einigen Augenblicken. Unser Boot ist geborgen und die Lucken sind geschlossen. Sie werden wohl nicht besorgen, denk' ich, daß diese Leute Eisenwände zertrümmern, welchen die Kugeln Ihrer Fregatte nichts anhaben konnten.

– Nein, Kapitän, aber es gibt noch eine Gefahr.

– Worin besteht die, mein Herr?

– Morgen zu derselben Zeit muß man zur Lufterneuerung des Nautilus die Lucken öffnen …

– Allerdings, mein Herr, weil unser Fahrzeug dergestalt Luft schöpfen muß.

– Wenn nun aber zu der Zeit die Papuas auf der Plattform sind, sehe ich nicht, wie Sie dieselben abhalten können einzudringen.

– Also, mein Herr, Sie nehmen an, daß sie an Bord kommen?

– Ich bin's überzeugt.

– Nun denn, so mögen sie kommen. Ich habe keinen Grund sie daran zu hindern. Im Grund sind diese Papuas arme Teufel, und ich will nicht, daß mein Besuch der Insel Queboroar nur einem Einzigen dieser Unglücklichen das Leben koste!«

Hierauf wollte ich mich zurückziehen; aber der Kapitän Nemo hielt mich zurück und lud mich ein, neben ihm Platz zu nehmen. Er fragte mich mit

Interesse über unsere Ausflüge an's Land, unsere Jagden, und schien die Leidenschaft nicht zu begreifen, womit der Kanadier auf Fleisch versessen war. Darauf berührte die Unterhaltung noch verschiedene Gegenstände, und der Kapitän zeigte sich, ohne sich weiter auszusprechen, doch liebenswürdiger.

Unter anderem kamen wir auf die Lage des Nautilus zu sprechen, der gerade an derselben Stelle fest saß, wo Dumont d'Urville beinahe zu Grunde gegangen wäre. Bei diesem Anlaß sprach er:

»Dieser d'Urville ist einer Ihrer großen Seemänner gewesen. Ihrer einsichtsvollsten Seefahrer. Der arme Gelehrte! Nachdem er mutig die Eisbänke des Südpols, die Korallen Ozeaniens, die Kannibalen des Stillen Meeres bestanden hatte, mußte er jämmerlich auf einer Eisenbahn verunglücken!

Bei diesen, Worten schien der Kapitän Nemo von Rührung ergriffen.

Darauf verfolgten wir auf der Karte die Arbeiten des französischen Seefahrers, seine Weltumsegelungen, sein doppeltes Unternehmen nach dem Südpol, welches zur Entdeckung der Landschaften Adelaide und Louis Philipp führte, endlich seine hydrographischen Aufnahmen der Halbinsel Ozeaniens.

»Was Ihr d'Urville auf der Oberfläche des Meeres tat, sagte darauf der Kapitän Nemo, habe ich in der Tiefe ausgeführt, und leichter, vollständiger. Seine unaufhörlich von den Stürmen umhergeworfenen Schiffe, Astrolabe und Zélée, konnten dem Nautilus nicht gleich kommen mit seinem ruhigen Arbeitskabinett inmitten der Gewässer!

– Doch, Kapitän, sagte ich, in einem Punkt sind d'Urville's Korvetten und der Nautilus einander gleich.

– In welchem, mein Herr?

– Darin, daß der Nautilus gleich ihnen strandete!

– Der Nautilus ist nicht gestrandet, mein Herr, erwiderte kalt der Kapitän Nemo. Der Nautilus ist für den Meeresgrund gebaut, und die mühseligen Arbeiten, die Manoeuvres, wozu d'Urville genötigt war, um seine Korvetten wieder flott zu machen, brauche ich nicht vorzunehmen. Mein Nautilus ist durchaus nicht in Gefahr. Morgen, am bestimmten Tage und zur bestimmten Stunde, wird die Flut ihn ruhig heben und er wird seine Fahrt durch die Meere fortsetzen.

– Kapitän, sagte ich, ich zweifle nicht …

– Morgen, fuhr der Kapitän fort, indem er aufstand, morgen um zwei Uhr vierzig Minuten Nachmittags, wird der Nautilus flott, sein, und unversehrt aus der Straße Torres fahren.«

Nach diesen mit entschiedenem Ton gesprochenen Worten verbeugte sich der Kapitän ein wenig. Das hieß mich verabschieden, und ich begab mich wieder auf mein Zimmer.

Hier traf ich Conseil, der begierig war, das Resultat meiner Unterredung mit dem Kapitän zu erfahren.

»Lieber Junge, erwiderte ich, als ich zu glauben schien, sein Nautilus sei von den Eingeborenen Papuasiens bedroht, hat mir der Kapitän eine ganz ironische Antwort gegeben. Ich habe daher nur das *eine* zu sagen: Vertraue ihm, und gehe ruhig schlafen.

– Mein Herr bedarf meiner Dienste nicht weiter?

– Nein, mein Freund. Was macht Ned-Land?

– Entschuldigung, mein Herr, erwiderte Conseil, aber Freund Ned bereitet eine Känguru-Pastete, die zum Erstaunen sein wird!«

Ich blieb allein, legte mich zu Bette, schlief aber schlecht. Ich vernahm das Lärmen der Wilden, welche auf der Plattform mit betäubendem Geschrei mit den Füßen stampften. So verging die Nacht, ohne daß die Mannschaft von ihrer gewöhnlichen Untätigkeit abließ. Sie kümmerte sich um die Anwesenheit dieser Kannibalen so wenig, als die Soldaten eines festen Platzes um die Ameisen, welche über seine Bollwerke laufen.

Um sechs Uhr früh stand ich auf. Die Lucken waren nicht geöffnet worden. Die Luft war daher innen nicht erneuert, aber die für alle Fälle gefüllten Behälter wirkten rechtzeitig und warfen einige Kubikmeter Sauerstoff in die verschlechterte Atmosphäre des Nautilus.

Ich arbeitete bis zu Mittag in meinem Zimmer, ohne den Kapitän Nemo auch nur einen Augenblick zu sehen. Man schien an Bord keine Vorbereitungen zur Abfahrt zu treffen.

Ich wartete noch eine Weile, dann begab ich mich in den großen Salon. Die Wanduhr zeigte zwei Uhr dreißig Minuten. In zehn Minuten mußte die Flut auf ihrem Höhestand sein, und hätte der Kapitän Nemo nicht ein unbesonnenes Versprechen gegeben, so würde der Nautilus unverzüglich flott sein. Wo nicht, so könnten wohl viele Monate verfließen, ohne daß er die Korallenbank verlassen konnte.

Doch spürte man im Rumpf des Bootes bereits eine Erschütterung als Vorbote. Ich hörte an seiner Verkleidung den rauen Kalkstein des Korallengrundes kratzen.

Um zwei Uhr fünfunddreißig Minuten erschien der Kapitän Nemo im Salon.

»Wir sind im Begriff abzufahren, sagte er.

– Ah! Erwiderte ich.

– Ich habe befohlen die Lucken zu öffnen.

– Und die Papuas?

– Die Papuas? Erwiderte der Kapitän mit leichtem Achselzucken.

– Werden die nicht in's Innere des Nautilus dringen?

– Und wie?

– Durch die geöffneten Lucken.

– Herr Arronax, erwiderte ruhig der Kapitän Nemo, man dringt nicht so durch die Lucken in den Nautilus, selbst wenn sie offen sind.«

Ich sah den Kapitän an.

»Sie verstehen nicht? Sagte er.

– Durchaus nicht.

– Nun! So kommen Sie, und werden's sehen. « Ich begab mich zur Haupttreppe. Hier waren Ned-Land und Conseil in großer Verlegenheit, als sie einige Mann die Lucken öffnen sahen, während draußen wütendes Geschrei und fürchterlicher Lärm tobte.

Die Läden wurden außen zurück geschlagen. Es zeigten sich zwanzig fürchterliche Gestalten. Aber der erste dieser Eingebornen, welcher die Hand an das Treppengeländer legte, ward durch eine unsichtbare Gewalt zurück geworfen und entfloh mit gräßlichem Geschrei und entsetzlichen Sprüngen.

Zehn seiner Genossen machten's ihm nach, und hatten das nämliche Schicksal.

Conseil war außer sich. Ned-Land ließ sich von seinem heftigen Temperament fortreißen, stürzte auf die Treppe. Aber sowie er das Geländer mit beiden Händen angefaßt hatte, wurde er gleichfalls zurück geschleudert.

»Tausend Teufel! Schrie er auf. Ich bin vom Blitz getroffen!«

Jetzt war mir Alles verständlich. Es war nicht blos ein Geländer, sondern ein Kabel von Metall, ganz mit Elektrizität geladen bis zur Mündung an der Plattform. Wer es da anrührte, empfand einen fürchterlichen Stoß, ja ein solcher konnte tödlich werden, wenn der Kapitän Nemo diesen Konduktor mit aller Elektrizität, die ihm zu Gebote stand, lud. Man kann mit Wahrheit sagen, daß er zwischen sich und seine Angreifer ein elektrisches Garn gespannt hatte, über welches Niemand ungestraft hinaus kam.

Indessen hatten die Papuas voll Entsetzen sich zurück gezogen. Wir trösteten, halb mit Lachen, und rieben den unglücklichen Ned-Land, der wie ein Besessener fluchte.

Aber in diesem Moment verließ der Nautilus, durch die Wogen der Flut gehoben, sein Korallenlager, genau in der vierzigsten Minute, wie der Kapitän Nemo bestimmt hatte. Seine Schraube schlug majestätisch langsam die Gewässer. Seine Schnelligkeit nahm nach und nach zu, und er verließ an der Oberfläche fahrend unverletzt und wohlbehalten die gefährliche Straße Torres.

Kapitel 23
Fieberträume

Am folgenden Tage, 10. Januar, setzte der Nautilus seine Fahrt fort, aber mit einer merkwürdigen Geschwindigkeit, die ich nicht geringer, als auf fünfunddreißig Meilen die Stunde anschlagen kann. Die Schnelligkeit seiner Schraube war dergestalt, daß ich ihre Umdrehungen nicht beobachten konnte.

Wenn ich daran dachte, daß diese merkwürdige elektrische Kraft, nachdem sie dem Nautilus Bewegung, Wärme, Licht gegeben, ihn auch noch gegen äußere Angriffe schützte und ihn in eine heilige Arche verwandelte, woran kein Uneingeweihter rühren konnte, ohne vom Blitz getroffen zu werden, so war meine Bewunderung ohne Grenzen, und wendete sich vom Apparat sogleich zu dem Meister, der ihn geschaffen hatte.

Wir fuhren gerade westwärts, und am 11. Januar kamen wir am Cap Wassel vorüber, welches unterm 135° Länge und 10° nördlicher Breite die westliche Spitze des Golfs von Carpentaria bildet. Die Riffe waren noch zahlreich, aber minder dicht bei einander, und auf der Karte mit äußerster Genauigkeit aufgenommen. Der Nautilus vermied leicht die Klippen von Morny links, und die Riffe Victoria rechts unter 130° Länge und dem zehnten Breitegrad, an welchem wir uns streng hielten.

Am 13. Januar kam der Kapitän Nemo in das Meer von Timor, und hatte die Insel dieses Namens unter 122° Länge in Sicht. Diese Insel mit einem Flächeninhalt von sechzehnhundertundfünfundzwanzig Quadrat-Lieues, wird von Radjah's beherrscht. Diese Fürsten nennen sich Söhne der Krokodile, d. h. ihre Abstammung hat den höchsten Ursprung, wonach ein menschliches Wesen streben kann. Daher wimmeln auch diese schuppigen Ahnen in den Flüssen der Inseln, und sind Gegenstand besonderer Verehrung. Man schützt, verehrt, nährt sie, bietet ihnen junge Mädchen zur Nahrung an, und wehe dem Fremden, welcher Hand an diese heiligen Tiere legt!

Aber der Nautilus bekam nichts mit diesen häßlichen Tieren zu schaffen. Timor war nur einen Augenblick sichtbar, während der Lieutenant seine Lage aufnahm. Ebenso konnte ich die kleine Insel Rotti, welche zu dieser Gruppe gehört, und deren Frauen auf den malayischen Märkten im Rufe außerordentlicher Schönheit stehen, nur oberflächlich ansehen.

Von diesem Punkt aus richtete sich die Fahrt des Nautilus weiter nach Südosten, geradezu nach dem Indischen Ozean. Wohin wollte der Kapitän Nemo uns führen? Nach den Küsten Asiens? Gegen die Gestade Europa's? Dies wohl schwerlich, da er die bewohnten Kontinente vermied. Sollte er sich südwärts wenden? Das Cap der guten Hoffnung und Cap Horn umfahren, und dem antarktischen Pol zusteuern? Würde er endlich zu dem Stillen Meer zurückkehren, wo sein Nautilus leichte und ungestörte Fahrt hatte? Die Zukunft sollte uns es offenbaren.

Nachdem wir an den Klippen Cartier, Hibernia, Seringapatam, Scott vorüber gefahren, am 14. Januar waren wir über alle Länder hinaus. Die Schnelligkeit des Nautilus wurde auffallend mäßiger, und sehr launig, schwamm er bald mitten im Wasser, bald auf der Oberfläche.

Während dieser Zeit der Fahrt machte der Kapitän Nemo interessante Experimente über die verschiedenen Temperaturen des Meeres in seinen verschiedenen Schichten. Unter gewöhnlichen Verhältnissen macht man diese Aufnahmen vermittelst sehr komplizierter Instrumente, deren Angaben wenigstens zweifelhaft sind, z. B. thermometrische Sonden, deren Gläser oft unterm Druck der Gewässer zerbrechen; oder Apparate, die sich auf den verschiedenen Widerstand stützen, welchen die Metalle den elektrischen Strömungen entgegen setzen. Diese so gewonnenen Resultate lassen sich nicht hinreichend kontrollieren. Dagegen begab sich der Kapitän Nemo persönlich in die verschiedenen Tiefen hinab, um da die Temperatur aufzusuchen, und sein Thermometer gab, sobald es in Berührung mit den verschiedenen Wasserschichten kam, ihm unmittelbar und sicher den gesuchten Grad an.

So stellte er also, indem er nach einander Tiefen von drei-, vier-, fünf-, sieben-, neun- und zehntausend Meter besuchte, an diesen Stellen seine Beobachtungen an, und das definitive Resultat dieser Untersuchungen bestand darin, daß das Meer eine gleichmäßige Temperatur von vier und einem halben Grad in einer Tiefe von tausend Meter unter allen Breiten hat.

Ich begleitete diese Beobachtungen mit dem lebhaftesten Interesse. Der Kapitän Nemo hatte dafür eine wahre Leidenschaft. Ich fragte mich oft, zu welchem Zweck er diese Beobachtungen anstellte. Zum Besten des Menschengeschlechts? Wahrscheinlich nicht, denn früher oder später mußten seine Arbeiten in irgendeinem unbekannten Meere mit ihm zu Grunde gehen! Es sei denn, daß er das Resultat seiner Erfahrungen mir anvertraute. Dieses setzte aber voraus, daß meine seltsame Reise ein Ende nehme; ein solches Ziel konnte ich aber noch nicht wahrnehmen. Wie dem auch sein mag, der Kapitän Nemo machte mich demungeachtet mit einigen Ziffern bekannt, welche er ermittelt hatte, und die das Verhältniß der Dichtheit des Wassers in den Hauptmeeren des Erdballs feststellten. Diese Mittheilung diente zu meiner persönlichen Belehrung, und hatte nichts Wissenschaftliches.

Am 15. Januar während des Vormittags, als ich mit dem Kapitän Nemo auf der Plattform spazieren ging, fragte er mich, ob ich die verschiedenen Grade der Dichtheit kenne, welche die Gewässer des Meeres darbieten. Ich verneinte seine Frage mit dem Beifügen, es mangele der Wissenschaft an strengen Beobachtungen über diesen Punkt.

»Ich habe diese Beobachtungen angestellt, sagte er, und kann die Zuverlässigkeit derselben verbürgen.

– Gut, erwiderte ich, aber der Nautilus ist eine Welt für sich, und die Geheimnisse seiner Gelehrten gelangen nicht bis auf die Erde.

– Sie haben Recht, Herr Professor, sprach er nach einer kleinen Pause. Er ist eine Welt für sich, der Erde so fremd, wie die Planeten, welche diese in ihrer Bahn um die Sonne begleiten, und man wird niemals die Arbeiten der Gelehrten des Saturn oder Jupiter kennen lernen. Indessen, da der Zufall unser Dasein an einander geknüpft hat, so kann ich Ihnen das Resultat meiner Beobachtungen mittheilen.

– Mein Ohr lauscht Ihnen, Kapitän.

– Sie wissen, Herr Professor, daß das Meerwasser dichter ist, als das süße, aber diese Dichtheit ist nicht gleichförmig. In der Tat, wenn ich die Dichtheit des Süßwassers mit Eins bezeichne, so finde ich ein Achtundzwanzigtausendtheil für die Gewässer des Atlantischen Meeres, ein Sechsundzwanzigtausendstel für die des Stillen Ozeans, ein Dreißigtausendtheil für die des Mittelländischen …

– Ach! Dachte ich, er wagt sich in's Mittelländische?

– Ein Achtzehntausendtel findet sich im Ionischen Meer, und ein Neunundzwanzigtausendtel im Adriatischen.«

Offenbar vermied der Nautilus nicht die vielbefahrenen europäischen Meere, und ich schloss daraus, er werde uns – vielleicht in der Kürze – den zivilisierten Kontinenten zuführen. Ich dachte, Ned-Land werde diesen Punkt mit sehr natürlicher Befriedigung vernehmen.

Einige Tage lang brachten wir unsere Zeit mit Experimenten aller Art hin, in Beziehung auf die Grade des Salzgehaltes der Gewässer in verschiedenen Tiefen, ihre Elektrisation, ihre Färbung, ihre Durchsichtigkeit, und in jeder Hinsicht entwickelte der Kapitän Nemo einen Scharfsinn, dem nichts gleich kam, als sein Wohlwollen gegen mich. Darauf sah ich ihn während einiger Tage nicht mehr, und blieb von neuem wie isoliert an seinem Bord.

Am 16. Januar schien der Nautilus, nur einige Meter unter dem Meeresspiegel, einzuschlafen. Sein elektrischer Apparat war nicht mehr in Tätigkeit und seine Schraube unbeweglich; er war dem Belieben der Strömung hingegeben. Ich vermutete, die Mannschaft sei mit inneren Reparaturen beschäftigt, welche durch die Heftigkeit der mechanischen Bewegungen der Maschine notwendig geworden.

Ich konnte damals nebst meinen Gefährten eine merkwürdige Erscheinung beobachten. Die Läden des Salons waren offen, und da die Leuchte des Nautilus nicht in Tätigkeit war, so herrschte ein unbestimmtes Dunkel inmitten der Gewässer. Der stürmische und mit dichtem Gewölk bedeckte Himmel ließ in die obersten Schichten des Ozeans nur ungenügendes Licht dringen.

In diesem Zustand beobachtete ich das Meer, und die größten Fische kamen mir nur wie Schatten vor, als der Nautilus plötzlich in voller Beleuchtung stand. Ich glaubte anfangs, die Leuchte sei wieder angezündet und werfe ihren elektrischen Glanz in die Masse des Wassers. Ich irrte mich, und erkannte nach einer leichten Beobachtung, worin mein Irrtum bestand.

Der Nautilus schwamm mitten in einer phosphoreszierenden Schicht, welche in der damaligen Dunkelheit umso mehr blendend war. Sie kam von Myriaden leuchtender Tierchen, deren Funkeln zunahm, wenn sie an den metallenen Rumpf des Fahrzeuges streiften. Ich nahm damals blitzende Erscheinungen wahr inmitten dieser Streifen, die so sehr mit Licht erfüllt waren, wie strömender Bleiguß im Glühofen, oder Metallmassen in rotweißer Gluth; dergestalt, daß in dieser feurigen Umgebung, welche jeden Schatten auszuschließen schien, in Folge des Gegensatzes manche erleuchtete Theile doch einen Schatten darstellten. Es war nicht mehr die ruhige Bestrahlung unseres gewöhnlichen Lichtes! Es war dabei eine ungewohnte Kraft und außerordentliche Bewegung im Spiel! Man fühlte, es war ein lebendiges Licht!

In der Tat war es eine unendliche Schaar See-Infusionstierchen, nachtleuchtend, durchsichtige Gallertkügelchen, mit fadenförmigen Fühlhörnern, wie man ihrer bis fünfundzwanzigtausend in dreißig Kubikzentimeter Wasser gezählt hat. Und ihr Leuchten wurde noch verdoppelt durch den Schimmer, welcher den Medusen, Asterien, Aurelien und anderen phosphoreszierenden Zoophyten eigentümlich ist.

Einige Stunden lang fuhr der Nautilus auf diesen glänzenden Wogen, und unsere Bewunderung stieg noch, als wir die großen Seetiere sich darin ergötzen sahen, wie Salamander. Da sah ich mitten im Feuer, das nicht brannte, zierliche, rasche Delphine, und drei Meter lange Segelträger, die kundigen Vorboten der Stürme; sodann von kleineren bunte Hornfische, Klippfische und tausend andere, die das erleuchtete Element durchstreiften.

Es war ein zauberisch blendender Anblick! Vielleicht erhöhte ein Zustand der Atmosphäre noch die Stärke des Phänomens? War ein Gewitter auf der Oberfläche entfesselt? Doch in dieser Tiefe von einigen Metern spürte der Nautilus dessen Wüten nicht und schaukelte sich ruhig mitten in stillen Wassern.

So fuhren wir, unaufhörlich von neuen Wundern bezaubert. Conseil beobachtete und klassifizierte seine Zoophyten, seine Gliedertiere, Mollusken, Fische. Die Tage verflossen rasch, und ich zählte sie nicht mehr. Ned war, wie gewöhnlich bemüht, Abwechslung in das Gewöhnliche zu bringen. Wahrhafte

Schnecken waren wir an unser Gehäuse gebannt, und ich behaupte, es ist leicht eine vollendete Schnecke zu werden.

So kam uns also diese Lebensweise leicht und natürlich vor, und wir dachten nicht mehr daran, daß es auf der Erdoberfläche eine andere Lebensweise gebe, als ein Ereigniß uns das Seltsam-Außergewöhnliche unserer Lage zu erneuertem Bewusstsein brachte.

Am 18. Januar befand sich der Nautilus unterm 105° Länge und 15° südlicher Breite. Das Wetter war drohend, die rauen Wogen gingen hohl. Von Osten wehte ein starker Wind. Das Barometer kündigte einen nahen Kampf der Elemente an.

Ich kam auf die Plattform im Moment, wo der Lieutenant die Stundenwinkel maß. Ich erwartete, daß er, wie gewöhnlich, die täglich gehörte Phrase sprach. Aber diesmal hörte man statt ihrer eine andere, ebenso unverständliche. Augenblicklich sah ich auch den Kapitän Nemo herauf kommen, der seine bewaffneten Augen sofort nach dem Horizont richtete.

Einige Minuten blieb er unbeweglich, ohne von dem Punkt, den sein Fernrohr betrachtete, zu weichen. Darauf senkte er es und wechselte einige Worte mit dem Lieutenant. Dieser schien in einer Aufregung die er vergeblich zu bemeistern suchte. Der Kapitän Nemo blieb kalt, seiner Bewegung Meister. Er schien übrigens einige Einwendungen zu machen, welchen der Lieutenant durch förmliche Versicherungen antwortete. Wenigstens nahm ich dies aus ihrem Ton und Gebärden ab.

Ich hatte sorgfältig in der beobachteten Richtung geschaut, ohne etwas zu bemerken. Himmel und Wasser flossen an einer Linie des Horizonts völlig zusammen.

Unterdessen ging der Kapitän Nemo auf der Plattform von einem Ende bis zum anderen auf und ab, ohne mich anzusehen, vielleicht ohne mich zu sehen. Sein Schritt war sicher, doch weniger regelmäßig, wie gewöhnlich. Bisweilen blieb er stehen und betrachtete mit gekreuzten Armen das Meer. Der Nautilus befand sich damals einige hundert Meilen von der nächsten Küste entfernt!

Der Schiffslieutenant hatte wieder sein Fernrohr zur Hand genommen und forschte unablässig am Horizont, ging hin und her, stampfte mit dem Fuß, in einer Nervenaufregung, die sehr von der kalten Ruhe des Kapitäns abstach.

Übrigens mußte das Geheimniß notwendig sich bald aufklären, denn auf Befehl des Kapitäns Nemo verstärkte die Maschine ihre Kraft, daß die Schraube reißend schnell sich drehte.

In dem Augenblick regte der Lieutenant von Neuem die Aufmerksamkeit des Kapitäns an. Dieser blieb stehen und richtete sein Fernrohr nach der bezeichneten Stelle, und beobachtete lange Zeit. Ich meinerseits, sehr ernstlich besorgt, ging in den Salon hinab und holte ein treffliches Fernrohr, das ich gewöhnlich im Gebrauch hatte. Darauf legte ich es auf das Gehäuse der Leuchte, welches vorn auf der Plattform einen Vorsprung bildete, und schickte mich an, die ganze Linie des Himmels und Meeres zu durchlaufen.

Aber mein Auge befand sich noch nicht vor dem Ocularglas, als mir das Instrument hastig aus der Hand gerissen wurde.

Ich wendete mich um. Der Kapitän Nemo stand vor mir, aber ich erkannte ihn nicht, so waren seine Gesichtszüge entstellt. Sein von düsterem Feuer sprühendes Auge verdeckte sich unter den gerunzelten Brauen, seine Zähne waren zur Hälfte sichtbar. Sein straffer Körper, seine geballten Fäuste, sein zwischen die Schultern gezogener Kopf bezeugten den ungestümen Haß, welchen seine Seele atmete: Er rührte sich nicht. Mein Fernrohr, das ihm aus der Hand fiel, rollte zu seinen Füßen.

Hatte ich, ohne es zu wollen, diese zornige Haltung veranlaßt? Bildete sich der unbegreifliche Mann ein, ich hätte ein den Gästen des Nautilus verborgenes Geheimniß entdeckt?

Nein! Ich konnte nicht Gegenstand des Hasses sein, denn er sah mich nicht an, und sein Auge blieb unverwandt auf den undurchdringlichen Punkt des Horizonts gerichtet.

Endlich ward der Kapitän Nemo wieder Meister seiner Stimmung. Seine so ergriffenen Züge wurden wieder ruhig, wie gewöhnlich. Er sprach zu seinem Lieutenant einige Worte in der fremden Sprache, dann wendete er sich wieder an mich.

»Herr Arronax, sprach er zu mir in sehr gebieterischem Ton, ich nehme nun eine der Verbindlichkeiten in Anspruch, welche Sie gegen mich eingegangen sind.

– Worum handelt sich's, Kapitän?

– Sie müssen sich nebst Ihren Gefährten einsperren lassen, bis ich es später statthaft finden werde, Sie wieder in Freiheit zu setzen.

– Sie haben zu befehlen, erwiderte ich, und sah ihn mit festem Blick an. Aber darf ich mir eine Frage erlauben?

– Keine, mein Herr.«

Hierauf hatte ich nicht zu disputieren, sondern zu gehorchen, weil jeder Widerstand unmöglich gewesen wäre.

Ich begab mich hinab in die Kabine, wo Ned-Land und Conseil sich befanden, und teilte ihnen die Verfügung des Kapitäns mit. Man kann sich denken, welchen Eindruck diese Mittheilung auf den Kanadier machte. Übrigens war keine Zeit zu Erörterungen. Vier Mann warteten schon an der Thür, um uns in die Zelle zu führen, wo wir unsere erste Nacht an Bord des Nautilus zugebracht hatten.

Ned-Land wollte protestieren, aber statt einer Antwort schloss sich die Türe hinter ihm.

»Wird mein Herr uns sagen, was dies bedeutet?« fragte mich Conseil.

Ich erzählte meinen Gefährten, was vorgegangen war. Sie waren ebenso erstaunt, wie ich, wußten aber ebenso wenig etwas weiter.

Indessen versank ich tief in Gedanken, und die befremdliche Besorgniß in den Zügen des Kapitäns Nemo kam mir nicht aus dem Kopf. Ich war unfähig zwei Ideen logisch zu verbinden, und verlor mich in den absurdesten Hypothesen, als ich aus der Spannung meines Geistes durch Ned-Land's Worte gerissen wurde:

»Sieh da! Das Frühstück ist schon aufgetragen!«

Wirklich war der Tisch gedeckt und versehen. Offenbar hatte der Kapitän den Auftrag dazu zu gleicher Zeit gegeben, als er den Befehl erteilte, die Fahrt des Nautilus zu beschleunigen.

»Darf ich meinem Herrn etwas anempfehlen? Fragte mich Conseil.

– Ja, lieber Junge, erwiderte ich.

– Nun! Mein Herr möge speisen. Es ist klug, denn wir wissen nicht, was sich ereignen kann.

– Du hast Recht, Conseil.

– Leider, sagte Ned-Land, hat man uns nur gegeben, was der Schiffsküchenzettel enthält.

– Freund Ned, versetzte Conseil, was würden Sie denn sagen, wenn das Frühstück ganz ausgeblieben wäre!«

Dieser Grund beseitigte jeden Einwand des Harpuniers. Wir setzten uns zu Tische. Es ging ziemlich still beim Essen her. Ich aß wenig. Conseil tat sich Gewalt an, stets aus Vorsorge, und Ned-Land ließ es, trotz allem, nicht an der Tätigkeit seiner Zähne fehlen. Darauf, als das Frühstück beendigt war, lagerte sich jeder in einen Winkel.

In diesem Augenblick erlosch die Kugel, welche die Zelle erleuchtete, und ließ uns in tiefem Dunkel. Ned-Land schlief unverzüglich ein, und zu meinem Staunen verfiel auch Conseil in schweren Schlummer. Als ich darüber grübelte, fühlte auch ich meinen Kopf von Betäubung befallen. Meine Augen, die ich offen halten wallte, schlossen sich trotz meines Widerstrebens. Offenbar waren den Speisen, welche wir genossen, Einschläferungsmittel beigemischt!

Ich hörte noch die Lucken sich schließen. Der Wellenschlag des Meeres, welcher ein leichtes Schwanken hervorrief, hörte auf. Hatte der Nautilus die Meeresoberfläche verlassen?

Unmöglich konnte ich mich des Schlafes erwehren. Mein Athen wurde schwächer. Ein Gefühl eisiger Kälte durchdrang meine schweren Glieder, die wie gelähmt waren. Meine Augenlider sanken wie bleierne Deckel über meine Augen. Ein leichter Schlummer voll Traumgesichter bemeisterte sich meiner. Darauf verschwanden die Gesichter und ich lag wie völlig vernichtet.

Kapitel 24

Das Korallenreich

Den folgenden Morgen wachte ich mit auffallend freiem Kopfe auf. Zu meiner großen Überraschung befand ich mich in meinem Zimmer. Meine Gefährten waren ohne Zweifel ebenso, ohne es zu merken, in ihre Kabine gebracht worden. Was während dieser Nacht vorgegangen war, wußten sie wohl ebenso wenig wie ich.

Ich dachte nun mein Zimmer zu verlassen. War ich wieder frei oder Gefangener? Völlig frei. Ich öffnete die Türe, ging durch die Gänge, stieg die Leiter im Centrum hinauf. Die am Abend zuvor geschlossenen Lucken waren offen. Ich kam auf die Plattform.

Ned-Land und Conseil warteten da auf mich. Ich fragte sie. Sie wußten nichts. Sie waren so tief im Schlaf versunken, daß sie keine Erinnerung mehr hatten, und gleich mir sehr überrascht, sich wieder in ihrer Kabine zu befinden.

Der Nautilus schien uns ruhig und geheimnißvoll, wie stets. Er schwamm an der Oberfläche der Wellen mit mäßiger Geschwindigkeit. An Bord schien nichts geändert.

Ned-Land beobachtete mit seinem scharfen Blick das Meer. Es war leer. Der Kanadier gewahrte nichts Neues am Horizont, kein Segel, kein Land. Ein Westwind wehte stark, und hohe Wellen versetzten das Schiff in merkliches Schwanken.

Der Nautilus hielt sich, nachdem er seine Luft erneuert, in einer durchschnittlichen Tiefe von fünfzehn Meter, so daß er rasch wieder an der Oberfläche erscheinen konnte. Dies geschah während dieses Tages, am 19. Januar, gegen Gewohnheit öfters. Der Lieutenant stieg dann auf die Plattform, und man hörte im Inneren die gewohnte Phrase.

Der Kapitän Nemo erschien nicht. Von den Leuten an Bord sah ich Niemand, als den phlegmatischen Steward, der mich so pünktlich und so schweigsam wie gewöhnlich bediente.

Gegen zwei Uhr befand ich mich im Salon, und war beschäftigt, meine Notizen zu ordnen, als der Kapitän Nemo öffnete und eintrat. Ich grüßte ihn. Er erwiderte kaum vernehmlich meinen Gruß, ohne ein Wort mit mir zu reden. Ich begab mich wieder an meine Arbeit, in Hoffnung, er werde mir vielleicht Auskunft über die Begebenheiten der vorigen Nacht geben. Es geschah nicht. Ich sah ihn an. Sein Aussehen schien ermüdet; seine geröteten Augen waren nicht durch Schlaf erquickt, seine Gesichtszüge hatten den Ausdruck tiefer Traurigkeit, eines wirklichen Kummers. Er ging hin und her, setzte sich und stand wieder auf, nahm ein beliebiges Buch und legte es gleich wieder hin, befragte seine Instrumente, ohne, wie gewöhnlich, Notizen zu machen, und schien sich nicht einen Augenblick am Platz halten zu können.

Endlich trat er zu mir und sprach:

»Sind Sie Arzt, Herr Arronax?«

Ich war so wenig auf diese Frage gefaßt, daß ich ihn eine Weile ansah, ohne zu antworten.

»Sind Sie Arzt? Fragte er nochmals. Manche Ihrer Kollegen haben Medizin studiert.

– In der Tat, sagte ich, bin ich Doktor und in Spitälern bewandert. Ich habe einige Jahre praktiziert, ehe ich beim Museum angestellt ward.

– Gut, mein Herr.«

Meine Antwort hatte offenbar den Kapitän befriedigt. Aber da ich nicht wußte, was er damit wollte, wartete ich auf weitere Fragen, und behielt mir vor, den Umständen gemäß zu antworten.

»Herr Arronax, sprach sodann der Kapitän Nemo, würden Sie die Gefälligkeit haben, einem meiner Leute Ihren Rath zu erteilen?

– Sie haben einen Kranken?

– Ja.

– Ich bin bereit. Sie zu begleiten.

– Kommen Sie.«

Ich gestehe, daß mein Herz klopfte. Ich weiß nicht, warum ich einen gewissen Zusammenhang zwischen dieser Krankheit eines Mannes von der Besatzung und dem sah, was gestern sich begeben hatte; und dies Geheimniß beschäftigte meine Gedanken wenigstens ebenso, wie der Kranke.

Der Kapitän Nemo führte mich in den hinteren Teil des Nautilus und ließ mich in eine Kabine neben dem Posten der Matrosen treten.

Hier lag auf einem Bett ein Mann von etwa vierzig Jahren, und energischen Zügen, ein echter Angelsachse.

Ich bog mich über ihn. Der Mann war nicht allein krank, sondern verwundet. Sein Kopf, in blutige Leinwand gewickelt, ruhte auf einem doppelten Kissen. Ich nahm die Leinwand hinweg, und der Verwundete starrte mich mit großen Augen an und ließ mich ohne einen einzigen Klagelaut gewähren. Es war eine gräßliche, Wunde. Der Schädel war mit einem stoßenden Werkzeug zerschmettert, das Gehirn lag offen, und die Gehirnsubstanz hatte eine tiefe Verletzung erlitten. Blutklumpen hatten sich in der zerfließenden Masse gebildet, welche an Farbe der Weinhefe glich. Es lag nicht allein eine Quetschung, sondern auch eine Erschütterung des Gehirns vor. Der Kranke atmete langsam und seine Gesichtsmuskeln waren etwas krampfhaft bewegt. Die Entzündung des Gehirns war vollständig und hatte die Lähmung des Gefühls und der Bewegung zur Folge.

Der Puls des Kranken war unterbrochen. Die äußeren Theile des Körpers wurden schon kalt, und ich sah den Tod herannahen, ohne daß es möglich schien, ihn zu hemmen. Ich verband den Unglücklichen, legte die Leinwandumhüllung seines Kopfes wieder zurecht, und begab mich darauf zum Kapitän Nemo.

»Woher kommt die Verwundung? Fragte ich.

– Was liegt daran? Versetzte der Kapitän ausweichend. Ein Stoß des Nautilus hat einen Hebel der Maschine zerbrochen, und dieser hat den Mann getroffen. Aber was halten Sie von seinem Zustand? «

Ich nahm Anstand mich auszusprechen.

»Sie können reden, sprach der Kapitän. Dieser Mann versteht nicht Französisch. «

Ich sah den Verwundeten nochmals an, dann sprach ich:

»Binnen zwei Stunden wird der Mann sterben.

– Ist er nicht zu retten?

– Nein.«

Die Hand des Kapitäns Nemo zuckte krampfhaft, und einige Tränen rannen aus seinen Augen.

Einige Augenblicke beobachtete ich noch den Sterbenden.

Seine Blässe nahm zu bei dem elektrischen Licht, welches auf sein Sterbebett fiel. Ich betrachtete sein verständiges Antlitz, das frühzeitig mit tiefen Runzeln bedeckt war, welche das Unglück, das Elend vielleicht, seit langer Zeit gegraben hatten. Ich trachtete aus den letzten Worten des Sterbenden des Geheimniß seines Lebens zu erlauschen.

»Sie können sich nun zurück ziehen, Herr Arronax,« sprach der Kapitän zu mir.

Ich verließ ihn also im Sterbezimmer und begab mich wieder in mein Zimmer, sehr ergriffen von der Scene. Den ganzen Tag über war ich von bangen Ahnungen gequält. Die Nacht schlief ich unruhig mit häufig unterbrochenen Träumen.

Am anderen morgen früh begab ich mich aufs Verdeck. Der Kapitän Nemo war schon da. So wie er mich sah, kam er auf mich zu.

»Herr Professor, sagte er, belieben Sie heute einen Ausflug unterm Meere mit zu machen?

– Mit meinen Genossen? Fragte ich.

– Wenn es Ihnen beliebt.

– Zu Ihrem Befehl, Kapitän.

– So kommen Sie, Ihre Skaphander anzuziehen.«

Vom Sterbenden oder Toten war nicht die Rede. Ich begab mich zu Ned-Land und Conseil, teilte ihnen den Vorschlag des Kapitäns Nemo mit. Conseil nahm eifrigste an, und diesmal zeigte sich auch der Kanadier geneigt, sich anzuschließen.

Es war acht Uhr vormittags. In einer halben Stunde waren wir für diesen wiederholten Gang angekleidet und mit den Apparaten zur Beleuchtung und zum Athen versehen. Die doppelte Türe wurde geöffnet, und in Begleitung des Kapitäns Nemo mit einem Gefolge von zwölf Leuten der Mannschaft stellten wir uns in einer Tiefe von zehn Meter auf den festen Grund auf, wo der Nautilus ruhig lag.

Ein sanfter Abhang endigte an einem unebenen Grund etwa fünfzehn Klafter tief. Derselbe war durchaus verschieden von dem, welchen ich bei meinem ersten Ausflug unterm Stillen Ozean angetroffen hatte. Hier nichts von dem feinen Sand, nichts von unterseeischen Wiesen, kein Meer-Wald. Ich erkannte sogleich die merkwürdige Region, deren Bekanntschaft uns der Kapitän Nemo nun machen ließ. Es war das Korallenreich.

Die Korallen gehören zu den Zoophyten. Die merkwürdige Substanz wurde der Reihe nach dem Mineral-, dem Pflanzen- und dem Tierreich zugezählt. Im Altertum ein Heilmittel, in neueren Zeiten ein Zierrat, wurde ihr erst 1694 von dem Marseiller Prysonnet definitiv ihre Stelle im Tierreich angewiesen.

Die Koralle ist eine Versammlung kleiner Tierchen, welche in einem Gehäuse zerbrechlicher und steiniger Art beisammen sind. Diese Polypen haben einen einzigen Erzeuger, von dem sie durch Sprossen ausgegangen sind; sie haben eine eigene, gesonderte Existenz und nehmen doch am gemeinsamen Leben Teil. Wir sehen also hier eine Art Sozialismus in der Natur. Ich kannte die letzten Arbeiten über diese sonderbaren Zoophyten, welche, während sie Zweige treiben, zum Mineral werden, und es konnte mir nichts angenehmer sein, als einmal einen dieser versteinerten Wälder zu besuchen, welche die Natur auf dem Meeresgrund angepflanzt hat.

Die Apparate Ruhmkorff wurden in Tätigkeit gesetzt, und wir gingen längs einer in Bildung begriffenen Korallenbank, welche eines Tages diesen Teil des indischen Ozeans abschließen wird. Neben dem Wege standen unentwirrbare Gebüsche mit durcheinandergeflochtenem Gezweige, welche mit kleinen weißstrahligen Sternblumen bedeckt waren. Nur war's mit diesem Baumwuchs gerade umgekehrt wie bei den Erdpflanzen: festsitzend an den Felsen sprossten sie alle in der Richtung von oben nach unten.

Indem das Licht inmitten dieser so lebhaft gefärbten Gezweige spielte, erzeugten sich tausend reizende Effekte. Es kam mir vor, als sähe ich diese zylindrischen Röhren unter dem Wellenspiegel zittern. Ich war versucht, diese frischen Blumenkelche mit zarten Staubfäden zu pflücken; aber wenn meine Hand sich den lebenden Blumen näherte, kam sogleich die ganze Kolonie in Aufruhr. Die weißen Blumenkronen zogen sich in ihre roten Gehäuse zurück, die Blumen verschwanden vor meinen Blicken, und das Gebüsch verwandelte sich in einen Block mit steinigen Warzen.

Der Zufall ließ mich hier die kostbarsten Muster von Zoophyten antreffen. Diese Korallen kommen an Wert denen gleich, die man im Mittelländischen Meer an den Küsten Frankreichs, Italiens und der Barbarei fischt. Ihre lebhaften

Farben rechtfertigen die poetischen Namen »Blutblumen« und »Blutschaum«, welche der Handel ihren schönsten Produkten gibt. Die Korallen kosten bis zu fünfhundert Francs das Kilogramm.

Bald wurden die Gebüsche dichter, der Baumwuchs höher. Wahre versteinerte Waldschläge und langes Sparrenwerk einer phantastischen Architektur öffnete sich vor unseren Schritten. Der Kapitän Nemo trat unter eine dunkle Galerie mit sanftem Abfall, die uns hundert Meter tief hinabführte. Das Licht unserer Serpentinen erzeugte mitunter zauberhafte Effekte, wenn es sich an den rauen Vorsprüngen der natürlichen Bogen oder an den gleich Lüstren herabhängenden Teilen brach. Unter dem Korallengebüsch gewahrte ich noch andere Polypen, die nicht minder merkwürdig sind, Meliten, Iris, Büsche von Korallinen, grün und rot, wahre Algen mit einer Kruste von kalkhaltigem Salz, welche die Naturforscher nach langem Streiten dem Pflanzenreich zugeteilt haben.

Endlich, nach einem Weg von zwei Stunden, hatten wir eine Tiefe von dreihundert Meter erreicht, d. h. die äußerste Grenze, wo die Korallenbildung beginnt. Aber da gab's nicht mehr einzelne Büsche, noch niedere Schläge. Es war hier ein ungeheurer Wald, mineralischer Hochwuchs, enorme versteinerte Bäume, durch Girlanden zierlicher Plumaria, dieser See-Lianen, mit einander verbunden. Unter ihrem hohen Gezweig gingen wir frei, und hatten zu unseren Füßen einen förmlichen Teppich von Tubiporen, Meandrinen, Caryophyllen u. a. wie Edelstein glänzende Blumen.

Inzwischen hatte der Kapitän Nemo Halt gemacht. Ich blieb mit meinen Gefährten auch stehen, und als ich mich umwendete, sah ich, daß seine Leute einen Halbkreis um ihn bildeten. Als ich sie genauer betrachtete, nahm ich wahr, daß vier von ihnen einen länglichen Gegenstand auf den Schultern trugen.

Wir befanden uns hier im Mittelpunkt einer geräumigen, lichten Stelle, die von hohem Baumwuchs umgeben war. Unsere Lampen verbreiteten eine Art Dämmerschein, in welchem lange Schatten über den Boden fielen. An der Grenze dieser Lichtung begann wieder tiefes Dunkel.

Ned-Land und Conseil befanden sich neben mir. Wir sahen zu als Zeugen einer merkwürdigen Scene. Der Boden hatte an verschiedenen Stellen leichte mit einer Kalkkruste überzogene Erhöhungen in regelmäßiger Ordnung, als wie von Menschenhand gefertigt.

In der Mitte der Lichtung war auf einem Piedestal roh aufgeschichteter Steinblöcke ein Kreuz von Korallen errichtet.

Auf einen Wink des Kapitäns Nemo trat einer der Männer vor und begann einige Schritte vor dem Kreuz mit einer Hacke, die er von seinem Gürtel nahm, ein Loch zu graben.

Jetzt wurde mir's klar: Diese Lichtung war ein Friedhof, dies Loch ein Grab, der längliche Gegenstand die Leiche des verstorbenen Mannes. Der Kapitän mit seinen Leuten war damit beschäftigt, den Kameraden an dieser unzugänglichen Stelle des Meeresgrundes zu bestatten.

Inzwischen wurde das Grab langsam fertig. Als es weit, tief und lang genug war, traten die Träger hinzu, und der Leichnam, in weiße Byssus gehüllt, wurde in die nasse Stätte eingesenkt. Der Kapitän Nemo, mit über der Brust gekreuzten Armen, und alle Freunde des Verstorbenen, sanken gleich Betenden auf die Knie … Meine Gefährten und ich, wir neigten uns in frommer Ehrerbietung.

Darauf wurde das Grab wieder zugeschüttet, so daß es eine leichte Erhöhung bildete.

Hierauf stand der Kapitän mit seinen Leuten wieder auf; dann stellten sie sich nahe um das Grab, bogen alle ihre Knie und streckten ihre Hand aus zum letzten Abschied …

Sodann begab sich die Leichenbegleitung wieder auf den Heimweg zum Nautilus, unter dem gewölbten Bogengang, inmitten des Baumschlags und längs der Korallengebüsche, stets bergan.

Endlich zeigten sich die Leuchten an Bord des Nautilus. Ihr Lichtschein führte uns bis zu demselben. Um ein Uhr waren wir wieder zurück.

Sobald ich meine Kleidung gewechselt, begab ich mich auf die Plattform, und von Gedanken überwältigt wollte ich mich neben der Leuchte niedersetzen.

Der Kapitän Nemo kam auf mich zu. Ich stand auf und sprach:

»Also, wie ich voraus sah, ist der Mann in der Nacht gestorben?

– Ja, Herr Arronax, erwiderte der Kapitän.

– Und nun ruht er bei seinen Genossen auf dem Korallenfriedhof?

– Ja, vergessen von der Welt, außer uns! Wir graben das Grab, und die Polypen bestatten unsere Toten für ewig!«

Und sein Gesicht mit den Händen bedeckend versuchte der Kapitän vergebens sein Schluchzen zu verbergen. Dann fügte er bei:

»Hier ist unser Friedhof, einige hundert Fuß unter dem Meeresspiegel!

– Ihre Toten ruhen da gewiß friedlich, Kapitän, unangefochten von den Haifischen!

– Ja, mein Herr, erwiderte ernst der Kapitän Nemo, von den Haifischen und den Menschen!«

TEIL 2

Kapitel 1
Der Indische Ozean

So verlief also das ganze Leben des Kapitäns Nemo im Schoße des unermeßlichen Meeres bis zum Grabe in unergründlicher Tiefe, an der stillen Stätte, wohin kein Ungeheuer des Ozeans drang, den letzten Schlummer der Genossen des Nautilus zu stören, seiner Freunde, die im Tode wie im Leben fest mit einander verbunden waren! »Auch kein Mensch sollte sie da stören«, hatte der Kapitän beigefügt.

Stets dasselbe Mißtrauen, das wilde, unversöhnliche, gegen die menschliche Gesellschaft!

Ich beruhigte mich nicht bei der Annahme, welche Conseil befriedigte, der Kommandant des Nautilus sei nur einer der verkannten Gelehrten, welche den Menschen ihre Gleichgültigkeit mit Verachtung erwidern. Er hielt ihn ferner für ein unverstandenes Genie, welches der Täuschungen der Erdenwelt müde, sich in dieses unzugängliche Gebiet hatte flüchten müssen, wo den Trieben seines Geistes ein freies Wirken vergönnt war. Allein, meines Erachtens, erklärte diese Annahme nur eine der Seiten seines Charakters.

In der Tat, das Geheimniß dieser letzten Nacht, während deren wir im Gefängniß und durch Schlaf gefesselt waren, die so gewaltsam ausgeübte Vorsicht, mir das Fernrohr, womit ich den Horizont zu betrachten im Begriff war, von den Augen wegzureißen, die tödliche Verwundung des Mannes, die von einem unerklärlichen Stoß des Nautilus herrühren sollte, – alles dies drängte mich in eine neue Bahn. Nein! Der Kapitän Nemo beschränkte sich nicht darauf, die Menschen zu fliehen! Sein furchtbares Fahrzeug diente nicht allein seinem Freiheitsbedürfniß, sondern vielleicht auch der Absicht gewisser fürchterlicher Repressalien.

In diesem Augenblick ist mir noch nichts mit Gewißheit klar, ich sehe in diesem Dunkel nur unbestimmten Lichtschimmer, und ich muß mich darauf beschränken zu schreiben, was mir gewissermaßen die Ereignisse diktieren.

Übrigens sind wir durch nichts an den Kapitän Nemo gebunden. Er weiß, daß ein Entrinnen unmöglich ist. Wir sind nicht einmal auf Ehrenwort eingehalten; keine Ehrenverbindlichkeit fesselt uns. Wir sind nur Gefangene, deren

Eigenschaft als solche durch einen Anschein von Höflichkeit mit der Benennung »Gaste« verdeckt ist. Demnach hat Ned-Land die Hoffnung nicht aufgegeben, wieder die Freiheit zu erlangen. Gewißlich wird er die erste Gelegenheit dazu, welche ihm das Schicksal darbietet, benutzen. Ohne Zweifel werd' ich's ebenso machen. Doch werde ich nur mit gewissem Leidwesen mit mir nehmen, was uns von den Geheimnissen des Nautilus durch das Vertrauen des Kapitäns mitgeteilt worden. Denn, kurz zu reden, muß man diesen Mann hassen oder bewundern? Ist er ein Opfer oder ein Henker? Und dann, offen gesagt, ich möchte gern, bevor ich ihn auf immer verließe, diese unterseeische Fahrt um die Welt, welche so prächtig begonnen, erst vollenden. Ich möchte gern zuvor die in den Tiefen der Meere des Erdballs vorhandenen Wunder vollständig beobachten. Ich möchte sehen, was noch kein Mensch gesehen hat, und sollte ich dieses unersättliche Bedürfnis zu lernen mit meinem Leben bezahlen! Was hab' ich bis jetzt entdeckt? Nichts, ober so gut wie Nichts, denn wir haben erst sechstausend Meilen durch den Stillen Ozean zurück gelegt!

Doch weiß ich wohl, daß der Nautilus sich den bewohnten Ländern nähert, und daß, wenn sich eins Aussicht zur Rettung darbietet, es grausam wäre, meine Gefährten meiner Leidenschaft für das Unbekannte zu opfern. Ich muß mich ihnen anschließen, vielleicht sie anführen. Aber wird sich eine solche Gelegenheit jemals ergeben? Der gewaltsam seiner freien Verfügung beraubte Mensch sehnt sich nach einer solchen, aber der Gelehrte in seinem Wissensdrang fürchtet sie.

An diesem Tage, den 21. Januar 1868, war um Mittag der Schiffslieutenant beschäftigt, den Höhestand der Sonne aufzunehmen. Ich begab mich auf die Plattform, zündete eine Zigarre an und sah der Verrichtung zu. Es schien mir klar, daß dieser Mann Französisch nicht verstand, denn einige mal, machte ich laut in dieser Sprache Bemerkungen, welche ihm unwillkürliche Zeichen der Beachtung entlockt haben würden, wenn er sie verstanden hätte; aber er blieb gleichgültig und stumm.

Während er mit dem Sextant seine Beobachtungen anstellte, kam einer der Matrosen des Nautilus – jener kräftige Mann, der uns bei unserem ersten unterseeischen Ausflug auf die Insel Crespo begleitet hatte – und reinigte die

Fenster der Leuchte. Da betrachtete ich die Einrichtung dieses Apparates, dessen Wirkungskraft durch linsenförmige Ringe hundertfach verstärkt wurde, welche wie bei den Leuchttürmen angebracht waren und das Licht in der erforderlichen Ebene hielten. Die elektrische Lampe war der Art eingerichtet, daß sie alle ihre Leuchtkraft hingab. Ihr Licht erzeugte sich wirklich im leeren Raume, wodurch seine Regelmäßigkeit und Stärke gesichert wurde. Dieser leere Raum sparte auch die Graphitspitzen, zwischen welchen die Lichtströmung sich entwickelt. Eine umso wichtigere Sache für den Kapitän Nemo, da er sie nicht leicht hätte erneuern können. Aber unter diesen Verhältnissen war ihre Abnutzung fast unmerklich.

Während der Nautilus sich vorbereitete, seine unterseeische Fahrt fortzusetzen, begab ich mich wieder in den Saal hinab. Die Lucken wurden wieder geschlossen, und es wurde gerade westliche Richtung gegeben.

Wir durchschnitten also die Wogen des Indischen Ozeans, eine Fläche von fünfhundertfünfzig Millionen Hektaren Gehalt von so durchsichtigem Wasser, daß man den Schwindel bekommt, wenn man an der Oberfläche sich darüber beugt. Der Nautilus hielt sich im Allgemeinen hundert bis zweihundert Meter tief. So ging es fünf Tage lang. Jedem anderen, der nicht so große Freude am Meer hatte, wie ich, würden die Stunden gewiß langweilig und einförmig vorgekommen sein; aber dieser tägliche Spaziergang auf der Plattform, wo ich mich in der erfrischenden Seeluft erquickte, der Anblick der reichen Gewässer durch die Fenster des Salon, die Lektüre in der Bibliothek, die Ausarbeitung meines Tagebuchs beschäftigten mich die ganze Zeit über, und ließen mir nicht einen einzigen Augenblick Langeweile.

Unser Gesundheitszustand hielt sich allerseits sehr befriedigend. Die tägliche Kost sagte uns vollkommen zu, und ich meines Teils hätte ganz wohl die Abwechslung entbehren können, welche Ned-Land aus Widerspruchsgeist in dieselbe zu bringen beflissen war. Ferner war bei der gleichmäßigen Temperatur nicht einmal ein Katarrh zu befürchten. Zudem hätte das madreporische Gewächs, welches in der Provence unter dem Namen Meerfenchel bekannt ist, und wovon man einigen Vorrat an Bord genommen hatte, mit dem saftigen Fleisch seiner Polypen ein vortreffliches Mittel wider den Husten gegeben.

Einige Tage lang bekamen wir eine große Menge Seevögel zu sehen, Plattfüßer, Meerschwalben oder Seemöwen. Es gelang einige zu schießen, und gehörig zubereitet gaben sie ein sehr annehmliches Seewildpret ab. Unter den Weitseglern, die allerwärts her aus weiter Ferne verschlagen, von dem ermüdenden Flug auf den Wellen ausruhen, bemerkte ich prächtige Albatros, die so disharmonisch schreien wie ein Esel; sodann Fregatten, die in reißend schnellem Flug die Fische von dem Meeresspiegel fangen, und zahlreiche Phaeton, unter anderen den rotgesprengten von der Größe einer Taube, dessen weiße Flaumfedern mit rosa Tönen schattiert sind, welche die schwarze Färbung der Flügel hervorheben.

Die Netze des Nautilus lieferten einige Sorten Seeschildkröten, von der Karetgattung mit gewölbtem Rücken und sehr geschätzter Schale. Diese Tiere tauchen leicht unter und können sich lange unterm Wasser halten, indem sie die fleischige Klappe an der äußeren Mündung ihres Nasenkanals schließen. Das Fleisch derselben war meist nicht viel wert, aber ihre Eier bildeten eine treffliche Erfrischung.

Die Fische erregten stets unsere Bewunderung, wenn wir bei geöffneten Läden sie bei den Geheimnissen ihres Wasserlebens belauschten. Ich bemerkte einige Arten, welche ich bisher noch nicht zu beobachten Gelegenheit hatte.

Ich hebe daraus die dem Rothen und Indischen Meer eigentümlichen Beinfische hervor. Diese sind gleich den Schildkröten, Gürteltieren, Meerigeln, Schaltieren, mit einem Panzer geschirmt, der weder kreideartig, noch steinartig, sondern wirklich von Knochenstoff ist. Er hat bald die Form eines dreieckigen, bald eines viereckigen Körpers. Von den dreieckigen waren manche einen halben Dezimeter lang, von gesundem Fleisch und ausgesuchtem Geschmack, mit braunem Schwanz und gelben Flossen. Unter den viereckigen führe ich die mit vier Buckeln auf dem Rücken an; die Dromedare mit dicken kegelförmigen Höckern, von hartem, zähem Fleisch; ferner Trigonen, welche mit Stacheln versehen sind, die durch Verlängerung ihrer beinigen Schale entstehen, und die man ihres eigentümlichen Grunzens wegen »Meerschweine« genannt hat.

Meister Conseil hatte in seinem Tagebuch eine sehr große Menge der schönsten und merkwürdigsten Fische verzeichnet, von denen ich noch manche anführen möchte, aber es würde allzu weitläufig sein.

Vom 21. bis 23. Januar fuhr der Nautilus im Verhältniß von zweihundertundfünfzig Lieues binnen vierundzwanzig Stunden, also fünfhundertundvierzig Meilen, oder zweiundzwanzig Meilen in der Stunde. Die mancherlei Fische, welche uns begleiteten, waren durch das elektrische Licht angelockt: die meisten blieben bald zurück, manche jedoch konnten sich eine Zeit lang bei demselben halten.

Am 24. früh bekamen wir, unter 12° 5' südlicher Breite und 94° 33' Länge, die Insel Keeling in Sicht, dieselbe ist madreporischen Ursprungs, mit prachtvollen Cocosbäumen bepflanzt, aber menschenleer und mit steilen Küsten, an welchen der Nautilus nahe vorbei fuhr. Darwin und der Kapitän Fitz-Roy hatten sie besucht. Sie verschwand uns rasch am Horizont, und wir fuhren nordwestlich auf die Spitze der Indischen Halbinsel zu.

»Zivilisierte Länder, sagte damals Ned-Land zu mir. Das wird besser sein, als Papuasien, wo man mehr Wilde als Wildpret antrifft! Auf diesem indischen Land, Herr Professor, giebt's Landstraßen, Eisenbahnen, englische, französische und Hindu-Städte. Da würde man keine fünf Meilen zu machen haben, um auf einen Landsmann zu stoßen. Nun? Ist da nicht der rechte Zeitpunkt, dem Kapitän Nemo seine Höflichkeit zu vergelten!

– Nein, Ned, nein, erwiderte ich in sehr bestimmtem Ton. Der Nautilus nähert sich bewohnten Landschaften. Er kommt nach Europa zurück, mag uns dahin führen. Sind wir einmal in unseren heimatlichen Meeren, werden wir sehen, was die Klugheit uns raten wird zu versuchen. Übrigens nehme ich nicht an, daß der Kapitän Nemo uns gestatten wird, an der Küste von Malabar oder Coromandel auf die Jagd zu gehen, wie er in den Wäldern von Neu-Guinea erlaubte.

– Ah! Herr, kann man's nicht ohne seine Erlaubniß thun?«

Ich gab dem Kanadier keine Antwort weiter; ich wollte nicht darüber hin und her reden. Im Grunde hatte ich mir vorgenommen, bis zu Ende die Wechselfälle des Schicksals mitzumachen, welches mich an Bord des Nautilus verschlagen hatte.

Von der Insel Keeling an wurde unsere Fahrt im Allgemeinen langsamer. Sie war auch launenhafter, und zog uns oft in große Tiefen hinab. Wir kamen so bis auf zwei bis drei Kilometer, aber ohne jemals die großen Tiefen dieses Indischen Meeres festzustellen, welche durch Sondieren mit dreizehntausend Meter nicht hatte erreicht werden können. Was die Temperatur der niederen Schichten betraf, so zeigte das Thermometer stets unverändert vier Grad über Null. Ich beobachtete nur, daß in den oberen Lagen das Wasser unter der Oberfläche stets kälter war als oberhalb.

Am 25. Januar, da der Ozean völlig leer war, brachte der Nautilus den ganzen Tag auf der Oberfläche zu, und seine gewaltige Schraube warf bei ihren Schlägen die Wellen hoch empor. Da konnte man ihn wohl für ein Riesenungeheuer ansehen. Ich brachte drei Viertel des Tages auf der Plattform zu. Mein Blick schweifte über dem Meer. Nichts am Horizont, als gegen vier Uhr abends ein langes Dampfboot, welches westlich uns entgegen fuhr. Seine Masten waren einen Augenblick sichtbar, aber es konnte den Nautilus nicht sehen, weil er zu flach, über die Oberfläche des Wassers wenig hervorragte. Ich glaubte, dies Boot gehörte der Linie an, welche die Fahrten von Ceylon nach Sidney macht.

Um fünf Uhr abends, vor der Dämmerung, welche in den Tropengegenden so kurz ist, wurden wir, Conseil und ich, durch einen merkwürdigen Anblick in Staunen versetzt.

Es gibt ein reizendes Tierchen, dessen Begegnung die Alten als ein glückliches Wahrzeichen ansahen. Sie nannten es Nautilus und Pompluns. Aber die neuere Wissenschaft hat ihm einen andern Namen gegeben; die Molluske heißt jetzt Argonaut, welcher zu derselben Familie gehört, wie der Kalmar und der Tintenfisch. Einer solchen Truppe von Argonauten, die auf der Oberfläche des Ozeans wanderte, und mehrere Hunderte zählte, begegneten wir damals.

Diese zierlichen Mollusken bewegten sich vermittelst ihrer Fortbewegungsröhre rückwärts, indem sie durch diese Röhre das eingesaugte Wasser entfernen. Von ihren acht Fühlfäden schwammen sechs lange und feine oben auf dem Wasser, während die beiden andern blattförmig zusammengerollt, wie ein leichtes Segel im Winde aufgespannt waren. Ich sah genau ihre spiralförmige gefältelte Muschel, welche Cuvier richtig mit einer eleganten Schaluppe vergleicht. In der Tat ist's ein wirkliches Boot, worin das Tier, welches durch Absonderung dasselbe geschaffen hat, fährt, ohne daß es ihm anhängt.

Etwa eine Stunde lang schwamm der Nautilus inmitten dieser Mollusken Schaar. Darauf befiel sie ein plötzlicher Schrecken. Wie auf ein Signal verschwanden auf einmal alle Segel, die Arme zogen sich ein, die Körper schrumpften zusammen, die Muscheln änderten durch Umkehren ihren Schwerpunkt und die ganze Flotille sank unter. Dies geschah in einem Augenblick und mit einer gleichen Gemeinsamkeit des Manoeuvers, wie man's bei einem Schiffsgeschwader noch nie gesehen hat.

Am folgenden Tage, den 26. Januar, durchschnitten wir unterm zweiundachtzigsten Meridian den Äquator und kamen wieder auf die nördliche Hemisphäre.

Während dieses Tages hatten wir eine fürchterliche Schaar von Haifischen im Gefolge, Ungeheuer, die in diesen Meeren massenweise vorkommen und sie sehr gefährlich machen. Oft schossen diese gewaltigen Tiere mit beunruhigendem Ungestüm wider die Fenster des Salon. Dann hielt sich Ned-Land nicht länger, wollte auf die Oberfläche des Wassers, um die Ungetüme mit seiner Harpune zu treffen. Aber der Nautilus bekam durch Verstärkung seiner Schnelligkeit leicht einen Vorsprung vor den raschesten dieser Tiere.

Am 27. Januar, bei der Einfahrt in den ungeheuern bengalischen Golf, stießen wir mehrmals auf Leichname, die auf der Meeresoberfläche schwammen. Es waren Leichen aus den indischen Städten, welche der Ganges bis in's hohe Meer getrieben hatte, und welche die Geier, die einzigen Bestatter des Landes, nicht alle hatten verschlingen können. Die Haifische waren beflissen, sie in ihrem leidigen Geschäfte zu unterstützen.

Gegen sieben Uhr abends fuhr der Nautilus halb unterm Wasser mitten durch ein Milchmeer. Soweit man sehen konnte, schien der Ozean aus Milch zu bestehen. War's nur Wirkung des Mondlichts? Nein, denn der Mond, erst seit zwei Tagen im Wachsen begriffen, befand sich noch unterhalb des Horizonts.

Der ganze Himmel, obgleich in der Beleuchtung des Sternenlichts, schien schwarz im Gegensatz mit diesem weißen Gewässer.

Conseil konnte seinen Augen nicht trauen, und fragte mich über die Ursachen dieser auffallenden Erscheinung. Glücklicherweise war ich im Stande ihm seine Frage zu beantworten.

»Man nennt das ein Milchmeer, sagte ich, weiße Meereswellen in weitem Umfang, wie man's häufig an den Küsten von Amboina und in diesen Gegenden zu sehen bekommt.

– Aber, fragte Conseil, kann mein Herr mich darüber belehren, welche Ursache eine solche Wirkung hervorbringt, denn das Wasser hat sich nicht in Milch umgewandelt, denk' ich mir.

– Nein, lieber Junge; diese weiße Farbe, welche Dir auffällt, rührt nur von Myriaden Infusionstierchen her, eine Art Leuchtwürmchen, die farblos sind und wie Gallerte aussehen, haar dünn und nicht länger als ein fünftel Millimeter. Manche dieser Tierchen hängen meilenweit mit einander zusammen.

– Meilenweit, rief Conseil aus.

– Ja, mein Junge, und gieb Dir nicht die Mühe, die Zahl dieser Tierchen auszurechnen! Du würdest es nicht fertig bringen, denn, irre ich nicht, so sind manche Seefahrer mehr als vierzig Meilen weit über solche Milchmeere gefahren.«

Ich weiß nicht, ob Conseil meiner Mahnung Rechnung trug, aber er schien in tiefes Nachdenken versenkt, indem er ohne Zweifel auszurechnen bemüht war, wieviel Fünftheile von Millimetern in vierzig Quadratmeilen enthalten sind. Ich meines Teils fuhr fort, das Phänomen zu beobachten. Einige Stunden lang fuhr der Nautilus über solchen weißen Wogen, und ich bemerkte, daß er ganz geräuschlos durch dieses seifenartige Wasser glitt, als führe er in den Schaumwirbeln, welche mitunter zwischen den Strömungen und Gegenströmungen der Baien entstehen.

Gegen Mitternacht nahm das Meer plötzlich seine gewöhnliche Farbe wieder an, aber hinter uns bis zu den Grenzen des Horizonts schien der Himmel im Wiederschein der weißen Wogen lange Zeit mit dem unbestimmten Nordlichtschimmer überzogen.

Kapitel 2

Ein neuer Vorschlag des Kapitän Nemo

Am 28. Februar, als der Nautilus zur Mittagszeit unterm 9° 4' nördlicher Breite wieder an die Oberfläche des Meeres kam, befand er sich im Angesicht eines Landes, das acht Meilen westlich lag. Ich gewahrte zuerst einen Haufen etwa zweitausend Fuß hoher Berge, deren Formen sich sehr launenhaft änderten. Als die Lage aufgenommen war, begab ich mich wieder in den Salon, und erkannte auf der Karte, daß wir im Angesicht der Insel Ceylon waren, dieser Perle an der unteren Spitze der indischen Halbinsel.

Ich suchte in der Bibliothek nach einem Buch über diese Insel, die eine der fruchtbarsten der Erde ist, und fand gerade einen Band von Sir H. O. Esq., mit dem Titel *Ceylon und Singalesen*. Als ich wieder in den Salon trat, erschienen gleich auch der Kapitän Nemo und sein Lieutenant.

Der Kapitän warf einen Blick auf die Karte und sprach zu mir:

»Die Insel Ceylon ist durch ihre Perlenfischereien berühmt? Würde es Ihnen angenehm sein, Herr Arronax, eine solche Fischerei zu besuchen?

– Ja wohl, Kapitän.

– Gut. Es kann leicht geschehen. Nun, sehen wir zwar die Fischereien, so können wir doch nicht die Fischer sehen. Die jährlich vorgenommene Ausbeutung hat noch nicht begonnen. Tut nichts. Ich will nach dem Golf Manaar fahren, wo wir in der Nacht ankommen werden.«

Der Kapitän sprach mit seinem Lieutenant einige Worte, der ging sogleich hinaus und der Nautilus tauchte alsbald in sein Element hinab. Das Manometer zeigte, daß er sich in einer Tiefe von dreißig Fuß hielt.

Ich suchte auf der Karte den Golf von Manaar. Derselbe findet sich im Nordwesten unterm neunten Breitegrad, gebildet durch einen langen Streifen des Inselchens Manaar. Man mußte, um hin zu kommen, das ganze westliche Ufer von Ceylon hinauf fahren.

»Herr Professor, sagte darauf der Kapitän Nemo, man fischt Perlen im Golf von Bengalen, im Indischen Meer, dem Chinesischen und Japanischen, in den Meeren Süd-Amerika's, in den Golfen von Panama und Kalifornien; aber zu

Ceylon mit dem schönsten Erfolg. Wir kommen dafür zwar etwas zu früh. Die Fischer versammeln sich erst im März im Golf von Manaar, und dann widmen sich ihre dreihundert Boote dreißig Tage lang ganz dem gemeinsamen Geschäft, diese Kostbarkeiten des Meeres zu holen. Jedes Boot ist mit zehn Ruderern und zehn Fischern besetzt. Die letzteren sind in zwei Rotten geteilt, die im Untertauchen mit einander abwechseln, und begeben sich in eine Tiefe von zwölf Meter mit Hilfe eines schweren Steins, welchen sie zwischen ihre Füße nehmen, und der mit einem Tau an das Fahrzeug befestigt ist.

– Also, sagte ich, ist immer noch das ursprüngliche Verfahren in Brauch.

– Immer noch, erwiderte der Kapitän Nemo, obwohl diese Fischereien dem gewerbverständigsten Volk der Welt angehören, den Engländern, welchen dieselben im Vertrag zu Amiens, 1802, abgetreten worden sind.

– Es scheint mir doch, daß der Skaphander, wie Sie ihn im Gebrauch haben, dabei große Dienste leisten würde.

– Ja wohl, denn die armen Fischer können's nicht lange unterm Wasser aushalten. Der Engländer Parceval spricht zwar von einem Kaffer, der fünf Minuten lang unterm Wasser bleiben konnte, aber es scheint mir dies nicht sehr glaubhaft. Ich weiß, daß manche Taucher es bis auf siebenundfünfzig Sekunden, und sehr geschickte bis siebenundachtzig bringen; doch sind solche selten, und wenn die armen Kerle wieder an Bord kommen, strömt ihnen Wasser mit Blut vermischt aus Nase und Ohren. Ich glaube, daß die Durchschnittszeit, welche diese Fischer es aushalten können, nur dreißig Sekunden beträgt, während dessen sie in aller Eile mit einem kleinen Netz alle Perlmuscheln, deren sie habhaft werden können, zusammenraffen; aber im Allgemeinen werden diese Fischer nicht alt; sie bekommen schwache Sehkraft, es bilden sich Geschwüre an ihren Augen und zeigen sich Wunden über dem ganzen Körper; und oft auch werden sie auf dem Meeresgrunde vom Schlage getroffen.

– Ja, sagte ich, 's ist ein trauriges Gewerbe, und dient doch nur, um einige Launen zu befriedigen. Aber, sagen Sie mir, Kapitän, wieviel Muscheln kann ein Boot während eines Tages fischen?

– Etwa vierzig- bis fünfzigtausend. Man sagt sogar, daß im Jahre 1814, als die englische Regierung auf eigene Rechnung fischen ließ, ihre Taucher binnen zwanzig Tagen sechsundsiebenzig Millionen Muscheln zu Tage förderten.

– Da finden sich wenigstens, fragte ich, diese Fischer hinreichend belohnt.

– Schwerlich, Herr Professor. Zu Panama verdienen sie nur einen Dollar die Woche. Meistens bekommen sie nur einen Sou für die Muschel mit einer Perle, und wie viele bringen sie herauf, welche keine enthalten!

– Ein Sou den armen Leuten, welche ihre Herren bereichern! Das ist abscheulich!

– Also, Herr Professor, sagte zu mir der Kapitän Nemo, Sie werden mit Ihren Gefährten die Bank von Manaar besuchen, und wenn sich vielleicht ein erwerbsamer Fischer schon dort befindet, so werden wir ihn sehen, wie er's macht.

– Einverstanden, Kapitän.

– Beiläufig, Herr Arronax, Sie fürchten sich doch nicht vor den Haifischen?

– Vor den Haifischen?« rief ich aus.

Diese Frage schien mir zum mindesten recht müßig.

»Nun? Wiederholte der Kapitän.

– Ich muß Ihnen gestehen, Kapitän, daß ich mich mit dieser Art Fische noch nicht sehr befreundet habe.

– Wir sind daran gewöhnt, versetzte der Kapitän Nemo, und mit der Zeit werden Sie sich darin finden. Übrigens sind wir ja bewaffnet, und wir können unterwegs vielleicht einen Hai erlegen; 's ist das eine recht interessante Jagd. Also, auf Morgen, Herr Professor, und in aller Frühe.«

Das sagte der Kapitän so leichthin, und verließ den Saal.

Ladet man uns ein, im Schweizergebirge einen Bären zu jagen, so sagen wir: »Recht gern! Morgen gehen wir auf die Bärenjagd.« Ladet man uns zu einer Löwenjagd auf den Hochebenen des Atlas, oder zu einer Tigerjagd in den Niederungen Indiens ein, so sagen wir: »Ei nun! Wir werden wohl dabei sein!« Aber ladet man uns ein, den Haifisch in seinem natürlichen Element zu jagen, so erbitten wir uns vielleicht Bedenkzeit aus, bevor wir die Einladung annehmen.

Ich für meinen Teil fuhr mit der Hand über meine Stirn, und fühlte da einige Tropfen kalten Schweißes.

»Wir wollen's überlegen, sagte ich bei mir, und übereilen wir uns nicht. Fischotter in unterseeischen Wäldern zu jagen, wie wir's auf der Insel Crespo getan, geht noch an. Aber sich auf den Meeresgrund zu begeben, wenn man fast sicher ist, dort auf Haifische zu stoßen, ist doch etwas anderes! Ich weiß wohl, daß in manchen Ländern, besonders auf den Andamanen, die Neger bei der Hand sind, einen Dolch in einer Hand, eine Schlinge in der anderen, einen Haifisch anzugreifen, aber ich weiß auch, daß Viele, die keck genug sind, mit diesen furchtbaren Ungeheuern anzubinden, nicht mit dem Leben davon kommen! Übrigens bin ich auch kein Neger, und wenn ich einer wäre, so würde, glaube ich, in diesem Falle eine leichte Bedenklichkeit meinerseits wohl an der Stelle sein.«

Ich stellte mir also in Gedanken die Haifische vor, ihre ungeheuren Kinnbacken mit vielen Reihen Zähnen, die einen Menschen mit einem Biß in zwei Theile zerlegen können. Da kam mir schon ein Schmerzfühl um die Lenden. Sodann wollte mir doch die Gleichgültigkeit nicht behagen, womit der Kapitän diese leidige Einladung gemacht hatte! Hätte man nicht meinen sollen, es handle sich nur darum, in einem Buschwerk einen Fuchs zu prellen?

»Gut! Dachte ich, Conseil wird sich nie entschließen mit zu gehen, und das wird mich beim Kapitän entschuldigen.«

In Beziehung auf Ned-Land, gestehe ich, fühlte ich mich nicht so sicher seiner Klugheit. Eine noch so große Gefahr hatte für seine kampffertige Natur stets einen Reiz.

Ich machte mich wieder an die Lektüre des Buches von Sier, aber ich blätterte nur mechanisch darin. Ich sah zwischen den Zeilen die fürchterlichen Kinnbacken aufgesperrt.

In diesem Augenblick traten Conseil und der Kanadier ein, mit ruhiger, selbst heiterer Miene. Sie wußten nicht, was ihnen bevorstand.

»Meiner Treu', mein Herr, sagte Ned-Land zu mir, Ihr Kapitän Nemo – hol' ihn der Teufel – hat uns so eben einen sehr annehmlichen Vorschlag gemacht.

– Ah! Sagt' ich, Sie wissen …

– Nehmen Sie's nicht übel, mein Herr, erwiderte Conseil, der Kommandant des Nautilus hat uns eingeladen, morgen in Gesellschaft meines Herrn die prächtigen Fischereien von Ceylon zu besuchen. Er hat die Einladung in seinen Worten gemacht, und sich wie ein echter Gentleman benommen.

– Sonst hat er Euch nichts gesagt?

– Nein, mein Herr, erwiderte der Kanadier, außer daß er von dem kleinen Ausflug mit Ihnen gesprochen habe.

– In der Tat, sagte ich. Und er hat Ihnen nichts Besonderes gesagt über …

– Nichts, Herr Naturforscher. Sie werden doch mit dabei sein, nicht wahr?

– Ich … ohne Zweifel! Ich sehe, daß Sie Geschmack daran bekommen, Meister Land.

– Ja! 's ist merkwürdig, sehr merkwürdig.

– Gefährlich vielleicht! Fügte ich mit schmeichelndem Tone bei.

– Gefährlich, erwiderte Ned-Land, ein bloßer Ausflug auf eine Austernbank!

Offenbar hatte der Kapitän Nemo für unzuträglich gehalten, den Gedanken an Haifische bei meinen Gefährten anzuregen. Ich sah sie mit besorgtem Auge an, als wenn ihnen schon ein Glied mangele. Sollte ich sie warnen? Ja gewiß, aber ich wußte nicht recht, wie es anzufangen.

»Wird mein Herr, sagte Conseil, die Güte haben, uns Näheres über die Perlenfischerei zu sagen?

– Über das Fischen selbst, fragte ich, oder über das, was dabei vorfallen …

– Über das Fischen, versetzte der Kanadier. Ehe man auf etwas eingeht, muß man den Grund kennen lernen.

– Nun denn! Setzen Sie sich nieder, meine Freunde, und ich will Ihnen mittheilen, was ich von dem Engländer Sier selbst soeben gelernt habe.«

Ned und Conseil setzen sich auf einen Divan, und zuerst sprach der Kanadier zu mir:

»Mein Herr, was ist denn eigentlich eine Perle?

– Lieber Ned, erwiderte ich, für den Dichter ist die Perle eine Träne des Meeres; für die Orientalen ein fest gewordener Tautropfen; für die Frauen ein längliches Kleinod von durchsichtigem Glanz und Perlmutterstoff, welches sie am Finger, Hals oder am Ohr tragen; für den Chemiker eine Mischung von phosphorsaurem und kohlensaurem Salz mit ein wenig Leim, und endlich für den Naturkundigen nur eine krankhafte Ausscheidung des Organes, welches bei einigen zweischaligen Muscheln die Perlmutter erzeugt.

– Abtheilung der Mollusken, sagte Conseil, Klasse der Kopflosen, Ordnung der Schaltiere.

– Ganz richtig, gelehrter Conseil. Unter diesen Schaltieren nun sind alle die, welche Perlmutter ausscheiden, d. h. die blaue, bläuliche violette oder weiße Substanz, welche das Innere ihrer Schalen auskleidet, fähig Perlen zu erzeugen.

– Auch die Muscheln? Fragte der Kanadier.

– Ja die Muscheln einiger Bäche in Schottland, Wales, Irland, Sachsen, Böhmen, Frankreich.

– Gut! Das wird man sich merken, erwiderte der Kanadier.

– Aber, fuhr ich fort, die Molluske, welche vorzugsweise Perlen absondert, ist die Perlen-Auster, *meleagrina Margaritifera,* die kostbare Perlmuttermuschel. Die Perle ist nur eine Perlmutterausscheidung, welche Kugelform annimmt. Entweder sitzt sie an der Schale fest, oder befindet sich als Verhärtung im Fleisch des Tieres frei. Zum Kern hat sie stets ein kleines hartes Körperchen, sei's ein unfruchtbares Eichen oder ein Sandkorn, um welches der Perlmutterstoff binnen einigen Jahren nach und nach in kleinen konzentrischen Ringen sich absetzt.

– Finden sich mehrere Perlen in derselben Auster? Fragte Conseil.

– Ja, lieber Junge. Es gibt Perlenmuscheln, die einen wahren Schrein bilden. Man hat sogar eine Auster angeführt, aber ich bin so frei es in Zweifel zu ziehen, die nicht minder als hundertundfünfzig Haifische enthielt.

– Hundertundfünfzig Haifische! Rief Ned-Land aus.

– Hab' ich Haifische gesagt? Versetzte ich lebhaft. Ich meine hundertundfünfzig Perlen. Haifische wäre ja sinnlos.

– Ja wohl, sagte Conseil. Will mein Herr uns nun lehren, wie man diese Perlen herausbekommt?

– Man verfährt auf verschiedene Weise, und oft, wenn die Perlen an den Schalen anhängen, reißen die Fischer sie mit den Zangen ab. Aber zumeist werden die Perlmuscheln über Matten von Pfrimmenkraut gebreitet, welche am

Ufer liegen. So sterben sie in der freien Luft, und nach Verlauf von zehn Tagen befinden sie sich in einem befriedigenden Zustand von Fäulniß. Darauf tut man sie in ungeheure Behälter voll Meerwasser, öffnet und wäscht sie. Jetzt beginnt die doppelte Arbeit der Aussonderung. Zuerst lesen sie die Perlmutterblätter ab, welche in Kisten von hundertundfünfundzwanzig bis hundertundfünfzig Kilogramm geliefert werden. Nachher entfernen sie das Fleisch der Auster, sieben sie ab und sieben sie durch, um auch die kleinsten Perlchen heraus zu bekommen.

– Der Preis der Perlen richtet sich nach ihrer Größe? Fragte Conseil.

– Nicht allein nach ihrer Größe, erwiderte ich, sondern auch nach ihrer Form, ihrem Wasser ihrer Farbe, und nach ihrem Orient, d. h. dem schillernden farbenreichen Glanz, welcher sie dem Auge so reizend macht. Die schönsten Perlen werden Jungfernperlen genannt; sie bilden sich vereinzelt im Fleisch der Molluske; sie sind weiß, oft undurchsichtig, doch manchmal auch durchsichtig, opalfarbig, und zumeist kugel- oder birnförmig. Die kugelrunden werden zu Armbändern verwendet, die birnförmigen zu Gehängen, und die kostbarsten werden nach dem Stück verkauft. Die anderen Perlen hängen an der Schale der Auster, und außergewöhnlich werden sie nach dem Gewicht verkauft. Endlich zur geringsten Sorte gehören die Sandperlen, die nach dem Maß verkauft und ganz besonders zu Stickereien auf kirchlichen Schmuck gebraucht werden.

– Aber das Aussondern der Perlen nach der Größe muß eine langwierige Arbeit sein, sagte der Kanadier.

– Nein, mein Freund, sie geschieht vermittelst elf Sieben, welche eine verschiedene Anzahl Löcher haben. Die Perlen, welche in den Sieben mit zwanzig bis achtzig Löchern zurück bleiben, sind ersten Ranges; die bei hundert bis achthundert nicht durchfallen, bilden die zweite Sorte; für die dritte Sorte endlich, die Saatperlen, gebraucht man Siebe mit neunhundert bis tausend Löchern.

– Das ist sinnreich, sagte Conseil; ich sehe, daß hier das klassifizieren mechanisch vor sich geht. Könnte uns mein Herr auch sagen, was die Ausbeutung der Perl-Austernbänke einträgt?

– Laut Sier's Buch sind die Fischereien Ceylons jährlich für die Summe von drei Millionen Haifische verpachtet.

– Franken! versetzte Conseil.

– Ja, Franken! Drei Millionen Franken wiederholte ich. Aber ich glaube, diese Fischereien tragen jetzt nicht mehr so viel ein, wie früher. Ebenso ist es mit den amerikanischen, die unter Karl V. vier Millionen Franken brachten, gegenwärtig auf zwei Drittheil herabgesunken sind. Im Ganzen kann man den allgemeinen Ertrag der Ausbeutung der Perlen auf neun Millionen Franken anschlagen.

– Aber, fragte Conseil, man führt ja doch einzelne Perlen von sehr hohem Preis an?

– Ja, Lieber. Man sagt, Cäsar habe der Servilia eine Perle überreicht, die nach heutiger Münze auf hundertundzwanzigtausend Franken geschätzt wurde.

– Ich habe, versetzte der Kanadier, meiner Braut, Kat Tender – die übrigens einen Anderen geheiratet hat, ein Perlenhalshand gekauft, das kostete nur ein und einen halben Dollar, und doch – der Herr Professor kann mir's kecklich glauben – wären diese Perlen nicht durch ein Sieb mit zwanzig Löchern gegangen.

– Guter Ned, erwiderte ich lachend, das waren unechte Perlen, blos Glaskugeln, innen mit orientalischer Essenz bestrichen.

– Ach! Diese Essenz, erwiderte Ned, muß teuer sein.

– Sie kostet so viel wie nichts. Es ist nur die silberweiße Substanz der Schuppen des Weißfisches die man im Wasser sammelt und in Salmiak aufhebt. Sie ist ganz wertlos.

– Vielleicht hat Kat Tender deshalb einen Anderen geheiratet, erwiderte Meister Land nachdenklich.

– Aber sagte ich, um auf den hohen Preis von Perlen zurück zu kommen, ich glaube nicht, daß je ein Fürst eine von höherem Werte besaß, als die im Besitz des Kapitäns Nemo.

– Diese hier, sagte Conseil, und wies auf das prachtvolle Kleinod in seinem Glaskasten.

– Ich irre gewiß nicht, wenn ich ihren Wert auf zwei Millionen anschlage …

– Franken! Sagte Conseil lebhaft.

– Ja, sagte ich, zwei Millionen Franken, und ohne Zweifel hat sie den Kapitän nur die Mühe des Einsammelns gekostet.

– Ah! Rief Ned-Land, könnten wir nicht morgen bei dem Ausflug eine gleiche finden?

– Bah! Sagte Conseil.

– Und warum nicht?

– Was sollen an Bord des Nautilus Millionen uns nützen?

– An Bord nicht, sagte Ned-Land, aber … sonst wo.

– O! sonst wo! versetzte Conseil mit Kopfschütteln.

– In der Tat, sagte ich, hat Ned-Land Recht. Und wenn wir jemals eine Perle von einigen Millionen Werth nach Europa oder Amerika bringen, so gäbe das mindestens ein starkes Beweismittel der Echtheit, und zugleich der Erzählung von unseren Abenteuern einen hohen Wert.

– Das glaub' ich wohl, sagte der Kanadier.

– Aber, sagte Conseil, der stets auf das Belehrende bei den Dingen zurückkam, ist diese Perlenfischerei mit Gefahr verbunden?

– Nein, versetzte ich lebhaft, zumal bei einigen Vorsichtsmaßregeln.

– Was hat man bei dieser Arbeit zu riskieren? Sagte Ned-Land, höchstens, daß man einige Schluck Seewasser zu verschlingen hat!

– So ist's, Ned. Beiläufig, fuhr ich fort, indem ich des Kapitäns Nemo leichten Ton anzunehmen suchte, fürchten Sie sich vor den Haifischen, wackerer Ned?

– Ich! Erwiderte der Kanadier, ein Harpunier von Profession! Es ist ja mein Geschäft, ihrer zu spotten!

– Es handelt sich nicht darum, sagte ich, sie mit einem Haken zu fangen, auf das Verdeck zu ziehen, ihnen den Schwanz abzuhauen, den Leib aufzuschlitzen und ihr Herz in's Meer zu werfen!

– Es handelt sich also …?

– Ja, das ist's eben.

– Im Wasser?

– Ja, im Wasser.

– Meiner Treu', mit einer tüchtigen Harpune! Sie wissen, mein Herr, diese Haifische sind sehr ungeschlachte Tiere. Sie müssen sich umdrehen auf den Bauch, um nach Ihnen zu schnappen, und unterdessen …

Ned-Land sprach das Wort »schnappen« auf eine Weise aus, daß es einem kalt über den Rücken lief.

»Nun, Conseil, was denkst Du von diesen Haifischen?

– Ich bin ganz auf der Seite meines Herrn.

– Das ist mir schon recht, dachte ich.

– Wenn mein Herr den Haifischen Trotz bietet, sagte Conseil, so sehe ich nicht ein, warum sein treuer Diener nicht mit dabei wäre!«

Kapitel 3

Eine Perle von zehn Millionen

Die Nacht kam heran, ich legte mich zu Bette und schlief ziemlich schlecht. In meinen Träumen spielten die Haifische eine bedeutende Rolle.

Am folgenden Morgen weckte mich um vier Uhr der Steward, welchen der Kapitän Nemo besonders zu meinen Diensten bestellt hatte. Ich stand rasch auf, kleidete mich an und ging in den Salon.

Der Kapitän Nemo wartete schon auf mich.

»Herr Arronax, sagte er zu mir, sind Sie bereit zu gehen?

– Ja.

– Folgen Sie mir gefälligst.

– Und meine Gefährten, Kapitän?

– Sie sind schon in Kenntniß gesetzt, und erwarten uns.

– Werden wir nicht unsere Skaphander anziehen? Fragte ich.

– Noch nicht. Ich habe den Nautilus jener Küste nicht zu nahe kommen lassen, und wir sind von der Bank von Manaar ziemlich weit ab in hoher See; aber ich habe unseren Nachen zurecht machen lassen, der uns genau an den Punkt bringen wird, wo wir ausschiffen werden, dadurch wird uns eine weite Überfahrt erspart. Er bringt unsere Tauchapparate mit, welche wir in dem Moment, wo diese unterseeische Untersuchung beginnt, anziehen werden. «

Der Kapitän Nemo führte mich zu der Mittelleiter, welche auf die Plattform führte. Ned und Conseil befanden sich schon da, voll Freude über »die Vergnügungspartie,« welche vorbereitet wurde. Fünf Matrosen des Nautilus warteten, die Ruder in der Hand, in dem Nachen, welcher mit einem Tau an Bord befestigt war.

Es war noch dunkle Nacht. Wolkenstreifen bedeckten den Himmel, und ließen nur hie und da Sterne erblicken. Ich wendete meinen Blick dem Lande zu, sah aber nur einen trüben Streifen, der drei Viertheil des Horizonts von Südwest nach Nordwest schloss. Der Nautilus, welcher während der Nacht die Westküste Ceylons hinauf gefahren war, befand sich im Westen der Bai, oder vielmehr des Golfs, welcher durch dieses Land und die Insel Menaar gebildet wird. Dort, unter düsterem Gewässer, befand sich die Perlmuschelbank, ein unerschöpfliches Feld, das über zwanzig Meilen weit sich erstreckt.

Der Kapitän Nemo nebst mir, Conseil und Ned-Land, wir saßen im hinteren Theile des Bootes; der Führer desselben stand beim Steuer, seine vier Genossen faßten ihre Ruder; das Bindseil wurde losgeknüpft und wir fuhren ab.

Das Boot steuerte in südlicher Richtung nicht sehr eilig. Ich beobachtete, daß die kräftig unterm Wasser geführten Ruderschläge nur von zehn zu zehn Sekunden auf einander folgten, nach der allgemein bei den Kriegsmarinen üblichen Weise. Ein leichtes Wogen von der offenen See her brachte das Boot in einiges Schwanken, und einiges Wellengeräusch lief ihm voran.

Wir verhielten uns schweigend. Worauf hafteten des Kapitäns Nemo sinnende Gedanken? Vielleicht bei dem Land, welchem er sich näherte, und das er allzu nahe fand, umgekehrt wie bei Ned, dem es noch allzu ferne vorkam. Conseil war in neugieriger Spannung.

Gegen halb sechs Uhr ließ die erste Färbung des Horizonts den oberen Streifen der Küste klarer erkennen. Ziemlich stach im Osten hob sie sich etwas nach dem Süden zu. Fünf Meilen war sie noch entfernt, und ihr Gestade zerfloß noch im nebeligen Gewässer. Das Meer zwischen uns war leer: kein Fahrzeug, kein Taucher zu sehen. Völlig verlassen war die Stelle, wo die Perlenfischer zusammen zu kommen pflegten. Wir kamen, wie der Kapitän Nemo mir bemerkt hatte, einen Monat zu früh in diese Gegend.

Um sechs Uhr ward's plötzlich Tag, so rasch, wie es den Tropengegenden eigentümlich ist, wo man weder Dämmerung noch Morgenröte kennt. Die Sonnenstrahlen drangen durch den Vorhang des über den Horizont zerstreuten Gewölkes, und das strahlende Gestirn stieg rasch empor.

Ich sah deutlich das Land mit hie und da zerstreuten Bäumen. Das Boot fuhr weiter auf die Insel Manaar zu, welche südlich sich abrundete. Der Kapitän Nemo war aufgestanden und beobachtete das Meer.

Auf ein gegebenes Zeichen ward der Anker hinabgelassen, der nicht viel zu sinken hatte; denn der Meeresgrund, welcher an dieser Stelle einen der höchsten Punkte der Perlenbank bildete, war nur ein Meter tief. Das Boot schwenkte sich sogleich der Ebbe gemäß, welche nach dem hohen Meer hin trieb.

»Nun sind wir an Ort und Stelle, Herr Arronax, sagte darauf der Kapitän Nemo. Sie sehen hier diese enge Bai. An dieser Stelle hier werden in einem Monat die zahlreichen Fischerbarken der Ausbeutenden sich einfinden, und in diesen Gewässern werden ihre Taucher mit kühner Ausdauer suchen. Diese Bai ist für diese Art Fischerei günstig gelegen und geeignet. Im Schutz vor den stärksten Winden ist das Meer da nie sehr unruhig, ein Umstand, welcher der Arbeit der Taucher sehr zu Statten kommt. Jetzt wollen wir unsere Skaphander anlegen und unseren Spaziergang vornehmen.«

Ich erwiderte nichts, und in stetem Hinblick auf diese verdächtigen Wogen fing ich an mit Hilfe der Bootsleute meine schwere Seekleidung anzuziehen. Der Kapitän Nemo und meine beiden Gefährten legten ebenfalls die Kleidung an. Von der Mannschaft des Nautilus durfte uns bei diesem Ausflug Niemand begleiten.

Bald steckten wir bis an den Hals in der Kautschukkleidung, und der Luftapparat war mit Bändern auf unseren Rücken befestigt. Vom Ruhmkorff'schen Apparat war keine Rede. Bevor ich meinen Kopf in die kupferne Kapsel steckte, bemerkte ich es dem Kapitän.

»Dieser Apparat würde uns nicht dienlich sein, erwiderte der Kapitän. Wir begeben uns in keine große Tiefe, und die Sonnenstrahlen werden schon ausreichen, unseren Weg zu beleuchten. Zudem ist's nicht klug, unter diese Gewässer eine elektrische Lampe mitzunehmen, weil deren heller Schein unversehens einen gefährlichen Bewohner dieser Meeresgegend herbeilocken könnte.«

Während der Kapitän diese Äußerung machte, wendete ich mich um nach Conseil und Ned-Land. Aber diese beiden Freunde hatten scholl ihren Kopf in die metallene Kappe gesteckt, und sie konnten weder hören noch antworten.

Ich hatte noch eine letzte Frage an den Kapitän Nemo zu richten:

»Und unsere Waffen, fragte ich, unsere Gewehre?

– Gewehre! Wozu? Bekämpfen Ihre Gebirgsbewohner nicht den Bären mit dem Dolch in der Hand, und ist nicht der Stahl eine zuverlässigere Waffe, als das Blei? Hier ist eine gute Klinge, die stecken Sie in Ihren Gürtel, und nun vorwärts.«

Ich blickte auf meine Gefährten. Sie waren wie wir in Rüstung, und dazu schwang Ned-Land eine ungeheure Harpune, welche er, bevor' er den Nautilus verließ, in das Boot gelegt hatte.

Hierauf ließ ich mir, nach dem Beispiel des Kapitäns, den Kopf in die schwere Kupferkugel stecken, und unsere Luftbehälter wurden sofort in Tätigkeit gesetzt.

Alsbald darauf brachten die Bootsleute uns der Reihe nach aus dem Fahrzeug, und wir faßten anderthalb Meter tief Grund auf ebenem Sand. Der Kapitän Nemo winkte uns mit der Hand, wir folgten ihm und verschwanden auf sanft abhängigem Boden unter dem Gewässer.

Hier verließen mich die schlimmen Gedanken, welche meinen Kopf belagert hatten. Ich ward wieder zum Erstaunen ruhig. Die Leichtigkeit meiner Bewegungen hob mein Vertrauen, und das Fremdartige des Schauspiels fesselte meine Einbildungskraft.

Die Sonnenstrahlen brachten schon hinreichende Helle unter die Gewässer. Die geringsten Gegenstände waren erkennbar. Nachdem wir zehn Minuten weit gegangen, befanden wir uns in einer Tiefe von fünf Meter und der Boden wurde fast eben.

Unter unseren Tritten wurden, gleich Bekassinen im Sumpf, Schwärme merkwürdiger Fische aufgescheucht, aus der Gattung der Einflosser, die außer am Schwanz sonst keine Flossen haben. Ich erkannte eine acht Dezimeter lange Meerschlange mit blauschwarzem Bauch, die man leicht mit dem Meeraal verwechseln könnte, hätte nicht dieser goldfarbene Streifen an den Seiten. Von Deckfischen mit sehr plattem, ovalem Körper bemerkte ich Golddecken mit grellen Farben, die eßbar sind und ein vortreffliches Gericht liefern.

Inzwischen war die Sonne höher gestiegen und erleuchtete mehr und mehr die Masse der Gewässer. Der Boden änderte sich allmälig und an die Stelle des Sandes trat eins ordentliche Straße mit runden Felsstücken, überkleidet mit einem Teppich von Mollusken und Zoophyten. Mitten unter diesen lebendigen Pflanzen und unter den Wölbungen von Wassergewächsen liefen Legionen unbeholfener Gliedertiere, zum Teil häßlich anzusehen. So stieß ich mehrmals auf den enormen, von Darwin beobachteten Meerkrebs, welchem die Natur die erforderliche Kraft und den Instinkt gegeben hat, um sich von Kokosnüssen zu nähren. Er klettert am Ufer an den Bäumen hinauf, wirft die Nuß herab, welche beim Fallen zerbricht, worauf er sie mit seinen ungeheuren Scheren öffnet. Hier unter den klaren Fluten bewegte sich die Krabbe mit einer Behendigkeit ohne Gleichen.

Gegen sieben Uhr beschritten wir endlich die Perlmuschelbank, worauf Perlenaustern zu Millionen erzeugt werden. Diese kostbaren Mollusken waren durch braunen Byssus fest angeheftet, so daß sie ihre Stelle nicht wechseln konnten. Die Muscheln sind rund, haben dicke, sehr runzelige Schalen, beide von fast gleicher Größe. Manche waren mit grünlichen, von oben herablaufenden Streifen geziert; sie gehörten jungen Austern. Die anderen mit rauer und schwarzer Oberfläche, zehn Jahre alt oder noch älter, waren bis zu fünfzehn Zentimeter breit.

Der Kapitän Nemo zeigte mir mit der Hand diese erstaunlich reich aufgeschichtete Masse von Perlmuscheln, und es war mir begreiflich, daß diese Fundgrube wahrhaft unerschöpflich ist. – Ned-Land beeilte sich, mit den schönsten Mollusken ein Garn zu füllen, das er an der Seite hängen hatte.

Aber wir konnten uns nicht aufhalten. Wir mußten dem Kapitän folgen, der auf ihm bekannten Pfaden zu gehen schien. Der Boden wurde allmälig wieder höher, und manchmal reichte mein Arm, wann ich ihn aufhob, über den Meeresspiegel heraus. Nachher wurde die Bank wieder niedriger; wir stießen auf hohe, zugespitzte Felsen, aus deren dunkeln Schlupfwinkeln ungestaltete Schaltiere mit starren Augen uns anblickten.

In diesem Augenblicke öffnete sich vor unseren Augen eine ungeheure Grotte zwischen malerisch getürmten Felsen, die mit allem Schmuck der unterseeischen Flora geziert waren. Dieselbe kam mir anfangs ganz dunkel vor, die Sonnenstrahlen schienen darin allmälig zu erlöschen.

Der Kapitän Nemo trat in dieselbe ein; wir nach ihm. Meine Augen gewöhnten sich bald an das verhältnißmäßige Dunkel. Wir befanden uns unter einem Gewölbe, das von natürlichen Pfeilern getragen wurde, die gleich den schwerfälligen Säulen toskanischer Architektur auf breiter Granitbasis ruhten. Weshalb zog uns unser rätselhafter Führer in's Innere dieser unterseeischen Grotte? Wir sollten bald erfahren.

Nachdem wir einen ziemlich steilen Abhang hinabgestiegen waren, betraten wir den Boden einer Art kreisrunden Schachtes. Der Kapitän Nemo blieb stehen und wies mit der Hand auf einen Gegenstand, den ich noch gar nicht einmal wahrgenommen hatte.

Es war eine Auster von außerordentlicher Größe, eine Riesen-Tridacne, ein Weihkessel, der einen See von Weihwasser faßte, ein Becken, das mehr wie zwei Meter groß war, und folglich größer als dasjenige, welches den Salon des Nautilus zierte.

Ich näherte mich der phänomenalen Molluske. Sie war mit ihrem Byssus an eine Granitplatte befestigt, und entwickelte sich da abgesondert im ruhigen Wasser der Grotte. Ich schätzte ihr Gewicht auf dreihundert Kilogramm. Eine solche Auster enthält fünfzehn Kilo Fleisch, und es gehörte wohl ein Riesenmagen dazu, einige Dutzend solcher Austern zu verschlingen.

Der Kapitän Nemo war ohne Zweifel schon mit dem Dasein dieses Schaltieres bekannt, und besuchte es nicht jetzt zum ersten Male, und ich dachte, er wolle, indem er uns dahin führte, uns nur eine Naturmerkwürdigkeit zeigen. Ich irrte mich. Der Kapitän hatte ein besonderes Interesse, sich von dem gegenwärtigen Zustand des Tieres zu überzeugen.

Die beiden Schalen der Molluske waren ein wenig geöffnet. Der Kapitän näherte sich und steckte seinen Dolch zwischen die Schalen, um sie zu hindern, sich wieder zu schließen; dann hob er mit der Hand die häutige und bekränzte Umhüllung auf, welche das Tier wie ein Mantel bedeckte.

Hier sah ich zwischen blätterigen Falten eine freiliegende Perle von der Größe einer Kokosnuss. Ihre kugelrunde Form, vollkommene Klarheit, ihr bewundernswertes Wasser machte sie zu einem Kleinod von unschätzbarem Wert. Voll Neugierde streckte ich die Hand aus, um sie zu fassen, zu betasten; aber der Kapitän hielt mich zurück, machte ein verneinendes Zeichen, und zog rasch seinen Dolch heraus, daß die Schalen sich wieder schlössen.

Ich begriff die Absicht des Kapitäns. Er wollte die Perle in ihrer Umhüllung allmälig größer werden lassen, indem das Tier jedes Jahr durch fortgesetzte Absonderung neue konzentrische Schichten zufügte. Dem Kapitän Nemo allein war die Grotte bekannt, wo diese staunenswerte Frucht der Natur »reif wurde«;

er allein zog sie so gewissermaßen groß, um ihr eines Tages in seinem Museum ihren Platz anzuweisen. Vielleicht hatte er sogar, nach dem Beispiel der Chinesen und Indier, die Bildung dieser Perle hervorgerufen, indem er ein Stückchen Glas oder Metall zwischen die Falten der Molluske schob, das sich allmälig mit dem Perlmutterstoff bedeckte. Jedenfalls, verglich ich diese Perle mit den mir bereits bekannten, mit denen, welche in der Sammlung des Kapitäns glänzten, so schätzte ich ihren Wert auf mindestens zehn Millionen Franken. Eine prachtvolle Naturmerkwürdigkeit, kein persönlicher Schmuck, denn welche Frauenohren hatten diese Perle tragen können?

Als der Besuch bei der stattlichen Tridacne abgestattet war, verließ der Kapitän Nemo die Grotte, und wir begaben uns wieder auf die Muschelbank inmitten des klaren, von dem Werk der Taucher noch nicht getrübten Wassers.

Wir gingen einzeln, indem Jeder nach Belieben stehen blieb oder sich entfernte. Ich hatte nicht die geringste Angst vor den Gefahren, welche meine Phantasie so lächerlich übertrieben hatte. Die Bodenerhebung zog sich merklich der Meeresoberfläche zu, und bald war mein Kopf nur noch einen Meter von derselben entfernt. Conseil kam zu mir und grüßte mich freundlich, indem er sein dickes Kopfgehäuse an das meinige hielt. Aber diese hohe Stelle, war nur einige Toisen groß, und bald kamen wir wieder abwärts in unser Element.

Zehn Minuten später blieb der Kapitän Nemo plötzlich stehen. Ich glaubte, er wolle wieder umkehren. Nein. Mit einem Wink befahl er, an seiner Seite in einer Krümmung uns auf den Boden zu ducken. Er wies mit der Hand auf einen Punkt hin, und ich schaute aufmerksam.

In einer Entfernung von fünf Meter zeigte sich ein Schatten, und kam bis zum Boden herab. Es fuhr mir der ängstliche Gedanke an Haifische durch den Kopf. Aber ich irrte mich, und diesmal noch hatten wir es nicht mit Seeungeheuern zu thun.

Es war ein Mensch, ein leibhaftiger Mann, ein Indier, ein Schwarzer, wohl ein armer Teufel, der die Absicht hatte, vor der Ernte eine Nachlese zu halten. Ich bemerkte, wie sein Canot, das einige Fuß über seinem Kopf ankerte, ihm als Rückhalt diente. Von da aus tauchte er unter, kehrte dahin zurück. Ein gleich einem Zuckerhut zugehauener Stein, den er mit dem Fuß festhielt, und der mit einem Strick an sein Boot befestigt war, beförderte sein rascheres Hinabsteigen. Darin bestand sein ganzer Apparat. Sowie er, etwa fünf Meter tief, auf den Grund kam, fiel er auf die Knie und füllte seinen Sack mit rasch zusammengerafften Muscheln. Dann eilte er wieder hinauf, leerte seinen Sack aus, zog seinen Stein nach, und wiederholte seine Verrichtung, die nur dreißig Sekunden dauerte.

Der Taucher sah uns nicht; wir waren durch den Schatten des Felsen seinen Blicken entzogen. Und wie hätte auch der arme Kerl sich denken können, daß Menschen dort unter den Gewässern sich befänden, die seine Bewegungen belauerten, seine Arbeit genau beobachteten!

So tauchte er öfters auf und ab. Mehr wie ein Dutzend Muscheln bekam er bei einem Tauchen nicht, denn er mußte sie von der Bank, wo sie mit ihrem starken Byssus befestigt waren, losreißen. Und wie viele Muscheln waren ohne Perlen, für die er sein Leben wagte!

Ich sah ihm mit gespannter Aufmerksamkeit zu. Er verrichtete sein Geschäft regelmäßig, und eine halbe Stunde lang schien ihn keine Gefahr zu bedrohen. Das Schauspiel dieser Fischerei war mir interessant. Da auf einmal, als der Indier eben auf dem Boden kniete, sah ich ihn mit Entsetzen aufspringen und sich aufwärts schwingen zur Rückkehr an die Oberfläche.

Ich erkannte bald den Grund seines Schreckens. Ein riesenmäßiger Schatten zeigte sich über dem unglücklichen Taucher. Es war ein Hai erster Größe, der mit feurigen Augen, offenem Rachen schräg herbeischoß!

Ich starrte stumm vor Schrecken, unfähig mich zu regen.

Das gefräßige Thier stürzte mit einem kräftigen Schlag seiner Flossen auf den Indier, der zwar dem Biß des Ungetüms seitwärts auswich, aber von seinem Schwanz auf die Brust getroffen zu Boden fiel.

Diese Scene dauerte kaum einige Sekunden. Der Hai kam wieder, legte sich auf den Rücken und schickte sich an, den Indier zu zerfleischen, als der Kapitän Nemo, welcher neben mir kauerte, plötzlich aufsprang. Den Dolch in der Hand ging er gerade auf das Ungeheuer los, um es im Kampf mit ihm aufzunehmen.

Im Augenblick, als der Hai im Begriff war, nach dem unglücklichen Fischer zu schnappen, gewahrte er seinen neuen Gegner, legte sich wieder um auf den Bauch und schoß auf ihn los.

Der Kapitän Nemo nahm seine Stellung. Rückwärts gebogen erwartete er mit staunenswerter Kaltblütigkeit das fürchterliche Thier, und als dieses auf ihn zustürzte, bog er sich mit wunderbarer Behendigkeit seitwärts, wich dem Stoß aus und bohrte ihm seinen Dolch in den Bauch. Aber damit war's noch nicht aus. Es entspann sich ein furchtbarer Kampf. Der Haifisch wurde wütend. Das Blut strömte aus seinen Wunden, das Meer färbte sich rot, und ich konnte in dem dunkeln Schein nichts mehr sehen.

Nichts mehr, bis zu dem Moment, wo ich durch eine lichte Stelle den kühnen Kapitän im Zweikampf mit dem Ungeheuer begriffen erblickte. Angeklammert an eine der Flossen des Tieres, bearbeitete er den Bauch seines Gegners mit Dolchstößen, ohne jedoch durch einen Stich in's Herz die Entscheidung geben zu können. Der wütend zappelnde Hai regte die Wassermasse dergestalt auf, daß der Wogenwirbel mich hinzuwerfen drohte.

Ich hätte dem Kapitän zu Hilfe eilen mögen; aber vor Schrecken starr, vermochte ich mich nicht zu regen.

Ich blickte mit verstörten Augen hin, sah die Erfolge des Kampfes schwanken. Der Kapitän fiel zu Boden, von der Wucht der enormen Masse über ihm niedergedrückt. Der Rachen des Ungetüms öffnete sich über die Maßen weit gleich der Blechschere eines Hüttenwerkes, und es war um den Kapitän geschehen, wäre nicht, flink wie ein Gedanke, Ned-Land mit seiner Harpune auf den Hai gestürzt, um ihm den Todesstoß zu versetzen.

Die Wogen mischten sich mit dem massenweis strömenden Blut; sie gerieten durch die Schläge des mit unbeschreiblicher Wut sich bewegenden Tieres in heftige Aufregung. Ned-Land hatte sein Ziel nicht verfehlt; das Todesröcheln des Ungeheuers trat ein. In's Herz getroffen zappelte es in fürchterlichen Zuckungen, so daß Conseil durch den Gegenstoß zu Boden geworfen wurde.

Inzwischen hatte Ned-Land den Kapitän frei gemacht. Dieser stand unverletzt auf, ging stracks auf den Indier zu, schnitt rasch den Strick entzwei, womit er an seinen Stein gebunden war, nahm ihn in seine Arme und versetzte ihm einen kräftigen Tritt mit der Ferse, wodurch er zur Oberfläche des Meeres empor kam.

Wir Drei folgten ihm nach, und wie durch ein Wunder gerettet erreichten wir in einigen Augenblicken die Fischerbarke.

Der Kapitän Nemo war vor allem darauf bedacht, den Unglücklichen wieder in's Leben zu rufen. Ob's gelingen würde, stand dahin. Man konnte es hoffen, da der arme Teufel nicht lange unter Wasser gewesen war. Aber der Hai konnte ihm mit seinem Schwanz einen Streich versetzt haben, der tödlich war.

Glücklicherweise war dem nicht so, und das kräftige Reiben Conseil's und des Kapitäns brachte es allmälig dahin, daß der Ertrunkene wieder zum Bewusstsein kam. Er schlug die Augen auf. Wie mußte er überrascht, ja erschrocken sein, als er die vier dicken Kupferköpfe über sich gebeugt sah!

Und was mußte er gar denken, als der Kapitän Nemo ein Säckchen voll Perlen aus der Tasche zog und es ihm in die Hand drückte? Dieses hochherzige Almosen des Mannes der Gewässer wurde von dem armen Indier Ceylons mit zitternder Hand angenommen. Seine scheuen Blicke gaben übrigens zu erkennen, daß er nicht wußte, welchen übermenschlichen Wesen er Leben und Glück verdankte. Auf ein Zeichen des Kapitäns begaben wir uns wieder zu der Perlmuschelbank, und indem wir denselben Weg einschlugen, welchen wir gemacht hatten, gelangten wir nach einer halben Stunde zu dem Anker, woran das Boot des Nautilus befestigt war.

Sobald wir uns in dem Fahrzeug befanden, entledigten wir uns mit Hilfe der Bootsleute der schweren Bepanzerung.

Der Kapitän Nemo richtete sein erstes Wort an den Kanadier.

»Dank, Meister Land, sprach er zu ihm.

– Es ist eine Vergeltung gewesen, Kapitän, erwiderte Ned-Land, und meine Schuldigkeit.«

Ein bleiches Lächeln auf den Lippen des Kapitäns, das war Alles.

»Zum Nautilus,« sprach er.

Das Boot flog rasch über die Wellen. Nach einigen Minuten stießen wir auf den toten Haifisch, der auf der Oberfläche schwamm.

An der schwarzen Farbe der Spitzen seiner Flossen erkannte ich den furchtbaren Schwarzflosser des Indischen Meeres, der zur Gattung der eigentlichen Haifische zählt. Er war über fünfundzwanzig Fuß lang; sein entsetzlich großes Maul machte den dritten Teil seines Körpers aus. Er war ausgewachsen, was an den sechs Reihen Zähnen zu erkennen war, welche in gleichschenkeligen Dreiecken auf der oberen Kinnlade saßen.

Conseil betrachtete ihn mit rein wissenschaftlichem Interesse, und ich bin überzeugt, daß er ihn unter den Knorpelfischen richtig zu klassifizieren verstand.

Während ich diese träge Masse betrachtete, zeigte sich ein Dutzend dieser gefräßigen Schwarzflosser plötzlich rings um das Boot herum; doch ohne sich um uns zu bekümmern, fielen sie über den Leichnam her und stritten sich um seine Fetzen.

Um halb neun Uhr befanden wir uns wieder an Bord des Nautilus.

Hier überließ ich mich meinen Gedanken über die Vorfälle bei unserem Ausflug zur Bank von Manaar. Zwei Bemerkungen drängten sich mir dabei unwillkürlich auf. Die eine betraf die unvergleichliche Kühnheit des Kapitäns Nemo, die andere seine aufopfernde Hingebung für ein menschliches Wesen, einen Repräsentanten der Race, vor welcher er sich unter das Meer flüchtete. Was er auch darüber sagen mochte, dieser seltsame Mann hatte es noch nicht dahin gebracht, sein Menschenherz ganz zu vernichten.

Als ich ihm diese Bemerkung machte, antwortete er mir mit etwas gerührtem Ton:

»Dieser Indier, Herr Professor, ist Bewohner eines Landes von Unterdrückten, und ich bin noch, und werde es bis zu meinem letzten Atemzug sein, diesem Lande angehörig.«

Kapitel 4
Das Rote Meer

Während des 29. Januar verschwand die Insel Ceylon unterm Horizont, und der Nautilus, mit einer Geschwindigkeit von zwanzig Meilen in der Stunde, bewegte sich vorsichtig in dem Labyrinth von Kanälen, welche die Malediven von den Lakadiven trennen. Er fuhr selbst längs der Insel Kittan, die von madreporischem Ursprung, von Vasco de Gama im Jahre 1499 entdeckt, eine der neunzehn Hauptinseln dieses Archipels der Lakadiven, unterm 10° und 14° 30' nördlicher Breite, und 69° bis 50° 72' östlicher Länge liegt.

Wir hatten damals sechzehntausendzweihundert Meilen, oder siebentausendfünfhundert Lieues seit unserer Abfahrt im Japanischen Meer zurück gelegt.

Am folgenden Tage, den 30. Januar, als sich der Nautilus wieder auf die Oberfläche des Ozeans erhob, hatte er kein Land mehr in Sicht. Er fuhr nord-nord-westlich in der Richtung des Meeres von Oman, welches zwischen Arabien und der Indischen Halbinsel den Eingang zum Persischen Golf bildet.

Von hier aus war es nicht möglich weiter zu fahren. Wohin führte uns der Kapitän Nemo? Ich hätte es nicht sagen können. Das konnte den Kanadier nicht befriedigen, welcher die Frage aufwarf.

»Wir fahren, Meister Ned, wohin das Belieben des Kapitäns uns führt.

– Dies Belieben kann hier hinaus nicht weit führen. Der Persische Golf hat keinen Ausgang, und wenn wir hinein fahren, müssen wir bald wieder denselben Weg zurück machen.

– Nun, so werden wir wieder rückwärtsfahren, Meister Land, und wenn der Nautilus nach dem Persischen Golf dem Rothen Meer einen Besuch abstatten will, so ist die Straße von Babel-Mandeb nicht fern, um in derselben einzufahren.

– Ich brauche Sie es nicht zu lehren, mein Herr, erwiderte Ned-Land, daß das Rothe Meer ebenso wie der Golf geschlossen ist, da der Isthmus von Suez noch nicht durchstochen ist und, wäre er es, ein so geheimnißvolles Fahrzeug, wie das unserige, nicht in einen Kanal mit Schleußen sich wagen würde. Demnach ist das Rothe Meer noch nicht der Weg, uns nach Europa zu führen.

– Ich hab' auch nicht gesagt, wir würden nach Europa zurück fahren.

– Was vermuten Sie denn?

– Ich vermute, daß der Nautilus nach einem Besuch in den merkwürdigen Gegenden von Arabien und Ägypten, sich wieder in den Indischen Ozean begeben wird, vielleicht durch den Kanal von Mozambique, vielleicht in hoher See bei den Mascarenen zu dem Cap der guten Hoffnung.

– Und sind wir am Cap der guten Hoffnung? Fragte der Kanadier besonders dringlich.

– Nun, so werden wir in den Atlantischen Ozean fahren, den wir noch nicht kennen. Ei! Freund Ned, diese Reise unterm Meer ist Ihnen wohl langweilig? Sie sind also gleichgültig gegen den unaufhörlich wechselnden Anblick der unterseeischen Wunder? Mir an meinem Theile würde es sehr leid sein, wenn diese Reise, welche zu machen wenig Menschen vergönnt ist, schon zu Ende wäre.

– Aber wissen Sie, Herr Arronax, erwiderte der Kanadier, daß wir nun seit beinahe drei Monaten an Bord des Nautilus Gefangene sind?

– Nein, Ned, ich weiß es nicht, will's auch nicht wissen, und ich zähle weder die Tage noch die Stunden.

– Aber was soll daraus am Ende werden?

– Das wird sich seiner Zeit zeigen. Übrigens können wir dabei nichts ab- oder zutun, und es ist fruchtlos darüber hin- und her zu reden. Kämen Sie, wackerer Ned, und sagten mir: »Da ist eine Aussicht zu entkommen,« so würde ich mit Ihnen es besprechen. Aber dieser Fall liegt nicht vor, und offen zu reden, ich glaube nicht, daß der Kapitän Nemo sich jemals in die europäischen Meere wagen wird.«

Man sieht, ich war dem Nautilus schon so befreundet, als steckte ich in der Haut seines Kommandanten.

Ned sprach zu sich selber: »Das ist alles schön und gut, aber ich meine doch, wo Zwang ist, hört das Vergnügen auf.«

Vier Tage lang, bis zum 3. Februar, befand sich der Nautilus im Meer von Oman, mit verschiedener Schnelligkeit und in verschiedener Tiefe. Es schien, als fahre er aufs Geratewohl, als habe er über die Fahrt geschwankt; doch kam er nicht über den Wendekreis des Krebses hinaus.

Indem wir dieses Meer verließen, bekamen wir einen Augenblick Maskat zu sehen, die bedeutendste Stadt im Lande Oman. Ich bewunderte ihr seltsames Aussehen, mitten in einer Umgebung schwarzer Felsen weiße Häuser und Festungswerke in grellem Abstich. Ich sah die runden Kuppeln ihrer Moscheen, mit den schlanken Spitzen ihrer Minarets, ihren Terrassen in frischem Grün. Aber es war nur ein Gesicht meiner Phantasie, denn der Nautilus tauchte bald unter die dunkeln Wellen dieser Gegenden.

Hierauf fuhr er in einer Entfernung von sechs Meilen längs der arabischen Küsten von Mahra und Hadramaut und dessen wellenförmiger Gebirgsreihe mit einigen alten Ruinen. Am 5. Februar liefen wir endlich in den Golf von Aden ein, der einem Trichter gleicht im Hals von Babel-Mandeb, um die Indischen Gewässer in's Rothe Meer zu gießen.

Am 6. Februar schwamm der Nautilus im Angesicht Adens, welches auf der Spitze eines Vorgebirges liegt, das durch eine schmale Landenge mit dem Festland zusammenhängt, eine Art von unzugänglichem Gibraltar, dessen Befestigungswerke die Engländer, nachdem sie sich ihrer im Jahre 1839 bemächtigt hatten, wieder hergestellt und verstärkt haben. Ich sah die achtseitigen Minarets dieser Stadt, welche einst, wie der Geschichtsschreiber Edrisi berichtet, der reichste und belebteste Stapelplatz der Küste war.

Ich glaubte wohl, der Kapitän Nemo werde, nachdem wir so weit gekommen, zurückkehren, aber ich irrte, und zu meiner großer Überraschung war es anders.

Am folgenden Tage, den 7. Februar, fuhren wir in die Straße Babel-Mandeb ein. Dieselbe ist bei einer Breite von zwanzig Meilen nur zweiundfünfzig Kilometer lang, so daß der Nautilus bei Schnellfahrt sie binnen einer Stunde zurücklegte. Aber ich bekam nichts zu sehen, nicht einmal die Insel Parim, welche die englische Regierung zur Verstärkung des Platzes befestigt hat. Es fuhren zu viele englische oder französische Dampfboote der Linien Suez-Bombay, Calcutta, Melbourne, Bourbon, St. Moritz die enge Fahrstraße, als daß der Nautilus sich zu zeigen gewagt hätte. Auch hielt er sich vorsichtig in einiger Tiefe.

Endlich, zu Mittag, fuhren wir auf den Wogen des Rothen Meeres.

Das durch die Überlieferungen der Bibel berühmte Rothe Meer wird durch keinen Regen erfrischt, von keinem erheblichen Fluß bespült, durch eine übermäßige Verdunstung unaufhörlich ausgepumpt, so daß es jährlich eine Schicht Wasser von anderthalb Meter einbüßt. Wäre der merkwürdige Golf geschlossen und in den Verhältnissen eines See's, so wäre er vielleicht bereits völlig ausgetrocknet; es ist mit ihm anders, als mit dem Kaspischen Meer, dessen Niveau gerade nur um so viel gesunken ist, daß die Ausdünstung und der Zufluß sich aufwiegen.

Dieses Rothe Meer ist zweitausendsechshundert Kilometer lang, bei einer durchschnittlichen Breite von zweihundertundvierzig. Zur Zeit der Ptolemäer und der römischen Kaiser war es die Hauptstraße des Welthandels und die Durchstechung des Isthmus von Suez wird ihm diese Bedeutung wieder geben, welche durch die Eisenbahnen bereits zum Teil wieder gewonnen ist.

Es war mir gar nicht darum zu tun, über die Laune des Kapitäns Nemo zu grübeln, daß er uns in diesen Golf führte; aber ich billigte unverhohlen, daß der Nautilus hineinfuhr. Er hielt sich bei einer mittleren Geschwindigkeit bald auf der Oberfläche,bald tauchte er, um einem Schiff auszuweichen, unter, und ich konnte also das merkwürdige Meer in seiner Tiefe und auf seiner Oberfläche beobachten.

Am 8. Februar in den ersten Morgenstunden hatten wir Mocca im Angesicht, eine jetzt verfallene Stadt, deren Mauern schon durch den Kanonendonner zusammenstürzen, und die hier und da von einigen grünen Dattelbäumen beschattet ist. Zur Zeit ihrer früheren Bedeutung hatte sie sechs öffentliche Märkte, sechsundzwanzig Moscheen, und ihre mit vierzehn Forts versehenen Mauern hatten einen Umfang von drei Kilometer.

Darauf näherte sich der Nautilus den afrikanischen Küsten, wo das Meer bedeutend tiefer ist. Hier, wo das Wasser in einiger Tiefe durchsichtig wie Kristall ist, ließ er uns bei geöffneten Läden merkwürdiges Gebüsch glänzender Korallen betrachten, und ungeheure Felswände, die mit einem glänzenden

Teppich von Tang und Algen bedeckt waren. Welche unbeschreiblicher Anblick, welch mannichfaltiger Wechsel von Landschaften und Gegenden beim Vorbeifahren an diesen Klippen und vulkanischen Eilanden, welche die lybischen Küsten besäumen! Aber an dem östlichen Gestade, wohin der Nautilus sich alsbald wendete, zeigte sich der Baumwuchs in seiner vollen Schönheit. Welche reizende Stunden brachte ich so an dem Fenster des Salon hin! Wie hatte ich da nur Musterstücke der unterseeischen Flora und Fauna beim Licht unserer elektrischen Leuchte zu bewundern! Außer diesen Prachtstücken konnte ich unzählige Arten eines bisher noch nicht von mir beobachteten Polypengeschöpfs betrachten, des gewöhnlichen Schwammes.

Der Schwamm gehört nicht dem Pflanzenreich an, wie noch manche Naturforscher annehmen, sondern ist ein Tier der letzten Ordnung, ein Polypengeschöpf, das noch niedriger steht, als die Koralle. Seine Eigenschaft als Thier ist nicht zu bezweifeln, und man kann auch nicht die Ansicht der Alten gelten lassen, die ihn als ein Geschöpf ansahen, das in der Mitte zwischen Pflanzen und Thier den Übergang bilde. Doch muß ich beifügen, daß die Naturforscher über die Art der Organisation des Schwammes nicht einig sind. Die Einen nehmen ihn als ein Gesellschaftstier, die Andern, wie Milne Edwards, für ein alleinbestehendes einheitliches Individuum.

Die Klasse der Schwammthiere enthält ungefähr dreihundert Arten, welche in vielen Meeren, und selbst in einigen Flüssen sich finden. Vorzugsweise sind sie in den Gewässern des Mittelländischen Meeres, dem griechischen Archipel, an den Küsten Syriens und des Rothen Meeres. Da wachsen die feinen, weichen Schwämme, deren Wert bis auf hundertundfünfzig Franken steigt, der blonde Schwamm Syriens, der harte Schwamm der Barbarei. Aber weil ich keine Aussicht hatte, sie in der Levante zu studieren, so begnügte ich mich, sie in den Gewässern des Rothen Meeres zu beobachten.

Ich rief daher Conseil zu mir, während der Nautilus bei einer durchschnittlichen Tiefe von acht bis neun Meter langsam an allen schönen Felsen der orientalischen Küste vorüberfuhr.

Da wuchsen Schwämme von allen Formen, gestielte, blattförmige, kugelrunde, gefingerte, welche ziemlich genau den Namen entsprachen, welche die Fischer ihnen beilegen, nämlich Körbe, Kelche, Spindeln, Elendshorn, Löwenfuß, Pfauenschweif, Neptunshandschuhe. Aus ihrem faserigen, mit einer gallertartigen, halbflüssigen Substanz gefüllten Gewebe, träufelten unablässig kleine Wassertröpfchen, welche, nachdem sie jedes Zellchen belebt hatten, durch eine zusammenziehende Bewegung daraus ausgestoßen werden. Diese Substanz verschwindet nach dem Tode des Polypen, und verfault, indem sie Salmiak entwickelt. Dann bleiben nur diese horn- oder gallertartigen Gewebe, woraus der Hausschwamm besteht, der eine rötliche Farbe bekommt, und nach dem verschiedenen Grade seiner Elastizität, Durchdringlichkeit oder Sprödigkeit beim Einweichen zu verschiedenem Gebrauch verwendet wird.

Diese Polypengebilde saßen fest an Felsen, Muscheln von Mollusken, selbst an Stielen von Wasserpflanzen, und zwar bis in die kleinsten Spalten hinein, sich ausbreitend, bald aufwärts, bald abwärts gerichtet, wie korallenartige Auswüchse. Ich belehrte Conseil, daß diese Schwämme auf zwei Arten gefischt würden, mit dem Kratzgarn und mit der Hand. Dieses letztere Verfahren, welches Taucher erforderlich macht, ist vorzuziehen, weil sie weit höher an Wert sind, wenn das Gewebe, so wie es gewachsen ist, geschont wird.

Die anderen Zoophyten, welche neben den Schwammgebilden in Menge sprossten, bestanden hauptsächlich in einer sehr zierlichen Art Medusen; die Mollusken waren durch eine besondere Art Kalmar vertreten, welche nach d'Orbigny dem Rothen Meere eigentümlich sind; und die Reptilien durch eine Schildkrötenart, die unserer Tafel ein gesundes und schmackhaftes Gericht lieferte.

Die Fische waren zahlreich und oft merkwürdig. Von den in unseren Garnen gefangenen hebe ich hervor: Rochen von eiförmiger Gestalt und ziegelsteinfarbig mit blauen Flecken am Leib und einem doppelten gezahnten Stachel; Stechrochen mit getüpfeltem Schwanz; Dromedarbeinfische mit einem Buckel, der in einem rückwärts gebogenen Stachel endigt; Schlangenfische, echte Muränen mit silbernem Schwanz, bläulichem Rücken, braunen graubordierten Brustflossen; Streifdecken mit geraden Goldstreifen und den drei Farben Frankreichs geziert; Trichterfische u. a.

Am 9. Februar fuhr der Nautilus an der weitesten Stelle des Rothen Meeres, zwischen Suakin an der Westküste und Quonfodah an der östlichen, wo der Durchmesser hundertneunzig Meilen beträgt.

An diesem Tage, zur Mittagsstunde, kam der Kapitän Nemo auf die Plattform, wo ich bereits mich befand. Ich nahm mir vor, ihn nicht wieder hinabgehen zu lassen, ohne ihn wenigstens über seine weiteren Pläne ausgeforscht zu haben. Er kam, sowie er mich bemerkte, gleich auf mich zu, bot mir freundlich eine Zigarre an, und sprach zu mir:

»Nun, Herr Professor, gefällt Ihnen dieses Rothe Meer? Haben Sie seine Wunder schon recht beobachtet, seine Fische und Zoophyten, Schwämme und Korallenwälder? Haben Sie auch die Städte an seinen Ufern angesehen?

– Ja, Kapitän Nemo, erwiderte ich, und der Nautilus hat sich diesem Studium zum Erstaunen willig gezeigt. Ach! 's ist ein verständiges Fahrzeug.

– Ja, mein Herr, verständig, kühn und unverwundbar! Es scheut weder die fürchterlichen Stürme des Rothen Meeres, noch seine Strömung, noch seine Klippen.

– In der Tat, sagte ich, ist dieses Meer als sehr schlimm verrufen, und irre ich nicht, im Altertum als abscheulich.

– Ja wohl, Herr Arronax. Die griechischen und lateinischen Geschichtsschreiber reden nicht günstig von ihm. Der arabische Historiker Edrisi, der es unter der Benennung Golf von Colzun schildert, berichtet, es gingen zahlreiche Schiffe auf seinen Sandbänken zu Grunde, und Niemand wage bei Nacht darauf zu fahren. Dies Meer ist, behauptet er, von erschrecklichen Stürmen heimgesucht, mit ungastlichen Inseln bedeckt, und hat nichts Gutes an sich, weder in der Tiefe, noch an der Oberstäche. Und wirklich, so wird es von Arrian, Agatharchides und Artemidorus geschildert.

– Man sieht wohl, erwiderte ich, daß diese Historiker nicht an Bord des Nautilus gefahren sind.

– Allerdings, versetzte lächelnd der Kapitän, und in dieser Hinsicht sind die modernen Schriftsteller nicht weiter als die alten. Viele Jahrhunderte hat's gedauert, bis man die mechanische Kraft des Dampfes fand! Wer weiß, ob binnen hundert Jahren ein zweiter Nautilus zu sehen sein wird! Die Welt macht ihre Fortschritte langsam, Herr Arronax.

– Sie haben Recht, erwiderte ich, Ihr Schiff ist ein Jahrhundert, mehrere vielleicht, seiner Zeit zuvor gekommen. Umso mehr schade, wenn ein solches Geheimniß mit seinem Erfinder wieder untergehen soll!«

Der Kapitän Nemo blieb die Antwort schuldig. Nach einer Pause von einigen Minuten sagte er:

»Sie sprachen mir von der Ansicht der alten Historiker über die Gefahren der Schifffahrt auf dem roten Meere?

– So ist's, erwiderte ich, aber waren ihre Befürchtungen nicht übertrieben?

– Ja und Nein, Herr Arronax, versetzte der Kapitän Nemo, der sein rotes Meer gründlich zu kennen schien. Was für ein modernes, solid gebautes, wohl eingerichtetes Schiff, das Dank der willfährigen Dampfkraft seiner Leitung Meister, nicht mehr gefährlich ist, bot den Fahrzeugen der Alten Gefahren aller Art dar. Man denke nur, wie mangelhaft die Barken, worauf die ersten Seefahrer sich wagten, beschaffen waren, aus Brettern mit Stricken zusammengebunden, mit gestampftem Harz kalfatern und mit Seehundsfell überzogen. Sie besaßen nicht einmal Instrumente, um ihre Richtung aufzunehmen, und sie fuhren nach Gutdünken mitten durch Strömungen, von denen sie kaum etwas wußten. Unter solchen Verhältnissen fielen notwendig zahlreiche Schiffbrüche vor. Aber heut zu Tage haben die Dampfboote, welche zwischen Suez und den südlichen Meeren fahren, von der Wut dieses Golfs, trotz widriger Passatwinde, nichts mehr zu fürchten!

– Ich bin einverstanden, sagte ich, und der Dampf scheint mir die Dankbarkeit in den Herzen der Seeleute erstickt zu haben. Doch, Kapitän, da Sie dieses Meer so genau studiert haben, können Sie mir wohl auch sagen, woher die Benennung »Rothes« Meer kommt? Denn die Angabe, daß, nachdem Pharao darin umgekommen, es so benannt worden sei, befriedigt mich nicht.

– Meine persönliche Ansicht, Herr Arronax, will ich Ihnen sagen. Der Name enthält eine Übersetzung des hebräischen Wortes »Edrom«, und die Alten haben ihm denselben wegen der besonderen Färbung seiner Gewässer gegeben.

– Bis jetzt habe ich aber doch nur klare Wellen ohne irgend besondere Färbung gesehen.

– Allerdings, aber wenn wir weiter in den Golf hinein kommen, werden Sie diesen besonderen Schein erkennen. Ich erinnere mich, die Bai von Tor völlig rot, wie einen Blutsee gesehen zu haben.

– Und diese Farbe ist wohl einer mikroskopischen Pflanze zuzuschreiben?

– Ja wohl. Es ist ein schleimiger, purpurfarbener Stoff, der von jenen kleinen Pflänzchen, Trichodesmion genannt, herrührt, von welchen vierzigtausend den Raum eines Quadratmillimeters einnehmen. Vielleicht werden wir solche zu Tor finden.

– Also, Kapitän Nemo, Sie befahren nicht zum ersten Mal an Bord des Nautilus das Rothe Meer?

– Nein, mein Herr.

– Dann möcht' ich, da Sie vorhin vom Untergang der Ägypter im roten Meer sprachen, Sie fragen, ob Sie unterm Wasser die Spuren dieses großen historischen Ereignisses gesehen haben?

– Nein, Herr Professor, und zwar aus einem triftigen Grund.

– Und der ist?

– Weil gerade die Stelle, wo Moses mit seinem Volk hindurch gegangen, nun dergestalt versandet ist, daß die Kamele darin kaum ihre Beine benetzen. Natürlich hätte da mein Nautilus nicht Wasser genug gehabt.

– Und diese Stelle? … fragte ich.

– Befindet sich ein wenig oberhalb Suez in dem Arm, welcher ehemals, als das Rothe Meer sich bis zu den Bitteren Seen erstreckte, eine tiefe Meerlache bildete. Ich glaube wohl, daß man durch Nachgrabungen in diesem Sande eine große Menge Waffen und Instrumente ägyptischen Ursprungs zu Tage fördern würde.

– Ohne Zweifel, erwiderte ich, und die Archäologen mögen hoffen, daß solche Nachgrabungen früher oder später angestellt werden, wenn nach dem Durchstich des Kanals von Suez neue Städte auf diesem Isthmus entstehen werden. Für einen Nautilus freilich wäre ein solcher Kanal wenig nütze!

– Allerdings, aber für die ganze Welt, sagte der Kapitän Nemo. Bereits die Alten hatten begriffen, wie nützlich es für ihren Großhandel sein würde, eine Verbindung zwischen dem Rothen und Mittelländischen Meere herzustellen; aber sie dachten nicht daran, einen neuen Kanal zu graben, sondern bedienten sich der Vermittelung des Nils. Wahrscheinlich wurde, der Sage zufolge, der Kanal, welcher den Nil mit dem Rothen Meere verband, unter Sesostris angefangen. Ausgemacht ist, daß 615 Jahre vor Christus Necho die Arbeiten eines Kanals begann, welcher von dem Wasser des Nils gespeist, durch die nach Arabien hin liegende Ebene führte. Man fuhr denselben aufwärts in vier Tagen, er war so breit, daß zwei Triremen sich darin ausweichen konnten. Er wurde von Darius fortgeführt, und wahrscheinlich von Ptolemäus II. vollendet. Zu Strabo's Zeit wurde er von Schiffen befahren; aber der geringe Fall seines Wassers von seinem Anfang, zu Bubastis, bis zum Rothen Meere veranlaßte, daß man ihn nur einige Monate im Jahre benutzen konnte. Bis zur Zeit der Antonine diente er dem Handelszweck; hernach versandet und verödet, wurde er vom Kalifen Omar wieder hergestellt, aber im Jahre 761 oder 762 vom Kalifen Almansor verschüttet, um seinem aufständigen Gegner die Lebensmittel abzuschneiden. Bonaparte fand in der Wüste von Suez die Spuren desselben, und von der Flut überrascht, wäre er, einige Stunden ehe er nach Hadzaroth kam, beinahe umgekommen, an derselben Stelle, wo Moses dreitausendunddreihundert Jahre zuvor sein Lager gehabt hatte.

– Nun, Kapitän, was die Alten nicht zu unternehmen vermochten, eine Verbindung der beiden Meere, wodurch der Weg von Cadix nach Indien um neuntausend Kilometer abgekürzt werden wird, hat Herr Lesseps zu Stande gebracht, und in Kurzem wird er Afrika zu einer ungeheuern Insel gemacht haben.

– Ja, Herr Arronax, Sie dürfen stolz auf Ihren Landsmann sein. Solch ein Mann gereicht einer Nation mehr zum Ruhme, als die größten Feldherren! Seine Willenskraft hat über die Hindernisse triumphiert, und ein Werk, das eine internationale Unternehmung hätte sein sollen, ist nur durch die Energie eines einzigen Mannes zu Stande gekommen.

– Ja, Ehre dem großen Bürger, erwiderte ich, überrascht über die warme Betonung, womit der Kapitän Nemo gesprochen.

– Leider, fuhr er fort, kann ich nicht durch diesen Kanal von Suez mit Ihnen fahren; aber doch können Sie bis übermorgen, da wir im Mittelländischen Meere sein werden, die langen Dämme von Port-Said sehen.

– Im Mittelländischen Meer! rief ich aus.

– Ja, Herr Professor. Wundern Sie sich darüber?

– Ich wundere mich, daß wir übermorgen dort sein sollen.

– Wirklich?

– Ja, Kapitän, obwohl ich, seit ich an Ihrem Bord bin, mir das Staunen hätte abgewöhnen können!

– Aber was ist denn dabei zum Erstaunen?

– Die entsetzliche Schnelligkeit, womit Sie um Afrika herum bis in's Mittelländische Meer fahren wollen.

– Und wer sagt denn, Herr Professor, daß der Nautilus um das Cap der guten Hoffnung herum fahren will?

– Doch, wenn er nicht zu Lande oder über den Isthmus fahren will …

– Oder unter demselben her, Herr Arronax.

– Unter demselben?

– Allerdings, erwiderte ruhig der Kapitän Nemo. Längst hat die Natur unter dieser Landenge geschaffen, was der Mensch jetzt über derselben in Ausführung bringt.

– Wie? Es bestände eine Durchfahrt?

– Ja, eine unterirdische Durchfahrt, welche ich »Arabischen Tunnel« genannt habe. Er fängt unterhalb Suez an und endigt im Golf von Pelusium.

– Aber auf dem Isthmus ist ja nur Flugsand?

– Bis zu einer gewissen Tiefe. Nur fünfzig Meter tief findet sich eine unerschütterlich feste Lage Felsen.

– Haben Sie diesen Durchweg zufällig gefunden? Fragte ich immer mehr erstaunt.

– Durch Zufall und Überlegung, Herr Professor, und sogar mehr durch Überlegung als durch Zufall.

– Kapitän, ich höre Ihnen zu, obwohl mein Ohr sich dagegen sträubt.

– Diese Durchfahrt existiert; ich habe sie auch schon einige Mal benutzt. Sonst hatte ich mich auch nicht jetzt in diese Enge gewagt.

– Darf man fragen, wie Sie diese Entdeckung gemacht haben?

– Mein Herr, erwiderte der Kapitän, zwischen Leuten, die sich nicht mehr voneinander trennen dürfen, giebt's kein Geheimniß.«

Ohne diese Andeutung zu beachten, hörte ich zu.

»Herr Professor, sprach er, eine einfache Beobachtung brachte mich auf die Entdeckung dieser Durchfahrt. Ich hatte bemerkt, daß es im Rothen und Mittelländischen Meere gewisse Arten von Fischen gibt, die sich völlig gleich sind, Streifdecken, Schlangenfische, Meeradler, Barsche u. a. Diese Tatsache führte auf die Frage, ob nicht eine Verbindung zwischen beiden Meeren bestehe. Bestand sie, so muhte die Strömung notwendig vom Rothen zum Mittelländischen gehen, lediglich wegen der verschiedenen Höhe des Meeresspiegels. Ich fing nun eine Menge Fische in der Nähe von Suez, legte ihnen am Schwanz einen kupfernen Ring an, und warf sie dann wieder in's Meer. Einige Monate später fing ich an der Syrischen Küste etliche Exemplare meiner mit dem Ring gezierten Fische wieder. Damit war die Verbindung der beiden Meere bewiesen. Ich suchte sie mit meinem Nautilus auf, wagte mich hinein, und es wird nicht lange dauern, Herr Professor, werden Sie ebenfalls durch meinen Arabischen Tunnel fahren!«

Kapitel 5

Der Arabische Tunnel

Noch denselben Tag teilte ich Conseil und Ned den sie zunächst interessierenden Teil dieser Unterhaltung mit. Als ich ihnen sagte, daß wir in zwei Tagen uns mitten im Mittelländischen Meere befinden würden, klatschte Conseil mit den Händen, aber der Kanadier zuckte die Achseln.

»Ein unterseeischer Tunnel! Rief er aus, eine Verbindung beider Meere! Wer hat jemals so etwas gehört?

– Freund Ned, erwiderte Conseil, hatten Sie jemals vom Nautilus reden gehört? Nein! Und doch existiert er. Darum zucken Sie nicht so leicht die Achseln.

– Wir werden's wohl sehen! versetzte Ned-Land mit Kopfschütteln. Trotzdem will ich recht gern an diesen Durchweg glauben, und wünsche nur, daß der Kapitän uns wirklich in's Mittelländische Meer führen möge.«

Noch denselben Abend fuhr der Nautilus, unterm 21° 30' nördlicher Breite, auf der Oberfläche in die Nähe der arabischen Küste. Ich erblickte Djedda, das mächtige Comptoir des ägyptischen, syrischen, türkischen und indischen Handels. Ich konnte klar ihre sämmtlichen Bauten, die längs den Quais ankernden, und die auf der Reede liegenden Schiffe unterscheiden. Die ziemlich niedrig am Horizont stehende Sonne beleuchtete hell die Häuser der Stadt, deren weiße Farbe umso greller hervorstach. Außerhalb derselben ließen einige Hütten von Holz oder Rohr das von den Beduinen bewohnte Quartier erkennen.

Bald verschwand Djedda im Abenddunkel, und der Nautilus tauchte unter das leicht phosphoreszierende Wasser.

Am folgenden Tage, den 10. Februar, zeigten sich einige Schiffe, die auf uns zu fuhren. Der Nautilus tauchte wieder unter; aber zu Mittag begab er sich, da das Meer leer war, wieder an die Oberfläche.

In Begleitung von Ned und Conseil setzte ich mich auf die Plattform. Die Ostküste zeigte sich im feuchten Nebel wie eine unklar gezeichnete Masse.

Wider die Seiten des Bootes gelehnt plauderten wir von diesem und jenem, als Ned-Land mit der Hand auf einen Punkt wies und sprach:

»Sehen Sie da Etwas, Herr Professor?

– Nein, Ned, erwiderte ich, aber Ihr Gesicht reicht auch weiter, als das meinige, wie Sie wissen.

– Schauen Sie wohl, fuhr Ned fort, dort rechts vor uns, so hoch wie die Leuchte! Sehen Sie da nicht eine Masse, die sich zu bewegen scheint?

– Wirklich, sagte ich, nachdem ich achtsam geschaut, ich gewahre etwas auf der Oberfläche des Wassers, das sieht wie ein langer, schwärzlicher Körper aus.

– Noch ein Nautilus? Sagte Conseil.

– Nein, erwiderte der Kanadier, aber ich müßte mich sehr irren, wenn es nicht ein Seetier ist.

– Giebt's denn Wallfische im roten Meere? Fragte Conseil.

– Ja, mein Lieber, erwiderte ich, bisweilen.

– Es ist kein Wallfisch, versetzte Ned-Land, der den wahrgenommenen Gegenstand nicht aus den Augen verlor. Mit Wallfischen stehe ich in vertrauter Bekanntschaft, und ich würde ihre Bewegungen leicht erkennen.

– Warten wir nur, sagte Conseil. Der Nautilus fährt da hinaus, und wir werden bald wissen, wie es damit steht.«

Wirklich, der schwärzliche Gegenstand war bald nur noch eine Meile von uns entfernt. Er sah aus, wie eine große Klippe im Meer. Was war es? Ich konnte mich noch nicht darüber aussprechen.

»Ah! Es schwimmt! Es taucht unter! Rief Ned-Land. Tausend Teufel! Was mag dies für ein Tier sein? Es hat nicht den zweispaltigen Schwanz der Wallfische oder Pottfische, und seine Flossen sehen aus, wie verstümmelte Gliedmaßen.

– Aber dann … sprach ich.

– Richtig, fuhr der Kanadier fort, es liegt auf dem Rücken und streckt seine Brüste empor!

– Eine Sirene, rief Conseil, eine echte Sirene, nehmen Sie's nicht übel, mein Herr.«

Dies Wort brachte mich auf den rechten Weg, und ich sah, daß dies Tier zu den Seegeschöpfen gehörte, woraus die Fabel Sirenen und Fischweibchen gemacht hat.

»Nein, sagte ich zu Conseil, eine Sirene ist's nicht, aber ein merkwürdiges Geschöpf, von dem es kaum noch einige Exemplare im roten Meere gibt. Es ist ein Dugong.

– Ordnung der Sirenen, Gruppe der fischförmigen, Unterklasse der Menodelphine, Klasse der Säugetiere, Abtheilung der Wirbeltiere,« erwiderte Conseil.

Doch Ned-Land schaute unverwandten Blickes hin. Beim Anblick des Tieres glänzten seine Augen vor Begierde. Seine Hand zuckte schon, um es zu harpuniren. Man hätte meinen können, er warte nur auf den Moment, sich in's Meer zu werfen, um es da in seinem Element anzugreifen.

»O! mein Herr, sprach er zu mir mit vor Unruhe zitternder Stimme, so etwas hab' ich noch nie erlegt.«

In dieser Äußerung zeigte sich der ganze Harpunier.

In diesem Augenblick zeigte sich der Kapitän Nemo auf der Plattform. Er bemerkte den Dugong, verstand die Haltung des Kanadiers, und sprach zu ihm:

»Wenn Sie eine Harpune hätten, Meister Land, würde Ihnen da nicht die Hand zucken?

– Allerdings, mein Herr.

– Und es würde Ihnen nicht unangenehm sein, für einen Tag einmal wieder Ihr Fischergeschäft zu treiben, und dieses Tier zu den von Ihnen erlegten hinzuzufügen?

– Es wäre mir das ganz recht.

– Nun, Sie mögen's versuchen.

– Dank, mein Herr, erwiderte Ned-Land mit sprühenden Blicken.

– Nur, fuhr der Kapitän fort, fordere ich Sie auf, dies Thier nicht zu fehlen, und zwar in Ihrem eigenen Interesse.

– Ist's gefährlich, diesen Dugong anzugreifen? Fragte ich trotz des Kanadiers Achselzucken.

– Ja, mitunter, erwiderte der Kapitän. Das Tier stürzt sich wiederholt auf seine Angreifer und wirft ihr Fahrzeug um. Aber für Meister Land ist keine Gefahr zu besorgen. Er hat einen raschen Blick, einen sichern Arm. Ich empfehle es ihm nur deshalb, weil man es als ein feines Gericht ansieht, und ich weiß, daß Meister Land die guten Bissen nicht verschmäht.

– Ah! Sagte der Kanadier, dies Thier hat auch den Vorzug, daß es gut schmeckt?

– Ja, Meister Land, sein Fleisch, ein wirkliches Fleisch, ist ausnehmend geschätzt, und im ganzen Malayenland hebt man's für die Tafel der Fürsten auf. Darum macht man auch so hitzig Jagd auf das vortreffliche Thier, daß es, wie der Manati, sein Stammesgenosse, immer seltener wird.

– Herr Kapitän, sagte darauf Conseil im Ernst, wenn vielleicht dieses das Letzte seiner Race wäre, würde es dann nicht besser sein es zu schonen, im Interesse der Wissenschaft?

– Vielleicht, entgegnete der Kanadier; aber im Interesse der Küche ist's besser es zu erlegen.

– Gehen Sie nur an's Werk, Meister Land,« erwiderte der Kapitän Nemo.

In dem Augenblick kamen sieben Mann von den Bootsknechten, stumm und ausdruckslos, wie immer, auf die Plattform. Einer trug eine Harpune und eine Schnur, wie sie die Wallfischfänger brauchen. Das Boot wurde aus seinem Gehäuse genommen und in's Meer hinabgelassen. Sechs Ruderer besetzten die Bänke und der Steuerer nahm seinen Platz ein. Ned, Conseil und ich setzten uns hinten hin.

– Sie kommen nicht, Kapitän? Fragte ich.

– Nein, mein Herr, aber ich wünsche Glück zur Jagd.«

Das Boot stieß ab und fuhr mit seinen sechs Rudern pfeilschnell auf den Dugong zu, welcher damals zwei Meilen vom Nautilus entfernt schwamm.

Als wir bis auf einige Klafter dem Tiere nahe gekommen waren, fuhren wir langsamer, und die Ruder griffen geräuschlos in's ruhige Wasser. Ned-Land stellte sich, die Harpune in der Hand, auf dem Vorderteil des Bootes auf. Die Harpune, womit man nach einem Wallfisch wirft, ist gewöhnlich an einen sehr langen Strick befestigt, welcher sich rasch abwickelt, wenn das verwundete Thier sie mit sich fortschleppt. Aber hier maß der Strick nur etwa zehn Ellen, und war an eine kleine Tonne angeschlagen, welche schwimmend angab, in welcher Richtung der Dugong sich unterm Wasser bewegte.

Ich war aufgestanden und betrachtete genau den Gegner des Kanadiers. Dieser Dugong hatte viel Ähnlichkeit mit dem Manati. Sein länglicher Leib endigte sich in einen sehr langen Schwanz, und seine Seitenflossen in wirkliche Finger. Vom Manati unterschied es sich durch zwei lange, spitze Zähne seines Oberkiefers.

Der Dugong nun, auf welchen Ned-Land Jagd machte, war bei einer Länge von mindestens sieben Meter von kolossalen Verhältnissen. Er rührte sich nicht, und schien zu schlafen.

Das Boot kam dem Tiere vorsichtig bis auf drei Ellen nahe. Ich richtete mich halb auf. Ned-Land bog sich ein wenig rückwärts und warf seine Harpune mit geübter Hand.

Man hörte ein Zischen und der Dugong verschwand. Die kräftig geschwungene Harpune hatte wohl nur das Wasser gestreift.

»Tausend Teufel! Schrie der Kanadier wütend, ich hab' ihn gefehlt.

– Nein, sagte ich, das Tier ist verwundet, hier sieht man Blut, aber Ihre Waffe ist nicht stecken geblieben.

– Meine Harpune! Meine Harpune!« schrie Ned-Land.

Die Matrosen ruderten wieder, und der Steuerer lenkte das Boot auf die schwimmende Tonne. Die Harpune wurde wieder aufgefischt, und das Boot verfolgte das Tier.

Dasselbe kam von Zeit zu Zeit zum Athen an die Oberfläche; es war durch die Wunde nicht entkräftet, denn es schwamm äußerst schnell. Das Boot folgte, von kräftigen Armen der Ruderer gefördert, ihm eilig auf der Spur. Manchmal kam es ihm auf einige Ellen nahe, und der Kanadier war gefaßt zu werfen; aber der Dugong entwischte durch plötzliches Untertauchen, und es ward unmöglich, ihn zu erreichen.

Man kann sich denken, wie zornig der ungeduldige Ned-Land wurde; er schleuderte die kräftigsten Flüche der englischen Sprache dem Tiere nach. Ich meines Teils ärgerte mich nur, daß der Dugong sich all unseren Nachstellungen entzog.

Man verfolgte ihn eine Stunde lang unablässig, und ich fing an zu glauben, es werde sehr schwierig sein, seiner Meister zu werden, als dem Tiere der unglückselige Gedanke sich zu rächen kam, den es jedoch zu bereuen hatte.

Der Kanadier merkte gleich seine Absicht.

»Aufgepaßt!« rief er.

Der Bootführer sprach einige Worte in seiner seltsamen Sprache, womit er vermutlich seine Leute warnte, auf ihrer Hut zu sein.

Als der Dugong noch zwanzig Fuß vom Boot entfernt war; machte er Halt, zog hastig mit seinen oben auf der Schnauze stehenden ungeheuern Nasenlöchern Luft ein. Darauf nahm er seinen Anlauf und stürzte sich auf uns.

Das Boot konnte den Stoß nicht aushalten, schöpfte einige Tonnen Wasser, das man wieder ausleeren mußte; aber Dank der Geschicklichkeit des Bootführers schlug es nicht um. Ned-Land, an den Vordersteven geklammert, stach mit seiner Harpune auf das riesige Thier los, das mit seinen Zähnen den Deckbord packend, das Fahrzeug aus dem Wasser heraushob. Wir waren über einander geworfen, und ich weiß nicht, welchen Ausgang das Abenteuer genommen haben würde, hätte nicht der Kanadier, der unablässig dem Tier hitzig zusetzte, es endlich in's Herz getroffen.

Ich hörte das Knirschen seiner Zähne am Eisenblech, der Dugong verschwand und zog die Harpune mit sich. Aber bald kam die Tonne wieder auf die Oberfläche, und nach wenigen Augenblicken kam auch, auf dem Rücken liegend, der Körper des Tieres zum Vorschein. Das Boot kam herbei, nahm ihn in's Schlepptau und kehrte zum Nautilus zurück.

Man bedurfte sehr starke Taue, um den Dugong auf die Plattform zu ziehen. Er wog fünftausend Kilogramm. Man zerlegte das Tier vor den Augen des Kanadiers, der allen Details der Verrichtung aufmerksam zusah. Denselben Tag noch setzte mir der Steward beim Diner einige Stücke von diesem Fleisch vor, das der Schiffskoch kundig zubereitet hatte. Ich fand es vortrefflich, und sogar vorzüglicher, als Kalbfleisch, wo nicht Rindfleisch.

Am folgenden Tage, den 11. Februar, wurde die Küche des Nautilus mit noch einem köstlichen Wildpret bereichert. Ein Schwarm Seeschwalben ließ sich auf dem Nautilus nieder. Es war eine Art der in Ägypten einheimischen; ihr Schnabel ist schwarz, der Kopf grau getüpfelt, Rücken, Flügel und Schwanz graulich, Bauch und Kehle weiß, die Füße rot. Man fing auch einige Dutzend Nil-Enten, deren Hals und Kopf oben weiß und schwarz gefleckt sind.

Der Nautilus fuhr damals mit mäßiger Schnelligkeit. Ich bemerkte, daß das Wasser des Rothen Meeres an Salzgehalt mehr und mehr abnahm, je näher wir Suez kamen. Gegen fünf Uhr abends gewahrten wir nördlich das Cap Ras-Mohammed, welches zwischen dem Golf von Suez und dem von Acabah das Ende des Peträischen Arabiens bildet. Der Nautilus fuhr durch die Enge von Jubal, welche zum Golf von Suez führt. Ich bemerkte deutlich einen hohen Berg, welcher zwischen den beiden Golfen den Ras-Mohammed beherrschte. Es war der Berg Horeb, jener Sinai, auf dessen Gipfel Moses Gott von Angesicht zu Angesicht schaute, und den man sich beständig von Blitzen umzuckt vorstellt.

Um sechs Uhr fuhr der Nautilus bald über, bald unter dem Wasserspiegel auf hoher See bei Tor vorüber, das in der Tiefe einer Bucht liegt, deren Wasser, wie der Kapitän bereits bemerkte, rot gefärbt erscheint.

Darauf trat die Nacht ein, in tiefer Stille, die nur mitunter vom Geschrei des Pelikans, und einiger Nachtvögel, vom Geräusch der am Felsen abprallenden Wogen, oder vom Wellenschlag eines in der Ferne segelnden Dampfers unterbrochen wurde.

Von acht bis neun Uhr blieb der Nautilus einige Meter unterm Wasser. Meiner Berechnung nach mußten wir ganz nahe bei Suez sein. Durch die Fensterlucken des Salons sah ich den Felsengrund von unserem elektrischen Licht hell erleuchtet. Es schien mir, als werde die Enge immer schmäler.

Als um neun und ein viertel das Boot wieder auf die Oberfläche kam, begab ich mich auf die Plattform. Vor Ungeduld, den Tunnel des Kapitäns Nemo zu durchfahren, hielt ich's innen nicht aus und suchte die frische Nachtluft zu atmen.

Bald gewahrte ich im Dunkeln ein blasses, vom Nebel halb ersticktes Licht eine Meile weit von uns.

»Ein schwimmender Pharus,« sagte Jemand in meiner Nähe. Ich drehte mich um, und erkannte den Kapitän.

»Der schwimmende Pharus von Suez, wiederholte er. Wir werden gleich zur Mündung des Tunnel gelangen.

– Die Fahrt darin muß schwierig sein?

– Ja, mein Herr. Darum pflege ich selbst am Platze des Steuerers die Leitung zu übernehmen. Und jetzt, wenn Sie gefälligst hinabgehen wollen, Herr Arronax, wird der Nautilus untertauchen, und wird erst, nachdem er durch den Tunnel hindurch gefahren, wieder auf die Oberfläche kommen.«

Ich folgte dem Kapitän Nemo. Die Lucke schloss sich, die Wasserbehälter füllten sich, und das Fahrzeug tauchte etwa zehn Meter hinab.

Als ich eben im Begriff war, mich auf mein Zimmer zu begeben, redete mich der Kapitän an.

»Herr Professor, sprach er zu mir, wäre es Ihnen gefällig, mich in das Gehäuse des Steuerers zu begleiten.

– Ich wagte nicht, Sie darum zu bitten, erwiderte ich.

– So kommen Sie. Da werden Sie alles sehen, was man von dieser zugleich unterirdischen und unterseeischen Fahrt sehen kann.«

Der Kapitän führte mich zur Mittelstiege. Auf der Hälfte derselben öffnete er eine Thür und schritt durch die oberen Gänge bis zum Steuermannsgehäuse, welches, wie wir wissen, am Ende der Plattform hervorragte.

Es war eine Kabine von sechs Fuß im Gevierte, ungefähr wie die der Steuerer bei den Dampfern auf dem Mississippi oder Hudson. In der Mitte drehte sich in senkrechter Richtung ein Rad, das in die Stücktaue des Steuerruders eingriff, welche bis zum Hinterteil des Nautilus liefen. Vier Lucken mit Linsengläsern, die in den Wänden der Kabine angebracht waren, gewährten dem Steuermann die Aussicht nach allen Richtungen.

Diese Kabine war dunkel; aber meine Augen gewöhnten sich schnell an dieses Dunkel, und ich gewahrte den Steuerer, einen kräftigen Mann, dessen Hände sich auf die Radfelgen stützten. Außen schien das Meer von der Leuchte hell bestrahlt, welche hinter der Kabine am anderen Ende der Plattform glänzte.

»Jetzt, sagte der Kapitän Nemo, suchen wir unsere Durchfahrt.«

Die Zelle des Steuerers war durch elektrische Drähte mit der Maschinenkammer in Verbindung gesetzt, und so war der Kapitän im Stande, seinem Nautilus zugleich die Richtung und die Bewegung vorzuschreiben. Er drückte auf einen metallenen Knopf, und sogleich minderte sich die Schnelligkeit der Schraube.

Ich betrachtete schweigend die hohe, sehr steile Wand, an welcher wir eben vorbeifuhren, die unerschütterliche Grundlage des sandigen Kerns der Küste. Eine Stunde lang fuhren wir, nur einige Meter davon ab, längs derselben her. Der Kapitän Nemo verwandte keinen Blick von dem in der Kabine hängenden Kompass. Auf einen bloßen Wink änderte der Steuerer jeden Augenblick die Richtung des Nautilus.

Ich hatte mich an die Lucke zur linken Seite gesetzt, wo ich prächtige Korallengerüste sah, Zoophyten, Algen und Schaltiere, die mit ihren ungeheuren Tatzen, welche sie aus den Spalten der Felsen herausstreckten, hin und her langten.

Um zehn und ein viertel nahm der Kapitän Nemo selbst das Steuer zur Hand. Eine breite, finstere und tiefe Galerie öffnete sich vor uns. Der Nautilus fuhr kühn hinein. Ein ungewöhnliches Gebrause hörte man zu beiden Seiten. Die Gewässer des Rothen Meeres stürzten über den stark abfallenden Tunnel in's Mittelländische. Der Nautilus folgte der Strömung pfeilschnell, so sehr die Maschine sich anstrengte, zu hemmen.

Auf den engen Wänden der Durchfahrt sah ich nur noch schimmernde Striche, gerade Linien, Feuerstreifen, welche beim glänzenden Licht der Elektrizität durch die Schnelligkeit gezogen wurden. Mein Herz klopfte, daß ich mit der Hand seinen Pulsschlag hemmen mußte.

Um zehn Uhr fünfunddreißig Minuten trat der Kapitän Nemo vom Rad des Steuers zurück und wendete sich zu mir mit den Worten:

»Das Mittelländische Meer.«

In weniger als zehn Minuten war der Nautilus, von der Strömung fortgerissen, durch den Isthmus von Suez hindurch gefahren.

Kapitel 6

Der griechische Archipel

Am folgenden Morgen, den 12. Februar, mit Tages-Anbruch, tauchte der Nautilus auf die Oberfläche empor. Ich eilte auf die Plattform. Drei Meilen südlich sah man einen unklaren Schattenriß von Pelusium. Wir waren mit reißend abfallender Strömung durchgefahren; aber aufwärts diesen Tunnel zu fahren, mußte unausführbar sein.

Gegen sieben Uhr kamen Ned und Conseil zu mir. Diese beiden unzertrennlichen Kameraden hatten ruhig geschlafen, ohne sich weiter über die Heldentaten des Nautilus Gedanken zu machen.

»Nun, Herr Naturforscher, fragte der Kanadier mit etwas spöttischem Ton, und das Mittelländische Meer?

– Wir fahren auf demselben, Freund Ned.

– Hm! sagte Conseil, diese Nacht … .?

– Ja, just diese Nacht, in einigen Minuten sind wir durch diesen Isthmus gefahren.

– Das glaub' ich nicht, erwiderte der Kanadier.

– Und Sie haben Unrecht, Meister Land, versetzte ich. Diese niedrige Küste im Süden ist die ägyptische.

– Das mag man, mein Herr, sonst Jemanden weiß machen, entgegnete der starrköpfige Kanadier.

– Aber da mein Herr es versichert, sagte Conseil zu ihm, so muß man ihm glauben.

– Zudem, Ned, hat der Kapitän Nemo mir die Ehre erwiesen, mich zu sich in die Zelle des Steuerers zu nehmen, und ich war zugegen, als er selbst den Nautilus durch die enge Fahrt lenkte.

– Hören Sie, Ned, sagte Conseil.

– Und Sie, Ned, mit ihren guten Augen, fügte ich hinzu, Sie können die Dämme am Port Said von hier aus erkennen.«

Der Kanadier schaute achtsam hin.

»Wirklich, sagte er, Sie haben Recht, Herr Professor, und Ihr Kapitän ist ein Mann, wie es keinen mehr gibt. Wir sind im Mittelländischen Meer. Gut. So wollen wir, wenn's beliebt, von unseren Angelegenheiten plaudern, aber daß Niemand uns hören kann.«

Ich sah wohl, wo der Kanadier hinaus wollte. Jedenfalls, dachte ich, sei es besser zu plaudern, weil er's wünschte, und wir drei setzten uns neben den Fanal, wo wir weniger den feuchten Meeresdünsten ausgesetzt waren.

»Jetzt, Ned, hören wir Ihnen zu, sagte ich. Was haben Sie uns mitzuteilen?

– Was ich Ihnen mitzuteilen habe, ist sehr einfach, erwiderte der Kanadier. Wir sind in Europa, und ehe die Launen des Kapitäns Nemo uns bis zum Meeresgrund des Nordens mit fortschleppen oder wieder nach dem Stillen Ozean zurück bringen, verlange ich den Nautilus zu verlassen.«

Ich gestehe offen, daß diese Erörterung mit dem Kanadier mich stets in Verlegenheit setzte. Ich wollte in keiner Weise der Befreiung meiner Genossen hinderlich sein, und doch spürte ich kein Verlangen den Kapitän Nemo zu verlassen. Ihm und seinem Apparat verdankte ich es, daß ich täglich meine unterseeischen Studien vervollständigte, und ich arbeitete mein Werk über die Meerestiefen mitten in dem Element selbst um. Würde ich jemals eine solche Gelegenheit wieder finden, die Wunder des Ozeans zu beobachten? Gewiß nicht! Ich konnte mich daher nicht dem Gedanken anschließen, den Nautilus vor Vollendung unserer Forschungen zu verlassen.

»Freund Ned, sagte ich, antworten Sie mir frei heraus. Haben Sie Unlust an Bord? Bedauern Sie, daß das Schicksal Sie dem Kapitän Nemo in die Hand gegeben hat?«

Der Kanadier schwieg eine Weile. Dann kreuzte er die Arme und sprach:

»Offen gesagt, diese Reise unterm Meere mißfällt mir nicht. Ich werde befriedigt sein, wenn sie gemacht ist. Dafür aber muß sie ein Ende nehmen. Dies denke ich darüber.

– Sie wird ein Ende nehmen, Ned.

– Wo und wann?

– Wo? Weiß ich nicht. Wann? Das kann ich auch nicht sagen, oder vielmehr ich nehme an, daß sie ihr Ende erreichen wird, wann wir in diesen Meeren nichts mehr zu lernen haben werden. In dieser Welt hat alles, was einen Anfang genommen hat, auch sein Ende.

– Ich denke wie mein Herr, erwiderte Conseil, und es ist wohl möglich, daß der Kapitän Nemo, nachdem wir alle Meere des Erdballs durchlaufen haben, uns drei zusammen in Freiheit setzen wird.

– In Freiheit! Rief der Kanadier. Er wird uns schon etwas anderes vorsetzen.

– Übertreiben wir nicht, Meister Land, versetzte ich. Wir haben vom Kapitän nichts zu besorgen, aber ich teile auch nicht die Idee Conseil's. Wir sind im Besitz der Geheimnisse des Nautilus, und ich erwarte nicht, daß sein Kommandant, um uns in Freiheit zu setzen, sich darein finden wird, daß sie mit uns sich in aller Welt verbreiten.

– Aber was erwarten Sie dann? Fragte der Kanadier.

– Daß sich Umstände ergeben werden, welche wir benutzen können und dürfen, und das in sechs Monaten ebenso gut, wie jetzt.

– Der Henker! Sagte Ned-Land. Und wo werden wir in sechs Monaten sein, wenn's beliebt, Herr Naturforscher?

– Vielleicht hier, vielleicht in China. Sie wissen, der Nautilus fährt reißend schnell. Er fliegt durch die Ozeane, wie eine Schwalbe durch die Lüfte, oder ein Eilzug über die Kontinente. Er scheut sich nicht vor den befahrenen Meeren. Wer sagt uns, daß er nicht einmal an die Küsten Frankreichs, Englands oder Amerikas kommen wird, wo eine Flucht mit eben so viel Vorteil unternommen werden kann, wie hier?

– Herr Arronax, erwiderte der Kanadier, Ihren Gründen fehlt's am Grund. Sie sprechen in zukünftiger Zeit: »Wir werden dort, wir werden hier sein!« Ich rede in der Gegenwart: »Wir sind hier, und man muß das benutzen.«

Die Logik Ned-Land's hatte mich in die Enge getrieben. Ich hatte keine Argumente für mich gegen ihn geltend zu machen.

»Mein Herr, fuhr Ned fort, setzen wir, was unmöglich der Fall, der Kapitän Nemo bietet Ihnen schon heute die Freiheit an. Würden Sie's annehmen?

– Ich weiß nicht, antwortete ich.

– Und wenn er beifügt, daß er das heute gemachte Erbieten später nicht wieder machen wird, werden Sie's dann annehmen?«

Ich blieb die Antwort schuldig.

»Und was denkt Freund Conseil darüber? Fragte Ned-Land.

– Freund Conseil, erwiderte gelassen dieser brave Junge, Freund Conseil hat nichts dabei zu sagen. Wie sein Herr, wie sein Kamerad Ned, ist er ohne Familie. Weder Frau, noch Eltern, noch Kinder erwarten ihn in der Heimat. Er steht im Dienste seines Herrn und denkt wie sein Herr, und spricht wie sein Herr, und zu seinem großen Bedauern darf man nicht auf ihn zählen, um eine Majorität zu bilden. Es sind nur zwei Personen da: Mein Herr auf der einen, Ned-Land auf der anderen Seite. Freund Conseil hört zu, und ist bereit die Stiche zu zählen.«

Ich konnte mich des Lachens nicht erwehren, als ich sah, wie Conseil seine Persönlichkeit so vollständig verleugnete. Im Grunde konnte der Kanadier herzlich froh sein, daß er ihn nicht gegen sich hatte.

»Also, mein Herr, sagte Ned-Land, weil Conseil nicht existiert, wollen wir nur unter uns disputieren. Ich habe meine Meinung gesagt, Sie haben mich gehört. Was haben Sie zu erwidern?«

Man mußte offenbar zum Schluß kommen, und Ausflüchte waren mir zuwider.

»Freund Ned, sagte ich, ich will Ihnen meine Antwort sagen. Sie haben Recht gegen mich, und meine Gründe können gegen die Ihrigen nicht Stich halten. Auf den guten Willen des Kapitäns Nemo darf man nicht rechnen. Die gewöhnlichste Klugheit verbietet ihm, uns in Freiheit zu setzen. Dagegen rät die Klugheit, daß wir die erste Gelegenheit benutzen, den Nautilus zu verlassen.

– Richtig, Herr Arronax, das heißt verständig gesprochen.

– Nur, sag' ich, eine Bemerkung, eine einzige. Die Gelegenheit muß eine ernstliche sein. Unser erster Fluchtversuch muß glücken; denn wenn er fehlschlägt, werden wir die Gelegenheit zu einem abermaligen Versuch nicht wieder bekommen, und der Kapitän Nemo wird uns nicht verzeihen.

– Alles dies steht richtig, erwiderte der Kanadier. Aber Ihre Bemerkung gilt für jeden Fluchtversuch, mag er in zwei Jahren oder in zwei Tagen stattfinden. Folglich kommt die Frage immer darauf hinaus: wenn eine günstige Gelegenheit sich darbietet, muß man sie ergreifen.

– Einverstanden. Und nun, sagen Sie mir, was verstehen Sie unter einer günstigen Gelegenheit?

– Wenn bei einer dunkeln Nacht der Nautilus einer europäischen Küste nahe käme.

– Und Sie würden versuchen, durch Schwimmen zu entkommen?

– Ja, wenn wir einem Ufer nahe genug wären, und wenn der Nautilus auf der Oberfläche führe. Nein, wenn wir zu fern wären, und wenn wir unterm Wasser führen.

– Und in diesem Falle?

– In diesem Falle würde ich mich bemühen, in Besitz des Bootes zu gelangen. Ich verstehe es zu führen. Wir würden uns in's Innere schleichen, die Zapfen wegnehmen und uns wieder auf die Oberfläche begeben, ohne daß selbst der vorne befindliche Steuermann unsere Flucht bemerkte.

– Gut, Ned. Spüren Sie diese Gelegenheit aus; aber behalten Sie im Sinn, daß ein Fehlschlagen unser Verderben wäre.

– Das werd' ich nicht vergessen, mein Herr.

– Und jetzt, Ned, wollen Sie meine Gedanken über Ihr Project vollständig kennen?

– Gerne, Herr Arronax.

– Nun, ich denke – ich sage nicht hoffe, – ich denke, daß diese günstige Gelegenheit sich nicht ergeben wird.

– Weshalb?

– Weil der Kapitän Nemo sich nicht verhehlen kann, daß wir die Hoffnung, unsere Freiheit wieder zu erlangen, nicht aufgegeben haben, und daß er achtsam sein wird, zumal in den Meeren und an den Küsten Europas.

– Ich teile meines Herrn Ansicht, sagte Conseil.

– Wir werden's wohl sehen, erwiderte Ned-Land, der mit entschiedener Miene den Kopf schüttelte.

– Und jetzt, Ned-Land, fügte ich hinzu, bleiben wir dabei. Kein Wort weiter über das alles. Wenn Sie dazu gerüstet und bereit sind, melden Sie's uns, und wir werden uns Ihnen anschließen. Ich verlasse mich gänzlich auf Sie.«

Diese Unterredung, welche später so schwere Folgen haben sollte, schloss also. Ich darf jetzt sagen, daß die Tatsachen mein Voraussehen zu bestätigen schienen, zur großen Verzweiflung des Kanadiers. Mißtraute uns der Kapitän Nemo in diesen vielbesuchten Meeren, oder wollte er sich nur dem Angesicht der vielen Schiffe aller Nationen, welche das Mittelländische Meer befahren, entziehen? Ich weiß es nicht, aber er hielt sich meistens in mäßiger Tiefe unter Wasser und weit ab von den Küsten. Der Nautilus fuhr entweder so unter Wasser, daß nur des Steuermanns Gehäuse hervorragte, oder er verschwand in große Tiefen, denn zwischen dem griechischen Archipel und Kleinasien fanden wir bei zweitausend Meter noch keinen Grund.

Am 14. Februar beschloß ich, einige Stunden darauf zu verwenden, die Fische des Archipelagus zu studieren; aber aus irgendwelchem Grunde blieben die Läden geschlossen. Wir fuhren in der Richtung nach der Insel Kandia. Am Abend befand ich mich mit dem Kapitän allein im Salon. Derselbe schien voll Gedanken schweigsam. Dann ließ er die beiden Läden öffnen, ging von einem zum andern und beobachtete sorgfältig die Gewässer. Diese Insel war, als ich auf dem Abraham Lincoln mich einschiffte, in vollem Aufstände gegen den türkischen Despotismus; ich hatte aber nie mit dem Kapitän Nemo davon gesprochen, da er ja außer Verbindung mit der Oberwelt war. Ich machte mich an die Betrachtung der Fische, und es fielen mir gleich einige schon im Altertum bekannte Arten auf. Unter anderen sah ich den schon von Aristoteles angeführten Trichterfisch, den man gewöhnlich Meergrundel nennt; sodann Sackstoffen, die etwas phosphoreszieren, eine Art Meerbrassen, die zu den heiligen Tieren der Ägypter gehörten, indem sie durch ihr Erscheinen im Fluß die befruchtende Überschwemmung desselben ankündigten. Sodann zog meine Aufmerksamkeit sich auf den sogenannten Hemmfisch, ein kleiner Fisch, von dem die Alten sagten, er könne, wenn er sich an den Kiel eines Schiffes anhängt, dessen Lauf hemmen.

Ich war ganz in die Anschauung dieser Herrlichkeit vertieft, als plötzlich eine unerwartete Erscheinung mein Erstaunen erregte. Mitten in den Gewässern zeigte sich ein Mann, ein Taucher mit einem ledernen Gurt um die Hüfte. Es war nicht ein Leichnam, der mit den Wogen trieb, sondern ein lebendiger Mensch, der mit kräftigem Arm ruderte, zuweilen verschwand, um an der Oberfläche Luft zu schöpfen, dann sogleich wieder untertauchte.

Ich wendete mich zum Kapitän und rief mit bewegtem Gemüht: »Ein Mann! ein Schiffbrüchiger! Den müssen wir retten!«

Der Kapitän gab keine Antwort und lehnte sich an das Fenster. Der Mann war nahe gekommen und betrachtete uns durch die Fenster.

Zu meinem großen Erstaunen winkte ihm der Kapitän. Der Taucher erwiderte mit der Hand, begab sich unverzüglich wieder zur Oberfläche, und kam nicht wieder zum Vorschein.

»Beunruhigen Sie sich nicht, sagte zu mir der Kapitän. Es ist der auf allen Kykladen wohl bekannte, kühne Taucher Nicolas, vom Cap Matapan. Das Wasser ist sein Element, und er lebt in demselben mehr, wie auf dem Lande, indem er bis nach Kreta hin alle Inseln besucht.

– Ist er Ihnen bekannt, Kapitän?

– Warum nicht, Herr Arronax?«

Darauf wendete sich der Kapitän Nemo zu einem Schrank neben dem linken Fenster des Salons. Neben demselben sah ich einen mit Eisen beschlagenen Koffer, auf dessen Deckel eine kupferne Platte mit der Chiffre des Nautilus und seiner Devise *Mobilis in mobile* befand.

In dem Augenblick öffnete der Kapitän, ohne meine Anwesenheit zu beachten, den Koffer, der eine Menge Goldstangen enthielt. Woher kam das kostbare Metall von so ungeheurem Werth? Wo sammelte es der Kapitän, und was sollte damit geschehen?

Ich sprach kein Wort, sah zu. Der Kapitän Nemo nahm eine der Goldstangen nach der anderen heraus, legte sie regelmäßig in den Koffer hinein, den er ganz damit füllte. Ich schätzte den Inhalt auf mehr als tausend Kilogramm Gold, d. h. fast fünf Millionen Francs.

Der Koffer wurde wieder fest verschlossen, und der Kapitän schrieb auf seinen Deckel eine Adresse in einer Schrift, welche die neugriechische sein mußte.

Hierauf drückte der Kapitän Nemo auf einen Knopf, dessen Draht mit dem Posten der Mannschaft in Verbindung stand. Es erschienen vier Mann, und schoben nur mit Mühe den Koffer aus dem Salon hinaus. Nachher vernahm ich, daß sie ihn mit Hilfe von Stricken die eiserne Leiter hinauf zogen.

In dem Moment wandte sich der Kapitän Nemo zu mir:

»Und Sie sagten, Herr Professor? Fragte er mich.

– Ich habe nichts gesagt, Kapitän.

– Dann erlauben Sie mir, mein Herr, Ihnen gute Nacht zu wünschen.«

Mit diesen Worten verließ der Kapitän den Salon.

Ich begab mich voll Unruhe, begreift man, auf mein Zimmer, versuchte vergebens zu schlafen. Ich suchte eine Beziehung zwischen der Erscheinung des Tauchers und dem mit Gold gefüllten Koffer. Bald merkte ich an einigen schwankenden Bewegungen, daß der Nautilus aus den niederen Schichten sich auf die Oberfläche der Gewässer hob.

Nachher vernahm ich Fußtritte auf der Plattform. Ich merkte, daß man das Boot los machte und es in's Meer hinabließ. Es stieß einen Augenblick an die Seite des Nautilus an, dann hörte man kein Geräusch mehr.

Zwei Stunden nachher vernahm man dasselbe Geräusch, das nämliche Hin- und Hergehen. Das Boot wurde heraufgezogen, in seinem Gehäuse geborgen, und der Nautilus tauchte wieder unter.

So waren also die Millionen zu ihrem Adressaten geschafft worden. An welchen Ort des Kontinents? Mit wem stand der Kapitän in solcher Verbindung?

Am folgenden Morgen erzählte ich Conseil und dem Kanadier die Ereignisse dieser Nacht, welche meine Neugierde im höchsten Grade erregt hatten. Meine Gefährten waren nicht minder, wie ich, darüber erstaunt.

»Aber woher bekommt er diese Millionen?« fragte Ned-Land.

Darauf war eine Antwort nicht möglich. Ich begab mich nach dem Frühstück an die Arbeit, und war bis fünf Uhr mit meinem Tagebuch beschäftigt. Dann empfand ich eine so außerordentliche Hitze, daß ich mein Byssuskleid ablegen mußte. Unbegreiflich, denn wir befanden uns nicht unter Breitegraden von hoher Temperatur, und zudem durfte der Nautilus in der Tiefe eine Erhöhung derselben nicht verspüren. Ich sah auf das Meer-Manometer. Es zeigte eine Tiefe von sechzig Fuß, wohin die atmosphärische Luft nicht hätte dringen können.

Ich fuhr fort zu arbeiten, aber die Temperatur stieg dermaßen, daß es nicht zum Aushalten war.

»Sollte ein Brand an Bord sein?« fragte ich mich.

Ich war im Begriff, den Salon zu verlassen, als der Kapitän Nemo eintrat. Er trat zum Thermometer, sah nach und sprach zu mir:

»Zweiundvierzig Grad.

– Ich spür' es wohl, Kapitän, erwiderte ich, und sollte diese Hitze noch steigen, so können wir's nicht aushalten.

– O, Herr Professor, diese Hitze wird nur dann steigen, wenn wir wollen.

– Sie können sie also nach Belieben ändern?

– Nein, aber ich kann mich von der Quelle derselben entfernen.

– Also kommt sie von außen?

– Ja wohl. Wir fahren in siedendem Wasser.

– Ist's möglich? Rief ich aus.

– Schauen Sie her.«

Die Laden öffneten sich, und ich sah das Meer um den Nautilus herum ganz weiß. Dicke Schwefeldünste entwirbelten inmitten der Wogen, welche sprudelten wie siedendes Wasser im Kessel. Ich hielt meine Hand an eins der Fenster, aber es war so heiß, daß ich sie zurückziehen mußte.

»Wo befinden mir uns? Fragte ich.

– Nächst der Insel Santorin, Herr Professor, erwiderte der Kapitän, und gerade in dem Kanal, welcher Nea-Kamenni von Palea-Kamenni scheidet. Ich wollte Ihnen den merkwürdigen Anblick eines unterseeischen Vulkanausbruchs gewähren.

– Ich meinte, sagte ich, die Bildung dieser neuen Inseln sei fertig.

– In vulkanischen Gegenden ist nie etwas fertig, erwiderte der Kapitän Nemo, und die Arbeit der unterirdischen Feuer dauerte da stets fort. Bereits im Jahre neunzehn unserer Zeitrechnung zeigte sich, nach Cassiodorus und Plinius, eine neue Insel, die göttliche Theia, an derselben Stelle, wo sich neuerdings diese Eilande bildeten. Nachher versank sie wieder, um im Jahre neunundsechzig wieder zu erscheinen, um dann abermals zu versinken. Seit jener Zeit bis auf unsere Tage war die plutonische Arbeit unterbrochen. Aber am 3. Februar 1866 tauchte ein neues Eiland, dem man den Namen Georgsinsel gab, aus den Schwefeldünsten auf nächst Nea-Kamenni, und vereinigte sich mit dieser am 6.

desselben Monats. Sieben Tage nachher, am 13. Februar, erschien das Inselchen Aphroessa so nahe bei Nea-Kamenni, daß nur ein Kanal von zehn Meter dazwischen blieb. Ich befand mich, während diese Naturerscheinung sich begab, in diesen Meeren, und ich konnte alle ihre Phasen beobachten. Das Eiland Aphroessa war von runder Gestalt und hatte dreihundert Fuß Durchmesser bei dreißig Fuß Höhe. Es bestand aus schwarzer glasartiger Lava, verbunden mit Feldspathstücken. Endlich, am 10. März, zeigte sich noch ein kleineres Inselchen, Reka genannt, nahe bei Nea-Kamenni, und seit dem bilden diese drei zusammengelöteten Eilande nur eine einzige Insel.

– Und der Kanal, worin wir uns in dem Augenblick befinden? Fragte ich.

– Hier ist er, erwiderte der Kapitän Nemo, und wies auf eine Karte des Archipels. Sie sehen, daß ich die neuen Inselchen darauf eingetragen habe.

– Aber dieser Kanal wird sich einmal ausfüllen?

– Wahrscheinlich, Herr Arronax, denn seit 1866 sind acht kleine Lava-Eilande dicht vor dem Hafen St. Nicolas zu Palea-Kamenni aufgetaucht. Es ist also klar, daß Nea und Palea in kurzer Zeit sich vereinigen werden. Wie im Stillen Ozean die Kontinente durch Infusorien gebildet werden, so geschieht es hier durch vulkanische Ausbrüche. Sehen Sie, mein Herr, so vollzieht sich die Arbeit unter diesen Wogen.«

Ich trat wieder an's Fenster. Der Nautilus fuhr nicht weiter. Die Hitze ward unerträglich. Die weiße Farbe des Meeres wurde rot durch Hinzukommen eines Eisensalzes. Trotzdem, daß der Salon hermetisch verschlossen war, entwickelte sich ein unerträglicher Schwefelgeruch, und ich bemerkte scharlachrote Flammen, die so lebhaft waren, daß der Glanz des elektrischen Lichtes sich darin verlor.

Ich war über und über in Schweiß, war am Ersticken. Wahrhaftig, ich fühlte, wie ich im Begriff war zu braten!

»Man kann es in diesem siedenden Wasser nicht länger aushalten, sagte ich zum Kapitän.

– Nein, das wäre nicht klug,« erwiderte Nemo phlegmatisch.

Es wurde Befehl erteilt, und der Nautilus drehte sich, um sich aus diesem Glühofen, welchem er nicht ungestraft trotzen konnte, zu entfernen. Nach einer Viertelstunde atmeten wir an der Oberstäche wieder auf.

Am folgenden Tage, den 16. Februar, verließen wir dieses Becken, welches zwischen Rhodos und Alexandria Tiefen von dreitausend Meter zeigte; und der Nautilus verließ, indem er auf hoher See vor Cerigo vorbeifuhr, den griechischen Archipel, nachdem er um Cap Matapan herum laviert.

Kapitel 7

Das Mittelländische Meer in vierundzwanzig Stunden

Das Mittelländische, das vorzugsweise blaue Meer, von den Hebräern »das große Meer«, von den Griechen »das Meer«, von den Römern »unser Meer« genannt, ist an seinen Gestaden mit Orangen, Aloe, Cactus, Pinien besetzt, von Myrthendüften durchdrungen, von rauem Gebirgsland eingefaßt, von reiner, durchsichtiger Luft gesättigt; aber die unablässig tätigen unterirdischen Feuer machen es zu einem wahren Schlachtfeld, wo Neptun und Pluto sich noch um die Weltherrschaft streiten. An seinen Ufern, auf seinen Gewässern findet der Mensch im trefflichsten Klima der Welt seine stärkende Erholung.

Aber trotz dieser herrlichen Eigenschaft habe ich doch von diesem Becken, das eine Oberfläche von zwei Millionen Quadratkilometer enthält, nur einen raschen Überblick nehmen können; und selbst die persönlichen Kenntnisse des Kapitäns Nemo gingen mir ab, denn der rätselhafte Mann ließ sich während der Eilfahrt nicht ein einziges Mal sehen. Ich schätze den Weg, welchen der Nautilus unter den Wogen dieses Meeres durchlief, auf etwa sechshundert Lieues, und diese Fahrt machte er in zweimal vierundzwanzig Stunden. Wir fuhren am Morgen des 16. Februar aus den Gewässern Griechenlands ab, und am 18. bei Sonnenaufgang hatten wir die Straße von Gibraltar passiert.

Offenbar war das Mittelländische Meer, eingeengt zwischen Ländern, welche der Kapitän Nemo vermeiden wollte, demselben kein angenehmer Aufenthalt. Er hatte darin nicht jene Freiheit der Bewegungen, jene Unabhängigkeit seiner Unternehmungen, welche die Ozeane ihm gewährten, und es ward seinem Nautilus zu enge zwischen den allzu nahen Gestaden Europa's und Afrika's. Daher fuhren wir denn auch mit einer Schnelligkeit von fünfundzwanzig Meilen die Stunde. Es versteht sich von selbst, daß dabei Ned-Land auf sein Entweichungsproject verzichten mußte. Unter solchen Umständen den Nautilus verlassen, wäre so mißlich gewesen, als bei einem Eilzug aus dem Waggon zu springen. Zudem kam unser Fahrzeug nur Nachts an die Oberfläche, um seine Luft zu erneuern, und es nahm seine Richtung nur nach den Angaben des Kompasses und des Logs.

Ich sah also vom Inneren des Mittelländischen Meeres nur, was der Passagier eines Eilzugs von der Landschaft, die vor seinen Blicken entflieht, d. h. den entfernten Horizont, und nicht die Gegenstände im Vordergrunde, welche blitzschnell enteilen. Doch konnten wir manche der mittelländischen Fische beobachten, welche kräftig genug waren, sich einige Augenblicke in der Umgebung des Nautilus zu halten. Wir standen daher vor den Fenstern auf der Lauer, und notierten, was uns möglich war.

In den vom elektrischen Licht hell erleuchteten Strichen sah man Lampreten, die in fast allen Klimaten zu Hause sind, von der Länge eines Meter; fünf Fuß breite Rochen mit weißem Bauch und aschgrauem gesteckten Rücken; zwölf Fuß lange Haifische überboten sich einander in Schnelligkeit; acht Fuß lange Seefüchse mit äußerst feiner Spürkraft; Goldbrassen, mitunter bis dreizehn Dezimeter lang, wie in Silber und lasurblauer Kleidung und mit goldenen Wimpern, eine kostbare Fischgattung, die in allen Gewässern, Flüssen, Seen und Meeren zu Hause, in jedem Klima fortkommt, alle Temperaturen verträgt. Prachtvolle Störe, neun bis zehn Meter lang, mit bläulichem, braun getüpfeltem Rücken, schlugen mit kräftigem Schwanz wider die Fenster. Sie sind den Haifischen ähnlich, doch nicht so stark, und finden sich in allen Meeren; im Frühling kommen sie gern in die großen Flüsse stromaufwärts, die Wolga, Donau, den Po, Rhein, die Loire, die Oder hinauf, fressen Häringe, Makrelen, Salme u. a.; sie gehören zwar zu den Knorpelfischen, sind aber schmackhaft, und werden frisch, getrocknet, mariniert oder gesalzen gegessen. Am besten konnte man, wann der Nautilus in die Nähe der Oberfläche kam, die Thunfische beobachten, mit blauschwarzem Rücken, silbergepanzertem Leib und goldschimmernden Rückenflossen. Man sagt von ihnen, sie begleiten gern die Schiffe auf ihrer Fahrt, und suchten in ihrem kühlen Schatten Schutz gegen die tropischen Sonnenstrahlen; und so begleiteten sie auch Stunden lang den Nautilus, an Schnelligkeit mit ihm wetteifernd. Ich konnte mich nicht satt sehen an diesen Tieren, die wie für die Schnellfahrt gebaut sind, mit kleinem Kopf, schlankem, glattem Leib, der mitunter über drei Meter maß, ausnehmend kräftigen Brustflossen und gabelförmigem Schwanz. Sie schwammen im Triangel, wie manche Zugvögel stiegen, denen sie an Schnelligkeit gleich kommen. Doch den Provenzalen entrinnen sie nicht, welche sie ebenfalls schmackhaft finden, und sie zu Tausenden in großen Netzen fangen, indem sie blindlings, wie betäubt in diese hinein geraten.

Zahllos war die Menge der übrigen Fische, die wir nur flüchtig wahrnahmen, oder bei der großen Schnelligkeit nicht beobachten konnten.

Von Seesäugetieren bemerkte ich im Vorüberfahren an der Mündung des Adriatischen Meeres zwei bis drei Pottfische; einige Delphine von der Gattung der kugelköpfigen, welche besonders im Mittelländischen Meere vorkommen, mit hellgestreiftem Vorderkopf; und auch ein Dutzend Robben mit weißem Bauch und schwarzem Haupthaar, denen man den Beinamen Mönche gab, und die auch ganz wie Dominicaner aussehen.

Am Abend des 16. fuhren wir zwischen Sizilien und der Küste von Tunis. An dieser engen Stelle zwischen Cap Bon und der Straße von Messina erhebt sich der Meeresgrund fast plötzlich, so daß er einen Kamm bildet, über welchem das Wasser nur siebenzehn Meter Tiefe hat, während er auf beiden Seiten wieder bis zu hundertundsiebenzig Meter abfällt. Der Nautilus mußte also mit Vorsicht fahren, um nicht gegen diese unterseeische Wand anzustoßen.

Ich zeigte Conseil auf der Karte des Mittelländischen Meeres die Stelle, wo dieses Riff sich befand.

»Erlauben Sie, mein Herr, bemerkte Conseil, das ist ja ein wahrhafter Isthmus zwischen Europa und Afrika.

– Ja, lieber Junge, erwiderte ich, er versperrt völlig die Lybische Enge, und Smiths Sondierungen haben bewiesen, daß zwischen Cap Bon und Cap Furina die Kontinente ehemals zusammen hingen.

– Ich glaub's wohl, sagte Conseil.

– Dazu will ich bemerken, fuhr ich fort, daß eine ähnliche Sperre zwischen Gibraltar und Ceuta besteht, welche in der Urzeit das Mittelländische Meer völlig schloss.

– Ah! Sagte Conseil, wenn einmal durch eine vulkanische Einwirkung diese beiden Schranken wieder über die Meeresfläche empor gehoben würden!

– Das ist nicht wahrscheinlich, Conseil.

– Mein Herr möge mir noch die Bemerkung erlauben, wenn dieses vorginge, so wäre das dem Herrn von Lesseps, der sich mit dem Durchstich des Isthmus so viel Mühe gibt, recht unangenehm!

– Gewiß, aber, wiederholte ich, dies Ereigniß wird nicht eintreten. Die Wirkung der vulkanischen Kräfte unter der Erde nimmt stets ab. Die in der Urzeit der Welt zahlreichen Vulkane erlöschen nach und nach, die im Inneren wirkende Wärme wird schwächer, die Temperatur der unteren Schichten des Erdballs wird von Jahrhundert zu Jahrhundert bedeutend niedriger, und zum Nachtheil der Erde, denn diese Wärme ist ihr Leben.

– Doch, die Sonne …

– Die Sonnenwärme ist nicht ausreichend, Conseil. Kann sie einem Leichnam sein Leben wieder geben?

– Nein, soviel ich weiß.

– Nun, die Erde wird dereinst so ein kalter Leichnam sein. Sie wird unbewohnbar und unbewohnt sein, wie der Mond, welcher längst seine Lebenswärme verloren hat.

– In wieviel Jahrhunderten? Fragte Conseil.

– In einigen hunderttausend Jahren, mein Lieber.

– Dann haben wir noch Zeit, erwiderte Conseil, unsere Reise zu vollenden, sofern Ned-Land sich nicht darein mischt!«

Und Conseil machte sich ruhig wieder an das Studium der oberen Wasserschichten, durch welche eben der Nautilus mit mäßiger Schnelligkeit fuhr, und wo auf felsigem und vulkanischem Grund eine ganze Flora lebender Gewächse, Schwämme, Holoturien u. s. w. sich ausbreitete. Nicht minder eifrig befaßte er sich mit der Beobachtung der Mollusken und Gliedertiere, und stellte ein langes Verzeichniß auf, womit ich aber doch den Leser verschonen will. Er war mit denselben noch nicht fertig, als der Nautilus, nachdem er über die Lybische Enge hinaus gekommen, wieder tiefer auf den unteren Meeresgrund, wo es keine Mollusken und Zoophyten mehr gibt, sich begab, und seine gewöhnliche Schnelligkeit annahm.

Während der Nacht des 16. zum 17. Februar waren wir in das zweite Becken des Mittelländischen Meeres eingefahren, worin die größten Tiefen dreitausend Meter betragen; und der Nautilus tauchte bis in die untersten Schichten hinab.

Hier boten, in Ermangelung von Naturmerkwürdigkeiten, die Gewässer den Anblick rührender und furchtbarer Szenen; denn auf diesem Teil des Mittelländischen Meeres sind am häufigsten Unglücksfälle eingetreten, durch Schiffbruch oder Versinken von Schiffen. In Vergleichung mit dem Stillen Ozean ist das Mittelländische Meer nur ein See, aber ein launischer See mit tückisch wechselnden Wogen, heute günstig und schmeichelnd für eine zerbrechliche Tartane, morgen wütend aufgeregt, von Stürmen gepeitscht, die stärksten Schiffe zertrümmernd. Was hatte ich also bei der raschen Fahrt für eine Masse Trümmer vor Augen, mit Korallen oder Rost überzogen, Kanonen, Anker, Kugeln, Eisengeräte, Stücke von Maschinen, zerbrochene Zylinder, versenkte Kessel, Schiffsrümpfe in den verschiedensten Lagen.

Solche Trümmer waren zahlreicher, je näher man der Enge von Gibraltar kam, der Raum zwischen der afrikanischen und europäischen Küste sich verengte. Der Nautilus fuhr mit reißender Schnelligkeit gleichgültig über sie alle hinweg, und langte am 18. Februar um drei Uhr früh beim Eingang der Straße an.

Hier giebt's zwei Strömungen: die obere, welche längst bekannt ist, führt die Gewässer aus dem Ozean in das Becken des Mittelländischen, sodann eine tiefer in entgegengesetzter Richtung, deren Existenz nun durch Folgerungen bewiesen ist. In der Tat sollte die Gesammtmasse der Mittelländischen Gewässer, welche durch die Atlantischen und durch die einmündenden Flüsse unaufhörlich anwächst, alljährlich das Niveau derselben erhöhen, denn die Ausdünstung ist nicht in gleichem Grade wirksam, um ein Gleichgewicht herzustellen. Nun ist aber dem nicht so, und hieraus hat man geschlossen, daß in tieferen Schichten eine Gegenströmung den Überschuss der Mittelländischen Gewässer durch die Enge von Gibraltar wieder in das Atlantische Becken führe.

Und genau so ist's wirklich. Der Nautilus fuhr mit dieser Strömung sehr rasch durch die Enge. Einen Augenblick Zeit hatte ich, um die Ruinen des Herkulestempels zu bewundern, welcher nach Plinius und Avienus samt der niedrigen Insel, worauf er stand, einst versunken ist. Einige Minuten darauf schwammen wir auf den Wogen des Atlantischen Meeres.

Kapitel 8

Die Bai von Vigo

Das Atlantische Meer! Die ungeheure Wasserfläche umfaßt fünfundzwanzig Millionen Quadratmeilen, bei einer Länge von neuntausend Meilen gegen eine mittlere Breite von zweitausendsiebenhundert Meilen. Das nun so bedeutende Meer war im Altertum fast nicht gekannt, außer vielleicht den Karthagern, die bei ihren Handelsfahrten längs den Westküsten Europa's und Afrika's segelten. Seine Gestade mit parallelen Krümmungen bilden eine ungeheure Umfangslinie, und es münden in dasselbe die größten Ströme der Welt, St. Lorenz, Mississippi, Amazonenstrom, La-Plata, Orinocco, Niger, Senegal, Elbe, Loire, Rhein, und führen ihm die Gewässer aus den zivilisiertesten Ländern und den wildesten Gegenden zu. Die prachtvolle Fläche ist beständig von den Schiffen aller Nationen unterm Schutz aller Flaggen der Welt befahren.

Der Nautilus hatte bis zur Stunde nahezu zehntausend Lieues in drei und ein halb Monaten zurückgelegt, was mehr beträgt, als der Umfang des ganzen Erdkreises. Wohin fuhren wir jetzt, und was sollte uns bevorstehen?

Sobald wir aus der Straße von Gibraltar heraus waren, fuhr der Nautilus in die hohe See und tauchte zur Oberfläche empor, so daß wir wieder unseren täglichen Spaziergang auf der Plattform machen konnten.

Ich stieg sogleich in Gesellschaft von Ned-Land und Conseil hinauf. Zwölf Meilen entfernt sah man in unbestimmten Umrissen das Cap St. Vincent, die südwestliche Spitze der spanischen Halbinsel. Es wehte ein ziemlich starker Südwind. Das Meer war unruhig, die Fluten gingen hoch, brachte durch arge Stöße den Nautilus in Schwankung, so daß man sich auf der Plattform fast nicht aufrecht halten konnte. Wir begaben uns also, nachdem mir uns ein wenig an der frischen Luft erquickt hatten, wieder hinab.

Ich ging in mein Zimmer, Conseil in seine Kabine, aber der Kanadier folgte mir nach mit etwas befangener Miene. Unsere rasche Fahrt durch's Mittelländische Meer hatte ihm nicht gestattet, sein Vorhaben in Ausführung zu bringen, und er konnte sein Mißbehagen kaum verheimlichen.

Als die Türe meines Zimmers geschlossen war, setzte er sich nieder, und sah mich schweigend an.

»Freund Ned, sagte ich zu ihm, ich verstehe Sie, aber Sie haben sich keinen Vorwurf zu machen. Unter den Umständen der Fahrt des Nautilus wäre der Gedanke an ein Entfliehen Narrheit gewesen!«

Ned-Land schwieg. Aus seinen zusammengepreßten Lippen, der gerunzelten Stirn konnte man abnehmen, daß er stark von einer fixen Idee befangen war.

»Sehen wir, fuhr ich fort, es ist noch nichts verloren. Wir fahren längs der portugiesischen Küste, sind nicht weit von Frankreich und England, wo wir leicht eine Zufluchtsstätte finden würden. Ja, wenn der Nautilus, als wir aus der Straße von Gibraltar herauskamen, sogleich südwärts gesteuert wäre; hätte er uns in Gegenden geschleppt, wo die Kontinente mangeln, so würde ich Ihre Unruhe teilen. Aber wir wissen jetzt, der Kapitän Nemo meidet nicht die zivilisierten Länder, und ich glaube, daß Sie in einigen Tagen mit einiger Sicherheit werden handeln können.«

Ned-Land sah mich noch starrer an, öffnete endlich die Lippen und sprach: »Diesen Abend soll's sein.«

Ich nahm mich schnell zusammen. Ich war, gestehe ich, auf diese Mittheilung nicht gefaßt. Gerne hätte ich dem Kanadier geantwortet, aber es versagten mir die Worte.

»Wir waren darüber einig, eine Gelegenheit abzuwarten, fuhr Ned-Land fort. Eine solche ist nun da. Wir werden diesen Abend nur einige Meilen von der spanischen Küste entfernt sein. Die Nacht ist dunkel; der Wind weht günstig. Ich habe Ihr Wort, Herr Arronax, und ich rechne auf Sie.«

Da ich fortwährend schwieg, stand der Kanadier auf, trat zu mir heran und sprach:

»Diesen Abend um neun Uhr. Ich hab's Conseil schon gesagt. Dann wird der Kapitän Nemo in seiner Kammer sein, und wahrscheinlich schon zu Bette. Weder die Maschinisten, noch jemand von der Mannschaft kann uns sehen. Conseil und ich werden uns auf die Zentralleiter begeben; Sie, Herr Arronax, werden in der Bibliothek sich aufhalten und auf mein Signal warten. Ruder, Mast und Segel befinden sich schon im Boot. Ich habe sogar einige Lebensmittel hingeschafft. Ich habe mir einen Schraubenschlüssel verschafft, um das Boot vom Nautilus los zu machen. So ist alles vorbereitet. Also diesen Abend.

– Das Meer ist nicht günstig, sagte ich.

– Ich geb's zu, erwiderte der Kanadier, aber man muß es riskieren. Die Freiheit will bezahlt sein. Übrigens ist das Boot solid, und einige Meilen mit treibendem Wind haben nicht viel auf sich. Wer weiß, ob wir nicht binnen heut' und morgen hundert Meilen weit in die hohe See kommen. Wenn uns die Umstände günstig sind, werden wir zwischen zehn und elf Uhr an einem Punkt des festen Landes ausgeschifft, oder nicht mehr unter den Lebenden sein. Darum, Gott befohlen, und diesen Abend!«

Nach dieser Äußerung zog sich der Kanadier zurück und ließ mich in ziemlicher Bestürzung. Ich hatte gedacht, wann der Fall einträte, würde ich Zeit zu überlegen, zum Besprechen haben. Mein starrköpfiger Genosse gestattete mir dies nicht. Was hätte ich ihm auch trotzdem sagen können? Ned-Land hatte hundertmal Recht. Es war beinahe ein günstiger Umstand, den er benutzen wollte. Konnte ich die Verantwortlichkeit übernehmen, aus persönlichem Interesse die Zukunft meiner Gefährten zu beeinträchtigen? Konnte nicht morgen der Kapitän Nemo uns in die weite See hinaus nach allen Weltgegenden hin schleppen?

In diesem Augenblick gab mir ein ziemlich starkes Zischen zu erkennen, daß die Behälter gefüllt wurden, und der Nautilus tauchte unter in die Atlantischen Wogen.

Ich blieb auf meinem Zimmer. Ich wollte dem Kapitän aus dem Wege gehen, um die Bewegung, welche mich beherrschte, ihm zu verbergen. So brachte ich einen traurigen Tag hin im Schwanken zwischen dem Wunsch, wieder in Besitz meiner freien Verfügung über mich zu gelangen, und dem Bedauern, diesen merkwürdigen Nautilus zu verlassen, ohne meine unterseeischen Studien zu vollenden; diesen meinen Ozean, wie ich ihn schon gerne nannte, ohne seine tiefsten Schichten untersucht, ohne die Geheimnisse, welche mir die Gewässer der Indischen Meere und des Stillen Ozeans enthüllt hatten, auch ihm abzulauschen! Mein Roman fiel mir beim ersten Band aus den Händen, mein Traum zerrann im schönsten Moment! Schlimme Stunden waren dies, während ich bald mich samt meinen Gefährten am Lande in Sicherheit sah, bald im Widerspruch mit meiner Vernunft wünschte, es möge ein unvorhergesehener Umstand die Verwirklichung der Projekte Ned-Land's hindern.

Ich begab mich zweimal in den Salon. Ich wollte den Kompass befragen. Ich wollte nachsehen, ob die Richtung des Nautilus uns wirklich der Küste näher oder von derselben abwärts führte. Nein. Der Nautilus hielt sich unverändert in den portugiesischen Gewässern, in nördlicher Richtung längs den Gestaden des Ozeans.

Man mußte dieses benutzen und zur Flucht sich bereit machen. Mein Gepäck war nicht schwer: meine Notizen, nichts weiter.

Ich fragte mich weiter, wie der Kapitän Nemo unser Entweichen aufnehmen; welche Unruhe, vielleicht Kränkungen es ihm bereiten würde; was er wohl thun würde, wenn der Plan ihm enthüllt oder vereitelt würde. Ich hatte gewiß nicht über ihn zu klagen, im Gegenteil, nirgends war mir eine aufrichtigere Gastfreundschaft zu Teil geworden, wie bei ihm. Doch konnte man mich nicht des Undanks beschuldigen, wenn ich ihn verließ. Wir waren durch keinen Eid an ihn gebunden. Er zählte allein auf die Gewalt der Dinge, und nicht auf unser Wort, um uns auf immer in seine Nähe zu fesseln. Aber diese offen ausgesprochene Absicht, uns ewig als Gefangene an seinen Bord festzuhalten, rechtfertigte unsere Gegenbemühungen.

Seit unserem Besuch auf der Insel Santorin hatte ich den Kapitän nicht wieder gesehen. Sollte der Zufall mich vor unserem Entweichen noch einmal mit ihm zusammenbringen? Ich wünschte und fürchtete es zugleich. Ich horchte, ob ich ihn nicht in seinem an das meinige stoßenden Zimmer auf- und abgehen hören könnte. Ich vernahm nicht das geringste Geräusch; das Zimmer war ohne Zweifel leer.

Darauf fragte ich mich sogar, ob dieser seltsame Mann an Bord sei. Seit jener Nacht, in welcher das Boot den Nautilus um einer geheimnißvollen Verrichtung willen verlassen, hatten sich meine Ideen in Hinsicht auf denselben ein wenig geändert. Ich dachte, was er auch sagen mochte, der Kapitän Nemo müsse wohl einige Verbindungen gewisser Art mit der Erde unterhalten haben. Verließ er niemals den Nautilus? Oft verflossen ganze Wochen, ohne daß ich mit ihm zusammentraf. Was trieb er unterdessen? Und während ich glaubte, er sei einer Anwandlung von Menschenhaß anheim gefallen, vollführte er nicht indessen in der Entfernung einen stillen Act, dessen Natur mir bis jetzt verborgen geblieben?

Alle diese Ideen bestürmten mich mit einem Mal. In der seltsamen Lage, worin wir uns befanden, konnte das Feld der Vermutungen nur ein unendliches sein. Ich empfand ein unerträgliches Mißbehagen. Dieser Tag schien kein Ende nehmen zu wollen. Meiner Ungeduld flossen die Stunden zu langsam hin.

Mein Diner wurde mir wie immer auf mein Zimmer gebracht. Das Essen schmeckte mir nicht, da ich zu sehr von Gedanken eingenommen war. Um sieben Uhr stand ich von der Tafel auf. Nur noch hundertundzwanzig Minuten, bis ich mit Ned-Land zusammen kommen sollte. Meine Unruhe verdoppelte sich. Mein Puls schlug ungestüm; ich konnte mich nicht stille halten, ging hin und her, hoffte durch die Bewegung den Aufruhr meines Geistes zu stillen. Der Gedanke an ein Mißlingen unseres verwegenen Vorhabens war mir am wenigsten peinlich; aber es pochte doch mein Herz bei dem Gedanken, daß dasselbe, bevor wir den Nautilus verlassen, entdeckt, und ich vor das Angesicht des entrüsteten Kapitäns zurückgebracht würde.

Ich wollte zum letzten Male den Salon sehen, schlich mich durch den Gang und kam in das Museum, wo ich so viele angenehme und nützliche Stunden hingebracht hatte. Ich schaute mir alle diese Schätze und Kleinodien noch einmal an, als sollte ich in ein ewiges Exil gehen. Ich war im Begriff, diese Wunder der Natur, diese Meisterwerke der Kunst, die mir so lieb geworden, auf immer zu verlassen.

Indem ich so den Salon durchlief, kam ich an die Türe, welche in des Kapitäns Zimmer führte. Zu meinem großen Erstaunen war sie halb geöffnet. Ich fuhr unwillkürlich zurück. Wenn der Kapitän Nemo in seinem Zimmer war, konnte er mich sehen. Doch da ich kein Geräusch hörte, trat ich näher. Das Zimmer war leer; ich drückte die Türe auf, tat einige Schritte hinein. Stets das gleiche, mönchische Aussehen.

Jetzt fielen mir einige, an den Wänden hängende Kupferstiche auf, welche ich früher übersehen hatte. Es waren Brustbilder der großen historischen Männer, deren Dasein eine ununterbrochene Hingebung an eine große menschliche Idee enthielt, Kosziusko, Botzaris, Oconnel, Washington, Manin, Lincoln, und endlich der Märtyrer der Negerbefreiung, John Brown.

Welches Band einigte diese heroischen Seelen mit der des Kapitäns Nemo? Konnte ich endlich das Geheimniß seines Lebens lösen? War er der Kampfheld unterdrückter Völker, Befreier der Sclavenmassen? Hatte er in den letzten politischen oder sozialen Bewegungen dieses Jahrhunderts eine Rolle gespielt?

Plötzlich schlug es acht Uhr. Der erste Glockenschlag riß mich aus meinen Träumen. Ich zitterte, als hätte ein unsichtbares Auge in's tiefste Geheimniß meiner Gedanken dringen können, und stürzte zum Zimmer hinaus.

Hier hafteten meine Blicke auf dem Kompass. Die Richtung unserer Fahrt war stets nördlich. Das Log zeigte eine mäßige Schnelligkeit, das Manometer eine Tiefe von etwa sechzig Fuß. Die Umstände waren also dem Vorhaben des Kanadiers günstig.

Ich ging wieder in mein Zimmer und kleidete mich rasch an: Seestiefel, Ottermütze, Reiserock von Byssus mit Robbenfell gefüttert. Nun war ich fertig, ich wartete. Der Wellenschlag der Schraube allein unterbrach die tiefe Stille, welche an Bord herrschte. Ich horchte, spitzte mein Ohr. War nicht aus einigen Stimmen, die man plötzlich vernahm, abzunehmen, daß Ned-Land bei seinem Entweichungsplan war überrascht worden? Eine Unruhe zum Sterben befiel mich. Vergeblich trachtete ich meine Gemütsruhe wieder zu gewinnen.

Einige Minuten vor neun Uhr lauschte ich an der Türe des Kapitäns. Kein Geräusch. Ich verließ mein Zimmer und begab mich wieder in den Salon, der in halbem Dunkel war, aber Niemand anwesend.

Ich öffnete die Türe zur Bibliothek. Sie war ebenso düster, ebenso leer. Ich stellte mich neben die Türe, welche zur Mittelstiege führte, und wartete auf Ned-Land's Zeichen.

In dem Moment wurden die Bewegungen der Schraube merklich schwächer, dann hörte sie gänzlich auf. Weshalb diese Veränderung? Sollte dieses Anhalten das Vorhaben Ned-Land's begünstigen oder stören? Ich konnte es nicht sagen.

Nur noch meine Pulsschläge unterbrachen die Stille.

Plötzlich verspürte man einen leichten Stoß. Ich merkte, daß der Nautilus auf dem Meeresgrund hielt. Meine Unruhe verdoppelte sich. Kein Signal vom

Kanadier war zu vernehmen. Ich hatte Lust, Ned-Land aufzusuchen, um ihn aufzufordern, seinen Versuch zu verschieben, denn wir fuhren jetzt nicht mehr unter den gewöhnlichen Bedingungen …

In dem Augenblick öffnete sich die Türe des großen Saales und der Kapitän Nemo erschien. Er bemerkte mich, und sprach ohne weiteres:

»Ah! Herr Professor, sagte er in liebenswürdigem Ton, ich suchte Sie. Kennen Sie die Geschichte Spaniens?«

Mag man die Geschichte seines eigenen Landes noch so gründlich verstehen, in einer Lage, wie die meinige war, den Geist verstört, den Kopf verloren, wäre es unmöglich, ein Wort daraus anzuführen.

»Nun? Wiederholte der Kapitän Nemo, Sie haben meine Frage gehört? Kennen Sie die Geschichte Spaniens?

– Sehr wenig, erwiderte ich.

– Das sind rechte Gelehrte, sagte der Kapitän, die nichts wissen. Dann setzen Sie sich, fuhr er fort, und ich will Ihnen eine merkwürdige Episode aus der spanischen Geschichte erzählen.«

Der Kapitän lagerte sich auf einen Divan, und ich setzte mich neben ihn im Halbdunkel.

»Herr Professor, sagte er zu mir, geben Sie wohl Acht. Diese Geschichte wird Sie in gewisser Hinsicht interessieren, denn sie wird auf eine Frage antworten, welche Sie wohl noch nicht zu lösen vermochten.

– Ich gebe Acht, Kapitän, sagte ich, indem ich nicht wußte, wo er damit hinaus wollte, und fragte mich, ob dieser Zwischenfall sich auf unser Fluchtproject beziehe.

– Herr Professor, fuhr der Kapitän Nemo fort, wenn es Ihnen beliebt, gehen wir bis auf 1702 zurück. Es ist Ihnen bekannt, daß damals Ihr König Ludwig XIV., in der Meinung, ein Machtherrscher brauche nur die Hand aufzuheben, um die Scheidewand der Pyrenäen niederzuwerfen, seinen Enkel, den Herzog von Anjou, den Spaniern zum König aufnötigte. Dieser Prinz, der unter dem Namen Philipp V. regierte, fand im Ausland starken Widerstand.

»In der Tat hatten im Jahre zuvor die Königshäuser von Holland, Österreich und England im Haag einen Allianztractat geschlossen, um Philipp V. die spanische Krone zu entreißen und einem Erzherzog auf das Haupt zu setzen, welchem sie zu früh den Namen Karl III. gaben.

»Spanien mußte dieser Koalition Widerstand leisten, aber es war fast ohne Soldaten und Seeleute. Doch an Gold fehlte es ihm nicht, freilich unter der Bedingung, daß seine mit Gold und Silber beladenen Galionen aus Amerika in seine Häfen einlaufen konnten. Nun erwartete es gegen Ende des Jahres 1702 eine reiche Sendung, unter Bedeckung einer französischen Flotte von dreiundzwanzig Schiffen unter dem Oberbefehl des Admirals Chateau-Renaud, denn die Flotten der Alliirten kreuzten damals im Atlantischen Meer.

»Diese Sendung sollte zu Cadix landen; aber da der Admiral hörte, daß in jener Gegend die englische Flotte kreuzte, beschloß er einen französischen Hafen aufzusuchen.

»Die spanischen Befehlshaber der Sendung protestierten gegen diesen Beschluß. Sie wollten in einen spanischen Hafen einlaufen, und in Ermangelung von Cadix in die Bai von Vigo an der Nordwestküste Spaniens, welche nicht blockiert war.

»Der Admiral Chateau-Renaud war schwach genug, dieser Zumutung Folge zu geben, und die Galionen liefen in die Bai von Vigo ein.

»Leider hat diese Bai nur eine offene Reede, die nicht verteidigt werden kann. Man mußte daher schleunigst, bevor die Flotten der Koalierten heran kamen, die Galionen ausladen, und es hätte auch dafür nicht an Zeit gemangelt, wäre nicht plötzlich eine elende Rivalitätsfrage entstanden.

»Sie folgen wohl dem Zusammenhang der Tatsachen? Fragte mich der Kapitän Nemo.

– »Vollständig,« sagte ich, indem ich noch nicht wußte, weshalb er mir diese historische Lektion erteilte.

»Ich fahre fort. Hören Sie, was vorging. Die Kaufmannschaft zu Cadix hatte ein Privileg, wonach alle Waaren aus Westindien dort mußten ausgeladen werden. Diesem Vorrecht also widersprach es, daß man die Goldbarren zu Vigo auslud. Auf ihre Beschwerde gewährte ihnen der schwache Philipp V., daß die Sendung, ohne ausgeladen zu werden, auf der Reede zu Vigo in Sequester bleiben sollte, bis die feindlichen Flotten sich wieder entfernt haben würden.

– Während man nun diesen Bescheid gab, erschien am 22. Oktober 1702 die englische Flotte in der Bai von Vigo. Der Admiral Chateau-Renaud, obwohl schwächer an Streitkräften, kämpfte tapfer. Als er aber sah, daß die Schätze in die Hände der Feinde fallen mußten, steckte er seine Galionen in Brand und versenkte sie samt ihrer reichen Ladung.«

Hier hielt der Kapitän inne. Ich gestehe, ich sah noch nicht, worin das Interesse dieser Geschichte für mich liegen sollte.

»Nun? Fragte ich.

– Nun, Herr Arronax, erwiderte der Kapitän Nemo, wir befinden uns eben in dieser Bai von Vigo, und es steht bei uns, in ihre Geheimnisse zu dringen.«

Der Kapitän stand auf und bat mich, ihn zu begleiten. Ich hatte Zeit gehabt, mich zu fassen. Ich folgte. Der Salon war dunkel, aber durch die Fenster funkelten die Meeresfluten. Ich schaute.

In einem Umkreis von einer halben Meile um den Nautilus herum waren die Gewässer von elektrischem Licht durchdrungen. Ein Teil der Mannschaft mit Skaphandern gepanzert, war beschäftigt, halb verfaulte Fässer abzuräumen und Kisten zu leeren inmitten des schwarzen Strandgutes. Aus diesen Kisten und Tonnen kamen Gold- und Silberbarren zum Vorschein, Piaster und Edelsteine gleich Springwassern. Der Sand war damit bedeckt. Beladen mit so kostbarer Beute brachten diese Männer sie zum Nautilus, legten sie nieder, und setzten dann ihr Fischen in der unerschöpflichen Quelle fort.

Ich verstand wohl, daß an dieser Stelle am 22. Oktober 1702 die Schlacht vorgefallen, und die für Rechnung der spanischen Regierung geladenen Galionen versenkt waren. Hierhin begab sich der Kapitän Nemo, um nach Bedürfniß Millionen einzukassieren, und sie als Ballast mit zu nehmen. Für ihn allein hatte Amerika diese reichen Schätze gesendet. Er war direkter Universalerbe der den Incas und den von Ferdinand Cortez überwundenen Eingeborenen entrissenen Schätze.

»Wußten Sie, Herr Professor, fragte er mich lächelnd, daß das Meer solche Schätze birgt?

– Ich wußte, erwiderte ich, daß man das in den Gewässern außer Umlauf gesetzte Geld auf zwei Millionen Tonnen anschlägt.

– Allerdings, aber um dasselbe heraufzuholen, würden die Kosten den Gewinn überwiegen. Hier dagegen habe ich nur zusammen zu raffen, was die Menschen verloren haben, und nicht blos in dieser Bai von Vigo, sondern auch noch unzähligen anderen Stellen von Schiffbruch, welche auf meiner unterseeischen Karte notiert sind. Begreifen Sie jetzt, daß ich einen Reichtum von Milliarden habe?

– Ja wohl, Kapitän. Gestatten Sie mir jedoch Ihnen zu sagen, daß Sie mit dem Ausbeuten dieser Bai nur den Arbeiten einer rivalisierenden Gesellschaft zuvorgekommen sind.

– Und welcher?

– Einer Gesellschaft, welche von der spanischen Regierung das Privilegium erhalten hat, die versenkten Galionen aufzusuchen. Die Aktionäre werden durch den Köder einer ungeheuren Dividende angelockt, denn man schlägt den Wert dieser versenkten Schätze auf fünfhundert Millionen an.

– Fünfhundert Millionen! Erwiderte der Kapitän Nemo. Sie waren vorhanden, sind's aber nicht mehr.

– Wirklich, sagte ich. Daher wäre eine angemessene Warnung an die Aktionäre eine Wohltat. Wer weiß übrigens, ob man's danken würde. Die Spieler bedauern bei alledem meist weniger die Einbuße an Geld, als an törichten Hoffnungen. Trotzdem bedaure ich sie weniger, als die Tausende von Unglücklichen, welchen bei richtiger Verteilung solche Schätze nützen konnten, während sie nun für dieselben auf immer unfruchtbar sind!«

Kaum hatte ich diese Worte ausgesprochen, als ich merkte, daß sie den Kapitän Nemo verletzen mußten.

– Unfruchtbar! Erwiderte er lebhaft. Glauben Sie denn, mein Herr, daß diese Schätze verloren sind, wenn ich sie hole? Nicht für mich selbst, wie Sie meinen, gab' ich mir die Mühe diese Schätze zu heben. Woher wissen Sie denn, daß ich nicht einen guten Gebrauch davon mache? Glauben Sie, ich wisse nicht, daß es auf dieser Erde leidende Geschöpfe gibt, unterdrückte Rassen, Unglückliche zu unterstützen, Opfer zu rächen? Begreifen Sie nicht? … «

Bei diesen letzten Worten hielt der Kapitän Nemo ein, vielleicht bedauernd, daß er zu viel gesprochen habe. Aber ich hatte es geahnt. Welche Beweggründe auch ihn gedrungen hatten, die Unabhängigkeit unterm Meer zu suchen, vor allem war er Mensch geblieben! Sein Herz schlug noch bei den Leiden der Menschheit, und seine unbegrenzte Barmherzigkeit wendete sich sowohl den unterdrückten Racen, als dem Einzelnen zu!

Jetzt begriff ich auch, welche Bestimmung jene Millionen hatten, welche der Kapitän Nemo ausschiffte, als der Nautilus in den Gewässern der im Aufstand begriffenen Insel Creta fuhr!

Kapitel 9

Ein verschwundener Kontinent

Am folgenden Morgen, den 19. Februar, trat der Kanadier in mein Zimmer. Ich erwartete seinen Besuch. Seine Miene war sehr herabgestimmt.

»Nun, mein Herr, sagte er zu mir.

– Nun, Ned, der Zufall ist gestern uns nicht günstig gewesen.

– Ja! Der verdammte Kapitän mußte gerade zu der Stunde anhalten, da wir im Begriff waren, von seinem Fahrzeug zu entweichen.

– Ja, Ned, er hatte Geschäfte bei seinem Banquier.

– Seinem Banquier!

– Oder vielmehr bei seinem Bankhause. Ich verstehe darunter diesen Ozean, wo seine Schätze sicherer aufgehoben sind, als sie's in den Staatskassen wären.«

Ich erzählte darauf dem Kanadier, was am Abend zuvor sich begeben hatte, in der stillen Hoffnung, ihn auf den Gedanken zu bringen, den Kapitän nicht zu verlassen; aber meine Erzählung hatte nur den Erfolg, daß Ned energisch sein Bedauern aussprach, daß er nicht auf eigene Rechnung einen Ausflug auf den Kampfplatz von Vigo hatte machen können.

»Kurz, sagte er, es ist noch nicht aller Tage Abend! nur ein vergeblicher Wurf der Harpune! Ein andermal wird's glücken, und gleich diesen Abend, wenn es sein muß …

– In welcher Richtung fährt der Nautilus? Fragte ich.

– Ich weiß nicht, erwiderte Ned.

– Nun denn! So werden wir zu Mittag die Aufnahme sehen.«

Der Kanadier kehrte zu Conseil zurück. Sobald ich angekleidet war, begab ich mich in den Salon. Der Kompass beruhigte nicht. Der Nautilus fuhr in süd-südwestlicher Richtung. Wir kehrten Europa den Rücken.

Ich wartete mit einiger Ungeduld, bis die Aufnahme geschah. Gegen halb zwölf entleerten sich die Behälter und unser Fahrzeug stieg zur Oberfläche des Ozeans auf. Ich eilte auf die Plattform, Ned-Land war mir schon zuvor gekommen.

Es war kein Land mehr in Sicht. Auf der unermeßlichen Meeresfläche zeigten sich nur einige Segel am Horizont, ohne Zweifel von solchen, die bis zum Cap Roque die günstigen Winde zur Fahrt um das Cap der guten Hoffnung herum suchen. Es war bedeckter Himmel; ein Windstoß bereitete sich vor.

Ned versuchte voll Zorn den nebeligen Horizont zu durchdringen. Er hoffte noch, daß hinter diesem Nebel sich das so ersehnte Land zeigen werde.

Um zwölf Uhr schien die Sonne einen Augenblick durch. Der Lieutenant benutzte diesen hellen Zeitpunkt, um die Höhe aufzunehmen. Darauf, als das Meer unruhiger ward, stiegen wir wieder hinab, und die Lücke ward wieder geschlossen.

Als ich eine Stunde nachher auf die Karte sah, bemerkte ich, daß die Lage des Nautilus darauf eingetragen war mit 16° 17' Länge, und 33° 22' Breite, hundertundfünfzig Lieues von der nächsten Küste entfernt. An ein Entweichen konnte man nicht mehr denken, und man kann sich den Zorn des Kanadiers vorstellen, als ich ihm zu erkennen gab, wo wir uns befanden.

Ich meines Teils war nicht übermäßig untröstlich. Ich fühlte gleichsam eine lastende Bürde mir abgenommen, und ich konnte mich mit einer gewissen Ruhe wieder zu meiner gewohnten Beschäftigung wenden.

Am Abend gegen elf Uhr erhielt ich ganz unerwartet den Besuch des Kapitäns Nemo. Er fragte mich sehr höflich, ob ich mich von dem Wachen in der vorigen Nacht ermüdet fühle. Ich sagte Nein.

»Dann, Herr Arronax, will ich Ihnen einen merkwürdigen Ausflug vorschlagen.

– Thun Sie das, Kapitän.

– Sie haben den Meeresgrund noch nicht anders besucht, als bei Tag und Sonnenschein. Würde es Ihnen gefallen, ihn in dunkler Nacht zu sehen?

– Recht gerne.

– Dieser Spaziergang wird ermüdend sein, sag' ich zum Voraus. Man muß weit gehen und einen Berg hinauf. Die Wege sind nicht sehr gut gebahnt.

– Was Sie da sagen, Kapitän, erhöht nur meine Neugierde. Ich bin bereit, Sie zu begleiten.

– Nun, so kommen Sie, Herr Professor, um unsere Skaphander anzuziehen.«

Als mir im Ankleidezimmer waren, sah ich, daß weder meine Gefährten, noch irgendjemand von der Bemannung uns bei diesem Ausflug begleiten sollten. Der Kapitän hatte mir nicht einmal vorgeschlagen, Ned oder Conseil mit zu nehmen.

In einigen Augenblicken waren wir angezogen. Man gab uns reichlich mit Luft versehene Behälter auf den Rücken, aber die elektrischen Lampen waren nicht in Bereitschaft. Ich bemerkte es dem Kapitän.

»Sie würden uns unnütz sein«, erwiderte er.

Ich glaubte mißverstanden zu haben, aber ich konnte meine Bemerkung nicht wiederholen, denn der Kopf des Kapitäns war schon in seiner Metallumhüllung verschwunden. Ich legte meinen Panzer vollständig an, und fühlte, daß man mir einen beschlagenen Stock in die Hand gab, und nach einigen Minuten faßten wir Fuß auf dem Grunde des Atlantischen Meeres in einer Tiefe von dreihundert Meter.

Es war bald Mitternacht, und die Gewässer in tiefem Dunkel, aber der Kapitän Nemo zeigte mir, in der Ferne einen rötlichen Punkt, einen weithin leuchtenden Schimmer, der etwa zwei Meilen vom Nautilus entfernt glänzte. Was es für ein Feuer war, wodurch genährt, weshalb und wie es in der Wassermasse sich wieder belebte, hätte ich nicht sagen können. Jedenfalls leuchtete es uns, obwohl unbestimmt; aber ich gewöhnte mich bald an dies eigentümliche Dunkel; und ich begriff, wie unnütz unter diesen Umständen der Ruhmkorff'sche Apparat gewesen wäre.

Wir schritten also neben einander her, gerade auf das bezeichnete Feuer los. Der ebene Boden stieg unmerklich. Wir machten mit Hilfe des Stockes große Schritte; aber im Ganzen kamen wir langsam vorwärts, denn unsere Füße blieben oft in einer Art Schlamm stecken, der mit Algen durchknetet und mit flachen Steinen bedeckt war.

Während des Voranschreitens vernahm ich über meinem Kopf ein gewisses Nieseln. Dieses Geräusch wurde mitunter stärker und erzeugte gleichsam ein anhaltendes Knistern. Die Ursache wurde mir bald klar. Es war der Regen, welcher ungestüm und prasselnd auf die Oberfläche fiel. Es kam mir instinktartig das Gefühl, als würde ich durchnäßt! Vom Wasser mitten im Wasser! Ich konnte nicht umhin, über den närrischen Gedanken zu lachen. Aber unter dem dichten Skaphanderkleid fühlt man das nasse Element nicht mehr, und man meint mitten in einer Atmosphäre zu sein, die etwas dichter, wie auf der Erde wäre. Das ist alles.

Nachdem wir eine halbe Stunde weit gegangen, wurde der Boden steinig. Die Medusen, die mikroskopischen Schaltiere, die Seefedern beleuchteten ihn ein wenig mit phosphoreszierendem Schimmer. Ich erblickte dann Steinhaufen, die von Millionen Zoophyten und einer Menge Algen bedeckt waren. Der Fuß glitt oft aus auf dieser klebrigen Decke von Tang, und ohne meinen eisenbeschlagenen Stock wäre ich manchmal gefallen. Wandte ich mich um, so sah ich stets die weißliche Leuchte des Nautilus, welche in der Entfernung zu erbleichen begann.

Diese Steinschichtungen, wovon ich eben sprach, waren auf dem Grunde des Ozeans mit einer gewissen Regelmäßigkeit gereiht, welche ich nicht zu erklären wußte. Ich gewahrte riesenhafte Furchen, die sich im fernen Dunkel verloren, und deren Länge man nicht zu schätzen im Stande war. Noch andere besondere Eigentümlichkeiten zeigten sich, welche ich nicht zu erklären wußte. Es kam mir vor, als zertraten meine schweren bleiernen Sohlen eine Lage von Gebein, das mit trockenem Geräusch krachte. Was war dies für eine weite Ebene, über die ich herschritt? Ich hätte den Kapitän fragen mögen, aber seine Zeichensprache, wodurch er mit seinen Gefährten, wann sie ihn bei seinen unterseeischen Ausflügen begleiteten, sich verständigen konnte, war mir noch unverständlich.

Inzwischen vergrößerte sich der rötliche Schein, welcher uns leitete, und setzte den Horizont in Flammen. Daß es unter den Wassern einen solchen Lichtherd gab, beunruhigte mich im höchsten Grade. War's eine elektrische Ausströmung, die sich kund gab? oder eine den Gelehrten der Erde noch unbekannte Naturerscheinung? Oder gar – der Gedanke fuhr mir durch den Kopf – hatte der Mensch bei dieser Gluth die Hand im Spiele? Fachte er diesen Brand an? Sollte ich auf tiefem Meeresgrunde Genossen, Freunde des Kapitäns Nemo finden, welche gleich ihm ein so seltsames Dasein hatten, denen er einen Besuch abstatten wollte? Sollte ich dort unten eine ganze Kolonie Landesflüchtiger finden, welche des irdischen Elends müde, die Unabhängigkeit im tiefsten Grunde des Ozeans aufgesucht und gefunden hatten? Alle diese tollen, unglaublichen Ideen verfolgten mich, und in dieser Stimmung des Geistes, der unablässig von den zahllosen Wundern, die unter meinen Augen geschahen, überspannt war, wäre ich nicht überrascht gewesen, wenn ich im tiefen Meeresgrunde auf eine der unterseeischen Städte, wovon der Kapitän Nemo träumte, gestoßen wäre!

Unser Weg wurde immer heller. Der bleiche Schimmer strahlte auf dem Gipfel eines etwa achthundert Fuß hohen Berges. Aber was ich bemerkte, war nur der Widerschein, welcher sich durch das Kristall der Wasserschichten bildete. Die Quelle dieser unerklärbaren Helle, die Gluthstätte, war auf der entgegengesetzten Seite gelegen.

Mitten in diesen steinigen Irrgängen, welche den Grund des Atlantischen Meeres durchzogen, ging der Kapitän Nemo ohne Anstoß weiter; er kannte die dunkeln Pfade. Ohne Zweifel hatte er sie schon oft gemacht, und konnte sich nicht verirren. Ich folgte ihm mit unerschütterlichem Vertrauen. Er kam mir vor, wie ein Genius des Meeres, und wenn er vor mir her schritt, bewunderte ich seine hohe Gestalt, die auf dem hellen Hintergrunde schwarz abstach.

Um ein Uhr früh befanden mir uns an den ersten Gebirgsaufgängen; aber um hinauf zu kommen, mußte man sich durch die schwierigen Pfade eines ungeheuren Gehölzes wagen.

Ja, ein Gehölz von abgestorbenen, blätterlosen, saftlosen Bäumen, die durch Einwirkung des Wassers mineralisiert waren, und über welche hier und da riesenhafte Fichten emporragten. Es war, so zu sagen, ein noch aufrecht stehender Kohlenschatz, der mit den Wurzeln im Boden steckte, und dessen Gezweig, gleich den seinen Papierausschnitten, sich auf der Oberfläche der Gewässer klar abzeichnete. Man stellte sich einen Harzwald, an den Seiten eines Gebirges vor, aber einen versunkenen Wald. Die Pfade waren mit Tang und Meergras überschüttet, worunter eine Welt von Schaltieren wimmelte. Ich klimmte die Felsen hinab, schritt über hingestreckte Baumstämme, zerriß die Meer-Lianen, welche sich von einem Baum zum anderen hinzogen, scheuchte die Fische auf, welche von einem Zweig zum anderen entflohen. Fortgerissen, fühlte ich keine Müdigkeit. Ich folgte meinem Führer, welchem Ermüdung unbekannt war.

Welche ein Schauspiel! Wie ließe sich ein Bild geben, von dieser Waldung und diesen Felsen, unten düster und wild, oben in der Färbung roter Töne durch Einwirkung jenes hellen Schimmers, welche durch die zurückstrahlende Kraft der Gewässer verstärkt wurde? Wir klimmten Felsen hinan, die späterhin mit dem dumpfen Getöse einer Lawine zusammen fielen. Rechts und links zogen finstere Gänge, worin sich der Blick verlor.

Der Kapitän Nemo ging stets aufwärts. Ich wollte nicht zurück bleiben, folgte ihm kühn, unterstützt durch meinen tüchtigen Stock. Ein Fehltritt wäre verderblich gewesen auf diesen engen Pfaden neben Abgründen; aber ich Schritt weiter mit festem Tritt und ohne Schwindel. Bald sprang ich über einen tiefen Spalt, bald wagte ich mich über einen wankenden Baumstamm, der umgestürzt von einer Kluft zur anderen führte. Dort schienen monumentale Felsen auf unregelmäßiger Basis überhängend, den Gleichgewichtsgesetzen zu trotzen.

Und ich selbst fühlte nicht den Unterschied der starken Dichtigkeit des Wassers, wenn ich, trotz meines schwerfälligen Anzugs, der kupfernen Kopfbedeckung und den bleiernen Sohlen über steile Abhänge so leicht fast, wie eine Gämse aufwärts drang.

Ich fühle wohl, daß ich bei dieser Erzählung Unwahrscheinliches zu sagen scheine. Aber es ist doch wirklich und unbestreitbar so; es ist kein Traum, den ich berichte.

Zwei Stunden, nachdem wir den Nautilus verlassen hatten, waren wir über die Linie des Baumwuchses hinaus gekommen, und hundert Fuß über unseren Köpfen ragte die Spitze des Berges empor, welcher die glänzende Bestrahlung des Abhangs der anderen Seite verdeckte. Hier und da zogen sich versteinerte Gebüsche im Zickzack. Massenweis entflohen die Fische unter unseren Tritten, wie Vögel im Gesträuch. Die Felsenmasse war voll undurchdringlicher Spalten, tiefer Grotten, unergründlicher Löcher, worin es sich auf dem Grunde fürchterlich rührte und regte. Mein Pulsschlag stockte, wenn sich mir enorme Fühlhörner in den Weg streckten oder im Dunkel der Höhlungen erschreckliche Scheren klafften. Tausende leuchtender Punkte glänzten inmitten des Dunkels. Es waren die Augen riesenmäßiger Schaltiere, die in ihren Löchern hockten, kolossale Hummern, die sich wie Hellebardiere reckten, Krabben wie Kanonen auf ihren Lafetten, und gräßliche Polypen, die ihre Fühlhörner gleich einem lebendigen Schlangengebüsch verschlungen ausstreckten.

Diese Ungeheuerlichkeiten waren eine mir unbekannte Welt. Seit wieviel Jahrhunderten lebten diese Tiere also in den tiefsten Schichten des Ozeans?

Aber ich konnte mich nicht dabei aufhalten. Der Kapitän Nemo achtete nicht mehr darauf. Wir waren auf einer ersten Hochfläche angelangt, wo andere Überraschungen meiner harrten. Man bekam da malerische Ruinen zu Gesicht, welche die Hand des Menschen erkennen ließen: ungeheure Haufen von Steintrümmern, woran man unklare Formen von Schlössern und Tempeln unterscheiden konnte, die mit einer Welt von Zoophyten in Blühte, und mit einer dicken Hülle von Tang und Algen, gleich Epheu überdeckt waren.

Aber was hatte es mit diesem durch Überschwemmung versenkten Erdteil für eine Bewandtniß? Wer hatte diese Felsen und Steine als Zeugen aus der Urzeit aufgerichtet? Wohin hatte mich des Kapitäns Nemo Laune geschleppt?

Gerne hätte ich ihn gefragt. Ich hielt ihn an, faßte ihn beim Arm. Aber er schüttelte den Kopf, und zeigte auf den höchsten Gipfel des Berges, als wolle er sagen:

»Komm'! Komm' immer weiter!«

Ich nahm meine letzten Kräfte zusammen, ihm zu folgen, und in einigen Minuten hatten wir die Spitze erstiegen, die um etwa zehn Meter über diese ganze Felsenmasse emporragte.

Ich blickte auf die Seite, woher wir gekommen waren, zurück. Der Berg erhob sich nur sieben- bis achthundert Fuß über die Ebene; aber auf der entgegengesetzten Seite beherrschte er aus doppelter Höhe den Grund dieses Teiles des Atlantischen Meeres. Ich konnte weit hinaus blicken, und gewahrte einen ungeheuren Raum von starkem Blitzesschein erleuchtet. In der Tat, der Berg war ein Vulkan. Fünfzig Fuß unterhalb der Spitze, mitten in einem Regen von Steinen und Schlacken, warf ein weiter Krater Lavaströme aus, die in feurigem Sprudeln durch die Gewässer drangen. So erleuchtete der Vulkan wie eine ungeheure Fackel die darunter liegende Ebene bis zu den äußersten Grenzen des Horizonts.

Ich habe gesagt, der unterseeische Krater warf nur Laven aus, keine Flammen. Für diese Bedarfs des Sauerstoffs der Luft, und sie konnten ohne diesen sich nicht unter dem Wasser entwickeln; aber Lavaströmungen, die das Prinzip ihres

Brandes in sich tragen, können bis zum Rotweißen gedeihen, siegreich gegen das nasse Element kämpfen, und bei einer Berührung verdunsten. Alle diese Gase verbreiteten sich in reißenden Strudeln, und die Lavaströme glitten auf dem Krater des Berges hinab, wie einst aus dem Krater des Vesuvs auf Torre del Greco.

Wirklich zeigte sich da unter meinen Augen in Trümmern eine in den Abgrund versunkene Stadt mit eingestürzten Dächern, zerfallenen Tempeln, verschobenen Gewölben, zu Boden gestürzten Säulen, an denen man noch die Verhältnisse toskanischer Architektur erkannte: weiter hinaus Trümmer eines riesenhaften Aquädukts; hier in Schlamm vergraben eine Akropole mit den Formen eines Parthenon; dort die Spuren eines Quai, als hätte einst ein antiker Hafen am Gestade eines verschwundenen Ozeans den Kaufmannsschiffen und Kriegs-Triremen Schutz gewährt; noch weiter hinaus lange Reihen zerfallener Mauern, große verödete Straßen, ein ganzes versunkenes Pompeji, welches der Kapitän Nemo vor meinen Augen wieder in's Leben rief.

Wo war ich? Ich wollte es um jeden Preis wissen, ich wollte reden, die kupferne Kugel, welche meinen Kopf einkerkerte, abreißen.

Aber der Kapitän Nemo kam zu mir und hielt mich ab.

Darauf hob er ein Stückchen kreideartigen Gesteins auf, trat an einen schwarzen Basaltfelsen und schrieb darauf nur das einzige Wort:

Atlantis.

Wie ein Blitzstrahl fuhr mir ein Gedanke durch den Kopf! Die alte Atlantis Platon's, das einst versunkene Festland, dessen Dasein eine Menge Gelehrten von Origenes an bis Humboldt geleugnet, ein Verschwinden unter die Märchen gerechnet, von anderen nicht minder großen Gelehrten, von Plinius bis Buffon anerkannt wurde, – hier lag es vor meinen Augen mit den unverwerflichen Zeugnissen seines Hinabsinkens! Es war also die versunkene Landschaft, welche einst außerhalb Europas, Asiens, Libyens vorhanden war, draußen vor den Säulen des Herkules, wo einst das mächtige Volk der Atlanten lebte, mit welchem das alte Griechenland seine ersten Kriege führte.

Plato selbst hat in seinen Schriften die Großtaten dieser Heroenzeit aufgezeichnet. Sein Dialog Timäus und Kritias ist so zu sagen unter Eingebung Solon's geschrieben.

Einst unterhielt sich Solon mit einigen weisen Greisen aus Sais, einer bereits achthundert Jahre alten Stadt. Einer dieser Greise erzählte die Geschichte einer anderen Stadt, die über tausend Jahre älter war. Diese erste etwa neun Jahrhunderte alte athenische Stadt war von den Atlanten angegriffen und zum Teil zerstört worden. Diese Atlanten, sagte er, hatten ein unermeßliches Festland inne, das größer war als Afrika und Asien zusammen, und eine Fläche vom zwölften bis vierzigsten Grad nördlicher Breite deckte. Ihre Herrschaft erstreckte sich selbst auf Ägypten. Sie wollten dieselbe auch über Griechenland ausdehnen, mußten aber vor dem unbezwinglichen Widerstand der Hellenen zurückweichen. Jahrhunderte verflossen. Es entstand eine Überschwemmung, ein Erdbeben, und in Zeit von einer Nacht und einem Tag verschwand jene Atlantis, deren höchste Spitzen, Madera, die Azoren, die Kanarien, die Kapverdischen Inseln noch hervorragen.

Diese historischen Erinnerungen rief die Inschrift des Kapitäns Nemo in meinem Geiste wach. Also hatte mich das seltsamste Geschick dahin geleitet, daß ich auf einem der Berge dieses Kontinents stand, die Ruinen aus der Urzeit der geologischen Epochen mit Händen zu berühren im Stande war!

Ach! Wie bedauerte ich diesen Mangel an Zeit! Gerne wäre ich die steilen Abhänge des Berges hinabgestiegen, um den unermeßlichen Kontinent ganz zu durchlaufen, der ohne Zweifel einst Afrika mit Amerika verband, um die großen Städte der Urzeit zu besuchen.

Während ich über diesen Gedanken in Träume versank, und alle Details dieser großartigen Landschaft mir einzuprägen bemüht war, stand auch der Kapitän Nemo, wider eine bemooste Säule gelehnt, in stummes Träumen verloren.

Eine volle Stunde blieben wir an dieser Stelle, und betrachteten beim Glanz der Laven die ungeheure Ebene. Aus der Tiefe drang ein Getöse, das klar durch die umgebenden Gewässer drang, und mit majestätischer Fülle widerhallte.

In diesem Augenblick schien auch der Mond eine Weile durch die Masse der Gewässer, und warf einige bleiche Strahlen auf den versunkenen Kontinent. Nur ein Schimmer zwar, aber von unbeschreiblichem Effet. Der Kapitän erhob sich, warf einen letzten Blick auf diese unermessliche Ebene; darauf winkte er mit der Hand, ihm zu folgen.

Wir stiegen rasch den Berg hinab. Als wir den mineralischen Wald einmal hinter uns hatten, sah ich die Leuchte des Nautilus gleich einem Stern glänzen. Der Kapitän schritt gerade darauf los, und wir befanden uns wieder an Bord, als eben das erste Schimmern des Morgenroths die Oberfläche des Ozeans traf.

Kapitel 10

Unterseeische Kohlenminen

Am folgenden Tage, den 20. Februar, stand ich sehr spät auf. Die Ermüdung der nächtlichen Partie hatte mich bis elf Uhr zu Bette gehalten. Ich zog mich rasch an, um mich bald über die Richtung des Nautilus zu versichern. Die Instrumente gaben mir an, daß er mit einer Schnelligkeit von zwanzig Meilen in der Stunde bei einer Tiefe von hundert Meter stets südlich fuhr.

Conseil trat ein. Ich erzählte unseren nächtlichen Ausflug, und da die Läden geöffnet waren, so konnte er noch einen Teil des versunkenen Kontinents aus der Ferne erkennen.

Der Nautilus fuhr in der Tat nur zehn Meter hoch über dem Boden der Atlantis hin, und zwar so schnell, wie ein Ballon, den der Wind über Wiesenland treibt; richtiger gesagt, wir waren in diesem Salon wie in dem Waggon eines Eilzuges. Der Vordergrund vor unseren Augen bestand aus phantastisch zugeschnittenen Felsen, Bäumen, die bereits aus dem Pflanzen- in's Mineralreich übergegangen waren; ferner aus steinigen Massen mit einem Teppich von Axidien und Anemonen bedeckt, voll langen senkrechten Wasserpflanzen; ferner aus seltsam gestalteten Lavablöcken, welche von der wütenden Gewaltsamkeit plutonischer Umgestaltungen Zeugniß gaben.

Während diese bizarren Landschaften in der Beleuchtung unseres elektrischen Lichtes glänzten, erzählte ich Conseil von jenen Atlanten, von den Kriegen dieser Heroenzeit. Ich besprach die Frage der Atlantis wie ein Mann, der davon überzeugt ist. Aber Conseil, in voller Zerstreuung zeigte wenig Sinn für diesen historischen Punkt. Zahlreiche Fische zogen seine Blicke an, und in die Tiefen der Klassifikation versunken, befand er sich nicht mehr in der wirklichen Welt. Ich schloss mich ihm an in ichthyologischen Untersuchungen.

Übrigens zeigten die Fische des Atlantischen Meeres keinen erheblichen Unterschied von den bisher beobachteten. Es waren Rochen von riesenhafter Große, fünf Meter lang und von ungeheurer Muskelkraft, so daß sie sich über die Oberfläche des Wassers emporschnellen konnten; verschiedene Arten Haifische, unter anderen ein blaugrüner, fünfzehn Fuß langer, der wegen seiner

Durchsichtigkeit mitten im Wasser fast unsichtbar war, braune Speerhaie, Störe gleich denen im Mittelländischen, Seepferde, Trompetenfische, anderthalb Fuß lang, gelbbraune, mit kleinen grauen Flossen, ohne Zähne noch Zunge.

Unter den Knochenfischen notierte Conseil schwärzliche Makaïra, drei Meter lang und mit einem scharfen Degen am Oberkiefer; Seedrachen von lebhaften Farben, die wegen der Stacheln ihrer Rückenflossen schwer zu fangen sind, schöne Goldbrassen; acht Meter lange Schwertfische, die truppweise ziehen, mit gelblichen sichelförmigen Flossen und sechs Fuß langen Schwertern, unverzagte Tiere, die jedoch mehr von Pflanzen als Fischen leben und ihren Weibchen auf einen Wink gehorchen, wie ein bestgezogener Ehemann.

Aber neben der Beobachtung der Seefauna verabsäumte ich nicht, die ausgedehnten Ebenen der Atlantis zu untersuchen. Manchmal war der Nautilus durch launenhafte Unebenheiten des Bodens genötigt, langsam zu fahren, und glitt dann so gewandt wie ein Delphin durch die engen Wege zwischen Hügeln. War dies unmöglich, so stieg er wie ein Luftballon aufwärts, und setzte, nachdem das Hinderniß beseitigt war, seine Schnellfahrt einige Meter tiefer fort. Diese Fahrt war reizend zum Staunen, ähnlich den Bewegungen einer Luftschiffahrt, nur daß der Nautilus folgsam der Hand seines Steuerers gehorchte.

Um vier Uhr abends zeigte das Erdreich, welches im Allgemeinen aus dichtem Schlamm mit mineralisiertem Gezweig vermischt bestand, allmälig eine andere Beschaffenheit; es ward steinig und schien bedeckt mit einem Gemenge von Basalttuff mit einigen Lagen Lava und schwefelichtem Obsidian. Ich dachte, auf die ausgedehnten Ebenen werde bald die Bergregion folgen, und wirklich, bei einigen Schwenkungen des Nautilus sah ich den südlichen Horizont durch eine hohe Wand versperrt, welche jeden Ausweg abzuschneiden schien. Sie ragte offenbar über den Meeresspiegel hinan. Es mußte ein Kontinent oder wenigstens eine Insel sein, eine der Kanarischen oder Kapverdischen. Wo wir uns befanden, war mir völlig unbekannt. Jedenfalls schien eine solche Wand das Ende der Atlantis, wovon mir nur einen sehr kleinen Teil durchstreift hatten, zu bilden.

Die Nacht unterbrach meine Beobachtungen nicht. Ich befand mich allein, da Conseil sich in seine Kabine begeben hatte. Der Nautilus fuhr langsam, bewegte sich leicht über unklaren Massen des Bodens, bald an demselben hinstreifend, bald zur Oberfläche aufsteigend. Dann sah ich durch die Gewässer einige lebhafte Sternbilder, oben gerade von denjenigen, welche zum Schweife des Orion gehören.

Ich wäre noch lange an meinem Fenster geblieben um die Schönheiten des Meeres und Himmels zu bewundern, – da schlossen sich die Läden. Der Nautilus war eben an die senkrechte Wand gekommen. Wie er nun manövrieren würde, konnte ich nicht erraten. Ich begab mich auf mein Zimmer. Der Nautilus rührte sich nicht. Ich schlief ein, fest entschlossen, nach einigen Stunden wieder aufzustehen.

Aber am folgenden Morgen kam ich erst um acht Uhr in den Salon. Ich sah auf das Manometer, und fand, daß der Nautilus auf der Oberfläche des Meeres schwamm. Ich vernahm übrigens Fußtritte auf der Plattform. Doch verriet kein Schwanken den Wellenschlag des Meeresspiegels.

Ich stieg zur Leichenöffnung; sie war geschlossen. Aber anstatt des Tageslichtes, wie ich erwartete, sah ich mich von dichtem Dunkel umgeben. Wo befanden wir uns? Hatte ich mich geirrt? War es noch Nacht? Nein, es schimmerte kein Stern, und so stockfinstere Nacht giebt's nicht.

Ich wußte nicht, was ich davon denken sollte, als eine Stimme mich anrief:

»Sind Sie's, Herr Professor?

– Ah! Kapitän Nemo, erwiderte ich, wo sind wir?

– Unter der Erde, Herr Professor.

– Unter der Erde! Rief ich aus. Und der Nautilus schwimmt noch?

– Er schwimmt fortwährend.

– Aber, ich begreife nicht?

– Warten Sie einige Augenblicke. Unsere Leuchte wird angezündet werden, und wenn Sie Klarheit lieben, sollen Sie befriedigt werden.«

Ich betrat die Plattform und wartete. Das Dunkel war so vollständig, daß ich nicht einmal den Kapitän Nemo wahrnehmen konnte. Doch als ich zum Zenit aufblickte, gerade über meinem Kopf, glaube ich einen unbestimmten Schimmer zu bemerken, eine Art Dämmerlicht durch ein rundes Loch. In dem Augenblick wurde die Leuchte plötzlich angezündet, und vor seinem lebhaften Glanz verschwand jener unbestimmte Schimmer.

Einen Augenblick mußte ich meine durch das elektrische Licht geblendeten Augen schließen, dann blickte ich umher. Der Nautilus lag still auf der Wasserfläche neben einer steilen Küste, die einem Quai gleich gestaltet war. Dies Meer, worauf er eben lag, war ein See, umschlossen von Felswänden in einem Umkreis, welcher zwei Meilen Durchmesser, also sechs Meilen Umfang hatte. Sein Wasserspiegel konnte nur – das Manometer wies es nach – von gleicher Höhe, wie der äußere sein, denn es fand notwendig eine Verbindung zwischen diesem See und dem Meere statt. Die hohen Wände wölbten sich oben, und bildeten einen ungeheuren umgekehrten Trichter von fünf bis sechs Meter Höhe. An der Spitze befand sich eine kreisrunde Öffnung, durch welche ich den matten Schein, offenbar vom Tageslicht, bemerkt hatte.

Bevor ich die innere Beschaffenheit dieser enormen Höhle aufmerksam untersuchte, bevor ich mir die Frage vorlegte, ob sie ein Werk der Natur oder des Menschen sei, wendete ich mich an den Kapitän Nemo.

»Wo sind wir? Fragte ich.

– Mitten im Centrum eines erloschenen Vulkans, erwiderte mir der Kapitän, eines Vulkans, in dessen Inneres das Meer eingedrungen ist in Folge einer Zerreißung des Bodens. Während Sie schliefen, Herr Professor, ist der Nautilus durch einen natürlichen Kanal, zehn Meter unter dem Meeresspiegel, in diesen See eingelaufen. Hier ist sein Haupthafen, ein sicherer, bequemer, geheimnißvoller, gegen alle Windstriche geschützt! Ist denn auf den Küsten Eurer Kontinente oder Inseln eine Reede zu finden, die eine so sichere Zuflucht und Schutz gegen wütende Orkane darböte.

– Wahrhaftig, erwiderte ich, hie sind Sie in Sicherheit, Kapitän Nemo. Wer könnte im Centrum eines Vulkans Ihnen beikommen? Aber habe ich nicht in seinem Gipfel eine Öffnung bemerkt?

– Ja, sein Krater, der vormals von Lava, Dünsten und Flammen erfüllt, nun diese erquickende Luft, welche wir einatmen, herein läßt.

– Aber was ist es für ein vulkanischer Berg? Fragte ich.

– Er gehört zu einem der zahlreichen Eilande, womit dieses Meer bedeckt ist. Nur eine Klippe für die Schiffe, für uns eine unermessliche Höhle. Der Zufall hat mich sie finden lassen, und hat mir damit sehr genützt.

– Aber könnte man nicht durch diese Öffnung, welche den Krater des Vulkans bildet, hinabsteigen?

– Eben so wenig als ich hinaufsteigen könnte. Bis zu einer Höhe von hundert Fuß ist der untere Teil des Berges innen zu ersteigen, aber darüber hinaus hängen die Wände über, und auf ihren Abhängen kann man nicht hinauf kommen.

– Ich sehe, Kapitän, daß die Natur Ihnen überall und immer zu Diensten ist. Sie sind auf diesem See in Sicherheit, und kein Mensch außer Ihnen kann seine Gewässer besuchen. Aber wozu ein Zufluchtsort? Der Nautilus bedarf eines Hafens nicht.

– Nein, Herr Professor, aber er bedarf Elektrizität, um sich zu bewegen, Elemente zur Erzeugung seiner Elektrizität; Sodium, um die Elemente zu nähren; Kohle, um sein Sodium zu bereiten, und Kohlenminen, um seine Kohlen zu gewinnen. Nun aber bedeckt das Meer eben hier ganze Wälder, die in der Urzeit versanken, um mineralisiert und in Steinkohle verwandelt mir eine unerschöpfliche Vorratsgrube bilden.

– Ihre Matrosen also, Kapitän, sind die Grubenleute?

– Ja wohl. Diese Minen laufen unter dem Meer her, wie die Gruben von Newcastle. Hier holen meine Leute in ihren Skaphandern, mit Hacke und Schaufel die Kohle, welche ich aus den Gruben der Erde nicht bedarf. Wenn ich diesen Stoff für Gewinnung des Sodiums verbrenne, bekommt der Berg durch den aus dem Krater aufsteigenden Dampf noch das Aussehen eines tätigen Vulkans.

– Und wir können Ihre Leute bei der Arbeit sehen?

– Nein, diesmal wenigstens nicht, denn ich habe Eile, unsere unterseeische Fahrt fortzusetzen. Darum beschränke ich mich jetzt darauf, aus meinem Vorrat von Sodium mich zu versehen. Wir brauchen nur einen Tag, um dasselbe an Bord zu schaffen, dann werden mir unsere Fahrt fortsetzen. Wenn Sie also, Herr

Arronax, diese Zeit benutzen wollen, diese Höhle zu durchwandern und den See rings zu befahren, so steht's in Ihrem Belieben.«

Ich dankte dem Kapitän, und suchte meine Gefährten auf, die noch nicht aus ihrer Kabine herausgekommen waren. Ich lud sie ein, mir zu folgen, ohne ihnen zu sagen, wo sie sich befanden.

Sie kamen auf die Plattform. Conseil, der über nichts mehr sich verwunderte, sah es als etwas ganz Natürliches an, daß er unter einem Berg aufwachte, nachdem er unter dem Wasser eingeschlafen war. Aber Ned-Land hatte keinen andern Gedanken, als zu forschen, ob die Höhle nicht einen Ausgang habe.

Nach dem Frühstück, gegen zehn Uhr, stiegen wir aus an die Küste.

»Da sind wir einmal wieder auf dem Lande, sagte Conseil.

– Das nenn' ich nicht »Land«, erwiderte der Kanadier. Und zudem sind wir nicht auf, sondern unter demselben.«

Zwischen dem Fuß der Gebirgswände und dem Wasser des Sees zog sich ein sandiger Uferrand, der, wo am weitesten, fünfhundert Fuß breit war. Auf diesem sandigen Rand konnte man leicht um den See herum gehen. Aber die Basis der hohen Wände bildete ein unebener Boden, worauf malerisch aufgeschichtete vulkanische Felsblöcke und ungeheure Bimssteine lagen. Alle diese durcheinander geworfenen Massen, durch die Einwirkung der unterirdischen Feuer mit einem glatten Schmelz bedeckt, warfen, wenn die elektrischen Strahlen der Leuchte sie trafen, einen schimmernden Glanz zurück. Der Glimmerstaub des Ufers, den unsere Tritte erregten, flog auf gleich einer Wolke von Funken.

Der Boden erhob sich merklich, sowie man sich von dem Wasser entfernte, und wir gelangten bald zu langen, gewundenen Auswegen, wahren Anbergen, welche allmälig hinauf zu kommen gestatteten, aber man mußte inmitten dieser, von keinem Bindemittel zusammengehaltenen Haufen vorsichtig schreiten, und der Fuß glitt auf diesen glasartigen Trachyten, die aus Kristallen von Feldspat und Quarz gebildet waren.

Die vulkanische Natur dieser enormen Höhlung bestätigte sich allerwärts. Ich machte meine Gefährten darauf aufmerksam.

»Können Sie sich vorstellen, fragte ich sie, wie dieser Trichter sein müßte, wenn er mit siedender Lava sich füllte, und das Niveau dieser glühenden Masse bis zur Mündung des Berges stieg, wie das siedende Metall über die Wände des Gießofens?

– Ich kann mir's völlig so vorstellen, erwiderte Conseil. Aber kann mir mein Herr sagen, weshalb der große Gießer seine Verrichtung eingestellt hat, und woher es kommt, daß an die Stelle des Gießofens ein See mit so stillem Wasser getreten ist?

– Sehr wahrscheinlich, Conseil, weil irgendeine gewaltsame Zerklüftung unterhalb der Meeresoberfläche diese Öffnung hervorgebracht, welche dem Nautilus zur Einfahrt gedient hat. Da stürzten die Wasser des Atlantischen Meeres in's Innere des Berges hinein. Es gab dann einen fürchterlichen Kampf zwischen beiden Elementen, aus welchem Neptun als Sieger hervorging. Aber es sind seitdem viele Jahrhunderte verflossen und, der vom Wasser überwältigte Vulkan hat sich zu einer friedlichen Grotte umgewandelt.

– Sehr richtig, versetzte Ned-Land. Ich lasse die Erklärung gelten, aber ich bedauere in unserm Interesse, daß diese Öffnung, wovon der Herr Professor spricht, nicht oberhalb des Meeresspiegels entstanden ist.

– Aber, Freund Ned, erwiderte Conseil, wäre diese Öffnung nicht unter der See gewesen, so hätte der Nautilus nicht dahin gelangen können!

– Und ich will hinzufügen, Meister Land, die Wasser wären dann nicht unter dem Berg eingedrungen, und der Vulkan wäre Vulkan geblieben. Ihr Bedauern ist also überflüssig.«

– Wir stiegen weiter aufwärts. Die Aufwege wurden immer steiler und enger. Mitunter wurden sie von tiefen Schluchten unterbrochen, über welche man setzen mußte. Überhängende Massen mußten umgangen werden. Man glitt auf den Knien, man rutschte auf dem Bauch. Aber mit Hilfe der Geschicklichkeit Conseil's und der Kraft des Kanadiers wurden alle Hindernisse überwunden.

In einer Höhe von etwa dreißig Meter änderte sich die Beschaffenheit des Bodens, ohne daß er darum bequemer zu passieren wurde. An der Stelle der Konglomerate und Trachyte traten schwarze Basalte; diese zogen teils in blasigen Streifen, teils bildeten sie regelmäßige Prismen, die sich wie eine

Kolonnade reihten, auf welcher das ungeheure Gewölbe ruhte, ein staunenswertes Muster natürlicher Architektur. Sodann schlängelten sich weithin Gänge kalt gewordener Lava mit Harzstreifen durchzogen, und stellenweise bereiteten sich weite Schwefellager. Durch den oberen Teil des Kraters fiel ein stärkeres Licht herein und übergoß mit einem Dämmerschein alle diese, für immer im Schoße des erloschenen Gebirges vergrabenen vulkanischen Auswürfe.

Doch wurde unser Aufsteigen bald auf einer Höhe von etwa zweihundertfünfzig Fuß durch unüberwindliche Hindernisse gehemmt. Die innere Wölbung ward überhängend, und wir mußten nun seitwärts um den See herum wandern. Auf dieser Stufe fing das Tierreich an mit dem Mineralreich zu ringen. Es ragten einige Gebüsche und selbst Bäume aus den Krümmungen der Wand. Ich erkannte Euphorbien und Heliotropen. Diese letzteren konnten freilich nicht sich der Sonne zuwenden, weil die Strahlen derselben nicht zu ihnen reichten; einige Chrysanthemumen wuchsen schüchtern neben Aloe mit langen, traurigen und kränkelnden Blättern. Aber zwischen den Lavagängen bemerkte ich kleine Veilchen, die noch leicht dufteten, und erquickte mich an dem köstlichen Geruch.

Wir waren zu einem Gebüsch gekommen, das mit starken Wurzeln die Felsen auseinander trieb, als Ned-Land ausrief:

»Mein Herr, ein Bienenstock!

– Ein Bienenstock! Versetzte ich mit ungläubiger Miene.

– Ja! Ein Bienenstock, wiederholte der Kanadier, und da summen Bienen herum.«

Ich trat hinzu und mußte mich durch den Augenschein überzeugen. Es fanden sich da, an der Mündung eines Loches in einem hohlen Baume einige tausend dieser fleißigen Insekten, die auf den Kanarischen Inseln sehr häufig sind, wo man auch den Honig sehr zu schätzen weiß.

Ganz natürlich wünschte da der Kanadier sich mit Honig zu versehen, und er hätte mir's sehr übel genommen, wenn ich ihm hätte entgegen sein wollen. Er zündete mit seinem Feuerstahl ein Häufchen dürrer Blätter mit Schwefel vermischt an, und ließ den Rauch zu den Bienen dringen. Bald hörte das

Summen auf, und die Waben lieferten einige Pfund duftenden Honig, welchen Ned-Land in seinem Ranzen barg.

»Wenn ich diesen Honig mit dem Teig vom Brotfruchtbaum Menge, sprach er, bin ich im Stande, Ihnen einen schmackhaften Kuchen vorzusetzen.

– Potz! Sagte Conseil, das gibt ja Lebkuchen.

– Lassen wir jetzt den Lebkuchen, sagte ich, und setze unsern interessanten Spaziergang fort.«

Nachdem wir auf dem Pfade, worauf wir uns befanden, noch etwas weiter gegangen, lag der See in seiner ganzen Ausdehnung vor unseren Blicken. Die Leuchte ließ seinen riesigen Spiegel vollständig erkennen, wie er ohne Wellen und Runzeln war. Der Nautilus hielt sich völlig unbeweglich. Auf seiner Plattform und dem Ufer regte sich die Mannschaft gleich schwarzen Schatten, die mitten aus dem Lichtkreise sich deutlich hervorhoben.

In diesem Augenblick kamen wir um die höchste Spitze des Vordergrundes der Felsen, auf welcher das Gewölbe ruhte. Da sah ich, daß Bienen nicht die einzigen Repräsentanten des Tierreichs im Innern dieses Vulkans waren. Raubvögel schweiften und streiften hier und da im Dunkel oder flohen aus ihren Nestern auf Felsenspitzen. Es waren Sperber und schreiende Weihe. Auf den Abhängen gab's auch hübsche fette Trappen, die so schnell als ihre Läufe sie trugen, davon eilten. Man kann sich denken, wie der Kanadier Lust nach einem solchen Braten bekam, und wie leid es ihm war, keine Flinte zur Hand zu haben. Er versuchte durch Steine das Blei zu ersetzen, und es gelang ihm auch, nach einigen fruchtlosen Versuchen, eins der prächtigen Tiere zu verwunden. Zwanzigmal, das ist reine Wahrheit, setzte er sein Leben daran, bis daß er es in seinen Sack zu den Lebkuchen bekam.

Darauf mußten mir uns wieder abwärts nach dem Ufer zuwenden, denn aus den Gebirgskamm konnten wir nicht gelangen. Über uns sah der klaffende Krater aus wie eine weite Brunnenmündung. Von dieser Stelle aus konnte man den Himmel ziemlich klar erkennen, und ich sah vom Westwind zerzaustes Gewölk ziehen, das mit seinen Nebelfetzen am Gipfel des Berges streifte, also in mäßiger Höhe, denn der Vulkan ragte nicht mehr als achthundert Fuß über den Meeresspiegel.

Eine halbe Stunde nach der letzten Tat des Kanadiers waren wir wieder am inneren Ufer angelangt. Hier war die Flora durch ein dichtes Beet Meerfenchel repräsentiert, die kleinen Schirmpflänzchen, welche man gerne zum Einmachen verwendet. Conseil sammelt einige Büschel davon. Die Fauna zählte nach Tausenden, Schaltiere aller Art, Hummer, Krabben, Palämon, Feldspinnen, Seejungfern, und eine zahllose Menge von Muscheln, Porzellan-, Purpurschnecken, Napfmuscheln.

Hier öffnete sich eine prachtvolle Grotte. Wir genossen ein wahres Vergnügen, uns auf den feinen Sand hinzustrecken. Ihre Wände waren vom Feuer glatt emailliert und funkelnd, ganz mit Glimmerstaub bestreut. Ned-Land betastete die Wände, als wolle er untersuchen, wie dick sie seien. Ich konnte mich des Lachens nicht enthalten. Die Unterhaltung wendete sich ans die ewigen Entweichungsprojecte, und ich glaubte, ohne Übertreibung, ihm die Hoffnung geben zu können, der Kapitän Nemo sei nur deshalb so weit nach Süden gegangen, um sich mit Sodium zu versehen. Ich hoffte demnach, er werde jetzt sich wieder den Küsten Europa's und Amerika's nähern; dann sei es möglich mit mehr Aussicht auf Erfolg den gescheiterten Versuch nochmals zu machen.

Seit einer Stunde hatten wir uns in dieser reizenden Grotte gelagert. Die Anfangs so belebte Unterhaltung stockte, und wir neigten zum Schlaf. Da ich gar keinen Grund sah, dieser Neigung Widerstand zu leisten, so gab ich mich tiefem Schlummer hin. Ich träumte – die Träume liegen nicht in unserer Wahl – ich träumte mein Dasein habe sich nun auf das vegetative Leben einer Molluske eingeengt. Es kam mir vor, diese Grotte bilde die doppelte Schale meiner Muschel …

Da weckte mich plötzlich Conseil's lauter Ruf:

»Auf! Auf! Schrie der wackere Junge.

– Was giebt's? Fragte ich, und richtete mich etwas auf.

– Das Wasser dringt auf uns ein!«

Ich sprang auf. Das Meer stürzte reißend wie ein Bergstrom in unsere Zufluchtsstätte, und da wir keine Molluske waren, so mußten wir allerdings flüchten.

In einigen Augenblicken waren wir in Sicherheit auf dem höchsten Punkt eben dieser Grotte.

»Was geht denn vor? Fragte Conseil. Ist's ein neues Phänomen?

– Nein! Meine Freunde, erwiderte ich, es ist die Flut, nichts weiter. Der Ozean schwillt draußen an, und nach dem Naturgesetz muß auch der Wasserspiegel des See's steigen. Wir sind mit einem kleinen Bade davon gekommen. Wir wollen zum Nautilus und uns umkleiden.«

Nach dreiviertel Stunden hatten wir unseren Rundgang vollendet und kamen wieder an Bord. Die Leute der Bemannung waren eben mit dem Einladen des Sodiums fertig, und der Nautilus hätte sogleich abfahren können.

Doch der Kapitän Nemo gab keinen Befehl dazu. Wollte er die Nacht abwarten und im Stillen die unterseeische Einfahrt passieren? Vielleicht.

Wie dem auch sein mag, am folgenden Morgen fuhr der Nautilus, nachdem er seinen Zufluchtshafen verlassen, weit ab von jedem Land auf hoher See, einige Meter unter dem Spiegel des Atlantischen Ozeans.

Kapitel 11

Das Tang-Meer

Die Richtung des Nautilus hatte sich nicht geändert. Jede Hoffnung auf meine Rückkehr in die Meere Europa's mußte also für die nächste Zeit aufgegeben werden. Der Kapitän Nemo steuerte gerade südwärts. Wohin schleppte er uns? Ich getraute mir nicht, es zu ahnen.

An diesem Tage fuhr der Nautilus durch einen ansehnlichen Teil des Atlantischen Ozeans. Jedermann weiß, daß darin eine große Strömung warmen Wassers ist, bekannt unter dem Namen Golfstrom. Er fließt, nachdem er aus den Engen von Florida herausgekommen, in der Richtung von Spitzbergen. Aber bevor dieser Strom in den Golf von Mexiko gedrungen, um den Vierundvierzigsten Grad nördlicher Breite, teilt er sich in zwei Arme, von denen der eine nach den Küsten Irlands und Norwegens hinzieht, während der andere südlich nach den Azoren zu sich wendet; darauf bricht er sich an der afrikanischen Küste und kehrt in einem länglichen Oval nach den Antillen zurück.

Dieser zweite Arm nun, – eher ein Halsband als ein Arm – umgibt mit seinen Ringen warmen Wassers den kalten, ruhigen, unbeweglichen Teil des Ozeans, welchen man das Tang-Meer nennt. Die Gewässer dieser großen Strömung bilden inmitten des Atlantischen Ozeans einen wahren See, und brauchen nicht weniger als drei Jahre Zeit, um ihn ganz zu durchlaufen.

Das Tang-Meer bedeckt eigentlich den ganzen Teil der versunkenen Atlantis. Manche Schriftsteller haben gar die Meinung aufgestellt, die zahlreichen Kräuter, womit es bedeckt ist, hätten ihren Ursprung in dem Wiesenland des vormaligen Kontinents. Wahrscheinlicher jedoch ist, daß diese Kräuter, Algen und Meergras vom Golfstrom aus den Küstengegenden Europa's und Amerika's fortgeschwemmt und bis in diese Zone geführt worden sind. Dieses war auch einer der Gründe, welche Columbus auf die Vermutung brachten, es existier eine neue Welt. Als die Fahrzeuge dieses kühnen Entdeckers in das Tang-Meer kamen, konnten sie nur mit Mühe inmitten der Kräuter fortkommen, welche zum großen Schrecken der Mannschaft den Lauf der Schiffe hemmten, und sie verloren drei lange Wochen damit, über sie hinaus zu kommen.

So war die Gegend beschaffen, welche der Nautilus eben besuchte, ein echtes Wiesenland, ein dichtes Gewirke von Algen und Meergras, das so fest zusammen hing, daß der Kiel eines Fahrzeuges nur mit Mühe hindurch dringen konnte. Der Kapitän Nemo wollte auch nicht seine Schraube sich in dieser Kräutermasse verwickeln lassen, und hielt sich daher einige Meter tief unter der Meeresoberfläche.

Der Hauptbestandteil dieser ungeheuren Bank ist Seegras. Als Grund, weshalb diese Wassergewächse in dem ruhigen Becken des Atlantischen Meeres zusammen kommen, führt der gelehrte Maury Folgendes an:

»Die Erklärung, sagt er, welche man davon geben kann, scheint aus einer allgemein bekannten Wahrnehmung hervor zu gehen. Wenn man Korkstöckchen oder sonst schwimmende Gegenstände in ein Gefäß tut, und setzt das Wasser des Gefäßes in eine Kreisbewegung, so sieht man, daß die zerstreuten Krümlichen sich im Centrum der Oberfläche zu einer Gruppe sammeln, d. h. an dem am wenigsten bewegten Punkt. Bei der fraglichen Naturerscheinung ist das Atlantische Meer das Gefäß, der Golfstrom die Kreisbewegung, und das Tang-Meer der Mittelpunkt, zu welchem die zerstreuten schwimmenden Körper sich sammeln.«

Ich teile Maury's Ansicht, und habe die Erscheinung von dem eigentümlichen Standpunkt aus, wohin die Schiffe selten dringen, studieren können. Über uns schwammen Körper, die aus allen Gegenden her kamen, und häuften sich mitten in diesen bräunlichen Kräutern, Baumstämme aus den Anden oder den Felsengebirgen, welche durch den Amazonenstrom oder den Mississippi herbeigeschwemmt waren, zahlloses Strandgut, Stücke von Kielen und Brettern, dermaßen von Muschelwerk beschwert, daß es nicht wieder auf die Meeresoberfläche aufsteigen konnte. Und die Zeit wird einst die andere Ansicht Maury's rechtfertigen, daß diese seit Jahrhunderten so zusammen gehäuften Stoffe durch Einwirken des Wassers sich mineralisieren und dann unerschöpfliche Kohlengruben bilden werden. So bereitet die Natur einen kostbaren Vorrat für die Zeit, wann die Menschen die Gruben des Kontinents werden ausgebeutet haben.

Mitten in diesem verworrenen Gewebe von Kräutern und Seegras bemerkte ich reizende rosenfarbene Seesplinte, Meernesseln, deren Fühlhörner gleich langem Haupthaar herabhingen; grüne, rote, blaue Medusen, und besonders die großen Rhizotomen Cuvier's, deren bläulicher Schirm mit einer violetten Girlande umbordet ist.

Den ganzen 22. Februar brachten wir im Tangmeer zu, wo die Fische, welche gerne Seepflanzen und Schaltiere fressen, reichliche Nahrung finden. Am folgenden Tage hatte der Ozean wieder ein gewöhnliches Aussehen.

Von da an neunzehn Tage lang, vom 23. Februar bis 12. März, fuhren wir unausgesetzt mit der Geschwindigkeit von hundert Lieues in vierundzwanzig Stunden. Der Kapitän Nemo wollte offenbar sein unterseeisches Programm ausführen; und ich zweifelte nicht, daß er im Sinne hatte, nachdem er um das Cap Horn herum gefahren, in die südlichen Meere des Stillen Ozeans zurück zu kehren.

Ned-Land hatte daher Grund zu Besorgnissen gehabt. Auf hoher See durfte man ja nicht versuchen, von Bord zu entweichen. Eben so wenig konnte man sich dem Willen des Kapitäns Nemo widersetzen. Das einzige, was uns blieb, war Unterwerfung; aber ich gab mich gerne dem Gedanken hin, daß, was man nicht mehr von der Gewalt oder List erwarten durfte, einmal durch Überredung zu erlangen sein würde. Sollte nicht der Kapitän Nemo nach Beendigung dieser Fahrt einwilligen, uns auf einen Eid, niemals das Geheimniß seines Daseins zu enthüllen, die Freiheit wieder zu geben? Wir würden ein Ehrenwort gehalten haben. Aber man mußte über diese delikate Frage mit dem Kapitän unterhandeln. Würde ich nun aber mit dieser Reklamation ankommen können? Hatte er nicht von Anfang an förmlich erklärt, das Geheimniß seines Lebens verlange unsere ewige Gefangenschaft an Bord des Nautilus? Mußte ihm nicht mein Stillschweigen seit vier Monaten als eine stille Genehmigung dieser Lage vorkommen? Den Gegenstand zur Sprache zu bringen, konnte ihm Verdacht einstoßen, der unseren Plänen schaden mußte, wenn sich später eine günstige Gelegenheit ergeben sollte, sie wieder vorzunehmen? Ich erwog alle diese

Gründe, überlegte sie in meinem Geist hin und her, besprach sie mit Conseil, der ebenso verlegen war, wie ich. Schließlich, obwohl ich nicht leicht zu entmutigen war, begriff ich doch, daß sich die Aussichten, meines gleichen jemals wieder zu sehen, täglich minderten, zumal seit der Kapitän wie unsinnig in den Süden eilte!

Während der abgedachten neunzehn Tage begab sich kein besonderer Zwischenfall. Ich sah den Kapitän wenig. Er arbeitete. Ich sah in der Bibliothek öfters Bücher, die er aufgeschlagen liegen ließ, besonders naturhistorischen Inhalts. Mein Werk über den Meeresgrund war am Rande mit Anmerkungen bedeckt, welche oft mit meinen Theorien und Ansichten im Widerspruch waren. Aber der Kapitän beschränkte sich darauf, dergestalt meine Arbeit zu bessern, und selten besprach er sich darüber mit mir. Manchmal hörte ich die melancholischen Töne seiner Orgel, die er sehr ausdrucksvoll spielte, aber nur bei Nacht, mitten in stiller Dunkelheit, wann der Nautilus in den einsamen Gegenden des Ozeans schlummerte.

Während dieser Zeit fuhren wir ganze Tage lang auf der Oberfläche. Das Meer war wie öde und verlassen. Kaum sah man einige Segelschiffe, Ostindienfahrer in der Richtung nach dem Cap der guten Hoffnung. Eines Tages wurden wir von Wallfischjägern verfolgt, die uns ohne Zweifel für einen kostbaren Wallfisch ansahen. Aber der Kapitän Nemo wollte nicht diese wackeren Leute Zeit und Mühe verlieren lassen, und tauchte unter.

Die Fische, welche ich unterdessen mit Conseil beobachtete, unterschieden sich wenig von denjenigen, welche wir unter anderen Breiten studiert hatten. Hauptsächlich gehörten sie der fürchterlichen Gattung der Knorpelfische an, welche nicht weniger als zweiunddreißig Arten zählt: gestreifte Haifische, fünf Meter lang, mit plattem Kopf, der breiter als der Körper ist, zugerundeten Schwanzflossen, und sieben großen schwarzen Parallelstreifen der Länge nach auf dem Rücken; sodann perlgraue oder aschgraue mit sieben Kiefernöffnungen und einer einzigen Rückenflosse, ungefähr an der Mitte des Körpers.

Auch große Meerhunde zogen vorüber, die unendlich gefräßig sind. Es gibt Fischermärchen, welche berichten, man habe im Leib eines solchen einen Büffelkopf und ein ganzes Kalb gefunden; in einem anderen zwei Thunfische und einen Matrosen in Uniform u. a. dergl. Lassen wir nun diese dahin gestellt sein, so waren diese Tiere doch immer von der Art, daß sie sich in den Garnen des Nautilus nicht fangen ließen, um von ihrer Gefräßigkeit mich selbst zu überzeugen.

Ganze Tage lang begleiteten uns zierliche und mutwillige Delphine schaarenweise. Sie zogen in Banden von fünf bis sechs zusammen, und hielten Hetzjagd, wie die Wölfe zu Lande; gefräßig sind sie übrigens nicht minder als die Meerhunde. Diese Familie zählt zehn Gattungen; die ich bemerkte, waren drei Meter lang, oben schwarz, unten rosa weiß mit einzelnen Flecken, und hatten eine sehr schmale Schnauze, die viermal so lang war als der Schädel. Auch trafen wir in diesen Gewässern merkwürdige Probestückchen von Stachelflossern, von denen man erzählt, sie sängen melodisch, wie in einem Concert, und zwar schöner als Menschenstimmen. Ich will dem nicht widersprechen, muß aber bedauern, daß sie uns bei dem Vorüberfahren nicht mit einem Ständchen bedacht haben.

Conseil zählte endlich auch eine Menge fliegender Fische auf. Es ist gewiß merkwürdig, wie die Delphine mit höchster Genauigkeit auf sie Jagd machen. Wohin ein solcher Vogel auch seinen Flug richten, welche Bahn er dabei beschreiben mag, selbst über den Nautilus hinaus, der Unglückliche fällt immer in den zum Aufschnappen geöffneten Rachen des Delphins. Es waren entweder Seehäher oder Meerweihe mit leuchtendem Maul, die bei der Nacht feurige Streifen durch die Luft zogen, dann gleich Sternschnuppen in das dunkle Wasser fielen.

In dieser Weise fuhren wir ununterbrochen bis zum 13. März. An diesem Tage wurde der Nautilus zu Sondierungen verwendet, welche mein lebhaftes Interesse erregten.

Wir hatten damals nahezu dreizehntausend französische Meilen seit unserer Abfahrt aus der hohen See des Stillen Ozeans gemacht, und befanden uns unter 45° 37' südlicher Breite, und 37° 53' westlicher Länge. In derselben Gegend hatte der Kapitän Denham des Herald mit vierzehntausend Meter Sonde keinen Grund gefunden, und ebenso war der Lieutenant Parcker von der amerikanischen Fregatte Kongress mit fünfzehntausendhundertundvierzig Meter nicht zum Ziel des Meeresgrundes gekommen.

Der Kapitän Nemo entschloß sich, mit seinem Nautilus bis in die äußerste tiefe hinab zu fahren, um diese verschiedenen Sondierungen zu prüfen. Ich machte mich bereit, alle Ergebnisse des Experiments zu notieren. Die Läden des Salons wurden geöffnet, und die Manoeuvres begannen, um zu den so wunderhaft tiefen Schichten hinabzukommen.

Es versteht sich wohl, daß nicht davon die Rede sein konnte, durch Anfüllen der Behälter hinabzutauchen. Vermutlich hätten sie die spezifische Schwere des Nautilus nicht hinreichend erhöhen können. Sodann hätte man, um wieder aufwärts zu kommen, dieses Übermaß von Wasser hinaustreiben müssen, und die Pumpen hätten nicht Kraft genug gehabt, um den äußeren Druck zu überwinden.

Der Kapitän Nemo entschloß sich, den Meeresgrund durch eine hinreichend lange Diagonale aufzusuchen vermittelst seiner geneigten Flächen, welche in einem Winkel von fünfundvierzig Grad zu den Wasserlinien des Nautilus gerichtet wurden. Hierauf wurde der Schraube ihr höchstes Maaß von Schnelligkeit gegeben, und sie schlug mit unbeschreiblicher Gewalt die Wellen.

Unter diesem mächtigen Druck dröhnte der Rumpf des Nautilus wie eine tönende Saite, und sank regelmäßig unter die Gewässer hinab. Der Kapitän und ich, wir begleiteten den Zeiger des Manometer, welcher reißend schnell umlief. Bald hatten wir die bewohnbare Zone, wo die meisten Fische hausen, zurückgelegt. Wenn manche dieser Tiere nur an der Oberfläche der Meere oder Flüsse leben können, so halten sich andere, eine geringere Anzahl in sehr großen Tiefen auf. Unter diesen letzteren beobachtete ich eine Art Meerhunde mit sechs Athmungsspalten, den Teleskopen mit enormen Augen, den Panzerhahn, mit grauen Bauch- und schwarzen Bauchflossen, der mit einem Brustharnisch von blaßrothen Knochenplättchen geschützt war.

Ich fragte den Kapitän Nemo, ob er in noch größerer Tiefe Fische bemerkt habe.

»Fische? Erwiderte er; selten. Aber nach gegenwärtigem Zustand der Wissenschaft, was nimmt man an, was weiß man?

– Das will ich Ihnen sagen, Kapitän. Man weiß, daß, wenn man zu den niederen Schichten des Ozeans hinabsteigt, das vegetale Leben schneller, als das animale, verschwindet. Man weiß, daß da, wo sich noch belebte Wesen finden, nicht eine einzige Wasserpflanze mehr fortkommt. Man weiß, daß die Pilgermuscheln, die Austern in einer Tiefe von zweitausend Meter leben, und daß Mac Clintock einen lebenden Seestern aus einer Tiefe von zweitausendfünfhundert Meter geholt hat. Aber, Kapitän Nemo, vielleicht werden Sie mir sagen, daß man nichts weiß?

– Nein, Herr Professor, erwiderte der Kapitän, ich werde so unhöflich nicht sein. Doch will ich Sie fragen, wie erklären Sie, daß lebende Geschöpfe in solchen Tiefen leben können?

– Ich erkläre es aus zwei Gründen, erwiderte ich. Erstlich, weil die senkrechten Strömungen, welche durch den verschiedenen Salzgehalt und Dichtigkeit der Wasser bestimmt werden, eine Bewegung hervorrufen, welche genügt, um den niederen Grad vom Leben der Meerpalmen u. a. zu unterhalten?

– Richtig, sagte der Kapitän.

– Sodann, weil man weiß, daß, wenn Sauerstoff die Basis des Lebens ist, die Quantität im Meerwasser aufgelösten Sauerstoffes mit der Tiefe zunimmt, anstatt abzunehmen, und daß der Druck der unteren Schichten dazu beiträgt, ihn darin zusammen zu pressen.

– So! Man weiß das? Erwiderte der Kapitän Nemo, im Ton einiger Überraschung. Nun, Herr Professor, man hat Grund es zu wissen, denn es ist wirklich so. Ich will nun die Tatsache hinzufügen, daß die Schwimmblase der Fische mehr Stickstoff als Sauerstoff enthält, wenn diese Tiere an der Oberfläche der Wasser gefischt wurden, dagegen mehr Sauerstoff als Stickstoff, wenn sie aus großen Tiefen geholt werden. Dadurch erhält Ihr System eine Bestätigung. Doch setzen wir unsere Beobachtungen fort.«

Mein Blick fiel auf das Manometer. Das Instrument zeigte eine Tiefe von sechstausend Meter. Unser Hinabfahren dauerte schon eine Stunde lang. Der Nautilus glitt über seinen geneigten Flächen immer tiefer hinab. Die leeren Gewässer waren zum Staunen durchsichtig. Eine Stunde nachher waren wir dreizehntausend Meter tief, und man konnte noch nichts vom Meeresgrund spüren.

Doch bei vierzehntausend Meter gewahrte ich schwarze Spitzen, die inmitten der Gewässer sich erhoben. Aber es konnten ja Spitzen von Bergen sein, die höher als der Himalaja oder Montblanc sind, man konnte also die Tiefe noch nicht abschätzen.

Der Nautilus drang immer noch tiefer, ungeachtet des starken Druckes, den er litt. Ich fühlte, daß seine Eisenplatten unter der Fügung ihrer Zapfen zitterten, seine Eisenstangen sich krumm bogen; seine Verschläge dröhnten; die Glasscheiben des Salons schienen unter dem Druck zu weichen. Und dieses solide Fahrzeug hätte ohne Zweifel nachgegeben, wäre es nicht, wie sein Kapitän gesagt hatte, widerstandsfähig gewesen, wie ein fester Block.

Im Vorbeifahren an den Felswänden bemerkte ich noch einige Muscheln, wie *Serpula* und *Spinorbis* lebend.

Aber bald verschwanden auch diese letzten Repräsentanten des Trieblebens, und in einer Tiefe von zwölftausend Meter drang er über die Grenzlinie unterseeischen Lebens hinaus, wie wenn der Ballon über die atmungsfähige Zone hinaus in die Lüfte steigt. Wir hatten eine Tiefe von sechzehntausend Meter – vier Lieues – erreicht, und die Seitenwände des Nautilus hatten damals einen Druck von sechzehnhundert Atmosphären auszustehen, d. h. sechzehnhundert Kilogramm auf jeden Quadratzentimeter seiner Oberfläche!

»Welche Lage, rief ich aus! Diese tiefen Regionen zu durchlaufen, wohin der Mensch noch nie gedrungen ist! Sehen Sie doch, Kapitän, diese prachtvollen Felsen, diese unbewohnten Grotten! Und warum sollen wir darauf verwiesen sein, nur die Erinnerung daran fest zu halten?

– Wäre es Ihnen angenehm, fragte mich der Kapitän Nemo, mehr als die Erinnerung daran mit zu nehmen?

– Was meinen Sie damit?

– Ich meine, daß es ganz leicht ist, eine photographische Ansicht von dieser unterseeischen Gegend aufzunehmen!«

Ich hatte noch nicht Zeit, mein Erstaunen über diesen neuen Vorschlag auszudrücken, als auf Bestellung des Kapitäns Nemo ein Objektiv in den Salon gebracht wurde. Durch die weit geöffneten Läden, indem das umgebende Wasser elektrisch beleuchtet war, verteilte sich das Licht mit vollständiger

Klarheit. Kein Schatten, keine Abschwächung unserer künstlichen Beleuchtung. Das Sonnenlicht hätte einer solchen Vorrichtung nicht günstiger sein können. Der Nautilus, unter dem durch seine geneigten Ebenen bemeisterten Druck seiner Schraube, hielt sich unbeweglich. Das Instrument wurde auf die Ansichten des Meeresgrundes gerichtet, und in einigen Sekunden hatten wir ein äußerst reines Negativbild.

Ich gebe hier eine Beschreibung des positiven. Man sieht darauf jene urweltlichen Felsen, welche niemals das Himmelslicht erblickt haben, jenen Granitkern, welcher die mächtige Grundschicht des Erdballs bildet, diese tiefen, in den Steinmassen ausgehöhlten Grotten, diese unvergleichlich klaren Profile, deren letzter Strich sich schwarz abhebt. Sodann, weiter hinaus ein Horizont von Bergen, eine bewundernswerte Wellenlinie, welche den Hintergrund des Gemäldes bildet. Unbeschreiblich ist dieses Gesamtbild glatter, schwarzer, glänzender Felsen, ohne ein Moospflänzchen, ohne einen Flecken, in seltsam geschnittenen Formen, von solidem Bau auf diesem Teppich von Sand, der in den Strahlen des elektrischen Lichtes funkelte.

Doch als diese Arbeit fertig war, sprach der Kapitän Nemo:

»Jetzt wollen wir wieder aufsteigen, Herr Professor. Man darf den Nautilus nicht allzulange solchem Druck aussetzen.

– Ja wohl, erwiderte ich.

– Halten Sie sich fest.«

Ich hatte noch nicht Zeit zu begreifen, weshalb der Kapitän mir dieses empfahl, als ich zu Boden geworfen wurde.

Als auf ein Signal des Kapitäns die Schraube gehemmt, die Ebenen senkrecht gerichtet waren, fuhr der Nautilus, wie ein Ballon in die Lüfte steigt, mit blitzgleicher Schnelligkeit aufwärts. Er durchschnitt die Masse der Gewässer mit lautem Zischen. Unmöglich war's, irgendein Detail zu sehen. In vier Minuten legte er die vier Lieues zurück, welche er von der Oberfläche des Ozeans entfernt war, fuhr gleich einem fliegenden Fisch über dieselbe empor und fiel wieder herab, daß die Wogen zum Erstaunen hoch aufspritzten.

Kapitel 12
Pottfische und Wallfische

Während der Nacht des 13. zum 14. März fuhr der Nautilus in seiner südlichen Richtung weiter. Ich dachte, auf der Höhe des Cap Horn werde er dieses umfahren, um in dem Stillen Ozean seine Rundreise um die Erbe zu vollenden. Wollte er zu dem Pol dringen, das wäre unsinnig gewesen. Ich fing an zu glauben, daß die Verwegenheiten des Kapitäns hinlänglich die Befürchtungen Ned-Land's rechtfertigten.

Der Kanadier sprach seit einiger Zeit nicht mehr mit mir über seine Fluchtprojekte. Er war weniger mittheilsam, fast schweigsam geworden. Ich sah, wie die Fortdauer der Gefangenschaft auf ihm lastete. Ich fühlte, wie sich der Zorn in ihm steigerte. Wenn er mit dem Kapitän zusammen traf, funkelten seine Augen von einem düsteren Feuer, und ich fürchtete stets, das Ungestüm seines Charakters werde ihn zu einem Äußersten treiben.

Am 14. März kam er mit Conseil auf mein Zimmer. Ich fragte sie um die Ursache ihres Besuchs.

– Ich habe eine einfache Frage an Sie zu richten, mein Herr, erwiderte der Kanadier.

– Reden Sie, Ned.

– Wieviel Mann glauben Sie, daß sich an Bord des Nautilus befinden?

– Ich wüßte es nicht zu sagen, mein Freund.

– Es scheint mir, versetzte Ned-Land, sein Manoeuvriren erfordert keine große Mannschaft.

– In der Tat, erwiderte ich, müssen in den Verhältnissen, worin er sich befindet, wohl zehn Mann höchstens dafür genügen.

– Nun, sagte der Kanadier, weshalb sollten mehr vorhanden sein?

– Weshalb?« entgegnete ich, und sah Ned-Land, dessen Absichten leicht zu erraten waren, fest in's Angesicht.

– Weil, sagte ich, wenn meine Ahnungen nicht mich trügen, wenn ich die Existenz des Nautilus recht verstehe, derselbe nicht blos ein Schiff ist, sondern eine Zuflucht für diejenigen sein soll, welche, wie sein Kommandant, alle Verbindungen mit der Erde abgeschnitten haben.

– Vielleicht, sagte Conseil; aber am Ende kann der Nautilus doch nur eine gewisse Anzahl Menschen fassen, und mein Herr könnte wohl schätzen, wie viele höchstens?

– Wie so, Conseil?

– Durch Berechnung. Da der Umfang des Schiffsraumes meinem Herrn bekannt ist, folglich auch, wie viel Luft er fassen kann; da er ferner weiß, wie viel Luft jeder Mensch durch Einatmen verbraucht; und vergleicht er diese Resultate damit, daß der Nautilus alle vierundzwanzig Stunden auftauchen muß … «

Ich ließ Conseil nicht seinen Satz ausreden, denn ich sah wohl, wo hinaus er damit wollte.

»Ich verstehe Dich, sagte ich; aber diese Berechnung, obwohl leicht anzustellen, kann doch nur eine unbestimmte Ziffer ergeben.

– Gleichviel, versetzte Ned-Land dringend.

– Die Rechnung ist folgende, sagt' ich. Jeder Mensch verbraucht in einer Stunde den in hundert Liter Luft enthaltenen Sauerstoff, das macht in vierundzwanzig Stunden so viel als zweitausendvierhundert Liter. Also muß man aufsuchen, wievielmal zweitausendvierhundert Liter Luft der Nautilus faßt.

– Ganz richtig, sagte Conseil.

– Da nun der Nautilus fünfzehnhundert Tonnen faßt, und die Tonne tausend Liter enthält, so muß der Nautilus fünfzehnhunderttausend Liter Luft fassen, die man mit zweitausendvierhundert zu dividieren hat … «

Ich rechnete rasch das Exempel mit dem Bleistift: »… Das macht sechshundertfünfundzwanzig. Das will eben so viel heißen als, daß der Nautilus strenge genommen so viel Luft faßt, als für sechshundertfünfundzwanzig Mann während vierundzwanzig Stunden erforderlich ist.

– Sechshundertfünfundzwanzig, wiederholte Ned.

– Aber seien Sie nur versichert, fügte ich bei, daß wir, Passagiere, Matrosen oder Offiziere, nicht den zehnten Teil dieser Zahl ausmachen.

– Gegen drei Mann ist dies zu viel! Brummte Conseil.

– Folglich, armer Ned, kann ich Ihnen nichts raten, als Geduld.

– Und mehr noch Ergebung, erwiderte Conseil.

– Trotzdem, fuhr er fort, kann der Kapitän nicht immerfort südwärts fahren! Er muß wohl einmal einhalten, sei es auch nur vor den Eisbergen, und muß in mehr kultivierte Meere zurückkehren! Dann wird es Zeit sein, Ned-Land's Projekte wieder vorzunehmen!«

Der Kanadier schüttelte den Kopf, fuhr mit der Hand über seine Stirne, und zog sich ohne zu antworten zurück.

»Erlaube mir mein Herr, sagte darauf Conseil, etwas zu bemerken. Diesem armen Ned stehen seine Gedanken auf alles, was er nicht haben kann. Es kommt ihm alles aus seiner Vergangenheit. Alles was uns untersagt ist, darnach sehnt er sich. Seine früheren Erinnerungen überwältigten ihn, und sein Gemüht ist davon voll. Man muß ihn begreifen. Was hat er hier zu tun? Nichts. Er ist nicht ein Gelehrter, wie mein Herr, und weiß den Wundern des Meeres keinen Geschmack abzugewinnen. Er würde alles daran setzen, um einmal eine Schenke seines Landes besuchen zu können!«

An ein tätiges Leben in Freiheit gewöhnt, mußte der Kanadier die Einförmigkeit des Lebens an Bord unerträglich finden. Selten traten Ereignisse ein, die ihn mit Leidenschaft interessieren konnten. Doch begab sich damals ein Zwischenfall, der ihm seine frohen Tage als Harpunier in Erinnerung brachte.

Gegen elf Uhr vormittags, als sich der Nautilus auf der Meeresoberfläche befand, geriet er mitten unter einen Trupp Wallfische. Diese Tiere flüchten nämlich, wenn sie aufs Äußerste verfolgt werden, in die höheren Breitengrade.

Der Wallfisch hat in der Geschichte der Entdeckungen eine große Rolle gespielt. Er hat die Basken, die Asturier, Engländer und Holländer gegen die Gefahren des Meeres gleichgültig gemacht, so daß sie bei seiner Verfolgung von einem Land zum anderen drangen. Sie sind vorzugsweise in den südlichen und nördlichen Meeren zu Hause.

Wir saßen bei ruhiger Flut auf der Plattform, und der Oktober hat unter jenen Breitegraden recht schöne Herbsttage. Der Kanadier gewahrte in einer Entfernung von fünf Meilen einen Walisisch am östlichen Horizont.

»Ach! Rief Ned-Land, wäre ich an Bord eines Wallfischjägers, das wäre mir eine Lust! Was für ein stattliches Thier das ist! Wie mächtig schleudert er die Wassersäulen empor! Tausend Teufel! Daß ich auch an dies Stück Eisen gefesselt bin!

– Wie? Ned, erwiderte ich, Sie haben immer noch Ihre alten Fischergedanken?

– Mein Herr, kann ein Wallfischfänger sein Handwerk vergessen?

– In diesen Meeren, Ned, haben Sie nie gefischt?

– Nein, mein Herr. Nur im Norden, und in der Berings- wie in der Davis-Straße.

– So kennen Sie also den südlichen Wallfisch noch nicht. Der nördliche, den Sie bisher gejagt haben, würde sich nicht in die warmen Gewässer des Äquators wagen.

– Ah! Herr Professor, was sagen Sie mir da? Erwiderte der Kanadier etwas ungläubig.

– Ich sage, wie es wirklich ist.

– Ich will Ihnen ein Beispiel sagen. Ich habe im Jahre fünfundsechzig in der Nähe von Grönland einen Wallfisch aufgetrieben, dem steckte in der Seite eine Harpune mit dem Stempel eines Wallfischjägers der Beringsstraße. Nun frage ich Sie, wie ist es möglich gewesen, daß ein Tier, das im Westen von Amerika getroffen worden, im Osten erlegt wurde, wenn es nicht über den Äquator kam, sei es um's Cap Horn oder das Cap der guten Hoffnung?

– Das ist auch meine Meinung, sagte Conseil, und ich bin begierig, was mein Herr darauf antworten wird.

– Ich habe darauf zu antworten, meine Freunde, daß die Wallfische ihren Gattungen nach in gewissen Meeren einheimisch sind, welche sie nicht verlassen. Wenn es nun der Fall ist, daß ein solches Thier aus der Berings- in die Davis-Straße kam, so ist das ganz einfach ein Beweis, daß zwischen dem einen und dem anderen Meere eine Verbindung stattfindet, sei's auf der amerikanischen oder asiatischen Küste.

– Darf man das glauben? Fragte der Kanadier.

– Meinem Herrn muß man wohl glauben, erwiderte Conseil.

– Weil ich also, fuhr der Kanadier fort, niemals in diesen Gegenden gefischt habe, kenne ich nicht die da hausenden Wallfische?

– Das ist meine Meinung, Ned.

– Umso mehr Grund ihre Bekanntschaft zu machen, versetzte Conseil.

– Sehen Sie da! Sehen Sie! Rief der Kanadier mit bewegter Stimme. Da kommt einer heran! Auf uns zu! Er verhöhnt mich! Er weiß, daß ich nichts gegen ihn kann!«

Ned stampfte mit dem Fuße, ballte die Faust, als schwinge er seine Harpune.

– Sind diese Wallfische eben so groß, fragte er, als die im Norden?

– Fast ebenso, Ned.

– Denn ich habe sehr große Wallfische gesehen, mein Herr, die waren bis hundertundfünfzig Fuß lang! Man hat mir sogar erzählt, der Hullamock und der Umgeblickt der Aleuteninseln seien mitunter noch größer.

– Das scheint mir übertrieben, erwiderte ich. Die hiesigen, gleich den Pottfischen, sind im Allgemeinen kleiner, wie die nördlichen.

– Ah! Rief der Kanadier, der unverwandt auf das Meer hin schaute, er kommt näher, in den Bereich des Nautilus!«

Dann fuhr er fort:

»Sie haben den Pottfisch ein kleines Thier genannt. Doch führt man Beispiele von riesenmäßiger Größe an. Sie sind gescheit. Mitunter, sagt man, bedecken sie sich mit Algen und Meergras. Man hält sie für Eilande, läßt sich darauf nieder, macht Feuer an …

– Man baut Häuser darauf, sagte Conseil.

– Ja, Possenreißer, erwiderte Ned-Land. Darauf, eines schönen Morgens taucht das Tier unter, und nimmt alle seine Bewohner mit in die Tiefe.

– Ei! Meister Land, es scheint, Sie lieben solche Extra-Geschichtchen! Ich hoffe, Sie glauben nicht daran.

– Herr Naturforscher, erwiderte der Kanadier ernsthaft, von den Wallfischen kann man alles glauben. – Man behauptet, sie könnten in vierzehn Tagen den Weg um die ganze Erde machen.

– Ich widerspreche nicht, sagte ich. – Doch muß man daran glauben?

– Nicht allzuviel, erwiderte Ned-Land; ebenso wenig, als wenn ich sage, es gäbe dreihundert Fuß lange Wallfische.

– Das ist allerdings etwas stark«, sagte ich.

So plauderten sie noch eine Weile von unglaublichen Dingen. Aber Ned-Land hörte nicht mehr zu. Der Wallfisch kam näher.

»Ach! Rief er aus, es ist nicht mehr ein Tier; es sind zehn, zwanzig, eine ganze Heerde! Und nichts tun zu können!

– Aber, Freund Ned, sagte Conseil, warum fragen Sie nicht den Kapitän Nemo um Erlaubniß, eine Jagd zu machen? «

Conseil hatte noch nicht ausgesprochen, als Ned-Land schon die Lucke hinab eilte, den Kapitän aufzusuchen. Nach einer kleinen Weile erschienen sie beide wieder auf der Plattform.

Der Kapitän Nemo betrachtete die Truppe, welche sich eine Meile entfernt auf dem Wasser belustigte.

»Es sind Süd-Wallfische, sagte er. Es wäre da für eine Flotte von Wallfischjägern zu thun.

– Nun, mein Herr, könnte ich nicht Jagd darauf machen, sei's auch nur, um mein früheres Handwerk nicht zu vergessen?

– Weshalb denn, erwiderte der Kapitän Nemo, jagen, nur um zu vernichten? Wir brauchen an Bord keinen Thran.

– Doch haben Sie mir im roten Meere gestattet, den Dugong zu verfolgen.

– Damals handelte sich's darum, meiner Mannschaft frisches Fleisch zu verschaffen. Hier aber wäre es töten, nur um zu töten. Ich weiß zwar, daß dies ein Vorrecht des Menschen ist, aber ich lasse so mörderischen Zeitvertreib nicht gelten. Wenn Ihr den südlichen Wallfisch ebenso wie den nördlichen vernichtet, unschädliche und nützliche Geschöpfe, so ist das zu tadeln. So hat man bereits die ganze Baffinsbai verödet, und so wird man eine Klasse nützlicher Tiere ausrotten. Lasset doch die armen Wallfische in Ruhe, die an ihren natürlichen Feinden, den Pottfischen, Schwert- und Sägefischen schon genug haben.«

Man kann sich vorstellen, was der Kanadier bei dieser Moral-Lektion für ein Gesicht machte. Solche Gründe waren bei einem Jäger weggeworfene Worte. Ned-Land sah dem Kapitän Nemo in's Angesicht, verstand aber offenbar nicht, was erdamit meinte. Doch hatte der Kapitän Recht. Der barbarische und unüberlegte Eifer der Wallfischjäger wird einmal diese Tierart vom Ozean vertilgen.

Ned-Land pfiff halblaut sein *Yankee doodle,* steckte seine Hände in die Taschen und wendete uns den Rücken.

Indessen betrachtete der Kapitän Nemo die Heerde Wallfische, und sprach zu mir:

»Nicht ohne Grund habe ich gesagt, daß auch ohne den Menschen die Wallfische Feinde genug haben. Es wird nicht lange dauern, so werden diese ihre harte Not bekommen. Sehen Sie, Herr Arronax, acht Meilen unterm Wind diese schwärzlichen Punkte sich bewegen?

– Ja, Kapitän, erwiderte ich.

– Das sind Pottfische, fürchterliche Tiere, die ich mitunter in Scharen von zwei- bis dreihundert getroffen habe! Diese, ein grausames, schädliches Gezücht, zu vernichten, ist wohl gerechtfertigt.«

Bei diesen Worten wendete sich der Kanadier lebhaft um.

»Nun denn, Kapitän, sagte ich, es ist noch Zeit, zu Gunsten der Wallfische …

– Man braucht sich nicht der Gefahr auszusetzen, Herr Professor. Der Nautilus wird schon allein mit diesen Pottfischen fertig werden. Sein stählerner Schnabel kann wohl eben so viel ausrichten, als Meister Land's Harpune.«

Der Kanadier zuckte keck die Achseln. Fische mit dem Schiffsschnabel angreifen, das wäre unerhört.

»Warten Sie nur, Herr Arronax, sagte der Kapitän Nemo. Wir werden Ihnen eine Jagd zum Besten geben, von der Sie noch keinen Begriff haben. Kein Mitleid mit diesem wilden Getier. Sie bestehen ja nur aus Maul und Zähnen!«

Maul und Zähne! Jawohl. Denn obwohl der Pottfisch mitunter fünfundzwanzig Meter groß ist, so nimmt sein enormer Kopf doch etwa den dritten Teil seines Körpers ein. Er ist besser bewehrt als der Wallfisch, dessen Oberkiefer nur mit Barten besetzt ist, hat fünfundzwanzig starke, zwanzig Zentimeter hohe, walzenförmige, zugespitzte, zwei Pfund schwere Zähne. Im oberen Theile dieses enormen Kopfes und in großen, durch Knorpel gesonderten Höhlungen befindet sich drei- bis vierhundert Kilogramm des kostbaren Öls, welches »Wallrath« genannt wird. Der Pottfisch ist ein häßliches Thier, von üblem Körperbau, so zu sagen auf der ganzen linken Seite mangelhaft, so daß er auch nur mit dem rechten Auge sieht.

Inzwischen kam die Truppe Ungeheuer immer näher heran; sie hatten die Wallfische bemerkt und bereiteten sich zum Angriff vor. Man konnte den Sieg der Pottfische voraussehen, nicht allein weil ihr Körperteil ihnen den Vorteil über ihre Gegner gibt, sondern auch weil sie länger unterm Wasser aushalten können, ohne auf der Oberfläche Luft schöpfen zu müssen.

Es war hohe Zeit, den Wallfischen zu Hilfe zu kommen. Der Nautilus tauchte ein wenig unter die Oberfläche. Conseil und Ned setzten sich neben mich vor die Fenster des Salons. Der Kapitän Nemo begab sich an die Seite des Steuerers, um sein Fahrzeug als wie eine Zerstörungsmaschine zu lenken. Bald wurden die Schläge der Schraube rascher, und unsere Schnelligkeit nahm zu.

Der Kampf zwischen den beiden Gegenparteien hatte schon begonnen, als der Nautilus zur Stelle kam. Er manövrierte dergestalt, daß er die Angreifer abschnitt. Diese waren anfangs ziemlich gleichgültig, als sie sahen, wie sich das neue Ungeheuer einmischte. Aber bald mußten sie seinen Stößen ausweichen.

Welche ein Kampf! Ned-Land frohlockte bald, und klatschte mit den Händen. Der Nautilus kam ihm vor wie eine furchtbare Harpune, welche sein Kapitän schleuderte. Er warf sich gegen die Fleischmassen und schnitt sie entzwei, so daß hinter ihm zwei gesonderte Hälften des Tieres zappelten. Die fürchterlichen Schläge seines Schwanzes, womit er ihn auf den Seiten traf, spürte er nicht; eben so wenig seine Stöße. War *ein* Pottfisch vernichtet, so drang er auf einen anderen ein, wendete an der Stelle, daß er ihm nicht entgehe, schoß vorwärts oder zog sich zurück, nach der Weisung seines Steuerers, tauchte unter, wenn sein Gegner die Tiefe suchte, kam wieder mit ihm zur Oberfläche, traf ihn gerade aus oder schräg, zerschnitt oder zerfleischte, und wohin er sich wendete und drehte, mit seinem fürchterlichen Schnabel ihn durchbohrend.

Welche Gemetzel! Welches Getöse auf der Oberfläche der Fluten! Welche scharfes Pfeifen und eigentümliches Schnarchen der von Entsetzen ergriffenen Tiere!

Eine ganze Stunde lang dauerte das Blutbad, dem die Großköpfe nicht entrinnen konnten. Einige mal machten zehn bis zwölf zusammen den Versuch, den Nautilus durch ihre Masse zu zerdrücken. Man sah durch's Fenster ihren ungeheuren, mit Zähnen umzäunten Rachen, ihr fürchterliches Auge. Ned-Land, der außer sich war, drohte ihnen, höhnte sie. Man fühlte, wie sie sich an unser Fahrzeug klammerten, wie Hunde, die einen Keiler packen. Aber der Nautilus, mit gesteigerter Kraft seiner Schraube, schleuderte sie fort, schleppte sie nach und zog sie wieder auf die Oberfläche, ohne daß ihr enormes Gewicht, oder ihr mächtiges Drücken ihm etwas anhaben konnte.

Endlich lichtete sich die Schaar der Gegner; die aufgeregten Wogen wurden wieder ruhig. Ich fühlte, daß wir wieder zur Oberfläche kamen. Die Lucke wurde geöffnet und wir stürzten auf die Plattform.

Das Meer war mit verstümmelten Leichnamen bedeckt. Eine fürchterliche Explosion hätte nicht ärger zerrissen, zerschnitten, zerfetzt, wie hier mit diesen Massen geschehen war. Wir schwammen mitten durch die Riesenkörper mit bläulichem Rücken und weißlichem Bauch. Einige Pottfische flohen voll Entsetzen nach dem Horizont. Einige Meilen weit waren die Wogen rot gefärbt, und der Nautilus schwamm durch ein Blutmeer.

Der Kapitän Nemo kam zu uns.

»Nun, Meister Land? sagte er.

– Ei nun, mein Herr, erwiderte der Kanadier, dessen Enthusiasmus sich gelegt hatte, 's ist ein erschrecklicher Anblick, wirklich. Aber ich bin kein Metzger, sondern ein Jäger, und das ist eine Metzelei.

– Es ist ein Vernichten schädlicher Tiere, erwiderte der Kapitän, und mein Nautilus ist kein Metzgerbeil.

– Meine Harpune ist mir doch lieber, versetzte der Kanadier.

– Jeder hat seine Waffe,« erwiderte der Kapitän, und blickte Ned-Land scharf in's Angesicht.

Ich fürchtete schon, dieser werde sich zu einer Gewalttat fortreißen lassen, die gefährliche Folgen haben könnte. Aber sein Zorn legte sich beim Anblicke eines Wallfisches, der den Zähnen der Pottfische nicht hatte entrinnen können. Ich erkannte den südlichen Wallfisch, der ganz schwarz ist, mit plattem Kopf, und sich von dem weißen und dem Nordkaper anatomisch dadurch unterscheidet, daß die sieben Nackenwirbel zusammengelötet sind, und er zwei Rippen mehr hat, als die anderen derselben Gattung. Das Tier lag tot auf dem Rücken, den Bauch von Bissen durchbohrt; an einem Zipfel seiner Flossen hing ein Junges, das er nicht mehr hatte retten können.

Der Kapitän Nemo fuhr zu dem Leichnam heran. Zwei Matrosen stiegen auf den Leib des Tieres, und ich sah mit einigem Erstaunen, wie sie aus den Eutern desselben alle Milch, welche dieselben enthielten, herausmolken, im Gehalt von zwei bis drei Tonnen.

Der Kapitän bot mir eine Tasse der noch warmen Milch an. Ich konnte mich nicht enthalten, meinen Ekel davor ihm zu erkennen zu geben. Er versicherte mich, die Milch sei vortrefflich, und auch nicht im Mindesten von Kuhmilch verschieden.

Ich kostete sie, und teilte seine Meinung. Das war für uns ein nützlicher Vorrat; denn diese Milch, in Form von Butter oder Käse, mußte für unsere tägliche Kost eine angenehme Abwechslung abgeben.

Von diesem Tage an merkte ich mit Unruhe, daß Ned-Land's Stimmung gegen den Kapitän Nemo immer übler wurde, und entschloß mich, seine Handlungen und Gebärden strenge zu überwachen.

Kapitel 13
Die Eisdecke

Der Nautilus setzte seine Fahrt unabänderlich südwärts längst dem fünfzigsten Meridian mit großer Geschwindigkeit fort. Wollte er bis zum Pol dringen? Ich dachte nicht, denn bisher waren alle Bemühungen, bis dahin vorzudringen, gescheitert. Übrigens war die Jahreszeit bereits sehr vorwärts gerückt, denn der 13. März der Südpolarländer entspricht dem 13. September der nördlichen Regionen.

Am 14. März bemerkte ich unterm 55. Breitegrade Treibeis, blasse Blöcke von nur zwanzig bis fünfundzwanzig Fuß, gleich Klippen, woran sich die Wellen brachen. Der Nautilus hielt sich auf der Meeresoberfläche. Ned-Land war schon vom Norden her mit Eisbergen bekannt; Conseil und ich, wir sahen sie zum ersten Mal.

Gegen den südlichen Horizont hin zeigte sich in der Atmosphäre ein blendend weißer Streifen. Ein solcher Schein, den auch das dichteste Gewölk nicht verdüstert, kündigt die Nähe einer Eisbank an.

In der Tat, bald zeigten sich bedeutend größere Blöcke, die je nach den Launen des Nebels in anderen Farben schimmerten. Einige dieser Massen zeigten grüne Adern, als seien sie mit wellenförmigen Streifen schwefelsauren Kupfers überzogen. Andere glichen enormen Amethysten, indem sie die Strahlen desselben, den Einwirkungen des Lichtes ausgesetzt, teils auf ihre Kristallfacetten zurückwarfen, teils in lebhaftem Reflex zu Nuancen brachen.

Je mehr wir weiter nach Süden kamen, desto zahlreicher und bedeutender wurden diese schwimmenden Inseln. Polarvögel nisteten daran zu Tausenden.

Während dieser Fahrt zwischen den Eisblöcken befand sich der Kapitän Nemo häufig auf der Plattform. Er beobachtete sorgfältig diese öden Gegenden. Manchmal belebte sich die kalte Ruhe seines Blickes; aber er sprach nicht, blieb schweigsam, unbeweglich, außer wenn die Lust zu manövrieren die Oberhand bekam; dann leitete er seinen Nautilus mit vollendeter Gewandtheit, und wich geschickt dem Stoß dieser Massen aus, die mitunter einige Meilen lang waren und siebenzig bis achtzig Meter hoch. Oft schien der Horizont völlig geschlossen. Unter'm sechzigsten Breitengrade hörte jedes Fahrwasser auf. Aber der Kapitän Nemo fand bald eine enge Öffnung, durch welche er kühn weiter drang, obwohl er wußte, daß sie sich hinter ihm wieder schloss.

So fuhr der Nautilus durch seine geschickte Hand geleitet durch alle diese Eisberge, unendliche Eisflächen und schwimmende Treibeisblöcke.

Die Temperatur war ziemlich niedrig. Das Thermometer zeigte in der äußeren Luft zwei bis drei Grad unter Null. Aber wir waren warm in Pelzwerk, Robben- oder Seebärenfelle gehüllt. Im Inneren des Nautilus war man durch regelmäßige Heizung mit dem elektrischen Apparat gegen die strengste Kälte geschützt. Auch brauchte er nur einige Meter tief unter die Wellen zu tauchen, um da eine erträgliche Temperatur zu finden.

Zwei Monate früher hätten wir unter dieser Breite ununterbrochenen Tag getroffen; aber schon ward es drei bis vier Stunden Nacht, und später sollten diese Polargegenden sechs Monate sich in Dunkel hüllen.

Am 15. März hatten wir die Breite der New-Shetland- und Süd-Orkney-Inseln hinter uns. Der Kapitän teilte mir mit, diese Striche seien ehemals von zahlreichen Robben bewohnt gewesen, aber die englischen und amerikanischen Wallfischjäger hätten in Zerstörungswut durch Vernichtung der Erwachsenen samt den trächtigen Weibchen Todesstille an der Stelle regen Lebens verbreitet.

Am 16. März, um acht Uhr früh, durchschnitt der Nautilus längs dem fünfundfünfzigsten Meridian den südlichen Polarkreis. Nun waren wir von allen Seiten mit Eis umgeben, das den Horizont abschloß. Doch der Kapitän drang von Enge zu Enge immer weiter.

»Aber wohin fährt er denn? Fragte ich.

– Vorwärts, erwiderte Conseil. Doch, wenn er nicht mehr weiter kann, wird er halt machen.

– Darauf möchte ich nicht schwören,« erwiderte ich.

Und, offen gestanden, diese abenteuerliche Fahrt war mir nicht zuwider. Die Schönheiten dieser neuen Gegenden setzten mich über die Maßen in Erstaunen. Prachtvolle Gestaltungen, Lagen und Stellungen der Eisblöcke. Hier sahen sie aus wie eine orientalische Stadt mit zahllosen Minarets und Moscheen; dort wie eine durch Erdbeben zerfallene Stadt. Ansichten, die in den schief fallenden Sonnenstrahlen unaufhörlich wechselten, oder inmitten der Schneestürme sich in graue Nebel verloren. Dann allerwärts polterndes Zusammenstürzen hinpurzelnder Eisberge mit wechselnden Dekorationen, wie in einem Diorama.

Wenn ein solcher Gleichgewichtsbruch stattfand, während der Nautilus untergetaucht war, so pflanzte sich außerordentlich stark das Getöse unterm Wasser fort, und durch den Sturz dieser Massen entstanden fürchterliche Wirbelbildungen bis in die tiefsten Wasserschichten hinab.

Oft, wenn ich keinen Ausweg sah, dachte ich, wir seien unabänderlich festgefahren; aber der Kapitän Nemo entdeckte immer wieder neue Wege.

Am 16. März jedoch versperrte uns eine Eisdecke gänzlich die Bahn. Dies Hinderniß konnte den Kapitän nicht aufhalten, er drang mit schrecklicher Gewalt auf so ein Eisfeld ein, und der Nautilus zerspaltete wie ein Keil die zerbrechliche Masse, daß sie mit fürchterlichem Krachen aus einander wich. Lediglich die Treibkraft des Fahrzeugs bahnte ihm die Durchfahrt. Manchmal schoß es über die Eisdecke und zertrümmerte sie durch sein Gewicht.

Während dieser Tage wurden wir von ungestümen Windstößen heimgesucht. Mitunter war der Nebel so dicht, daß man nicht von einem Ende des Nautilus zum andern sehen konnte. Der Schnee fiel in dicken Lagen, die so hart waren, daß man sie mit dem Beil zerhauen mußte. Obwohl nur fünf Grad unter Null, war doch der Nautilus außen ganz mit Eis überdeckt.

Unter diesen Umständen stand das Barometer meist sehr niedrig, sank sogar bis 73° 5'. Der Kompass war in seinen Angaben nicht mehr zuverlässig; die irre gewordene Nadel zeigte auf alle Richtungen, als man dem Südpol des Magnets nahe kam, der nicht mit dem Südpol des Himmels zu verwechseln ist. Nach Hansten liegt dieser Pol in Wirklichkeit fast unterm 70° Breite und 130° Länge, und nach den Beobachtungen Duperrey's unter 135° Länge und 70° 30' Breite. Man mußte da den Kompass an verschiedenen Stellen des Schiffes anbringen, zahlreiche Beobachtungen anstellen und aus den verschiedenen Angaben das durchschnittliche Maß nehmen.

Endlich, am 18. März, sah sich der Nautilus unabänderlich den Weg versperrt. Es waren nicht nur Blöcke und Eisfelder, welche hemmten, sondern eine endlose, unverrückbare Schranke von an einander gereihten Eisbergen.

»Die Eisdecke«, sagte der Kanadier zu mir.

Ich begriff, daß dies für Ned-Land, wie für alle früheren Seefahrer, ein unüberwindliches Hinderniß war. Als um Mittag die Sonne einen Augenblick zum Vorschein kam, konnte der Kapitän Nemo eine ziemlich genaue Aufnahme machen, wonach wir uns unter 31° 30' Länge und 67° 69' südlicher Breite befanden.

Von flüssiger Meeresoberfläche keine Spur mehr vor unseren Augen. Vor dem Schnabel des Nautilus lag eine unendliche Ebene voll launisch durcheinander gewürfelter Blöcke von riesiger Größe; hier und da ragten Bergspitzen, schlanke Gipfel bis zu zweihundert Fuß hoch empor; weiter entfernt eine Reihe steiler Bergwände in graulicher Farbe, ungeheure Spiegel, welche die seltenen, halb im Nebel versenkten Sonnenstrahlen reflektierten. Über diese öde Natur breitete sich eine Stille, die kaum vom Flügelschlag der Sturmvögel oder Wasserschere unterbrochen war. Rings alles gefroren, selbst die Töne.

So war denn der Nautilus genötigt, mitten in den Eisfeldern seine abenteuerliche Fahrt einzustellen.

»Mein Herr, sagte da Ned-Land, wenn Ihr Kapitän noch weiter fahren wird?

– Nun?

– Dann ist's sein Meisterstück.

– Weshalb, Ned?

– Weil über die Eisdecke Niemand hinaus kann. Ihr Kapitän vermag viel; aber, tausend Teufel! über die Natur hinaus kann er nicht, und wo diese ihre Schranken gesteckt hat, muß er wohl Halt machen.

– Wahrhaftig, Ned-Land, und doch möchte ich gerne wissen, was hinter dieser Eisdecke ist! Eine Eiswand, die reizt nur mehr meine Neugier!

– Mein Herr hat Recht, sagte Conseil. Die Bergwände sind nur da, um die Gelehrten zu höhnen.

– Gut! Sagte der Kanadier. Was es hinter dieser Eisdecke gibt, weiß man wohl.

– Was denn? Fragte ich.

– Eis, nichts als Eis!

– Sie, Ned, sind davon überzeugt, versetzte ich, aber ich bin es nicht. Darum möchte ich hin, um zu sehen.

– Darauf, Herr Professor, erwiderte der Kanadier, werden Sie schon verzichten müssen. Sie sind bis an die Eisdecke gedrungen, das ist schon genug, und weiter hinaus werden Sie nicht kommen, und Ihr Kapitän Nemo mit seinem Nautilus auch nicht. Er mag wollen oder nicht, zurück in den Norden muß er wieder.«

Ich muß zugeben, daß Ned-Land Recht hatte, und so lange es nicht Schiffe gibt, die über die Eisfelder hinaus fahren, müssen sie wohl vor der Eisdecke anhalten.

Wirklich, trotz aller Anstrengungen mit seinen mächtigen Mitteln, mußte der Nautilus still liegen. Gewöhnlich muß, wer nicht weiter vorwärts kann, seines Weges wieder zurück. Aber hier war rückwärts eben so wenig möglich, wie vorwärts, denn die Durchwege hatten sich hinter uns wieder geschlossen, und unser Fahrzeug war im Begriff einzufrieren. Bis zwei Uhr mittags war dieses eingetreten, und das frische Eis bildete sich erstaunlich schnell um seine Seiten herum. Ich muß gestehen, der Kapitän war doch sehr unvorsichtig.

Ich befand mich eben auf der Plattform. Der Kapitän, der seit einer Weile die Lage untersuchte, sprach zu mir:

»Nun, Herr Professor, was halten Sie davon?

– Ich denke, wir stecken fest, Kapitän.

– Wir stecken fest! Was meinen Sie damit?

– Ich meine, wir können weder vor noch rückwärts, und auch nicht seitwärts.

– Also, Herr Professor, Sie meinen, der Nautilus könne sich nicht frei machen?

– Schwerlich, Kapitän.

– Herr Professor, versetzte der Kapitän Nemo ironisch. Sie sind doch immer derselbe! Sie sehen nur Hindernisse! Ich versichere Sie, daß der Nautilus sich nicht allein frei machen, sondern noch weiter dringen wird!

– Noch weiter südlich? Fragte ich den Kapitän.

– Ja, mein Herr, nach dem Pol.

– Nach dem Pol! Rief ich aus, mit unwillkürlichem Ausdruck des Zweifels.

– Ja! Erwiderte der Kapitän kalt, nach dem Südpol, dem unbekannten Punkt, wo alle Meridiane zusammen laufen. Sie wissen, was ich mit dem Nautilus vermag.«

Ja! Ich wußte es. Daß dieser Mann bis zur Verwegenheit kühn sei, war mir bekannt! Aber die Hindernisse zu überwinden, um bis zu dem Südpol zu dringen, der weit weniger zugänglich ist wie der Nordpol, zu welchem die erfahrensten Seemänner noch nicht gelangen, schien doch ein durchaus wahnsinniger Gedanke zu sein!

Es fiel mir ein, den Kapitän Nemo zu befragen, ob er den Pol bereits entdeckt habe.

»Nein, mein Herr, erwiderte er, wir wollen ihn mit einander entdecken. Ich bin mit meinem Nautilus noch nie so weit nach Süden gedrungen; aber, sag' ich nochmals, er wird noch weiter dringen.

– Ich glaub's gerne, Kapitän, fuhr ich etwas ironisch fort. Vorwärts denn! Für uns giebt's keine Hindernisse! Zersprengen wir die Eisdecke, oder fahren wir darüber hinaus!

– Darüber hinaus? Herr Professor, erwiderte der Kapitän Nemo ruhig. Zwar nicht darüber hinaus, aber doch darunter her.

– Darunter her!« rief ich aus.

Ich begriff den Kapitän. Die wunderbaren Eigenschaften des Nautilus sollten auch zu diesem übermenschlichen Vorhaben dienen!

»Ich sehe, daß wir anfangen uns zu verstehen, Herr Professor, sagte der Kapitän lächelnd. Dem Nautilus wird leicht, was für gewöhnliche Fahrzeuge unausführbar ist. Ist der Pol von Festland umgeben, so wird er bei diesem Halt machen; ist dagegen dort freies Meer, so wird er bis zu ihm selbst dringen!

– In der Tat, sagte ich, besteht auch an der Oberfläche des Meeres eine feste Eisdecke, so sind doch seine tieferen Schichten frei; denn je größer die Dichtigkeit des Meerwassers ist, steigt seine Temperatur über den Gefrierpunkt. Irre ich nicht, so verhält sich der unter dem Meeresspiegel befindliche Teil der Eisdecke zu dem über demselben vorragenden wie vier zu eins?

– Beinahe, Herr Professor. Gegen *einen* Fuß über der Meeresfläche haben die Eisberge drei unter derselben. Da nun diese Eisberge nicht über hundert Meter hoch sind, so reichen sie nicht über dreihundert Meter in die Tiefe. Und dreihundert Meter, was will das heißen für den Nautilus?

– Nichts, mein Herr.

– Er wird sogar in größerer Tiefe die gleichförmige Temperatur des Meerwassers aufsuchen können, wo wir getrost den dreißig bis vierzig Kältegraden der Oberfläche Trotz bieten können.

– Richtig, mein Herr, sehr richtig, erwiderte ich lebhaft.

– Die einzige Schwierigkeit, fuhr der Kapitän Nemo fort, besteht darin, daß wir mehrere Tage unterm Wasser bleiben müssen, ohne unsern Luftvorrat zu erneuern.

– Sonst keine? Versetzte ich. Füllen wir die großen Behälter des Nautilus, und sie werden uns mit allem nötigen Sauerstoff versehen.

– Wohl ausgedacht, Herr Arronax, erwiderte der Kapitän lächelnd. Aber damit Sie mich nicht der Verwegenheit beschuldigen, so lege ich Ihnen zum Voraus alle meine Einwände vor.

– Haben Sie denn noch weitere zu machen?

– Nur einen. Wenn der Südpol von Meer umgeben ist, so wäre der Fall möglich, daß dasselbe dort völlig festgefroren ist, und dann könnten wir folglich nicht wieder zur Oberfläche gelangen!

– Wohl, mein Herr, denken Sie nicht daran, daß der Nautilus mit einem fürchterlichen Schnabel bewehrt ist, mit welchem wir in diagonaler Richtung die Decke der Eisfelder durchbohren und zertrümmern könnten?

– Ah! Herr Professor, heute haben Sie Ideen!

– Übrigens, Kapitän, fuhr ich noch eifriger fort, warum sollten wir nicht das Meer am Südpol frei finden, wie es am Nordpol ist? Die Kältepole und die Erdpole fallen wohl in der südlichen Hemisphäre eben so wenig zusammen, wie in der nördlichen, und bis das Gegenteil erwiesen wird, darf man an diesen Punkten annehmen, daß ein Kontinent oder ein Ozean eisfrei sein werde.

– Das glaub' ich auch, Herr Arronax, erwiderte der Kapitän Nemo. Ich will Ihnen nur die einzige Bemerkung machen, daß Sie, nachdem Sie so viele Einwände gegen mein Project hatten, nun mich durch Ihre Gründe überwältigen.

Der Kapitän hatte Recht. Ich übertraf ihn schon an Kühnheit! Ich riß ihn fort zur Fahrt nach dem Pol!

Doch verlor er keinen Augenblick. Auf ein Signal erschien der Schiffslieutenant. Die beiden Männer besprachen sich rasch mit einander in ihrer unverständlichen Sprache, und der Lieutenant zeigte gar keine Überraschung, sei es, daß er schon vorher davon unterrichtet, oder von der Ausführbarkeit überzeugt war.

Aber auf Conseil machte die Mittheilung des Planes, nach dem Südpol zu dringen, doch noch weniger Eindruck. »Wie es meinem Herrn gefällt«, sagte er, und ich durfte damit zufrieden sein. Der Kanadier aber zuckte gewaltig die Achseln.

»Sehen Sie, mein Herr, sprach er, Sie dauern mich, samt Ihrem Kapitän Nemo!

– Aber doch werden wir zum Pol gelangen, Meister Land.

– Möglich, aber zurück werden Sie nicht kommen!«

Und Ned-Land begab sich wieder in seine Kabine, »um nicht ein Unglück anzurichten«, wie er beim Weggehen sagte.

Unterdessen begann man mit den Vorbereitungen zu dem kühnen Unternehmen. Die mächtigen Pumpen des Nautilus füllten die Behälter mit Luft und preßten sie in hohem Grade zusammen. Gegen vier Uhr kündigte der Kapitän Nemo mir an, daß die Lucken zur Plattform geschlossen würden. Ich warf einen letzten Blick auf die Eisdecke. Das Wetter war hell, die Atmosphäre ziemlich rein, die Kälte strenge, zwölf Grad unter null; aber da der Wind sich gelegt hatte, schien diese Temperatur nicht zu unerträglich.

Zehn Mann hieben mit Beilen das Eis um den Nautilus herum auf, eine Verrichtung, die rasch ausgeführt war, weil das jüngst gefrorene Eis noch dünn war. Die gewöhnlichen Behälter füllten sich mit dem nun frei gewordenen Wasser, und der Nautilus tauchte unverzüglich unter.

Ich setzte mich nebst Conseil in den Salon, und wir betrachteten durch die freien Fenster die untern Schichten des Süd-Ozeans. Das Thermometer stieg und der Zeiger des Manometers bewegte sich auf dem Zifferblatt.

Ungefähr dreihundert Meter, wie der Kapitän Nemo bemerkt hatte, schwammen wir unter der wellenförmigen Eisdecke. Aber der Nautilus tauchte noch tiefer, bis zu achthundert Meter hinab. Die Temperatur des Wassers, welche an der Oberfläche zwölf Grad betragen hatte, sank schon um einen Grad herab, bald schon um zwei. Es versteht sich, daß im Nautilus die Temperatur durch die Heizung bedeutend höher war. Alle seine Bewegungen vollzogen sich mit äußerster Genauigkeit.

»Man wird zum Ziel kommen, erlauben Sie, mein Herr, sagte Conseil.

– Ich rechne sicher darauf!« erwiderte ich mit dem Ton völliger Überzeugung.

Der Nautilus nahm unterm Wasser, stets auf der Linie des zweiundfünfzigsten Meridian, seine Richtung geradezu nach dem Pol. Von 69° 30' bis zu 90° waren noch 22° 30' an Breite zu durchlaufen, d. h. etwas über fünfhundert Lieues. Der Nautilus fuhr mit einer mittlern Schnelligkeit von sechsundzwanzig Meilen in der Stunde, also der eines Eilzuges. Behielt er dieselbe bei, so reichten vierzig Stunden hin, um zu dem Pol zu gelangen.

Während eines Teiles der Nacht hielt die Neuheit der Lage uns, Conseil und mich, am Fenster des Salons. Das Meer war von dem elektrischen Licht des Fanals beleuchtet. Aber es war leer. Die Fische hielten sich in diesen eingeschlossenen Gewässern nicht auf; sie dienten ihnen nur zum Übergang aus dem antarktischen Ozean zu dem freien Polarmeer. Wir fuhren reißend schnell, wie man aus den zitternden Bewegungen des stählernen Schiffskörpers abnahm.

Gegen zwei Uhr morgens legte ich mich einige Stunden zur Ruhe, und Conseil folgte meinem Beispiel. Der Kapitän Nemo befand sich wahrscheinlich beim Steuerer.

Am folgenden Morgen, den 19. März, um fünf Uhr, nahm ich wieder meinen Posten im Salon. Das elektrische Log zeigte nur an, daß die Schnelligkeit des Nautilus vermindert war. Er stieg damals aufwärts, aber vorsichtig mit langsamer Entleerung seiner Behälter.

Es klopfte mir das Herz. Sollten wir schon zur freien Luft des Pols auftauchen?

Nein. Eine Erschütterung gab mir zu erkennen, daß der Nautilus wider die untere Fläche der Eisdecke gestoßen war, welche, nach der Schwäche des

Getöses zu urteilen, noch sehr dick war. Wir befanden uns in einer Tiefe von tausend Fuß. Das machte zweitausend Fuß Eis über uns, wovon eintausend über dem Meeresspiegel. Die Eisdecke war damals dicker, als zurzeit, da wir oben waren.

Während dieses Tages wiederholte der Nautilus einige Mal dieses nämliche Experiment. Manchmal fand man, daß die Dicke zwölfhundert Meter betrug; das war noch das Doppelte der Höhe des Eises, wie sie zur Zeit des Untertauchens war. Ich notierte genau die verschiedenen Tiefen.

Am Abend war noch keine Änderung unserer Lage eingetreten. Das Eis hatte stets eine Dicke von vier- bis fünfhundert Meter.

Es war damals acht Uhr. Bereits seit vier Stunden hätte die Luft im Innern des Nautilus erneuert werden sollen. Doch litt ich nicht sehr darunter, obwohl der Kapitän Nemo seinen Vorrat von Sauerstoff in den Behältern noch nicht angerührt hatte.

Ich schlief doch unruhig während dieser Nacht: Furcht und Hoffnung hielten mich in steter Spannung. Ich stand einige Mal auf; die Versuche des Nautilus dauerten fort. Gegen drei Uhr Morgens beobachtete ich, daß die untere Fläche der Eisdecke nur noch fünfzig Meter tief lag, wir also nur noch hundertundfünfzig Fuß von der Oberfläche geschieden waren.

Meine Blicke wichen nicht vom Manometer. Wir fuhren immer in einer Diagonale aufwärts nach der Oberfläche, die im Widerschein der elektrischen Beleuchtung schimmerte. Die Eisdecke ward immer dünner, nach oben und unten, von Meile zu Meile.

Endlich, um sechs Uhr früh, öffnete sich die Türe des Salons, und der Kapitän Nemo trat ein.

»Das freie Meer!« sprach er.

Kapitel 14
Der Südpol

Ich eilte auf die Plattform. Ja! Das freie Meer. Kaum einzelne zerstreute Eisblöcke, bewegliche Eisberge; in der Ferne eine weite Meeresfläche; eine Menge Vögel in den Lüften, und Myriaden Fische in den Gewässern, welche, je nach dem Grund, wechselnd tiefblau und olivengrün waren. Das Thermometer zeigte drei hundertteilige Grad über Null. Es war verhältnißmäßig gleichsam Frühling hinter dieser Eisdecke, deren ferne Massen am nördlichen Horizont sich abzeichneten.

»Sind wir am Pol? Fragte ich mit klopfendem Herzen den Kapitän.

– Ich weiß es nicht, erwiderte er mir, zu Mittag werden wir die Aufnahme machen.

– Aber wird die Sonne durch diesen Nebel sichtbar werden? Fragte ich mit einem Blick auf den grauen Himmel.

– So wenig sie zum Vorschein kommt, genügt sie mir,« erwiderte der Kapitän.

Zehn Meilen vom Nautilus südlich ragte ein vereinzeltes Eiland zweihundert Meter hoch. Wir fuhren auf dasselbe los, aber vorsichtig, denn dieses Meer konnte mit verdeckten Klippen bedeckt sein.

Nach einer Stunde hatten wir das Eiland erreicht. Zwei Stunden später waren wir um dasselbe herum gefahren. Es hatte vier bis fünf Meilen Umfang, und war durch einen engen Kanal von einem ansehnlichen Land geschieden, das vielleicht ein Festland war, dessen Grenzen wir noch nicht wahrnehmen konnten. Das Dasein dieses Landes schien für die Hypothesen Maury's einen Beleg zu geben. Der geistreiche Amerikaner hat die Bemerkung gemacht, daß zwischen dem Südpol und dem sechzigsten Breitegrade das Meer mit treibenden Eisblöcken von enormer Größe bedeckt ist, wie man sie im Nordatlantischen niemals trifft. Aus dieser Tatsache hat er den Schluß gezogen, daß der Südpolarkreis bedeutendes Festland enthalten müsse, weil die Eisberge sich nicht im hohen Meere bilden können, sondern nur an den Küsten. Seinen Berechnungen nach bildet die Eismasse, welche den Südpol umgibt, eine große Kappe, die bis viertausend Kilometer breit sein müsse.

Der Nautilus hielt jedoch, um nicht fest zu fahren, drei Kabellängen von einem flachen Sandufer an, über welches eine prachtvolle Felsengruppe ragte. Das Boot wurde in's Meer hinabgelassen, und der Kapitän nebst zwei seiner Leute mit den Instrumenten, Conseil und mir, stiegen in dasselbe ein. Es war zehn Uhr vormittags. Ned-Land sah ich nicht, dem vermutlich der Augenschein des Südpollandes nicht angenehm war.

Mit einigen Ruderschlägen landete das Boot. Als eben Conseil herausspringen wollte, hielt ich ihn zurück.

»Mein Herr, sagte ich zum Kapitän Nemo, Ihnen gehört die Ehre, zuerst dieses Land zu betreten.

– Ja, mein Herr, erwiderte der Kapitän, und ich eile, den Fuß auf diesen Boden des Südpols zu setzen, wo bis jetzt noch kein menschliches Wesen aufgetreten ist.«

Nach diesen Worten sprang er flink auf den Sand. In tiefer Rührung schlug ihm das Herz. Er stieg auf einen Felsen, der überhängend ein kleines Vorgebirge bildete, wo er mit gekreuzten Armen und glühendem Blick, stumm, unbeweglich verweilte. Er schien von diesem Südland Besitz zu nehmen. Nach fünf Minuten solcher Gemüthserhebung wendete er sich zu uns, und rief mir zu:

»Wenn es Ihnen beliebt, mein Herr.«

Ich stieg mit Conseil aus, die beiden Männer blieben im Boot.

Der Boden zeigte in weiter Ausdehnung einen Tuff von rötlicher Farbe, als bestehe er aus zerstampftem Ziegelstein. Von Schlacken, Lavarinnen, Bimssteinen bedeckt, ließ er seinen vulkanischen Ursprung nicht verkennen. An manchen Stellen bezeugten leichte Dünste von Schwefelgeruch, daß das innere Feuer noch fortdauernd tätig war. Doch sah ich von einer hohen Böschung aus im Umkreis von mehreren Meilen durchaus nichts von einem Vulkan. Bekanntlich hat James Roß in dieser Südpolgegend unterm hundertsiebenundsechzigsten Meridian bei 77° 32' Breite die Krater des Erebus und Terror in voller Tätigkeit angetroffen.

Die Vegetation dieses öden Kontinents schien mir äußerst beschränkt. Die magere Flora dieser Gegend bestand aus einigen Flechten auf den schwarzen Felsen, gewissen mikroskopischen Pflänzchen, eine Art Zellen in quarzartigen

Muscheln, langem, purpur- und carmoisinfarbigem Seetang auf Schwimmbläschen.

Das Ufer war besäet mit Mollusken, kleinen Muscheln aller Art, besonders von Clio's mit länglichem, häutigem Leib, und einem aus zwei runden Lappen bestehenden Kopf. Ich sah auch Myriaden von den drei Zentimeter langen, niedlichen Clio's, von welchen der Wallfisch eine ganze Welt mit einem Male verschlingt. Diese reizenden Flossenfüßler, wahre Seeschmetterlinge, belebten die freien Gewässer am Uferrand.

Von Zoophyten fanden sich da unter Andern in den höhern Schichten einige baumartige Korallengewächse, welche in diesen Meeren bis zur Tiefe von tausend Meter fortkommen, und eine große Anzahl diesem Klima eigentümlicher Asterien und Seesterne.

Aber in der Luft war reiches Leben: Vögel verschiedener Gattungen flogen und flatterten da zu Tausenden, und betäubten mit ihrem Geschrei. Andere bedeckten die Felsen, sahen uns ohne Schüchternheit an, und drängten sich vertraulich um uns; es waren Pinguine, die im Wasser ebenso flink und beweglich sind, wie zu Lande unbeholfen und schwerfällig. Ferner bemerkte ich weiße Strandläufer mit kurzem Schnabel und einem roten Ring um's Auge; rußfarbige Albatros mit einer Flügelweite von vier Meter; riesenhafte Sturmvögel, und eine Menge kleinerer dieser Gattung, teils blau, teils weißlich mit braun eingefaßten Flügeln. Diese letzteren sind so ölhaltig, daß die Bewohner der Faroer-Inseln sie nur mit einem Docht versehen, um sie als Lampe zu gebrauchen.

Doch der Nebel stieg nicht auf, und um elf Uhr war noch keine Sonne zu sehen. Dies beunruhigte mich; denn sonst war eins Beobachtung nicht möglich, und ohne diese ließ sich nicht feststellen, ob wir am Pol angekommen seien.

Als ich wieder zu dem Kapitän Nemo kam, fand ich ihn schweigend wider einen Felsblock gelehnt und den Blick zum Himmel gerichtet. Er schien ungeduldig, mißgestimmt. Aber was war da zu machen? Der kühne und mächtige Mann konnte der Sonne nicht so gebieten, wie dem Meere.

Es kam der Mittag heran, ohne daß das Tagesgestirn einen Augenblick sichtbar wurde. Es ließ sich nicht einmal die Stelle erkennen, welche es hinter dem Nebelvorhang einnahm. Bald löste sich der Nebel in Schnee auf.

»Auf morgen«, sagte nur der Kapitän zu mir, und wir begaben uns mitten im Schneegestöber zum Nautilus zurück.

Während unserer Abwesenheit hatte man die Garne ausgesteckt, und ich betrachtete mit Interesse die Fische, welche man an Bord gezogen hatte. Die Südpolarmeere dienen einer großen Anzahl von Wanderfischen zur Zuflucht, welche aus den minder hohen Breitegraden entfliehen, um freilich den Meerschweinen und Robben unter die Zähne zu geraten.

Der Schneesturm dauerte bis zum folgenden Morgen. Auf der Plattform konnte man unmöglich bleiben. Vom Salon aus, wo ich die Begebenheiten dieses Ausfluges auf das Polar-Festland notierte, vernahm ich das Geschrei der Sturmvögel und Albatros, die sich mitten im Unwetter ergötzten. Der Nautilus lag nicht stille; er fuhr längs der Küste noch etwa zehn Meilen weiter nach Süden, umgeben von dem halben Licht, welches die Sonne, indem sie am Rande des Horizonts streifte, hinter sich ließ.

Am folgenden Morgen, den 20. März, hatte der Schneefall aufgehört. Die Kälte war etwas strenger; das Thermometer zeigte zwei Grad unter Null. Der Nebel stieg auf, und ich konnte hoffen, daß an diesem Tage unsere Beobachtung stattfinden könne.

Da der Kapitän Nemo noch nicht erschienen war, so stieg ich mit Conseil in das Boot und setzte an's Land. Der Boden war von gleicher Beschaffenheit, vulkanisch: überall Spuren von Lava, Schlacken, Basalte, ohne daß man einen Krater sah, woraus sie hervorgegangen waren. Auch dieser Teil des Polarcontinents war von unzähligen Vögeln belebt. Aber sie teilten dieses Reich damals mit ungeheuren Heerden von Seesäugetieren, die uns mit sanften Augen anblickten. Es waren Robben verschiedener Gattung, teils auf dem Boden gelagert, teils auf treibenden Eisblöcken; manche kamen aus dem Meere heraus, oder gingen wieder hinein. Bei unserer Annäherung ergriffen sie nicht die Flucht, da sie noch nie mit Menschen zu tun gehabt hatten; und ich zählte ihrer so viele, daß man einige Schiffe damit hätte verproviantieren können.

»Wahrhaftig, sagte Conseil, es ist ein Glück, daß Ned-Land nicht bei uns ist!

– Warum, Conseil?

– Weil der leidenschaftliche Jäger sie alle erlegt hätte.

– Alle, das will viel heißen, aber ich glaube wirklich, daß wir unsern Freund, den Kanadier, nicht hätten abhalten können, einige dieser prächtigen Tiere zu harpunieren, und dies wäre dem Kapitän Nemo unlieb gewesen, da er nicht gern unnütz das Blut unschädlicher Tiere vergossen haben will.

– Er hat Recht.

– Unstreitig, Conseil. Aber, sage mir, hast Du diese Prachtexemplare der Seefauna noch nicht klassifiziert?

– Mein Herr weiß wohl, erwiderte Conseil, daß ich im Praktischen nicht sehr bewandert bin. Wenn ich ihre Namen weiß …

– Es sind Robben und Wallrosse, deren verschiedene Arten wir, wenn ich nicht irre, hier zu beobachten Gelegenheit haben werden. Machen mir uns auf den Weg.«

Es war acht Uhr vormittags. Wir hatten noch vier Stunden Zeit, bis die Sonne mit Vorteil beobachtet werden konnte. Ich lenkte unsere Schritte zu einer großen Bucht, die von den steilen Granitfelsen des Uferlandes gebildet ward.

Da waren, ich kann wohl sagen in unabsehbarem Umkreis die Landschaft und die Eisblöcke mit Seesäugetieren schaarenweise bedeckt, so daß mein Blick unwillkürlich den alten Proteus suchte, der, wie die Sage will, Neptuns unzählbare Heerden weidete.

Es waren vorzugsweise Robben, welche gesonderte Gruppen bildeten, Männchen und Weibchen, der Vater seine Familie überwachend, die Mütter ihre Säuglinge stillend, einige halbwüchsige Junge in einiger Entfernung sich frei tummelnd. Wenn diese Robben von ihrer Stelle hinweg wollten, bewegten sie sich mit Zusammenziehung ihrer Leiber in kleinen Sprüngen, wobei ziemlich unbeholfen ihre mangelhaften Flossen sie unterstützten. Im Wasser jedoch, muß ich sagen, welches vorzugsweise ihr Element ist, verstehen sich diese Tiere mit beweglichem Rückgrat, engem Becken, glattem, kurzhaarigem Fell und handförmigen Füßen vortrefflich aufs Schwimmen. Beim Ausruhen und auf dem Lande nahmen sie äußerst graziöse Stellungen an. Daher haben auch die Alten, in Betracht ihrer sanften Züge, ihres ausdrucksvollen Blickes, der noch über den schönsten Frauenblick geht, ihrer Sammet artigen, klaren Augen, ihre reizenden Stellungen, – dieselben, gemäß der ihnen eigentümlichen poetischen Anschauungen, die Männchen in Tritonen, die Weibchen in Sirenen verwandelt.

Ich machte Conseil aufmerksam, wie bei diesen gescheiten Tieren das Gehirn bedeutend entwickelt ist. Kein Säugetier, ausgenommen den Menschen, hat eine reichlichere Gehirnmasse. Daher sind auch die Robben einer gewissen Erziehung fähig; sie lassen sich leicht zähmen, und ich bin mit einigen Naturforschern der Meinung, daß sie, gehörig abgerichtet, bei der Fischerei wie Hunde zu gebrauchen sein würden.

Die meisten dieser Robben schliefen auf den Felsen oder dem Sande. Unter den eigentlichen Robben, die keine äußern Ohren haben, beobachtete ich einige Varietäten, die drei Meter lang, mit weißen Haaren und Bullenbeißerkopf, in jedem Kiefer zehn Zähne hatten. Zwischen ihnen sah man auch See-Elefanten, mit kurzem und beweglichem Rüssel, die Riesen der Gattung, zehn Meter lang mit einem Umfang von fünfundzwanzig Fuß. Sie rührten sich nicht, als wir in die Nähe kamen.

»Es sind keine gefährlichen Tiere? Fragte Conseil.

– Nein, erwiderte ich, nur darf man sie nicht angreifen. Wenn eine Robbe sein Junges verteidigt, wird er furchtbar wütend, und nicht selten zertrümmert er ein Fischerboot.

– Er ist dazu berechtigt, versetzte Conseil.

– Ich widerspreche nicht.«

Zwei Meilen weiter waren wir durch ein Vorgebirge gehemmt, welches die Bucht gegen die Südwinde schützte. Es fiel senkrecht in's Meer ab und schäumte beim Wellenschlag. Hinter demselben vernahm man fürchterliches Gebrülle, wie etwa von einer Heerde Wiederkäuer.

»Schön, sagte Conseil, ein Concert von Stieren?

– Nein, versetzte ich, von Wallrossen.

– Sie sind im Kampf?

– Im Kampf oder beim Spiel.

– Mit Erlaubniß, mein Herr, das müssen wir sehen.

– Ja wohl, Conseil.«

Wir überstiegen rasch die Felsen, indem wir über dem Glatteis der Steine häufig ausglitten. Manchmal fiel ich zu Boden, daß mich die Nieren schmerzten, Conseil, der vorsichtiger war oder fester auf den Füßen stand, wankte nicht, und hob mich auf mit den Worten:

»Wenn mein Herr die Güte haben wollte, die Beine auseinander zu spreizen, würde er besser das Gleichgewicht halten.«

Als wir auf dem höchsten Kamm des Vorgebirges ankamen, sahen wir auf eine ausgedehnte weiße Ebene, die mit Wallrossen bedeckt war, welche mit einander sich vergnügten. Es war Freudejauchzen, was wir gehört hatten.

Die Wallrosse gleichen den Robben an Körperbildung und Anordnung der Gliedmaßen. Doch mangeln ihrem Unterkiefer die Hundezähne und Schneidezähne, und ihre obern bestehen aus zweiundachtzig Zentimeter langen Hauern, die an der Wurzel einen Umfang von dreiunddreißig Zentimeter haben. Diese Zähne, welche aus gediegenem Elfenbein ohne Streifen bestehen, der härter wie das der Elefanten ist, und nicht so leicht gelb wird, sind eine sehr gesuchte Ware. Daher macht man auch in unbesonnenster Weise Jagd auf die Wallrosse, so daß sie bald völlig ausgetilgt sein werden; denn die Jäger, welche jährlich bei viertausend erlegen, machen ohne Unterschied auch die trächtigen Weibchen und die Jungen nieder.

Als wir an den merkwürdigen Tieren vorbei kamen, konnte ich sie nach Muße betrachten, denn sie ließen sich nicht stören. Ihr Fell war dicht und runzelig, von heller in's Rothe spielender Farbe, mit kurzen, nicht dichten Haaren. Manche waren vier Meter lang. Ruhiger und weniger furchtsam, als ihre Gattungsgenossen im Norden, stellen sie nicht zur Hut ihrer Lagerstätten Schildwachen aus.

Nach dieser Musterung dachte ich auf den Rückweg. Es war schon elf Uhr, und wenn der Kapitän Nemo sich in günstiger Lage zum Beobachten befand, wollte ich bei der Verrichtung zugegen sein. Doch hatte ich keine Hoffnung, daß die Sonne an diesem Tage zum Vorschein kommen werde, da der mit gebrochenem Gewölk bedeckte Horizont sie unserm Anblick entzog.

Dennoch dachte ich an den Rückweg. Ein schmaler Anberg führte uns auf den Gipfel der Felswand. Um halb zwölf langten wir an der Landungsstelle an. Das Boot hatte den Kapitän an's Land gebracht. Er stand, von seinen Instrumenten umgeben auf einem Basaltblock, den Blick unverwandt auf den Norden des Horizonts gerichtet, wo eben die Sonne ihre längliche Kurve beschrieb.

Ich stellte mich neben ihn, und wartete still. Es kam die Mittagsstunde, und wie Tags zuvor kam die Sonne nicht zum Vorschein.

Eine schlimme Sache. Es war noch die Beobachtung zu machen, um unsre Lage aufzunehmen. Ward dies morgen nicht ausführbar, so mußten wir definitiv darauf verzichten.

In der Tat, es war eben der 20. März, und morgen, am Aequinoctialtage, sollte die Sonne, abgerechnet die Strahlenbrechung, auf sechs Monate vom Horizont verschwinden, und damit die lange Polarnacht beginnen. Seit dem Äquinoktium des September war sie am nördlichen Himmel aufgetaucht, um in langen Spirallinien bis zum 21. Dezember aufzusteigen. Von diesem Zeitpunkt der Sommersonnenwende des Nordens wieder hinabsteigend sollte sie morgen ihre letzten Strahlen zusenden.

Ich teilte meine Besorgnisse dem Kapitän Nemo mit.

»Sie haben Recht, Herr Arronax, sagte er, wenn ich morgen die Sonnenhöhe nicht aufnehme, kann ich vor Ablauf von sechs Monaten die Operation nicht wieder vornehmen. Aber auch, weil der Zufall mich auf meiner Fahrt gerade am 21. März in diese Meere geführt hat, werde ich die Aufnahme sehr leicht machen, wenn zu Mittag die Sonne sichtbar sein wird.

– Warum, Kapitän?

– Ich brauche dazu nur mein Chronometer anzuwenden, erwiderte der Kapitän Nemo. Wenn morgen, am 21. März, um zwölf Uhr mittags, die Sonnenscheibe, die Strahlenbrechung in Betracht gezogen, genau vom nördlichen Horizont durchschnitten wird, so bin ich am Südpol.

– So ist's wirklich, sagte ich. Doch ist die Behauptung nicht mathematisch genau zu nehmen, weil das Äquinoktium nicht notwendig auf zwölf Uhr fällt.

– Allerdings, mein Herr, aber der Irrtum wird keine hundert Meter betragen, und mehr bedürfen wir nicht. Auf morgen also.«

Der Kapitän Nemo kehrte an Bord zurück. Ich blieb mit Conseil bis fünf Uhr, und wir gingen die Küste auf und ab, mit Beobachten und Studien beschäftigt. Ich hob ein Pinguin Ei von merkwürdiger Größe auf, für das ein Liebhaber wohl tausend Francs gezahlt hätte. Isabellenfarbig, mit Streifen und Zeichen gleich Hieroglyphen verziert, gab es ein seltenes Spielzeug ab. Ich übergab es den Händen Conseil's und der vorsichtige Junge, mit sicherem Tritt, hielt es wie kostbares chinesisches Porzellan, und brachte es wohlbehalten zum Nautilus.

Hier legte ich das seltene Stück in einen Glaskasten des Museums. Ich verzehrte mit Appetit ein treffliches Stück Robbenleber, das fast wie Schweinefleisch schmeckte; und legte mich zu Bette.

Am folgenden Morgen, den 21. März, stieg ich schon um fünf Uhr auf die Plattform, wo sich der Kapitän Nemo bereits befand.

»Das Wetter heitert sich ein wenig auf, sagte er zu mir. Ich habe gute Hoffnung. Nach dem Frühstück wollen wir an's Land gehen und eine gute Stelle für die Beobachtung wählen.«

Ich war einverstanden und suchte Ned-Land auf, um ihn mit zu nehmen. Der Starrkopf weigerte sich, und ich sah wohl, daß seine Schweigsamkeit nebst seiner schlimmen Laune täglich zunahm. Trotzdem hatte ich unter den gegebenen Umständen seinen Eigensinn nicht zu bedauern. Es waren so viele Robben am Lande, und man durfte einen so unbesonnenen Jäger nicht der Versuchung aussetzen.

Als das Frühstück beendigt war, begab ich mich an's Land. Der Nautilus war während der Nacht noch einige Meilen höher hinauf gefahren. Er befand sich auf hoher See, eine gute Meile von der Küste entfernt, die von einer spitzen, fünfhundert Meter hohen Anhöhe beherrscht wurde. Auf dem Boote mit mir befanden sich der Kapitän Nemo, zwei Leute der Bemannung und die Instrumente, nämlich ein Chronometer, ein Fernrohr und ein Barometer.

Während unserer Überfahrt sah ich zahlreiche Wallfische von drei den südlichen Meeren eigentümlichen Arten. Sie belustigten sich truppweise in den ruhigen Gewässern, und man sah wohl, daß dieses Becken des Südpols gegenwärtig den allzu arg von den Jägern verfolgten Tieren dieser Art eine Zufluchtsstätte war. Sodann bemerkte ich lange weißliche Reihen Seescheiden, eine Art Mollusken, die in Gesellschaft zusammen leben, und stattliche Medusen, die zwischen den Wirbeln der Wellen schaukelten.

Um neun Uhr landeten wir. Der Himmel klärte sich auf, die Wolken flohen nach dem Süden; die Nebel verließen die kalte Oberfläche der Gewässer. Der Kapitän Nemo ging auf die Anhöhe zu, welche er wohl zu seinem Observatorium machen wollte. Das Hinaufsteigen über spitze Lavastücke und Bimssteine ist in einer häufig mit ausströmenden Schwefeldünsten durchdrungenen Luft beschwerlich. Der Kapitän, der doch des Bergsteigens entwöhnt war, klimmte die steilsten Abhänge mit einer Leichtigkeit hinan, um die ein Gemsjäger ihn beneidet hätte.

Wir brauchten zwei Stunden, um auf den Gipfel der Anhöhe, die aus Porphyr und Basalt bestand, zu gelangen. Von hier aus blickten wir auf ein weites Meer, bis wo das Himmelsgewölbe den Horizont begrenzte. Zu unsern Füßen blendende Schneefelder; über unserm Haupte blasses Blau, frei von Nebel. Im Norden erschien die Sonnenscheibe wie eine Feuerkugel, woraus die Linie des Horizonts bereits einen Ausschnitt gemacht hatte. In der Ferne lag der Nautilus wie ein schlafender Wallfisch. Hinter uns, nach Süden und Osten, ein unermeßliches Land, eine chaotische Häufung von Fels- und Eisblöcken in unabsehbarer Weite.

Als der Kapitän Nemo auf dem Gipfel der Anhöhe ankam, nahm er vermittelst des Barometers sorgfältig die Höhe auf.

Ein viertel vor zwölf erschien die Sonne, welche man damals nur durch Brechung des Lichtes sah, wie eine goldene Scheibe, welche ihre letzten Strahlen auf den verlassenen Kontinent warf.

Der Kapitän Nemo beobachtete durch ein mit einem Netz versehenes Fernrohr, welches vermittelst eines Spiegels die Strahlenbrechung korrigierte, das Gestirn, das in einer sehr langen Diagonale allmälig unter den Horizont hinabsank. Ich hielt das Chronometer mit klopfendem Herzen. Wenn das Verschwinden der hellen Sonnenscheibe mit zwölf Uhr des Chronometers zusammentraf, so befanden wir uns am Pol.

»Zwölf Uhr, rief ich aus.

– Der Südpol«, erwiderte der Kapitän Nemo mit ernster Stimme, indem er mich in das Fernrohr sehen ließ, welches zeigte, wie das Tagesgestirn vom Horizont genau in zwei gleiche Theile geschnitten war.

Ich sah, wie die letzten Strahlen auf die Anhöhe fielen, und das Dunkel allmälig sich ihrem Abhang hinauf zog.

Darauf legte der Kapitän Nemo seine Hand auf meine Schulter, und sprach zu mir:

»Mein Herr, im Jahre 1600 erreichte der Holländer Gherrick, durch Stürme verschlagen, den 64° südlicher Breite, und entdeckte New-Shetland. Im Jahre 1773 kam der berühmte Cook längs dem achtunddreißigsten Meridian bis zum 67° 30', und 1774 auf dem hundertneunten Meridian bis 71° 15' Breite. Im Jahre 1819 befand sich der Russe Bellinghausen auf dem neunundsechzigsten, und 1821 auf dem sechsundsechzigsten Parallelkreis unter 111° westlicher Länge. Im Jahre 1820 fuhr der Amerikaner Morrel, dessen Berichte zweifelhaft sind, auf dem zweiundvierzigsten Meridian, und entdeckte das freie Meer unterm 70° 14' der Breite. Im Jahre 1825 konnte der Engländer Powell nicht über den zweiundsechzigsten Grad. In demselben Jahre drang ein einfacher Robbenjäger, der Engländer Weddel bis zum 72° 14' der Breite auf dem fünfunddreißigsten Meridian, und bis zu 74° 15' auf dem sechsunddreißigsten. Im Jahre 1829 nahm der Engländer Forster, Kommandant des Chanticleer, Besitz vom Südpolkontinent unter 63° 26' Breite und 66° 26' Länge. Im Jahre 1831 entdeckte der Engländer Biscoé am 1. Februar das Land Enderby unter 68° 50' Breite, 1832 den 5. Februar das Land Adelaide unter 67° Breite und am 21. Februar das Graham-Land unter 64° 45' Breite. Im Jahre 1838 mußte der Franzose Dumont d'Urville vor der Eisdecke unter 62° 57' Breite Halt machen, nahm jedoch das Land Louis-Philippe auf; zwei Jahre später unter 66° 30' das Land Adelie und gleich darauf unter 64° 40' die Küste Clarie. Im Jahre 1838 kam der Engländer Wilkes bis zum 69. Breitegrad auf dem hundertsten Meridian; 1839 entdeckte der Engländer Balleny das Land Sabrina an der Grenze des Polarkreises. Endlich entdeckte der Engländer James Roß mit dem Erebus und Terror unter 76° 56' Breite und 171° 7' Länge das Land Victoria;

sodann nahm er unterm 74° Breite den höchsten damals erreichten Punkt auf; nachher kam er noch zu 76° 8'; 77° 32' und 78° 4'; im Jahre 1842 kam er wieder, konnte aber nicht über den 71. Grad dringen. Nun aber habe ich, Kapitän Nemo, am 21. März 1868 den Südpol unterm 90. Grad erreicht, und ich nehme von diesem Teil des Erdkreises Besitz.

– In wessen Namen, Kapitän?

– In meinem eigenen, mein Herr!«

Und bei diesen Worten entfaltete der Kapitän Nemo eine schwarze Flagge mit einem goldenen *N*.

Darauf zum Tagesgestirn gewendet, dessen letzte Strahlen den Horizont des Meeres berührten, rief er aus:

»Lebe wohl, Sonne, und lasse eine sechsmonatliche Nacht ihre Schatten über mein neues Reich breiten!«

Kapitel 15

Unfall oder Zwischenfall

Am folgenden Tage, den 22. März, wurden um sechs Uhr früh die Vorbereitungen zur Abreise begonnen. Der letzte Dämmerschein zerfloß in Nacht. Es war streng kalt; die Sternbilder schimmerten in auffallend starkem Glanz. Im Zenit strahlte das wunderschöne Südkreuz, der Polarstern der antarktischen Gegenden.

Das Thermometer zeigte zwölf Grad unter Null, und wenn frischer Wind wehte, verursachte er stechenden Schmerz. Die Eisblöcke vermehrten sich auf dem freien Wasser; das Meer fing an überall zu gefrieren. Zahlreiche schwärzliche Platten auf seiner Oberfläche kündigten die bevorstehende Bildung frischen Eises an. Offenbar war das südliche Becken, wenn es während der sechs Wintermonate gefroren war, durchaus unzugänglich. Was wurde aus den Wallfischen während dieser Zeit? Ohne Zweifel zogen sie unter der Eisdecke in andere Meere, die mehr Verkehr gestatten. Die Robben und Wallrosse, welche in so strengem Klima zu leben gewohnt sind, blieben in den Eisgegenden. Diese Tiere werden durch Instinkt getrieben, Löcher in die Eisfelder zu bohren und sie beständig offen zu halten, um an denselben Luft zu schöpfen. So sind denn, wenn auch die Vögel von der Kälte nach Norden wandern, diese Seesäugetiere die einzigen Herren des Polarcontinents.

Unterdessen waren die Wasserbehälter gefüllt worden, und der Nautilus tauchte langsam hinab und machte in einer Tiefe von tausend Fuß halt. Seine Schraube setzte ihn in Bewegung und er fuhr gerade nordwärts mit einer Schnelligkeit von fünfzehn Meilen die Stunde. Gegen Abend schwamm er bereits unter der unermeßlichen Eisdecke.

Die Laden des Salons waren aus Vorsicht geschlossen worden, denn der Rumpf des Nautilus konnte wider einen versenkten Eisblock stoßen. Daher brachte ich diesen Tag damit hin, meine Notizen in's Reine zu bringen. Mein Geist war ganz in die Erinnerungen an den Pol versenkt. Wir hatten diesen unzugänglichen Punkt ohne Beschwerden und Gefahr erreicht, als wenn unser schwimmender Waggon über die Schienen einer Eisenbahn glitt. Und jetzt begann die Rückkehr. Sollte sie mir noch ähnliche Überraschungen bereiten? Ich dachte es, da die Reihe der unterseeischen Wunder unerschöpflich ist! Indessen hatten wir seit den fünf Monaten, da uns der Zufall auf dieses Fahrzeug verschlagen, vierzehntausend Lieues zurück gelegt, und auf dieser Fahrt, welche eine längere Linie enthielt, als der Erdäquator, wie viel merkwürdige oder fürchterliche Zwischenfälle hatten unserer Reise Reiz verliehen, die Jagd auf Crespo, das Stranden in der Torres-Straße, die Perlfischerei, der Korallenfriedhof, der arabische Tunnel, das Heben des Schatzes zu Vigo, die Atlantis, nun der Südpol! Während der Nacht beschäftigten alle diese Erinnerungen von Traum zu Traum meinen Geist, und ließen ihn nicht einen Augenblick zur Ruhe kommen.

Um drei Uhr früh wurde ich durch einen heftigen Stoß aufgerüttelt. Ich richtete mich auf und horchte in dem Dunkel, als ich mit einem heftigen Ruck mitten in das Zimmer geschleudert wurde. Offenbar saß der Nautilus fest und hatte sich auf die Seite gelegt.

Ich stützte mich seitwärts an die Wände und drückte mich durch die Gänge bis zu dem Salon, welcher vom Plafond herab erleuchtet war. Die Möbel waren umgeworfen; glücklicher Weise waren die unten fest gefügten Glaskästen in ihrer Lage geblieben. Die Gemälde der rechten Seitenwand hatten sich bei Veränderung der Vertikallinse fest an die Tapeten gelegt, während sie auf der linken unten um einen Fuß abstanden. Der Nautilus hatte sich also rechts gelegt, und zwar vollständig unbeweglich.

Innen hörte ich Fußtritte, verwirrte Stimmen. Aber der Kapitän Nemo erschien nicht. Im Moment, als ich den Salon zu verlassen im Begriff war, traten Ned-Land und Conseil ein.

»Was ist vor? Fragte ich sie gleich.

– Das wollten wir von meinem Herrn hören, erwiderte Conseil.

– Tausend Teufel! Rief der Kanadier, ich weiß es wohl! Der Nautilus sitzt fest, und nach der Lage zu urteilen, welche er angenommen hat, glaube ich nicht, daß er sich, wie das erste Mal in der Torres-Straße herausziehen wird.

– Aber doch, fragte ich, ist er wieder auf die Oberfläche gekommen?

– Das wissen wir nicht, erwiderte Conseil.

– Wir können uns leicht darüber Gewißheit verschaffen«, erwiderte ich. Ich befragte das Manometer. Zu meiner großen Überraschung zeigte es eine Tiefe von dreihundertsechzig Metern.

»Was will das bedeuten? Rief ich aus.

– Man muß den Kapitän Nemo fragen, sagte Conseil.

– Aber wo ist er zu finden? Fragte Ned-Land.

– Folgen Sie mir«, sagte ich zu meinen Gefährten.

Wir verließen den Salon. In der Bibliothek Niemand. Auf der Mittelstiege, dem Posten der Mannschaft, Niemand. Ich vermutete, der Kapitän Nemo müsse sich im Gehäuse des Steuerers befinden. Das Beste war abwarten. Wir gingen wieder in den Salon.

Die Verwünschungen des Kanadiers übergehe ich. Er konnte nun seinen ganzen Zorn auslassen.

Ich ließ ihn seiner üblen Laune ganz nach Belieben Luft machen, ohne etwas zu erwidern.

In dieser Lage befanden wir uns seit zwanzig Minuten, indem wir das geringste Geräusch im Innern des Nautilus belauschten, als der Kapitän Nemo eintrat. Er schien uns nicht zu sehen. Seine gewöhnlich so bewegungslose Physiognomie gab eine gewisse Unruhe zu erkennen. Er sah schweigend auf den Kompass, das Manometer, und legte seinen Finger auf einen Punkt der Karte, in der Gegend der Süd-Meere.

Ich mochte ihn nicht unterbrechen. Nur, als er nach einer kleinen Weile sich zu mir wendete, sagte ich, indem ich mich eines Ausdrucks, welchen er in der Torres-Straße gebraucht hatte; bediente:

»Ein Zwischenfall, Kapitän?

– Nein, mein Herr, erwiderte er, dieses Mal ein Unfall.

– Von ernstlicher Bedeutung?

– Vielleicht.

– Ist die Gefahr dringend?

– Nein.

– Der Nautilus sitzt fest?

– Ja.

– Und woran liegt die Schuld?

– In einer Laune der Natur, nicht in der Unerfahrenheit der Menschen. Bei unseren Manoeuvren ist kein Versehen vorgekommen. Doch die Wirkung der Gleichgewichtsgesetze läßt sich nicht hemmen. Man kann wohl menschlichen Gesetzen Trotz bieten, aber nicht den Naturgesetzen sich widersetzen.«

Diese Antwort gab mir keine Auskunft.

»Darf ich wissen, mein Herr, fragte ich ihn, was diesen Unfall veranlaßt hat?

– Ein ungeheurer Eisblock, ein ganzer Berg, hat sich umgewendet, erwiderte er. Wenn die Eisberge durch wärmeres Wasser oder wiederholte Stöße an ihrer Basis untergraben sind, verändert sich ihr Schwerpunkt. Dann wendet sich die ganze Masse, sie stürzen um. Dieser Fall ist eingetreten. Ein solcher Eisblock ist beim Umstürzen wider den Nautilus, der unterm Wasser schwamm, gefallen. Dann glitt er darunter, hob ihn mit unwiderstehlicher Gewalt in die Höhe und brachte ihn in minder dichte Schichten, wo er jetzt auf der Seite fest liegt.

– Aber kann man den Nautilus nicht durch Entleeren seiner Behälter frei machen, so daß er wieder in's Gleichgewicht kommt?

– Das geschieht in diesem Augenblick, mein Herr, Sie können hören, wie die Pumpen arbeiten. Sehen Sie auf den Zeiger des Manometer. Er zeigt an, daß der Nautilus im Steigen begriffen ist, aber der Eisblock steigt mit ihm zugleich, und bis daß ein Hinderniß seine steigende Bewegung hemmt, bleibt unsere Lage unverändert.«

In der Tat, der Nautilus lag fortwährend aus der rechten Seite. Ohne Zweifel würde er sich aufrichten, wenn der Block selbst fest läge. Aber in diesem Augenblicke, wer weiß, ob wir nicht an die Eisdecke oben anstoßen, ob wir nicht erschrecklich zwischen die beiden Eisoberflächen gedrängt wurden?

Ich überdachte alle Konsequenzen dieser Lage. Der Kapitän Nemo beobachtete unablässig das Manometer. Der Nautilus war seit dem Herabsturz des Eisberges um etwa hundertundfünfzig Fuß gestiegen, aber er blieb stets in demselben Winkel zur senkrechten Linie.

Plötzlich spürte man im Schiffsraum eine leichte Bewegung. Offenbar richtete sich der Nautilus ein wenig auf. Die hängenden Gegenstände nahmen allmälig ihre richtige Lage wieder ein. Die Wände wurden fast wieder senkrecht. Keiner von uns sprach nur ein Wort. Mit unruhigem Gemüht beobachteten, spürten wir das Wiederaufrichten. Der Fußboden wurde wieder waagrecht.

»Endlich sind wir aufrecht! Rief ich aus.

– Ja, sagte der Kapitän Nemo, und ging nach der Türe des Salons zu.

– Aber werden wir wieder flott? Fragte ich.

– Zuverlässig, erwiderte er, da die Behälter noch nicht leer sind; und sind sie leer, so muß der Nautilus wieder zur Meeresoberfläche aufsteigen.«

Der Kapitän ging hinaus, und ich sah bald, daß man auf seinen Befehl die aufsteigende Bewegung des Nautilus gehemmt hatte. Wirklich würde er bald wider die untere Seite der Eisdecke gestoßen sein, und es war besser, ihn etwas tiefer sich bewegen zu lassen.

»Wir sind gut davon gekommen! Sagte darauf Conseil.

– Ja, wir konnten zwischen diesen Eisblöcken erdrückt oder wenigstens eingesperrt werden. Und dann, Luftmangel … Ja! Wir sind gut durchgekommen!

– Wenn jetzt alles zu Ende ist!« brummte Ned-Land.

Ich wollte mich nicht mit dem Kanadier in eine unnütze Erörterung einlassen, und gab ihm keine Antwort. Übrigens öffneten sich in diesem Augenblick die Laden, und durch das freie Glas drang das äußere Licht ein.

Wir befanden uns, wie gesagt, im freien Wasser; aber in einer Entfernung von zehn Meter ragte auf beiden Seiten des Nautilus eine glänzende Eiswand. Über und unter uns eine gleiche Wand, Über uns, weil die untere Seite der Eisdecke gleichsam einen ungeheuren Plafond bildete. Unter uns, weil der herabgestürzte Block, indem er allmälig hinabrutschte, an den Seitenwänden auf zwei Stützpunkte gestoßen war, welche ihn in dieser Lage fest hielten. Der Nautilus war in einem wahrhaften Eistunnel eingesperrt. Es war ihm jedoch leicht, durch Vorwärts- oder Rückwärtsfahren aus demselben herauszukommen, um dann einige hundert Meter tiefer freie Bahn unter der Eisdecke zu finden.

Die Leuchte am Plafond war erloschen, und dennoch war der Salon von starkem Licht zum Blenden erhellt, weil die Lichtströme des Fanals von den Eiswänden in großer Stärke zurückgestrahlt würden. Unbeschreiblich war die Wirkung der Voltaischen Strahlen auf die großen launenhaft gestalteten Eisblöcke mit ihren verschiedenen Winkeln, Spitzen, kleinen Flächen, welche jede nach Beschaffenheit ihrer Adern ein verschiedenes Licht zurück warfen, eine unerschöpfliche Mine von Edelgestein, besonders von Saphir, der seine blauen Strahlen mit den grünen des Smaragds durchkreuzte.

»Wie herrlich schön! Wie schön! Rief Conseil aus.

– Ja! Sagte ich, 's ist ein wundervoller Anblick. Nicht wahr, Ned?

– Ei, Tausend Teufel! Ja erwiderte Ned-Land. Prachtvoll! Ich bin entrüstet, daß ich nicht nein sagen kann. So etwas hat man noch nie gesehen. Aber dieser Anblick kann uns teuer zu stehen kommen. Und, offen gestanden es kommt mir vor, als sähen wir hier Dinge, die Gott den Blicken der Menschen hat entziehen wollen!«

Ned hatte Recht. Es war allzu schön. Plötzlich schrie Conseil laut auf; ich drehte mich um.

»Was giebt's? Fragte ich.

– Schließe mein Herr seine Augen! Schaue nicht!«

Bei diesen Worten hielt Conseil seine Hände auf beide Augen.

»Was ist Dir, lieber Junge?

– Ich bin geblendet, blind!«

Meine Blicke richteten sich unwillkürlich nach dem Fenster, aber ich konnte das entgegen strahlende Feuer nicht aushalten.

Ich verstand, was vorgegangen war. Der Nautilus hatte sich mit größter Schnelligkeit in Bewegung gesetzt. Aller ruhige Glanz der Eiswände hatte sich dadurch in blitzende Strahlen verwandelt und es war, als fahre der Nautilus durch eine Scheide von Blitzen.

Darauf schlossen sich die Läden des Salons wieder.

Wir hielten unsere Hände vor die Augen, die ganz von dem konzentrischen Lichtschein durchdrungen waren, welcher vor der Netzhaut flimmert, wenn sie von den Sonnenstrahlen allzustark getroffen wird. Es bedurfte einiger Zeit, um die Unruhe unseres Blickes zu beruhigen.

Endlich ließen wir die Hände wieder herabsinken.

»Meiner Treu, das hätte ich niemals geglaubt, sagte Conseil.

– Und ich glaube es noch nicht! Entgegnete der Kanadier.

– Wenn wir wieder auf die Erde kommen werden, fügte Conseil bei, überreizt von so vielen Naturwundern, was werden wir dann von dem armseligen Festland denken, und von den kleinen, aus der Menschenhand herrührenden Werken! Nein! Die bewohnte Welt ist unser nicht mehr würdig!«

Solche Worte im Munde eines phlegmatischen Flamländers zeigten, bis zu welchem Höhepunkt der Wallung unser Enthusiasmus gestiegen war. Aber der Kanadier ermangelte nicht, ein Tröpfchen kaltes Wasser hinein zu gießen.

»Die bewohnte Welt! Sagte er mit Kopfschütteln. Seien Sie nur ruhig, Freund Conseil, wir werden nie dahin zurückkehren!«

Es war damals fünf Uhr früh. In diesem Augenblicke spürten wir, daß der Nautilus mit dem Vorderteil widerstieß. Ich dachte mir, daß sein Schnabel wider einen Eisblock gefahren sei. Dies mußte ein falsches Manoeuvre sein, denn der unterseeische, von Blöcken versperrte Tunnel bot nicht eine leichte Fahrt. Also meinte ich, der Kapitän Nemo werde seinen Weg ändernd diese Hindernisse umfahren oder den Krümmungen des Tunnels folgen. Jedenfalls konnte die Fahrt vorwärts nicht gänzlich gehemmt sein. Doch nahm der Nautilus, gegen meine Erwartung, eine entschiedene Rückwärtsbewegung vor.

»Wir fahren rückwärts? Sagte Conseil.

– Ja, antwortete ich. Der Tunnel muß nach dieser Seite hin ohne Ausgang sein.

– Und dann? …

– Dann, sagte ich, ist das Verfahren sehr einfach. Wir fahren den Weg, welchen wir kamen, zurück, um an der südlichen Mündung heraus zu kommen. Das ist alles.«

Mit diesen Worten wollte ich mehr Beruhigung zu erkennen geben, als ich wirklich hatte. Indessen wurde die Rückwärtsbewegung des Nautilus rascher und brachte uns mit großer Schnelligkeit weiter.

»Das wird nur eine Verzögerung sein, sagte Ned-Land.

– Was liegt daran, einige Stunden früher oder später, wenn wir nur heraus kommen.

– Ja, widerholte Ned-Land, wenn wir nur heraus kommen!«

Ich ging auf einige Augenblicke aus dem Salon in die Bibliothek. Meine Gefährten blieben schweigend sitzen. Ich warf mich bald auf einen Divan und nahm ein Buch in die Hand, das meine Augen mechanisch durchliefen.

Nach einer Viertelstunde trat Conseil zu mir heran und sprach:

»Ist es ein interessantes Buch, worin Sie lesen?

– Sehr interessant, erwiderte ich.

– Das glaube ich. Es ist meines Herrn eigenes Werk!

– Mein Werk?«

Wirklich hatte ich mein eigenes Werk: »Über die großen Meerestiefen« in der Hand, was ich gar nicht vermutet hatte. Ich machte das Buch zu und setzte meinen Spaziergang fort. Ned und Conseil standen auf, um sich zurück zu ziehen.

»Bleiben Sie, meine Freunde, sagte ich, indem ich sie zurückhielt. Bleiben wir beisammen, bis wir aus der Sackgasse wieder heraus sind.

– Wie es meinem Herrn beliebt,« erwiderte Conseil.

Es verflossen wieder einige Stunden. Ich sah häufig auf die an der Wand des Salons hängenden Instrumente. Das Manometer zeigte, daß der Nautilus sich standhaft in einer Tiefe von dreihundert Meter hielt; der Kompass, daß er immer südwärts fuhr; das Log, daß er zwanzig Meilen in der Stunde fuhr, was in einem so engen Raum etwas Außerordentliches war. Aber der Kapitän Nemo wußte, daß er nicht genug eilen konnte, und daß damals die Minuten Jahrhunderte galten.

Um acht Uhr fünfundzwanzig Minuten spürten wir einen abermaligen Stoß; diesmal am Hinterteil. Ich erbleichte. Meine Gefährten waren zu mir getreten. Ich erfaßte Conseil's Hand. Wir fragten uns mit Blicken, und zwar direkter, als Worte unsere Gedanken ausgedrückt hätten.

In dem Augenblick trat der Kapitän in den Salon. Ich ging auf ihn zu.

»Der Weg ist auch im Süden versperrt? Fragte ich.

– Ja, mein Herr. Der Eisberg hat mit einer Wendung jeden Ausweg abgeschnitten.

– Wir sind abgesperrt?

– Ja.«

Kapitel 16

Luftmangel

Also befanden wir uns in einem Kerker, über und unter uns, und ringsum undurchdringliche Eiswände. Der Kanadier schlug fürchterlich mit der Faust auf den Tisch. Conseil schwieg. Ich sah dem Kapitän in's Angesicht; seine Züge waren, wie gewöhnlich, rührungslos. Er kreuzte die Arme, sann nach. Der Nautilus war unbeweglich.

Der Kapitän ergriff das Wort:

»Meine Herren, sprach er in ruhigem Tone, in unserer jetzigen Lage gibt es zwei Arten zu sterben.«

Der unbegreifliche Mann sprach wie ein Professor der Mathematik, der einen Satz demonstriert.

»Erstens, fuhr er fort, den Tod des Erdrückens, und zweitens den des Erstickens. Vom Hungertode rede ich nicht, denn unsere Lebensmittel reichen gewiß weiter aus, als unser Leben.

– Ein Ersticken, Kapitän, erwiderte ich, ist doch wohl nicht zu besorgen, denn unsere Behälter sind gefüllt.

– Richtig, versetzte der Kapitän Nemo, aber sie liefern nur noch für zwei Tage unseren Bedarf an Luft. Bereits sind wir sechsunddreißig Stunden unterm Wasser, und die schwüle Atmosphäre des Nautilus bedarf der Erneuerung, binnen achtundvierzig Stunden wird unser Vorrat zu Ende sein.

– Nun, Kapitän, so müssen wir uns vor Ablauf von achtundvierzig Stunden frei machen!

– Wenigstens wollen wir einen Versuch machen, die uns umgebende Wand zu durchbrechen.

– Auf welcher Seite? Fragte ich.

– Das müssen wir erst durch Sondieren erfahren. Ich will den Nautilus auf die innere Bank aufsitzen lassen, und meine Leute werden in ihren Skaphandern die Eishülle an der mindest dicken Stelle durchhauen.

– Kann man die Läden des Salons öffnen?

– Ohne Nachtheil. Wir sind nicht mehr in Bewegung.«

Der Kapitän ging hinaus. Bald gab ein Rauschen zu erkennen, daß das Wasser in die Behälter strömte. Der Nautilus senkte sich langsam und saß auf dem Eisgrunde in einer Tiefe von dreihundertundfünfzig Metern.

»Meine Freunde, sprach ich, unsere Lage ist ernst, aber ich zähle auf Ihren Muth und Ihre Energie.

– Mein Herr, erwiderte der Kanadier, jetzt ist es nicht Zeit zu Beschuldigungen. Ich werde alles tun für das allgemeine Beste.

– Gut, Ned, sagte ich, und reichte dem Kanadier die Hand.

– Ich verstehe, fuhr er fort, die Hacke so gut zu führen, wie die Harpune, und wenn ich nützlich sein kann, stehe ich dem Kapitän zu Diensten.

– Er wird Ihren Beistand nicht ablehnen. Kommen Sie, Ned.«

Ich führte den Kanadier in die Kammer, wo die Leute des Nautilus ihre Skaphander anlegten. Ich teilte dem Kapitän Ned's Anerbieten mit und es wurde angenommen.

Der Kanadier legte seine Meerkleidung an, und war augenblicklich zur Arbeit bereit. Jeder von ihnen trug auf dem Rücken seinen Rouquayrol-Apparat, der aus den Behältern reichlich mit reiner Luft gefüllt war.

Es war das ein ansehnliches, aber notwendiges Darlehen. Die Ruhmkorff'schen Leuchten waren nicht nötig, weil das Wasser genug erhellt war.

Als Ned angekleidet war, begab ich mich in den Salon zurück, nahm mit Conseil Platz vor den Fenstern, deren Läden geöffnet wurden, und besah die umgebenden Schichten, worauf der Nautilus ruhte.

Gleich darauf sahen wir ein Dutzend Mann auf der Eisbank sich aufstellen, unter ihnen Ned, der durch seinen hohen Wuchs kenntlich war. Der Kapitän Nemo befand sich auch bei ihnen.

Bevor man zum Durchhauen schritt, mußte man sondieren, um gewiß zu sein, wo die Arbeiten am besten vorzunehmen waren. Lange Sonden wurden an den Seitenwänden hinab gelassen; aber bei fünfzehn Meter wurden sie noch durch die dicke Wand aufgehalten. Nach unten waren wir zehn Meter vom Wasser geschieden; so dick war dieses Eisfeld. Demnach handelte sich's darum, ein Stück desselben von der Größe des Nautilus an seiner Wasserlinie auszuhauen.

Es betrug ungefähr sechstausendfünfhundert Kubikmeter für ein Loch, wodurch wir unter das Eis gelangen konnten.

Die Arbeit wurde unverzüglich in Angriff genommen, und mit unermüdlicher Ausdauer gefördert. Der Kapitän ließ auf der linken Seite des Nautilus acht Meter weit eine Grube abstecken. Darauf bohrten seine Leute an verschiedenen Punkten ihres Umfangs zu gleicher Zeit sie an. Bald griff die Hacke diese feste Masse kräftig an, und große Blöcke wurden abgelöst.

Die spezifische Schwere ergab den merkwürdigen Erfolg, daß diese Blöcke, weil sie leichter als das Wasser waren, zur Decke des Tunnels so zu sagen empor flogen, so daß diese umso viel an Dicke zunahm, als der Boden dünner wurde.

Nach zwei Stunden rüstiger Arbeit kehrte Ned-Land erschöpft zurück, und wurde von frischen Arbeitern abgelöst, zu denen wir, Conseil und ich, uns gesellten. Der Schiffslieutenant des Nautilus leitete uns an.

Das Wasser kam mir ausnehmend kalt vor, aber ich wurde bald durch Schwingen der Hacke warm. Meine Bewegungen, obwohl unter einem Drucke von dreißig Atmosphären, waren sehr frei.

Als ich nach zweistündiger Arbeit zurück kehrte, um auszuruhen und einige Nahrung zu mir zu nehmen, fand ich einen bedeutenden Unterschied zwischen dem reinen Stoff, welchen mir der Apparat Rouquayrol zuführte, und der Atmosphäre des Nautilus, die schon voll Kohlensäure war. Die Luft war seit achtundvierzig Stunden nicht erneuert worden, und ihre belebenden Eigenschaften waren beträchtlich schwächer. Doch hatten wir nach Verlauf von zwölf Stunden nicht mehr, als eine Schicht von der Dicke eines Meters weggeschafft, das machte etwa sechshundert Kubikmeter. Nahmen wir an, daß in den folgenden zwölf Stunden das Gleiche geleistet wurde, so bedurfte es noch fünf Nächte und vier Tage, um das Unternehmen zum Ziel zu führen.

»Fünf Nächte und vier Tage! Sagte ich zu meinen Gefährten, und wir haben nur noch für zwei Tage Luft in den Behältern.

– Ohne zu rechnen, versetzte Ned, daß wir, wenn wir einmal aus diesem verdammten Kerker heraus sind, dann doch noch unter der Eisdecke stecken ohne eine mögliche Verbindung mit der Atmosphäre!«

Die Bemerkung war richtig. Wer konnte damals berechnen, wieviel Zeit bis zu unserer Befreiung mindestens erforderlich war? Mußten wir nicht alle ersticken, bevor der Nautilus wieder an die Oberfläche des Wassers kommen konnte? Sollte er das Loos haben, samt Allem, die er in sich faßte, in dieser Eisgruft zu Grunde zu gehen? Schreckliche Lage. Aber alle sahen der Gefahr in's Angesicht, entschlossen, bis zum letzten Augenblick ihre Schuldigkeit zu thun.

Während der Nacht wurde, meiner Berechnung gemäß, abermals eine Schicht von einem Meter fortgeschafft. Aber, als ich am Morgen in meinem Skaphanderkleide bei einer Temperatur von sechs bis sieben Grad unter Null durch die flüssige Masse schritt, bemerkte ich, daß die Seitenwände sich allmälig annäherten. Die von unserem Graben entfernten Wasserschichten, welche nicht durch die Arbeit und die Werkzeuge in Bewegung gesetzt wurden, zeigten ein Bestreben fest zu gefrieren. Was konnten wir bei dieser neuen und dringenden Gefahr für Aussicht auf Rettung haben, und wie konnten wir das Einfrieren vermeiden, wodurch die Wände des Nautilus wie Glas zersprengt würden?

Ich ließ meine beiden Gefährten von dieser neuen Gefahr nichts merken, um nicht ihre für die Rettungsarbeit nötige Tatkraft herabzustimmen. Aber als ich an Bord zurückkam, bemerkte ich dem Kapitän Nemo den ernsten Fall.

»Ich weiß es, sprach er mit derselben Kaltblütigkeit, welche unter den fürchterlichsten Umständen keine Änderung erlitt. Es ist eine weitere Gefahr, sehe aber keine Mittel, sie abzuwenden. Die einzige Aussicht auf Rettung besteht darin, daß man dem Festfrieren zuvorkommt. Das ist alles.«

Zuvorkommen! An solche Art zu reden hätte ich gewöhnt sein müssen!

An diesem Tage führte ich einige Stunden lang die Hacke mit hartnäckiger Ausdauer. Diese Arbeit hielt mich aufrecht. Zudem war man bei dieser Arbeit nicht in der verdorbenen Luft des Nautilus, und atmete direkt die reine Luft, welche den Apparaten aus den Behältern geliefert wurde.

Gegen Abend war unser Graben abermals um einen Meter tiefer geworden. Als ich wieder an Bord kam, war ich durch die Kohlensäure, womit die Luft gesättigt war, dem Ersticken nahe. Ach! wie mußten wir die chemischen Mittel vermissen, wodurch man das verdorbene Gas entfernen kann! An Sauerstoff hatten wir keinen Mangel, und wir konnten ihn durch unsere Voltaischen Säulen aus dem Wasser durch Zersetzung gewinnen. Aber wozu half es, da die durch unser Athen erzeugte Kohlensäure alle Theile des Schiffes durchdrungen hatte. Um dieselbe fortzuschaffen hätte man Gefäße mit kaustischem Kali füllen und beständig rütteln müssen. Dieser Stoff, welcher durch sonst nichts zu ersetzen war, fehlte aber an Bord.

Diesen Abend mußte der Kapitän Nemo die Hähne seiner Luftbehälter öffnen, und einige Ströme reiner Luft in den Nautilus hineinlassen. Ohne diese Vorsorge wären wir nicht wieder aufgewacht.

Am folgenden Tage, den 26. März, setzte ich meine Grubenarbeit mit dem fünften Meter fort. Die Seitenwände und die innere Fläche der Eisdecke wurden sichtbar dicker. Es war unverkennbar, daß sie zusammen gefrieren würden, ehe der Nautilus frei sein konnte. Mutlosigkeit befiel mich einen Augenblick, und die Hacke entfiel meinen Händen. Wozu das Graben, wenn wir ersticken, wenn wir durch das zu Stein gefrierende Wasser zerdrückt werden mußten.

In diesem Augenblicke kam der Kapitän Nemo, welcher die Arbeit leitete und selbst Hand anlegte, in meine Nähe. Ich rührte ihn mit der Hand an, und zeigte auf die Wände unseres Kerkers, dessen linke Wand sich nun fast vier Meter dem Nautilus genähert hatte.

Der Kapitän verstand mich, und winkte mir, ihm zu folgen. Wir begaben uns an Bord; ich legte meinen Skaphander ab und begleitete ihn in den Salon.

»Herr Arronax, sagte er zu mir, wir müssen irgendein heroisches Mittel versuchen, sonst werden wir in diesem gefrierenden Wasser wie von Kitt umgossen.

– Ja! Sagte ich, aber was anfangen?

– Ach! Wäre doch mein Nautilus stark genug, um diesen Druck auszuhalten, ohne erdrückt zu werden!

– Nun? Fragte ich, da ich des Kapitäns Idee nicht begriff.

– Begreifen Sie nicht, fuhr er fort, daß dieses Gefrieren des Wassers uns dann zum Beistand käme! Sehen Sie nicht, daß es durch sein Gefrieren die Eisfelder, welche uns gefangen halten, zersprengen würde, wie es beim Gefrieren die härtesten Steine zersprengt! Merken Sie nicht, daß es so, anstatt ein Agent der Zerstörung, ein Agent der Rettung sein würde!

– Ja! Kapitän, vielleicht. Aber so groß auch die Widerstandskraft des Nautilus gegen Eindrückung sein mag, – diesen fürchterlichen Druck würde er nicht aushalten können, und so platt werden, wie ein Stück Blech.

– Ich weiß es, mein Herr. Man muß also nicht auf den Beistand der Natur rechnen, sondern nur auf uns selbst. Man muß dem Festgefrieren einen Widerstand entgegen setzen; man muß es hemmen. Nicht allein die Seitenwände verengen sich, es bleiben beim Nautilus vorne und hinten keine zehn Fuß Wasser. Das Einfrieren wird von allen Seiten zu uns heran kommen.

– Wieviel Zeit, fragte ich, wird die Luft der Behälter uns noch das Athen an Bord gestatten?

Der Kapitän sah mir in's Gesicht.

»Übermorgen, sprach er, werden die Behälter leer sein.«

Ein kalter Schweiß befiel mich. Und doch war diese Antwort nicht zum Erstaunen. Am 22. März war der Nautilus im freien Meere untergetaucht. Jetzt hatten wir den 26. Seit fünf Tagen also lebten wir von dem Vorrat an Bord! Und den Rest von atmungsfähiger Luft mußte man für die Arbeiter aufsparen. Im Augenblick, da ich dieses schreibe, befällt noch beim Gedanken daran ein unwillkürlicher Schrecken mein ganzes Wesen.

Doch der Kapitän sann nach, schweigend, unbeweglich. Man sah, eine Idee fuhr ihm durch den Kopf. Aber er schien sie abzuweisen. Er antwortete sich mit Nein. Endlich entfuhren seinen Lippen die Worte:

»Siedend Wasser!

– Siedend Wasser? Rief ich.

– Ja, mein Herr. Wir sind in einem verhältnißmäßig engen Raum eingeschlossen. Würden denn nicht siedende Wasserstrahlen, welche die Pumpen des Nautilus beständig ausströmten, die Temperatur in demselben erhöhen, und so das Gefrieren verzögern?

– Man muß es versuchen, sagte ich entschlossen.

– So machen wir den Versuch, Herr Professor.«

Das Thermometer gab damals außen sieben Grad unter null an. Der Kapitän Nemo führte mich in die Küchen, wo ungeheure Destillations-Apparate in Tätigkeit waren, um durch Verdunstung trinkbares Wasser zu bereiten. Sie wurden mit Wasser gefüllt und die ganze Hitze der elektrischen Säulen wurde durch die Serpentinen getrieben. In einigen Minuten hatte dieses Wasser hundert Grad Hitze erreicht. Es wurde zu den Pumpen geleitet, während es durch frisches Wasser nach Verhältniß ersetzt wurde. Die elektrischen Säulen entwickelten eine solche Hitze, daß das aus dem Meere geschöpfte kalte Wasser nur den Apparat zu durchlaufen hatte, um siedend in die Pumpen zu gelangen.

Die Arbeit der Pumpen begann, und nach drei Stunden zeigte das Thermometer außen sechs Grad unter null; zwei Stunden später nur noch vier.

»Es wird gelingen, sagte ich zum Kapitän, nachdem ich den Fortgang der Operation genau beobachtet hatte.

– Ich denke wohl, erwiderte er, wir werden nicht erdrückt werden. Nur das Ersticken ist noch zu fürchten.«

Während der Nacht stieg die Temperatur des Wassers auf einen Grad unter Null; eine höhere ließ sich nicht erzielen. Aber da das Gefrieren des Wassers nur bei zwei Grad vorgeht, so war ich endlich sicher, daß wir nicht einfrieren würden.

Am folgenden Tage, den 27. März, waren sechs Meter Eis herausgeschafft; vier blieben noch übrig. Das kostete noch achtundvierzig Stunden Arbeit. Die Luft im Innern des Nautilus ließ sich nicht mehr erneuern; sie wurde diesen Tag über fortwährend übler.

Es drückte mich eine unerträgliche Schwere. Gegen drei Uhr nachmittags wurde dies Gefühl der Beklemmung aufs Höchste gesteigert. Die Kinnladen wurden mir durch Gähnen verrenkt. Meine Lungen keuchten, indem sie das zum Athen nötige Luftbestandteil suchten, welches immer spärlicher wurde. Eine moralische Erstarrung befiel mich; ich lag da ohne Kraft, fast ohne Besinnung. Mein wackerer Conseil, welcher dasselbe zu leiden hatte, wich nicht von meiner Seite. Er faßte meine Hand, suchte mich zu ermutigen, und ich hörte ihn noch murmeln:

»Ach! Könnte ich doch zu atmen aufhören, um meinem Herrn mehr Luft zu lassen!«

Tränen traten mir in die Augen, als ich das hörte.

Da diese schlimme Lage für uns alle unerträglich war, so legte man mit hastiger Freude das Skaphanderkleid an, um zu arbeiten. Die Arme ermüdeten, die Hände wurden wund, aber man achtete diese Beschwerden nicht. Hatte man doch Lebensluft für die Lungen! Man konnte atmen!

Und doch blieb Niemand länger als die ihm bestimmte Zeit bei der Arbeit. Jeder trat seinem keuchenden Genossen, der ihn ablöste, den lebenspendenden Ranzen ab. Der Kapitän Nemo ging mit dem Beispiel voran, unterwarf sich zuerst der strengen Ordnung. Kam die Stunde der Ablösung, so übergab er seinen Apparat, und kehrte in die verdorbene Atmosphäre zurück, stets ruhig, ohne Schwäche, ohne Murren.

An diesem Tage wurde die gewöhnliche Arbeit noch mit mehr Kraft fortgeführt. Es waren nur noch zwei Meter auf der ganzen Oberfläche fortzuschaffen; dann befanden wir uns im freien Meere. Aber die Luftbehälter waren beinahe leer; der kleine Rest mußte für die Arbeiter aufgehoben werden.

An Bord zurückgekehrt, war ich dem Ersticken nahe. Welche Nacht! Solche Leiden lassen sich nicht schildern. Am folgenden Morgen war mein Athen unterdrückt; betäubender Schwindel machte mich einem Trunkenen gleich. Meine Gefährten hatten Gleiches zu erleiden. Einige Mann röchelten.

Nun, am sechsten Tage unserer Einsperrung, beschloß der Kapitän Nemo, da die Arbeit der Hacke und Schaufel zu langsam war, die Eisschicht, welche uns noch von dem Wasser trennte, zu zerdrücken. Dieser Mann bewahrte seine Kaltblütigkeit und Tatkraft, überwand durch moralische Stärke die physischen Schmerzen. Er dachte, handelte.

Auf seinen Befehl wurde das Fahrzeug leichter gemacht, d. h. durch Minderung seines spezifischen Gewichts von seinem Eisboden emporgehoben. Als es flott war, zog man es über die ungeheure Grube, welche ausgehauen wurde. Darauf wurden seine Wasserbehälter gefüllt, daß es wieder abwärts ging und in die Grube sich einsenkte.

Jetzt begab sich die gesamte Mannschaft wieder an Bord, die doppelte Verkehrspforte wurde geschlossen. Der Nautilus lag auf der nur noch einen Meter dicken Eisschicht, welche an unzähligen Stellen von der Sonde durchbohrt war. Die Hähne der Behälter wurden weit geöffnet, und hundert Kubikmeter Wasser stürzten ein, und erhöhten das Gewicht des Nautilus um hunderttausend Kilogramm.

Wir warteten, horchten, vergaßen unsere Leiden, stets hoffend. Ein letzter Wurf im Spiel um unsere Rettung.

Trotz dem Summen in meinem Kopf hörte ich bald ein Dröhnen unter dem Rumpf des Nautilus. Das Niveau legte sich tiefer. Das Eis krachte gewaltig, und wie Papier zerreißt, wurde die Schicht vom herab sinkenden Nautilus zersprengt.

»Wir dringen durch!« murmelte Conseil in mein Ohr.

Unfähig zu antworten, ergriff ich seine Hand und drückte sie unwillkürlich krampfhaft.

Mit einem Male sank der Nautilus in Folge seines bedeutend verstärkten Gewichts wie eine Kugel in die Tiefe hinab!

Nun wurde die elektrische Kraft den Pumpen zugewendet, welche alsbald das Wasser aus den Behältern trieben. Nach einigen Minuten war unser jähes Hinabsinken gehemmt; bald zeigte das Manometer eine aufsteigende Bewegung und die Schraube trieb uns mit höchster Geschwindigkeit dem Norden zu.

Doch wie lange sollte die Fahrt unter der Eisdecke noch dauern? Einen Tag noch? Das hätte ich nicht mehr erlebt!

Auf einem Divan der Bibliothek liegend war ich am Ersticken. Mein Angesicht war violett, meine Lippen blau, meine Geisteskräfte gelähmt. Ich hörte, sah nicht mehr. Der Zeitbegriff war mir geschwunden. Meine Muskeln konnten sich nicht zusammenziehen.

Wie viele Stunden so verflossen, weiß ich nicht anzugeben. Aber ich hatte das Bewusstsein des beginnenden Todeskampfes.

Plötzlich kam ich wieder zu mir. Einige Tropfen Luft drangen in meine Lungen. Waren wir bereits an der Oberfläche? Waren wir aus der Versperrung heraus?

Nein! Meine wackeren Freunde, Ned und Conseil, opferten sich, um mich zu retten. Es waren einige Restchen Luft in einem Apparat geblieben, welche sie, anstatt selbst einzuatmen, für mich aufgehoben hatten, und träufelten mir, während sie selbst dem Ersticken sich näherten, das Leben tropfenweise ein! Ich wollte den Apparat zurück schieben; sie hielten mir die Hände, und ich schlürfte mit Lust den Atem.

Meine Blicke fielen auf die Uhr. Es war elf Uhr vormittags; es mußte der 28. März sein. Der Nautilus fuhr mit der erschrecklichen Geschwindigkeit von vierzig Meilen in der Stunde.

Wo befand sich der Kapitän Nemo? War er gestorben? Waren seine Genossen mit ihm erlegen?

In dem Augenblicke zeigte das Manometer, daß wir nur noch zwanzig Fuß von der Oberfläche waren. Blos ein Eisfeld trennte uns noch von der Atmosphäre. War es nicht möglich, dieses zu zertrümmern?

Vielleicht! Jedenfalls sollte der Nautilus den Versuch machen. Wirklich fühlte ich, daß er eine schiefe Lage annahm, das Hinterteil gesenkt, den Schnabel aufwärts. Um sein Gleichgewicht zu ändern, hatte ein Einführen von Wasser genügt. Darauf mit voller Dampfkraft getrieben, griff er die Eisdecke wie ein furchtbarer Widder von unten an. Er brachte sie allmälig zum Bersten, zog sich zurück und schoß mit größter Schnelligkeit wieder gegen dieselbe, zersprengte sie und gelangte durch einen letzten, mit äußerstem Ungestüm geführten Stoß auf die Oberfläche des Eises, welches er mit seinem Gewicht zerdrückte.

Die Lücke wurde geöffnet, so zu sagen, gesprengt, und die reine Luft drang nun in alle Räume des Nautilus.

Kapitel 17

Vom Cap Horn nach dem Amazonenstrom

Wie ich auf die Plattform kam, weiß ich nicht zu sagen. Vielleicht hatte mich der Kanadier hinauf getragen. Aber ich atmete, schlürfte die belebende Seeluft. Meine beiden Gefährten an meiner Seite tranken in vollen Zügen die Erfrischung. Die Unglücklichen, welche lange Zeit die Nahrung entbehrten, dürfen nicht unbesonnen über die erste Nahrung, welche sich darbietet, herfallen. Wir dagegen brauchten uns nicht zurückzuhalten, konnten unseren Lungen die volle Erquickung des Einatmens gönnen, und der Seewind selbst übergoß uns mit dieser Wonne der Trunkenheit.

»Ach! Sagte Conseil, wie erquickend ist der Sauerstoff! Jetzt braucht mein Herr nicht mehr mit Angst zu atmen. Es ist genug da für Jedermann!«

Ned-Land sprach nichts, aber er sperrte die Kinnladen auf, daß ein Haifisch erschrecken konnte. Und was für kräftige Atemzüge!

Allmälig kamen uns wieder die Kräfte, und als ich um mich blickte, sah ich, daß wir uns allein auf der Plattform befanden. Von der Bemannung nicht ein Einziger; auch der Kapitän Nemo nicht. Sonderbar genug begnügten sich die Seeleute mit der innen befindlichen Luft.

Meine ersten Worte waren Worte des Dankes und der Erkenntlichkeit gegen meine beiden Gefährten. Ned und Conseil hatten während der letzten Stunden dieses Todeskampfes mein Dasein verlängert. Ich konnte ihnen für diese Hingebung nicht genug Dankbarkeit zollen.

»Lassen Sie das, Herr Professor, erwiderte Ned-Land, es ist nicht der Mühe wert davon zu reden! Wir hatten kein Verdienst dabei. Es war nur ein Rechenexempel. Ihr Dasein ist mehr wert als das unsrige. Darum mußte es erhalten werden.

– Nein, Ned, versetzte ich, es war nicht mehr wert. Über einen edlen und guten Menschen geht nichts, und das seid Ihr!

– Gut! Gut! Wiederholte der Kanadier in Verlegenheit.

– Und Du, lieber Conseil, hast Recht zu leiden gehabt.

– Doch nicht allzu sehr, offen gesagt. Es fehlten mir zwar einige Schluck Luft, aber ich glaube, ich würde mich schon darein gefunden haben.«

Conseil war verlegen, daß er unpassend gesprochen, und brach ab.

»Meine Freunde, sprach ich tief gerührt, wir sind auf ewig mit einander verbunden und Sie haben Ansprüche auf mich …

– Ich werde diese mißbrauchen, versetzte der Kanadier.

– Wie? Sagte Conseil.

– Ja, fuhr Ned-Land fort, das Recht, Sie mit mir zu nehmen, wann ich diesen höllischen Nautilus verlassen werde.

– Zur Sache, sagte Conseil, fahren wir in guter Richtung?

– Ja, erwiderte ich, weil wir der Sonne zufahren, und hier ist die Sonne im Norden.

– Allerdings, fuhr Ned-Land fort, aber ich möchte wissen, ob wir wieder in's Stille oder Atlantische Meer fahren, d. h. in besuchte oder verlassene Meere.«

Hierauf wußte ich nicht zu antworten, und ich fürchtete, der Kapitän Nemo werde uns eher vielmehr in den ungeheuren Ozean führen, welcher Asien und Amerika zugleich bespült, um seine unterseeische Rundreise zu vollenden und dort seine Unabhängigkeit vollständiger zu finden. Aber was wurde dann aus Ned-Land's Plänen?

Wir mußten über diesen wichtigen Punkt bald im Reinen sein. Der Nautilus fuhr reißend schnell. Bald war man über den Polarkreis hinaus, und nun ging es nach dem Cap Horn zu. Am 31. März, um sieben Uhr abends, befanden wir uns der Spitze Amerika's gegenüber.

Nun waren alle überstandenen Leiden vergessen, unsere Gedanken waren nur auf die Zukunft gerichtet. Der Kapitän Nemo zeigte sich nicht mehr, weder im Salon, noch auf der Plattform. Da der Lieutenant jeden Tag die Lage feststellte, und auf die Karte eintrug, so war ich im Stande, die Richtung des Nautilus genau aufzunehmen. Diesen Abend nun war es zu meiner großen Befriedigung klar, daß wir durch das Atlantische Meer wieder nach Norden fuhren.

Ich teilte dem Kanadier und Conseil das Ergebniß meiner Beobachtungen mit.

»Gute Neuigkeit, erwiderte der Kanadier, aber wohin fährt der Nautilus?

– Das kann ich nicht sagen, Ned.

– Will sein Kapitän nach dem Südpol auch dem Nordpol Trotz bieten, und durch die berufene nordwestliche Durchfahrt in das Stille Meer kommen?

– Man sollte ihn nicht dazu herausfordern, erwiderte Conseil.

– Dann, sagte der Kanadier, werden wir zuvor uns davon machen.

– Jedenfalls, fügte Conseil bei, ist dieser Kapitän Nemo ein ganzer Mann, und wir werden nicht bedauern, seine Bekanntschaft gemacht zu haben.

– Besonders wann wir von ihm fort sind!« versetzte Ned-Land.

Am folgenden Tage, den 1. April, als der Nautilus auf der Oberfläche fuhr, bekamen wir um Mittag westlich eine Küste in Sicht. Es waren die Feuerlande, ein Haufen Inseln, die sich zwischen 53 und 56° südlicher Breite und 67° 50' und 77° 15' westlicher Länge, dreißig französische Meilen lang und achtzig breit, erstrecken. Die Küste schien mir niedrig, aber in der Entfernung ragten hohe Berge empor. Ich glaubte sogar den Sarmiento zu sehen, der sich zweitausendundsiebenzig Meter hoch über dem Meeresspiegel erhebt, ein pyramidaler Schieferblock, mit sehr spitzigem Gipfel, der, je nachdem er mit Dünsten umgeben oder davon frei ist, »gutes oder schlechtes Wetter anzeigt«, wie Ned-Land sagte.

– Ein merkwürdiges Barometer, mein lieber Freund.

– Ja, mein Herr, ein natürliches Barometer, das mich noch nie getäuscht hat, wenn ich in der Magelhänischen Straße fuhr.«

So eben zeigte sich diese Spitze in klarer Zeichnung von dem Hintergrund des Himmels. Ein Wahrzeichen guten Wetters.

Der Nautilus tauchte wieder unter und näherte sich der Küste, an welcher er nur einige Meilen weit vorüber fuhr. Durch die Fenster des Salons sah ich lange Lianen und Riesentang, das birntragende Meergras, wovon wir im freien Polarmeer einige Musterproben gesehen hatten; mit ihren glatten und klebrigen Fasern waren sie bis zu dreihundert Meter lang; wahre Taue, über einen Zoll dick und sehr zähe, dienen sie oft zum Festbinden der Schiffe. Ein anderes Kraut, unter dem Namen Velp bekannt, mit vier Fuß großen Blättern, die zwischen den korallenartigen Versteinerungen staken, bedeckte den Meeresgrund. Es diente Myriaden von Schal- und Weichtieren zum Lager und zur Nahrung; bot namentlich den Robben und Ottern ein prächtiges Mahl.

Über diesen fetten und üppigen Grund fuhr der Nautilus mit äußerster Schnelligkeit. Gegen Abend näherte er sich dem Archipel der Falklands-Inseln, deren steile Gipfel ich am folgenden Morgen erkennen konnte. Die Meerestiefe war mäßig. Ich dachte daher, nicht ohne Grund, daß diese beiden Inseln, umgeben von einer Menge Eilande, ehemals zu den Magelhänischen Ländern gehörten.

Die Falklands-Inseln, welche jetzt den Engländern gehören, hießen früher, als sie französisch waren, Malouinen.

In diesen Gegenden brachten unsere Garne schöne Sorten von Algen herauf, und besonders eins Art Tang, an dessen Wurzeln die schönsten Muscheln hingen. Gänse und Enten ließen sich zu Dutzenden auf der Plattform nieder, und fanden bald ihren Platz in der Küche. Von Fischen beobachtete ich besonders eine Art Trichterfische, die zwei Dezimeter lang und ganz mit weißlichen und gelben Flecken besäet waren.

Desgleichen hatte ich zahlreiche Quallen zu bewundern, die schönsten der Gattung, wie sie jenen Meeren eigentümlich sind. Bald hatten sie die Gestalt eines halbrunden, sehr feinen Schirmchens, das mit rotbraunen Streifen geschmückt war und in zwölf regelmäßige Blumengehänge endigte; bald bildeten sie ein umgekehrtes Körbchen, woraus reiche Blätter und lange rote Zweige herabhingen. Sie bewegten schwimmend ihre vier blattartigen Arme, und ließen ihren reichen Hauptschmuck von Fühlhörnern herabhängend in den Fluten treiben. Ich hätte gerne einige Proben dieser zarten Zoophyten aufgehoben; aber es sind nur Wolken, Schatten und Schein; sie schmelzen und verdunsten, wenn sie aus ihrem Element heraus kommen.

Als die letzten Höhen der Falklands-Inseln unterm Horizont verschwunden waren, tauchte der Nautilus zwanzig bis fünfundzwanzig Meter tief unter, und fuhr längs der amerikanischen Küste. Der Kapitän Nemo ließ sich nicht sehen.

Bis zum 3. April fuhren wir an den Küsten von Patagonien, bald unterm Ozean, bald an der Oberfläche. Der Nautilus passierte die weite, von der Mündung des La Plata gebildete Untiefe, und befand sich am 4. April Uruguay gegenüber, aber fünfzig Meilen auf hoher See. Seine Richtung war immer nördlich längs den Krümmungen der südamerikanischen Küsten. Wir hatten damals sechzehntausend Lieues seit unserer Abreise aus den Japanischen Meeren zurückgelegt.

Gegen elf Uhr vormittags wurde der Wendekreis des Steinbocks unterm siebenunddreißigsten Meridian durchschnitten, und wir fuhren auf hohem Meere beim Cap Frio vorüber. Der Kapitän Nemo war, zum Ärger Ned-Land's, nicht gerne in der Nähe dieser bewohnten Küsten Brasiliens, denn er eilte mit schwindelhafter Schnelligkeit. Kein Fisch, noch Vogel, so flink sie auch sein mochten, konnten uns begleiten, und die Naturmerkwürdigkeiten dieser Meere entzogen sich aller Beobachtung.

Diese reißende Eile dauerte einige Tage, und am 4. April abends bekamen wir die östlichste Spitze Südamerikas, das Cap San Roque, in Sicht. Aber damals entfernte sich der Nautilus abermals, und suchte in größeren Tiefen ein unterseeisches Thal auf zwischen diesem Cap und Sierra Leona an der afrikanischen Küste. Dieses Thal teilt sich auf der Höhe der Antillen in zwei Richtungen, und endigt nördlich in eine enorme, neuntausend Meter tiefe Einsenkung. An dieser Stelle bildet der geologische Aufriß des Ozeans bis zu den kleinen Antillen einen steilen senkrechten Abhang von sechs Kilometer, und auf der Höhe der Kapverdischen Inseln eine andere, ebenso beträchtliche Wand. Diese beiden umschließen also die ganze versunkene Atlantis. Der Grund dieses ungeheuren Thales ist hier und da mit einigen Bergen besetzt, welche malerischen Ansichten darbieten. Ich berichte dieses hauptsächlich nach den Karten im Manuskript, welche offenbar von der Hand des Kapitäns Nemo auf Grund seiner persönlichen Beobachtungen herrühren.

Zwei Tags lang wurden diese öden und tiefen Gewässer vermittelst der geneigten Ebenen besucht. Doch am 11. April stieg der Nautilus plötzlich wieder zur Oberfläche und wir bekamen das Land an der Mündung des Amazonenstromes zu sehen, dessen Wasser soweit hin und so beträchtlich ausströmt, daß das Meer auf einige Meilen seinen Salzgehalt verliert.

Wir hatten den Äquator durchschnitten, und ließen zwanzig Meilen westlich das französische Cayenne, wo wir leicht eine Zufluchtsstätte gefunden hätten. Aber der Wind wehte zu stark und die wütend aufgeregten Wellen hätten einem einfachen Boot nicht gestattet, ihnen zu trotzen. Ned-Land sah dies wohl selbst ein, denn er sprach kein Wort mit mir. Ich meinerseits spielte nicht mit einem Wort auf seine Fluchtprojekte an, denn ich wollte ihn nicht zu einem Versuch veranlassen, welcher unfehlbar gescheitert wäre.

Ich entschädigte mich leicht für diese Verzögerung durch interessante Studien. Während dieser beiden Tage, am 11. und 12. April, blieb der Nautilus auf der Oberfläche, und sein Sacknetz tat einen wundervollen Fang an Zoophyten, Fischen und Reptilien.

Die Zoophyten waren zum großen Teil schöne Phyctalinen, zu den Strahlentieren gehörig, unter anderem eine in diesem Ozean einheimische Gattung mit kleinem zylindrischen Stamm, der mit vertikalen Linien und roten Punkten verziert, und mit einem wundervollen Strauß von Fühlfäden gekrönt war. Mollusken waren es von den bereits beschriebenen, Thurmschnecken, durchsichtige Hyalen, Argonauten, vortreffliche eßbare Tintenfische, einige Arten Calmar u. s. w.

Von Fischen, die ich noch nicht zu studieren Gelegenheit hatte, bemerkte ich einige Arten. Unter den Knorpelfischen eine Aalart, fünfzehn Zoll lang, mit grünlichem Kopf, violetten Flossen, bläulich grauem Rücken, braun silberfarbenem, lebhaft geflecktem Bauch, einem goldenen Ring um die Iris, merkwürdige Tiere, die im Süßwasser leben, und vermutlich vom Amazonenstrom hierher getrieben wurden; kleine, einen Meter lange Haie, unter dem Namen Pantoffelfisch bekannt, grau und weißlich, deren in mehrere Reihen stehende Zähne rückwärts gekrümmt sind; Fledermaus-Seeteufel, eine Art gleichschenkeliger Triangel, rötlich, einen halben Meter groß, mit einer fleischigen Verlängerung der Brustflossen, wodurch sie das Aussehen von Fledermäusen bekommen, und mit einem hornartigen Ansatz neben den Nasenlöchern, weshalb man sie See-Einhorn benannte; einige Sorten Hornfische u. a. m.

Von Knochenfischen beobachtete ich eine große Menge, deren Aufzählung zu langweilig sein würde. Ich hebe daraus hervor: Goldflosser, auf denen Silber- und Goldglanz mit Rubin und Topasen sich mischen; phosphorescirende Goldschwanzbrassen; hellrote Lippfische; drei Dezimeter lange Sardinen mit lebhaftem Silberglanz. Besonders aber muß ich noch einen Fisch nennen, dessen Conseil noch lange Zeit gedenken wird.

Unser Garn brachte einen sehr flachen Rochen, der vollkommen wie eine kreisrunde Scheibe geformt war und zwanzig Kilogramm wog. Er war oben weiß, unten rötlich mit großen tiefblauen, schwarz gerandeten Flecken, hatte eine sehr glatte Haut und eine zweilappige Flosse. Er zappelte auf der Plattform, versuchte durch krampfhafte Bewegungen wieder in's Meer zu kommen, und war im Begriff, mit einem letzten Satze diesen Zweck zu erreichen. Da stürzte sich Conseil auf ihn, und faßte ihn, ehe ich ihn noch abhalten konnte, mit beiden Händen.

Aber plötzlich lag er zu Boden geworfen und streckte die Beine in die Luft; an der Hälfte seines Körpers gelähmt, schrie er:

»Ach! mein Herr! mein Herr! zu Hilfe!«

Unterstützt vom Kanadier hob ich ihn auf, und wir rieben ihn aus Leibeskräften. Als er wieder zum Bewusstsein kam, murmelte er mit gebrochener Stimme:

»Klasse der Knorpelfische, Ordnung der Knorpelflosser, mit festen Kiemen, Unterordnung der phosphoreszierenden, Familie der Rochen, Gattung der Zitterfische!«

– Ja wohl. Lieber, erwiderte ich, ein Zitterfisch hat Dich in den jämmerlichen Zustand versetzt.

– Ach, mein Herr kann mir's wohl glauben, versetzte Conseil, aber ich werde mich an diesem Tiere rächen.

– Und wie?

– Ich werde es aufzehren.«

Dies tat er noch denselben Abend, aber nur zur Revanche, denn offen gestanden, er war zähe wie Leder.

Es war ein Zitterfisch der schlimmsten Art, *la Cumana*, von dem Conseil getroffen wurde. Das seltsame Thier ist fähig, in einer so leitungsfähigen Umgebung, wie das Wasser ist, mehrere Meter weit die Fische mit seinem Blitz zu treffen, so stark ist die Kraft seines elektrischen Organes, dessen beide Hauptoberflächen nicht weniger als siebenundzwanzig Quadratfuß messen.

Am folgenden Tage, der 12. April, kam der Nautilus in der Nähe der Holländischen Küste, bei der Mündung des Maroni, vorbei. Daselbst lebten einige Trupp Seekühe beisammen. Es waren Manati, welche gleich dem Dugong zur Ordnung der Sirenen gehören. Diese schönen, friedlichen und unschädlichen Tiere, sechs bis sieben Meter groß, mußten wenigstens viertausend Kilogramm wiegen. Ich belehrte Ned-Land und Conseil, daß die Sorge der Natur diesen Säugetieren eine wichtige Rolle zugewiesen habe. Sie haben in der Tat, gleich den Robben, die Obliegenheit, die unterseeischen Wiesen zu beweiden, und also die Anhäufung von Kräutern zu zerstören, welche die Mündung der tropischen Flüsse versperren.

»Und wissen Sie, fügte ich bei, was erfolgt ist, seit die Menschen diese nützlichen Racen fast ganz vernichtet haben? Die verfaulten Gewächse haben die Luft verpestet und das gelbe Fieber erzeugt, wodurch diese herrlichen Gegenden verödet werden. Die Giftpflanzen sind unter diesen Meeren der heißen Zone zahlreicher geworden, und das Übel hat sich von der Mündung des Rio de la Plata bis nach Florida unwiderstehlich entwickelt!

»Und darf man Toussenel glauben, so ist diese Plage noch unbedeutend gegen die, welche unsere Nachkommen treffen wird, wann die Wallfische und Robben in diesen Meeren vertilgt worden sind. Dann werden sie, voll Polypen, Quallen, Kalmar, ungeheure Heerde der Verpestung, weil es nicht mehr die weiten Magen gibt, welche von Gott beauftragt sind, die Oberfläche des Meeres abzuschäumen.«

Die Mannschaft des Nautilus, ohne jedoch diese Theorien zu verachten, erlegte ein halbes Dutzend dieser Manati. Es handelte sich in der Tat darum, die Vorratskammer mit einem vortrefflichen Fleisch, welches noch vorzüglicher ist als Ochsen- und Kalbfleisch, zu versorgen. Diese Jagd bot kein Interesse dar. Die Manati ließen sich ohne Widerstand erlegen. Einige tausend Kilo Fleisch, zum Trocknen bestimmt, wurden an Bord gebracht. Ebenso wurden durch einen reichen Fischfang die Vorräte vermehrt.

Als der Fischzug vollendet war, näherte sich der Nautilus der Küste. Hier schliefen eine Anzahl See-Schildkröten auf der Oberfläche des Wassers. Es würde schwer gehalten haben sich ihrer zu bemächtigen, da das geringste

Geräusch sie aufweckt, und ihr Schild sie gegen jede Harpune schützt. Aber mit Hilfe von See-Igeln, deren man einige im Garn gefangen hatte, gelang die Operation mit großer Sicherheit, denn dieses Tier ist wie eine Angel zu gebrauchen.

Die Bootsleute des Nautilus befestigten an den Schwanz dieser Fische einen Ring, der weit genug war, um ihre Bewegungen nicht zu hindern, und an diesen Ring ein langes Tau, das mit dem andern Ende an Bord fest war. Als die Tiere in's Meer geworfen wurden, fingen sie sogleich ihre Rolle an, schwammen hin, und hingen sich an das Bauchschild der Schildkröten, und hielten damit solcher Zähigkeit fest, daß sie nicht mehr los zu machen waren. Man zog sie dann samt den Schildkröten an Bord.

Auf diese Weise fing man einige Cacuanen, die einen Meter lang waren und zweihundert Kilo wogen. Ihre Schilddecken, die mit großen, feinen, durchsichtigen, braun und weiß oder gelb gesprenkelten Horndecken bedeckt sind, haben einen hohen Preis. Zudem sind sie eßbar und von ausgezeichnetem Geschmack.

Nach diesem Fang verließen wir den Amazonenstrom und stachen während der Nacht wieder in die hohe See.

Kapitel 18

Riesenpolypen

Einige Tage lang entfernte sich der Nautilus beständig von der amerikanischen Küste. Offenbar wollte er nicht in dem mexikanischen Golf oder dem Meer der Antillen fahren. An Wassertiefe hätte es zwar dort nicht gemangelt, denn dieselbe beträgt durchschnittlich achtzehnhundert Meter; aber vermutlich gefiel diese Gegend dem Kapitän Nemo deshalb nicht, weil sie mit Inseln besäet, und beständig von Booten befahren ist.

Am 16. April bekamen wir Martinique und Guadeloupe in einer Entfernung von etwa dreißig Meilen in Sicht. Eine Weile konnte ich ihre hohen Spitzberge sehen.

Der Kanadier hatte darauf gerechnet, in dem Golf seine Pläne in Ausführung zu bringen, entweder, indem er an's Land kam oder in eins der zahlreichen Boote, welche beständig von einer Insel zur andern fuhren; nun geriet er in große Verlegenheit. Das Entrinnen wäre leicht gewesen, wenn es Ned-Land gelungen wäre, sich heimlich des Bootes zu bemächtigen. Aber in hoher See war nicht mehr daran zu denken.

Wir hatten, der Kanadier, Conseil und ich, darüber eine lange Unterredung. Seit sechs Monaten waren wir Gefangene an Bord des Nautilus. Wir hatten siebenzehntausend Meilen zurückgelegt, und wie Ned-Land sagte, man sah keinen Grund dafür, daß es ein Ende nehmen werde. Er machte mir daher einen Vorschlag, dessen ich mich nicht versehen hatte; nämlich, an den Kapitän Nemo kategorisch die Frage zu richten, ob er im Sinne habe, uns ewig an seinem Bord fest zu halten?

Ein solcher Schritt mißfiel mir. Meiner Ansicht nach konnte er nicht zum Ziele führen. Man durfte nichts vom Kommandanten des Nautilus hoffen; alles nur von uns selbst. Übrigens wurde dieser Mann seit einiger Zeit düsterer, zurückgezogener, weniger gesellig. Er schien mich zu meiden; ich sah ihn nur in seltenen Fällen. Sonst machte es ihm Vergnügen, mir die unterseeischen Wunder auseinander zu setzen; jetzt überließ er mich meinen Studien, und kam nicht mehr in den Salon.

Welche Veränderung war mit ihm vorgegangen? Weshalb? Ich hatte mir nichts vorzuwerfen. Vielleicht war ihm unsere Anwesenheit an Bord lästig? Jedoch konnte ich nicht hoffen, daß er fähig sei, uns die Freiheit wieder zu geben.

Ich bat daher Ned, mich überlegen zu lassen, bevor wir handelten. Wenn dieser Schritt keinen Erfolg hatte, so konnte derselbe seinen Argwohn wieder beleben, unsere Lage peinlicher machen, und den Projekten des Kanadiers schaden. Ich fügte bei, daß wir uns in Beziehung auf unsere Gesundheit nicht im Mindesten zu beschweren hatten. Ausgenommen das harte Probestück der Eisdecke des Südpols hatten wir uns niemals besser befunden, weder Ned, noch Conseil, noch ich. Diese gesunde Nahrung, diese zuträgliche Atmosphäre ließen Krankheiten nicht aufkommen, und für einen Mann, dem die Erinnerung an das Land nichts vermissen ließ, für einen Kapitän Nemo, der hier seine Heimat hat, hingeht, wohin er will, der auf Wegen, welche für andere, nicht für ihn selbst geheimnißvoll sind, auf sein Ziel zuschreitet, war mir eine solche Existenz begreiflich. Aber wir hatten mit der Menschheit nicht gebrochen. Ich meines Teils wollte nicht meine so merkwürdigen und so neuen Studien mit mir in's Grab nehmen. Jetzt war ich berechtigt, das wahre Buch über das Meer zu schreiben, und ich wünschte, daß dieses Buch lieber früher wie später erschiene.

Auch hier, in diesen Gewässern der Antillen, zehn Meter unterhalb des Meeresspiegels, wenn ich durch die geöffneten Fenster sah, welche interessante Produkte hatte ich in meinem Tagebuch zu verzeichnen! Unter anderen Zoophyten waren da die bekannten Galeerenquallen, große, längliche Blasen mit Perlmutterglanz, mit blauen Fühlfäden, die gleich Seidenfäden herabhängen wollten; reizende Medusen zum Anschauen, wahre Nesseln beim Anfühlen, indem sie eine ätzende Flüssigkeit träufeln ließen. Unter den Gliedertieren Ringwürmer von anderthalb Meter Länge mit rosenfarbigem Rüssel und siebenzehnhundert Fortbewegungsorganen, schlängelten sich unterm Wasser, und warfen beim Vorbeifahren alle Strahlen des Sonnenspektrums. Unter den Fischen waren Rochen, zehn Fuß lang und sechshundert Pfund schwer, die bisweilen gleich einem dunkeln Laden unsere Fenster deckten; sechzehn Dezimeter große Skomber, zur Gattung der großen Makrelen gehörig. Sodann in großen Schwärmen Meerbarben, mit goldenen Streifen vom Kopf bis zum Schwanz, wahre Juwelen, die schon von den römischen Damen besonders gesucht waren; endlich Stacheldeckel, mit smaragdenen Schnüren, in Sammt und Seide gehüllt, zogen vor unseren Blicken gleich stattlichen Herren; silberfarbige Mondfische stiegen am Horizont der Gewässer auf, gleich Monden im Silberschein ihres blassen Lichtes.

Wie manche wunderhafte Musterstücke hätte ich noch beobachten können, wäre nicht der Nautilus allgemach in tiefere Schichten hinabgegangen, bis zu zweitausend und dreitausendfünfhundert Meter, wo das Tierleben nur noch durch Seesterne, reizende Medusenhäupter, Blutzähne, und große Ufermollusken repräsentiert war.

Am 20. April waren wir wieder zu einer Höhe von durchschnittlich fünfzehnhundert Fuß aufgestiegen. Das nächste Land war damals der Archipel der Lucaischen Inseln, die an der Meeresfläche wie ein Haufen Pflastersteine liegen, Steile Felsen ragten da hoch unter dem Meere empör, grad anstrebende Mauern aus angefressenen Steinblöcken in mächtigen Schichten aufgebaut, dazwischen schwarze, dunkle Löcher, wohin unsere elektrischen Strahlen nicht durchdringen konnten.

Diese Felsen waren mit starkem Gebüsch überzogen, riesenhafte Laminaren und Seetang, ein wahres Spalier von Wasserpflanzen, einer Riesenwelt entsprechend.

Diese kolossalen Pflanzen führten uns, Conseil, Ned und mich im Gespräch auf die Riesentiere des Meeres.

Etwa um elf Uhr machte mich Ned-Land auf ein fürchterliches Wimmeln in den großen Tangmassen aufmerksam.

»Nun, sagte ich, da sind ja die wahren Polypenhöhlen, und es würde mich nicht eben wundern, wenn wir einige dieser Ungeheuer zu sehen bekämen.

– Wie? Sagte Conseil, Kalmar, bloße Kalmar, von der Klasse der Kopffüßler?

– Nein, sagte ich, Meerpolypen von riesenhafter Größe. Freund Ned hat sich ohne Zweifel geirrt, denn ich sehe nichts.

– Das tut mir leid, versetzte Conseil. Ich möchte gerne so einem Ungeheuer in's Angesicht schauen, von denen ich so viel reden hörte, und die ja selber Schiffe in den Abgrund ziehen können. Diese Ungetüme, man heißt sie Krak…

– Krach genügt schon, sagte der Kanadier ironisch.

– Krakens, entgegnete Conseil, ohne sich um die Scherze seines Kameraden zu kümmern.

– Es wird mich nie Jemand davon überzeugen, sagte Ned-Land, daß es solche Tiere gibt.

– Warum nicht? erwiderte Conseil. Wir haben ja auch an den Narwal meines Herrn geglaubt.

– Und wir haben nicht Recht gehabt, Conseil.

– Allerdings! Aber andere glauben gewiß noch daran.

– Vermutlich, Conseil, aber ich für meinen Teil gebe ganz entschieden die Existenz solcher Ungeheuer nicht eher zu, als bis ich sie eigenhändig zerlegt habe.

– Also, fragte mich Conseil, glaubt mein Herr nicht an die Riesenpolypen?

– Wer den Teufel hat je daran geglaubt? Rief der Kanadier.

– Gar manche Leute, Freund Ned.

– Keine Fischer. Gelehrte, vielleicht!

– Entschuldigen Sie, Ned. Fischer und Gelehrte!

– Aber ich, sagte Conseil mit der ernstesten Miene von der Welt, erinnere mich wohl gesehen zu haben, wie ein großes Fahrzeug von den Armen eines Kopffüßlers unter's Wasser hinab gezogen wurde.

– Sie haben das gesehen? Fragte der Kanadier.

– Ja, Ned.

– Mit eigenen Augen?

– Mit meinen eigenen Augen.

– Wo, wenn's beliebt?

– Zu St. Malo, erwiderte Conseil, ohne sich irre machen zu lassen.

– Im Hafen? Fragte Ned-Land ironisch.

– Nein, in einer Kirche, erwiderte Conseil.

– In einer Kirche! Schrie der Kanadier.

– Ja, Freund Ned. Ein Gemälde stellte den fraglichen Polypen dar.

– Gut! Sagte Ned-Land mit hellem Lachen. Herr Conseil hat mich zum Besten.

– Wirklich, er hat Recht, sagte ich. Ich habe von diesem Gemälde reden hören; aber der dargestellte Gegenstand ist aus einer Legende genommen, und Sie wissen, was von Legenden in Hinsicht auf Naturgeschichte zu halten ist!

– Aber was ist denn Wahres an den Wundergeschichten? Fragte Conseil.

– Nichts, meine Freunde, wenigstens nichts über die Grenzen der Wahrscheinlichkeit hinaus, um bis zur Fabel oder Legende gesteigert zu werden. Ja, doch für die Einbildungskraft der Erzähler bedarf es, wo nicht einer Ursache, doch eines Vorwandes. Unleugbar giebt's Polypen und Kalmar von riesenhafter Größe; doch sind sie immer nicht so groß als Wallfische. Unsere Fischer sehen deren häufig, welche fast zwei Meter lang sind. Die Museen zu Triest und Montpellier haben zwei Meter große Skelette von Polypen. Übrigens hat ein solches Tier, das nur sechs Fuß groß ist, Fühlfäden von siebenundzwanzig Fuß Länge. Und das reicht schon hin, um ein furchtbares Ungeheuer daraus zu machen.

– Fischt man sie noch heutiges Tages? Fragte der Kanadier.

– Wenn die Seeleute sie nicht fischen, so sehen sie doch solche. Einer meiner Freunde, der Kapitän Paul Bos zu Havre, hat mir oft versichert, er habe in den Indischen Meeren ein solches Ungeheuer von kolossaler Größe gesehen. Aber eine Tatsache zum Erstaunen, die keinen Zweifel mehr über die Existenz dieser Riesentiere läßt, ist vor einigen Jahren, 1861, vorgefallen.

– Was für eine Tatsache? Fragte Ned-Land.

– Ich will die Begebenheit erzählen. Im Jahre 1861 bemerkte die Mannschaft des Avisoschiffes Alecton nordöstlich von Teneriffa, ungefähr unter dem Breitegrade, wo wir uns jetzt befinden, ein Ungeheuer von Kalmar, das in diesen Gewässern schwamm. Der Kommandant Bouguer näherte sich dem Tiere, griff es mit der Harpune und der Flinte an, ohne großen Erfolg, denn Kugel und Harpune drangen durch das Fleisch hindurch, daß weich wie eine Gallerte ohne festen Kern ist. Nach mehreren fruchtlosen Versuchen gelang es den Leuten, eine Schlinge um den Körper der Molluske zu werfen. Diese Schlinge glitt bis zu den Schwanzflossen, wo sie festhielt. Darauf versuchte man das Tier an Bord zu ziehen, aber sein Gewicht war so bedeutend, daß es beim Hinaufziehen seinen Schwanz im Stiche ließ, und ohne diese Zierde in den Wogen verschwand.

– Das ist doch endlich eine Tatsache, sagte Ned-Land.

– Eine unbestreitbare Tatsache, wackerer Ned. Man hat auch vorgeschlagen, diese Polypen »Kalmar Bouguer« zu nennen.

– Und wie groß war das Tier? Fragte der Kanadier.

– Maß es nicht etwa sechs Meter? Sagte Conseil, der am Fenster stehend, wiederholt die Spalten der Küstenwand besah.

– Gerade so viel, erwiderte ich.

– Waren nicht an seinem Kopf, fuhr Conseil fort, acht Fühlfäden, die sich wie eine Brut Schlangen über dem Wasser bewegten?

– Gerade so.

– Waren nicht seine vorstehenden Augen von ansehnlicher Größe?

– Ja, Conseil.

– Glich nicht sein Maul einem Papageienschnabel, aber einem furchtbaren?

– Wirklich, Conseil.

– Nun denn! wenn's meinem Herrn beliebt, versetzte ruhig Conseil, ist da nicht der Kalmar Bouguer, so ist's doch ein Bruder desselben.«

Ich sah Conseil an. Ned-Land stürzte an's Fenster.

»Das fürchterliche Thier!« rief er aus.

Ich sah ebenfalls hin, und konnte mich einer Bewegung des Widerwillens nicht erwehren. Vor meinen Augen bewegte sich ein gräßliches Ungeheuer, das einen Platz in den Wunderlegenden verdiente.

Es war ein Kalmar von kolossaler Größe, acht Meter lang. Derselbe bewegte sich äußerst schnell rückwärts nach dem, Nautilus zu, mit starrem Blick aus enorm großen Augen von graugrüner Farbe. Seine acht Arme, oder vielmehr Füße, befanden sich am Kopfe – weshalb man dieser Gattung Tiere den Namen Kopffüßler gibt – waren von doppelter Größe, wie der Leib, und ringelten sich gleich den Schlangen am Haupt der Furien. Deutlich konnte man zweihundert schröpfkopfartige Warzen erkennen, welche an der inneren Fläche der Fühlarme in Form von halbrunden Kapseln saßen. Diese legten sich mitunter am

Fensterglas an, so daß sie einen luftleeren Raum bildeten. Das Maul des Ungeheuers, – ein hörnerner Schnabel von Gestalt wie der eines Papageis – öffnete und schloss sich vertikal, wie eine Blechschere. Aus dieser streckte es zischend eine Zunge von Hornsubstanz, welche ebenfalls mit mehreren Reihen spitzer Zähne besetzt war. Wie phantastisch! Eine Molluske mit Vogelschnabel! Sein spindelförmiger, in der Mitte aufgedunsener Leib bildete eine fleischige Masse, welche zwanzig- bis fünfundzwanzigtausend Kilogramm wiegen mußte. Die Farbe des Tieres blieb sich nicht gleich, wechselte äußerst schnell, wenn es gereizt war, wobei sie von Grauschwarzblau in's Braunrötliche überging.

Worüber geriet die Molluske in Zorn? Ohne Zweifel über die Anwesenheit dieses Nautilus, der stärker war, und dem seine saugenden Arme oder seine Kinnladen nichts anhaben konnten. Und doch, was für Ungeheuer sind diese Polypen, welche Lebenskraft hat der Schöpfer ihnen zugeteilt, welche Kraft in den Bewegungen, denn sie sind im Besitz von drei Herzen.

Der Zufall hatte mich mit diesem Kalmar in Berührung gebracht, und ich wollte nicht die Gelegenheit vorüber lassen, dieses Musterstück von Kopffüßlern sorgfältig zu studieren. Ich überwand den widerwilligen Ekel, welchen mir sein Anblick erregte, ergriff einen Bleistift und fing an es abzuzeichnen.

»Es ist vielleicht das nämliche Thier des Alecton, sagte Conseil.

– Nein, erwiderte der Kanadier, denn jenes hat seinen Schwanz verloren, und dieses ist damit noch versehen!

– Das gäbe keinen Grund ab, entgegnete ich, Arme und Schwanz erneuern sich bei diesen Tieren, und seit sieben Jahren hatte der Schwanz des Kalmars Bouguer wohl Zeit nachzuwachsen.

– Übrigens, versetzte Ned, ist's nicht der nämliche, so ist er doch von derselben Art und Gattung!«

Wirklich zeigten sich andere Tiere dieser Art vor dem Fenster. Ich zählte ihrer sieben. Sie gaben dem Nautilus das Geleit, und ich hörte, wie sie mit dem Schnabel am eisernen Schiffsrumpf kratzten. Also ein Geleite nach Wunsch.

Ich setzte meine Arbeit fort. Die Ungetüme hielten sich so genau in unserem Wasser, daß sie unbeweglich schienen, und ich hätte sie am Fenster in Verkürzung abzeichnen können. Zudem fuhren wir langsamer.

Plötzlich stand der Nautilus stille. Ein Stoß, und er zitterte in allen Fugen.

»Sind wir gestrandet? Fragte ich.

– Jedenfalls, erwiderte der Kanadier, würden wir bereits wieder frei sein, denn wir sitzen nicht auf.«

Der Nautilus war ohne Zweifel flott, fuhr aber nicht. Die Schraube war nicht in Tätigkeit. Nach einer Minute trat der Kapitän Nemo in Begleitung seines Lieutenants in den Salon.

Ich hatte ihn seit einiger Zeit nicht gesehen; er sah verdrießlich aus. Ohne ein Wort zu reden, vielleicht ohne uns zu sehen, trat er an's Fenster, besah die Polypen, und sagte einige Worte zu seinem Lieutenant.

Dieser ging hinaus. Alsbald wurden die Läden geschlossen, der Salon von oben erleuchtet.

Ich trat zum Kapitän.

»Eine merkwürdige Sammlung von Polypen, sagte ich zu ihm mit dem unbefangenen Tone eines Betrachters vor dem Fenster eines Aquariums.

– Es ist wahr, Herr Naturforscher, erwiderte er, und wir sind im Begriff, Mann gegen Mann ihnen zu Leibe zu gehen.«

Ich blickte den Kapitän an; ich glaubte ihn nicht recht verstanden zu haben.

»Mann gegen Mann? Wiederholte ich.

– Ja, mein Herr, die Schraube steht still. Ich glaube, daß der hörnerne Schnabel eines solchen Kalmars zwischen ihren Schaufeln steckt, so daß sie dadurch gehemmt ist.

– Und was wollen Sie tun?

– Zur Oberfläche aufsteigen, und die ganze Brut vertilgen.

– Das ist schwierig.

– Allerdings. Die elektrischen Kugeln sind unwirksam gegen dieses weiche Fleisch, und sie finden nicht Widerstand genug, um zu platzen. Aber wir greifen sie mit dem Beil an.

– Und mit der Harpune, mein Herr, sagte der Kanadier, wenn Sie meinen Beistand nicht abweisen.

– Ich nehme ihn an, Meister Land.

– Wir wollen Sie begleiten«, sagte ich, und wir gingen in Gesellschaft des Kapitäns Nemo zur Mittelstiege.

Hier standen zehn Mann mit Enterbeilen bewaffnet zum Angriff bereit. Auch ich nebst Conseil ergriff ein Beil. Ned-Land nahm eine Harpune in die Hand.

Der Nautilus befand sich damals auf der Oberfläche des Wassers. Einer der Bootsleute stand auf den obersten Sprossen und schraubte die Zapfen des Deckels auf. Aber die Schrauben waren kaum los, als der Deckel mit äußerster Gewalt aufgehoben wurde, offenbar von einem Polypenarme mit seinen Schröpfköpfen.

Alsbald glitt einer dieser langen Arme gleich einer Schlange durch die Öffnung, und zwanzig andere ringelten sich oben. Der Kapitän Nemo hieb mit einem Beile den fürchterlichen Arm entzwei, der sich krümmend über die Treppenstufen rutschte.

Im Moment, wo wir uns über einander drängten, um auf die Plattform zu kommen, senkten sich zwei andere Arme, die Luft durchschneidend auf den vor dem Kapitän Nemo stehenden Mann herab, und hoben ihn mit unwiderstehlicher Gewalt in die Höhe.

Der Kapitän schrie laut auf und schwang sich hinaus. Wir stürzten hinter ihm nach.

Welche Scene! Der Unglückliche, von dem Fühlarm umschlungen und mit den Warzen festgehalten, wurde von dem enormen Rüssel nach Gelüsten in der Luft geschüttelt. Röchelnd, erstickend rief er um Hilfe. Dieser Angstruf in *französischer Sprache* setzte mich in tiefe Bestürzung. Also hatte ich einen Landsmann an Bord, mehrere vielleicht! Diesen herzzerreißenden Ruf werd' ich mein Lebtag hören!

Der Unglückliche war verloren. Wer vermochte ihn dieser erdrückenden Umschlingung zu entreißen? Inzwischen hatte sich der Kapitän Nemo auf das Ungetüm gestürzt und ihm noch einen Arm mit dem Beile abgehauen. Sein Lieutenant kämpfte wütend gegen andere Ungeheuer an den Seiten des Nautilus. Die Bemannung kämpfte mit Beilen. Der Kanadier, Conseil und ich hieben in die Fleischmassen ein. Ein starker Moschusgeruch durchdrang die Atmosphäre. Es war erschrecklich.

Einen Augenblick glaubte ich, der unglückliche, von dem Ungeheuer umschlungene Mann werde dem gewaltigen Aussaugen entrissen werden. Sieben von den acht Armen waren abgehauen; ein einziger nur, der das Opfer schwang, wie eine Feder, krümmte sich noch in der Luft. Aber in dem Augenblick, da der Kapitän Nemo und sein Lieutenant sich auf ihn stürzten, strömte das Tier einen Strahl schwarzer Flüssigkeit, welche es in einem Beutel an seinem Unterleibe absonderte, uns entgegen. Wir wurden dadurch wie blind. Als diese Wolke sich zerstreute, war der Kalmar verschwunden samt meinem unglücklichen Landsmanne!

Wie fielen wir nun wütend über die Ungeheuer her! Gerieten außer uns: Zehn bis zwölf Polypen hatten die Plattform und die Seiten des Nautilus angefallen. Wir purzelten durch einander inmitten der zerstümmelten Schlangen, die auf der Plattform in einer Lache von Blut und Tinte zappelten.

Es schien, als wüchsen die klebrigen Fühlhörner wie die Köpfe der Hydra wieder auf. Ned-Land's Harpune tauchte bei jedem Stoß in die graugrünen Augen der Kalmar und bohrte sie aus. Aber plötzlich wurde mein kühner Genosse von den Armen eines Ungeheuers, welchen er nicht ausweichen konnte, zu Boden geworfen.

Ah! Mein Herz wollte brechen vor Rührung und Grausen! Schon öffnete sich der fürchterliche Schnabel des Tieres über Ned-Land, um den Unglücklichen zu zerreißen. Ich stürzte zu seinem Beistande herbei. Aber der Kapitän Nemo war mir schon zuvor gekommen. Sein Beil verschwand zwischen den enormen Kinnbacken, und der Kanadier, wie durch ein Wunder gerettet, richtete sich auf und tauchte seine Harpune tief bis in's dreifache Herz des Polypen.

»Diese Revanche war ich mir schuldig!« sagte der Kapitän Nemo zu dem Kanadier.

Ned verbeugte sich ohne Antwort.

Dieser Kampf hatte eine Viertelstunde lang gedauert.

Die Ungeheuer, überwältigt, verstümmelt, zu Tode getroffen, räumten uns endlich den Platz und verschwanden unter den Wellen.

Der Kapitän Nemo, in Blut gebadet, unbeweglich neben dem Fanal, sah in's Meer hinaus, welches einen seiner Gefährten verschlungen hatte, und dicke Tränen quollen aus seinen Augen.

Kapitel 19

Der Golfstrom

Diese fürchterliche Scene des 20. April wird Niemand von uns je vergessen können. Ich habe sie unterm Eindruck heftigster Gemütsbewegung niedergeschrieben, und später durchgesehen: meine Darstellung ist völlig genau, aber ausreichend als Schilderung nicht. Der Schmerz des Kapitän Nemo war unermeßlich. Nun hatte er schon den zweiten Genossen an Bord verloren. Und was für ein Tod! Zerdrückt, erstickt, zerfleischt von dem Ungeheuer, sollte er nicht auf dem stillen Friedhof des Korallenreichs seine Ruhestätte finden!

Mir war das Verzweiflungsgeschrei des Unglücklichen herzzerreißend gewesen. Die Todesangst hatte seine Muttersprache verraten. Ich hatte also einen Heimatgenossen unter der, dem Kapitän Nemo mit Leib und Seele verbundenen Mannschaft! War er der einzige Repräsentant Frankreichs in der aus verschiedenen Nationalitäten gemischten Gesellschaft? Ein ungelöstes Rätsel, das mich unablässig quälte.

Der Kapitän Nemo zog sich in sein Zimmer zurück, und ich bekam ihn einige Zeit lang nicht zu sehen. Aber daß er traurig, verzweifelt, unentschlossen sein mußte, gab mir das Fahrzeug, dessen Seele er war, zu erkennen. Der Nautilus fuhr nicht mehr in einer bestimmten Richtung, sondern hin und her streifend, gleich einem Leichnam dem Spiel der Wellen überlassen. Seine Schraube war wieder frei, und doch gebrauchte er sie kaum, segelte aufs Geradewohl.

So verliefen zehn Tage. Erst am 1. Mai setzte der Nautilus, nachdem er die Lucayischen Inseln bis zur Mündung des Bahama-Canals in Sicht bekommen, entschieden in nördlicher Richtung seine Fahrt fort. Wir folgten darauf dem Laufe des Golfstromes, des größten Flusses im Meere, der seine Ufer, seine eigene Temperatur und Fische hat.

Es ist in der Tat ein Fluß, der mitten im Atlantischen Ozean selbständig fließt, ohne daß sein Wasser mit dem des Ozeans sich mischt. Dieser Fluß hat mehr Salzgehalt, als das umgebende Meer. Seine durchschnittliche Tiefe beträgt dreitausend Fuß, seine mittlere Breite sechzig Meilen. An manchen Stellen fließt er mit einer Schnelligkeit von vier Kilometer die Stunde. Der unveränderliche Umfang seiner Gewässer ist bedeutender, als der aller Flüsse der Erde.

Die wahre Quelle des Golfstromes, wie sie der Kommandant Maury erkannte, sein Ausgangspunkt, wenn man will, liegt im Golf von Gascogne. Hier fangen seine Gewässer, an Temperatur und Farbe noch schwach, sich zu bilden an. Er fließt südwärts längs der afrikanischen Küste, wärmt seine Fluten in den Strahlen der heißen Zone, dann quer durch das Atlantische bis zum Cap San Roque an der brasilischen Küste, wo er sich in zwei Arme teilt, von welchen der eine in dem Antillenmeere noch satter zu erwärmen trachtet. Nun beginnt der Golfstrom, welcher die Bestimmung hat, das Gleichgewicht zwischen den Temperaturen herzustellen und die tropischen Wasser mit den nördlichen zu mischen, seine ausgleichende Rolle. Mit gesteigerter Wärme zieht er aus dem mexikanischen Golf nordwärts den amerikanischen Küsten zu bis zu Newfoundland, beugt beim Andrang der kalten Strömung aus der Davisstraße von jener Richtung ab, und fließt wieder dem Ozean zu, indem er auf einem der großen Kreise der loxodromischen Linie folgt, teilt sich unterm dreiundvierzigsten Grade in zwei Arme, wovon der eine, unterstützt von den Passatwinden zu dem Golf von Gascogne und den Azoren zurückkehrt, und der andere, nachdem er die laue Temperatur der Küsten Islands und Norwegens veranlaßt, bis über Spitzbergen hinaus, wo seine Wärme bis auf vier Grad herabsinkt, fortströmt, und das freie Meer des Polarlandes bildet.

Auf diesem Strome des Ozeans fuhr damals der Nautilus. Da wo derselbe aus dem Bahama-Kanal heraus kommt, bei vierzehn Lieues Breite und dreihundertfünfzig Meter Tiefe, fließt der Golfstrom im Verhältniß von acht Kilometer die Stunde. Diese Schnelligkeit nimmt regelmäßig ab im Verhältniß wie er weiter nördlich kommt, und es ist zu wünschen, daß diese Regelmäßigkeit fortbestehe, weil, wenn, wie man zu bemerken glaubte, seine Schnelligkeit und Richtung sich ändern sollten, die europäischen Klimate Störungen ausgesetzt wären, deren Folgen nicht zu berechnen sind.

Gegen Mittag befand ich mich mit Conseil auf der Plattform und teilte ihm die Eigentümlichkeiten des Golfstromes mit. Darauf lud ich ihn ein, seine Hände in die Strömung zu tauchen.

Conseil folgte und war sehr erstaunt, daß er gar kein Gefühl von Wärme oder Kälte empfand.

»Dies kommt daher, sagte ich ihm, daß der Wärmegrad der Wasser des Golfstromes beim Herausfließen aus dem mexikanischen Golf wenig von der Blutwärme verschieden ist. Der Golfstrom ist ein großer Wärmeleiter, welcher den Küsten Europa's es möglich macht, sich mit ewigem Grün zu schmücken. Und will man Maury Glauben schenken, so würde die Wärme dieses Stromes, vollständig benutzt, hinlänglich Wärmestoff liefern, um einen Strom von geschmolzenem Eisen, so groß wie der Amazonenstrom oder Missouri, in Fluß zu erhalten.«

In diesem Augenblicke betrug die Schnelligkeit des Golfstromes zwei Meter fünfundzwanzig in der Sekunde. Sein Wasser ist dergestalt von dem umgebenden Meere geschieden, daß es zusammengedrückt über den Ozean vorragt und ein anderes Niveau als das kalte Wasser annimmt. Außerdem sticht es, dunkel und reicher an Salzgehalt, durch seine rein indigoblaue Farbe von der grünen der umgebenden Wasser ab. Bei Nacht ist es stark phosphoreszierend.

Dieser Strom zieht eine ganze Welt lebender Wesen mit sich fort. Die Argonauten wandern da schaarenweise; Rochen finden sich von fünfundzwanzig Fuß Länge, und eine kleine Art Haifische, einen Meter lang, mit mehreren Reihen spitzer Zähne. In der unzähligen Menge von Knochenfischen sind manche eigentümliche, darunter eine Art Lippfische, die in allen Regenbogenfarben schimmernd mit den schönsten Vögeln der Tropengegenden wetteifern, und der sogenannte amerikanische Ritter, ein schöner Fisch, der sich ausnimmt, als sei er mit allen Ordensbändern der Welt geschmückt.

Am 8. Mai befanden wir uns noch dem Cap Hatteras gegenüber, auf der Höhe der Nord-Carolinen, wo der Golfstrom fünfundsiebenzig Meilen breit und zweihundertzehn Meter tief ist. Der Nautilus fuhr fortwährend unstät aufs Geradewohl, es schien jede Überwachung zu fehlen. Unter diesen Umständen konnte ein Entweichen gelingen, und die bewohnten Uferlande boten überall leichte Zuflucht. Das Meer war unablässig von zahllosen Dampfern und kleinen Goeletten, welche den Küstenverkehr besorgen, befahren, wo man Aufnahme zu finden hoffen konnte. Obwohl die Küste noch dreißig Meilen entfernt, war diese Gelegenheit doch günstig.

Aber die sehr ungünstige Witterung machte doch die Ausführung der Pläne des Kanadiers durchaus unmöglich. Gewitter sind in diesen Strichen sehr häufig, und es ist da eine eigentliche Heimat der Wasserhosen, welche eben durch den Golfstrom erzeugt werden. Diesem Meere mit einem zerbrechlichen Kahne Trotz zu bieten, war sicheres Verderben. Ned-Land sah dies selbst ein, und gab sich darein, ungeachtet eines bis zur Wut gediehenen Heimwehs, welches nur durch die Flucht zu heilen war.

»Mein Herr, sagte er zu mir in diesen Tagen, es muß jetzt sin Ende haben, mein Gemüht muß davon frei werden. Ihr Nemo entfernt sich wieder vom Lande und steuert dem Norden zu. Aber ich habe am Südpol satt bekommen, und werde zum Nordpol nicht folgen.

– Was ist zu machen, Ned, da ein Entweichen in diesem Moment unausführbar ist?

– Ich komme wieder auf meinen Gedanken, daß man mit dem Kapitän reden muß. Als wir in den Meeren Ihrer Heimat uns befanden, haben Sie geschwiegen; jetzt, da wir meiner Heimat nahe sind, will ich reden. In einigen Tagen wird der Nautilus auf der Höhe Neuschottlands sein, wo sich, bei Neufoundland eine weite Bai öffnet, worin der St. Lorenz mündet, mein heimatlicher Fluß, woran meine Geburtsstadt liegt. Wenn ich daran denke, steigt mir die Wut in's Gesicht und meine Haare stehen zu Berge. Wissen Sie, mein Herr, ich stürze mich lieber in's Meer! Ich bleibe nicht hier!«

Der Kanadier hatte offenbar die Geduld gänzlich verloren. Seine lebenskräftige Natur konnte sich nicht in die stets fortgesetzte Gefangenschaft fügen. Seine Gesichtszüge änderten sich, sein Charakter wurde täglich finsterer. Ich fühlte, wie er leiden mußte, denn auch mich befiel das Heimweh. Fast sieben Monate waren verflossen, ohne daß wir irgendetwas vom Lande gehört hatten. Ferner, die Absonderung des Kapitäns Nemo, sein veränderter Humor, besonders seit dem Kampfe mit den Ungeheuern, seine Schweigsamkeit, – alles ließ mich die Dinge in ganz anderem Licht ansehen. Mein Enthusiasmus der ersten Tage war vorüber. Nur ein Flamländer wie Conseil konnte sich in diese Lage fügen.

»Nun, mein Herr? Fuhr Ned-Land fort, als ich nicht antwortete.

– Nun, Ned, Sie wollen, daß ich den Kapitän Nemo um seine Absichten in Hinsicht auf uns befrage?

– Ja, mein Herr.

– Und das, obwohl er sie bereits zu erkennen gegeben hat?

– Ja. Ich will nun ein für allemal darüber im Reinen sein. Sprechen Sie nur für mich allein, wenn Sie wollen.

– Aber ich treffe ihn selten. Er meidet mich sogar.

– umso mehr Grund, ihn aufzusuchen.

– Ich will ihm die Frage stellen, Ned.

– Wann? Fragte der Kanadier dringend.

– Wenn ich ihn treffen werde.

– Herr Arronax, wollen Sie, daß ich ihn selbst aufsuche?

– Nein. Lassen Sie mich gewähren. Morgen …

– Heute noch, sagte Ned-Land.

– Meinetwegen. Heute will ich ihn aufsuchen«, erwiderte ich dem Kanadier, denn, wenn er selbst handelte, würde er gewiß alles verdorben haben.

Ned ließ mich allein. Da ich zu fragen beschlossen hatte, so wollte ich unverzüglich damit in's Reine kommen. Besser getan, als noch zu thun.

Ich begab mich auf mein Zimmer. Hier hörte ich den Kapitän auf und ab gehen. Diese Gelegenheit, ihn zu treffen, durfte ich nicht vorüber lassen. Ich klopfte an seine Türe; keine Antwort. Ich klopfte abermals, drehte die Schlenke und die Türe öffnete sich.

Ich trat ein. Der Kapitän war über seinen Arbeitstisch gebeugt; er hatte mich nicht gehört. Entschlossen, nicht ohne ihn zu fragen wieder fort zu gehen, trat ich zu ihm heran. Er hob den Kopf rasch, runzelte die Stirn, und führ mich ziemlich barsch an.

»Sie hier! Was wollen Sie von mir?

– Mit Ihnen reden, Kapitän.

– Aber ich bin beschäftigt, mein Herr, habe zu arbeiten. Gönnen Sie mir doch auch diese Freiheit, allein zu sein, welche ich Ihnen lasse.«

Ein wenig ermutigender Empfang. Aber ich war entschlossen, alles anzuhören, um auf alles zu antworten.

»Mein Herr, sagte ich kalt, ich habe mit Ihnen etwas zu reden, was sich nicht aufschieben läßt.

– Und was, mein Herr? Erwiderte er ironisch. Haben Sie eine Entdeckung gemacht, die mir entgangen ist? Sind Sie auf neue Geheimnisse des Meeres gekommen?«

Unsere Rechnung stimmte bei weitem nicht überein. Aber ehe ich noch antworten konnte, zeigte er mir ein auf dem Tische liegendes Manuskript und sprach in ernstem Tone:

»Hier, Herr Arronax, ein Manuskript in mehreren Sprachen. Es enthält eine Übersicht meiner Studien über das Meer, und wenn Gott will, soll es nicht mit mir zu Grunde gehen. Dieses Manuskript, von mir unterzeichnet, samt einem Abriß meiner Biographie, soll in ein kleines, unversenkbares Geräte verschlossen werden. Wer von uns an Bord des Nautilus die anderen überlebt, soll dasselbe in's Meer werfen, daß es die Wellen tragen, wohin sie treiben.«

Der Name dieses Mannes, seine selbstverfaßte Lebensgeschichte, sein Geheimniß sollten also dereinst enthüllt werden? Doch im Augenblick sah ich in dieser Mittheilung nur einen Anlaß, auf meinen Gegenstand zu kommen.

»Kapitän, erwiderte ich, ich kann die Idee, welche Sie dazu bestimmt, nur billigen. Die Frucht Ihrer Studien darf nicht verloren gehen. Aber das Mittel, welches Sie anwenden, scheint mir etwas naiv. Wer weiß, wohin die Winde dieses Geräte treiben werden? In welche Hände es geraten wird? Ließe sich dafür nichts Besseres finden? Könnten nicht Sie, oder einer der Ihrigen … ?

– Nein, mein Herr, sagte lebhaft der Kapitän, mich unterbrechend.

– Aber ich und meine Genossen sind bereit, dies Manuskript aufzubewahren, und wenn Sie uns die Freiheit geben …

– Die Freiheit! Sagte der Kapitän Nemo, und stand auf.

– Ja, mein Herr, und deshalb kam ich. Sie zu befragen. Nun sind wir bereits sieben Monate an Ihrem Bord, und ich frage Sie heute, in meiner Genossen und eigenem Namen, ob Ihre Absicht ist, uns ewig hier fest zu halten.

– Herr Arronax, sagte der Kapitän Nemo, ich antworte Ihnen heute, wie vor sieben Monaten: Wer in den Nautilus hinein kommt, darf ihn nicht wieder verlassen.

– Die Sklaverei wollen Sie uns also auferlegen!

– Nennen Sie's, wie Sie belieben.

– Aber überall bleibt dem Slaven das Recht, sich seine Freiheit wieder zu verschaffen! Er darf alle Mittel, die sich ihm darbieten, für die richtigen hatten.

– Wer versagt Ihnen dieses Recht? Erwiderte der Kapitän, habe ich je daran gedacht, Sie durch einen Eid zu binden?«

Der Kapitän blickte mich an und kreuzte die Arme.

»Mein Herr, es würde weder Ihnen, noch mir behagen, nochmals über den Gegenstand zu reden. Da wir nun aber einmal davon zu reden angefangen haben, so lassen Sie uns denselben fertig besprechen. Ich wiederhole Ihnen, es handelt sich nicht blos um meine Person. Für mich ist das Studium eine Stütze, eine Ableitung, eine Neigung, eine Leidenschaft, die mich alles vergessen lassen kann. Wie Sie, bin ich im Stande, ungekannt im Dunkeln zu leben, mit der unsicheren Hoffnung, das Ergebniß meiner Arbeiten dereinst, vermittelst eines zweifelhaften den Wellen und Winden preisgegebenen Gerätes, der Zukunft zu vermachen. Ich kann Sie bewundern. Ihnen ohne Unlust folgen. Aber ich sehe Ihr Leben von Verwickelungen umgeben, die uns fremd sind; und so viel wir auch Teilnahme hegen für Ihr Genie und Ihren Muth: wir fühlen uns hier fremd in Beziehung auf alles, was Sie betrifft; und dies macht unsere Lage unerträglich, unmöglich, selbst für mich, geschweige für Ned-Land. Haben Sie sich gefragt, was Freiheitsliebe, Haß gegen Sklaverei, für Rache-Entwürfe in einer Natur, wie die des Kanadiers hervorrufen, was er denken, planen, versuchen kann?« …

Hier brach ich ab. Der Kapitän Nemo stand auf.

»Neo-Land, sprach er, mag denken, planen, versuchen, was er will, was liegt mir daran? Ich habe ihn nicht aufgesucht! Ich halte ihn nicht zu meinem

Vergnügen an diesen Bord! Sie, Herr Arronax, können alles begreifen, selbst das Schweigen. Ich habe Ihnen nichts weiter zu erwidern. Lassen Sie dieses erste Wort, welches Sie über diesen Gegenstand führten, auch das letzte sein, denn ein andermal würde ich Sie nicht einmal anhören.«

Ich zog mich zurück. Von diesem Tage an war unsere Lage sehr gespannt. Ich hinterbrachte meinen Gefährten den Inhalt unserer Unterredung.

»Wir wissen jetzt, sagte Ned-Land, daß wir von diesem Manne nichts zu erwarten haben. Der Nautilus kommt jetzt in die Nähe von Long-Island. Wir wollen entfliehen trotz allem Unwetter.«

Aber das Wetter wurde immer drohender; die Vorzeichen eines bevorstehenden Orkans gaben sich kund. Die Atmosphäre wurde weißlich, Milchfarben. Statt feiner Wolkengarben sah man am Horizont Schichten sich auftürmenden Gewölkes; niedriger zog anderes in reißender Flucht. Das Meer schwoll an in hohlen Wogen; die Vögel verschwanden, mit Ausnahme der Sturmvögel. Das Barometer sank bedeutend, und zeigte in der Luft eine äußerste Spannung der Dünste. Die Mischung im Wetterglas zersetzte sich unter Einwirkung der Elektrizität, wovon die Atmosphäre durchdrungen war. Der Kampf der Elemente stand nahe bevor.

Das Gewitter kam im Laufe des 18. Mai zum Ausbruch, gerade als der Nautilus auf der Höhe von Long-Island fuhren, einige Meilen von den Engen New-Yorks. Der Kapitän Nemo, anstatt in der Tiefe des Meeres dem Sturme auszuweichen, zog es mit unbegreiflicher Laune vor, demselben auf der Oberfläche Trotz zu bieten.

Der Wind wehte aus Südwest, anfangs sehr frisch, d. h. mit einer Geschwindigkeit von fünfzehn Meter in der Sekunde und stieg gegen drei Uhr nachmittags bis auf fünfundzwanzig, der Ziffer des Sturmes.

Der Kapitän Nemo, gegen die Windstöße unerschütterlich, nahm seinen Platz auf der Plattform. Um dem Andringen ungeheurer Wogen widerstehen zu können, hatte er sich mit halbem Körper angebunden; ich folgte seinem Beispiel, um diesen Sturm zu bewundern, und zugleich den unvergleichlichen Mann, der ihm Trotz bot.

Das entfesselte Meer wurde von großen Fetzen Gewölk, das in seine Fluchen tauchte, wie mit Besen gefegt.

Von den kleinen mittleren Wellen, welche sich innerhalb der großen Höhlungen bilden, sah ich nichts mehr: nichts als lange, rußfarbige Wogen, die so dicht sind, daß sich ihre Spitze nicht bricht. Sie nahmen an Höhe zu, türmten sich gegen einander auf. Der Nautilus, bald auf der Seite liegend, bald wie ein Mast sich aufbäumend, schwankte und stampfte fürchterlich.

Gegen fünf Uhr fiel ein Regen gleich einem reißenden Bergstrom; aber er stillte weder den Wind, noch das Meer. Der Orkan brach los mit einer Schnelligkeit von fünfundvierzig Meter die Sekunde, d. h. bei vierzig Lieues in der Stunde. Bei solcher Stärke reißt er Häuser zu Boden, schleudert die Dachziegel durch die Türen, zerbricht eiserne Gitter, rückt Vierundzwanzigpfünder-Kanonen von ihrer Stelle. Der Nautilus trotzte diesem Sturme, und rechtfertigte das Wort eines geschickten Ingenieurs: »Ein Schiff ist nicht richtig gebaut, wenn es nicht dem Meer Trotz bieten kann!« Es war wohl nicht ein Fels, den solche Wogen zertrümmert hätten; es war eine Spindel von Stahl, folgsam und beweglich, ohne Takelwerk und Mäste, gefahrlos ihrer Wut trotzend.

Inzwischen beobachtete ich achtsam diese entfesselten Wogen. Sie waren bis fünfzehn Meter hoch bei einer Länge von hundertundfünfzig bis hundertfünfundsiebenzig Meter, und die Geschwindigkeit, womit sie sich fortschoben, der des Windes zur Hälfte entsprechend, betrug fünfzehn Meter in der Sekunde. Ihr Umfang und ihre Stärke wuchsen mit der Tiefe der Gewässer.

Die Stärke des Sturmes nahm beim Herannahen der Nacht zu. Das Barometer sank bis auf siebenhundertundzehn Millimeter. Mit dem Sinken des Tages gewahrte ich am Horizont ein großes Schiff, das fürchterlich ankämpfte.

Es war wohl ein Dampfer der Linie New-York, Liverpool oder Havre.

Um zehn Uhr abends war der Himmel wie in Feuer und Flammen, die Atmosphäre von Blitzen durchzuckt. Ich konnte den blendenden Glanz derselben nicht aushalten, während der Kapitän Nemo mit unverwandtem Blick die Seele des Sturmes in sich einzuatmen schien. Ein entsetzliches Getöse füllte die Luft, ein zusammengesetztes aus dem Tosen der gebrochenen Wellen, dem Heulen des Sturmwinds, dem Rollen des Donners. Der Wind sprang von allen Seiten des Horizonts über.

Ja! Dieser Golfstrom rechtfertigt wohl die Benennung König der Stürme! Er verursacht die fürchterlichen Wirbelwinde durch die Verschiedenheit der Temperatur der Luftschichten, welche über seiner Strömung sich befinden.

Auf den Platzregen folgte ein Feuerregen. Die Wassertropfen verwandelten sich in leuchtende Strahlenbüschel. Man hätte meinen Sollen, der Kapitän Nemo, nach einem Tode trachtend, der seiner würdig wäre, wolle vom Blitz getroffen werden. Bei einer erschrecklichen Stampfbewegung streckte der Nautilus seinen stählernen Schnabel in die Höhe gleich dem Schaft eines Blitzableiters, und ich sah lange Funken aus ihm sprühen.

Erschöpft an Kräften rutschte ich auf plattem Leibe der Lucke zu, öffnete und stieg hinab in den Salon. Das Gewitter war eben auf dem Höhepunkt seiner Stärke. Im Innern des Nautilus war es unmöglich, sich auf den Beinen zu halten.

Der Kapitän Nemo erschien gegen Mitternacht wieder. Ich hörte, wie die Behälter sich allmälig füllten, und der Nautilus tauchte gemach unter die Oberfläche der Wellen.

Durch die unverdeckten Fenster des Salons sah ich große Fische voll Bestürzung, die gleich Phantomen in den feurigen Gewässern schwammen. Einige wurden vor meinen Augen vom Blitz getroffen!

Der Nautilus senkte sich fortwährend. Ich dachte, er werde in einer Tiefe von fünfzehn Meter wieder ruhiges Wasser finden. Nein. Die oberen Schichten waren zu gewaltig aufgeregt. Man mußte die Ruhe bis in der Tiefe von fünfzig Meter aufsuchen.

Da aber, welche Ruhe, welche Stille, welche friedliche Umgebung! Wer hätte denken können, daß damals auf der Oberfläche dieses Ozeans ein furchtbarer Orkan sich entfesselte!

Kapitel 20

Unter 47° 24' Breite und 17° 28' Länge

In Folge dieses Sturmes waren wir östlich zurückgeworfen worden. Jede Hoffnung, auf die Landungsstellen von New-York oder St. Lorenz zu entrinnen, schwand. Der arme Ned, in Verzweiflung, entzog sich, gleich dem Kapitän Nemo, der Gesellschaft. Conseil und ich, wir blieben unzertrennlich.

Ich habe gesagt, der Nautilus sei in östlicher Richtung gefahren; genauer hätte ich gesagt, in nordöstlicher. Einige Tage lang fuhr er unstät, bald an der Oberfläche, bald unterhalb, mitten in den Nebeln, welche den Seefahrern so furchtbar sind. Sie entstehen hauptsächlich durch das Auftauen des Eises, welches in der Atmosphäre eine ausnehmende Feuchtigkeit fortwährend unterhält. Wie viele Fahrzeuge gingen in diesen Strichen zu Grunde, als sie im Begriff waren, die unsichern Feuer der Küste zu erkennen! Welche Unglücksfälle werden durch diese dichten Nebel verursacht! Wie Manche scheiterten an diesen Klippen, deren Brandung vor dem Getöse des Windes nicht gehört wurde! Wie viele Fahrzeuge stießen zusammen trotz den Leuchtfeuern, trotz den Warnungen ihrer Pfeifen und ihrer Alarmglocken!

Daher bot auch der Meeresgrund hier den Anblick eines Schlachtfeldes, wo von Trümmern bedeckt die vom Ozean geforderten Opfer lagen, mit Schiff und Geräte; Fahrzeuge aller Art, die mit Mann und Maus untergegangen, mit den Massen von Auswanderern an den gefährlichen Stellen, wie Cap Race, Insel St. Paul, Straße Belle-Isle, Mündung des St. Lorenz! Der Nautilus fuhr mitten durch diese Trümmer, als wie zu einer Totenschau!

Am 15. Mai befanden wir uns am Südende der Newfoundländer Bank. Diese ist ein Produkt der Anschwemmung des Meeres, eine beträchtliche Anhäufung organischer Abfälle, welche teils durch den Golfstrom vom Äquator her, teils durch die längs der amerikanischen Küste laufende Gegenströmung kalten Wassers vom Nordpol herbeigeschwemmt werden. Hier häufen sich auch die durch den Eisgang beigeführten Treibeisblöcke; und es hat sich da eine ungeheure Todtenstätte für Fische, Mollusken oder Zoophyten gebildet, welche dort myriadenweise zu Grunde gehen.

Die Meerestiefe ist in dieser Bank nicht bedeutend, beträgt höchstens einige hundert Ellen. Aber nach Süden zu bildet sich plötzlich eine tiefe Einsenkung, ein dreitausend Meter tiefes Loch. Hier erweitert sich der Golfstrom. In dieser Ausbreitung seiner Gewässer verliert er an Geschwindigkeit und Temperatur, aber er wird zu einem Meer.

Ich übergehe hier die Menge der schönen oder seltenen Fische, welche der Nautilus in diesen Strichen aufscheuchte, um mich etwas bei dem Kabeljau aufzuhalten, der hier in unerschöpflicher Menge seinen Lieblingsaufenthalt hat.

Man könnte den Kabeljau einen Bergfisch nennen, denn Newfoundland ist nur ein unterseeisches Gebirge.

Als der Nautilus durch ihre dichtgedrängten Massen fuhr, machte Conseil die Bemerkung:

»Ei! die Kabeljaue! Ich meinte, sie seien platt, wie die Klieschen und Solen?

– Wie naiv! Erwiderte ich. Die Kabeljaue sind platt beim Krämer, wo sie ausgenommen und zum Verkauf ausgelegt sind; aber im Wasser sind sie rund, wie die Seebarben.

– Ich will's glauben, mein Herr, versetzte Conseil. Aber welch Gewimmel, welche Schwärme!

– Ei! Mein Freund, es gäbe deren noch weit mehr, hätten sie nicht die Menschen und die Seeskorpionen zu Feinden! Weißt Du, wie viele Eier man in einem einzigen Weibchen gezählt hat?

– Ich will einmal tüchtig raten, sagte Conseil. Fünfhunderttausend.

– Elf Millionen, mein Freund.

– Elf Millionen! Das laß ich nicht gelten, wenn ich sie nicht selbst zähle.

– Zähle nur immer, Conseil. Aber Du wirst schneller fertig, wenn Du mir glaubst. Übrigens werden sie von Franzosen, Engländern, Amerikanern, Dänen, Norwegern zu Tausenden weggefischt. Man verzehrt sie in unglaublicher Menge, und wäre nicht die Fruchtbarkeit dieser Fische so erstaunlich, so wären diese Meere bald entvölkert. So sind allein in England und Amerika fünfundsiebenzigtausend Mann auf fünftausend Schiffen mit dem Fang des Kabeljau's beschäftigt. Jedes Schiff liefert deren durchschnittlich

Vierzigtausend, das macht fünfundzwanzig Millionen. An den norwegischen Küsten dasselbe Ergebniß.

– Gut, erwiderte Conseil, ich will mich auf meinen Herrn berufen, und das Zählen unterlassen.

– Was denn?

– Die elf Millionen Eier. Aber ich will die Bemerkung machen, daß, wenn alle diese Eier ausschlüpften, vier Kabeljauweibchen genug wären, um England, Amerika und Norwegen zu versorgen.«

Während wir am Grund der Bank von Newfoundland her fuhren, sah ich genau die langen, mit zweihundert Angeln versehenen Schnüre, welche jedes Boot zu Dutzenden auswirft. Jede Schnur, am einen Ende vermittelst eines kleinen Hakens fortgezogen, war durch eine Leine, die an einer Korkkoje befestigt wurde, an der Oberfläche festgehalten. Der Nautilus mußte inmitten dieses unterseeischen Netzes gut manövrieren.

Übrigens verweilte er nicht lange in diesen bevölkerten Gegenden. Er fuhr bis zum zweiundvierzigsten Breitegrad hinauf, der Höhe von *St. Jean de Terre Neuve* und von *Heart's Content,* wo der transatlantische Kabel endigt. Von da an richtete er seine Fahrt östlich, als wollte er der telegraphischen Hochfläche folgen, worauf der Kabel ruht.

Am 17. Mai, als wir etwa fünfhundert Meilen von *Heart's Content* entfernt waren, bemerkte ich in einer Tiefe von zweitausendachthundert Meter den auf dem Boden liegenden Kabel. Conseil, dem ich nichts davon zum Voraus gesagt hatte, nahm ihn Anfangs für eine Riesenschlange. Ich belehrte ihn über die Sache näher, wie folgt:

Das erste Kabel wurde in den Jahren 1857 und 1858 gelegt; aber nachdem er etwa vierhundert Telegramme befördert hatte, hörte er auf zu wirken. Im Jahre 1863 verfertigten die Ingenieure einen neuen Kabel in der Länge von dreitausendvierhundert Kilometer, und dreitausendvierhundert Kilogramm schwerer, welcher auf dem Great-Eastern eingeschifft wurde. Auch dieser Versuch scheiterte.

Am 25. Mai befand sich der Nautilus in einer Tiefe von dreitausendachthundertsechsunddreißig Meter, gerade an der Stelle, wo der

Kabel gerissen war, sechshundertachtunddreißig Meilen von der Küste Irlands entfernt. Man gewahrte damals, um zwei Uhr Nachmittags, daß die Mittheilungen nach Europa unterbrochen waren. Die Sachverständigen an Bord beschlossen den Kabel zu zerhauen, und dann ihn wieder aufzufischen, und um elf Uhr Abends hatte man die beschädigte Partie wieder heraufgeholt. Man machte ein Gelenk und eine Splissung, und senkte den Kabel von Neuem unter. Aber einige Tage später zerriß er, und konnte in den Tiefen des Ozeans nicht wieder aufgefischt werden.

Die Amerikaner verloren den Muth nicht. Der kühne Cyrus Field, welcher die Unternehmung zu Wege gebracht, und sein ganzes Vermögen dafür eingesetzt hatte, veranlaßte eine neue Subskription, welche sogleich mit Zeichnungen bedeckt wurde. Nun wurde unter den besten Bedingungen ein anderes Kabel gefertigt. Der Bund leitender, in einer Hülle von Guttapercha isolierter Drähte wurde durch ein Polster spinnbarer Stoffe in einer Metallfassung geschützt. Der Great-Eastern stach am 13. Juli 1866 abermals in See.

Die Operation hatte guten Fortgang, doch begab sich ein Zwischenfall. Einige mal hatten die Ingenieure beim Abwickeln des Kabels wahrgenommen, daß Nägel frisch eingeschlagen waren, um die Seele desselben zu schädigen. Der Kapitän Anderson beriet mit seinen Offizieren und Ingenieuren, und sie machten bekannt, wenn sich der Täter an Bord betreffen ließe, würde er ohne Weiteres in's Meer geworfen werden. Seitdem kam der sträfliche Versuch nicht weiter vor.

Am 23. Juli war der Great-Eastern nur noch achthundert Kilometer von Newfoundland entfernt, als man ihm von Irland aus die Nachricht vom Abschluß des Waffenstillstands zu Sadowa telegraphierte. Am 27. erreichte er mitten im Nebel den Hafen von *Heart's Content,* die Unternehmung war glücklich zu Stande gebracht, und das junge Amerika schickte dem alten Europa als erste Depesche zum Gruß die so selten verstandenen Worte: »Ehre sei Gott im Himmel, und Friede den gut gesinnten Menschen auf Erden!«

Ich hatte nicht erwartet, den Kabel in dem frischen Zustande, wie er aus den Werkstätten der Fabriken hervorgegangen war, zu treffen. Die lange Schlange, mit Muscheltrümmern bedeckt, war mit einem steinigen Teig überzogen, der sie gegen die durchbohrenden Mollusken schützte.

Sie lag ruhig, gegen die Bewegungen des Meeres gesichert, und unter einem Druck, welcher die Hinüberleitung des elektrischen Funkens, der in zweiunddreißig Hundertstel einer Sekunde von Amerika nach Europa läuft, begünstigt. Der Kabel ist ohne Zweifel von unbegrenzter Dauer, denn man hat die Beobachtung gemacht, daß die Guttapercha-Hülle durch das dauernde Verweilen im Meerwasser besser wird.

Übrigens ist auf dieser so glücklich gewählten Hochfläche der Kabel niemals so tief untergesenkt, daß er reißen könnte. Der Nautilus folgte ihm bis zum tiefsten Punkt seiner Lage, viertausendvierhunderteinunddreißig Meter, und hier lag er noch, ohne daß das Ziehen irgend anstrengte. Hernach kamen wir zu der Stelle, wo er im Jahre 1863 Schaden gelitten hatte.

Den Grund des Meeres bildete damals ein hundertundzwanzig Kilometer breites Thal, auf welches man den Mont-Blanc hätte stellen können, ohne daß sein Gipfel über den Meeresspiegel emporragte. Dasselbe ist im Westen durch eine steile Wand von zweitausend Meter geschlossen. Wir langten da am 28. Mai an, und der Nautilus war nur noch hundertundfünfzig Kilometer von Irland entfernt.

War der Kapitän Nemo im Begriff noch weiter aufwärts zu fahren in die Nähe der Britischen Inseln? Nein. Zu meiner großen Überraschung fuhr er wieder südwärts und kam in die europäischen Meere. Indem wir um die Smaragd-Insel fuhren, gewahrte ich einen Augenblick das Cap Clear und das Feuer von Fasteart, welches den Tausenden von Schiffen, welche von Glasgow oder Liverpool ausfahren, zur Leuchte dient.

Es stellte sich mir damals eine wichtige Frage: Sollte wohl der Nautilus wagen, in den Kanal zu dringen? Ned-Land, der, seit mir uns dem Land näherte, wieder zum Vorschein gekommen war, fragte mich unablässig. Was könnt' ich ihm antworten? Der Kapitän Nemo ließ sich fortwährend nicht sehen. Nachdem er dem Kanadier das Küstenland Amerika's zu sehen vergönnt hatte, wollte er's nun gegen mich mit der französischen Küste ebenso machen?

Indessen fuhr der Nautilus immer mehr südwärts.

Am 30. Mai bekam er Land's End zu sehen, zwischen der äußersten Spitze Englands und den Scilly-Inseln, welche er rechter Hand ließ.

Wollte er in den Kanal einfahren, so mußte er grad ostwärts fahren. Er tat's nicht.

Am 31. Mai beschrieb der Nautilus den ganzen Tag lang eine Reihe von Kreislinien, die mich lebhaft beunruhigten. Er schien einen Ort zu suchen, welchen zu finden ihm schwer wurde. Zu Mittag nahm der Kapitän Nemo die Lage selbst auf. Er gönnte mir nicht ein Wort; schien düsterer, wie jemals. Was konnte ihn so verstimmen? Etwa die Nähe der europäischen Gestade? Empfand er heimatliche Erinnerungen? Und was für Empfindungen waren es, Vorwürfe oder Sehnsucht? Solche Gedanken beschäftigten mich, als hätte ich eine Ahnung, daß mir der Zufall bald die Geheimnisse des Kapitäns enthüllen würde.

Am folgenden Tag, den 1. Juni, machte der Nautilus die nämlichen Bewegungen. Es war offenbar, daß er einen bestimmten Punkt des Ozeans zu erkennen suchte. Der Kapitän Nemo kam, wie Tags zuvor, den Höhestand der Sonne aufzunehmen. Das Meer war schön, der Himmel rein. Acht Meilen östlich zeigte sich ein großes Dampfschiff am Horizont. Es wehte keine Flagge von seinem Mast, und ich konnte seine Nationalität nicht erkennen.

Einige Minuten, bevor die Sonne den Meridian durchschnitt, ergriff der Kapitän Nemo seinen Sextant und beobachtete mit äußerster Genauigkeit. Die vollständige Ruhe der Wellen erleichterte es ihm. Der Nautilus lag unbeweglich ohne Wanken und Schwanken.

Ich befand mich gerade auf der Plattform. Als der Kapitän seine Aufnahme gemacht, sprach er nur das einzige Wort:

»Hier!«

Er stieg wieder durch die Lücke hinab. Hatte er das Fahrzeug gesehen, welches seinen Lauf änderte und uns nahe zu kommen schien? Ich wußte es nicht zu sagen.

Ich begab mich wieder in den Salon. Die Lücke schloss sich, und ich hörte das Zischen des Wassers in den Behältern. Der Nautilus fing an in vertikaler Richtung unterzusinken, indem die Bewegung der Schraube gehemmt war.

Nach einigen Minuten hielt er in einer Tiefe von achthundertdreiunddreißig Meter an und ruhte auf dem Grund.

Die Leuchte am Plafond des Salons erlosch darauf, die Läden öffneten sich, und ich sah durch die Fenster das Meer von den Strahlen des Fanals im Umfang einer halben Meile hell erleuchtet.

Ich blickte rechts und sah nichts als ruhiges Gewässer bis in unermessliche Ferne.

Links zeigte sich auf dem Boden eine starke Erhöhung, die meine Aufmerksamkeit erregte. Man konnte es für Ruinen halten, die unter einer Decke weißlicher Muscheln wie unter einem Schneemantel vergraben waren. Als ich die Masse achtsam betrachtete, glaubte ich, etwas verdickt, die Formen eines Schiffes ohne Masten zu erkennen, das vorlängst untergesunken war. Das Unglück mußte schon vor langer Zeit sich begeben haben, wie aus der Verkalkung seiner Hülle abzunehmen war.

Was für ein Schiff war es? Weshalb besuchte der Nautilus seine Grabstätte? War das Schiff nicht durch Schiffbruch untergegangen?

Ich wußte nicht, was ich davon denken sollte, als ich an meiner Seite den Kapitän langsam sprechen hörte:

»Früher hatte dies Schiff den Namen Le Marseillais. Es wurde 1762 erbaut und trug vierundsiebenzig Kanonen. Im Jahr 1778, am 13. August, kämpfte es tapfer gegen den Preston. 1799 am 11. Juli war es mit dem Geschwader des Admirals d'Estaing bei der Eroberung Granada's. 1781 am 5. September nahm es am Kampf des Grafen de Grasse in der Bai von Chesapeak Teil. Im Jahre 1794 gab ihm die französische Republik einen anderen Namen. Am 16. April desselben Jahr schloss es sich zu Brest dem Geschwader von Villaret-Joyeuse an, welches eine Ladung Getreide aus Amerika zu eskortieren hatte. Am 11. und 12. Prairial des Jahres II traf dieses Geschwader mit den englischen Schiffen zusammen. Heute ist der 13. Prairial 1. Juni 1868. Heute sind's gerade vierundsiebenzig Jahr, daß an derselben Stelle, unter 47° 24' Breite und 17° 28' Länge, dieses Schiff, als es nach heroischem Kampf seine drei Maste verloren, das Wasser in seine Räume drang, ein Drittheil seiner Mannschaft kampfunfähig geworden, samt seinen dreihundertsechsundfünfzig Mann lieber sich versenkte, als sich ergab, und mit aufgepflanzter Flagge und dem Ruf: »Es lebe die Republik!« in die Tiefe sank.

– Der Vengeur! Rief ich aus.

– Ja, mein Herr, der Vengeur! Ein schöner Name!« murmelte der Kapitän Nemo mit gekreuzten Armen.

Kapitel 21

Eine Hekatombe

Diese Art zu reden, das Unvorbereitete der Scene, die Geschichte des patriotischen Schiffes, die Aufregung, womit der außerordentliche Mann diese letzten Worte sprach, der Name Vengeur, dessen Bedeutsamkeit mir nicht entging – Alles dieses machte auf mich tiefen Eindruck. Meine Blicke waren unablässig auf den Kapitän gerichtet, wie er dastand und die ruhmvollen Reste betrachtete. Vielleicht sollte ich niemals erfahren, wer er war, wohin er ging, aber ich lernte mehr und mehr den Menschen in ihm kennen. Nicht ein gewöhnlicher Menschenhaß hielt den Kapitän Nemo mit seinen Genossen abgesondert in seinem Nautilus, sondern ein ungeheurer oder erhabener Haß, den die Zeit nicht abschwächen konnte.

War es ein Haß, der noch nach Rache dürstete? Die nahe Zukunft sollte mich's lehren.

Inzwischen stieg der Nautilus wieder langsam zum Meeresspiegel auf, und bald gab mir ein leichtes Schwanken zu erkennen, daß wir wieder in freier Luft schwammen.

In diesem Augenblick hörte man einen dumpfen Knall. Ich blickte den Kapitän an. Er rührte sich nicht.

»Kapitän?« sagte ich.

Keine Antwort.

Ich ließ ihn und begab mich auf die Plattform. Conseil und der Kanadier waren mir vorausgegangen.

»Woher dieser Ton? Fragte ich.

– Ein Kanonenschuß«, erwiderte Ned-Land.

Ich richtete meine Blicke nach dem Schiff hin, welches ich bemerkt hatte. Es kam näher heran, und man sah, daß es mit verstärkter Kraft fuhr. Sechs Meilen noch war es von uns entfernt.

»Was ist's für ein Schiff, Ned?

– Seinem Takelwerk, seinen Masten nach, erwiderte der Kanadier, wollte ich wetten, daß es ein Kriegsschiff ist. Wenn es doch käme, den verfluchten Nautilus nötigenfalls zu versenken.

– Freund Ned, erwiderte Conseil, was kann er dem Nautilus für einen Schaden zufügen? Soll er ihn unterm Meer angreifen? Werden seine Kanonen ihn auf dem Meeresgrund erreichen?

– Sagen Sie mir, Ned, können Sie erkennen, welcher Nation das Schiff angehört?«

Der Kanadier runzelte die Augenbrauen, senkte seine Wimpern, blinzelte mit den Augen und heftete eine Weile seinen Blick mit aller Schärfe auf das Schiff.

»Nein, mein Herr«, erwiderte er. »Ich kann nicht erkennen, welcher Nation es angehört. Es ist keine Flagge aufgesteckt. Aber ich kann versichern, daß es ein Kriegsschiff ist, denn ein langer Wimpel weht von der Spitze seines Hauptmastes.«

Eine Viertelstunde lang fuhren wir fort, das Schiff, welches auf uns zufuhr, zu beobachten. Ich konnte jedoch nicht annehmen, daß es aus dieser Entfernung den Nautilus erkannt hätte, und noch weniger, daß es wußte, was es für eine unterseeische Maschine war.

Bald meldete mir der Kanadier, das Schiff sei ein großes Kriegsschiff, mit Schnabel, ein gepanzerter Zweidecker. Aus seinen beiden Rauchfängen stieg ein dichter Rauch auf, seine Segel waren zusammengeschlagen, sein Mast ohne Flagge. Die weite Entfernung ließ noch nicht die Farben seiner Wimpel erkennen.

Es näherte sich rasch. Wenn der Kapitän Nemo es herankommen ließ, bot sich uns eine Aussicht auf Rettung.

»Mein Herr, sagte Ned-Land, fährt das Schiff nur eine Meile entfernt, so stürz' ich mich in's Meer, und fordere Sie auf, meinem Beispiele zu folgen.«

Ich gab auf diesen Vorschlag keine Antwort und betrachtete fortwährend das Schiff, welches immer näher kam. Mochte es englisch, französisch, amerikanisch oder russisch sein, sicherlich fanden wir Aufnahme an Bord, wenn wir hin gelangen konnten.

»Mein Herr wird sich wohl erinnern, daß wir einige Übung im Schwimmen haben. Er kann sich auf mich verlassen, daß ich ihn bis zu dem Schiff bugsieren werde, wenn es ihm gefällig ist, Freund Ned zu folgen«.

Ich war im Begriff zu antworten, als vorne am Kriegsschiff eine weiße Dampfwolke sichtbar wurde. Nach einigen Sekunden ward das Hinterteil des Nautilus von einem in's Meer fallenden Körper bespritzt. Kurz darauf vernahm man einen Knall.

»Wie? Sie schießen auf uns! Rief ich aus.

– Wackere Leute! Murmelte der Kanadier.

– Sie nehmen uns also nicht für Schiffbrüchige auf einem Wrack!

– Mit Erlaubniß, mein Herr ... . – Gut, sagte Conseil und schüttelte das Wasser ab, womit eine abermalige Kugel ihn bespritzt hatte. – Mit Erlaubniß, mein Herr, sie haben den Narwal erkannt, und schießen auf den Narwal.

– Aber sie müssen wohl sehen, rief ich, daß sie's mit Menschen zu tun haben.

– Vielleicht eben deshalb!« erwiderte Ned-Land und sah mich an.

Nun ging mir im Kopf ein Licht auf. Ohne Zweifel wußte man jetzt, was man von dem vermeintlichen Seeungeheuer zu halten hatte. Ohne Zweifel hatte der Kommandant des Abraham Lincoln bei seinem Zusammentreffen mit dem Nautilus, als der Kanadier seine Harpune auf denselben schleuderte, erkannt, daß der Narwal ein unterseeisches Fahrzeug sei, und zwar gefährlicher, als ein übernatürliches Seetier.

Ja, so mußte es sein, und ohne Zweifel verfolgte man jetzt auf allen Meeren das fürchterliche Zerstörungswerkzeug.

Ein erschreckliches gewiß, wenn, wie man annehmen konnte, der Kapitän Nemo den Nautilus zu einer Racheübung gebrauchte!

In jener Nacht, als er mitten im Indischen Ozean uns einsperrte, hatte er wohl einen Kampf mit einem Schiff zu bestehen. Jener auf dem Korallenkirchhof bestattete Mann war gewiß bei einem Zusammenstoß des Nautilus getroffen worden. Ja, sag' ich abermals, so mußte es sein. So enthüllte sich ein Teil der geheimnisvollen Existenz des Kapitäns Nemo. Und wenn er auch nicht als derselbe wieder erkannt wurde, so machten doch die gegen ihn verbundenen

Nationen jetzt nicht auf ein chimärisches Wesen Jagd, sondern auf einen Mann, der ihnen unversöhnlichen Haß geschworen hatte.

Diese ganze fürchterliche Vergangenheit stand mir jetzt vor Augen. Anstatt auf dem herannahenden Schiffe Freunde zu treffen, konnten wir nur auf erbarmungslose Feinde stoßen.

Inzwischen fielen häufiger Kugeln in unserer Nähe nieder. Manche, welche den Meeresspiegel trafen, sprangen abprallend weiter, um in weiter Ferne sich zu verlieren. Aber den Nautilus traf keine.

Das Panzerschiff war damals nur noch drei Meilen entfernt. Trotz der heftigen Kanonade ließ sich der Kapitän nicht auf der Plattform sehen. Und doch hätte eine einzige seiner Spitzkugeln, wenn sie regelrecht den Rumpf des Nautilus traf, ihm verderblich sein müssen.

Der Kanadier sprach da zu mir:

»Mein Herr, wir müssen Alles aufbieten, um uns aus dieser schlimmen Lage zu ziehen. Wir wollen Signale geben! Tausend Teufel! Vielleicht wird man einsehen, daß wir brave Leute sind!«

Ned-Land nahm sein Taschentuch, um es in der Luft zu schwingen. Aber kaum hatte er's entfaltet, als er trotz seiner furchtbaren Stärke von einer Eisernen Hand zu Boden geworfen wurde.

»Elender, rief der Kapitän, soll ich Dich an den Schnabel des Nautilus nageln, ehe ich mit demselben gegen dieses Schiff anrenne?«

So fürchterlich dieser Zuruf war, noch fürchterlicher war das Aussehen des Kapitäns Nemo. Sein Angesicht erbleichte bei den Kämpfen seines Herzens, dessen Pulsschläge einen Augenblick stocken mußten. Seine Augäpfel zogen sich fürchterlich zusammen. Seine Stimme brüllte. Mit vorgebeugtem Körper schüttelte er den Kanadier bei den Schultern.

Darauf ließ er ihn, wendete sich gegen das Kriegsschiff, dessen Kugeln um ihn regneten, und rief:

»Ah! Du weißt, wer ich bin. Du Schiff einer verfluchten Nation! Ich brauchte Deine Farben nicht zu sehen, um Dich zu erkennen! Schau! Hier zeig' ich Dir die meinige!«

Und der Kapitän Nemo entfaltete vorn auf seiner Plattform eine schwarze Flagge, gleich derjenigen, welche er am Südpol aufgepflanzt hatte.

In dem Moment schlug eine Kugel schief auf den Rumpf des Nautilus, ohne einzudringen, prallte neben dem Kapitän ab und sprang weiter in's Meer.

Der Kapitän Nemo zuckte die Achseln. Darauf sprach er zu mir im barschen Ton:

»Gehen Sie hinab samt Ihren Genossen!

– Mein Herr, rief ich, wollen Sie denn dieses Schiff angreifen?

– Mein Herr, ich werd' es in den Grund bohren.

– Thun Sie das nicht!

– Ja, ich werd' es thun, erwiderte kalt der Kapitän Nemo. Lassen Sie sich nicht einfallen, mein Richter zu sein, mein Herr. Der Zufall hat Sie sehen lassen, was Sie nicht sehen durften. Der Angriff ist geschehen. Die Erwiderung wird erschrecklich sein. Gehen Sie.

– Was ist's für ein Schiff?

– Sie wissen's nicht? Nun denn, umso besser! Seine Nationalität wenigstens soll Ihnen ein Geheimniß bleiben. Gehen Sie hinab!«

Ich konnte nichts anders, als gehorchen, samt Conseil und dem Kanadier. Fünfzehn Mann von den Leuten des Nautilus umgaben den Kapitän und blickten mit unversöhnlichem Haß auf das gegen sie anfahrende Schiff. Man fühlte, wie alle diese Gemühter von gleichem Rachedurst beseelt waren.

Ich begab mich in dem Augenblick hinab, als abermals ein Geschoß auf den Nautilus anschlug, und hörte den Kapitän ausrufen:

»Schieße nur, törichtes Schiff! Vergeude unnütz Deine Kugeln! Du sollst dem Schnabel des Nautilus nicht entgehen. Aber nicht an dieser Stelle sollst Du sinken. Ich will nicht, daß Deine Trümmer sich mit denen des Vengeur Vermischen!«

Ich ging wieder auf mein Zimmer. Der Kapitän war mit seinem Lieutenant auf der Plattform geblieben. Die Schraube ward in Bewegung gesetzt. Der Nautilus entfernte sich rasch aus der Schußweite des Schiffes. Aber die Verfolgung dauerte fort, indeß der Kapitän Nemo sich damit begnügte, seine Distanz zu wahren.

Gegen vier Uhr nachmittags konnte ich die Ungeduld und Unruhe, welche mich peinigten, nicht aushalten, und begab mich zur Mittelstiege. Die Lücke war offen; ich wagte mich auf die Plattform. Der Kapitän ging mit raschen Schritten noch immer auf und ab. Ich sah nach dem Schiff, welches fünf bis sechs Meilen unterm Wind ihm Stand hielt. Er kreiste um dasselbe wie ein Stück Rotwild, zog es östlich und ließ sich von ihm verfolgen. Doch griff er's nicht an; schwankte er vielleicht noch?

Ich wollte noch einmal ein Wort einlegen. Aber ich hatte den Kapitän kaum angeredet, als er mir Schweigen anbefahl:

»Ich bin im Recht, ich übe Gerechtigkeit! Sprach er zu mir. Ich bin unterdrückt, und hier ist der Unterdrücker! Durch ihn hab' ich alles verloren, was ich geliebt und verehrt habe; Vaterland, Weib, Kinder, Vater, Mutter, das Alles sah ich zu Grunde gehen! Dort ist Alles, was ich hasse! Schweigen Sie!«

Ich warf einen letzten Blick auf das Kriegsschiff, welches seine Dampfkraft verstärkte. Darauf suchte ich Ned und Conseil auf.

»Wir wollen entfliehen! Rief ich aus.

– Gut, sagte Ned. Was ist's für ein Schiff?

– Ich weiß nicht. Aber was es auch für eins sein mag, vor Abend wird es in Grund gebohrt sein. Jedenfalls besser mit ihm untergehen, als an einer Racheübung Teil zu haben, deren Gerechtigkeit man nicht ermessen kann.

– Der Meinung bin ich auch, erwiderte Ned-Land kalt. Warten wir die Nacht ab.«

Die Nacht kam heran. Tiefe Stille herrschte an Bord. Der Kompass zeigte, daß der Nautilus seine Richtung nicht geändert hatte. Ich hörte die Schraube mit reißender Regelmäßigkeit die Wogen schlagen. Er hielt sich an der Oberfläche des Wassers und in leichtem Schwanken neigte er bald auf die eine, bald auf die andere Seite.

Ich war mit meinen Gefährten entschlossen, in dem Augenblick zu entfliehen, wo das Schiff nahe genug wäre, daß es uns hören oder sehen konnte, denn es war heller Mondschein, einige Tage vor Vollmond. Waren wir einmal an Bord dieses Schiffes, so wollten wir, wenn es nicht möglich märe, dem drohenden Stoß zuvorzukommen, wenigstens Alles tun, was die Umstände uns zu versuchen gestatten würden. Einige mal glaubte ich, der Nautilus schicke sich zum Angriff an. Aber er beschränkte sich darauf, seinen Gegner sich nahe kommen zu lassen, und kurz darauf zog er sich wieder fliehend zurück.

Ein Teil der Nacht verfloß ohne Zwischenfall. Wir lauerten auf die Gelegenheit zu handeln, sprachen wenig, weil wir zu aufgeregt waren. Ned-Land hätte sich gerne in's Meer gestürzt; ich nötigte ihn zu warten. Meiner Ansicht nach sollte der Nautilus auf der Oberfläche des Wassers den Zweidecker angreifen und dann wäre eine Flucht nicht nur möglich sondern leicht.

Um drei Uhr morgens stieg ich voll Unruhe auf die Plattform. Der Kapitän Nemo hatte sie nicht verlassen. Er stand auf dem Vorderteil nahe bei seiner Flagge, die ein leichter Seewind über seinem Kopf entfaltete. Er behielt das Schiff beständig im Auge. Dieses Schiff hielt sich zwei Meilen von uns entfernt. Es hatte sich genähert, immer auf den phosphoreszierenden Schein zufahrend, welcher die Anwesenheit des Nautilus bezeichnete. Ich sah seine Warnungsfeuer, grün und rot, und seine weiße Schiffsleuchte, die am Fockstag hing. Ein unklarer Widerschein, der auf sein Takelwerk fiel, zeigte an, daß man das Feuern auf den höchsten Grad getrieben hatte. Strahlenbüschel, Schlacken brennender Kohlen, die aus seinen Rauchfängen ausgeworfen wurden, bestrahlten die Atmosphäre.

Ich blieb also bis sechs Uhr früh, ohne daß der Kapitän Nemo mich zu bemerken schien. Das Schiff hielt erst in einer Entfernung von anderthalb Meilen Stand und begann mit Anbruch des Tages seine Kanonade von Neuem. Der Augenblick konnte nicht mehr fern sein, wo ich, während der Nautilus seinen Gegner angriff, nebst meinen Genossen diesen Mann für immer verlassen würde.

Ich war im Begriff hinabzugehen, um ihnen davon Kenntniß zu geben, als der Lieutenant von einigen Matrosen begleitet auf die Plattform kam. Der Kapitän Nemo sah sie nicht oder wollte sie nicht sehen. Es wurden einige einfache Vorkehrungen getroffen: man legte die Geländereinfassung der Plattform nieder: die Gehäuse des Fanal und des Steuerers wurden in den Schiffskörper so weit eingezogen, daß sie dem Boden gleich waren. Die Oberfläche der langen Zigarre von Eisenblech hatte keinen Vorsprung mehr, welcher ihren Bewegungen hinderlich sein konnte.

Ich begab mich wieder in den Salon. Der Nautilus war noch immer auf der Oberfläche. Einiger Dämmerungsschein drang durch die obere Wasserschichte. Der schreckliche 2. Juni brach an.

Um fünf Uhr gab mir das Log zu erkennen, daß der Nautilus langsamer fuhr; offenbar wollte er den Gegner herankommen lassen. Übrigens wurde der Geschützes Donner heftiger und die Kugeln flogen ringsum.

»Meine Freunde, sagte ich, der Augenblick ist da. Einen Handschlag, und Gott sei mit uns!«

Ned-Land war entschlossen, Conseil ruhig; ich in allen Nerven erregt, konnte mich kaum halten.

Wir gingen in die Bibliothek. Im Augenblick, als ich die Türe, welche zur Mitteltreppe führte, öffnen wollte, hörte ich, daß man die Lücke hastig abschloß.

Der Kanadier stürzte zur Treppe, aber ich hielt ihn zurück. Ein wohl bekanntes Rauschen gab mir zu erkennen, daß die Behälter sich mit Wasser füllten. In der Tat tauchte der Nautilus unverweilt einige Meter tief unter die Oberfläche des Wassers.

Ich verstand das Manoeuvre. Es war zum Handeln zu spät. Der Nautilus hatte nicht im Sinne, den Zweidecker an seinem undurchdringlichen Panzer zu treffen, sondern unterhalb der Wasserlinie, wo er nicht mehr von der Metalldecke geschützt war.

Wir wurden von Neuem eingesperrt, gezwungen, Zeugen der Unglücksscene, welche man vorbereitete. Übrigens hatten wir kaum Zeit, unsere Gedanken zusammen zu fassen. In mein Zimmer geflüchtet, sahen wir uns einander an, ohne ein Wort zu reden. Große Bestürzung befiel meinen Geist; die Bewegung des Gedankens stockte in mir. Ich befand mich in dem peinlichen Zustand, welcher der Erwartung einer fürchterlichen Katastrophe vorausgeht. Ich wartete, horchte, ich lebte nur noch durch's Gehör!

Inzwischen nahm die Schnelligkeit des Nautilus wirklich zu. So nahm er seinen Anlauf; er zitterte am ganzen Körper.

Plötzlich schrie ich auf. Ein Stoß war versetzt worden, doch verhältnißmäßig leicht. Ich spürte, wie der stählerne Schnabel kräftig eindrang; ich hörte ein Kratzen und Schaben. Aber der Nautilus drang mit der mächtigen Gewalt seines

Stoßes durch die Schiffsmasse, wie die Nadel des Segelmachers durch die Leinwand!

Ich konnte mich nicht halten. Bis zum Wahnsinn verstört stürzte ich aus meinem Zimmer in den Salon.

Der Kapitän Nemo befand sich darin. Stumm, düster, unversöhnlich schaute er durch das Fenster zur Linken.

Eine enorme Masse sank unter das Wasser, und um von ihrem Todeskampf nichts zu verlieren, senkte sich der Nautilus zugleich mit ihr in die Tiefe. In einer Entfernung von zehn Meter sah ich den aufgeschlitzten Schiffskörper, in welchen mit donnerähnlichem Getöse das Wasser einstürzte, darauf die doppelte Reihe der Kanonen und die Schanzverkleidung. Das Verdeck war mit schwarzen Schattengestalten bedeckt in unruhiger Bewegung.

Das Wasser stieg. Die Unglücklichen schwangen sich in's Tauwerk, kletterten auf die Mäste, rangen und drehten sich unterm Wasser. Es war ein Menschenschwarm vom eindringenden Meer überwältigt!

Gelähmt, starr vor Schrecken, die Haare zu Berge, schaute auch ich mit weit aufgerissenen Augen, stockendem Atem, lautlos! – Unwiderstehlich zog mich's an das Fenster!

Das enorme Schiff sank langsam in die Tiefe. Der Nautilus spähte auf alle seine Bewegungen. Plötzlich eine Explosion. Die zusammengepreßte Luft sprengte das Verdeck, als sei Feuer in den Schiffsräumen ausgebrochen. Die Wasser waren so stark in Bewegung, daß der Nautilus aus seiner Richtung kam.

Darauf sank das Unglücksschiff schneller. Sein mit Opfern gefüllter Mastkorb kam zum Vorschein, dann sein mit Menschen belastetes Gebälk, endlich die Spitze seines Hauptmastes. Hierauf verschwand die düstere Masse und mit ihr die ganze Mannschaft als Leichen, in fürchterlichem Wirbel hinabgezogen.

Ich wandte mich um nach dem Kapitän Nemo. Dieser entsetzliche Henker, ein wahrer Erzengel des Hasses, schaute fortwährend zu. Als Alles zu Ende war, ging der Kapitän auf die Thür seines Zimmers zu, öffnete und trat ein. Ich folgte ihm mit den Augen.

Auf dem hintersten Feld, über den Bildern seiner Heroen, sah ich das Porträt einer noch jungen Frau nebst zwei kleinen Kindern. Der Kapitän Nemo betrachtete sie einige Augenblicke, breitete die Arme nach ihnen aus und kniete schluchzend nieder.

Kapitel 22

Letzte Worte des Kapitän Nemo

Die Läden wurden nach diesem erschrecklichen Anblick geschlossen, aber das Licht im Salon nicht wieder angezündet. Im Inneren des Nautilus nur Dunkel und Schweigen. Er verließ diesen heillosen Ort, hundert Fuß unterm Wasser, mit reißender Schnelligkeit. Wohin fuhr er? nord- oder südwärts? Wohin floh dieser Mann nach der grauenhaften Racheübung?

Ich begab mich zurück in mein Zimmer, wo Ned und Conseil sich schweigend befanden. Ich empfand ein unüberwindliches Grauen vor dem Kapitän Nemo. Was er auch von Seiten der Menschen erlitten haben mochte, so zu strafen war er nicht befugt. Er hatte mich, wenn auch nicht zum Mitschuldigen, doch zum Zeugen seiner Untat gemacht! Das war schon zu viel.

Um elf Uhr kam das elektrische Licht wieder zum Vorschein. Ich begab mich in den Salon. Er war leer. Ich besorgte die verschiedenen Instrumente. Der Nautilus floh nordwärts mit einer Schnelligkeit von fünfundzwanzig Meilen die Stunde, bald auf der Oberfläche des Meeres, bald dreißig Fuß darunter.

Ein Blick auf die Karte zeigte mir, daß wir am Eingang des Canals fuhren, und unsere Richtung uns mit unvergleichlicher Schnelligkeit in die nördlichen Meers führte.

Am Abend hatten wir zweihundert Lieues des Atlantischen Meeres zurückgelegt. Es wurde Nacht und das Meer war mit Dunkel bedeckt bis zum Aufgang des Mondes.

Ich begab mich wieder in mein Zimmer, konnte nicht schlafen; ich war von Alpdrücken geplagt. Die grauenhafte Vernichtungsscene stand immer erneuert vor meinem Geist.

Seit diesem Tag, wer konnte sagen, bis zu welchem Punkt im Nordatlantischen Meer der Nautilus uns schleppte? Stets mit einer nicht zu schätzenden Schnelligkeit! Stets inmitten hyperboräischer Nebel. Berührte er die Vorgebirge Spitzbergens oder die Küsten von Novaja Semlia? Durchlief er das Weiße Meer, das Meer von Kara, den Busen des Ob, den Archipel Lizarow und die unbekannten Gestade der Asiatischen Küste? Ich kann es nicht sagen, und konnte auch die verflossene Zeit nicht berechnen. Die Uhren an Bord standen still; Tag und Nacht schienen nicht mehr regelmäßig auf einander zu folgen.

Ich schätze – aber vielleicht irre ich mich – daß diese abenteuerliche Fahrt des Nautilus vierzehn bis zwanzig Tage dauerte, und ich weiß nicht, wie lang sie gedauert haben würde ohne die Katastrophe, womit diese Reise endigte. Vom Kapitän Nemo war nicht mehr die Rede; auch nicht von seinem Lieutenant, Nicht *ein* Mann von den Bootsleuten ließ sich nur einen Augenblick sehen. Fast beständig fuhr der Nautilus unterm Wasser, und wenn er zur Lufterneuerung auftauchte, öffneten oder schlossen sich die Lucken automatisch. Die Lage wurde nicht mehr eingetragen; ich wußte nicht, wo wir uns befanden.

Auch der Kanadier, dessen Geduld und Kraft erschöpft war, ließ sich nicht mehr sehen. Conseil konnte nicht ein Wort aus ihm herausbringen und fürchtete, er möge, in einem Anfall von Wahnsinn oder von erschrecklichem Heimweh getrieben, Hand an sich legen. Er überwachte ihn daher jeden Augenblick mit Hingebung.

Es ist begreiflich, daß unter diesen Umständen die Lage unhaltbar war.

Eines Tages – wann, kann ich nicht angeben – war ich gegen Morgen eingeschlafen, – ein peinlicher und krankhafter Schlaf. Als ich aufwachte, sah ich Ned-Land über mich gebeugt und hörte ihn leise sagen:

»Wir wollen entfliehen!«

Ich richtete mich auf.

»Wann wollen wir fliehen? Fragte ich.

– In nächster Nacht. Jede Überwachung scheint vom Nautilus verschwunden. Man meint, es herrsche Verstörung an Bord. Werden Sie bereit sein, mein Herr?

– Ja. Wo befinden wir uns?

– Im Angesicht von Land, das ich diesen Morgen mitten im Nebel zwanzig Meilen östlich wahrgenommen habe.

– Was für Land?

– Ich weiß nicht, aber es sei, was es wolle, wir wollen dahin fliehen.

– Ja! Ned. Ja, wir fliehen diese Nacht, sollte uns auch das Meer verschlingen!

– Das Meer ist schlimm, der Wind stark, aber zwanzig Meilen in dem leichten Boot des Nautilus zu machen, ist für mich nichts Erschreckliches. Ich habe unbemerkt einige Lebensmittel und einige Flaschen Wasser hinschaffen können.

– Ich schließe mich an.

– Übrigens, fügte der Kanadier bei, wenn ich ertappt werde, wehr' ich mich, lasse mich umbringen.

– Dann werden wir mit einander sterben, Freund Ned.«

Ich war zu Allem entschlossen. Der Kanadier verließ mich. Ich begab mich auf die Plattform, wo ich mich gegen den Wellenschlag kaum halten konnte. Der Himmel war drohend, aber da im dichten Nebel Land in der Nähe war, so mußte man fliehen. Kein Tag und keine Stunde war zu verlieren.

Ich kam in den Salon zurück, fürchtete und wünschte zugleich den Kapitän Nemo zu treffen, wollte und wollte nicht mehr ihn sehen. Was hätte ich ihm sagen können? Konnte ich ihm das unwillkürliche Grauen verhehlen, das er mir einflöße? Nein! Besser war nicht mehr vor sein Angesicht zu kommen. Besser war, ihn vergessen! Und doch!

Wie wurde mir dieser Tag lang, der letzte, den ich an Bord des Nautilus verleben sollte! Ich blieb allein. Ned-Land und Conseil vermieden mit mir zu reden, aus Furcht sich zu verraten.

Um sechs Uhr speiste ich, aber ich hatte keinen Hunger. Ich zwang mich wider Willen zu essen, um nicht an Kräften schwächer zu werden.

Um halb sieben kam Ned-Land auf mein Zimmer und sagte:

»Wir werden uns vor unserer Abfahrt nicht wieder sehen. Um zehn Uhr ist der Mond noch nicht aufgegangen, und die Dunkelheit wird uns zu Gute kommen. Kommen Sie zum Boot. Ich werde mit Conseil Sie dort erwarten.«

Darauf entfernte sich der Kanadier, ehe ich Zeit hatte, ihm zu antworten.

Ich wünschte über die Richtung des Nautilus Auskunft zu haben, und begab mich in den Salon.

Wir fuhren Nord-Nord-Ost unter erschrecklicher Geschwindigkeit bei fünfzig Meter Tiefe.

Ich warf einen letzten Blick auf diese Wunder der Natur, auf die in diesem Museum gehäuften Schätze der Kunst, auf diese unvergleichliche Sammlung, die einst in der Tiefe des Meeres zugleich mit ihrem Gründer zu Grunde gehen sollte. Ich wünschte in meinem Geist einen letzten Eindruck festzuhalten. Eine Stunde lang blieb ich hier, in der hellen Beleuchtung die Schätze musternd, welche unter ihren Glaskästen glänzten. Darauf kehrte ich auf mein Zimmer zurück.

Hier zog ich dauerhafte Meerkleidung an, nahm meine Notizen zusammen und steckte sie wie Kostbarkeiten zu mir. Mein Herz pochte gewaltig; seine Schläge ließen sich nicht hemmen. Gewiß, meine Unruhe, meine Aufregung würden mich dem Kapitän Nemo verraten haben.

Was tat er in diesem Moment? Ich horchte an der Türe seines Zimmers; hörte da Fußtritte. Der Kapitän war darin; er hatte sich nicht zu Bette gelegt. Bei jeder Bewegung kam es mir vor, er werde zu mir treten und mich fragen, weshalb ich fliehen wollte! Ich empfand unablässige Beunruhigung. Meine Einbildungskraft vergrößerte sie noch. Diese Empfindungen waren so peinigend, daß ich mich fragte, ob es nicht besser wäre, in's Zimmer des Kapitäns zu treten, ihm grade in's Angesicht zu sehen, mit Blick und Gebärde zu trotzen!

Ein wahnsinniger Gedanke. Glücklicherweise tat ich's nicht, und legte mich auf mein Bett, um die körperliche Aufregung in mir zu stillen. Meine Nerven wurden ein wenig ruhiger, aber bei der Überspannung meines Gehirns überblickte ich in rascher Erinnerung mein ganzes Leben an Bord des Nautilus, alle die glücklichen oder unglücklichen Erlebnisse seit meinem Verschwinden vom Abraham Lincoln bis zu der gräßlichen Scene des mit seiner Mannschaft versenkten Schiffes. Da erschien mir der Kapitän Nemo über die Maßen groß, als ein Charakter von übermenschlichen Verhältnissen, der seines Gleichen nicht hatte.

Es war damals halb zehn Uhr. Ich hielt meinen Kopf mit beiden Händen, damit er nicht zerspringe. Ich schloss die Augen; wollte nicht mehr denken. Also noch eine halbe Stunde! Das Warten konnte mich zum Narren machen!

In dem Augenblick vernahm ich die Akkorde der Orgel, eine traurige Harmonie, eine unbeschreibliche Melodie, den klagenden Ausdruck einer Seele, welche ihre irdischen Bande sprengen will. Ich lauschte mit allen Sinnen zugleich, kaum atmend, gleich dem Kapitän Nemo in die musikalische Entzückung versenkt, welche ihn über die Grenzen dieser Welt hinauszog.

Darauf erschreckte mich ein plötzlicher Gedanke. Der Kapitän Nemo befand sich in dem Saal, durch welchen ich kommen mußte, um zu entfliehen. Hier sollte ich ihn zum letzten Male treffen. Er würde mich sehen, vielleicht mit mir sprechen! Eine Bewegung von ihm konnte mich vernichten, ein einziges Wort mich an seinen Bord fesseln!

Indessen war es gleich zehn Uhr. Der Zeitpunkt war gekommen, wo ich mein Zimmer verlassen und zu meinen Gefährten mich begeben mußte.

Es war nicht mehr zu zögern, sollte auch der Kapitän Nemo mir entgegen treten. Ich öffnete behutsam meine Türe, und doch schien mir's, als knarrte sie in den Angeln. Vielleicht bildete ich mir's auch nur ein.

Ich schlich weiter durch die dunkeln Gänge des Nautilus, hielt bei jedem Schritt inne, um mein Herzklopfen zu unterdrücken.

Als ich an der Ecktüre des Salons ankam, öffnete ich leise. Der Salon lag in tiefem Dunkel; die Akkorde der Orgel klangen schwach. Der Kapitän Nemo befand sich da, sah mich aber nicht. Ich glaube sogar, bei hellem Tageslicht hätte er mich nicht bemerkt, so sehr war er in Entzücken versunken.

Ich schlich auf dem Teppich und vermied das geringste Geräusch, das meine Anwesenheit verraten hätte. Ich brauchte fünf Minuten, um zu der Türe zu gelangen, welche zur Bibliothek führte.

Ich war im Begriff, sie zu öffnen, als ein Seufzen des Kapitäns mich an der Stelle fesselte. Er stand auf, kam auf mich zu, mit gekreuzten Armen, schweigend, schwebend wie ein Gespenst. Er schluchzte aus gedrückter Brust, und ich hörte ihn murmeln – die letzten Worte, die ich aus seinem Munde vernahm:

»Allmächtiger Gott! Genug! Genug!«

War's ein Ausdruck von Gewissensbissen? …

Ganz bestürzt eilte ich in die Bibliothek. Ich stieg die Mitteltreppe hinauf und gelangte durch den obern Gang zum Boot. Durch die Öffnung, welche bereits meinen beiden Gefährten gedient hatte, stieg ich ein.

»Fort nur! fort! Rief ich.

– Im Augenblick!« erwiderte der Kanadier.

Die in dem Eisenblech des Nautilus ausgeschnittene Öffnung wurde erst geschlossen, und mit einem englischen Schlüssel, den sich Ned-Land zu Verschaffen gewußt hatte, zugeschraubt. Ebenso auch die Öffnung des Bootes und der Kanadier fing an die Schrauben zu öffnen, welche uns noch am unterseeischen Boot fest hielten.

Da vernahm man plötzlich ein Geräusch innen; Stimmen in lebhaftem Wortwechsel. Was gab's? Hatte man unsere Flucht gemerkt? Ned-Land steckte mir still einen Dolch in die Hand.

»Ja! Murmelte ich, wir werden zu sterben wissen!«

Der Kanadier hatte mit seiner Arbeit inne gehalten. Doch ein Wort, zwanzigmal wiederholt, ein fürchterliches Wort enthüllte mir die Ursache dieser unruhigen Bewegung an Bord des Nautilus, Uns galt die Aufregung nicht!

»Maelstrom! Maelstrom!« rief es.

Der Maelstrom! Ein schrecklicheres Wort in einer schrecklicheren Lage hatten wir nicht hören können. Wir befanden uns also an dieser gefährlichen Stelle der norwegischen Küste? Ward der Nautilus in diesen Abgrund gerissen im Moment, wo unser Boot sich von ihm los zu machen im Begriff war?

Bekanntlich bilden die zwischen den Farör- und Loffoden-Inseln eingeengten Gewässer zur Zeit der Flut einen Strudel mit unwiderstehlicher Gewalt, dem noch niemals irgendein Schiff entronnen ist. Von allen Seiten des Horizonts her strömen ungeheuerliche Wogen hier zusammen, und die Anziehungskraft dieses Strudels erstreckt sich auf eine Entfernung von fünfzehn Kilometer, so daß nicht allein Schiffe, sondern auch die Wallfische und Eisbären fortgerissen werden.

Hierhin war der Nautilus von seinem Kapitän – ohne, oder vielleicht mit Willen – geleitet worden. Er beschrieb eine Spirallinie, deren Umfang stets enger wurde. Mit ihm wurde auch das noch daran befestigte Boot in schwindelhaftem Zug fortgerissen. Todesschrecken befiel uns, im höchsten Grauen stockte das Blut, kalter Schweiß drang auf die Stirne! Und welches Getöse um unser zerbrechliches Boot herum! Ein Brausen, das vom Echo wiederholt gehört wurde. Ein Krachen der Wogen, die sich auf den

Felsenspitzen meilenweit brachen im tiefen Grunde, wo die härtesten Körper zerschmettert werden.

Welche Lage! Wir wurden gräßlich hin und her geschleudert. Der Nautilus verteidigte sich, daß seine eisernen Muskeln krachten.

»Wir müssen wacker fest halten, sagte Ned, und die Schrauben wieder befestigen! Bleiben wir am Nautilus fest, so können wir uns noch retten!« …

Er hatte noch nicht ausgeredet, als es krachte. Die Schrauben mangelten, das Boot wurde aus seinem Gehäuse gerissen und wie ein Stein aus einer Schleuder mitten in den Strudel geworfen.

Mein Kopf wurde wieder einen eisernen Rahmen geschmettert, und bei der heftigen Erschütterung verlor ich die Besinnung.

Schluß

Hiermit schließt die unterseeische Reise. Was diese Nacht vorfiel, wie das Boot aus dem furchtbaren Wirbel des Maelstromes entrann, wie ich mit Ned-Land und Conseil aus dem Schlund wieder heraus kam, kann ich nicht sagen. Als ich wieder zu mir kam, lag ich in einer Fischerhütte der Loffoden-Inseln. Meine beiden Gefährten waren gesund und wohlbehalten an meiner Seite und drückten mir die Hände. Wir umarmten uns mit Innigkeit.

In diesem Augenblick können wir nicht daran denken nach Frankreich zurückzukehren. Die Verkehrsmittel zwischen dem nördlichen Norwegen und dem Süden sind spärlich! Ich muß daher die Vorüberfahrt des Dampfbootes abwarten, welches alle zwei Monate nach dem Nordcap fährt.

Hier also, umgeben von den braven Leuten, welche uns aufgenommen haben, sehe ich die Erzählung dieser Abenteuer durch. Sie ist genau: keine Tatsache ist übergangen, kein Detail übertrieben worden. Es ist der treue Bericht über diese unwahrscheinliche Fahrt unter einem für den Menschen unzugänglichen Element, dessen Bahnen der Fortschritt dereinst eröffnen wird.

Wird man mir glauben? Ich weiß es nicht. Es liegt auch nicht viel daran. Ich habe jetzt, kann ich wohl versichern, das Recht, über diese Meere zu reden, unter welchen ich nicht allein volle zehn Monate, zwanzigtausend Meilen zurückgelegt habe; von dieser unterseeischen Reise zu erzählen, die mir so manche Wunder im Stillen Meere, dem Indischen Ozean, dem roten Meere, dem Mittelländischen, dem Atlantischen, dem nördlichen und südlichen Eismeere enthüllte.

Aber, was ist aus dem Nautilus geworden? Hat er dem gewaltigen Druck des Maelstromes widerstanden? Verfolgte er seine erschrecklichen Repressalien weiter, oder ist er bei dieser letzten Hekatombe stehen geblieben? Werden uns die Fluten eines Tages das Manuskript mit seiner ganzen Lebensgeschichte zuführen? Werde ich endlich den Namen dieses Mannes erfahren?

Ich hoffe es. Hoffe ebenfalls, daß sein mächtiges Fahrzeug das Meer in seinem erschrecklichsten Schlund überwältigt, und daß der Nautilus unverletzt geblieben ist, wo so viele Schiffe zu Grunde gegangen sind! Wenn das letztere der Fall ist, wenn der Kapitän Nemo immer noch im Meere hauset, seinem Adoptiv-Vaterlande, so möge der Haß in diesem wilden Gemüht sich beschwichtigen lassen! Die Anschauung so vieler Wunder möge den Rachedurst in ihm austilgen! Möge der strafende Richter aufhören, der Gelehrte die friedliche Erforschung des Meeres fortsetzen. Das seltsame Geschick ist auch ein erhabenes. Zehn Monate habe ich das außernatürliche Leben geführt.

Vor sechstausend Jahren hieß es, wie geschrieben steht: »Wer hat je die Tiefen des Abgrundes zu erforschen vermocht?« Zwei Männer sind die einzigen in der Menschenwelt, welche jetzt die Antwort auf diese Frage geben können. Der Kapitän Nemo – – und ich.

Auch erschienen bei Re-Image Publishing:

Reise umd die Erde in 80 Tagen:

Der reiche englische Gentleman Phileas Fogg, geradezu Exzentriker in Sachen Pünktlichkeit und täglichen Gewohnheiten und zudem ein leidenschaftlicher Whist-Spieler, wettet mit anderen Mitgliedern des Reform Club in London, dass es ihm gelingen werde, in 80 Tagen um die Welt zu reisen. Noch am selben Abend bricht er mit seinem gerade neu eingestellten französischen Diener Passepartout auf. Mit dem Zug fahren sie über Paris nach Brindisi, wo sie das Dampfschiff Richtung Bombay besteigen. In einem Reisesack hat er 20.000 Pfund Sterling dabei, die Hälfte seines Vermögens.

Paperback ISBN: 978-3-96111-219-7

Auch erschienen bei Re-Image Publishing:

Der Tod in Venedig:

Gustav von Aschenbach, ein berühmter Schriftsteller von etwas über fünfzig Jahren und schon länger verwitwet, hat sein Leben ganz auf Leistung gestellt. Eine sommerliche Erholungsreise führt ihn nach Venedig. Dort beobachtet er am Strand täglich einen schönen Knaben, der mit seiner eleganten Mutter und seinen Schwestern samt Gouvernante im gleichen Hotel wohnt. In ihn verliebt sich der Alternde. Er bewahrt zwar stets eine scheue Distanz zu dem Knaben, der späte Gefühlsrausch jedoch, dem sich der sonst so selbstgestrenge von Aschenbach nun willenlos hingibt, macht aus ihm letztlich einen würdelosen Greis

Paperback ISBN: 978-3-93613-789-7

Auch erschienen bei Re-Image Publishing:

Huckleberry Finns Abenteuer und Fahrten:

Huck Finn flieht vor seinem Vater, einem verwahrlosten Säufer, und tut sich mit dem entlaufenen, steckbrieflich gesuchten schwarzen Sklaven Jim zusammen. Auf einem Floß lassen sie sich den Mississippi hinuntertreiben. Sie geraten nicht nur an Betrüger und Halunken, Puritaner, bornierte Rassisten und gutmütige Frauen, sondern werden außerdem Zeugen eines Kampfes zwischen zwei Familien, die seit 30 Jahren eine Blutfehde austragen.

Paperback ISBN: 978-3-96111-205-0